KB187663

셜록홈즈

베스트 단편 걸작선

2

아서 코난 도일

1859년 스코틀랜드의 에든버러에서 태어나 에든버러대학에서 의학을 전공했다. 의대 졸업 후 서부 아프리카 해안을 항해하는 등 모험에 가득 찬 시간을 보냈다. 현실로 돌아온 그는 병원을 개업했지만 병원 경영보다는 소설을 쓰는 걸 더 즐겼다. 1886년 《주홍색 연구》를 시작으로 홈 즈가 등장하는 시리즈를 발표하여 본격적인 추리소설을 쓰기 시작했다. 1900년, 영국과 트란스 발 공화국이 벌인 보어전쟁에 자원의사로 근무했으며, 1902년에는 기사 작위를 받았다. 1900년 과 1906년, 두 차례에 걸쳐 지방의회 선거에 후보로 나섰으나 낙선하였다. 이후 신문과 잡지 등 에 꾸준히 연재물을 발표하며 소설가로서 인기를 누리다가 1930년에 사망하였다.

박재인

그녀는 프랑스 낭시 2대학에서 불어학 전공. 전문 번역가로 활동하고 있다. 번역서로는 《아무 것도 않고 앉아 있기》《수피교 현인들의 이야기》《열린 마음》《셜록홈즈 베스트 단편 걸작선 1·2》《셜록홈즈 베스트 단편 22선》《셜록홈즈 베스트 장편 걸작선》《미스터리 살인사건》 등이 있다.

셜록홈즈 베스트 단편 걸작선 2

초판 1쇄 발행 | 2018년 7월 25일
2판 1쇄 발행 | 2021년 3월 15일
2판 2쇄 발행 | 2024년 1월 25일

지은이 | 아서 코난 도일
옮긴이 | 박재인
펴낸이 | 김형호
펴낸곳 | 아름다운날
편집주간 | 조종순
본문삽화 | 김연규
표지디자인 | Design이즈
본문디자인 | 디자인표현

출판등록 | 1999년 11월 22일
주소 | (05220) 서울시 강동구 아리수로 72길 66-19
전화 | 02) 3142-8420
팩스 | 02) 3143-4154
이메일 | arumbooks@gmail.com

ISBN | 979-11-86809-64-8 03840

이 도서의 국립중앙도서관 출판예정도서목록(CIP)은 서지정보유통지원시스템 홈페이지 (http://seoji.nl.go.kr)와 국가자료공동목록시스템(http://www.nl.go.kolisnet)에서 이용 하실 수 있습니다.(CIP 제어번호: 2020055309)

셜록 홈즈

베스트 단편 걸작선 2

아서 코난 도일 지음 ― 박재인 옮김

아름다운날

'추리소설'이라고 하면 누구나 셜록 홈즈를 맨 먼저 떠올릴 것이다. 홈즈는 추리소설 역사상 최고의 탐정 자리를 굳건히 지키고 있기 때문이다.

하지만 엄밀히 말하면 그는 19세기 런던 최고의 명탐정일지는 모르지만 21세기로 데리고 온다면 조금 박식하고 이런저런 걸 면밀히 분석하는 꼼꼼한 아저씨에 불과할지도 모른다. 게다가 그는 경찰에 당장 체포당할 위험에 처한 코카인 중독자다.

역자가 이런 셜록 홈즈의 약점을 독자에게 미리 밝히는 것은 『뤼팽』의 작가 모리스 르블랑의 이야기 접근법을 써먹고 싶어서였다. 모리스 르블랑은 작품을 시작하기 전에 범인의 실체를 먼저 알려 준 뒤 범죄를 추리해 나가는 방식을 취하고 있다.

스코틀랜드 출신인 아서 코난 도일은 영국의 에든버러 대학을 졸업한 뒤 의사 자격증을 얻고 잠시 화물선 선의로 일한 후 개인 병원을 개업한다. 당시 그의 아버지는 병석에 누워 있었기 때문에 그가 가족의 생계를 책임져야 했다.

다행인지 불행인지 병원 경영은 원만하지 않았다. 글을 쓰고 싶었던 그는 역사나 괴기물에 관한 글을 틈틈이 써오던 중에 '셜록 홈즈'와 '왓슨'이 등장하는 최초의 작품 〈주홍색 연구〉를 1886년에 완성한다. 하지만 이 영국 작가의 소설에 최초로 관심을 보인 곳은 조국 영국이 아닌 미국이었다. 미국의 「리핀콧 매거진」의 한 편집자는 그의 소설을 흥미롭게 읽고는 그 속편까지 써달라고 청탁했는데, 그 속편 역시 큰 성공을 거두었다. 이후 조국인 런던의 「스트랜드 매거진」에 〈보헤미아 왕국의 스캔들〉을 시작으로 새로운 작품을 발표할 때마다 폭발적인 인기를 거두었다. 이후 1892년, 『셜록 홈즈의 모험』이 출간된 후 추리작가로서 아서 코난 도일의 입지는 확고하게 다져진다.

인기 정상에 오른 코난 도일은 추리소설을 쓰는 데 슬슬 싫증을 느끼고는 작가로서의 활동을 접으려고 했다. 그러자 몸이 달아오른 「스트랜드 매거진」의 편집장은 그에게 계속 글을 써줄 것을 애걸하다시피 했고, 어머니도 쏠쏠한 돈벌이를 마다하는 아들에게 글을 쓰도록 꼬드겼다.

그러던 중 코난 도일은 단편 〈마지막 사건〉에서 셜록 홈즈를 죽인다. 그러자 독자들은 셜록 홈즈를 다시 살려내라고 아우성을 쳤다. 이후 나이가 든 코난 도일은 자신에 대해 조금 너그러워져 〈빈집의 모험〉에서 셜록 홈즈를 다시 부활시키고, 왓슨과 조우하게 한다.

코난 도일은 총 56편의 단편과 4편의 장편을 집필하고는 1930년, 심장 발작이 악화되어 세상을 떠난다.

그의 작품은 사건의 외형은 물론이고 해결해 나가는 과정도 제각각 독특함을 자랑하고 있다. 셜록 홈즈는 단순히 범인이 누구인가를 밝혀내는 데 그치지 않고 범인과 팽팽한 두뇌 대결을 벌여 결국 승복하게 만드는데, 위기의 순간에도 절대 유머를 잃는 법이 없는 모습은 독자로 하여금 책에서 손을 놓지 못하게 만드는 위력을 지닌다. 이 작품들의 또 다른 묘미는 셜록 홈즈와 왓슨의 관계이다. 겉으로 보면 왓슨은 셜록 홈즈의 조수에 불과한 것 같지만 모든 것이 왓슨의 펜에 의해 정리되고 기록된다는 것을 감안하면 과연 누가 주인공인지 의문을 갖게 된다.

셜록 홈즈의 모델은 작가 아서 코난 도일의 에든버러 의과대학 시절 은사 조지프 벨 교수이다. 벨 교수는 환자의 상태를 상세히 관찰하여 직업 등을 추리하는 버릇이 있었는데, 이 추리력이 너무 정확해 주변 사람들의 감탄을 자아내게 했다. 조지프 벨 교수에게서 강렬한 영감을 얻은 코난 도일은 그를 자신의 작품 속으로 들여와 주인공으로 내세운다.

「스트랜드 매거진」의 셜록 홈즈 시리즈 삽화에 그려진 외모의 특징은 180센티미터 정도의 키에 깡마른 몸매, 날카로운 눈과 콧날이 우뚝 솟은 매부리코, 그리고 네모진 턱이 인상적이다.

그런 이유로 런던에서는 한때 키 큰 할머니가 지나가면 "어, 저기 홈즈 씨가 가는데? 오늘은 또 누굴 잡으러 가시나?" 하고 웃으며 농담을 주고받았다고 한다.

마지막으로 코난 도일과 모리스 르블랑의 재미있는 일화가 묻어 두기엔 너무 아까워 밝힌다. 기지 넘치는 르블랑은 여러 가지 방법으로 라이벌 코난 도일의 속을 부글부글 끓게 했다. 그중 하나가 뤼팽이 셜록 홈즈를 자신의 작품에 끌어들여 아주 비열한 방법으로 자신의 연인을 사살한 사건이다. 코난 도일은 그로 인해 자신의 이미지가 실추되자 정식으로 르블랑에게 항의했다. 그러자 르블랑은 '홈즈'의 철자를 살짝 바꾸어 '숌스'로 표기하여 정면 대결을 피했다.

우리의 수많은 선조와 우리가 그러했듯이 우리의 후손들도 홈즈의 추리소설에 코를 박고 짜릿한 스릴을 맛보는 시간을 보낼 것이 틀림없다. 우리 인류에게서 권태로움을 날려준 홈즈는 확실히 위대한 이야기꾼이다.

박재인

차례

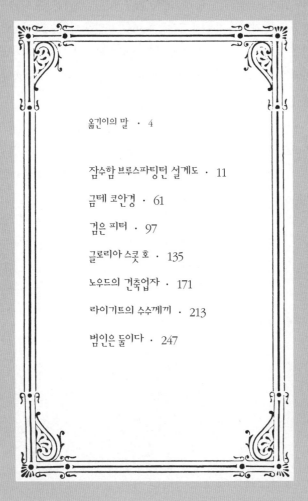

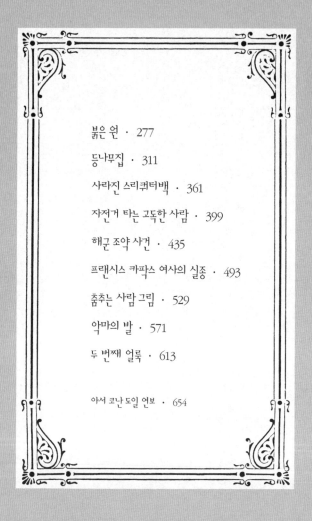

잠수함 브루스파팅턴
설계도

Sherlock Holmes

1895년 11월 셋째 주, 런던의 하늘은 누르스름한 짙은 안개로 덮여 있었다. 베이커 거리의 하숙집 창문을 통해 길 건너편 집들이 희미하게나마 보인 적은 월요일부터 목요일까지 단 한 번도 없었다. 그렇게 짙은 안개가 끼어있던 첫 날, 홈즈는 두꺼운 자료집에 색인 카드 붙이는 작업을 하며 하루를 보내다시피 했다. 다음 날과 그 다음 날엔 근래 들어 새롭게 취미를 붙인 중세 음악에 대해 깊이 파고들었다. 그러나 마지막 날 아침식사를 마친 뒤부터는 성급하고 활동적인 그의 평소 성격에 비추어 봐도 더 이상 그런 단조로운 생활을 견디지 못하는 듯했다. 기름기 섞인 짙은 안개마저 끊임없이 창문에 들러붙어 더럽히고 있었다. 그는 급기야 손톱을 깨물고 방안을 초조하게 왔다 갔다 하며 가구들을 툭툭 치면서 짜증을 내비치기 시작했다.

"왓슨, 신문에 뭐 재밌는 얘기 없나?"

나는 홈즈가 흥미를 느끼는 건 오로지 범죄 관련 기사밖에 없다는 것을 잘 알고 있었다. 혁명이라든지 전쟁이 일어날 가능성, 조만간 정권 교체가 있을 것이라는 기사들도 있었지만 홈즈는 그런 것들에 전혀 관심이 없었다. 그런데 범죄 소식이 있긴 했지만 흔히 일어나는 것들뿐이었다. 홈즈는 끙끙대더니 다시 불안하게 방안을 서성거렸다.

"런던의 범죄자들은 참 한심해."

그는 사냥감을 놓친 사냥꾼처럼 불만스럽게 말했다.

"왓슨, 창밖을 좀 내다보게. 사람들이 안개 속에서 희미하게 나타났다가 다시 안개의 강으로 잠기고 있네. 도둑이나 살인자는 이런 날 자신의 정체를 숨긴 채 런던 시내를 휘젓고 다닐 수 있겠지. 호랑이가 정글을 어슬렁거리듯이 말이야. 그들의 모습이 드러나는 건 목표물에 덤벼드는 그 순간뿐일세."

"좀도둑들은 엄청 많을 걸."

내 말에 홈즈는 코웃음을 쳤다.

"이 거대한 회색 무대에 올라갈 자들은 그 정도 가지고는 안 되지. 내가 범죄자가 안 된 것은 이 사회를 위해 참 다행스런 일이야."

"그건 정말 그렇지!"

나는 정말 진심에서 한 말이었다.

"내가 브룩스나 우드하우스, 아니면 어쨌든 목숨을 노릴 만한 50명 가운데 하나라고 가정해보세. 그럴 때 나를 겨냥하는 추적을 내가 언제까지 피할 수 있을까? 출두 명령서나 허위 유인책 또는 다른 수단으로 벌써 끝장났을 거야. 암살의 대륙 라틴 아메리카에는 안개가 끼지 않으니 정말 다행스런 일이지. 음, 드디어 이 지루한 권태를 싹 날려버릴 만한 게 왔군."

하녀가 전보를 한 통 가져왔다. 홈즈는 그걸 열어보더니 큰소리로 웃어재꼈다.

"이런 이런! 도대체 무슨 일일까? 마이크로프트 형이 온다네."

"그런데 왜 그리 웃나?"

내가 물었다.

"왜냐고? 이건 시골 길에서 기차를 만나는 것과 같은 일이거든. 마이크로프트 형은 자기만의 궤도를 갖고 있어서 그곳으로만 다니지. 펠멜 거리의 하숙집, 디오게네스 클럽, 화이트 홀, 이 세 곳만을 빙빙 돌고 있다네. 여기엔 딱 한 번 왔을 뿐이야. 그런데 얼마나 특별한 일이 있기에 그 궤도를 벗어나려 하는지 도대체 모르겠구먼."

"다른 설명은 없나?"

홈즈는 형의 전보를 내밀었다.

캐도건 웨스트 때문에 널 만나야겠다. 곧 가겠음.

— 마이크로프트

"캐도건 웨스트? 어디서 들어본 이름인데."

"나는 처음 듣는데. 어쨌든 형이 이렇게 갑자기 나타날 줄이야! 행성이 궤도를 이탈한 것이나 마찬가지지. 그건 그렇고, 자네는 마이크로프트 형이 무슨 일을 하는지 알고 있나?"

나는 '그리스어 통역' 사건 당시에 들었던 얘기가 어렴풋이 기억났다.

"정부에서 무슨 직책을 맡고 있다고 하지 않았나?"

홈즈는 허허 하고 웃었다.

"그 당시엔 내가 자네를 그렇게 잘 아는 편이 아니었지. 그래서 국가적인 기밀 사항에 대해 내가 좀 조심스럽게 말했을 거야. 마이크로프트 형이 정부 관련 일을 하고 있는 건 사실이네. 하지만 가끔은 마이크로프트 형이 정부 그 자체라고 해도 틀린 말은 아닐세."

"뭐라고?"

"자네가 놀랄 줄 알았지. 마이크로프트 형은 연봉 450파운드를 받는 하위직 고무원일세. 아무런 야심도 없고 앞으로도 무슨 훈장이나 작위를 받을 일은 없을 걸세. 하지만 이 나라에서 없어서는 안 될 사람이라네."

"무슨 말인지 도대체?"

"음, 형의 위치가 대단히 독특한데, 그것도 자기 힘으로 그 자리에 오른 거라네. 그런 일은 아마도 전무후무할 걸세. 형은 굉장히 논리 정연하고 체계적인 사고를 갖고 있고 기억력도 엄청 좋다네. 아마 형을 능가할 사람이 없을 거야. 나는 그런 능력을 범죄 수사에 활용하고 있지만 형은 자신의 특수 업무에 그것을 이용하고 있지. 정부의 모든 부서에서 결의된 사항이 형에게 전달되는데, 그러면 형은 그걸 가지고 수지를 맞추는 어음교환소 비슷한 역할을 하는 거라네. 정부에서 일하는 사람들은 누구나 다 각자의 전문 분야가 있듯이, 형은 모든 일을 훤히 꿰뚫고 있는 걸 전문으로 하는 거지. 예를 들면 어떤 장관에게 해군, 인도, 캐나다, 그리고 복본위제(두 가지 이상의 본위 화폐를 인정하는 통화제도)가 모두 관련된 문제에 관한 정보가 필요하다고 가정해보세. 장관은 각각의 문제에 대해 여러 부서에서 개별적인 정보를 얻을 수 있지만, 마이크로프트 형은 전 분야에 대한 자세한 지식을 바탕으로 각각의 요소가 다른 것에 미치는 영향을 즉석에서 설명해줄 수 있는 거야. 그래서 사람들이 형한테 도움을 요청하기 시작했지. 빠르고 편리하니까 말이야. 이제 형은 없어서는 안 될 존재가 되었다네. 형의 큰 두뇌에는 모든 사항이 차곡차곡 정리돼 있어서 필요한 걸 금세 끄집어낼 수 있다네. 형의 말에 따라 국가 정책이 결정되는 일도 여러 번 있었지. 이제는 그게 생활로 굳어진 거야. 그래서 다른 것들에 대해서는 전혀 생각하지 않는 것 같네. 가끔 내가 찾아가서 사소한 문제에 대해 조언을 구할 때, 두뇌 운동 삼아서 문제를 풀어주는 것 말고는 말일세. 그런데 주피터께서 황송하게도 오늘 이곳에 오신다는군. 도대체 무슨 일일까? 캐도건 웨스트는 어떤 사람이고, 마이크로프트 형하고는 무슨 관계일까?"

"아, 생각났어."

나는 소리를 지르며 소파 위에 흩어져 있는 신문 더미에 손을 뻗었다.

"바로 이 사람이야, 분명해! 캐도건 웨스트는 화요일 아침에 지하철에서 시체로 발견된 청년이야."

홈즈는 파이프를 입에 물려다 말고 몸을 일으켰다.

"왓슨, 그렇다면 굉장히 중대한 사건일 것 같네. 형이 습관을 바꿀 정도면 예사로운 죽음은 아닐 테니까 말이야. 그런데 형은 그 사건과 무슨 관계가 있는 걸까? 내 기억엔 그게 평범한 사건이었거든. 죽은 청년은 기차에서 뛰어내려 자살한 게 틀림없었지. 강도를 당한 흔적도 없고, 폭행을 당했다고 의심할 만한 이유도 없었으니까 말일세. 안 그런가?"

"그동안 검시와 신문이 있었다는군. 그리고 새로운 사실들이 많이 밝혀졌고 말이야. 내가 기사를 자세히 읽어봤는데 꽤나 흥미로운 사건이건데."

"형이 관련을 갖고 있다면 아무튼 대단한 사건일 것 같아."

홈즈는 소파에 푹 기대앉았다.

"어쨌든 왓슨, 얘기를 좀 자세히 해보게."

"죽은 청년의 이름은 아서 캐도건 웨스트, 스물일곱 살의 미혼, 울리치 병기창 직원이었네."

"공무원이군. 그래서 마이크로프트 형과 관련이 있는 건가!"

"청년은 월요일 밤에 갑자기 울리치를 떠났는데, 그를 마지막으로 본 사람은 그의 약혼녀인 바이올렛 웨스트베리 양이라고 돼 있어. 그녀의 증언에 의하면, 청년은 그날 저녁 일곱 시 반쯤에 갑자기 안개 속으로 사라졌다는 거야. 두 사람이 싸우지는 않았기 때문에 웨스트베리 양도 그가 왜 그런 행동을 했는지 전혀 모르겠다고 했다는군. 그 이후로 청년이 무엇을 했는지 알려진 건 없고, 메이슨이라는 철로원이 지하철 올드게이트 역 바로 옆에서 그의 시체를 발견했다는 거야."

"언제였지?"

"시체가 발견된 건 화요일 아침 6시였어. 동쪽 방면 선로의 왼쪽인데, 레일에서는 좀 떨어진 곳이었다는군. 그런데 그곳은 지하철이 터널에서 나오는 지점이라네. 두개골이 완전히 깨져 있었는데, 기차에서 추락하면 생길 수 있는 그 정도 중상이라는 얘기야. 그렇다면 기차에서 떨어진 게 분명하지 않을까? 만약에 근처 마을에서 누가 그곳에다 시체를 끌어다 놓았다면 기차역을 통과해야 하는데, 역에는 항상 검표원이 지키고 서 있지 않은가. 그건 분명하지."

"뻔한 사건이야. 그 청년은 기차에서 뛰어 내렸거나 누가 밀어서 떨어진 게 분명해. 그런데 떨어질 당시 살아있었는지 죽었는지는 아직 확인되지 않았다는 거지? 알겠네. 계속 말해보게, 왓슨."

"시체 옆 철로가 서쪽에서 동쪽으로 달리는 노선인데, 이 노선을 이용하는 기차의 일부는 시내를 다니는 도시 철도이고 나머지는 월스텐과 도시 외곽의 역들을 이어주는 교외선일세. 청년은 밤늦게 그쪽으로 가는 기차를 탔다가 죽음을 당한 것 같네. 하지만 그가 어떤 역에서 기차를 탔는지는 밝혀지지 않고 있어."

"기차표를 보면 알 수 있을 텐데."

"주머니에서 기차표가 발견되지 않았다는군."

"아니, 기차표가 없었다고? 그건 정말 이상한데, 안 그런가, 왓슨? 내 경험에 의하면, 기차표를 제시하지 않고는 도시 철도의 승강장에 들어갈 수가 없거든. 그렇다면 그 청년은 분명히 기차표를 가지고 있었을 거야. 그가 어떤 역에서 탔는지 숨기려고 표를 빼앗은 걸까?

그럴 수도 있지. 아니면 기차 안에서 표를 떨어트렸던지. 그럴 가능성도 있지. 어쨌든 정말 이상한 일인 건 분명해. 강도를 당한 흔적이 없었다고 하지 않았나?"

"그렇다네. 그리고 그 청년의 소지품 내용도 여기 기록돼 있군. 지갑에 2파운드 15실링이 들어 있었고, 캐피탈 & 카운티스 은행 울리치 지점에서 발행한 수표책도 있었다는 거야. 그래서 이걸로 신원을 알아냈다는 거고, 또 그날 저녁 시간이 찍힌 울리치 극장의 특등석 표 두 장이 있었고, 무슨 기계 설계도 몇 장이 있었다는군."

그때 홈즈가 갑자기 탄성을 질렀다.

"와우! 드디어 알겠네! 영국 정부, 울리치, 병기창, 기계 설계도, 마이크로프트 형, 이렇게 연결 고리가 완성됐어. 자, 형이 도착한 것 같은데. 사건에 대해 직접 말하겠지."

잠시 후, 큰 키에 당당한 체격의 마이크로프트 홈즈가 방으로 올라왔다. 몸집이 좀 크고 뚱뚱해서 답답해 보이는 면이 있긴 했지만 거구의 몸뚱이 위에 얹혀 있는 얼굴은 그래도 사뭇 다른 분위기가 있었다. 위엄 있어 보이는 이마와 예리하게 빛나는 깊은 눈, 꽉 다문 입, 그리고 복합적인 표정을 하고 있었는데, 그 얼굴을 보는 순간 사람들이 보통 비대한 몸집보다는 그보다 훨씬 우월해 보이는 정신적인 면을 더 기억한다는 걸 이해할 수 있었다.

그를 뒤따라 들어온 사람도 있었는데, 바로 런던 경시청의 오랜 친구이자 근엄하고 비쩍 마른 체구의 레스트레이드 경감이었다. 두 사람 다 무거운 표정을 하고 있어서, 아무래도 무슨 심각한 일이 있는 것 같았다. 레스트레이드는 말 한 마디 없이 악수를 나눴다. 마이크로프트 홈즈는 어렵사리 코트를 벗고 소파에 털썩 주저앉았다.

"셜록, 굉장히 골치 아픈 일이 하나 생겼다. 내가 제일 싫어하는 게 평소에 안 하던 일을 하는 건데, 당국에서 나를 가만히 내버려두지 않는구나. 현재 태국의 정세가 심각해서 내가 사무실을 비우는 건 상당히 곤란하지만 이쪽 일이 더 급하기 때문에 어쩔 수가 없었지. 수상이 그렇게 당황하는 건 처음 봤다. 해군성은 지금 온통 벌집을 쑤셔놓은 것처럼 시끄럽지. 너 혹시 사건에 대한 기사 읽었니?"

"방금 읽었어요. 그 기계 설계도라는 게 뭐죠?"

"아, 그게 바로 핵심이지. 다행히도 거기까지는 아직 새나가지 않았는데, 언론에 알려지면 난리가 날 거다. 그 불쌍한 청년의 주머니에 들어있던 그 설계도는 잠수함 브루스파팅턴 호의 설계도란다."

마이크로프트 홈즈의 무거운 표정으로 보아 그 사안이 얼마나 중대한 것인지를 알 수 있었다. 셜록 홈즈와 나는 그의 다음 설명을 기다렸다.

"물론 들어본 적 있겠지? 모르는 사람이 없을 줄로 아는데."

"이름은 들어봤죠."

"그 설계도의 중요성에 대해선 아무리 강조해도 지나치지 않을 정도야. 그건 영국 정부가 가장 엄중하게 지켜온 일급비밀이었거든. 일테면 브루스파팅턴 호의 활동 반경 내에서는 해전이 불가능하다고 말할 수 있지. 2년 전에 정부가 국가 예산에서 비밀리에 거액을 책정해 이 잠수함의 독점 제조권을 사들였는데, 그 기밀을 지키기 위해 전력을 쏟아부은 모양이더라고. 아무튼 그 잠수함 설계도는 워낙 복잡해서 30여 종의 별개 특허로 이루어져 있는데, 그 하나하나가 절대로 빠져서는 안 되는 핵심 요소들인 거야. 그 설계도는 병기창 근처에 있는 한 사무실의 특별 금고에 보관되어 있었고, 무슨 일이 있어도 사무실 밖으로 가지고 나갈 수 없게 돼 있었지. 물론 사무실의 문과 창문엔 도난 방지 시스템이 돼 있었고 말이야. 해군의 잠수함 건조 책임자도 그 설계도를 보고 싶으면 거기까지 직접 가야 했을 정도야. 그런데 지금 그게 런던 한복판에서 시체로 발견된 하급 직원의 주머니에서 나왔으니, 정부 입장에서는 말 그대로 기절초풍할 일이 생긴 거지."

"그런데 설계도는 회수된 건가요?"

"아니야, 셜록! 그래서 문제가 복잡한 거지. 아직 우리한테 안 들어왔거든. 그 비밀 사무실에서 10장의 도면이 사라졌는데, 캐도건 웨스트의 주머니에서 7장이 나왔지. 그런데 가장 중요한 3장이 없어. 그게 지금 사라진 거야. 셜록, 다른 일 다 제쳐두고 그걸 좀 찾아주면 좋겠다. 경범죄 같은 자잘한 것들은 다 관두고 말이다. 중대한 국가적 문제를 해결해야지. 캐도건 웨스트가 어떻게 그 설계도를 빼내갔는지, 없어진 3장은 어디에 있는지, 왜 죽었는지, 시체가 왜 철로 근처에서 발견되었는지, 이 사태를 어떻게 수습해야 하는지 등등을 알아내야 해. 이 모든 의문을 풀어내게 되면 넌 국가에 큰 공을 세우는 게 될 거다."

"형이 직접 풀어보지 그래요? 형도 나 못지않은 재주가 있잖아요."

"그럴 수도 있겠지. 하지만 이건 구체적인 증거들을 수집해야 하는 일이라서 말이야. 네가 수집해오면 난 소파에 앉아서 전문가로서의 의견을 확실히 들려줄 수 있지. 여기저기 뛰어다니고, 철도원들한테 찾아가 캐묻고, 확대경을 눈에 바짝 대고 기어다니는 그런 일들은 내 전문 분야가 아니거든. 그러니 이 일의 적임자는 바로 너야. 혹시 다음번 훈장을 받을 사람 명단에 네 이름을 올리고 싶다면……."

셜록 홈즈는 빙그레 웃으며 고개를 가로저었다.

"나는 게임 그 자체를 즐기는 사람이죠. 이 사건을 가만히 보니까 상당히 그럴듯한 점이 있는 것 같으니 내가 기꺼이 맡도록 하리다. 뭐 더할 얘기는 없어요?"

"이걸 참고하라고 가져왔는데, 중요한 사항 몇 가지와 조사 과정에 도움이 될 만한 주소들이야. 설계도의 공식적인 보관 책임자는 정부 관리인 제임스 월터 경인데, 이 사람이 맡은 일과 그동안 받은 훈장을 다 열거하자면 아마 인명록에 두 페이지는 족히 채울 거다. 젊은 시절 내내 공직에 있었고, 사교계에서도 가장 인기 있는 사람인데, 애국심까지도 남다르게 좋은 편이지. 아무튼 그 비밀 사무실의 금고 열쇠가 두 개인데 그 중 하나를 제임스 경이 갖고 있는 거야. 그는 분명히 월요일 업무 시간 중에 그 설계도가 금고 안에 있는 걸 봤고, 그리고 세 시쯤에 열쇠를 갖고 런던으로 떠났다고 하더구나. 저녁 시간엔 버클레이 광장의 싱클레어 제독 저택에 있었고 말이야."

"증인은 있어요?"

"있지. 제임스 경의 동생 발렌타인 월터 대령이 형이 울리치에서 떠난 사실을 알고 있고, 싱클레어 제독은 제임스 경이 런던에 도착한 사실을 알고 있으니까. 그래서 제임스 경은 사건과 직접적인 관계가 없다는 게 확보된 셈이지."

"금고의 또 하나의 열쇠는 누가 갖고 있는 거죠?"

"그 도면의 설계사인 시드니 존슨 사무관이지. 나이가 마흔 살인데 결혼해서 아이가 다섯이야. 말수가 적고 까탈스런 면은 있지만 일을 아주 잘하는 편이고 성실하다고 알려져 있어. 동료들 사이에는 별로 인기가 없는 모양이야. 아무튼 그 사람 말에 의하면, 월요일에 퇴근하고 나서 계속 집에 있었고, 열쇠는 시곗줄에 걸고 있었다는 거야. 그런데 증인은 그의 아내밖에 없어."

"캐도건 웨스트에 대해 좀 아는 것 있어요?"

"그 청년은 근무한 지가 한 10년 됐고 일을 아주 잘 했지. 성격은 좀 다혈질인 면이 있지만 솔직하고 정직한 사람이라는 평을 받더구나. 그에 대해 나쁘게 얘기하는 사람이 전혀 없었어. 회사에서는 시드니 존슨의 뒤를 이을 재목으로 꼽기도 한 모양이더라고. 그 친구는 어쨌든 업무상 매일같이 그 설계도를 접했던 거지. 그 외에 그걸 취급하는 다른 사람은 없었다고 하더라고."

"그날 퇴근할 때 설계도를 금고에 넣고 잠근 사람은 누구였나요?"

"시드니 존슨이지."

"아, 그럼 설계도를 빼낸 사람이 누군지는 뻔한 거네요. 실제로 캐도건 웨스트의 주머니에서 나왔으니까요. 확실한 거 아니에요?"

"셜록, 그럴 수도 있겠지만 그렇게 생각하면 이해되지 않는 부분이 너무 많거든. 우선, 뭣 때문에 웨스트가 그 설계도를 빼내겠어."

"그거 굉장히 가치 있는 문서 아닌가요?"

"그걸로 수천 파운드는 쉽게 벌 수 있을 거야."

"그러니까 그걸 런던으로 가져가서 팔려고 했겠죠. 그 이유 말고 다른 게 있을까요?"

"아니."

"그렇다면 설계도를 팔 계획으로 금고에서 꺼냈다는 가정이 유력해지는 거죠. 열쇠는 아마도 미리 복사해두지 않았을까요?"

"필요한 열쇠가 하나뿐이 아닐 거야. 건물의 출입문과 사무실 문도 열어야 하니까 말이야."

"그럼 웨스트는 복사한 열쇠를 여러 개 갖고 있었겠네요. 어쨌든 그는 기밀을 팔아 넘기려고 설계도를 빼내 런던으로 가져갔어요. 그리고 들키기 전에 다음 날 아침까지 금고에 그걸 다시 넣어두려고 했겠죠. 하지만 런던에서 그런 배신행위를 하다가 그만 목숨을 잃고 만 거죠."

"어떻게 죽은 걸까?"

"울리치로 돌아가는 도중에 기차에서 살해돼 창밖으로 던져진 게 아닐까요?"

"그런데 울리치로 가려면 런던교 역에서 기차를 바꿔 타야 하는데, 시체가 발견된 올드게이트는 런던교 역을 한참 지난 곳이라서 말이야."

"그가 런던교 역에서 내리지 않은 건 몇 가지 이유를 상상해볼 수 있는데요. 예를 들면 기차 안에서 누군가와 시비가 붙어 놓쳤을 수도 있고요. 그러다가 싸움이 벌어져 살인을 당했는지도 모르죠. 아니면 그곳을 벗어나려고 하다가 발을 잘못 디뎌 밖으로 떨어졌는지도 모르겠어요. 그렇다면 누군가 안에서 문을 닫았을 거예요. 그날은 안개가 워낙 짙게 끼어서 아무것도 보이지 않았으니까요."

"이 정보를 가지고는 더 이상 설명이 안 될 것 같다. 하지만 셜록, 아직도 들어맞지 않은 부분이 너무도 많아. 자, 청년이 설계도를 런던으로 가져갈 작정을 했다고 가정해보자. 그렇다면 그날 저녁 시간에 어떤 외국 스파이와 만날 약속이 돼 있었겠지. 그런데 이상하게도 약혼녀와 함께 극장에 가려고 표 두 장을 사서 그곳으로 향했단 말이야. 물론 중간에 갑자기 사라지긴 했지만."

"그건 알리바이를 만들려고 그랬던 거죠."

초조한 눈초리로 두 사람의 대화에 귀를 기울이고 있던 레스트레이드 경감이 그렇게 말했다.

"아, 그럴 수도 있겠군요, 경감. 좋습니다. 그럼 그걸 반론 1번으로 하죠. 그 다음에 반론 2번은 이렇게 됩니다. 웨스트가 런던에서 외국 스파이를 만나기로 했다고 가정하는 거죠. 그는 다음 날 아침까지, 또는 서류가 없어진 게 발각되기 전까지 설계도를 금고 안에 갖다 놓아야 하고요. 그래서 10장을 빼냈어요. 그런데 그의 주머니에서 나온 건 7장뿐이었어요. 나머지 3장은 어디로 갔을까요? 웨스트가 일부러 3장을 빼내 어디다 숨겨놓지는 않았겠죠. 마지막 한 가지 더, 만약 그걸 팔아 넘겼다면 주머니에서 상당한 돈이 나와야 하지 않을까요?"

"제 생각엔 뻔한 사건인 것 같습니다. 의심할 것도 없이 분명해 보이는데요. 웨스트는 그 기밀 서류를 팔아먹기 위해 빼냈어요. 그리고 스파이를 만난 거죠. 하지만 가격에 대한 협상이 잘 이뤄지지 않았어요. 그래서 웨스트가 돌아섰는데, 그 스파이가 뒤를 쫓았던 겁니다. 그리고 기차까지 뒤따라가 죽이고 설계도만 빼낸 다음에 시체를 기차 밖으로 내던진 거죠. 어떻게 생각하십니까? 이 추론이 그럴 듯하지 않나요?"

레스트레이드 경감이 말했다.

"그럼 기차표는 어디에 있죠?"

홈즈가 물었다.

"스파이가 죽은 웨스트의 주머니에서 빼낸 거죠."

"좋습니다. 레스트레이드 경감. 아주 훌륭한 추리군요. 하지만 그게 사실이라면 이 사건은 이미 끝난 것이나 마찬가집니다. 우선 기밀을 팔아넘긴 자는 죽었고, 또 잠수함 브루스파팅턴 호의 설계도는 벌써 유럽의 다른 나라로 넘어갔을 게 거의 분명하니까요. 그러니 우리가 뭘 어떻게 하겠어요?"

"셜록, 행동을 해야지! 행동!"

마이크로프트가 자리에서 일어나며 외쳤다.

"내가 본능적으로 느끼는 건, 지금 설명하는 것들과는 전혀 반대

쪽이야. 셜록, 네 능력을 보여 봐라! 범죄 현장으로 가봐! 그리고 관련자들을 만나보고 말이야! 가서 샅샅이 조사해보는 거야! 국가에 봉사할 수 있는 이만한 기회도 두 번 다시 안 올 거야."

"그만해요. 알았으니까!"

홈즈는 어깨를 으쓱하며 말했다.

"가세, 왓슨! 그리고 레스트레이드 경감, 우리와 함께 잠시 시간 내줄 수 있죠? 우선 올드게이트 역에서 조사를 시작할 예정이거든요. 형은 조심해 가시고요. 저녁 전에 보고서를 보내도록 할게요. 미리 말해두지만 큰 기대는 하지 마세요."

한 시간 뒤, 홈즈와 레스트레이드 경감과 나는 올드게이트 역에서 조금 떨어진 터널 부근의 철로에 서 있었다. 얼굴색이 불그스름한 중년 남자가 철도 측을 대표해 나왔다. 그는 선로에서 90센티미터쯤 떨어진 곳을 가리키며 말했다.

"이곳이 그 청년의 시체가 발견된 지점인데요. 다른 곳에서 떨어졌을 것 같지는 않습니다. 보시다시피 이렇게 양 옆이 터널 벽으로 막혀 있으니까요. 그러니까 아무래도 기차에서 떨어진 게 분명한 것 같은데, 왜냐하면 저희 쪽에서 따로 조사를 해봤는데 청년이 월요일 자정 무렵에 이곳을 지나는 기차에 탄 것으로 나오고 있기 때문이죠."

"객실을 조사했을 때 무슨 폭행의 흔적 같은 건 남아있지 않았나요?"

"그런 건 없었고 기차표도 발견하지 못했습니다."

"객실 문이 열려 있었다는 증거도 없었고요?"

"없었습니다."

그때 레스트레이드가 말했다.

"오늘 아침에 우리가 증인 한 사람을 만났는데요. 그는 월요일 밤 11시 40분쯤에 지하철을 타고 올드게이트 역을 지나가고 있었는데 기차가 역에 도착하기 직전에 사람이 바닥에 떨어진 것 같은 쿵 소리를 들었다고 하더군요. 하지만 그때는 안개가 굉장히 짙었기 때문에 아무것도 보이지 않았답니다. 그래서 오늘 아침에 그 사실을 우리한테 신고했던 거예요. 아니, 홈즈 씨, 뭘 발견한 겁니까?"

홈즈는 잔뜩 긴장된 표정으로 곡선을 그리며 터널을 빠져나온 철로를 응시하고 있었다. 올드게이트는 철로가 교차하는 역이라서 많은 전철기(객차를 다른 철로로 옮기는 장치)가 설치되어 있었다. 그는 깊은 의문이 담긴 시선으로 그것들을 쳐다보았는데, 늘 그렇듯이 날카로운 눈빛과 꾹 다문 입, 찌푸린 미간 등이 인상적이었다. 그러다 갑자기 그가 중얼거렸다.

"전철기, 전철기라!"

"그게 어쨌다는 겁니까? 지금 무슨 말을 하는 거죠?"

"이런 노선에 전철기가 이렇게 많은 게 이상하지 않나요?"

"그렇습니다. 아주 드물죠."

"게다가 전철기에 곡선이라…… 세상에! 만약 그랬다면……."

"홈즈 씨, 그게 무슨 뜻입니까? 단서라도 잡은 건가요?"

"아니오. 그냥 어떤 생각이 떠올라서요. 어쨌든 사건이 점점 더 흥미로워지는군요. 아주 특이한 사건인 건 분명합니다. 그런데 이상한 건, 바닥에 혈흔이 전혀 안 남아 있다는 거죠."

"네, 혈흔은 없었어요."

"하지만 굉장히 큰 부상을 입지 않았던가요?"

"네, 머리뼈가 부러졌는데 외상은 그렇게 크지 않았거든요."

"그래도 출혈은 있었을 것 아닙니까? 안개 속에서 뭔가 떨어지는 소리를 들었다는 승객도 있다고 하던데, 그때 그 기차를 좀 볼 수 있을까요?"

"홈즈 씨, 그건 어렵습니다. 기차의 차량들이 전부 떼어져 벌써 여러 곳으로 흩어지고 없거든요."

레스트레이드가 말했다. 그러면서 덧붙여 설명했다.

"하지만 홈즈 씨, 걱정은 안 하셔도 될 것 같습니다. 이미 저희가 모든 객차를 자세히 조사해봤으니까요. 제가 직접 살펴봤거든요."

홈즈의 결점 중 하나는 딱 부러지지 못한 사람을 보면 참을성이 없다는 것이었다.

"그랬겠죠."

홈즈는 시큰둥하니 돌아서며 말했다.

"사실 내가 보고 싶었던 건 객차가 아니었어요. 왓슨, 여기 볼일은 이제 다 끝났네. 레스트레이드 경감, 당신을 더 이상 괴롭힐 일도 없을 것 같군요. 우리는 이제 울리치로 가서 조사하겠습니다."

홈즈는 우선 런던교로 가서 마이크로프트 형에게 보낼 전보를 쓴 다음 내게 보여주었다. 거기엔 이렇게 씌어 있었다.

어둠 속에 약간의 서광이 비쳐오고 있지만 금방 꺼질 지도 모름. 배달부 편에, 영국에서 활약하는 모든 외국인 스파이와 국제 스파이의 이름, 주소를 베이커 거리로 보내주기 바람.

"왓슨, 그런 명단은 수사에 도움이 될 거야. 아무튼 마이크로프트 형 덕분에 대단한 사건을 맡게 된 셈이지."

울리치 행 기차 안에서 홈즈가 말했다. 아직도 뭔가에 깊이 몰입해 있는 것 같은 분위기가 그의 얼굴에 어려 있었다. 아마도 좀 전의 자극 때문에 뭔가 좋은 생각이 떠오르는 모양이었다. 그의 모습은 마치 사냥개가 귀를 축 내리고 처져 있다가 일순간 눈을 빛내면서 사냥감의 냄새를 좇아 달려가는 것과도 같았다. 최소한 아침시간 이후부처 홈즈에게 일어난 변화는 그랬다. 몇 시간 전까지만 해도 안개로 둘러싸인 방에서 후줄근한 잠옷 바람으로 맥없이 방안을 서성거리던 사람과는 완전히 딴판이 된 것이다. 그가 말했다.

"사실 다 드러난 거나 마찬가지야. 그런데도 내가 그 가능성을 제대로 못 봤으니 정말 바보였지."

"난 아직도 뭐가 뭔지 통 모르겠는데."

"나도 사건의 전모를 다 아는 건 아니야. 하지만 조사를 진전시킬 만한 생각이 하나 떠올랐어. 웨스트는 어딘가 다른 곳에서 살해돼 기차 지붕에 얹혀서 거기까지 온 것 같네."

"기차 지붕에!"

"엽기적인 일이지. 그렇지 않나? 하지만 생각해보게. 기차가 곡선

선로를 돌면서 전철기 위를 지날 때 좌우로 흔들리지 않겠나. 바로 그 지점에서 시체가 발견됐거든. 그게 그냥 단순한 우연일까? 그러니까, 지붕에 얹힌 물체가 떨어져 내릴 만한 그런 장소 아닐까? 전철기는 기차 내부에 있는 물체에는 영향을 미치지 않을 걸세. 그렇다면 지붕에서 시체가 떨어졌거나, 아니면 우연의 일치가 일어난 거겠지. 그런데 혈흔에 대해서는 말이지, 어딘가 다른 곳에서 피를 흘리고 왔다면 선로엔 물론 핏자국이 남아있지 않겠지. 이 모든 게 다 의미심장하지 않나?"

"그러면 기차표 문제도 해결되겠는데!"

내가 소리쳤다.

"바로 그거야. 기차표가 없어진 것에 대해 설명을 못했는데, 이렇게 생각하면 다 해결이 되거든. 그렇지 않나?"

"그런데 웨스트가 왜 죽었는지에 대해서는 아직 풀린 게 없지. 이거 정말 갈수록 더 꼬이는 것 같군."

"글쎄……."

홈즈가 생각에 골똘하며 말했다.

"글쎄……."

그는 결국 말을 잇지 않고 다시 몽상에 빠져들었는데, 기차가 마침내 울리치 역에 도착할 때까지 꼼짝도 않고 그대로 있었다. 그러고는 기차에서 내려 다시 마차를 타고는 주머니에서 마이크로프트가 준 쪽지를 꺼냈다.

"오후에 몇 군데 들를 데가 있어. 우선 제임스 월터 경을 찾아가야겠네."

유명한 관리인 제임스 월터 경의 저택은 템스 강변까지 깔린 잔디밭 위에 멋진 모습으로 서 있었다. 우리가 그곳에 도착할 무렵 안개가 걷히면서 햇살이 희미하게 비치기 시작했다. 벨을 누르자 집사가 나왔다.

"제임스 경 말씀입니까!"

집사가 엄숙한 투로 말했다.

"오늘 아침에 돌아가셨습니다."

"아니! 어떻게 돌아가셨죠?"

홈즈가 깜짝 놀라며 물었다.

"잠시 들어오셔서 동생이신 발렌타인 대령님을 만나보시겠습니까?"

"아, 네, 그러죠."

우리는 조명이 어둑한 거실로 안내되어 들어갔다. 얼마 후, 키가 크고 아주 잘생긴 50대 남자가 턱수염을 기른 모습으로 들어왔다. 과학 분야의 정부 관리인 제임스 경의 동생인 그는 불안정한 시선과 초췌한 얼굴을 하고 있었는데, 아무래도 뜻밖의 사고에 큰 충격을 받은 것이 분명해 보였다. 그는 말도 제대로 이어가지 못했다.

"그 사건의 충격 때문이었어요. 제 형인 제임스 경은 굉장히 예민하고 명예를 소중히 여기는 분이기 때문에 그런 사건을 견딜 수 없어 하셨죠. 너무나 괴로워 하셨습니다. 형님은 항상 부서의 효율성에 대해 자랑하셨는데, 이번 사건으로 헤어날 수 없는 충격을 받으신 겁니다."

"우리는 사실 제임스 경께서 이 사건에 관련해 몇 가지 도움 말씀을 주실 것 같아서 이렇게 왔습니다만……."

"분명히 말씀드릴 수 있는 건, 형님에게도 이번 사건은 다들 느끼는 것처럼 도무지 이해할 수 없는 미스터리 그 자체라는 거죠. 그래서 알고 계신 사실을 그대로 다 경찰에 얘기하셨어요. 형님은 캐도건 웨스트가 당연히 범인이라고 확신하셨는데, 그밖의 일에 대해서는 아무것도 모르셨습니다."

"이 사건을 푸는 데 뭔가 도움 될 만한 건 없을까요?"

"저도 신문에서 보거나 남들한테서 들은 것밖에 모릅니다. 홈즈 씨, 실례를 끼치는 게 아니라면 저희가 지금 너무 정신이 없으니까 좀 이해해주시고 얘기를 빨리 끝내면 좋을 것 같습니다."

우리는 저택을 나와 다시 마차를 집어탔다. 잠시 뒤 홈즈가 말했다.

"일이 아주 엉뚱한 방향으로 가는구먼. 제임스 경이 자연사 한 건지, 아니면 자살한 건지 그걸 모르겠는데! 만약 자살이라면, 스스로 직무를 태만하게 한 것에 대해 자책을 했다는 의미 아닐까? 어쨌든 이 문제는 일단 미뤄두고, 이제 캐도건 웨스트의 집으로 가세."

웨스트의 집은 울리치 외곽에 자리하고 있었는데, 자그마하고 깨끗한 집안에는 그의 어머니만이 아들을 잃은 채 살고 있었다. 그녀는 슬픔으로 아직 혼미한 상태라 우리의 질문에 도움이 되지는 않았지만, 옆에 같이 있던 젊은 여인이 자신을 캐도건 웨스트의 약혼자라고 소개하면서 대화가 서서히 이어갈 수 있었다. 사건이 일어났던 밤에 웨스트를 마지막으로 본 사람도 바로 그 여인 바이올렛 웨스트베리였다.

"홈즈 씨, 전 아무리 생각해도 이해할 수가 없습니다. 그 비극이 일어난 뒤부터 도대체 그게 어떻게 된 일인지 밤낮으로 생각하고 또 생각하느라 잠도 이루지 못하고 있어요. 세상에 아서만큼 성실하고 예의 있고 정의감이 강한 사람도 없을 거예요. 그는 자신이 관여하고 있는 국가 기밀을 절대로 팔아넘길 사람이 아닙니다. 그러느니 차라리 자신의 오른팔을 잘라버릴 사람이죠. 그를 아는 사람이라면 누구나 그 사건은 도저히 있을 수 없는 일이라고 생각할 거예요."

"그렇지만 어쨌든 이게 사실 아닙니까?"

"그렇긴 하죠. 그래도 솔직히 저는 이 사건을 도저히 이해할 수가 없습니다."

"웨스트 씨가 혹시 경제적 어려움을 겪고 있었습니까?"

"아니오. 그는 봉급이 넉넉한 편이었지만 무척 검소하게 생활했어요. 그래서 이제까지 몇 백 파운드 정도 저축도 했고, 내년에 결혼도 할 예정이었죠."

"근래 들어 특별히 무슨 걱정이 있어 보인다거나 그렇진 않았나요? 웨스트베리 양, 편하게 생각하고 말씀해보세요."

홈즈의 예리한 시선이 그녀의 태도에서 어떤 변화를 감지한 것이다. 그녀는 안색이 달라지며 잠시 머뭇거렸다.

"좋아요."

그녀가 마침내 입을 열었다.

"아서에게 무슨 걱정이 있어 보였어요.

"언제부터요?"

"지난 주부터였어요. 뭔가 생각에 빠져 있고 좀 초조해 보이더라고요. 그래서 한번은 물었죠. 뭣 때문에 그러냐고, 얘기 좀 해보라고요. 그랬더니, 걱정거리가 있다면서 일과 관련된 것이라고 하더군요. 하지만 그건 기밀 사항이기 때문에 함부로 말할 수가 없고, 저한테도 말할 수 없다고, 그렇게 말했어요. 그러고는 더 이상 아무 말도 안 해서 저도 못들었죠."

홈즈가 약간 짜증난 듯 다시 말했다.

"웨스트베리 양, 자꾸 망설이지 마시고 다 털어놔 보세요. 혹여 웨스트에게 불리한 얘기가 있더라도 말씀해보세요. 어떤 결과가 나올지는 아무도 모르니까요."

"정말이에요. 전 더 이상 아는 게 없어요. 한두 번 정도 아서가 무슨 말을 하려고 했던 적은 있어요. 어느 날 저녁이었는데, 그 기밀 사항이 굉장히 중요한 거라면서, 만약 외국 스파이라면 그걸 확보하기 위해 거액도 내놓을 거라는, 그런 얘기를 하더군요."

홈즈의 표정이 심각하게 변해갔다.

"다른 말은 더 없었나요?"

"그러면서, 우리나라가 그런 중요한 문제에 대해 너무 허술하다며, 어떤 자가 그걸 빼내 배신하는 것 정도는 어렵지 않을 거라고, 그런 얘기도 했고요."

"그 말을 한 게 최근이었나요?"

"네, 아주 최근이었어요."

"그럼, 마지막 날 저녁엔 무슨 일이 있었습니까?"

"같이 극장에 가기로 했었어요. 그런데 안개가 너무 심해서 마차를 탈 수가 없더라고요. 그래서 걸어가기로 했는데, 가는 도중에 그의 사무실 근처를 지나게 됐거든요. 그런데 어느 순간 갑자기 그가 뛰어가는 거예요. 하지만 금방 안개 속에 묻혀버렸죠."

"아무 말도 안 하고요?"

"비명 소리가 났어요. 그리고는 더 이상 안 보였어요. 거기서 한참을 기다렸는데도 그가 안 나타나기에 저는 그냥 집으로 돌아갔죠. 다음 날 아침, 사무실 문을 연 다음에 사람들이 와서 그의 행방을 물었어요. 그리고 12시쯤에 무서운 소식이 들려왔죠. 홈즈 선생님, 제발 그의 누명을 좀 벗겨주세요. 그는 정말 명예를 소중히 여기는 사람입니다."

홈즈는 착잡한 표정으로 고개를 저었다.

"가세, 왓슨, 또 가볼 데가 있어. 지금 갈 곳은 기밀 서류를 도난당한 그 사무실일세."

잠시 후, 또다시 덜컹거리는 마차를 타고 가면서 홈즈가 말했다.

"처음부터 웨스트한테 의심을 품었었는데, 조사해갈수록 혐의가 더 짙어지고 있어. 결혼을 앞두고 있었다는 건 범행을 의심해볼 수도 있지. 돈이 필요했을 테니까 말이야. 그리고 약혼자한테 그런 말을 했다는 걸 보면 아무래도 그런 생각을 품었던 게 분명해. 그 청년은 자신의 계획을 약혼자에게 말함으로써 여자를 범죄의 공범으로 끌어들이다시피 한 거야."

"하지만 그 청년의 성격을 보면 그럴 만한 사람이 아니잖은가? 게다가 약혼자를 길에 세워놓고 갑자기 달려가 그런 엄청난 범죄를 저지른다? 그럴 이유가 뭐가 있지?"

"바로 그거야! 분명히 그런 반론을 제기할 수 있지. 하지만 이건 보통 사건이 아니야."

사무실로 찾아가자 시드니 존슨 사무관이 우리를 맞이했다. 홈즈가 명함을 내밀면 사람들이 흔히 그렇듯 그도 깍듯한 태도를 보였다. 존슨은 중년 나이에 좀 거칠게 보이고 안경을 쓴 사내였다. 두 뺨이 푹 들어가고, 최근에 겪은 충격 때문인지 손을 떨었다.

"홈즈 씨, 세상에 어떻게 이런 일이 있습니까! 제임스 경이 사망했다는 얘기 들으셨습니까?"

"아까 그 집에 들렀었죠."

"여기는 지금 난리도 아닙니다. 캐도건 웨스트와 제임스 경이 사망한 데다 기밀 서류까지 없어졌으니까요. 월요일 저녁까지만 해도 우리는 정부의 여러 부서 중에서도 가장 손꼽히는 유능한 조직이었습니다. 그런데 맙소사, 이건 너무 끔찍해요! 하필이면 웨스트가 그런 짓을 했다니, 도저히 믿어지지가 않습니다."

"그러니까 당신은 웨스트가 범인이라고 확신하는 겁니까?"

"그렇게밖엔 생각할 수 없으니까요. 하지만 저는 웨스트를 내 분신처럼 믿었어요."

"월요일 몇 시에 사무실 문을 잠갔죠?"

"다섯 시에요."

"당신이 직접 잠갔습니까?"

"그렇습니다. 항상 제가 맨 마지막에 나가니까요."

"설계도는 그때 어디에 있었죠?"

"금고 안에요. 제가 직접 넣어뒀거든요."

"이 건물에 경비원은 없습니까?"

"있습니다. 하지만 우리 부서만 경비하는 게 아니니까요. 퇴역군인인데 아주 성실한 사람이죠. 그날 저녁 때 아무것도 못봤다고 하더군요. 물론 안개가 엄청 심했으니까요."

"자, 이런 가정을 한번 해봅시다. 일테면 캐도건 웨스트가 퇴근을 하고 난 후 다시 이 건물에 들어오려고 했다는 걸 가정해 보자고요. 기밀 서류를 꺼내기 위해서는 세 개의 열쇠가 필요합니다. 안 그렇습니까?"

"맞습니다. 건물의 출입문 열쇠와 사무실 열쇠, 그리고 금고 열쇠죠."

"세 개의 열쇠를 다 가지고 있는 사람은 제임스 월터 경과 당신, 둘뿐이었죠?"

"아니오, 제가 가지고 있는 건 금고 열쇠뿐입니다."

"제임스 경은 생활이 아주 규칙적인 스타일이었나요? 출퇴근 시간이 정확했습니까?"

"네, 그랬던 것 같습니다. 그리고 그분은 열쇠들을 전부 다 하나의 고리에 매달아 두셨던 걸로 기억납니다. 그 열쇠고리를 자주 봤으니까요."

"그러면 런던에 갈 때 그 열쇠고리를 갖고 가셨겠네요?"

"그렇죠. 항상 몸에 지니고 있으니까요."

"당신이 웨스트에게 열쇠를 내준 적은 없습니까? 웨스트가 범인이라면 복제한 열쇠를 갖고 있었을 테니까요. 그런데 시체에서 열쇠는 발견되지 않았어요. 그리고 만약 사무실 직원이 설계도를 팔아넘기려고 했다면, 원본을 빼내는 것보다 그걸 베끼는 게 더 쉽지 않았을까요?"

"설계도를 제대로 베끼려면 상당한 전문 지식이 필요하죠."

"제임스 경이나 당신, 그리고 웨스트에게는 그만한 전문 지식이 있지 않습니까?"

"그렇긴 합니다. 하지만 홈즈 씨, 저를 자꾸만 그 문제에 끌어들이지 마시기 바랍니다. 웨스트의 몸에서 설계도 원본이 직접 나왔는데, 자꾸만 이런 말을 하는 게 무슨 소용이 있겠습니까?"

"그게, 안전하게 설계도를 베낄 수가 있고, 그렇게 해도 팔아넘기는 데 전혀 지장이 없는데도 그런 위험까지 무릅쓰면서 했다는 게 정말 이해하기 힘들어서요."

"이해하기 힘들죠. 그런데도 웨스트가 그렇게 했다는 것 아닙니까?"

"이 사건은 캐낼수록 이해하기 힘든 점들이 계속 나오는데요. 그 석 장의 설계도는 또 어디로 사라졌을까요. 내가 알기론 그게 핵심 부분이라고 하던데요?"

"네, 맞습니다."

"그 얘기는 곧 그 석 장의 설계도만 있으면 다른 일곱 장이 없어도 브루스파팅턴 호 잠수함을 만들 수 있다는 겁니까?"

"제가 해군성에 그렇게 보고를 했는데요. 오늘 다시 설계도를 자세히 보니까 꼭 그렇지만은 않았어요. 그 일곱 장 중에 자동조절 홈이 붙은 이중 벨브에 관한 설계도가 있는데, 외국에서 그걸 만들어내지 못하면 잠수함을 건조할 수가 없거든요. 하지만 그걸 해결하는 건 시간문제겠죠."

"어쨌든 없어진 그 세 장의 설계도가 가장 중요한 건 맞죠?"

"물론 그렇습니다."

"그럼 이제 건물 내부를 좀 봐야할 것 같군요. 더 이상 질문할 건 없습니다."

홈즈는 우선 금고의 잠금장치와 사무실 문, 그리고 창문의 철제 덧문을 꼼꼼히 살펴보았다. 그런 다음 정원으로 나가 둘러보았는데, 그곳에 오히려 더 큰 관심을 드러내는 표정이었다. 창문 밖으로 월계수 나무가 우거져 있었는데, 가지 몇 개가 부러져 있는 게 보였다. 그는 즉시 확대경을 대고 부러진 가지와 바닥의 흙 위에 찍혀 있는 희미한 발자국을 살펴보았다. 그리고는 존슨에게 창문의 철제 덧문을 닫아보라고 말했다. 덧문이 문틀에 정확히 맞지 않아 틈새가 벌어지자 그가 내게 손가락으로 그곳을 가리켰다. 밖에서 방안을 들여다볼 수 있을 만큼의 틈새였던 것이다.

"사흘이나 지났기 때문에 흔적이 많이 없어졌는데, 이게 중요한 의미가 될 수도 있지만 아무것도 아닐 수가 있지. 왓슨, 이제 여기 울리치에서 얻어낼 건 더 이상 없을 것 같아. 그래도 작은 수확은 있었지. 그럼 이제 런던에 가서는 얼마나 더 있을지 봐야겠네."

하지만 우리는 울리치 역을 떠나기 직전에 꽤 그럴듯한 수확을 더 거둬들였다. 매표소 직원이 늘 봐왔던 캐도건 웨스트를 월요일 밤에 봤다고 자신 있게 진술했던 것이다. 그러면서 웨스트가 8시 15분 런던 행 기차를 타고 런던교까지 갔다는 얘기도 덧붙였다. 혼자서 편도 일반석을 샀다는 것이다. 매표소 직원은 그때 웨스트가 무척 긴장한 표정이어서 유독 기억에 남는다고 했다. 웨스트가 거스름돈도 제대로 받지 못할 정도로 떨고 있어서 자신이 도와주었다는 것이다. 시간표를 보니, 웨스트가 7시 30분쯤에 약혼자를 떠난 다음 탈 수 있었던 가장 빠른 기차가 8시 15분으로 나와 있었다. 홈즈는 30분 가까이 아무 말도 안하다가 입을 열었다.

"왓슨, 이 사건을 다시 정리해봐야겠네. 우리가 같이 활동을 시작한 이후로 이번보다 더 까다로운 사건을 만난 적은 없었던 것 같아. 갈수록 첩첩산중이니 말이야. 그래도 조금은 진전된 게 있지.

울리치에서 조사한 결과는 캐도건 웨스트에게 불리한 것들이었어. 하지만 창가에서 발견된 증거 때문에 그에게 유리한 가설을 세울 수가 있게 됐지. 일테면 이런 거야. 외국인 스파이가 먼저 웨스트에게 접근했다고 가정해보는 걸세. 그는 비밀을 지켜야 하는 입장 때문에 어떠한 말도 할 수는 없었겠지. 그런데 약혼자한테 그런 얘기를 잠깐 했다는 걸 보면 혼자 속으로 고민을 했던 것 같아. 이

건 충분히 가능한 얘기야. 그런 다음 웨스트는 약혼자와 함께 극장에 가기로 했네. 그런데 가던 도중에 안개 속에서 갑자기 어떤 장면을 보게 됐는데, 자기에게 접근해왔던 바로 그 스파이가 사무실 쪽으로 가고 있는 거야. 웨스트는 성격이 급한 사람인만큼 행동도 빨랐을 것 같네. 그는 자신의 의무를 무척 중요하게 여겼기 때문에 스파이의 뒤를 쫓아 사무실 창문 앞까지 간 거야. 그리고 그자가 기밀 서류를 훔쳐내는 걸 보고 계속 뒤를 밟아갔지. 이렇게 가정을 해보니까 설계도를 베끼지 않고 원본을 빼내 간 이유가 설명되더라고. 외부 사람이니까 원본을 가져갈 수밖에 없는 거지. 여기까지는 줄거리가 맞아떨어지고 있어."

"그 다음에는 어떻게 된 건가?"

"그럼 이제 좀더 복잡한 문제로 들어가보겠네. 보통은 그런 상황이라면 바로 그 자리에서 범인을 붙잡거나 아니면 소리를 질러 주위에 알려야 한다고 생각하게 되지. 그런데 왜 그는 그렇게 하지 않았을까? 혹시 훔친 그자가 웨스트의 상관은 아니었을까? 만약 그렇다면 웨스트의 행동이 설명이 되네. 그래서 상관인 존슨이 안개 속에서 웨스트의 추적을 따돌리고 먼저 런던으로 간 게 아니었을까? 웨스트가 존슨의 집을 알고 있었다면 그 집에 가서 설계도를 찾아오려고 했겠지. 아무튼 웨스트가 약혼자를 세워둔 채 그냥 가버린 걸 보면 상황이 굉장히 급했던 게 틀림없어. 자, 내가 가정해볼 수 있는 건 여기까지야. 그 다음부터 어떻게 해서 웨스트가 시체로 발견되게 됐는지까지는 전혀 알 수 없네. 설계도면 일곱 장이 그의 주머니에 들어 있고, 기차 지붕 위에 시체로 놓여있었는지 말일세. 이렇게 해보세, 왓슨. 이제부터는 반대쪽에서 사건에 접근해보는 거야. 마이크로프트 형이 국제 스파이들의 명단을 주면 그중 수상쩍은 몇 놈을 골라 거기서부터 실마리를 풀어내보는 거지."

베이커 거리의 집으로 돌아와 보니 편지 한 통이 도착해 있었다. 정부에서 직접 온 봉투였는데, 홈즈가 뜯어서 훑어보더니 내게로 휙 던졌다.

피라미들만 많고 큰 건에 손댈 만한 자들은 얼마 없구나. 그 중 꼽히는 자들은 세 명뿐이다.

아돌프 마이어: 웨스트민스터, 그레이트 조지 거리 13번지

루이 라 로티에르: 노팅힐, 캠덴 저택

휴고 오버스타인: 켄싱턴, 콜필드 가든스 13번지

들어온 보고에 의하면, 오버스타인이라는 자가 월요일 날 런던 시내에 있었는데 현재는 떠나고 없다고 한다. 수사에 빛이 보인다고 하니 기쁘구나. 정부에서는 네 보고서를 초조하게 기다리고 있다. 국가의 가장 귀하신 분께서 급히 사람을 보내오셨다. 정부는 최대한 너를 지원할 거라고 한다.   ─ 마이크로프트

홈즈가 웃으며 말했다.

"여왕의 모든 말과 병사들을 보내준다고 해도 이번 일에는 별 도

움이 안 될 것 같은데."

그는 런던 시내 지도를 펼쳐놓고 골똘히 들여다보았다. 그리고는 만족한 듯 외쳤다.

"허허, 예상했던 대로야, 왓슨. 결국 사건을 풀어낼 수 있을 것 같네."

갑자기 그는 내 어깨를 툭 치며 유쾌하게 말했다.

"잠깐 나갔다 오겠네. 답사나 좀 해보려고. 믿음직한 동료이자 전기 작가와는 중대한 일을 할 때 당연히 동행하겠네. 한두 시간 내로 돌아올 테니까, 자네는 심심하면 일단 쓰기 시작하게. 우리가 어떻게 나라를 구했는지에 대해서 말이야."

그런데 묘하게도 홈즈의 들뜬 기분이 내게도 전염된 것 같았다. 어쨌든 그는 기뻐할 만한 분명한 이유가 없으면 태도를 바꾸는 사람이 아니라는 걸 나는 잘 알고 있었다. 그때가 11월이었는데, 나는 저녁 내내 그가 돌아오기를 기다리고 있었다. 마침내 9시가 넘어 웬 편지 한 통이 배달돼 왔다.

켄싱턴, 글루체스터로의 골디니 레스토랑에서 식사하고 있음. 이곳으로 곧 와주기 바람. 지렛대, 갓 달린 전등, 끌, 권총도 가져오기 바람. - S.H.

교양 있는 시민이, 그것도 안개가 자욱한 밤에, 지니고 다니기엔 상당히 묘한 물건들을 챙겨가지고 나는 거리로 나섰다. 그것들을 외투 속에 숨긴 채 마차를 잡아타고 홈즈가 적어준 주소로 곧장 달려갔다. 그는 화려한 이탈리안 레스토랑의 출입문 가까이에 앉아 있었다.

"식사는 하고 왔겠지? 크라사오 가든 커피나 한 잔 마시게. 이 레스토랑의 담배도 추천하고 싶네. 아주 독한 편은 아니야. 그건 그렇고, 연장은 가져왔나?"

"응, 외투 속에 있네."

"오케이. 그럼 내가 뭘 했는지, 그리고 이제부터 우리가 무엇을 해야 하는지 간단히 설명해 주겠네. 왓슨, 자네도 누군가가 웨스트의 시체를 기차 지붕 위에 올려놓았다는 걸 분명히 알고 있으리라 생각하네만, 그건 시체가 객차에서 떨어진 게 아니라 지붕에서 떨어졌다는 걸 결론 내린 그 순간부터 명백한 사실이었네."

"혹시 시체가 객차의 연결통로에서 떨어진 건 아닐까?"

"그런 일은 있을 수가 없어. 자네도 보면 알겠지만 기차의 지붕이 완만한 경사를 이루고 있는데다 가장자리엔 막아주는 게 아무것도 없거든. 그래서 누군가가 캐도건 웨스트를 그 위에 올려놓았다고 단언할 수가 있는 거야."

"그런데 어떻게 기차 지붕 위에 시체를 올려놓았을까?"

"그게 우리가 풀어야 할 문제지. 가능한 방법은 하나밖에 없어. 왓슨, 웨스트앤드 지역 몇 군데는 지하철이 터널을 지나 지상으로 달리는 거 자네도 알고 있지? 난 지하철을 타고 갈 때 가끔 머리 위로 보이는 집들 벽에 창문이 있는 걸 본 기억이 나거든. 그런데 그런 창문 바로 아래서 기차가 멈춰 섰다고 가정해 보세. 지붕 위에 시체를 올려놓는 게 그렇게 어려운 일일까?"

"하지만 그런 건 도저히 있을 수 없는 일 아니야?"

"그래도 아무리 불가능해 보이더라도 우리는 진실이라는 단어를 계속 떠올려야 하겠지. 아무튼 월요일에 런던에 있다가 지금은 떠나고 없다는 그 거물 스파이가 지하철에서 가까운 동네에 산다는 걸 알아냈네. 그것 때문에 내가 갑자기 기뻐하면서 뛰어나왔었지.

"아! 정말이야?"

"그럼! 휴고 오버스타인, 콜필드 가든스 13번지, 이자가 내 목표물이 되었네. 난 글루체스터로 역에서부터 조사를 시작했는데, 거기서 아주 친절한 역무원을 만난 덕분에 철길을 따라 걸으면서 콜필드 가든스의 집 창문이 선로를 향해 나있는 걸 직접 확인할 수 있었고, 그곳에서 여러 개의 노선이 교차하기 때문에 기차가 바로 그 창문 앞에서 몇 분 동안 멈추는 일도 자주 있다는 중요한 정보를 얻어냈지."

"맙소사! 정말 훌륭하구먼, 홈즈! 결국 해냈어!"

"여기까지는 좋았지. 하지만 왓슨, 계속 전진하고 있긴 하지만 우리의 목표는 아직도 당당 멀었네. 어쨌든 콜필드 가든스 뒤쪽을 봤으니까 이제 집 앞으로 가봤지. 건물이 큰 편인데 2층 방들은 전부 비어 있는 것 같더라고. 그 집에서 오버스타인은 하인 한 명을 데리고 살았어. 그가 런던을 떠나 유럽 어딘가로 간 건 도망치기 위해서가 아니라 물건을 처분하기 위해서지. 그건 분명한 사실이네. 그자는 용의선상에 오른 적이 없기 때문에 어떤 아마추어 탐정이 자기 집을 수색할 거라는 생각은 꿈에도 못하고 있을 거야. 자, 가볼까, 왓슨."

"영장을 받아서 합법적으로 해야 하지 않나?"

"그건 증거가 부족해서 곤란하네."

"집 안에 들어가서 뭘 하려고?"

"무슨 메모나 편지라도 있을지 모르지."

"나는 별로 내키지가 않는데."

"왓슨, 자네는 밖에서 망이나 봐주면 돼. 범법 행위는 내가 맡을 테니까. 지금은 그런 문제를 따질 때가 아니야. 마이크로프트 형이 말했다시피, 지금 소식이 오기만을 기다리고 있는 고귀한 분과 정부, 해군성을 생각해보게. 꼭 가서 봐야 되네."

나는 의자에서 벌떡 일어나는 것으로 대답을 대신했다.

"홈즈, 자네 말이 옳아. 빨리 가자고."

그도 따라 일어나더니 별안간 내 손을 잡고 흔들었다.

"난 자네가 마지막 순간에 물러나지 않을 거라는 걸 알고 있었지."

그의 눈빛엔 뭔가 부드러움마저 묻어 있었다. 하지만 바로 다음 순간, 그는 자신만만하고 활발한 원래의 모습으로 벌써 돌아가 있었다.

"거기까지 팔 백 미터쯤 되는데 걸어가세. 서두를 필요는 없어. 다만 연장을 떨어트리지 않도록 조심해주게. 자네가 수상한 인물로 체포되면 정말 복잡해질 테니까."

콜필드 가든스는 런던 웨스트엔드에 있는 빅토리아 시대의 멋진 저택들 중 하나였는데, 집 앞쪽은 단순한 스타일이지만 기둥을 세운 현관이 멋스러웠다. 이웃집에서 아이들이 어울려 노는지 떠드는 소리와 피아노 소리가 울려 나왔다. 안개는 여전히 짙게 남아 있어서 우리의 모습을 금방 감춰버리는 듯 했다. 홈즈가 전등을 켜서 현관문에 가져다 댔다.

"이거 만만치 않은데. 열쇠로 잠그고 빗장까지 질러놓은 것 같아. 왓슨, 지하실 쪽으로 가보세. 그렇지. 저 밑에 아치문이 있군. 자, 나를 좀 받쳐주게. 내가 올라가서 자네를 잡아주겠네."

우리는 문을 넘어가 지하실 입구로 다가갔다. 그런데 어두운 곳으로 들어가자마자 안개 속에서 갑자기 경찰의 발자국 소리가 들려왔다. 잠시 후 그 소리가 사라지자 홈즈는 끌을 집어넣어 문을 비틀기 시작했다. 마침내 철컥 하는 날카로운 소리를 내며 문이 열렸다. 우리는 얼른 안으로 뛰어 들어가 지하실 문을 닫았다. 홈즈가 앞장서서 카펫이 깔려있지 않은 나선형 계단을 올라갔다. 그리고는 나지막한 창문 밖으로 비쳐 보이는 노란 불빛을 가리켰다.

"왓슨, 여기야. 이곳이 틀림없어."

그가 창문을 확 열자 바로 그때 덜컹거리는 소리가 들리기 시작하더니 곧 기차가 요란한 굉음을 내며 창문 바로 앞을 휙 스쳐 지나갔다. 홈즈는 창틀에 전등을 비춰보았다. 기차에서 뿜어져 나오는 시커먼 먼지가 창틀에 두껍게 끼어 있었는데, 이상하게도 몇 군데는 지워져 있었다.

"시체를 여기에 올려놓았던 것 같네. 어, 왓슨! 이게 뭘까? 핏자국 아니야?"

그가 나무 창틀 위에 희미하게 남아 있는 얼룩을 가리켰다.

"아니, 여기 계단에도 얼룩이 남아 있군. 이쯤 되면 증거는 충분하지. 그럼, 기차가 설 때까지 여기서 기다려보세."

그런데 오래 기다릴 일은 없었다. 바로 다음 기차가 역시나 요란한 소리를 내며 터널을 빠져나오더니, 천천히 속도를 줄이다가 브레이크를 걸며 창문 바로 앞에서 멈춰 섰던 것이다. 창문에서 기차 지붕까지의 거리는 1미터 20센티미터 정도밖에 되지 않았다. 홈즈는 조심스레 창문을 닫았다.

"여기까지는 우리 생각이 맞았어. 자넨 어떻게 생각하나, 왓슨?"

"자넨 천재지. 그야말로 유례를 찾아볼 수 없을 정도로 대단한 걸 보여준 거야."

"난 좀 다르게 생각하고 있네. 시체가 기차 지붕 위에 올려 있었다는 생각을 한 건 별로 어렵지 않았는데, 어쨌든 그렇다는 결론을 내리자 그 다음부터는 분명하게 보이는 것 같더라고. 그리고 실제로 지금까지는 별로 대단한 사건이 아니었어. 문제는 이제부터야. 진짜 어려움이 남아 있는 거지. 하지만 여기서 그 문제를 풀 수 있는 단서를 발견할 수 있을지도 몰라."

우리는 주방 쪽 계단을 통해 2층으로 올라갔다. 처음에 들어간 방은 식당이었는데, 그저 평범하고 관심을 끌만한 것은 아무것도 없었다. 그 다음에 들어간 방은 침실이었고 역시나 특별한 게 없었다. 마지막 방은 그래도 좀 볼만 했기 때문에 홈즈는 거기서 본격적으로 조사를 시작했다. 책과 서류들이 많이 있는 걸로 봐서 서재인 게 분명했다. 홈즈는 서랍들을 다 열어보고 책장을 자세히 살펴보았는데, 한참이 지나도록 그의 표정엔 아무런 변화도 나타나지 않았다. 결국 1시간이 흘렀지만 조사는 전혀 진전된 게 없었다. 마침내 홈즈가 말했다.

"교활한 놈이 완전히 흔적을 지워버렸어. 증거가 될 만한 건 아무것도 없으니 말이야. 뭐 쪽지 하나도 안 보이는 게, 어디다 숨겼거나 없애버린 것 같아. 그런데 왓슨, 여길 좀 보게."

그건 책상 위에 놓여 있는 작은 금고였다. 홈즈는 끌을 이용해 뚜껑을 열었다. 안에서 종이뭉치가 튀어나왔는데, 거기엔 숫자들이 빽빽이 적혀 있었다. 그러나 무슨 내용인지를 알 수 있게 하는 메모 같은 건 없었다. 다만 '수압'이라든지 '1평방인치 당 압력' 같은 단어가 되풀이해 나타나고 있었다. 그걸로 짐작해보면, 아무래도 잠수함과 관련이 있는 것이 아닌가 하는 생각을 할 수 있었다. 홈즈는 그 종이뭉치를 한쪽에 놔두고, 금고 안에 들어 있는 봉투 하나를 마저 꺼냈다. 그 안에는 작은 신문 스크랩이 들어 있었다. 그는 봉투를 거꾸로 들어 내용물을 탁자 위로 쏟아내면서 잔뜩 기대에 찬 표정을 지었다.

"왓슨, 이게 뭐지? 이게 뭘까? 신문에 광고를 낸 것 같은데. 〈데일리 텔레그래프〉에 광고 낸 걸 스크랩 해놓은 거야. 날짜는 안 보이지만 잘 정리해 놓았구먼. 첫 번째 것은 이렇게 씌어 있어."

〈연락 기다리고 있었음. 조건을 승낙함. 명함에 적힌 주소로

편지할 것. 피에로〉

"다음엔 이거야."

〈너무 복잡해서 설명할 수 없음. 완전한 보고서를 바람. 물건이 오면 현금으로 지불하겠음.〉

"그 다음도 읽어보겠네."

〈긴급한 상황임. 계약대로 하지 않으면 제안을 철회하겠음. 편지로 약속 정해줄 것. 광고로 대답하겠음. 피에로〉

"그리고 이게 마지막 것일세."

〈월요일 밤 9시 이후. 문을 두 번 두드릴 것. 우리만 있음. 의심하지 말 것. 물건이 오면 현금으로 지불하겠음. 피에로〉

"왓슨, 이건 아주 완벽한 증거 아닌가? 그런데 문제는 광고를 낸 사람의 상대방이 누구냐는 거지."

홈즈는 골똘히 생각을 하더니 탁자를 두들겼다. 그리고는 벌떡 일어났다.

"이게 그다지 어려운 문제가 아닐지도 모르네, 왓슨. 자, 마차를 타고 〈데일리 텔레그래프〉 사무실로 가세. 오늘 일은 거기서 끝내야겠지."

다음 날, 마이크로프트 홈즈와 레스트레이드 경감은 약속한대로 아침식사를 마친 후 베이커 거리로 왔고, 셜록 홈즈는 두 사람에게 전날의 일에 대해 자세히 설명해주었다. 레스트레이드는 우리가 남의 집에 무단 침입했다는 얘기를 하자 고개를 절레절레 흔들었다.

"홈즈 씨, 우리 경찰은 그런 행동을 할 수 없습니다. 당신이 우리보다 더 나은 성과를 거둔 게 다 이유가 있군요. 하지만 그러다가 언젠가는 큰 곤란을 당할 수도 있습니다."

"조국과 가정과 미인을 위하여! (영국 해병이 건배할 때 자주 외치는 말) 안 그런가, 왓슨? 우리는 조국의 제단 위에 바쳐진 순교자들이지. 형은 어떻게 생각하세요?"

"잘했다, 셜록! 정말 잘했어! 하지만 그걸 어떻게 이용할 생각인데?"

홈즈는 탁자 위에 있는 〈데일리 텔레그래프〉를 집어들었다.

"오늘 피에로가 낸 광고 보셨어요?"

"뭐? 또 낸 거야?"

"여기 보세요."

〈오늘 밤 같은 시간, 같은 장소. 문을 두 번 두드릴 것. 매우 중요함. 안전 조심할 것. 피에로〉

"좋습니다! 그자가 이걸 보고 찾아오면 잡을 수 있겠네요!"

레스트레이드가 흥분해 외쳤다.

"내가 이 광고를 낼 때 했던 생각이 바로 그겁니다. 두 분께서 오늘 저녁 8시에 콜필드 가든스로 우리와 함께 가주신다면 문제 해결에 한층 더 가까워지겠죠."

셜록 홈즈의 뛰어난 능력 중 하나는, 어떤 것에 대해 더 이상 생각할 필요가 없을 때는 언제라도 즉시 다른 것으로 생각을 돌릴 수 있다는 것이다. 기념할만한 바로 그날도 그는 하루종일 라소(orlando di lasso, 네덜란드의 작곡가)의 폴리포니 모테트(성서를 바탕으로 한 성악곡)에 관한 논문을 쓰느라 집중하고 있었다. 하지만 나는 그런 능력이 없기 때문에 시간이 무척 지루하게만 느껴졌다. 사안의 국가적 중대성, 높은 분의 염려, 우리의 실험 결과에 대한 궁금증 등, 이 모든 생각이 한시도 마음에서 떠나지 않았다. 저녁식사를 간단히 마치고 밖으로 나가자 그제야 비로소 마음이 좀 가벼워졌다. 레스트레이드와 마이크로프트는 약속대로 글루체스터로 역 밖에 와 있었다. 오버스타인의 집 지하실 문은 전날 밤에 이미 열어 놓았지만 마이크로프트가 난간 위로 기어오르는 짓은 하지 않겠다고 버티는 바람에 나는 할 수 없이 집안으로 들어가 현관문을 열어주어야 했다.

1시간, 또 1시간이 흘렀다. 그러다 밤 11시가 되었다. 근처 교회에서 울리는 규칙적인 종소리는 마치 우리의 희망에 종말을 알리기라도 하는 것 같았다. 레스트레이드와 마이크로프트는 잠시도 가만히 의자에 앉아 있지 못하고 1분에 두 번씩 시계를 들여다보았다. 홈즈는 눈을 반쯤 감은 채 평온히 앉아 있는 것 같았지만 신경은 바짝 곤두서 있었을 게 분명했다. 별안간 그가 말했다.

"누가 오고 있어."

조심스런 발소리가 문 앞을 지나갔다. 그러다가 다시 돌아왔다. 곧 부스럭거리는 소리가 나더니 문고리로 딱딱 두 번을 두드렸다. 홈즈는 일어나며 우리에게 가만히 있으라는 손짓을 했다. 불빛이라곤 홀에 켜져 있는 작은 가스등 밖에 없었다. 그는 가서 현관문을 열어주고는 검은 그림자가 서둘러 안으로 들어서자 얼른 문을 닫고 잠갔다.

"이쪽으로!"

홈즈가 손님에게 말하며 그를 앞세워 들어왔다. 그리고는 손님이 깜짝 놀라 소리 지르며 몸을 돌리는 순간 목덜미를 낚아채고 방안으로 떠밀었다. 상대방이 몸을 가누기도 전에 홈즈는 방문을 닫고 문 앞을 막아섰다. 사내는 당황하며 방안을 둘러보다가 비틀거리더니 정신을 잃고 털썩 쓰러졌다. 넘어질 때 충격으로 챙 넓은 모자가 떨어지고 얼굴을 반쯤 가렸던 스카프가 흘러내리면서 그의 얼굴이 드러났는데, 턱수염을 기른 잘 생긴 얼굴의 발렌타인 월터 대령이었다.

홈즈가 깜짝 놀라며 휘파람을 불었다.

"왓슨, 이번에는 나를 바보라고 써도 좋네. 이 사람일 거라고는 생각도 못했으니까."

"이 사람이 누구냐?"

마이크로프트가 다급하게 물었다.

"잠수함 부서의 책임자였던 제임스 월터 경의 동생이죠. 이제야 속셈을 알겠군. 이 작자가 깨어나면 신문을 해봐야겠어."

우리는 사내를 소파로 들어 옮겼다. 잠시 후 그는 벌떡 일어나더니 두리번거리며 암담한 듯 이마를 문질렀다. 그리고는 말했다.

"어떻게 된 일이죠? 저는 오버스타인을 만나러 왔는데요."

"월터 대령, 사건의 전모가 밝혀졌어요."

홈즈가 말했다.

"영국 신사가 어떻게 그런 일을 할 수 있죠? 우리는 당신이 오버스타인과 약속을 해서 몰래 연락을 주고받은 사실을 다 알고 있어요. 캐도건 웨스트의 죽음을 둘러싼 정황에 대해서도 물론 알고 있죠. 내가 충고 하나 하겠는데, 참회와 자백으로 자신의 죄를 조금이라도 떨쳐내는 게 좋을 거예요. 순순히 털어놓아야 할 사항이 아직 몇 가지 남아 있으니까요."

대령은 신음을 하며 두 손으로 얼굴을 감쌌다. 우리는 계속 기다렸지만 그는 결코 입을 열지 못했다. 그러자 홈즈가 다시 말했다.

"내가 분명히 말해두지만, 핵심적인 사실은 이미 다 드러났어요. 당신이 돈에 쪼들려서 당신 형의 열쇠를 복사해 두었고, 또 〈데일리 텔레그래프〉의 광고를 통해 오버스타인과 연락을 주고받은 사실, 그리고 또 당신이 월요일 밤에 사무실에 몰래 들어갔다가 캐도건 웨스트한테 들켰던 사실도 우리는 다 알고 있어요. 웨스트는 왜인지는 모르지만 그 전부터 당신을 의심하고 있었어요. 그래서 당신이 기밀 서류를 빼내는 장면을 목격했지만 그걸 당신의 형님한테 갖다주려고 하는지도 몰랐기 때문에 소리를 지르지 않았죠. 하지만 웨스트는 선량한 사람이라 그냥 넘길 수 없어서 짙은 안개에도 불구하고 당신의 뒤를 쫓아 여기까지 왔어요. 그런데 웨스트가 당신에게 방해가 되자 당신은 반역죄로도 모자라 끔찍한 살인죄까지 저지르게 되죠"

"저는 그런 적 없습니다! 그런 적 없어요! 하늘에 대고 맹세할 수 있습니다!"

불쌍한 포로가 울부짖었다.

"자, 말해 봐요. 캐도건 웨스트가 어떻게 살해되어 기차 지붕 위에 실리게 되었는지."

"알겠습니다. 모든 걸 솔직히 말씀드리겠습니다. 고백하지만 당신이 말씀하신 게 맞습니다. 주식 거래로 진 빚을 갚아야 했기 때문에 정말로 돈이 필요했어요. 오버스타인이 저한테 5천 파운드를 제안하더군요. 파산을 피하려면 그 방법밖엔 없었어요. 하지만 전 살인은 하지 않았어요."

"그럼 어떻게 된 거죠?"

"당신 말대로 웨스트는 그전부터 저를 의심하고 있었기 때문에 그날 제 뒤를 쫓아왔던 겁니다. 저는 그 사실을 전혀 모르고 있었고요. 가뜩이나 그날은 안개가 워낙 심해서 3미터 앞도 안 보였으니까요. 어쨌든 저는 문을 두 번 두드렸고 오버스타인이 나와서 열어주었어요. 그때 갑자기 웨스트가 저한테 달려들더니 설계도를 왜 훔쳐왔느냐고 따져 물었습니다. 그리고는 막무가내로 집안으로 밀고 들어오려 하니까 그때 오버스타인이 항상 지니고 다니는 그의 지팡이로 웨스트의 머리를 내리쳤어요. 하지만 그게 치명적이었던 거죠. 웨스트는 오 분도 안 돼 숨졌습니다. 우리는 어찌해야 할지 알 수가 없었어요. 그러다가 오버스타인이 창문 바로 아래쪽에 멈춰 서는 기차를 생각해냈던 겁니다. 그는 일단 내가 가져온 설계도를 살펴보았어요. 그러더니 그중 가장 중요한 세 장을 갖겠다고 하더군요. 그래서 내가 말했죠. 설계도를 울리치에 다시 갖다 놓지 않으면 엄청난 일이 일어날 것이니, 그걸 줄 수는 없고 베끼라고 했죠. 그랬더니 그는 돌려줄 수 없다면서, 그 설계도가 기술적으로 워낙 복잡해서 그날 밤 안으로는 도저히 베낄 수 없다는 거였어요. 그러면 난 그것들을 전부 다시 갖다놓을 수밖에 없다고 했죠. 오버스타인이 잠시 생각해보더니, 좋은 방법이 있다고 하더군요. 세 장은 자기가 갖고 나머지 일곱 장은 웨스트의 주머니에 넣자는 거였어요. 그러면 웨스트가 범행을 다 뒤집어쓴다는 거였죠. 나도 생각해보니까 다른 방법이 없을 것 같아서 그러자고 했습니다. 창가에서 30분 정도 기다리니까 기차가 들어와 멈춰 서더군요. 안개가 너무 심해서 거의 아무것도 안 보였지만 시체를 기차 지붕 위에 내려놓는 건 그리 어렵지 않았어요. 제가 한 일은 그게 다입니다."

"그럼 당신 형은?"

"형은 아무 말도 안 했습니다. 하지만 제가 그 열쇠를 갖고 있는 걸 형이 본 적이 있는데, 이 사건이 생기자 저를 의심하는 눈치였어요. 형의 눈빛에 그렇게 씌어 있었죠. 비참하고 부끄러워 하셨던 것 같습니다."

잠시 침묵이 흘렀다.

"속죄할 생각은 없어요? 그러면 조금이라도 마음의 짐을 덜 수 있고 처벌도 줄어들지 모르니까."

먼저 마이크로프트 홈즈가 입을 열었다.

"제가 어떻게 속죄할 수 있습니까?"

"오버스타인은 설계도를 가지고 어디로 갔어요?"

"그건 제가 모릅니다."

"당신한테 연락처를 주지 않았어요?"

"파리 루브르 호텔로 편지를 보내면 자기가 받을 수 있다고 했습니다."

"그러면 당신이 속죄할 수 있는 방법이 있어요."

셜록 홈즈가 말했다.

"뭐든 하겠습니다. 그자 때문에 제가 파멸로 치닫고 있으니까요."

"그럼 여기 의자에 앉아서 내가 부르는 대로 받아써요. 자, 종이와 펜 받고요. 봉투에는 아까 그 주소를 써요. 됐어요. 자, 시작하죠."

　선생께

　우리의 거래에 있어 중요한 것 하나가 빠졌다는 것을 알고 계시리라 생각합니다. 하지만 제가 그 빠진 것을 완벽하게 채워줄 설계도 사본 한 장을 갖고 있습니다. 다만 그것을 확보하느라 어려움이 있었으니 만큼 500파운드를 더 받고자 합니다. 이 사본을 우편으로 부칠 생각은 없습니다. 그리고 금이나 현금 이외의 것은 받지 않겠습니다. 제가 프랑스로 가고 싶지만 지금은 영국을 떠나면 소문이 안 좋을 것이니, 당신이 토요일 12시에 체링크로스 호텔 흡연실로 와주면 좋겠습니다. 영국 화폐나 금만 받는다는 걸 기억하시기 바랍니다.

"이 정도면 충분할 겁니다. 만약 걸려들지 않는다면 정말 이상한 일이겠죠."

실제로 그랬다. 거물 스파이답게 빈틈없이 일을 마무리하려던 오버스타인은 유인 작전에 넘어갔고, 결국 영국 감옥에서 15년의 징역을 살게 되었다. 그의 집에서 귀중한 브루스파팅턴 호의 설계도가 나왔는데, 이미 유럽의 모든 해군에게 그가 경매로 내놓은 상태였다.

월터 대령은 감옥에서 2년을 복역하던 중 그 안에서 사망했다. 홈즈로 말하자면, 그후 곧바로 다시 라소의 모테트에 관한 논문을 쓰느라 완전히 몰입했고, 그게 출판되어 몇몇 지인들에게 나눠주기도 했다. 전문가들은 그 논문을 라소의 모테트 연구에 관한 결정판으로 평가했다.

그로부터 몇 주일 후, 윈저에서 며칠 지내다 돌아온 홈즈가 전에는 한 번도 본 적이 없는 훌륭한 에메랄드 넥타이핀을 하고 있는 걸 우연히 보게 되었다. 내가 샀느냐고 물으니까, 그는 어떤 높으신 귀부인에게 작은 도움을 준 적이 있었는데 그것에 대한 보답으로 그 부인이 준 거라고 했다. 그리고는 더 이상 아무 말도 하지 않았지만 나는 그 높으신 귀부인이 누구인지 짐작할 수 있었다. 그리고 그 에메랄드 핀을 볼 때마다 브루스파팅턴 호의 설계도 사건과 홈즈의 뛰어난 재능을 언제까지나 잊지 못할 것 같다.

금테 코안경

Sherlock Holmes

1894년 1년 동안 홈즈와 내가 함께한 사건들을 기록해둔 게 두꺼운 노트로 세 권이나 되었다. 그런데 그 많은 자료들을 보면서 그중 어떤 사건이 가장 재미있고 또 홈즈의 탁월한 재능을 더 보여줄 수 있을지, 선택하기가 정말 쉽지 않았다는 걸 이 자리에서 고백해야겠다. 페이지를 하나하나 넘기면서 보니, 생각만 해도 징그러웠던 '붉은 거머리 사건'이라든지 또는 '은행가 크로스비의 살인 사건' '애들튼의 비극' 그리고 옛날 무덤에서 일어난 기괴한 사건 등이 눈에 띄었다. 또한 '스미스 몰티머의 상속 사건'도 그 당시에 일어난 유명한 사건이었고, 플르바르의 자객 추격과 체포사건(프랑스 대통령으로부터 자필 감사장과 프랑스 대훈장을 받은 사건)도 이야기 거리로는 훌륭한 사건이었다.

그러나 내가 보기엔 욕슬리 관의 사건처럼 특이함과 기괴한 점을 모두 갖춘 사건은 없었던 것 같다. 이 사건은 젊은 윌라우비 스미스의 애처로운 죽음뿐만 아니라 그 범행동기가 매우 기묘했다는 점에서 특별히 내 관심을 끌었다.

11월도 다갈 무렵, 비가 몹시 쏟아지던 어느 날 밤이었다. 우리는 저녁 내내 난롯불 앞에 앉아 있었는데, 홈즈는 양피지 한 장을 들고는 현미경까지 대보며 열심히 들여다보고 있었다. 거기에 희미하게 지워져 있는 글자를 풀어 읽으려는 것 같았다. 나는 외과처치에 관한 최근 논문을 읽고 있었다. 밖에서는 비바람이 몰아치며 베이커 거리를 뒤흔들고 창문을 무섭게 때려대기 시작했다. 우리는 10리 사방이 인공의 극치를 이루고 있는 도시의 한복판에 있는데도, 그럼에도 불구하고 자연의 무서운 힘을 느끼며, 그 거대한 힘 앞에서는 대도시도 한낱 들판에 흩어져 있는 두더지 구멍에 지나지 않는다는 그런 생각이 들었다.

　나는 창문으로 다가가 황량한 바깥 풍경을 바라보았다. 진흙길과 번들거리는 도로가 가로등 빛에 이따금 드러나 보였다. 마차 한 대가 옥스퍼드 거리 끝에서 흙탕물을 튀기며 이쪽으로 달려왔다. 홈즈도 현미경을 내던지며 양피지를 말면서 창가로 다가왔다.

　"오늘 밖에 안 나가길 잘했지. 덕분에 일 한 가지 제대로 했구먼. 지금 눈이 엄청 피로할 정도야. 내가 풀어낸 바에 의하면, 이건 15세기 끝 무렵부터 시작된 교회 문서만큼 재미있지는 않네. 아니, 근데 저, 저, 저게 웬일이지?"

　말발굽 소리와 마차바퀴 소리가 비바람 속에서 요란하게 들려왔다. 마차는 우리 집 앞으로 오더니 멈춰 섰다. 그리고는 안에서 한 사람이 내렸다.

　"무슨 일일까?"

"무슨 일이겠어! 우리한테 볼 일이 있는 거겠지. 우리야 뭐 외투도 있고 목도리도 있고 장화도 있으니, 나쁜 날씨에 대처할 수 있는 건 다 가지고 있는 셈 아닌가. 그런데 마차가 그냥 가버리네! 우리를 태워갈 필요가 있었으면 마차를 그냥 보낼 리가 없는데. 어쨌든 나가서 문을 열어주게. 다른 사람들은 지금 다 잠들었을 걸세."

한밤중의 방문객이 현관의 램프 불빛 아래로 들어서자 나는 금방 그를 알아보았다. 유망한 젊은 형사 스탠리 홉킨즈였다. 그의 수사 활동에 홈즈는 몇 번이나 실질적인 도움을 준 적이 있었다.

"계십니까?"

그는 불안한 안색으로 물었다.

"올라오시오. 이런 한밤중에 무슨 일이 있는 건 아니겠지……."

홈즈가 위에서 소리치자, 형사는 계단을 올라왔다. 램프 불빛에 그의 레인코트가 번들거렸다. 내가 그의 코트 벗는 걸 도와주는 동안 홈즈는 난로 속의 장작을 모으며 불이 잘 타오르게 했다.

"홉킨즈, 이리 가까이 와서 발을 좀 쬐게. 자, 여기 담배도 있고, 왓슨이 뜨거운 레몬차도 타줄 걸세. 이런 날씨엔 레몬차가 좋거든. 근데 이렇게 늦은 시간에 온 걸 보니 무슨 중대한 일이 있나 보군."

"그렇습니다, 홈즈 선생님. 오늘 낮에 아주 깜짝 놀랄 일이 있었죠. 신문에 욕슬리 사건 난 것 보셨습니까?"

"오늘은 15세기 이후의 일은 아무것도 본 게 없네."

"작은 기사였는데, 잘못 났어요. 안 보시기 잘 했습니다. 저는 그것 때문에 엄청 바빴죠. 켄트에서 일어난 사건이었는데, 차탐에서 7

마일 가량 떨어져 있고, 철로에서는 3마일 가량 떨어진 곳이거든요. 3시 5분에 전보를 받고 5시에 욕슬리 구가에 가서 조사를 끝냈어요. 그리고 거기서 막차를 타고 체링 크로스 역에 도착해서 곧바로 마차를 타고 이리로 온 겁니다."

"그러니까, 그 사건에 대해 아직 단서가 안 잡혔다는 얘긴가?"

"어떤 게 머리고 어떤 게 꼬린지 알 수가 없습니다. 사건이 굉장히 복잡해서 아직 감이 안 잡히는데, 그런데도 얼핏 봐서는 쉽게 풀릴 것 같기도 하거든요. 우선 그 동기가 뭔지 그걸 모르겠습니다. 제가 고심한 부분이 그 점인데, 동기에 대해서 도무지 알 수가 없어요. 분명히 사람이 죽었는데, 아무리 봐도 그를 죽일 이유가 없거든요."

홈즈는 담배에 불을 붙이며 의자에 가서 앉았다.

"계속 얘기해보게."

"사건의 내용은 상당히 조사를 했습니다. 그런데 제가 알고 싶은 건, 이 사건의 목적이 무엇이냐 하는 것이죠. 제가 알고 있는 사실은 이겁니다. 코람이라는 이름의 한 나이든 교수가 이 시골 집, 그러니까 욕슬리에 있는 이 낡은 집을 몇 년 전에 샀어요. 그런데 그가 장애인이라 하루 중 반은 침대에 누워있다시피 하고, 나머지 반은 지팡이를 짚고 정원을 거닐거나 휠체어를 타고 하인이 끌어주거나 그렇게 보냈다고 하네요. 그 지역에서는 학자로서 꽤 이름도 있었고, 동네 사람들하고도 잘 지냈다고 합니다. 집안일을 하는 마이커라는 아주머니와 수잔 탈튼이라는 여자 아이가 그 집에 같이 살았다고 하고요. 그 두 사람은 코람 교수가 그 집으로 이사온 후부터 같이 살았는데, 무척 착하다고 하더군요.

그런데 이 교수가 무슨 책을 집필하느라 1년 전부터 비서를 고용하고 있었는데, 오는 사람마다 다 오래 못 있고 그만 두었다고 하네요. 그리고 세 번째로 윌라우비 스미스라는 사람이 왔는데, 대학을 막 졸업한 젊은 청년인데다 이번엔 주인과 잘 맞았던 모양입니다. 그가 맡은 역할은, 오전엔 교수가 구술하는 것을 받아쓰고, 오후엔 다음 날 필요한 자료나 책을 미리 찾아두는 것이었어요. 이 스미스라는 청년은 머핑검 학교를 나와 케임브리지 대학을 졸업했는데, 아주 건실하고 모범적인 학생이었다고 합니다. 제가 직접 그의 학교 평가서를 봤는데, 조용하고 차분하며 우수한 학생이라고 쓰여 있더군요. 아무튼 흠 잡을 곳이라곤 없는 청년이었죠. 그런데 도대체 이해가 안 가는 게, 이 청년이 오늘 아침에 코람 교수의 서재에서 타살로 볼 수밖에 없는 모습으로 발견됐다는 겁니다."

비바람이 더욱 거세지며 창문이 덜컹거렸다. 홈즈와 나는 불 앞으로 바짝 다가앉았고, 홉킨즈는 그 괴이한 이야기를 계속 이어나갔다.

"영국을 온통 다 뒤져봐도, 세상과 거의 교제를 안 하고 자기네끼리만 사는 그런 집안은 찾아보기 힘들 겁니다. 일주일 내내 집안 식구 중 아무도 외출을 안 할 때가 종종 있었다고 하더군요. 교수는 연구에만 몰두하고 연구만을 위해서 사는 사람입니다. 젊은 스미스도 마찬가지로 동네 사람들하고 아무런 접촉도 없이 지내고 있었어요. 두 여자도 외출하는 일이 없었고요. 휠체어를 끌어주는 모티머라는 하인은 참전군인 출신인데, 저택에 같이 안 살고 정원 구석에 떨어져 있는 오두막에 살고 있더군요. 아무튼 이 정도가 그 저택 안에 사는 사람들입니다.

그런데 저택의 입구가 런던에서 차탐으로 가는 대로에서 약 90미터쯤 들어간 곳에 있는데, 문이 잠겨 있긴 하지만 들어가려고 마음만 먹으면 누구든 쉽게 들어갈 수 있는 구조로 돼 있는 거예요. 집안일을 돕는 수잔 탈튼이라는 아이가, 그 아이 혼자만 이 사건에 대해 적극적으로 얘기를 해주고 있는데, 이런 설명이었습니다. 그날 오전 11시에서 12시 사이였다고 하더군요. 그때 수잔이 2층 침실에서 커튼을 치고 있었는데, 날씨가 안 좋을 때는 교수가 정오 전에 일어나지 않는 습관이 있어 그때도 자리에 누워 있었답니다. 마이커 아주머니는 다른 일을 하느라 뒷마당에 있었고, 스미스 청년도 자신의 침실에 있었다고 하네요.

그런데 잠시 후 스미스가 방에서 나오더니 바로 아래층에 있는 서재로 내려가더라는 겁니다. 직접 본 건 아니지만 빠르고 힘 있는 발걸음 소리로 보아, 스미스가 틀림없었다는 거죠. 그런데 서재 문이 닫히는 소리는 못 들었는데, 1,2분 뒤에 갑자기 큰 소리가 들렸다고 합니다. 이상하게 거칠고 쉰 소리였기 때문에 그게 남자 소린지 여자 소린지는 얼른 분간이 안 됐다고 하더군요. 그러고는 동시에 우당탕 넘어지는 소리가 들리더니 곧바로 잠잠해졌다는 겁니다. 수잔은 한동안 너무 무서워서 가만히 있다가 겨우 용기를 내서 아래층으로 내려가 봤다는 거예요. 그리고는 서재 문을 열어봤더니, 스미스가 바닥에 쓰러져 있었다는 거죠. 금방 상처가 보이지는 않았는데 수잔이 그를 잡아 일으키려고 보니까 목 뒤쪽에서 피가 흐르고 있었답니다. 그리고 죽은 사람 옆에 흉기 하나가 나뒹굴고 있었고요. 작은 칼인데 손잡이가 상아로 돼 있는, 고풍스러운 서재에서 흔히 보이는 그런 날카로운 칼 있잖습니까. 그게 원래는 교수의 책상 위에 있던 칼이라네요.

처음에 수잔은 스미스가 죽은 걸로 알았답니다. 그런데 이마에다 물을 조금 축여줬더니 그가 잠깐 눈을 뜨면서 '선생님, 그 여자였어요.' 그런 말을 중얼거렸다는 거예요. 수잔 말로는, 분명히 그렇게 들었다고 합니다. 그리고 스미스가 무슨 말을 더 하려는 듯이 오른 손을 들어 올렸는데, 결국 못 하고 그대로 끝났다고 하더군요.

곧 이어서 마이커 아주머니가 서재로 달려왔는데 스미스가 마지막에 한 말은 못 들었다고 합니다. 그녀는 청년의 시체를 보고는 곧바로 교수 방으로 갔는데, 교수도 너무 놀란 모습으로 침대에 앉아 있더라는 거예요. 그도 비명을 듣고 무슨 일이 일어난 것을 알고는 있었지만, 남자 하인이 와서 도와주지 않으면 혼자 일어나 옷을 갈아입을 수가 없으니까 그대로 있었다고 하더군요. 그런데 하인은 12시에 오기로 돼 있었답니다. 어쨌든 교수는 무슨 소리를 듣긴 했지만 자세한 내용은 몰랐다고 말하더군요. 스미스가 '선생님, 그 여자였어요.' 라고 했다는 말에 대해서도 일체 어떤 설명도 안 하고, 그냥 헛소리였을 거라고만 말했고요.

교수 입장으로는, 스미스 청년에게 딱히 어떤 적이 없었기 때문에 지금 이 범죄에 대해 이해할 수 없는 혼란을 느끼고 있는 것 같습니다. 그가 맨 먼저 취한 행동은 남자 하인을 경찰서로 보낸 일이었어요. 어쨌든 제가 거기로 갈 때까지 아무것도 만지지 말고 어떤 사람도 들여보내지 말라고 단속은 해놨습니다. 홈즈 선생님, 선생님의 실력을 발휘하실 수 있는 절호의 기회입니다. 딱 그런 상황 아닙니까?"

"글쎄, 홈즈가 없는 게 아쉬울 따름이군!"

셜록 홈즈는 쓴웃음을 지으며 그렇게 말했다.

"계속 얘기해보게. 그래서 그 다음엔 어떤 조처를 했나?"

"우선 이 그림을 보십시오. 교수의 서재 위치와 사건에 관계된 집안의 구조를 그려본 건데요. 이걸 보면 제가 조사한 것을 이해하실 수 있을 겁니다."

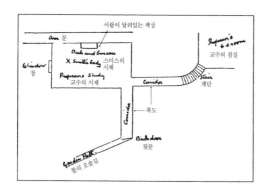

형사는 위의 그림을 홈즈 앞에다 펼쳐놓았다. 나는 홈즈 뒤로 가서 어깨 너머로 그걸 들여다보았다.

"이 약도는 꼭 필요한 부분만 대충 그린 것이니까, 다른 곳은 직접 가서서 보면 될 것 같습니다. 그런데 우선, 범인이 집으로 들어갔다면 어떻게 들어갔을까요? 틀림없이 뒤뜰로 몰래 숨어 들어와서 뒷문으로 들어왔을 겁니다. 왜냐하면 그쪽으로 들어오면 바로 서재로 연결되기 때문이죠. 다른 통로로 오기는 아주 어려운 점이 있거든요. 그리고 도망칠 때도 물론 그 길로 나갔을 겁니다. 서재로 통하는 길이 뒷문 쪽 말고 두 가지 길이 있긴 한데, 한 가지는 수잔이 내려오고 있어서 막혔을 거고, 또 한 가지는 교수의 침실을 거쳐야 하기 때문에 불가능했던 거죠.

그래서 저는 뒤뜰 땅바닥을 조사해봤습니다. 비 때문에 많이 젖어 있어서 분명히 발자국이 남아 있을 거라고 생각했었죠. 저는 조사를 하면서 범인이 매우 주의 깊고 능란한 상대라는 걸 알게 되었습니다. 땅바닥에 발자국이 하나도 남아 있지 않았어요. 하지만 길가의 풀밭으로 걸어간 흔적이 있는 걸 보면, 확실히 발자국을 남기지 않으려고 했던 것 같습니다. 뚜렷한 발자국은 없었지만 풀밭이 짓밟혀 있었거든요. 그건 분명 누군가가 그리로 걸어갔다는 거죠. 아침에는 남자 하인도 안 오니까 아무도 그쪽으로 걸어온 사람은 없을 테고, 밤 내내 비가 왔기 때문에 아무래도 범인 말고 다른 사람은 없을 것 같습니다."

"잠깐, 그런데 그 길은 어디로 통하는 건가?"

홈즈가 물었다.

"큰길로 통합니다."

"거리가 얼마나 되는데?"

"90미터 정도요."

"정문에서 그 길까지 들어오는 과정에 발자국이 하나도 없었다고?"

"그 가운데 길이 포장도로로 돼 있거든요."

"그럼 큰길은 어땠었나?"

"큰길엔 발자국이 많이 뒤죽박죽 돼 있었습니다."

"음, 그러면 풀밭에 남아 있는 흔적이 들어올 때 모양이던가, 나갈 때 모양이던가?"

"그건 잘 알 수가 없습니다. 윤곽이 뚜렷하지 않았거든요."

"발자국이 큰지 작은지 그것도 알 수 없었나?"

"네, 알아보기가 힘들었습니다."

홈즈는 짜증이 났는지 한숨을 쉬었다. 그리고는 말했다.

"그 동네도 계속 비가 오고 바람 불고 그랬나? 그러면 이제는 이 양피지에 씌어 있는 것보다 더 알아보기 어렵겠구먼. 그건 그렇고, 어쨌든 확실한 게 하나도 없다는 걸 분명히 안 다음엔 뭘 어떻게 했나?"

"아닙니다. 몇 가지는 확실하게 알아냈습니다. 첫째로 어떤 사람이 조심스럽게 집안으로 들어간 것은 분명했습니다. 그걸 알아낸 다음엔 복도를 조사했죠. 그런데 복도엔 야자나무 껍질이 깔려 있어서 발자국이 전혀 남아 있지 않았어요. 그래서 저는 서재로 들어갔죠. 서재에는 가구 같은 건 거의 없고, 큰 책상 하나만 덜렁 놓여 있더군요. 책상에 달린 서랍들이 다 열리는데 가운데 것 하나만 잠겨 있었어요. 그 서랍에 아마도 중요한 서류들이 들어 있는 것 같았어요. 그런데 손을 댄 흔적은 없었고, 교수도 확인해보더니 잃어버린 게 없다고 했습니다. 도난당한 건 아무것도 없다고 하더군요.

그 다음엔 청년의 몸을 살펴봤습니다. 시체는 서랍 쪽 앞에 있었어요. 이 그림에서 보시는 것처럼 서랍에서 조금 왼편으로 있었죠. 찔린 곳은 목 오른쪽인데, 뒤에서 왼쪽으로 찔렸더군요. 그건 분명 자살일 수가 없습니다."

"칼을 쥐고 넘어진 게 아니라면 말이지."

홈즈가 말했다.

"그렇습니다. 저도 그런 생각을 해봤는데요. 칼이 조금 떨어진 곳에 있었기 때문에 자신이 쥐고 넘어진 거라고는 볼 수 없죠. 더구나 죽을 때 한 말이 있지 않습니까? 그리고 여기 결정적인 증거물이 있습니다. 이건 스미스 청년이 오른손에 쥐고 있었던 것입니다."

홉킨즈는 주머니에서 작은 종이 뭉치를 꺼냈다. 그리고 그걸 펼치더니 안에서 코끝에 걸치는 금테 안경을 꺼냈다. 그리고는 말했다.

"스미스 청년은 시력이 아주 좋았습니다. 그러니까 이 안경은 범인의 것이 틀림없다는 거죠. 그의 얼굴이나 몸에서 빼앗았을 겁니다."

홈즈는 그 안경을 받아 들고는 깊은 관심을 가지고 꼼꼼히 들여다보았다. 그리고 코에다 걸어보고, 그걸 걸친 채 책도 읽어보고, 창으로 가서 바깥도 내다보고, 램프 아래에 대고 더 자세히 살펴보기도 했다. 그리고는 허허 웃으면서 의자에 털썩 앉았다. 그는 종이에 뭐라고 간단히 쓰더니 홉킨즈에게 내밀었다.

"이게 자네를 위해서 할 수 있는 최선의 일일세. 쓸모 있을지 모르니까 잘 읽어보게."

홉킨즈는 깜짝 놀라며 큰소리로 그걸 읽었다. 다음과 같은 내용의 글이었다.

사람을 찾음 : 귀부인 같은 옷차림을 하고 말솜씨가 좋은 부인. 코가 아주 높고 두 눈 사이의 미간이 좁음. 이마에 주름이 있고 찡그리는 습관이 있음. 등이 굽었고, 최근 몇 개월 동안 적어도 두 번 안경점에 간 적이 있음. 안경의 도수가 매우 높고, 안경점이 몇 개 안 되므로 찾는데 큰 어려움은 없을 것임.

홉킨즈가 놀라는 것을 보며 홈즈가 웃었다. 그러면서 말했다.

"이 정도 추측이야 일도 아니지. 안경처럼 추측하기 좋은 것도 없거든. 게다가 특수한 안경은 더 쉬워. 이게 여자가 사용한 거라는 걸 어떻게 알았냐 하면, 그 청년이 죽을 때 말했다는 내용과 이 안경이 아주 조심스럽게 사용되었다는 점에서 그랬다네. 그 여자가 옷을 잘 입고 교양 있는 사람이라고 생각되는 건, 안경테가 순금으로 돼 있는 데다 이런 안경을 쓰는 여자가 무식할 리가 없기 때문이지. 콧등에 거는 곳이 넓게 돼 있는 안경인데, 그건 부인의 코밑이 좀 넓게 생겼다는 걸 보여주는 걸세. 그렇게 생긴 코는 보통 작고 뭉툭하지만 예외도 많이 있긴 하다네. 아무튼 그 점에 대해서는 꼭 단정할 수는 없어.

내 얼굴도 좁은 편이지만 이 안경의 초점거리가 아주 좁게 돼 있는 걸 보면 이 부인의 두 눈이 코와 아주 가깝게 있다는 얘기네. 왓슨, 보면 알겠지만 이 안경은 근시용이고 도수도 꽤 높은 편이거든. 이렇게 시력이 나쁜 사람은 육체적으로 나타나는 법일세. 이마와 눈 주변과 어깨에 나타난다네."

"그건 맞는 얘기야. 자네 말을 다 알아듣겠네. 그런데 한 가지, 안경점에 두 번 간 걸 어떻게 아나?"

내가 물었다.

"여기를 보게, 코에 닿는 부분을 부드럽게 하려고 코르크를 붙여 놓지 않았나. 양쪽에 다 했는데, 한쪽은 색이 변하고 좀 닳아 있지만, 다른 한쪽은 아주 새것 아닌가. 분명히 이건 떨어져서 새로 붙인 걸세. 그런데 이쪽 오래된 것도 두 달 정도밖에 안 된 거야. 하지만 두 개가 똑같이 생기지 않았나. 그래서 나는 이 여자가 같은 안경점에 두 번을 갔다고 믿은 걸세."

"정말 경탄스럽습니다."

홉킨즈는 넋을 잃은 듯 감탄했다.

"아니, 증거를 주머니에 가지고 있으면서도 몰랐다니! 참, 하기는 런던의 안경점을 좌다 돌아다닐 생각이기는 했지만!"

"어쨌든 그래야겠지. 이제 나한테 더 할 이야기는 없나?"

"없습니다. 이제 제가 말씀드린 것은 다 아셨을 겁니다. 더 많이 아실지도 모르죠. 그리고 또 하나, 큰길이나 정류장에 어떤 낯선 사람이 있었는지도 알아봤는데, 아무도 없었다고 합니다. 어쨌든 제가 가장 이해할 수 없는 건, 범죄의 목적을 전혀 알 수가 없다는 겁니다. 그 이유를 아무도 모르고 있거든요."

"그 점은 나도 어떻게 도와줄 수가 없네. 아무튼 내일쯤 함께 그곳으로 가보자는 건가?"

"네, 불편하지 않으시면 같이 가주시죠. 아침 여섯시에 체링크로스에서 차탐으로 가는 열차가 있습니다. 그걸 타면 여덟시에서 아홉시 사이에 그 저택에 도착할 겁니다."

"알겠네. 이 사건은 무척 흥미로운 점이 있어서 나도 자네를 돕고 싶은 생각이 드네. 아, 벌써 한시군. 두 시간 정도 눈을 붙여야겠어. 자네는 거기 소파에서 좀 자두게. 그리고 떠나기 전에 커피를 마시기로 하세."

이튿날은 바람이 잦아들었지만 우리가 출발한 새벽 시간엔 날씨가 몹시 추웠다. 겨울 해가 템즈강의 습지대 위, 저 멀리 하류에서부터 떠오르고 있었다. 그 광경을 보자 문득, 우리가 처음 활동을 시작했을 무렵 이곳에서 안다만 섬 사람들을 추적했던 일이 떠올랐다. 지루하고 긴 여행 끝에 우리는 차탐에서 2마일 가량 떨어진 한 작은 역에 도착했다. 그리고 한 여관 식당으로 가서 마차에 말을 준비시키는 동안 서둘러 아침 식사를 하고, 마차에 올라 욕슬리 저택으로 달려갔다. 우리가 정문 앞에 막 도착했을 때 경찰관 한 명이 보였다.

"무슨 새로운 일이 생겼나?"

"아닙니다. 아무것도 없었어요."

"낯선 사람이 온 적도 없었나?"

"없습니다. 어제 정류장에서도 아무도 타지 않았고 내리지도 않았다고 하던데요."

"여관도 조사해봤나?"

"네, 그런데 수상한 사람은 아무도 없었습니다."

"그렇겠지. 차탐까지는 걸어가도 되니까 말이야. 기차를 타거나 여관에 들어가면 눈에 띄니까 그렇게 하지는 않았을 거야."

"홈즈 선생님, 여기가 어제 말씀드린 그 정원 길입니다. 어제는 여기에 발자국이 하나도 없었어요."

"풀 위에 발자국이 있었다는 건 어느 쪽인가?" "이쪽입니다. 길과 화단 사이에 있는 여기 좁은 풀밭 위에요. 지금은 아무것도 없습니다만, 어제는 분명히 있었어요."

홈즈는 허리를 구부려 풀밭 위를 들여다보았다.

"아, 그래. 누가 지나간 게 맞네. 그 여자가 이 풀밭 위로 살금살금 지나갔어. 일부러 조심하느라 풀밭을 골랐군. 화단도 마찬가지로 발자국이 쉽게 나니까 굳이 풀밭 위로 걸었던 거야."

"그렇습니다. 아주 냉정하고 침착한 여자인 것 같습니다."

홈즈의 표정이 더 진지해졌다.

"돌아갈 때도 이 길로 갔나?"

"그럼요. 다른 길이 없으니까요."

"노상 이 풀밭으로 걸어갔단 말이지?"

"그렇습니다. 홈즈 선생님."

"음, 굉장히 재주가 좋군. 정말 대단해. 그럼 이제 길은 다 봤으니까, 다른 곳을 보러 가세. 이 정원 문은 항상 열려 있나? 그러면 누구나 아주 쉽게 들어올 수 있겠네. 처음엔 사람을 죽일 생각이 없었던 것 같아. 만약 그럴 생각이었다면 무슨 무기를 가지고 오지 않았겠어? 책상 위에 있는 칼을 쓰진 않았을 거란 얘기지. 그 여자는 복도로 걸어왔을 거야. 근데 야자나무 껍질이 깔려 있어서 발자국이 안 남았던 거지. 그렇게 해서 서재로 들어왔는데, 거기서 얼마나 있었는지는 알 수가 없군."

"몇 분밖에 안 있었을 겁니다. 참 한 가지 잊었는데, 그 도우미 아주머니가 15분쯤 전에 그 방을 청소했다고 합니다."

"그럼 어느 정도 그림이 나오네. 그 여자가 방에 들어가서 한 건, 우선 책상 앞으로 간 거야. 서랍 안의 무슨 물건과는 아무런 관계가 없이 말이야. 뭐 중요한 게 있었다면 열쇠로 안 잠가뒀을 리가 없거든. 그러니까 열려 있는 서랍이 문제가 아니라 잠가진 그 가운데 서랍 하나, 그게 문제였지. 음, 저 서랍 옆에 긁힌 자국이 있군. 왓슨, 성냥 좀 주게. 홉킨즈, 왜 저 이야기를 안 했나?"

홈즈가 발견한 것은 열쇠 구멍 오른쪽에 있는 놋쇠 장식인데, 그곳에서부터 12센티미터 정도가 긁혀 있었다.

"홈즈 선생님, 이걸 보긴 했었는데요, 열쇠 구멍 옆에는 흔히 긁힌 자국이 남아 있지 않습니까?"

"아닐세. 이건 아주 새 것이거든. 여길 보게. 놋쇠 장식이 아주 반짝반짝 하고 있잖나. 이게 오래된 흔적이라면 바탕색과 같은 빛깔이

어야 하는데 그렇지가 않단 말이야. 자, 현미경을 대고 보게나. 도우미 아주머니를 불러오게."

슬픈 표정의 나이 든 부인이 방으로 들어왔다.

"어제 아침에 이 서랍의 먼지를 닦았나요?"

"네, 그랬습니다."

"그때 여기 긁힌 자국 보셨어요?"

"아니오. 못 봤는데요."

"좋습니다. 그럼 이 서랍 열쇠는 누가 가지고 있어요?"

"선생님이 시계 끈에 매달아 가지고 있습니다."

"간단한 열쇠인가요?"

"아닙니다. 복잡하게 생겼습니다."

"좋습니다. 그만 가셔도 됩니다. 자 홉킨즈, 이야기를 계속 해보세. 그 부인이 방으로 들어와서 서랍 앞으로 가, 그걸 열었든지 또는 막 열려고 했든지 그랬을 걸세. 그런데 그때 하필 스미스 청년이 방으로 들어왔던 거야. 부인이 당황해서 급히 열쇠를 빼려고 하다가 놋쇠 장식 부분이 긁혔겠지. 청년이 그걸 보고 여자를 붙잡았는데, 여자도 다급하니까 바로 옆에 있는 걸 들었는데 그게 하필 칼이었어. 그리고는 청년에게 붙든 팔을 놓으라며 옥신각신하다가 그걸로 청년을 쳤을 걸세. 그런데 그만 그게 치명적이었던 거지. 청년이 넘어지자 여자는 바로 도망쳐버렸어. 훔치려고 했던 걸 훔쳤는지, 그건 모르겠지만. 자, 수잔, 이리와 보세요. 비명을 듣고 뛰어내려올 동안에 누군가가 문 밖으로 뛰어나갈 수 있었을까요?"

"아니오. 그걸 시간은 안 될 텐데요. 계단을 내려오기 전에 이미 위에서 복도가 다 보이거든요. 그리고 누가 문을 열었으면 그 소리가 났을 텐데, 전혀 들리지 않았어요."

"그러면 나간 길도 뻔하네. 그 여자는 왔던 길로 도망간 거야. 이보게 홉킨즈, 이 점이 아주 중요하네. 굉장히 중요해. 교수 방으로 연결되는 복도에도 야자나무 껍질이 깔려 있군."

"그렇죠. 그런데 그것과 무슨 관계가 있습니까?"

"사건에 관계가 있는 것을 모르겠단 말인가? 그럼, 좋아. 내가 틀렸는지도 모르지. 하지만 어딘지 암시를 주는 구석이 있거든. 자, 같이 가서 교수를 만나보세."

우리는 복도를 내려갔다. 그 복도의 폭은 정원으로 통하는 복도의 폭과 똑같았다. 복도 끝쯤, 계단을 조금 올라간 곳에 문이 하나 있었다. 홉킨즈가 문을 노크한 후 우리는 교수의 침실로 들어갔다.

그곳은 많은 책들이 진열되어 있는 꽤 큰 방이었다. 서가에 다 정리되지 못한 책들은 구석에 쌓여 있기도 하고 바닥에 그냥 놓여 있기도 했다. 방 한가운데에 침대가 놓여 있으며, 교수는 베개를 등에 댄 채 앉아 있었다. 그런데 그렇게 이상한 사람은 처음 보는 것 같았다. 그가 우리 쪽으로 얼굴을 돌렸을 때 마치 날카로운 독수리를 보는 것 같았는데, 짙은 눈썹 아래 푹 들어가 있는 듯한 검은 눈으로 우리를 쏘아보았기 때문이다. 머리카락은 백발이었지만 입 주변의 수염은 노르스름한 색깔을 띠고 있었다. 그는 담배를 피우고 있었으며, 방안 공기가 연기 때문에 답답했다. 그가 홈즈한테 손을 내밀었는데, 니코틴 때문인지 누렇고 지저분해 보였다.

"홈즈 씨, 담배 피우십니까?"

교수는 조금 특이한 악센트를 사용하며 교양 있는 말투로 물었다.

"이 담배 하나 피워보세요. 그리고 선생도 같이 피우시죠. 이게 알렉산드리아 이오니드 가게에서 특별히 주문해 온 건데, 한 번 피워보세요. 한 번에 천 개씩 가져오는데, 2주일이면 다 피웁니다. 몸에는 나쁘지만, 늙은 사람한테 무슨 즐거움이 있겠습니까? 담배와 연구가 유일한 낙이죠 뭐."

홈즈는 담배에 불을 붙인 다음 방안을 슬쩍 둘러보았다. 노인이 다시 말했다.

"담배와 연구밖에 없다고 했지만 사실 이제는 담배밖에 없습니다. 아, 대체 이게 무슨 비극입니까. 누가 이렇게 무서운 비극을 상상이나 했겠습니까. 그는 참 훌륭한 사람이었어요. 몇 달밖에 안 됐지만 아주 유능한 비서가 되었죠. 홈즈 씨, 이 사건을 어떻게 생각하십니까?"

"아직은 잘 모르겠습니다."

"너무나 암담합니다. 이 암흑에 한 가닥 희망어린 도움을 주시면 대단히 감사하겠습니다. 책이나 보며 지내는 나 같은 장애자한테 이런 비극은 정말로 너무나 충격이라 정신이 하나도 없습니다. 어제 이후로 저는 생각할 힘조차 안 나고 있어요. 하지만 선생께선 활동가시고 이런 일을 많이 봐왔을 테니까, 익숙하시고 습관이 돼 있으시겠죠. 그러니 웬만한 일에는 냉정을 잃지 않으실 걸로 생각합니다. 아무튼 선생이 오셔서 저희한테는 참 다행입니다."

늙은 교수가 말하는 동안 홈즈는 방 한구석에서 왔다갔다하고 있었다. 그는 담배를 굉장히 빨리 피워 끝냈다. 처음 피워보는 알렉산드리아 담배가 이 집 주인만큼이나 아주 마음에 든 모양이었다. 노인은 계속 말을 이어갔다.

"정말 너무나 충격이 큽니다. 저기 테이블 위에 쌓여 있는 종이들이 제가 지금 쓰고 있는 책인데, 비서가 없어졌으니 제가 이런 몸으로 저걸 다 끝낼 수 있을지 걱정입니다. 시리아와 이집트의 사원에서 발견된 문서를 분석한 것인데, 천계교(天啓敎)에 대한 뿌리를 연구하는 저술이거든요. 그런데 홈즈 씨, 담배를 저보다도 더 빨리 피우시네요!"

홈즈는 웃으며, 상자에서 또 한 개를 꺼내 벌써 네 개째 불을 붙였다.

"저는 지금 담배를 음미하고 있습니다. 괜히 지루한 질문으로 선생을 피곤하게 만들고 싶지 않아서요. 어차피 선생은 범행 당시에 여기 누워계셔서 아무것도 모르시지 않습니까? 다만 한 가지만 물어보겠습니다. 청년이 죽을 때 '선생님, 그 여자였어요' 라는 말을 했다고 하는데, 떠오르는 생각이 있습니까?"

교수는 머리를 흔들었다.

"수잔은 시골에서 온 아이입니다. 그런 아이의 말은 믿을 수가 없다는 걸 선생도 잘 아실 겁니다. 제 생각엔, 죽어가는 사람이 헛소리로 중얼대는 걸 그 아이가 그런 의미로 혼자 해석해서 들은 것 같습니다."

"알겠습니다만 이 사건에 대해서 잘 모르시는 것 같습니다."

"아마도 어떤 문제가 있었던 것 같습니다. 우리끼리 이야기지만, 자살일 겁니다. 그 청년에게 무슨 비밀이 있었겠죠. 다른 사람은 영원히 알 수 없는 자신만의 비밀이 있었을 겁니다. 타살보다는 그게 훨씬 더 가능성이 있습니다."

"그럼 안경은?"

"아, 저는 학자일 뿐입니다. 꿈꾸는 사람이죠. 인생의 모든 실제 문제를 해석할 능력은 없습니다. 그러나 이따금 사랑의 갈등이 괴상한 형상을 가지고 나타난다는 것쯤은 알고 있습니다. 담배 한 대 더 피우세요. 이 담배를 좋아해주시니 기분이 좋군요. 사람이 죽을 때 부채나 장갑이나 안경 같은 것을 몸에 지닌다거나 유물로 남기지 말라는 법도 없지 않습니까? 이쪽 분은 풀밭 위에 있는 발자국에 대해 말씀하시는데, 그런 것은 잘못 보기 쉽습니다. 그 칼도 청년이 넘어질 때 멀리 튕겨나간 것인지도 모르는 것 아닙니까? 제가 어린애 같은 말을 하는지도 모르지만, 어쨌든 제 생각엔 스미스 군이 스스로 목숨을 끊은 것 같습니다."

잠자코 듣고 있던 홈즈는 얼마간 놀란 것처럼 보였다. 그는 한동안 서성이면서 담배만 계속 피웠다. 그리고 작심한 듯 말했다.

"코람 선생! 서재의 잠긴 서랍 속에는 무엇이 들어 있습니까?"

"도둑이 가져갈만한 것은 하나도 없습니다. 집안의 문서와 아내한테서 받은 편지들, 그리고 대학 졸업증서 같은 것들이죠. 여기 열쇠가 있으니까 가서 보세요."

홈즈는 열쇠를 받아들고 잠깐 보더니 다시 돌려주었다.

"봐도 소용없을 겁니다. 정원으로 가서 이 사건을 다시 좀 생각해 봐야겠어요. 선생께서 말씀하신 자살 문제도 생각해보겠습니다. 오 랫동안 있어서 죄송합니다. 그럼, 이제 점심 드신 다음 2시에 다시 들어오겠습니다. 그동안 새로 생긴 일이 있으면 그때 말씀드리죠."

홈즈는 이상하게도 시큰둥하게 말하고, 또는 말도 없이 한동안 정원을 왔다갔다 했다.

"홈즈, 무슨 단서를 잡았나?"

내가 답답해서 물었다.

"아, 그건 내가 피운 담배에 달려있을 거야. 내 생각이 틀렸는지도 모르지만 어쨌든 담배가 증명할 걸세."

"아니, 뭐라고?"

나는 소리를 질렀다.

"차츰 알게 될 거라니까. 설사 내 생각이 틀렸다고 해도 문제 될 건 전혀 없어. 물론 안경점을 뒤져볼 수도 있지만, 그보다는 더 쉬운 방법을 취하려는 걸세. 아, 잠깐, 저기 도우미 아주머니가 있군! 5분 정도 얘기해봐야겠네. 혹시 무슨 말이 나올지도 모르지."

홈즈는 필요할 경우 아주 쉽게 여자들에게 접근해 말을 붙이고 친해질 수 있는 재주가 있다는 걸, 내가 앞에서 얘기했는지 모르겠 다. 실제로 그는 5분도 안 돼 도우미의 호감을 사서, 마치 오래 전부 터 서로 잘 아는 사이처럼 얘기를 하고 있었다.

"네, 말씀하신 것과 똑같습니다, 홈즈 선생님. 담배를 아주 굉장히 많이 피우세요. 하루 종일 밤까지 피우시죠. 어느 날 아침엔 방에 들어가 보니까, 뭐랄까요? 꼭 런던의 안개 속 같은 거예요! 죽은 스미스 씨도 담배를 피웠지만 선생님처럼 많이 피우진 않았어요. 건강이요? 담배가 건강에 좋은지 나쁜지는 모르겠는데요."

"아니, 그래도 식욕은 떨어지지 않겠어요?"

"그것도 잘 모르겠습니다."

"아무튼 식사를 별로 잘 하시지는 못하죠?"

"아니오, 항상 그렇지는 않습니다."

"오늘은 아침 식사도 안 하고 담배를 그렇게 많이 피우셨으니까, 점심은 별로 못 드시겠네요?"

"아닙니다, 그렇지 않았어요. 오늘 아침엔 놀랄 만큼 많이 드셨어요. 정말 많이 드셨고, 또 점심때도 고기요리를 많이 달라고 하셨거든요. 깜짝 놀랐어요. 저는 어제 그 방에 들어가서 스미스 씨가 죽어있는 걸 보고는 밥맛이 딱 떨어져서 아예 보기도 싫거든요. 뭐, 사람마다 다르니까요. 선생님은 그 일 때문에 조금도 식욕을 잃지 않으신 거죠."

우리는 한동안 정원을 거닐었다. 홉킨즈는 마을로 가서 어제 아침나절에 혹시 차탐 길가에서 수상한 여자를 본 사람이 있나 하고 물어보고 다녔다. 그런데 홈즈는 이상하게도 평소에 늘 넘쳐나던 에너지가 다 빠져버린 것 같았다. 나는 그가 사건을 그렇게 건성으로 다루는 걸 한 번도 본 적이 없었다. 심지어 홉킨즈가 돌아와서 보고를 할 때도 흥미라곤 없이 무덤덤하게 반응했다. 그는 마을의 아이들이 홈즈가 말한 것과도 같은, 안경 쓴 여자를 보았다는 얘기를 전했다. 그러나 홈즈는 수잔의 이야기에는 큰 흥미를 느끼는 것 같았다. 그녀는 어제 아침에 스미스 청년이 산책을 나갔다가 돌아온 후 30분쯤 지나 그런 비극이 일어났다는 얘기를 해주었던 것이다. 그 이야기가 이 사건과 무슨 관련이 있는지 나로서는 알 수 없었지만, 홈즈는 그것을 자신의 머릿속에 있는 어떤 그림과 맞춰보는 듯했다. 갑자기 그가 자리에서 일어나더니 시계를 쳐다보았다.

"자, 두 시에요. 올라가서 교수와 다시 얘기를 해봅시다!"

늙은 교수는 점심을 막 끝낸 참이었다. 비어 있는 큰 접시가 도우미 아주머니의 말처럼 그의 굉장한 식욕을 보여주고 있었다. 우리가 들어가자 그는 또다시 흰 머리와 날카로운 눈빛으로 우리를 쳐다봤는데, 아무리 봐도 흉측한 몰골이었다. 늘 피우고 있는 담배는 여전히 입에 물려 있었고, 옷을 차려입은 채로 난로 옆 안락의자에 앉아 있었다.

"홈즈 씨, 사건이 아직 해결되지 않았습니까?"

교수는 테이블 위에 놓여 있는 담배케이스를 홈즈에게 내밀었다. 홈즈는 그걸 받으려고 손을 뻗치다가 그만 떨어트리고 말았다. 담배가 쏟아져 멀리까지 굴러가는 바람에 우리는 잠시 주저앉아 그것들을 주워 모았다. 그리고 일어나면서 언뜻 봤더니, 홈즈의 눈빛이 반짝이며 얼굴색도 흥분으로 약간 붉어져 있었다. 그의 실수는 중요한 순간에만 저지르는 일종의 계획이었던 셈이다.

"네, 해결했습니다."

홈즈의 대답에 스탠리 홉킨즈와 나는 깜짝 놀라 그를 바라보았다. 교수의 표정엔 다소 비웃음이 어려 있었다.

"정말인가요? 뜰에서 찾으셨나요?"

"아니오. 바로 여기서요."

"여기요? 언제요?"

"지금이요."

"지금 농담하시는 겁니까, 홈즈 씨? 그렇게 농담을 하기엔 이 사건이 너무나 중대하다는 걸 말씀드리지 않을 수 없군요."

"농담이라니요. 저는 이 사건의 하나하나를 깊이 생각하고 또 생각했습니다. 그리고 이제 확신을 가지고 말할 수 있습니다. 이 사건에 있어서 선생이 어떠한 동기를 가지셨는지, 그리고 또 어떤 일을 하셨는지는 알 수 없습니다만, 그것은 잠시 뒤에 선생 자신의 입으로 말하시게 될 겁니다. 어쨌든 일어난 대강의 일을 제가 설명해드리죠. 그러면 제가 알지 못하는 부분이 무엇인지 선생께서 아시게 될 겁니다.

어떤 부인이 어제 선생의 서재에 들어왔어요. 선생의 서랍 속에 있는 서류를 가지러 온 거죠. 그 여자는 열쇠를 직접 가지고 있었어요. 선생이 가지고 있는 열쇠를 저도 봤지만, 그건 놋쇠 장식에 긁혀서 생긴 자국 같은 건 없었습니다. 따라서 선생은 이 사건과 관계가 없고, 제가 조사한 자료에 의하면 그 여자가 선생 몰래 서류를 훔치러 들어간 겁니다."

교수는 담배 연기를 내뿜었다.

"얘기가 그럴 듯합니다. 더 하실 말씀은 없습니까? 그 정도로 부인의 행동을 추적했다면 그 다음에 어떻게 됐는지도 다 아시겠네요."

"계속 말씀드리죠. 그런데 부인이 그만 선생의 비서한테 붙잡히고 말았어요. 그래서 도망치려고 하다가 비서를 찔렀던 겁니다. 저는 이 사건을 하나의 불행한 돌발 사건으로 보고 있어요. 왜냐하면 그 부인은 사람을 죽일 생각이 없었을 것이기 때문이죠. 만일 처음부터 살해할 생각을 가졌다면 왜 아무것도 없이 맨손으로 왔겠어요. 그리고 자기가 저지른 일에 놀라서 급히 도망을 쳤습니다. 그런데 비서와 싸우다가 그만 안경을 떨어트렸는데, 그 여자가 지독한 근시안이기 때문에 안경 없이는 아무것도 할 수 없는 형편입니다. 그래서 대충 들어올 때 길인 줄 알고 복도로 뛰어나왔는데, 두 길이 다 야자나무 껍질이 깔려 있어서 얼른 분별할 수가 없었던 거예요. 자기가 잘못 나왔다는 걸 깨달았을 땐 이미 늦었죠. 그렇다고 오던 길로 다시 갈 수가 없었습니다. 수잔이 내려오고 있었거든요. 엄청 당황했겠죠. 그냥 서 있을 수도 없고 하니 그대로 가던 길로 갈 수밖에 없었던 겁니다. 그래서 그냥 갔는데, 층계를 올라가 문을 열었더니 바로 여기 선생의 침실이었던 겁니다."

교수는 입을 벌리고 홈즈를 뚫어져라 쳐다보았다. 그의 얼굴에 놀라움과 불안이 가득 차올랐다. 하지만 아닌 척하고 어깨를 들썩이며 억지웃음을 지어보였다.

"모든 점이 훌륭하십니다, 홈즈 씨. 그런데 딱 한 가지 틀린 점이 있군요. 그때 나는 이 방에 있었어요. 이 방에서 나간 적이 없거든요."

"아, 알고 있습니다."

"그럼, 내가 침대에 누워서 여자가 들어온 걸 몰랐단 말인가요?"

"그런 말은 하지 않았습니다. 선생은 여자가 들어온 걸 알고 있었어요. 그 여자와 얘기도 하셨고요. 선생은 그 여자가 누군지도 알고 있습니다. 그리고 그 여자를 피신하도록 도와주셨죠."

교수는 큰소리로 웃었다. 그리고 자리에서 일어섰는데, 눈빛이 이글거리고 있었다. 그가 소리를 치며 말했다.

"당신 미쳤구먼. 정신 나간 소리 그만두시오. 내가 그 여자를 도망치게 도와줬다니, 그럼 그 여자가 어디에 있단 말이오?"

"저기 있습니다."

홈즈는 그 말을 하며 방 모퉁이에 있는 높은 책장을 가리켰다.

늙은 교수는 팔을 허공에 치켜들며 얼굴을 찡그린 채 부들부들 떨기 시작했다. 그리고는 의자에 털썩 주저앉았다.

그때 홈즈가 가리킨 책장이 열리면서 안에서 한 여자가 나왔다.

"당신 말이 맞습니다. 나는 여기 있습니다."

그 여자는 서툰 외국인 억양으로 말했다. 그리고 먼지와 거미줄 등이 옷에 묻어 있었다. 얼굴에도 지저분한 게 묻어 있었는데, 그게 없다 하더라도 결코 아름다운 얼굴은 아니었다. 그 여자는 홈즈가 추측한 모든 특징을 가지고 있었으며, 가뜩이나 주걱턱처럼 길고 고집스런 턱 모양을 하고 있었다. 시력이 아주 나쁜 데다 어두운 곳에서 갑자기 밝은 곳으로 나온 탓에, 이곳이 어디고 우리가 누군지 어리둥절해 눈을 껌벅거리면서 주위를 둘러보았다. 그런데 이 모든 결점에도 불구하고 그녀의 태도에는 어딘지 모르게 고상한 점이 있었다. 완강해 보이는 턱과 약간 쳐든 머리에서 뭔가 존경과 칭송을 강요하는 듯한 고상한 기품이 느껴졌던 것이다.

홉킨즈가 범죄자 대하듯 그녀의 팔을 잡으려 하자 여자는 그 손을 조용히 밀치면서 위엄 있게 그를 물리쳤다. 늙은 교수는 여전히 찡그린 얼굴로 의자에 비스듬히 누워 여자를 쳐다보고 있었다. 여자가 계속 말을 이어갔다.

"네, 나는 당신에게 잡힌 신세입니다. 저 안에서 당신들이 하는 얘기를 다 들었어요. 당신들은 정말로 사실 그대로를 다 알고 있더군요. 나는 모든 걸 그대로 인정합니다. 청년을 죽인 사람은 바로 접니다. 아까 어떤 분이 이건 우연히 발생한 사건이라고 하셨는데, 그 분 말이 맞습니다. 나는 내가 잡은 게 칼인지도 몰랐어요. 갑자기 다급해서 책상 위에 있는 아무거나 집어 팔을 놓게 하려고 그를 때렸던 겁니다. 지금 내 말은 사실입니다."

"부인, 저도 사실이라고 믿습니다. 그러나 당신이 한 일이 결코 옳은 건 아닙니다."

홈즈가 말했다.

여인의 얼굴빛이 변했다. 먼지를 뒤집어쓰고 있어서 더 흉해 보였다. 그녀는 침대 모퉁이에 걸터앉아서 이야기를 계속했다.

"저는 여기 오래 있을 수 없습니다. 그러나 사실대로 모든 걸 고백하겠습니다. 저는 이분의 아내입니다. 이분은 영국인이 아니에요. 러시아 사람입니다. 이름은 말하지 않겠어요."

노인이 큰소리로 말했다.

"안나, 제발, 제발 말하지 말아요!"

그녀는 노인을 경멸하는 눈빛으로 쳐다보았다.

"셸기우스, 당신은 왜 이런 부끄러운 삶에 집착을 하는 거죠? 이건 여러 사람들에게 해를 끼칠 뿐 아무런 득이 안 되는 거잖아요. 당신 자신에게도 전혀 이로울 게 없고 말이죠. 하느님이 결정하신 때가 오기 전에 약한 실을 끊는 것은 물론 내 잘못이에요. 하지만 나는 이 더러운 집에 들어설 때부터 이미 결심했어요. 그러나 빨리 할 얘기를 다 해야죠. 늦으면 안 되니까…….

내가 이 분의 아내라고 아까 말씀드렸죠. 우리가 결혼했을 때 이 분은 50세였고 나는 젊디젊은 스무 살이었습니다. 러시아의 어느 도시 대학에서였어요. 그곳이 어딘지는 밝히지 않겠어요."

"안나, 지금 무슨 소리 하는 거요!"

노인은 중얼거리듯 말했다.

"우리는 혁명 운동을 함께 했습니다. 우리에겐 많은 동지들이 있었어요. 그런데 어느 날 시끄러운 일이 생겨서 경찰관이 살해되었습니다. 그래서 동지들이 많이 잡혀갔는데, 증거가 나오지 않았어요. 그때 저 사람은 자기 혼자 살려고, 그리고 현상금을 타려고 아내와 다른 동지들을 팔아 넘겼습니다. 네, 그랬어요. 저 사람이 자백해서 우리는 모두 잡혀갔어요. 몇 명은 교수대로 끌려갔고, 또 몇 명은 시베리아로 유형살이를 떠났습니다. 나도 시베리아로 끌려갔지만 종신은 면했어요. 저 사람은 그 더러운 돈을 가지고 영국으로 건너와서 숨어 살았던 겁니다. 동지들이 거처를 알기만 했다면 1주일 안에 처벌을 했겠죠, 당연히……."

늙은 교수는 떨리는 손으로 어렵사리 담배를 집어 들었다.

"안나, 나는 당신 손안에 들어 있어요. 나한테 항상 친절히 대해주었는데!"

노인의 말에도 여자는 계속 말을 이어갔다.

"나는 아직 이 사람의 가장 사악한 죄를 이야기하지 않았습니다. 동지들 가운데 나의 소울메이트가 있었는데, 그는 고상하고 헌신적이며 사랑을 받을만한 청년이었어요. 저 사람과는 정 반대 되는 사람이었죠. 그는 폭력을 멀리했습니다. 만약 그 사건이 죄악이었다면 다른 사람들은 다 죄인일지라도 그 청년만은 무죄라는 걸 저는 확신합니다. 그는 나에게 그런 길을 걷지 말라며 늘 편지를 써서 주곤 했습니다. 그 편지가 있었더라면 그는 구제되었을 겁니다. 아니면 내 일기라도 있었더라면 좋았을 거예요. 일기에다 날마다 그에 대한 나의 감정과 우리가 했던 토론들을 적곤 했었거든요. 하지만 저 사람이 그 편지와 내 일기들을 전부 다 없애버렸습니다. 뿐만 아니라 그 청년을 죽이려고까지 했어요. 결국 죽이지는 못했지만 시베리아로 추방을 당하도록 만들었죠. 그는 지금도 시베리아의 소금광산에서 일하고 있습니다. 생각해보세요. 저 사악한 악마를 말이죠! 그 친구는 지금도 노예처럼 일하며 살고 있습니다. 저 인간은 내 친구의 이름조차 부를 자격이 없어요. 자, 당신 목숨은 이제 내 손아귀에 들어있어요. 하지만 그걸 포기하고 떠나야겠네요."

"당신은 언제나 참 고상한 사람이었어요, 안나!"

노인이 담배 연기를 내뿜으며 말했다. 여자는 일어서다가 다시 고통스런 소리를 내면서 주저앉았다.

"이제 말을 끝내겠습니다. 만기가 되어 나오자마자 일기와 편지를 찾으려고 마음먹었습니다. 그것을 러시아 정부에 보내면 내 친구는 석방될 수 있기 때문입니다. 나는 남편이 영국으로 간 것을 알았습니다. 그리고 몇 달 동안 조사해보고는 그가 있는 곳을 알아냈죠. 나는 아직도 남편이 내 일기를 갖고 있다는 것도 알았습니다. 어떻게 알았냐 하면, 내가 시베리아에 있을 때 그에게서 한번 편지를 받았는데, 내 일기장 안에 있는 문장을 인용해 썼더라고요. 그때 알았던 거죠. 하지만 저 사람의 성질이 고약하기 때문에 내 편지를 쉽게 내줄 것 같지 않았어요. 그래서 내가 직접 가져올 결심을 했죠.

우선 사설탐정 회사에 가서 사람을 하나 샀습니다. 그리고는 남편의 비서로 들여보냈어요. 얼마 안 있다가 그만 둔 그 두 번째 비서였어요. 그는 내 편지와 일기들이 서랍 속에 들어있다는 것을 알아내고는 열쇠도 복사해 주었습니다. 그리고 이 집의 도면을 그려주면서, 오전 중에는 비서가 교수의 방에서 일을 하기 때문에 서재가 비어 있다는 얘기를 해주었어요. 그래서 난 용기를 내어 직접 그걸 가지러 온 겁니다. 그리고 성공했어요. 하지만 이 얼마나 값비싼 희생입니까! 내가 막 물건들을 꺼내고 서랍을 닫으려 하는데 청년이 나를 붙잡았습니다. 아침에 오다가 길에서 그 청년을 만났어요. 나는 그가 이 집 비서인 줄 모르고 코람 교수 집이 어디냐고 물었었죠."

"아, 그렇군요. 그래서 비서가 돌아와 교수한테 길가에서 어떤 부인을 만났다는 얘기를 했고, 죽기 직전에 '범인이 그녀'라는 얘기를 했던 거군요. '아까 얘기했던 바로 그 여자라고 말하려 했겠죠."

홈즈가 말했다. 그러자 여자는 명령하는 말투로 다음과 같이 말하면서, 아주 고통스럽게 얼굴을 찌푸렸다.

"내가 말을 끝내게 잠깐만 기다리세요. 그가 넘어지자 나는 방을 뛰쳐나왔는데, 그만 길을 잘못 들어 이 방으로 들어오고 말았어요. 그는 나를 보더니 경찰에 신고하겠다고 했습니다. 그래서 나는, 만일 당신이 그러겠다면 당신 목숨은 내 손에 들어있다고, 그렇게 말해줬죠. 만일 저 사람이 나를 법정에 세우겠다면 나는 저 사람을 동지들한테 넘길 작정이었습니다. 그건 내가 살고 싶기 때문이 아닙니다. 오로지 내 목적을 이루고 싶기 때문이죠. 저 사람은 내가 반드시 행동하는 성격인 것을 알고 있어요. 다시 말해 그의 운명은 내 손 안에 들어 있습니다. 바로 그렇기 때문에, 다른 이유가 아니라 바로 그 이유 때문에 그는 나를 숨겨준 겁니다. 나더러 저 어두운 책장 뒤에 숨으라고 하더군요. 그리고 이 방에서 식사를 하기 때문에 음식의 일부를 나한테 주었어요. 경찰관이 이 집을 떠나면 나는 밤에 몰래 빠져나가려고 하고 있었죠. 그런데 당신이 이 모든 일을 알아차리신 겁니다."

안나는 거기까지 말하고 자신의 겉옷 속에서 작은 꾸러미를 하나 꺼냈다.

"마지막 부탁을 좀 드리겠습니다. 이건 시베리아에 있는 내 불쌍한 친구를 구할 수 있는 편지와 일기장입니다. 당신은 명예와 정의에 대한 신념이 있는 분 같으니, 이걸 좀 맡아주세요. 그리고 러시아 대사한테 전해주시면 감사하겠습니다. 나는 이제 내가 할 일을 다 했습니다. 그럼……."

"아니! 못하게 말리세요!"

홈즈가 별안간 소리를 치며 안나에게 달려들더니 손에서 작은 약병을 빼앗았다.

"끝났어요."

안나는 그 말을 하며 몸을 가누지 못하고 침대 위로 쓰러졌다.

"끝났어요. 아까 책장 뒤에서 나오기 전에 약을 먹었어요. 머리가 어지럽군요. 나는 먼저 가겠습니다. 그 물건을 잘 좀 부탁드려요."

런던으로 돌아오는 차 안에서 홈즈가 말했다.

"우발적인 사건이었지만 교훈이 되는 점도 있었지. 내가 처음부터 안경을 주목했던 건 옳은 일이었어. 그런데 그 안경이 현장에 떨어져 있지 않았다면 과연 이 사건을 해결할 수 있었을지 의문이 드는군. 어쨌든 안경 도수가 꽤 높은 걸 보고는, 안경이 없으면 꼼짝도 못할 거라는 걸 알았지. 자네가 풀밭 위의 발자국이 분명치 않다고 말했을 때, 아주 재주 좋은 사람이라고 내가 말하지 않았나. 하지만 난 속으로 그 부인이 다른 안경을 또 하나 갖고 있지 않는 한 그렇게 풀밭 위로 가는 건 도저히 불가능한 일이라고 단정을 하고 있었다네. 그래서 나는 그 여자가 아직 집안에 있을 거라고 가정을 했지. 복도 양쪽이 똑같은 것으로 보아 길을 잘못 들기가 쉬웠을 것이고,

그렇다면 그 여자는 분명히 교수의 방으로 들어갔을 거야. 결과적으로 나는 이런 가정을 염두에 둔 채 추궁을 했고, 혹시 그 방에 숨을 곳이 있나 하고 유심히 관찰을 했지. 카펫이 방 전체에 깔려있고 못까지 박혀있어서 바닥에 다른 문이 있을 것 같지는 않았어. 그렇다면 책장 뒤에 숨을 곳이 있지 않을까. 옛날 서재에 보면 간혹 그런 경우가 있지 않나. 그런데 그 방에 사면이 책장으로 돼 있는데, 한쪽 단 하나의 책장에만 책이 안 꽂혀 있는 거야. 그게 문일지도 모른다는 생각이 딱 들더라고. 미심쩍어 하고 있는데, 다행히 카펫 색깔이 어두워서 검사하기가 용이했지. 내가 담배를 많이 피운 거 자네도 알았겠지만 담뱃재가 필요했던 거네. 그걸 수상한 책장 아래 바닥에다 계속 털어놓았거든. 아무튼 간단한 방법이었지만 효과는 제대로 냈다네. 그래 놓고 점심 식사 시간이라 우리가 방에서 나왔잖은가. 그런데 자네도 들었다시피, 코람 교수가 점심을 많이 먹었다는 얘기를 그 도우미 아주머니가 하지 않았나. 그게 참 이상했지. 혹시 다른 사람에게 주려고 많이 가져오라고 했나. 그리고는 점심 후 다시 그 방으로 들어가서 담배케이스를 받는 척 하다가 일부러 떨어트렸다네. 바닥 모양을 자세히 검사하기 위해서였지. 아니나 다를까, 담뱃재 위에 발자국이 나있더군. 우리가 없는 동안 숨은 곳에서 나왔던 거야. 자, 홉킨즈, 체링 크로스에 도착했군. 사건이 훌륭하게 마무리 된 걸 축하하네. 자네는 물론 경시청으로 가겠지. 왓슨, 우리는 같이 러시아 대사관으로 가세."

검은 피터

Sherlock Holmes

1895년은 셜록 홈즈에게 있어 정신적으로나
육체적으로 최고의 시기였다고 할 수 있다. 명성이 점점 더 높아지
면서 수많은 일거리가 그에게 들어왔기 때문이다. 이 자리에서 이
름을 밝히면 너무 경솔하다는 지적을 받을 것이므로 어떠한 암시
도 던질 수 없지만, 그중에는 이름이 널리 알려진 사람들도 있었고,
몇몇은 당연히 베이커 거리의 누추한 집으로 찾아왔었다. 그러나
홈즈는 모든 예술가들이 그렇듯 자신의 예술을 위해 사는 사람이
기 때문에, 누구보다 큰 성과를 올리고서도 많은 보수를 요구한 적
이 거의 없었다. 홀더네스 공작의 경우는 극히 드문 예외적인 상황
이었다.

셜록 홈즈는 사건 자체가 마음에 들지 않으면 의뢰인이 권력자든
부자든 상관없이 과감히 거절했고, 반대로 사건의 유형이 예사롭지
않은데다 상상력을 자극한다든지 창의력을 부추기는 경우는 받아
들일 때가 많았다. 그리고 상대가 교활한 자이거나, 보수 같은 건 아
예 기대할 수도 없는 가난한 의뢰인의 경우도 맡을 때가 많았으며,

몇 주일씩 그 일에 몰두하면서 전력을 기울이곤 했다.

아무튼 잊을 수 없는 그 1895년엔 토스카 추기경의 갑작스런 죽음에 대한 수사(로마 교황의 특별 요청에 의해)와 유명한 카나리아 조련사인 월슨의 체포(런던 빈민가의 암을 제거하는 일), 그밖에도 여러 기묘한 사건들이 연속해서 일어나는 바람에 홈즈는 그야말로 눈코 뜰새 없이 바빴다. 그리고 위 두 개의 유명한 사건에 뒤이어 일어난 것이 바로 우드맨 리의 살인 사건이었다. 피터 켈리 선장의 죽음은 어떤 면으로 보나 지극히 미스테리한 것이었다. 이 수상한 사건이 역사에 기록되지 않고는 홈즈의 활약도 결코 완전하다고는 할 수 없다.

그 해 7월 첫 주에는 홈즈가 걸핏하면 혼자 외출해 장시간 들어오지 않았기 때문에 또 뭔가 사건에 손대고 있다는 걸 나도 눈치 채고 있었다. 그가 없는 동안 수상해 보이는 자들이 몇 번이나 찾아와 베이질 선장이 집에 있느냐며 다그쳐 묻곤 했는데, 그것만 봐서도 그는 분명 여러 개의 이름을 가지고 변장을 해가며 여기저기 숨어 다니고 있다는 것을 짐작할 수 있었다. 홈즈는 런던 시내에 최소한 다섯 곳의 은신처를 가지고 있어서 언제 어디서나 다른 모습으로 나타날 수 있었다.

그런데도 홈즈는 사건에 관해서는 아무 말도 하지 않았다. 나 또한 굳이 묻지 않는 게 습관이 되어 있었다. 그러던 차에 어느 날 불쑥 그는 지금 손대고 있는 사건에 관해 비로소 밝혔는데, 그날은 그야말로 참 묘한 일이 일어난 날이기도 했다. 그날 아침엔 홈즈가 아침도 먹기 전에 나가더니 내가 혼자 식사를 하고 있는데 다시 어슬렁거리며 돌아왔다. 그런데 가만 보니까, 모자를 쓴 채 커다란 창 같은 것을 우산처럼 옆구리에 끼고 있는 것이었다.

"어찌 된 거야, 홈즈! 설마 그걸 들고 온 런던 시내를 돌아다닌 건 아니겠지?"

"푸줏간까지 마차로 갔다 왔는 걸."

"푸줏간에?"

"그랬더니 지금 배가 고파 죽겠어. 역시 아침 먹기 전 운동이 굉장히 효과가 좋네. 왓슨, 자네는 지금 내가 어떤 운동을 했는지 도저히 모를 거야. 알아맞혀 보게. 자, 내기 할까?"

"도대체 뭘 알아야 내기를 하지."

홈즈는 씩 웃으며 커피를 잔에 따랐다.

"만일 자네가 알라다이스의 가게를 들여다볼 수 있었다면 한 남자가 윗도리를 벗은 채 이 창을 들고 천장에 매달려 있는 죽은 돼지를 마구 찔러대는 장면을 볼 수 있었을 텐데 말이야. 그 힘이 넘쳐나는 남자가 누구였냐고? 바로 나였지. 덕분에 아무리 날뛰어도 단번에는 돼지를 꿰뚫을 수 없다는 걸 알게 됐다네. 어떤가, 자네도 시도해보고 싶지 않나?"

"사양하겠네. 그런데 뭣 때문에 그런 짓을 했나?"

"그게 우드맨 리의 사건과 간접적인 관계가 있다고 생각됐기 때문이지. 어허, 잘 왔네, 홉킨즈. 어젯밤에 전보 받고 자네를 기다리고 있었네. 자, 이리 와서 식사 좀 하게나."

찾아온 손님은 흡킨즈라고 불리는 서른 살쯤 된 남자로, 매우 날렵해 보이며 수수한 스카치로 된 옷을 입고 있었는데, 늘 제복을 입는 사람에게서 보이는 단정한 태도가 눈에 띄었다. 나는 곧 그가 스탠리 흡킨즈 경감이라는 것을 알았다. 그는 홈즈가 앞날이 촉망하다고 보고 있는 청년이었고, 흡킨즈 또한 이 유명한 탐정의 과학적인 수사 방법에 대해 감탄하고 존경하며 그를 스승처럼 여기고 있는 터였다.

그런데 흡킨즈는 방에 들어서자마자 뭔가 어두운 표정으로 의자에 앉았다.

"감사합니다만 식사는 하고 왔습니다. 그리고 사실 어젯밤에 런던에 도착했습니다. 보고를 하려고요."

"어떤 보고인가?"

"그런데 실패했습니다. 완전히 실패였죠."

"그런 다음엔 아무런 진전이 없었나?"

"없었습니다."

"그것 참 이상하군. 한번 조사해보고 싶은데."

"홈즈 선생님, 제발 그렇게 좀 해주십시오. 저한테 처음으로 온 큰 기회였는데, 어떻게 해야 좋을지 모르겠어요. 부탁드리겠습니다. 저랑 함께 좀 가주세요."

"마침 다행히 나도 주어진 관련 서류를 다 봤고 검시관의 보고도 받았다네. 그런데 참, 그 범죄 현장에서 발견된 담배쌈지는 어떻게 생각하나? 단서가 되지 않을까?"

스탠리 홉킨즈는 뜻밖이라는 표정을 지었다.

"그건 피해자의 것이었는데요. 안쪽에 이니셜이 씌어 있었죠. 바다표범 가죽인데, 그 남자가 원래 바다표범을 사냥하는 선원이었거든요."

"그런데 파이프는 안 갖고 있던데."

"온통 찾아봤지만 안 나왔습니다. 담배를 별로 피우지 않았던 거겠죠. 아니면 손님용으로 담배만 갖춰놓았는지도 모르고요."

"음, 그럴 듯한 말이군. 난 그저 만일 내가 이 사건을 맡게 된다면 그 점을 수사의 출발점으로 해야 된다는 생각에서 말해봤던 것뿐이네. 하지만 왓슨은 이 사건에 대해 전혀 모르니까 경감 자네가 요점만 간단히 좀 설명해주면 좋겠네. 하긴 나도 처음부터 다시 한 번 듣는 것도 나쁘지 않을 테니 말이야."

스탠리 홉킨즈는 주머니에서 메모 쪽지를 꺼내 펼쳐 들었다.

"제가 여기 날짜를 적어 놓았는데요, 죽은 피터 켈리 선장의 경력에 대한 것입니다. 1854년생이니까 쉰 살이네요. 이 사람은 바다표범과 고래잡이 분야에서 가장 용감하고 성공한 사람이었죠. 1883년에는 스코틀랜드의 항구 던디에서 유니콘이라는 증기선의 선장으로서 바다표범을 잡는 데 몇 번이나 대성공을 거뒀고, 그 다음 해 1884년에 은퇴를 했습니다. 그리고 은퇴한 후에는 몇 년 동안 여행을 다녔는데, 마지막엔 서섹스의 포레스트 거리 근처 우드맨리라는 동네에다 작은 집을 하나 사서 정착을 한 모양입니다. 그리고 거기서 지금까지 6년간 살았던 거죠. 지난주에 죽기 전까지 말입니다.

이 피터 켈리라는 사나이는 아주 특이한 성격의 인물이었는데요. 엄격한 청교도로서의 생활을 하면서 말수가 적은 편이고 음울한 면이 있었던 것 같습니다. 식구로는 아내와 스무 살 된 딸이 하나 있고, 하녀가 둘 있는데, 하녀가 자주 바뀌었다고 합니다. 그 이유는, 이 집안이 아주 냉랭하고 도저히 참을 수 없는 일이 수시로 일어나기 때문이라네요.

피터 켈리가 폭음을 자주 하고 술주정이 심한 편인데요, 취하기만 하면 악마로 변한다고 합니다. 한밤중에 아내와 딸을 밖으로 내쫓고 온 마당을 돌아다니면서 채찍으로 때린다고 하거든요. 그 비명 소리에 근처 주민들까지 다 잠을 깰 정도라고 합니다.

그뿐만이 아니라 동네 나이 든 목사가 그에게 충고를 하려고 했다가 그만 폭행을 당하는 바람에 이 자를 경찰서에 넘긴 사건도 있었습니다. 아무튼 성질이 아주 난폭한 인간인데, 옛날에 배를 타던 때도 늘 그랬다고 하더군요. 그래서 동료들 사이에서는 '검은 피터'라는 별명으로 불리고 있었는데, 그게 얼굴 색깔이나 턱수염이 검어서가 아니라 주위 사람들을 하도 무섭게 만들기 때문에 그의 성격이 검다는 뜻에서 나온 것이라고 합니다. 당연히 주변 사람들 모두가 그를 싫어하고 피하고 그러지 않았겠습니까? 그러다 보니, 이번에 그런 죽음을 당했는데도 누구 한 사람 안됐다는 말 한 마디 하는 자가 없는 것 같습니다.

이 자의 '선실'에 대해서는 검시관의 보고서를 읽으셨을 거라고 생각합니다만, 왓슨 선생님은 아직 모르시겠죠. 피터 켈리는 자기 집 구획 안에다 오두막을 하나 지어놓고는 그걸 선실이라고 불렀습니다. 본채에서 수백 미터나 떨어진 장소에 있는데, 그는 매일 밤 거기서 잠을 잤다고 하더군요. 3평방미터짜리 방이 하나밖에 없는 자그마한 오두막이죠. 방문 열쇠는 항상 혼자만 가지고 있고, 방 청소나 침대 정리도 직접 했고, 다른 사람은 아무도 그곳에 들어갈 수 없었답니다.

방 양쪽에 창문이 하나씩 있고 커튼도 쳐져 있는데, 한 번도 열린 적이 없었다고 하는군요. 그 창문 중 하나가 큰길 쪽으로 나 있어서 밤에 불이 켜지면 동네 사람들이 그걸 보면서 검은 피터가 도대체 저 안에서 무엇을 하고 있을까 하고 수군거리곤 했답니다. 그리고 조사를 통해 바로 그 창문에서 무슨 증거 하나가 나왔다고 하는데요.

홈즈 선생님, 기억하고 계시겠지만, 사건이 일어나기 이틀 전 새벽한 시쯤에 석공으로 일하는 슬레이터라는 남자가 포레스트 거리에서 돌아오는 길에 그곳을 지나가다가 우연히 오두막에서 불빛이 새나오는 것을 봤다고 하더군요. 그런데 창문에 남자의 옆모습이 그림자로 뚜렷이 보였는데, 그게 검은 피터의 모습이 아니었다는 거예요. 왜냐하면 그는 피터의 모습을 분명히 알고 있기 때문이라는 거죠. 아주 확신했다고 합니다.

그림자의 주인공도 턱수염은 있었지만 아주 짧았고, 피터와는 달리 앞쪽으로 곤두선 그런 모양새였다고 합니다. 다만 이 석공은 그

전에 두 시간이나 술을 마신 데다 오두막과는 거리가 조금 떨어진 곳에 있었기 때문에, 그 점은 참고할 필요가 있습니다. 게다가 그때는 월요일 밤이었고, 범죄가 일어난 건 수요일이었죠. 화요일엔 피터 켈리가 또다시 술을 잔뜩 마시고 짐승처럼 길길이 날뛴 모양인데요. 집 주위를 하도 미친 놈처럼 헤젓고 다니니까 여자들이 전부 다 피했다고 하더군요.

밤늦게 그는 오두막으로 돌아갔는데, 새벽 두 시쯤에 그의 딸이 창문을 열어둔 채로 잠에 들었다가 오두막 쪽에서 무슨 비명이 나는 것을 들었다고 합니다. 하지만 그녀는 아버지가 보통 때도 술만 마시면 고래고래 소리 지르고 날뛰고 했기 때문에 그날도 그런가보다 하고 별로 신경을 안 썼던 거죠.

아침 7시에 하녀 한 사람이 오두막집 문이 열려 있는 것을 보았지만 무서운 생각이 들어서 점심 때까지 가볼 생각을 안 했다고 합니다. 그러다가 아무래도 이상하다는 생각을 다른 사람들도 모두 하고는 마침내 가서 들여다보게 됐는데, 그만 기겁할 상황이 벌어졌던 거죠. 그래서 마을로 냅다 뛰어가 알렸다고 합니다. 그래서 제가 1시간 이내에 현장으로 달려갔고, 이렇게 수사를 담당하게 됐던 겁니다.

홈즈 선생님, 그런데 말이죠, 제가 상당히 담대한 편인데도 그 오두막 안을 들여다봤을 땐 정말이지 몸서리가 쳐지더라고요. 이건 그야말로 온 방안이 도살장이라고 할 정도였거든요. 피터는 그곳을 선실이라고 불렀다고 하는데, 말 그대로 선실과 똑같이 생겼더군요. 거기에 들어가니까 마치 배를 타고 있는 것 같은 느낌이 들었으니까요.

한쪽 벽 서가에 여러 권의 항해일지를 꽂아놓아 마치 선장실처럼 꾸며놓고는 본인은 방 한가운데에 죽어서 늘어져 있었습니다. 영원히 지옥에 떨어져 고문을 받는 사람처럼 얼굴이 심하게 일그러져 있고, 얼룩덜룩한 색깔의 턱수염은 고통으로 빳빳이 선 채 말입니다. 가슴 한복판에 쇠로 된 작살이 꽂혀 있었는데, 어찌나 세게 찔렀는지 몸을 관통해 등 뒤 나무 벽까지 깊이 들어가 있었습니다. 마치 핀으로 카드에 꽂아 놓은 딱정벌레 같은 꼴이었죠. 물론 그는 죽어 있었는데, 그의 딸이 비명을 들었던 그 순간부터 그렇게 찔려 있었던 게 분명해 보입니다.

저는 홈즈 선생님의 수사 방법을 늘 잘 알고 있기 때문에 바로 그대로 응용을 해봤습니다. 우선 아무것도 손대지 못하도록 당장 조치한 다음에 밖에서부터 시작해 오두막 안으로 들어가면서 조사를 했죠. 그런데 발자국은 발견되지 않았습니다."

"정말로 하나도 안 나왔다고?"

"하나도 없었습니다."

"홉킨즈, 나는 범죄를 수없이 많이 봐왔지만 하늘을 날아다니는 범인은 아직 본 적이 없네. 과학적인 수사 방법을 동원하면 반드시 조금은 움푹 파인 곳이 있다든지 물건의 위치가 바뀌어 있다든지 하는 일을 발견할 수 있다고 보거든. 범인이 두 다리를 가지고 있는 사람이라면 말일세. 그렇게 피투성이가 된 방에서 수사의 열쇠가 될 흔적이 하나도 남아 있지 않다는 건 얼른 믿어지지가 않네. 심문 서류를 봐도 자네가 빠트린 건 별로 없어 보이지만 말이야."

홈즈가 약간 비꼬는 투로 말하자 홉킨즈는 속으로 움찔했다.

"곧바로 홈즈 선생님께 조언을 부탁하지 않았던 건 제 잘못이었습니다. 어쨌든 그건 지난 일이니까 어쩔 수가 없고요. 일단, 방 안에 이상한 점은 몇 가지 있었습니다. 그중 하나는 범행에 사용한 그 작살인데요. 그게 벽에 걸어 놓았던 세 개의 작살 중 하나였거든요. 그런데 거기에 '던디 항구의 유니콘 호'라는 글자가 쓰여 있었어요. 그러니까 급한 김에 그게 적당한 흉기가 될 것 같으니까 순간 뜯어내어 썼던 게 아닐까 하고 추측이 되는 거죠.

범행이 오전 두 시쯤에 벌어졌는데도 불구하고 살해당한 피터 켈리가 옷을 다 입은 채로 있었던 걸 보면 가해자가 갑자기 침입한 게 아니고 아마도 방문하기로 약속돼 있었던 거라는 생각이 듭니다. 그게 확실한 게, 테이블 위에 럼주 병 하나와 술을 마신 컵 두 개가 남아 있었거든요."

"그 두 가지 추정은 다 맞는 것으로 보이는구먼. 럼주 말고 다른 술은 없었나?"

"있었습니다. 배에서 사용하는 박스 위에 브랜디와 위스키가 놓여 있었는데, 둘 다 가득 들어 있고 마신 흔적이 없었거든요. 그러니까 그건 별로 중요한 게 아닌 것 같습니다."

"현장에 있는 물건은 중요하지 않은 게 하나도 없다고 봐야 되네."

홈즈는 또다시 비꼬는 투로 말했다.

"어쨌든 그밖에 어떤 물건들이 사건과 관계 있는 것으로 보였는지, 계속 말해보게."

"네, 그리고 담배쌈지가 테이블 위에 있었습니다."

"테이블 어느 쪽에?"

"한가운데요. 거칠고 빳빳한 털을 가진 바다표범 가죽으로 만든 것인데, 끈으로 쌈지주둥이를 묶게 되어 있습니다. 그리고 늘어뜨려진 덮개 안에 PC라는 글자가 씌어 있고, 쌈지 안에 독한 담배가 0.5온스 가량 들어 있었습니다."

"오호! 그리고는?"

홉킨즈는 주머니에서 밝은 브라운 색의 수첩을 꺼내더니 홈즈에게 내밀었다. 표지가 많이 닳아 있고 안쪽 종이도 변색이 되어 있었다. 첫 페이지엔 'J H N'이라는 글자와 1883년이라는 숫자가 씌어 있었다. 홈즈는 그걸 테이블 위에 내려놓고 찬찬히 살펴보았다. 홉킨즈와 나는 그의 어깨 너머로 들여다보았다. 두 번째 페이지엔 'C P R'이라고 씌어 있고, 그 다음 여러 페이지에는 숫자만 기록되어 있었다. 또 헨티나, 코스타리카, 상파울로 등의 제목 아래 각각 몇 페이지에 걸쳐 기호와 숫자 등이 기입되어 있었다.

"이게 다 뭘까?"

홈즈가 말했다.

"증권거래소의 증권 관계 일람표인 것 같은데요. J H N이라는 것은 중개인의 이니셜이고, C P R은 고객의 이름이 아닐까 싶습니다."

"캐나다 태평양 철도(캐나디안 퍼시픽 레일웨이)의 약자가 아닐까?"

홈즈의 말에 홉킨즈가 무릎을 치며 외쳤다.

"제가 바보라니까요! 그게 맞는 것 같습니다. 틀림없어요. 그럼 나머지 J H N만 확인하면 되겠군요. 그런데 제가 증권거래소 명단을 조사해봤지만, 1883년 판에는 거래인이든 중개인이든 이 이니셜을 가진 사람이 없었거든요. 그러나 지금으로선 이 단서가 가장 유력한 것 같습니다. 이 이니셜이 현장에 있었던 제2의 인물, 그러니까 가해자의 것일 수 있다는 건 홈즈 선생님도 이의가 없으시겠죠. 게다가 상당액의 유가증권이 이 사건에 관련돼 있는 것으로 봐서, 틀림없이 범죄의 동기에 관해 어떤 시사를 하고 있는 게 아닌가 하고 저는 생각하고 있습니다."

홉킨즈의 이 새로운 주장에 홈즈는 기습을 당한 듯한 표정이었다.

"그 두 가지는 전부 다 인정을 해야겠군. 홉킨즈, 솔직히 말하면 검시 조서에는 거론되지 않았던 이 수첩이 나타났기 때문에 그동안 내가 정리해놓았던 의견을 바꿀 수밖에 없게 되었네. 지금까지 생각하고 있었던 범죄의 구성엔 이 수첩의 내용이 끼어들 곳이 없으니까 말일세. 자네는 여기에 있는 증권의 어떤 것에 대해서 조사해봤나?"

"지금 본청에서 하고 있습니다만, 남미 지역과 관계하고 있는 이 회사의 완전한 주주 명단은 남미가 아니면 손에 들어오지 않을 것이고, 결국 이것을 조사해내려면 상당한 시일이 소요되리라고 생각합니다."

홈즈는 수첩의 표지에 확대경을 대고 들여다보다가 말했다.

"여기가 조금 변색되어 있군."

"그건 핏자국입니다. 어쨌든 바닥에서 주웠으니까요."

"어떤 면이 위로 되어 있었나?"

"피가 묻은 면이 아래쪽이었죠."

"그러니까 범행을 저지른 뒤에 바닥에 떨어졌다는 거네."

"그렇습니다. 범인이 허둥지둥 달아나면서 떨어진 것 같습니다. 방 입구 쪽에 떨어져 있었으니까요."

"여기 쓰여 있는 증권은 피해자의 유품 속에 안 남아있었겠지?"

"없었습니다."

"강도를 당한 것 같은 물건 따위는 없었나?"

"없습니다. 아무것도 손댄 흔적은 없었어요."

"음, 이것 참 묘한 사건이군. 그런데 나이프가 있었을 텐데……."

"네, 맞습니다. 칼집 속에 든 채로 피해자의 발밑에 놓여 있었어요. 피해자의 아내는 그게 남편 거라고 증언을 했습니다."

홈즈는 잠시 생각하다가 말했다.

"현장으로 가보세. 가서 조사해봐야겠어."

홉킨즈는 크게 기뻐하며 소리쳤다.

"감사합니다. 이제 한결 부담이 덜어진 것 같습니다."

홈즈는 집게손가락을 들어 홉킨즈 경감을 때리듯 하며 말했다.

"일주일 전이었으면 일이 한결 쉬웠을 텐데. 뭐, 지금이라도 전혀 도움이 안 된다고 할 수는 없지. 왓슨, 자네 혹시 시간 되면 같이 좀 가주게. 그리고 홉킨즈, 4륜 마차를 불러주게나. 준비는 15분 안에 마치겠네."

우리는 시골의 자그마한 역에서 내려 마차를 타고 몇 마일이나 숲을 지나며 달려갔다. 그 지역은 옛날에 색슨 족의 침입을 막아낸 그 숲으로 유명한 곳이었다. 하지만 그 후로는 영국 최초의 제철산업이 그곳을 중심으로 발전했기 때문에 광석 용해용으로 수많은 나무가 벌채되고 말았다. 게다가 요즘은 북부 지방의 수많은 광산들이 성황을 이루면서 사업의 중심을 이루어가는 바람에 옛날을 추억할 수 있는 것은 더 이상 아무것도 남아있지 않았다.

이 벌채 지역으로 들어서자 푸르스름한 언덕 중턱에 나지막한 돌담들이 있고, 그 옆으로 구불구불한 마차 길이 계속 이어지고 있었다. 가까이 다가가서 보니 작은 오두막 하나가 숲으로 둘러싸인 곳에 있었는데, 입구와 창문은 길 쪽으로 나 있었다. 그곳이 바로 살인이 일어난 그 현장이었다.

스탠리 홉킨즈 경감은 먼저 저택 쪽으로 우리를 데려가 비쩍 마른 한 부인에게 우리를 소개했다. 피해자의 아내였다. 부인은 두려움에 떨며 핏발 선 눈으로 우리를 쳐다보았는데, 주름이 깊이 새겨진 얼굴을 보니 오랜 세월 동안 학대와 고생을 겪었다는 게 한눈에 바로 보였다. 옆에 있는 딸은 금발에 노리끼리한 얼굴색을 하고 있었으며, 우리를 날카롭게 쏘아보면서 '아버지가 죽은 게 오히려 잘 됐다, 아버지를 살해한 사람을 축복한다고 말했다.

정말 무서운 가족이라는 생각이 들었다. 우리는 햇빛이 환한 밖으로 나와 심호흡을 하고는 죽은 그 남자가 수없이 밟고 다녔을 오솔길을 따라 오두막집 쪽으로 걸어갔다. 자그마한 그 오두막은 지붕 한 겹에 널빤지로 벽을 두른 아주 허술한 공간으로, 입구 옆에 창문 하나가 나 있고 반대쪽에도 창문이 하나 있었다. 홉킨즈는 주머니에서 열쇠를 꺼내 열쇠 구멍에 넣으려고 몸을 구부렸다. 그런데 별안간 깜짝 놀라며 그가 손을 멈췄다.

"누가 이걸 만졌습니다."

그러고 보니 틀림없었다. 나무 부분을 뜯어낸 흔적이 있고 페인트도 긁혀서 허옇게 돼 있었다. 홈즈는 창문을 조사해보았다.

"여기 보게. 창문도 억지로 열려고 시도한 흔적이 있네. 그런데 실패해서 들어가지 못한 걸 보니까 이 도둑도 참 서투른 자였구먼."

"근데 이게 정말 이해가 안 되는 게, 어젯밤까지도 이런 흔적이 전혀 없었거든요."

"어떤 마을 사람이 호기심으로 한 짓이겠지."

내가 말했다.

"그건 아닐 것 같습니다. 왜냐하면 마을 사람들은 이 근처에 오는 것조차 무서워하고 있었거든요. 홈즈 선생님은 이걸 어떻게 생각하십니까?"

"우리한테는 아주 다행스런 일이라고 생각되네."

"이 인물이 다시 나타날 거라고 보시는 건가요?"

"그렇지. 올 것 같네. 그자는 문이 열려 있는 줄 알고 왔다가 잠겨 있으니까 작은 휴대용 칼로 시도를 해봤는데 잘 안 됐던 거지. 그러면 그자는 어떻게 하겠나?"

"다음 날 밤에 연장을 가지고 다시 오겠죠."

"그러게. 나도 그렇게 생각하네. 그때를 기다리지 말라는 법은 없겠지. 어쨌든 방 안을 보여주게나."

참극의 현장은 뒤처리가 돼 있었지만, 가구 종류는 그때 그대로 남겨져 있었다. 홈즈는 2시간 동안이나 방안의 모든 것을 하나씩 세심히 들여다보며 조사를 했는데, 그의 표정으로 봐서 결코 성공적인 수사는 아닌 것 같았다. 마침내 그는 조사를 멈추며 홉킨즈에게 말했다.

"자네, 이 선반에서 뭘 가져갔나?"

"아니오. 아무것도 안 만졌는데요."

"뭔가 없어졌는데. 여기 구석 쪽이 다른 데 비해서 먼지가 덜 쌓인 걸 보면 책이 놓여 있었든지, 아니면 무슨 상자가 놓여 있었던 게 아닐까 싶은데. 어쨌든 이게 전부란 말이지. 자, 그럼 왓슨, 나랑 저기 숲으로 산책가지 않겠나? 새도 보고 꽃도 보고 말일세. 홉킨즈, 이따가 밤에 여기서 다시 만나세. 그래서 밤에 찾아올 사나이와 사귀게 될지 어떨지 한번 보게 말이야."

그날 밤 11시를 지나 우리는 오두막 근처에 잠복해 있었다. 홉킨즈는 오두막집 문을 열어놓자고 제안했지만, 그건 상대방에게 의혹을 품게 만들 수 있다면서 홈즈가 반대했다. 자물쇠는 아주 간단한 것으로 조금만 힘을 줘 비틀어도 문이 열릴 정도였다. 우리가 잠복한 곳은 홈즈의 의견을 따른 것이었는데, 오두막집 입구의 반대쪽에 있는 창문 근처의 덤불 속이었다. 그곳에서는 누가 방안에 들어가 불을 켜고 행동을 하면 다 잘 보이기 때문이었다.

잠복해 있는 동안은 정말로 괴롭고 지루했다. 그러나 한편으로는 물가에 목을 축이러 오는 동물을 기다리는 사냥꾼의 마음과도 같은 스릴이 있었다. 이 어둠 속으로 몰래 찾아오는 괴한은 과연 어떤 자일까? 날카로운 발톱과 송곳니를 가지고 번갯불처럼 달려들어 싸워야만 굴복시킬 수 있는 어떤 맹수 같은 존재일까? 아니면 약하고 무방비한 것만 습격한다는 표범 종류일까? 우리는 온갖 상상을 하며 덤불 속에 웅크리고 앉아 마냥 기다리고 있었다.

처음 한동안은 늦게 귀가하는 마을 사람들의 발소리와 멀리서 간간이 들려오는 이야기 소리 등으로 조금은 덜 지루했지만, 차츰 그런 소리도 잦아지고 어느 순간부터는 주위가 완전한 정적 속에 잠기고 말았다. 이따금 멀리서 교회 종소리가 시간을 알려주거나 머리 위로 우거진 나뭇잎에서 뭔가 희미한 소리가 들릴 뿐이었다.

어느덧 2시 30분을 알리는 종소리가 들려왔다. 해가 뜨기 전 어둠이 가장 짙을 때였다. 순간 오두막집 문에서 찰칵 하는 날카로운 소리가 나지막이 들렸다. 그러다가 다시 조용해졌다. 우리가 잘못 들었나보다 하고 약간 긴장을 풀려고 하는데, 또다시 오두막 입구 쪽에서 누군가 살금살금 걷는 발소리가 들려왔다. 그리고는 이어서 찰칵거리는 금속 소리가 조심스럽게 났다. 아니 자물쇠를 부수는 소리 아닌가!

우리는 꿈쩍도 안하고 있었다. 솜씨가 좋은 건지 연장이 좋은 건지는 모르지만 곧 딱 하는 소리가 나더니 삐걱거리는 문소리가 들렸다. 그리고는 성냥을 켜서 양초에 불을 붙였는지 오두막 안이 갑자기 환해졌다. 우리 모두는 창문 안으로 온 시선을 집중했다.

심야에 찾아온 자는 젊고 마른 체구의 남자였다. 검은 콧수염을 기르고 있어선지 창백한 얼굴색이 유난히 더 하얘 보였다. 20대 초반이나 됐을까. 그런데 어찌된 일인지, 청년은 가엾게도 심한 공포로 떨고 있었다. 멀리서 봐도 이를 덜덜 마주치며 다리까지 후들거리고 있는 것 같았다. 그러나 옷은 신사처럼 입고 있었는데, 밴드가 달린 상의와 골프 바지 차림에 머리엔 사냥모자를 쓰고 있었다.

그는 조심스런 태도로 주위를 둘러보았다. 촛불을 테이블 위에 놓고 우리의 시야에서 잠시 사라졌다가 다시 돌아왔는데, 책을 한 권 손에 들고 있었다. 선반에 놓여 있는 항해일지 중 한 권인 것 같았다. 그 책을 테이블에 놓고 그는 페이지를 넘기기 시작했다. 그러다가 무언가를 발견했는지 주먹을 쥐며 화가 난 듯한 몸짓을 하고는 다시 일지를 덮어 원래 장소로 가져다 놓았다. 그리고는 테이블로 돌아와 촛불을 끈 다음 밖으로 나왔다. 하지만 바로 그 순간 홉킨즈의 손에 뒷덜미를 잡히고 말았다. 그는 공포에 덜덜 떨며 소리를 지르기 시작했다. 홈즈와 내가 오두막 안으로 들어가 다시 촛불을 켜고 봤더니 그 젊은 남자는 홉킨즈에게 꽉 붙잡혀 계속 떨면서 절망적인 눈빛으로 우리를 쳐다보았다.

"그래, 자네 정체가 뭔가? 뭘 훔치러 여기 왔나?"

홉킨즈가 단호하게 물었다.

"경관님이신가요? 제가 피터 켈리의 살해 사건과 관련돼 있다고 생각하시겠지만, 저는 전혀 관계가 없습니다."

"그건 어차피 밝혀질 거고, 그보다 먼저 자네 이름을 말해보게."

"존 호플리 네리건입니다."

홈즈와 홉킨즈가 서로 눈짓을 교환했다.

"여기서 뭘 하고 있었나?"

"조용한 곳에 가서 말씀드리고 싶은데요."

"그렇게는 안 돼."

"꼭 여기서 말해야 합니까?"

"대답 안 하면 심문에서 불리하게 될 텐데."

젊은 남자는 풀이 죽고 말았다.

"그럼 말씀드리죠. 정 안 될 건 없어요. 저는 그냥, 생각하고 싶지 않은 치욕스런 일을 다시 끄집어내는 게 싫어서 그렇거든요. 혹시 도슨 앤드 네리건 상회라는 이름을 들어보신 적 있습니까?"

홉킨즈는 모르는 모양이었다. 그러나 홈즈는 그 말에 강한 호기심을 나타냈다.

"서부 지역에 있는 그 은행업자 말인가? 백만 파운드의 손해를 끼치고 콘월 주 주민들의 50퍼센트를 몰락시키지 않았나. 그리고 나서 네리건이라는 자가 실종됐지."

"그렇습니다. 그 네리건이 제 아버지입니다."

유력한 단서가 나온 듯했다. 그러나 실종된 은행업자와 자기 집 작살로 살해된 피터 켈리 선장과의 사이에는 아직 상당한 거리가 있었다. 젊은 남자는 이야기를 계속 이어갔다.

"실제로 관계했던 사람은 아버지 혼자였습니다. 도슨은 은퇴를 했었거든요. 당시에 저는 열 살밖에 안 됐었지만 그래도 치욕스럽고 무서운 감정은 굉장히 많이 느끼고 잘 알고 있었어요. 그때는 제 아버지가 모든 유가증권을 가로채 잠적했다고 알려져 있었지만, 그건 진실이 아니었습니다. 어떤 계획을 실행하는 데 있어서 세상이 잠시 시간을 허락해 준다면 모든 채무를 완전히 갚을 수 있을 거라고 아버지는 믿었어요. 그래서 작은 요트를 하나 마련해 체포 영장이 떨어지기 직전에 노르웨이로 떠났죠. 떠나기 전날 어머니와 작별을 나눴는데, 그때 일은 지금도 잊을 수가 없습니다. 아버지는 자기가 가지고 가는 증권의 일람표를 남겨놓았어요. 그러면서 반드시 명예를 회복하고 돌아오겠다고 말씀하셨죠. 자기를 믿어주는 사람을 절대로 배신하지 않겠다고 거듭 맹세하고 나서 출발했습니다.

하지만 아버지한테서는 그 후로 아무 연락이 없었어요. 요트도 아버지도 다 어디론가 사라지고 말았죠. 우리는, 저하고 어머니는 아버지가 바다 속에 빠져 물고기의 먹이가 되었을 거라고 믿을 수밖에 없었습니다. 가지고 있던 증권과 함께 말이죠.

그런데 몇 달 전에 믿을만한 한 사업가 친구가 말하길, 아버지가 가지고 떠났던 증권 중 일부가 런던의 주식시장에 나왔다는 거예요. 얼마나 놀랐던지, 생각해보세요! 저는 그때부터 몇 달 동안 그 증권의 출처를 찾기 시작했습니다. 결국 숱한 어려움과 갖은 곡절을 겪으면서 찾아냈는데, 바로 이 오두막의 주인 피터 켈리의 손에서 나왔다는 걸 알게 됐던 거죠.

당연히 저는 이 남자에 대해 조사를 해봤습니다. 고래잡이를 하는 선장인데, 제 아버지가 노르웨이로 출발했던 그 무렵에 이 남자는 북극해에서 돌아오고 있었더군요. 그때가 가을이었는데 남쪽에서 태풍이 심하게 불어오는 날이 많았던 것 같습니다. 그래서 아버지가 탄 요트가 북쪽으로 떠밀려가서 켈리 선장의 배를 만났을 수도 있을 것 같아요. 충분히 가능한 일이라고 생각됩니다. 만일 그랬다면 아버지의 운명은 어떻게 됐을까요?

어쨌든 피터 켈리가 어떻게 해서 그 증권을 시장에 내다 팔게 됐는지 그 경위를 알게 된다면, 아버지가 팔았던 게 아니라는 증명도 나오는 것이고, 또 아버지가 증권을 가져갔던 게 자신의 이익을 위해서가 아니었다는 것도 명백히 밝혀지겠죠. 그래서 저는 피터 켈리 선장을 만나러 여기 서섹스까지 찾아왔던 겁니다. 그런데 와보니까 이렇게 무서운 일이 일어나 선장이 살해되고 말았더군요. 하지만 검시관의 보고서를 읽어보고는 이 오두막집 안에 항해일지가 있다는 것을 알아냈습니다. 그때 바로 이런 생각이 들더군요. 그것을 찾아낼 수 있다면 1883년 8월에 유니콘 호에서 무슨 일이 있었고, 또 아버지에게는 어떤 일이 일어났는지를 알게 되지 않을까 하는 생각 말이죠.

그래서 어제, 밤에 이 항해일지를 찾으러 왔었는데 문이 닫혀 있어서 포기하고 오늘 이렇게 다시 온 겁니다. 그런데 보니까 그해 8월의 항해일지는 페이지가 잘려나가고 없었어요. 그래서 할 수 없이 그냥 나왔는데 막 그때 경관님에게 잡힌 거죠."

"그것뿐인가?"

홉킨즈가 물었다.

"그렇습니다."

젊은 남자는 그렇게 말하며 눈길을 돌렸다.

"더 할 말 없나?"

남자는 잠시 망설이다 대답했다.

"없습니다."

"어제, 밤에 처음 왔단 말이지?"

"네, 맞습니다."

"그럼, 이건 어떻게 된 거지?"

홉킨즈는 작은 수첩을 내보였다. 겉장에 남자의 이름이 이니셜로 쓰여 있고 피가 묻어 있었다. 그 순간 존 호플리 네리건은 풍선의 바람이 빠지듯 단번에 푹 주저앉고 말았다. 그리고는 두 손으로 얼굴을 가리고 부들부들 떨기 시작했다.

"이게 어디서 나왔습니까? 전혀 몰랐어요. 저는 술집에서 잃어버린 줄로 알고 있었는데요."

"더 이상 할 말 없겠지!"

홉킨즈는 거칠게 소리를 질러댔다.

"더 말할 게 있으면 법정에서 하도록 해. 자, 일단 지금은 경찰서로 가지. 그럼 홈즈 선생님, 왓슨 선생님, 멀리서 일부러 와주셔서 감사했습니다. 굳이 오시라고 부탁하지 않았어도 됐을 텐데…… 이런 일일 줄 알았다면 저 혼자서도 충분히 할 수 있었겠죠. 아무튼 두 분께 정말 감사합니다. 브란불티 호텔에 방을 예약해놨으니까 마을까지 함께 가시죠."

"왓슨, 자네는 이 일을 어떻게 생각하나?"

다음 날 아침 호텔에서 나와 런던으로 돌아오는 길에 홈즈가 물었다.

"음, 자네는 별로 만족하지 않는 것 같은데."

"그렇지는 않아. 나는 완전히 만족하고 있어. 하지만 홉킨즈의 수사 방식엔 좋은 인상을 못 받았지. 그 친구한테 실망을 느꼈다네. 난 그가 좋은 사람이라고 생각했었거든. 사람은 늘 생길 수 있는 변화에 대한 마음의 준비를 하고 그 대책도 항상 생각하고 있어야 하는데, 왜냐하면 그게 범죄 수사를 하는 데 있어서도 가장 중요한 원칙이니까 말이야."

"변화라면 어떤 변화 말인가?"

"내가 조사하고 있는 게 있거든. 실패로 끝날지도 모르긴 하지만. 아무튼 지금으로선 뭐라고 말하기가 어려운데, 그래도 끝까지 해볼 생각이네."

베이커 거리 집으로 돌아와 보니 홈즈에게 편지 몇 통이 와 있었다. 그는 그 중 하나를 얼른 집어 뜯어보고는 곧 신이 난 듯 의기양양해 했다.

"오케이! 둘 중 하나를 선택하는 일이 드디어 닥쳐왔어. 왓슨, 전보용지는 있겠지? 두 통을 써야 하는데 좀 도와주게나. 한 통은 래드클리프 하이웨이 샘너 선박회사에 보내는 건데, 자 내용은 '내일 아침 10시까지 세 사람 보내시오' 이렇게 쓰면 되네. 발신자는 베이질이라고 써주게. 다른 한 통은 블릭스톤의 로드 거리 46번지, 스탠리 홉킨즈 경감에게 보내는 건데, 자 이렇게 쓰게. '내일 아침 9시 30분에 식사하러 오시오. 중요한 일이므로 못 오면 답장 바람' 발신자는 셜록 홈즈로 하게. 이 망할 사건이 열흘 동안이나 나를 괴롭혔는데 이제 서서히 떨쳐버릴 때가 온 것 같구먼. 내일 모든 이야기를 들을 수 있을 것 같으니까, 그렇게 되면 다 정리되는 셈이지."

스탠리 홉킨즈 경감은 약속한 시각에 정확히 도착했다. 우리는 허드슨 부인이 준비한 근사한 아침식사를 함께 했다. 젊은 경감 홉킨즈는 성공적인 수사에 힘입어 내심 자신감에 차 있었다.

"자네는 이번 사건이 정말로 잘 해결됐다고 믿고 있나?"

홈즈가 불쑥 물었다.

"이보다 더 확실한 설명이 없지 않습니까?"

"나는 그게 결정적이라고는 생각하지 않았네."

"아, 그래요? 하지만 이보다 더 확실한 설명을 요구하는 건 무리라고 할 수 있습니다."

"그렇다면 자네의 의견을 설명해줄 수 있겠나?"

"물론이죠. 제가 조사해본 바에 의하면, 네리건은 그 비극이 일어난 날 브란블티 호텔에 묵고 있었습니다. 골프를 치러 왔다고 알려져 있지만 그자의 방이 일층에 있기 때문에 언제든 눈에 안 띄게 나갈 수가 있었어요. 그래서 그날 밤에 우드맨 리에 가서 피터 켈리를 만났고, 이야기를 하다가 싸움을 하게 돼 작살로 그를 찔러 죽이게 됐던 겁니다.

그러고 나서 그 자신도 무서워서 도망을 쳤는데, 그때 허둥지둥하는 바람에 수첩을 떨어뜨리게 됐던 거죠. 홈즈 선생님도 보셨겠지만, 그 수첩 속에 있던 증권 중 일부에 V라는 표시가 돼있는 게 있었는데 그게 런던 시장에 나타난 것을 네리건이 알았던 거예요. 그리고 표시가 안 돼 있었던 증권은 아직 켈리가 가지고 있다고 생각하고는 그걸 되찾으려는 계획을 세웠던 거죠.

어쨌든 일단 도망을 친 다음에 한동안은 무서워서 오두막에 얼씬도 안하다가 결국 용기를 내어 다시 왔는데, 아무래도 그 증권을 되찾으려는 게 목적 아니었겠습니까? 이 정도면 아주 간단하고 확실한 설명이 되겠죠."

홈즈는 미소를 짓는 듯한 표정으로 가만히 머리를 저었다.

"자네의 설명엔 중대한 결함이 있네. 무슨 얘기냐 하면, 그런 일 자체가 본질적으로 있을 수 없다는 점일세. 홉킨즈, 자네 혹시 작살 던져본 적 있나? 없다고? 그럼 안 되겠는데…… 어쨌든 그렇게 구체적인 문제에 대해서는 굉장히 주의를 해야 되네. 왓슨도 잘 알고 있지만 나는 이 실험을 하느라 아침나절을 다 보낸 적이 있었지. 굉장히 어렵더군. 상당한 훈련과 힘이 필요했다네.

선장이 살해됐을 때 작살의 끝이 벽에 깊이 박힐 정도로 세게 꽂혀 있었다고 했는데, 비실비실해 보이는 그 청년이 그렇게 거친 일을 할 수 있었을까? 그리고 한밤중에 오두막 안에서 검은 피터와 함께 럼주를 마신 사람이 그 청년이라고 생각하나? 참혹한 살해가 일어나기 이틀 전 밤에 누군가의 얼굴 그림자가 창문에 비쳤다고 했는데, 그것도 이 청년이었을까? 아닐세, 홉킨즈. 그보다 더 무서운 다른 놈이 있었을 거네."

홈즈의 말이 이어져갈수록 홉킨즈의 얼굴은 점점 더 창백해졌다. 어떤 희망과 계획이 깨져버리는 심정을 느끼는 것 같았다. 그렇지만 마지막까지 싸워보지도 않고 그도 순순히 물러날 사나이는 아니었다.

"네리건이 그때 현장에 있었다는 건 홈즈 선생님도 부인하시지 못할 겁니다. 거기서 바로 그의 수첩이 발견됐으니까요. 선생께서 재수사에 대해 문제점을 지적하고 계시지만 사실 바로 그 수첩이 저로서는 배심원을 승복시킬 만한 증거품이죠. 게다가 무엇보다도 제 쪽에서는 이미 용의자를 확보하고 있지 않습니까? 그건 그렇고, 말씀하시는 그 무서운 놈이 어디에 있다는 건가요?"

"아마도 저기 계단 근처에 있는 것 같네."

홈즈는 방문 쪽을 가리키며 태연하게 말했다.

"왓슨, 권총을 가까이 놓아두는 게 좋을 거야."

그는 자리에서 일어나 그렇게 말하며 종이쪽지 하나를 테이블 위에 가만히 놓았다. 그러면서 말했다.

"자, 준비는 끝났네."

문 밖에서 잠시 떠들썩한 말소리가 들리더니, 곧 하숙집 주인인 허드슨 부인이 방문을 열고는 남자 세 명이 지금 베이질 선장을 만나러 왔다고 알렸다.

"한 사람씩 들여보내세요."

홈즈가 말했다.

첫 번째로 들어온 자는 혈색이 좋고 희끗희끗한 턱수염을 기르고 있으며, 립스튼의 겨울 사과를 연상케 하는 사나이였다. 홈즈는 주머니에서 편지를 꺼내 들고는 그에게 물었다.

"이름이 뭔가?"

"제임스 랭커스터입니다."

"아, 랭커스터. 근데 미안하지만 벌써 다 차서 말일세. 그래도 먼 길 왔으니까 교통비로 반 소브린 주겠네. 이쪽으로 와서 잠깐 기다리고 있게."

두 번째로 들어온 자는 키가 크고 무뚝뚝한 인상에 안색이 별로 안 좋고 머리카락도 딱 들러붙어 있는 사나이였다. 이름은 휴 패틴즈라고 했다. 홈즈는 이 남자에게도 자리가 다 차서 채용할 수 없다고 말하며 교통비로 반 소브린을 주고는 잠시 기다리게 했다.

세 번째 사나이는 좀 눈에 띄는 외모를 하고 있었다. 머리와 턱수염이 제멋대로 방치돼 있고 인상이 거칠었으며 짙은 눈썹 아래서 눈빛이 번득이고 있었다. 그는 인사를 하자마자 선원들이 흔히 하듯 모자를 빙글빙글 돌리며 서 있었다.

"이름이?"

홈즈의 질문이 시작되었다.

"패트릭 케언즈."

"작살잡이로군?"

"그렇소. 스물여섯 번이나 항해를 나갔었소."

"단디 항구 소속인가?"

"그렇소."

"탐험 배인데 곧 떠날 수 있겠나?"

"그러지요."

"급료는?"

"한 달에 8파운드는 받아야 하죠."

"곧 출발할 건데, 가능한가?"

"연장만 갖춰지면 언제든 떠날 수 있지요."

"증명서는 갖고 있겠지?"

"그렇소."

남자는 주머니에서 꼬질꼬질한 서류 하나를 꺼내 내밀었다. 홈즈
는 잠깐 훑어보고는 곧 돌려주었다.

"자네는 내가 바로 찾던 사람일세. 저쪽 테이블에 계약서가 있으
니까 간단히 사인만하면 되네. 그러면 모든 게 얘기대로 결정되는
거지."

험악한 인상의 그 선원은 어기적거리는 걸음으로 테이블로 다가
가 펜을 집어들었다.

"여기에 서명하는 거 맞소?"

서류를 들여다보며 그가 물었다.

순간 뒤에서 홈즈가 두 손으로 그의 목을 움켜잡았다.

"자, 됐네."

찰카닥 하는 금속 소리와 동시에 황소가 울부짖는 듯 으르렁 소리가 들렸다. 바로 다음 순간 홈즈와 선원은 뒤얽혀 바닥으로 나뒹굴었다. 선원은 엄청난 힘을 가지고 있었다. 수갑이 채워져 있는데도 불구하고 홉킨즈와 내가 급히 달려들지 않았다면 홈즈는 밑에 깔려 죽을 뻔했다. 내가 권총의 총구를 그의 관자놀이에 겨눴기 때문에 갑자기 저항을 풀고 가만히 있었던 것이다. 우리는 선원의 발목을 끈으로 묶고 일어나 다 같이 숨을 헐떡였다.

"홉킨즈, 자네에게 대단히 미안하구먼. 달걀 프라이가 완전히 식어버렸을 테니까 말이야. 하지만 나중에 오히려 훨씬 더 맛있게 먹을 수 있지 않겠나? 결국 이 사건을 성공적으로 완결한 것이 됐으니까 말일세."

스탠리 홉킨즈는 너무 놀랐는지 잠시 아무 말도 하지 못했다.

"홈즈 선생님, 뭐라고 말씀드려야 할지……."

얼굴이 불그레해지며 그가 말을 이었다.

"제가 처음부터 바보 같은 짓을 했던 것 같습니다. 지금은 깨닫게 됐지만, 저는 그야말로 초년생이고 선생님은 대가십니다. 이 일은 평생 못 잊을 것 같아요. 사실은 지금도 이렇게 선생님이 하신 일을 눈으로 보고 있으면서도 어떻게 이런 일을 하실 수 있었는지, 또 어떤 의미인지 도저히 짐작을 못하겠어요."

홈즈는 빙그레 웃었다.

"알았으면 됐네. 모든 일은 결국 경험을 통해 터득하는 걸세. 이 사건에서 자네가 배워야 할 점은 늘 변화가 있을 수 있다는 것을 잊으면 안 된다는 거야. 자네는 한번 네리건 청년한테 심중을 굳혀버리고는 피터 켈리의 진짜 살해범인 케언즈에 대해서는 전혀 생각조차 해보지 않았던 거지."

"잠깐만, 경관님."

그때 굵고 쉰 목소리로 선원이 끼어들었다.

"나한테 이렇게 하는 건 뭐 어쩔 수가 없겠지만 근거 없는 말만은 삼가주시오. 선생은 내가 피터 켈리를 죽였다고 했지만 나는 그놈을 재워버렸다고 말하고 싶소. 그건 차이가 커요. 하기야 선생들은 나에 대해 모르니까 헛소리라고 생각하겠지만 말이오."

"아니, 천만에. 자네 얘기를 해보게."

홈즈가 말했다.

"그런데 미리 말씀드리지만 제 말에 거짓말은 눈곱만큼도 없다는 거요. 그 검은 피터란 놈 말이죠, 그놈이 먼저 칼을 꺼냈기 때문에 내가 작살을 꽂았던 거지. 안 그러면 내가 당할 판이었으니까요. 그래서 그놈이 잠을 푹 자게 됐는데, 선생들은 내가 죽였다고 하니 원. 하기야 나도 그때 놈의 칼에 심장이 찔릴 뻔했다가 이번에 이렇게 목에 밧줄이 감겨 죽게 생겼지만 말이오."

"왜 그렇게 됐는지 얘기해보게."

홈즈가 다시 말했다.

"그럼 처음부터 얘기해보죠. 근데 좀 일어나도 될까요? 이래가지고는 말하기가 도통 힘들어서. 일이 시작된 건 1883년 8월이었어요. 검은 피터는 유니콘 호의 선장이었고 나는 작살잡이를 하면서 부선장으로 있었죠. 우리는 그때 북극해의 빙하 사이로 귀항하는 중이었는데, 일주일 내내 남쪽에서 강한 바람이 불어와 정면으로 받고 있었어요. 그러다가 어느 날 문득 남쪽에서 떠밀려온 작은 배 한 척을 발견했는데, 그 안에 딱 한 사람이 타고 있더라고요 그것도 뱃사람이 아니었어요. 원래 큰 배에 여러 명이 타고 있었는데 배에 물이 차서 가라앉을까봐 작은 배로 옮겨가지고 노르웨이 해안 쪽으로 도망을 가던 중이었다고 하더군요. 그런데 아무래도 다 빠져 죽은 모양이더라고요.

어쨌든 그자를 배에다 끌어올렸죠. 그리고는 선실에 들어가 선장과 둘이서 한참동안 얘기를 했는데, 그자가 갖고 있는 짐을 보니까 무슨 양철박스 같은 것 하나밖에는 아무것도 없는 거예요. 나는 그자의 이름도 아직 몰랐죠.

그런데 다음 날 밤이 됐는데, 그자가 어디에도 안 보이는 거예요. 제 발로 바다에 뛰어들었는지 아니면 발이 미끄러져 파도 속으로 떨어졌는지, 뭐 다들 그렇게 생각했죠. 그런데 놀랍게도 진실을 알고 있는 사람이 딱 한 명 있었어요. 바로 나였죠. 캄캄한 밤에 선장이 그 사나이를 들어 올려 바다 속으로 던져버리는 것을 내 두 눈으로 똑똑히 봤으니까요. 셰틀랜드 등대가 보이기 이틀 전 밤이었어요. 하지만 나는 입을 딱 다물고 돌아가는 상황을 가만히 지켜보고 있었죠. 그런데 항구에 도착할 때까지도 아무도 그 사나이에 대해 묻는 사람이 없더군요. 어떻게 입막음을 잘 했는지 몰라도. 하기야 생판 모르는 남이 죽었든 말았든 캐물어봐야 뭐하나 그랬겠죠.

그 후에 피터 퀼리는 뱃일을 그만두고 육지로 올라갔는데, 오랫동안 어디서 뭘 하는지 소식이 끊기고 말았어요. 내 생각엔 그 양철박스를 가지고 무슨 일을 했지 싶더라고요. 그런데 내 입을 막으려면 돈이라도 내놓아야지, 그런 생각이 들었죠. 그러고 나서 얼마 후에 한 선원이 그자를 런던 시내에서 만났다고 하면서 사는 곳을 가르쳐주더라고요. 난 곧장 그자를 찾아갔죠. 그랬더니 첫날밤엔 내 이야기를 선선히 들어주면서, 뭐 내가 뱃일을 그만둘 수 있는 무엇을 해주겠다는 둥 그러더라고요.

일단 거기까지 얘기하고, 하루건너 그 다음 날 밤에 다시 만나 얘기를 끝내기로 해서 다시 그곳을 찾아갔더니 벌써 거나하게 취해 있더군요. 이 자식이 간이 부어도 단단히 부었구나 생각했죠. 어쨌든 같이 마시자고 해서 한동안 주거니 받거니 하며 옛날 얘기를 좀 시부렁거렸는데, 가만 생각하니까 열이 뻗치고 속이 뒤집혀서 그놈 낯짝을 갈겨주고 싶더라고요.

그러고 있는데 벽에 보니까 내 밥벌이를 해주는 작살이 걸려 있더군요. 이러다가 얘기가 끝나기도 전에 이게 필요하게 되는 게 아닌가 하는 생각이 순간 들었죠. 아니나 다를까 바로 그때 놈이 욕을 퍼붓기 시작하면서 독살스런 눈초리로 나를 향해 막 칼을 들더니 덤비지 뭡니까? 그래서 나도 잽싸게 작살을 뽑아 놈한테 꽂았던 거죠. 아! 그때 놈이 얼마나 비명을 질러대든지! 그놈의 낯짝이 지금도 밤낮으로 눈앞에 어른거리고 있습니다.

놈의 피가 튀겨서 온통 그걸 뒤집어쓰고는 나도 한동안 멍해졌던 것 같은데, 한참 후에 보니까 주변이 아무 소리도 안 들리고 조용하더라고요. 그래서 정신을 차리고 방안을 살펴봤더니 선반 위에 양철박스가 있는 거예요. 나도 그놈과 같은 권리가 있으니까 그걸 가지고 오두막집을 빠져나왔죠. 그런데 그만 내가 멍청한 짓을 하고 말았어요. 테이블에 놓아두었던 담배쌈지를 잊어버리고 나왔던 겁니다.

하지만 그걸로 끝난 게 아니었어요. 굉장히 이상한 일이 있었어요. 오두막을 막 나왔는데 캄캄한 어둠 속 저쪽에서 누군가가 걸어오는 게 보이지 뭡니까. 나는 재빨리 나무 뒤에 숨어서 그자를 지켜봤죠. 남자였는데, 조심스럽게 다가오더니 오두막 안으로 들어가는 거예요. 그러더니 곧바로 괴성을 지르면서, 걸음아 날 살려라 하는 식으로 혼비백산이 돼서 도망치더군요. 어떤 놈이 뭐 하러 왔는지는 모르지만 그 장면을 보고 놀라 기절할 뻔했겠죠. 나도 그길로 10마일쯤 도망쳐서 턴브리지 웨일스에서 기차를 타고 무사히 런던으로 돌아왔는데, 운 좋게 아무한테도 눈에 띄지 않았어요.

그런데 말이죠, 겨우 가져온 양철 박스를 열어봤더니 그 안에 돈이 한 푼도 없는 거예요. 증권 같은 것만 들어 있었는데, 그런 건 팔 수도 없는 것 아닌가요? 결국 난 돈 한 푼 없이 런던 바닥에서 거지 신세가 되고 말았죠. 피터 켈리라는 밧줄도 끊어져버리고 말이죠.

이렇게 되니, 배운 거라곤 도둑질밖에 없는데 그 길로 갈 수밖에요. 그런데 마침 우연히 급료도 좋은 작살잡이를 고용한다는 광고를 보게 됐고, 그래서 그 회사를 찾아갔다가 여기 주소를 알게 됐던 거죠.

여기까집니다, 내 얘기는. 내가 검은 피터 그놈을 잠들게 해주긴 했지만, 정부에서 사례금을 받고 싶은 정도예요. 왜냐고요? 경관님, 다시 한 번 말씀드리지만 내가 검은 피터 그놈을 죽여줬으니까 정부로부터 그만한 보상은 받아야 하지 않겠습니까? 놈을 매달아 죽일 밧줄 하나는 절약해준 셈이니까 말이죠."

"음, 알겠네."

홈즈는 일어나 파이프에 불을 붙이며 말했다.

"홉킨스, 이 친구를 빨리 안전한 장소로 데리고 가게. 이 방은 감방으로는 좀 부적당하고, 이자가 이렇게 카페트를 다 차지하고 있으면 곤란하니까 말일세."

"홈즈 선생님, 뭐라고 감사의 말씀을 드려야 좋을지 모르겠습니다. 그런데 어떻게 이 모든 일을 생각해내셨는지 아직도 이해를 못하겠어요."

"그냥 운 좋게 처음부터 단서를 잘 잡은 것 같네. 내가 이 수첩이 있었다는 사실을 좀더 빨리 알았다면 내 생각도 자네와 같은 방향으로 진전됐을 걸세. 그런데 수첩 말고는 모든 이야기가 같은 분야로 나타나고 있었지. 힘이 엄청 세다든지, 작살을 늘 사용한 사람이라는 흔적, 럼주와 물, 독한 담배가 들어 있는 바다표범 가죽의 쌈

지, 이런 것들은 전부 다 선원들, 특히 고래잡이 선원들 하고 관련이 있다고 생각했거든

담배쌈지에 쓰여 있었던 P C는 피터 켈리를 나타내기도 하지만, 그는 담배를 거의 피우지 않고 파이프도 없기 때문에 그냥 우연의 일치라고 생각했지. 그리고 기억나나? 내가 럼주 외에 다른 술이 있었냐고 자네한테 물었더니, 위스키와 브랜디가 있었다고 했잖나. 그런 술들이 있는데도 럼주만 마신다는 건 보통 드문 일이거든. 그것만 봐도 범인이 뱃사람이라는 생각이 바로 들더군."

"그런데 어떻게 이자를 찾아내셨습니까?"

"홉킨즈, 그 문제는 간단하지. 선원이라면 검은 피터와 함께 유니콘 호에서 일했던 사람이 아니겠는가. 내가 들은 바에 의하면, 검은 피터는 그 배 말고 다른 배에서 일한 적이 없네. 단디 항구에 전보를 보내고 받기까지 사흘이나 걸렸지만 결국 그 해 유니콘 호의 선원 명단을 입수할 수 있었지. 그 중에서 작살잡이 패트릭 케언즈라는 이름을 봤을 때, 아 수사가 끝나가는구나 하는 생각이 들더군. 담배쌈지에 씌어 있는 P C와 똑같았으니까 말일세. 이 사나이가 대개는 런던에 머물며 멀리 가는 배를 찾을 거라는 생각이 들어서 2,3일 동안 이스트 엔드의 빈민가에 가서 조사를 해봤다네. 그리고 나서 탐험 배 아이디어를 가지고 좋은 조건으로 작살잡이를 모집한다는 광고를 냈지. 베이질 선장이라는 이름으로 말이야. 그 후의 일은 자네가 본 것과 같네."

"진짜 대단하십니다!"

"그건 그렇고, 네리건을 빨리 석방해주게. 자네도 그 청년한테 미안하게 됐지만 대신 그 양철박스를 찾아 그 친구한테 돌려주게. 피터 켈리가 이미 팔아치운 건 되찾을 수도 없지만 말이야. 자, 그럼 밖에 마차가 와 있으니까 이자를 데리고 가게. 만일 재판에서 내 증언이 필요하거든 언제든 연락하게나. 아마도 왓슨과 함께 노르웨이 쪽으로 가 있을 것 같지만, 자세한 건 나중에 편지로 알려주겠네."

글로리아 스콧 호

Sherlock Holmes

"**여기** 서류 좀 보게, 왓슨."

어느 겨울밤에 벽난로 옆에 같이 앉아 있다가 친구 셜록 홈즈가
문득 말을 꺼냈다.

"한번 볼만한 가치는 있는 것 같아. 글로리아 스콧 호 사건이라는
건데, 보통 것들과는 다른 서류야. 이 편지가 바로 치안 판사 트레버
를 공포심으로 죽게 만들었다는 그걸세."

그는 서랍에서 둘둘 말려 있는 잿빛 종이를 꺼내 끈을 풀더니 나
에게 보여주었다. 그건 절반 크기의 종이에 휘갈겨 쓴 짧은 편지였다.

The supply of game for London is going steadily up.
Head-keeper Hudson, we believe, has been now told to
receive all orders for fly paper, and for preservation of
your hen pheasant's life. (런던으로 가는 닭고기 공급은 꾸
준히 올라가고 있습니다. 사냥터 주임인 허드슨은 이미 파리
잡이 끈끈이의 주문을 받아들이고, 또한 당신의 암꿩 생명을

보존하라는 주문을 받게끔 통지되었으리라고 생각합니다.)

수수께끼 같은 이 편지를 읽고 내가 얼굴을 들자, 홈즈는 내 표정을 처다보며 킬킬거리고 웃었다.

"좀 어리둥절한 표정이군."

그가 말했다.

"아니, 이런 편지가 뭣 때문에 공포를 불러일으켰다는 건지 나로서는 참 이해가 안 되네. 그냥 하찮은 편지 같은데 말이야."

"그러게 말이야. 사실 이 편지를 읽은 사람은 기운 팔팔한 노인이었는데, 마치 총이라도 들이댄 것처럼 완전히 맥을 못 추더라고."

"웃기는 얘기네. 근데 아까 이 사건이 특별히 연구해볼만한 가치가 있을 거라고 말한 건 무슨 이유지?"

"아, 내가 처음으로 손댄 사건이기 때문이야."

나는 어떤 동기로 홈즈가 범죄 수사에 관심을 가지게 되었는지 여러 차례 물어보려고 했지만 그때마다 쉽게 털어놓을 것 같지 않아 아예 시도도 하지 못했다. 그는 안락의자에 앉아 있다가 몸을 앞으로 쑥 빼더니 서류를 펼쳐 무릎에 올려놓았다. 그러고는 파이프 담배에 불을 붙여 잠시 피우면서 서류를 들춰보았다.

"내가 자네한테 빅터 트레버에 대한 이야기를 해준 적이 있었던가?"

홈즈가 문득 물었다.

"내가 대학 다닐 때 2년 동안 만난 유일한 친구였었지. 내가 별로 사교성이 없었거든. 언제나 멍하니 방안을 돌아다니거나 아니면 별스런 사고법을 생각해내거나 뭐 그런 것이 내 취미라서 말이야. 그래서 같은 학년 학생들과는 별로 어울리지를 않았다네. 운동도 펜싱하고 권투 외에는 별로 관심이 없었고, 공부 방향도 다른 사람들과 전혀 달랐기 때문에 아무튼 만날 일이 없었어. 그런 중에 내가 유일하게 안 사람이 트레버라는 친구였지. 그 친구를 알게 된 것도 어느 날 아침 교회에 가다가 그의 개가 내 발목을 무는 바람에 알게 됐던 거라네.

참 만남치고는 무슨 소설 같기도 하지만 효과는 있었지. 내가 열흘쯤 꼼짝도 못하고 있으니까 그 친구가 자주 병문안을 와주더라고. 처음에는 서로가 할 말이 별로 없었지만 차츰 방문 시간이 길어지면서 나중엔 자연히 친구가 됐던 거지. 그는 아주 혈기왕성하고 다혈질에다 정력이 넘치는 타입이라 아무래도 나하고는 정반대의 기질이었는데, 그래도 서로에게 공통되는 점이 좀 있었고, 그리고 그 역시 친구가 별로 없었어. 그런 걸 알고 나서부터 그 친구하고 나 사이에 더 단단한 유대감이 생겼던 것 같아. 그 친구가 한번은 노퍽 주 도니소프에 있는 그의 아버지 집에 놀러오라고 해서 방학 때 한 달간 거기서 지낸 적도 있었지.

그의 아버지 트레버 씨는 치안 판사 직위에 있으면서 굉장히 부자였어. 큰 지주였는데, 그 도니소프라는 마을은 노퍽의 랭그미어 호수 바로 북쪽에 있는 작은 마을이야. 저택이 굉장히 크고 고풍스러운 스타일에 벽돌 건물인데, 그 옆으로 참피나무 가로수 길이 죽이어져 있더라고. 근처에 늪지대가 있어서 들오리 사냥이나 낚시도 할 수 있고, 아주 오래전부터 있는 것 같은 자그마한 도서실도 있고, 요리사도 괜찮은 편이었지. 그런 데서 한 달 정도 유쾌하게 지낼 수 없는 사람이라면 어지간히 까다로운 사람이라고 할 수 있을걸세.

트레버 씨는 그때 홀아비였고 내 친구는 외아들이었는데, 원래는 딸이 하나 있었지만 버밍엄에 갔다가 디프테리아에 걸려 죽었다고 하더군. 그런데 그 트레버 씨가 뭔가 특이한 점이 있었어. 별로 교양은 없었지만 육체적·정신적으로나 꽤 야성적인 면이 있었거든. 책도 거의 안 읽은 것 같은데 여행을 많이 다녀서 세상일을 나름 터득하고 있고, 한번 배운 건 잘 기억하는 편인 것 같아. 키가 땅딸막하고 다부지게 생긴데다 잿빛 머리칼이 덥수룩하고 구릿빛 피부도 아주 건강해 보이더군. 그리고 푸른 눈이 매서울 만큼 차갑게 보인다고 할까. 그래도 그 마을에서 꽤나 사람 좋고 너그럽다는 평판이 나 있었지. 직업적으로도 늘 합리적인 판단을 내리는 걸로 알려져 있고 말이야.

그런데 거기 간지 며칠 후였는데, 하루는 저녁 식사를 마치고 같이 포도주를 마시다가 내 친구 트레버가 문득 나의 관찰과 추리 습관에 관해 이야기를 꺼내기 시작했다네. 그 당시엔 그런 관심들이 내 인생에서 어떤 역할을 하게 될지 전혀 몰랐지만 어쩌면 이미 체계화 되고 있었던 것 같아. 아무튼 그 얘기를 듣고 트레버 씨는 내가 했던 몇 가지 사소한 추리들을 자기 아들이 꾸며서 과장스럽게 얘기하는 걸로 생각했던 모양이야. 그는 아주 재밌다는 듯 웃으면서 나한테 묻더라고.

'그렇다면, 나는 내가 훌륭한 봉(鳳)이라고 생각하는데, 나한테서 뭔가 끌어낼 수 있겠나?'

하고 말이야. 그래서 내가 그랬지.

'아는 게 별로 없습니다만, 선생께서는 근래 일 년 동안 남한테서 습격을 받지 않을까 하고 잔뜩 두려워하셨던 것 같은데요.'

내 말이 끝나자마자 별안간 노인의 입가에서 웃음이 싹 사라지더니 놀란 눈으로 나를 가만히 쏘아보더라고. 그러더니 아들을 쳐다보면서 말하는 거야.

'음, 빅터 너도 들었겠지만 전에 그 밀렵꾼들을 몰아냈을 때 말이다, 놈들이 날 찔러 죽이겠다고 협박을 했거든. 그리고 에드워드 호비 경은 실제로 습격을 받았었지. 그후부터 나는 항상 경호원을 쓰고 있단다. 홈즈, 자네가 그걸 어떻게 알았는지 모르겠구먼……'

'선생께선 아주 좋은 지팡이를 가지고 계시는군요. 거기에 새겨진 이름을 보니까 지팡이를 맞추신지 아직 일년이 안 됐어요. 그런데 그 지팡이를 무기로 사용하시려고 윗부분에 구멍을 뚫어 그 안에다 납을 녹여서 넣으셨네요. 꽤 힘들었을 것 같은데요. 신변의 위협을 두려워할 필요가 없다면 그런 일은 하시지 않았을 거라고 생각합니다만.'

내가 그렇게 말했더니 그 노인네가 또 지그시 웃으며 묻더군.

'그밖에 또 뭐가 있나?'

'젊으셨을 때 권투를 좀 하셨군요.'

'또 맞혔어. 근데 어떻게 그건 알았나? 내 코가 약간 비뚤어져 있나?'

'아니오. 양쪽 귀를 보고 알았습니다. 권투 선수처럼 납작하고 얇거든요.'

'또 다른 건?'

'손바닥에 못이 박혀 있는 걸 보니까 채굴 일을 꽤 하신 것 같은데요.'

'그럼, 금광으로 큰돈을 모았으니까.'

'뉴질랜드에 가신 적 있죠?'

'그것도 맞아.'

'일본에도 가셨고요.'

'그렇다네.'

'이름이 JA로 시작하는 사람과 아주 친했는데 나중엔 그 사람을 깨끗이 잊으려 하셨군요.'

그때 트레버 씨가 천천히 자리에서 일어나더니 눈을 크게 뜨고 약간 정신이 이상한 사람처럼 나를 쏘아보는 거야. 그러고는 테이블 위에 흩어져 있는 호두 속에 얼굴을 떨어트리고는 기절을 하지 뭔가.

친구도 나도 얼마나 놀랐는지, 왓슨 자네도 상상이 되겠지. 하지만 그리 오래 의식을 잃지는 않았어. 옷을 풀어주고 물을 얼굴에 뿌려줬더니 몇 번 숨을 크게 내쉬면서 얼굴을 들더라고. 그러고는 민망한지 애써 웃으면서 이런 말을 하는 거야.

'아니 이거 참! 내가 놀라게 만들었구먼. 건강해 보여도 내가 심장이 좀 안 좋다네. 나 죽이기는 어려울 게 없지. 홈즈, 자넨 어떻게 그런 추리를 해내는지 도무지 모르겠지만 전문탐정이나 소설 속의 탐정도 자네한테 비하면 아주 꼬맹이나 다름이 없는 것 같네. 자네는 그 길로 가면 성공하겠어. 자네보다는 내가 세상을 좀 아니까 내 말을 믿어도 좋을 걸세.'

자네도 그분 말을 믿어주겠지? 과분하리만큼 그렇게 내 재능을 칭찬해주는 소리를 들으니까, 그냥 취미로 했던 일이 직업도 될 수 있겠구나 하는 생각이 들더라고. 그 순간엔 물론 노인의 이상 증세 때문에 깊은 생각은 할 수 없었지만 말이야. 아무튼 내가 한 말 때문에 충격을 받으셨나 싶어서 물었지.

'제가 뭔가 잘못된 말씀을 드렸습니까?'

'그런 건 아닌데, 분명히 내 급소를 찌르는 말이었다네. 한데 어떻게 그걸 알았고 얼마나 알고 있나?'

노인이 이번엔 약간 농담 비슷하게 물었는데, 눈빛에는 아직도 공포감이 서려 있더라고.

'아주 간단했습니다. 보트에 물고기를 올리려고 옷소매를 걷어올렸을 때 팔꿈치 부분에 JA라는 문신이 새겨져 있는 걸 봤거든요. 글씨가 아직도 보이긴 했지만 많이 옅어졌고 또 그 주변 피부에 얼룩이 져 있는 걸 보니까 아마도 그걸 지우려고 하셨던 것 같더군요. 그래서 그 글자가 어떤 친한 사람의 이니셜이었는데 나중엔 그 사람

을 잊고 싶어 하셨다는 걸 알게 됐던 겁니다.'

내가 그렇게 말했더니 그분이 큰소리로 말하더라고.

'정말 예리하구나! 제대로 맞췄어. 하지만 그 얘기는 하고 싶지가 않아. 유령 중에서도 옛 애인의 유령이 가장 안 좋거든. 자, 당구실로 가서 시가나 피울까?'

그러면서 그날부터 나를 더 정중하게 대해주기는 했는데, 그러면서도 어딘지 모르게 계속 나한테 의혹을 품고 있는 듯한 태도였어. 게다가 내 친구도 이런 말을 하더라고.

'네가 아버지를 굉장히 놀라게 했기 때문에, 아버지는 네가 정말로 무엇을 알고 있고 무엇을 모르고 있는지 어리둥절해서 마음이 한시도 편하지 않는 것 같아.'

하고 말이야.

실제로 트레버 씨의 행동에도 그런 게 나타나는 것 같더라고. 아주 드러나는 건 아니었지만 늘 머릿속에 그 생각이 들러붙어 있기 때문에 어쩔 수 없이 나타났겠지. 그래서 결국 나는 그분을 불안하게 만들고 싶지 않아서 그곳에 더 이상 머무르지 않고 떠나기로 했다네. 그런데 떠나기 전날에 사건이 하나 일어났는데, 그게 나중에 아주 중대한 일이 돼버렸지.

우리 세 사람이 잔디밭에서 야외용 의자에 앉아 일광욕을 하고 있는데, 문득 하녀가 트레버 씨한테 오더니 누가 찾아왔다면서 지금 현관에 있다고 말하는 거야.

'누구라고 하던가?'

주인이 그렇게 묻더군.

'이름은 말씀 안하시던데요.'

'대체 무슨 일일까?'

'주인님께서 알고 계시다면서 잠깐 얘기를 하고 싶다고 하셨어요.'

'그럼 이리 오시라고 하렴.'

조금 있으니까 굉장히 마르고 왜소한 한 남자가 굽실거리면서 비틀비틀하는 걸음으로 다가오더라고. 보니까 재킷 소매에 타르가 잔뜩 묻어 있고 속에는 체크무늬 셔츠를 입었고, 그리고 면바지 차림에 다 떨어진 구두를 신고 있더군. 얼굴도 비쩍 마른 데다 거무튀튀하고 좀 교활해보였는데 계속 실실 미소를 짓고 있는 거야. 누런 이빨을 다 드러내면서 말이지. 그리고 손이 주름살투성이인데, 뱃사람들이 그렇듯이 반쯤 쥐고 있더라고. 그가 구부정한 모습으로 잔디밭을 걸어오고 있을 때 트레버 씨가 갑자기 딸꾹질 같은 소리를 내면서 의자에서 벌떡 일어나더니 집안으로 뛰어가지 뭔가 글쎄. 잠시 후 돌아오긴 했지만 내 옆으로 지나가는데 브랜디 냄새가 물씬 나더라고. 그리고는 묻더라고.

'그래, 무슨 일로 왔나?'

그 뱃사람은 눈을 가늘게 뜨고 계속 실실 웃으면서 트레버 씨를 빤히 쳐다보고 있었어. 그러면서 묻는 거야.

'나를 못 알아보나?'

'아니, 허드슨 아닌가!'

트레버 씨가 깜짝 놀라면서 말하는 거야.

'물론이지. 나 허드슨일세. 헤어진 지 30년이 넘었으니 말이야. 자네는 이렇게 잘 살고 있는데, 나는 아직도 뱃사람 신세를 못 벗어났다네.'

'음, 좀 기다려보게. 내가 옛날 일을 잊어버릴 수는 없지.'

트레버 씨가 큰소리로 그렇게 말하더니 그 남자 쪽으로 다가가 조용히 뭐라고 수군거리더라고. 그리고는 다시 큰소리로 말하는 거야.

'자, 부엌에 먹을 것과 마실 것을 준비해놨네. 자네 일자리는 내가 해줄 테니 걱정 말게.'

그런데 그 뱃사람이 이마에 손을 얹으면서 말하는 거야.

'고마운 말인데, 내가 8노트짜리 부정기 화물선을 2년간 탔는데 임시직이라 근래에 그만 두게 됐거든. 그래서 베도즈나 자네한테 가면 좀 맘 놓고 쉴 수 있을 것 같아서 이렇게 온 거야.'

'아니! 자네 베도즈 주소를 알고 있나?'

'뭐, 옛날 친구들 주소는 다 알고 있지.'

그 남자는 좀 쓸쓸한 미소를 지으면서 그렇게 말하더니, 하녀를 뒤따라 부엌 쪽으로 가더라고. 그러자 트레버 씨가 나직한 말투로, 자기가 금광에 들어가기 전에 같은 배에서 일했던 동료였다고 그 남자에 대해 얘기를 하는 거야. 그리고는 뒤따라 집안으로 들어가더라고. 한 시간쯤 후에 내가 안으로 들어가봤더니 그 남자가 완전히 취해가지고 식당 소파에 뻗어 있는 거야. 뭔가 이상하다는 생각이 들기 시작했지. 아무튼 그 다음 날 나는 그곳을 떠났는데 아쉬운 생각이라곤 전혀 안 들었어. 내가 있는 게 오히려 친구를 곤란하게 만들 수가 있었지.

그 일이 생긴 건 방학이 시작되고 나서 한 달째 되던 무렵이었는데, 난 런던의 하숙집으로 돌아갔고, 그리고 방에 처박혀서 서너 가지 화학 실험을 하느라 몇 주일을 보내고 있었지. 그런데 방학이 거의 끝나갈 즈음이었어. 본격적인 가을에 접어든 어느 날이었는데, 내 친구 빅터한테서 전보가 온 거야. '다시 도니소프에 와주면 좋겠다. 네 충고와 도움이 필요해.' 이렇게 쓰여 있더라고. 그래서 당장 짐을 싸서 그곳으로 출발했지.

친구가 마차를 타고 역까지 마중 나와 있더군. 그런데 세상에! 지난 두 달 동안 얼마나 괴로워 했으면 얼굴이 아주 반쪽이 되어 있는 거야. 살이 쑥 빠지고, 쾌활하던 목소리도 완전히 달라져 있더라고. 그러면서 나를 보자마자 바로, 아버지가 위독하다고 말하더군. 그래서 내가 물었지."

'뭐라고? 어떻게 된 일인데?'

'뇌졸중이야. 충격이 심했던 거지. 지금 생사의 고비에 계시는데 내가 임종을 지켜볼 수 있을지……'

"왓슨, 난 그런 일이 일어났다는 게 정말 소름이 끼치더라고. 어쨌든 내가 물었어."

'원인이 뭔데?'

'바로 그것 때문이야. 자, 빨리 올라타. 가면서 얘기해줄게. 네가 떠나기 전날 왔던 그 뱃사람 말이야.'

'어.'

146

'그 남자가 어떤 자일 것 같아?'

'모르겠는데.'

"왓슨, 내가 그렇게 말했더니 친구 빅터가 뭐라고 했는지 아나? '그 자는 악마야, 홈즈!' 그러는 거야. 나는 깜짝 놀라 그의 얼굴을 멍하니 쳐다봤지. 그랬더니 설명을 하더라고."

'악마 그 자체였어. 그가 집에 찾아온 후로는 단 한순간도 편한 적이 없었지. 단 한순간도 말이야. 아버지가 그날 밤부터 원기를 잃기 시작해 지금 죽음의 문턱까지 간 게 다 그 저주스러운 허드슨 때문이야.'

'그자가 어떤 힘을 가지고 있나?'

"내가 물었지."

'아! 내가 그걸 알면 뭐든 다 할 텐데…… 아버지는 너무나 선량하고 관대한 분이신데 어떻게 그런 악마의 독사 같은 이빨에 물리셨는지 모르겠어. 어쨌든 이렇게 와줘서 고마워, 홈즈. 너의 판단력과 배려를 크게 신뢰하고 있으니까 어떻게 하는 게 가장 좋을지 가르쳐주면 좋겠다.'

"마차는 시골길을 열심히 달려갔고, 앞쪽으로 한없이 펼쳐진 호수도 저녁노을의 붉은 빛을 받아 반짝이고 있더군. 왼쪽 숲 위로는 지주의 집을 나타내는 높은 굴뚝과 깃대가 벌써 보이기 시작했고 말이야. 친구가 계속 말을 이어갔지."

'아버지는 그자를 정원사로 고용해줬는데 자꾸만 더 요구를 하는 바람에 집사 자리를 내줬지. 그랬더니 집안을 자기 멋대로 만들어버리고, 하고 싶은 대로 온갖 짓을 다 하는 거야. 견디다 못한 하인들이 그의 술주정과 막말을 불평하기 시작했지. 그래서 아버지는 그들의 급여를 올려주면서 마음을 좀 달래줘야 했어. 그자는 그뿐만 아니라 아버지가 아끼는 총을 들고 나가 보트를 타고는 다른 사냥꾼들과 어울리곤 했지. 아주 무례하기 짝이 없는 인간이더구먼. 그자가 내 또래라면 벌써 몇 번은 날려버렸을 거야. 이봐, 홈즈, 그동안 나 자신을 강하게 억눌러 왔는데, 지금 생각해보니까 더 대담하게 대할 걸 그랬다는 생각이 들어.

하여튼 이 짐승 같은 작자가 날로 교만을 부리면서 사태는 점점 더 악화되어 갔지. 급기야 어느 날 이놈이 내 앞에서 아버지에 대해 무례한 말대꾸를 하더라고. 그래서 놈의 어깨를 움켜잡고 땅바닥에 패대기를 쳐버렸지. 그랬더니 얼굴이 새파래져가지고 줄행랑을 치는 거야. 아주 독살스럽게 쳐다보면서 말이지. 아무 말도 안 했지만 그 눈빛은 말로 하는 것보다 더 강한 협박을 하는 눈치더군. 그 뒤에 아버지와 그놈 사이에 무슨 일이 있었는지는 모르지만, 다음 날 아버지가 나를 보고는 그놈한테 사과를 하는 게 좋겠다고 말하는 거야. 난 싫다고 했지. 왜 그 따위 인간이 집안사람들한테 멋대로 하고 행동하는 걸 아버지는 가만 두느냐고 따지면서 말이야. 그랬더니 아버지가 이렇게 말하더라고. '아, 네가 그런 말 하는 건 당연하지만, 넌 내 입장을 모른다. 언젠가는 얘기해주마. 일이 어떻게 될지는 모르지만 너도 이해하게 될 거다. 넌 이 늙은 아버지를 나쁘게 생각하지는 않겠지.' 그러고 나서 아버지는 충격을 받았는지 하루종일 서재에 틀어박혀 계셨는데, 창문으로 슬쩍 보니까 뭔가를 열심히 쓰고 계시더라고.

그날 밤에 허드슨이 집을 나가겠다고 말했기 때문에 마음속의 무거운 짐을 내려놓은 듯한 느낌이었지. 저녁 식사를 마치고 우리가 테이블에 잠시 앉아 있는데, 그놈이 식당으로 들어오더니 술 취한 목소리로 그런 결심을 말하는 거야. '노픽은 이제 지긋지긋해서 햄프셔의 베도즈한테로 가겠네. 그 사람도 자네처럼 나를 환영해줄 테니까.'

그러자 아버지가 아주 한심한 질문을 하더라고. '기분이 상해서 나가는 건 아니겠지, 허드슨?' 그 말을 듣는 데 난 정말 피가 거꾸로 흐르는 것 같았어. 그때 그놈이 나를 쳐다보면서 뭐라고 한 줄 아나? '아직 사과를 안 받았네.'

'빅터, 네가 이 사람한테 난폭한 짓을 한 게 맞지?' 내 쪽을 돌아보면서 아버지가 말하는 거야. 그래서 내가 그랬지. '아니오, 저는 오히려 참을 만큼 참았다고 생각합니다.' '아, 그래? 그렇다면 나중에 알게 되겠지.' 놈이 그렇게 쏘아붙이더니 구부정한 자세로 방을 나가더라고. 그러고는 30분 뒤에 집을 떠나버렸지. 그걸 알고는 아버지가 벌벌 떨기 시작하는데, 정말 못 봐줄 정도였어. 그 다음 날부터는 밤마다 방안에서 안절부절못하고 계속 서성거리는 거야. 그 소리가 들릴 정도였으니까. 아무튼 한동안 그렇게 헤매다가 슬슬 좀 나아지면서 기운도 돌아오는가 싶었지. 그런데 바로 그때 드디어 일이 벌어진 거야.'

'어떤 식으로?'

"나도 바짝 긴장해서 물었지. 그랬더니 빅터가 자세히 설명을 하더라고."

'굉장히 이상한 방식이었지. 어젯밤에 아버지한테 편지 한 통이 왔는데 포딩 브리지 소인이 찍혀 있더라고. 그런데 아버지가 그 편지를 읽고 나더니 갑자기 자신의 머리를 마구 때리면서 펄쩍펄쩍 뛰고 난리를 하는데, 완전히 미친 사람 같았어. 뇌졸중 증세가 왔던 거야. 얼른 포덤 박사에게 연락해서 그분이 서둘러 오긴 했는데, 마비증세가 워낙 빨리 확산된 바람에 결국 의식을 못 찾고 말았지. 아무래도 오래 가지는 못할 것 같아.'

'정말 소름이 끼치네! 그런데 그렇게 무서운 일이 일어날 정도였다면 도대체 편지에 뭐가 쓰여 있었던 거야?'

"내가 그렇게 물었지."

'글쎄, 무서운 내용 같은 건 없더라고. 그러니까 도무지 이해가 안 되는 거야. 편지 내용은 전혀 엉뚱한 것이었거든.'

'아! 맙소사! 그럼 역시 그건가!'

"내가 그 말을 했을 때 마침 마차가 가로수 길의 모퉁이를 돌아 저택으로 들어가고 있었지. 저택 안에서 흘러나오는 빛이 덧문 틈으로 어슴푸레하게 보이더군. 덧문은 온통 다 닫혀 있었고 말이야. 표정이 잔뜩 어두운 빅터와 내가 막 현관으로 뛰어 들어가는데 검은 옷을 입은 어떤 신사가 나오더라고."

'언제쯤이었나요, 선생님?'

"빅터가 의사한테 묻더군."

'나가시고 바로 직후였어요.'

'의식은 찾으시고요?'

'네, 임종 전에 잠깐……'

'저한테 남긴 말씀이 있었습니까?'

'네, 일본 가구 안 서랍에 서류가 있다는, 그 말씀만 하셨어요.'

"그 다음에 빅터와 의사는 트레버 씨 방으로 갔고, 나는 서재에 남아 사건의 줄거리를 머릿속으로 몇 번이나 되풀이해봤는데, 생각할수록 점점 더 캄캄한 느낌밖에 안 들더군. 사실 트레버라는 사람의 과거가 어땠는지부터 의문이 들었지. 권투를 했고, 여행을 했고, 금광 채굴을 했고, 그런 얘기는 들었지만, 왜 그런 흉악한 뱃사람 앞에서 쩔쩔 맬 수밖에 없었는지 궁금하지 않을 수가 없었어. 또 팔에 희미하게 남은 문신 얘기를 내가 했더니 기절을 한다거나, 포딩 브리지에서 온 편지를 보고 두려움에 벌벌 떨다가 죽음까지 간 것은 도대체 무슨 이유 때문일까. 결국 나는 포딩 브리지가 햄프셔에 있고, 뱃사람이 만나러 갔다는 아니 사실은 공갈하러 간 베도즈 씨도 햄프셔에 살고 있다는 이야기를 떠올렸지. 그렇다면 그 편지 내용은, 뱃사람인 허드슨이 과거에 트레버가 저질렀던 어떤 나쁜 짓을 폭로하겠다고 위협한 것이었거나, 아니면 베도즈가 언제 비밀이 폭로될지 모른다고 경고한 것이었거나, 둘 중 하나일 거라고 생각을 했지.

거기까지는 확실한 것 같았어. 그런데 왜 빅터는 그 편지가 전혀 엉뚱한 내용이었다고 말했을까, 그가 잘못 해석한 것은 아니었을까, 일테면 그 내용이 어떤 것을 의미하는 것처럼 보이지만 사실은 다른 의미를 갖고 있고 게다가 그게 암호처럼 쓰여 있었는지도 모른다, 이런 생각이 드는 거야. 그래서 그 편지를 봐야만 할 것 같았지. 만약 거기에 정말 숨은 의미가 있다면 그걸 찾아낼 수 있겠다는 생각이 들더라고. 혼자 그렇게 한 시간 가량 있다 보니까 어느새 주위가 어두워져 있더군. 잠시 후 하녀가 램프를 가져오고, 바로 이어서 빅터도 들어왔지. 지금 내 무릎 위에 있는 이 서류를 갖고 말이야. 그의 얼굴은 창백했지만 그럭저럭 차분해 보이더군. 빅터는 내 앞에 앉아 램프를 테이블 가장자리로 가져다 놓더니, 보다시피 이 짧은 편지를 나에게 내밀더군."

The supply of game for London is going steadily up. Head-keeper Hudson, we believe, has been now told to receive all orders for fly paper, and for preservation of your hen pheasant's life. (런던으로 가는 닭고기 공급은 꾸준히 올라가고 있습니다. 사냥터 주임인 허드슨은 이미 파리잡이 끈끈이의 주문을 받아들이고, 또한 당신의 암꿩의 생명을 보존하라는 주문을 받게끔 통지되었으리라고 생각합니다.)

"처음에 이 편지를 읽었을 땐 나도 지금 자네처럼 어안이 벙벙

하더라고. 그래서 다시 한번 찬찬히 읽어봤지. 그랬더니 역시나 내가 예상했던 대로 뭔가 묘한 의미가 문장 속에 숨어 있는 거야. 그건 틀림없었어. 아니면 암호로 쓰였든지 말이야. 예를 들면 '파리잡이 끈끈이'라든지 '암꿩' 같은 단어가 어떤 특별한 뜻으로 쓰였던 거야. 문제는 그 뜻이라는 게 그들끼리 만든 것이기 때문에 우리로서는 풀 수가 없다는 것이지. 하지만 나는 이 편지가 그런 종류라고는 생각하고 싶지 않았어. '허드슨'이라는 단어가 있는 것을 보면 편지의 주제는 내가 추측하는 바로 그것일 것 같았고, 발신자도 허드슨이 아니라 베도즈라는 것을 알 수 있었다네. 그리고 문장을 뒤바꿔서 읽어보기도 했는데, 역시 별 의미는 없더군. 이렇게 말이지. Life pheasant's hen (생명, 꿩의 암놈). 그래서 단어를 하나씩 걸러봤어. The of for(그것, 의, 위해). 또 supply game London(공급, 닭고기, 런던) 이렇게 말이야. 이것도 이해 안 되기는 마찬가지였고. 그러다가 순간 문득 수수께끼의 열쇠가 손에 잡혔어. 처음 단어부터 시작해서 매 세 번째 단어를 죽 연결해 봤더니, 마침내 트레버 씨가 공포에 사로잡힐 만한 문장이 나오더라고. 그래서 그걸 빅터에게 읽어줬지. 짧지만 확실한 그 경고장을 말일세.

The game is up. Hudson has told all. (모든 건 끝났음. 허드슨이 모든 것을 폭로했다.)

빅터가 손을 떨면서 머리를 감싸더라고. 한참을 그러고 있더니 이런 말을 하는 거야."

'그게 틀림없을 거야. 이건 죽음보다도 더 나쁜 일인 것 같아. 치욕스러우니까. 그런데 사냥터 주임이니 암꿩이니 하는 건 무슨 의미일까?'

'내용만으로는 의미가 없지만 누가 발신자인지 알 수가 없었을 경우엔 큰 의미가 있었을 거야. 이 편지는 The…… game…… is…… 식으로 건너뛰면서 쓴 건데, 그래놓고는 나중에 서로가 약속한 대로 암호 방식을 사용해 그 사이에 두 단어씩을 집어넣은 거라고 보여. 그렇다면 그 단어들은 그냥 생각나는 대로 자연스럽게 쓴 것인데, 유독 사냥에 관한 단어가 많다는 것은 그 편지를 쓴 사람이 사냥꾼이거나 아니면 그런 것에 취미를 가진 사람이었다는 것을 나타내는 거지. 빅터, 그 베도즈라는 남자에 대해 뭔가 들은 것 없어?'

'어, 그러고 보니까 매년 가을철이면 아버지가 그 사람 사냥터에 초대받곤 했었거든.'

'그럼, 이 편지는 그 사람한테서 온 게 틀림없어. 자, 그럼 남은 문제는 그 허드슨이라는 자가 어떤 비밀을 쥐고 있기에 이 두 사람, 그러니까 부유하고 존경받는 베도즈 씨와 트레버 씨한테 그걸 들고 위협했는지 하는 점이야.'

'아! 홈즈, 그건 죄악과 치욕의 비밀일 거라고 생각돼! 하지만 너한테는 숨기지 않고 말해줄 수 있어. 이건 아버지가 허드슨한테서 위협이 다가오는 걸 느끼시고 쓴 고백서야. 아버지가 의사에게 말했던

것처럼 장롱 안에 있더라고. 자, 읽어봐. 나는 도저히 읽을 용기가 안 나.'

"빅터가 내민 서류는 이것일세, 왓슨. 그날 밤에 고풍스런 서재에서 그에게 읽어주었던 것처럼 자네에게도 들려주겠네. 이것 보게, 겉에는 이렇게 씌어 있지. 글로리아 스콧 호의 항해 기록. 1855년 10월 8일 팔마스 항구를 출범한 후 11월 6일 침몰하기까지 (북위 15도 29분, 서경 25도 14분에서). 자, 그럼 내용을 읽어보겠네.

사랑하는 아들에게

지금 나에게 닥쳐오고 있는 치욕스런 일 때문에 내 인생의 말년이 암흑에 휩싸여 있구나. 그래서 내 온 마음을 기울여 여기에 몇 자 적어본다. 내가 이토록 절망적인 슬픔을 주체하지 못하는 것은 법이 두려워서도 아니고 지위를 잃게 돼서도 아니며, 또 아는 사람들에 의해 나락으로 떨어지는 모습을 보이는 게 무서워서도 아니다. 내가 두려운 건 바로, 네가 이 아버지 때문에 혹시라도 떳떳하게 살지 못할까 하는 그것이란다. 네가 이 아버지를 업신여기고 모욕할 이유가 없기 때문에 아버지를 사랑하고 존경하는 건 물론 알고 있지만 말이다. 하지만 내 머리 위에서 영원히 겨냥하고 있는 어떤 힘이 안개처럼 흩어지지 않고 바로 떨어진다면, 과거에 내가 저질렀던 소행을 네가 직접 알 수 있도록 이 글을 읽어주기 바란다. 그러나 반대로 모든 일이 순조롭게 진행될 경우엔 (오, 신이여! 그렇게 되도록 해주소서!), 그리고 이 글이 소각되지 않고 우연히 네 손에 들어갈 경우엔 이것을 반드시 태워버리고 다시는 이 글에 대해 생각하지 않기를 간절히 부탁한다. 맹세코 지켜주렴. 네가 성스럽게 여기는 것에 걸고, 또 네가 사랑하는 어머니의 추억에 걸고, 그리고 우리 두 사람 사이에 맺어진 애정을 걸고 말이다.

그러므로 네가 이 편지를 읽고 있을 즈음엔, 나는 이미 저지른 죄가 탄로나 감옥에 가 있거나 아니면 영원히 입을 다물고 죽음에 가 있을 것이다. 너도 알다시피 나는 심장이 좋지 않으니 말이다. 어쨌든 이젠 은폐할 수도 없는 노릇이다. 그러니 이제부터 내가 하는 말을 잘 들어라. 이건 모두 진실로서, 자비를 비는 마음으로 말한다.

내 아들아, 나의 이름은 트레버가 아니다. 젊었을 때의 내 이름은 제임스 아미티지였다. 그래서 몇 주일 전에 네 친구가 우리 집에 와서 나의 비밀을 알아낸 것 같은 말을 했을 때 난 너무나 큰 충격을 느꼈던 것이다. 아미티지라는 이름으로 난 런던의 은행에 취업했고, 또 아미티지라는 이름으로 법에 저촉되는 행위를 해서 징역을 살기도 했다. 아들아, 이 아버지를 너무 탓하지 말아다오. 그건 도박 빚 때문에 일어난 일이었는데, 그 빚을 갚지 않으면 안 되는 상황이라 은행 돈을 몰래 빼냈던 거란다. 회계감사가 시작되기 전에 그 돈을 다시 채워놓으려고 했었지. 확신도 있었고 말이다. 그런데 불운한 일이 일어나고 말았다. 믿고 있었던 돈은 들어오지 않고, 갑작스럽게 회계감사가 실시되는 바람에 내가 횡령을 한 게 발각되고 말았던 거지. 30년 전 그때는 요즘보다 법이 준엄하게 시행되어서, 나는 23세 되던 생일날 오스트레일리아로 가는 글로리아 스콧 호의 갑판 한가운데에 다른 37명의 죄수들과 함께 쇠사슬에 묶인 채 끌려가고 있었다.

그때는 크림 전쟁이 한창 일어나고 있던 1855년이었기 때문에 원래 범죄자들을 호송하던 큰 배를 흑해 등지에서 수송선으로 사용하고 있었단다. 그 바람에 정부는 죄수 호송용으로는 가장 적당하지 않은 작은 배를 쓸 수밖에 없는 상황이었지. 글로리아 스콧 호는 중국과의 차 무역에 쓰던 배로서, 앞부분이 무겁고 선체가 넓으며 다른 신형에 비해 속도가 많이 느린 완전 구식이었다. 500톤 급이었는데, 팔마스를 출발했을 당시 배에는 죄수 38명 외에도 선원 26명, 호송병 18명, 선장 1명, 운전사 3명, 의사와 목사 각 1명, 간수 4명이 타고 있어서 총 100명 가까운 인원이었단다.

독방 사이의 칸막이가 보통 죄수용 배처럼 두꺼운 목재가 아니라 그냥 얇고 허술하게 되어 있었지. 그 중 배 뒤쪽에 있는 한 독방 죄수는 우리가 부두에 끌려 나왔을 때부터 내 눈에 유독 뜨였다. 표정이 밝고 수염도 없는 청년이었는데, 코가 긴 편이고 턱과 코 사이의 간격이 유난히 짧더구나. 그는 당당하게 머리를 쳐들고 활발하게 걸으며 특히 키가 워낙 커서 돈

보이는 면이 있었지. 우리 모두 그의 어깨에도 미치지 않을 정도로, 아마도 2미터는 족히 돼 보였단다. 모두들 괴로움과 피로에 지쳐있는데 그 가운데서 힘차고 명랑해 보이는 얼굴을 보니 너무나 신기할 정도였다. 그를 보면 마치 눈보라 속에서 화롯불을 보는 듯한 느낌이 들었지. 그래서 그 청년이 내 옆방에 있다는 걸 알았을 때 나는 은근히 기분이 좋았고, 게다가 그가 방 사이에 있는 판자에 구멍을 뚫어 어느 날 내게 말을 걸어왔을 때는 정말로 너무나 반가웠단다.

'이봐, 형제! 이름이 뭐지? 왜 이 신세가 되었나?'

그 청년이 묻더구나. 나는 대답을 해주고 그의 이름도 물어봤다.

'나는 잭 프렌더가스트인데, 나와 사귀고 있는 동안엔 내 이름이 고마운 것이 될 거야.'

이름을 들으니까 그가 저질렀던 사건이 생각나더구나. 내가 체포되기 얼마 전에 온 나라를 떠들썩하게 했던 사건이었지. 그는 집안도 좋고 재능도 있었는데 교묘한 사기 수법으로 런던의 유명 상점에서 거액의 돈을 갈취했단다. 그에게는 치유 불능의 도벽 버릇이 있었다고 하더구나.

'아니! 내 사건을 알고 있었군.'

그는 마치 자랑스럽다는 듯 말했지.

'네, 잘 알고 있죠.'

'그렇다면 그 사건에 뭔가 기묘한 점이 있다는 것도 알고 있

나?'

'기묘하다니, 뭐가 말인가요?'

'나는 대략 25만 파운드를 해먹었거든.'

'소문이 맞는군요.'

'그런데 한 푼도 회수하지 못했어.'

'그렇게 들었어요.'

'그럼, 그 돈이 어떻게 됐을 것 같나?'

그가 묻더구나.

'전혀 모르겠는데요.'

내가 대답했지.

'바로 내 손 안에 있어. 나는 내 것이나 마찬가지의 돈을 자네 머리카락 숫자보다 더 많이 가지고 있지. 돈을 늘릴 줄 아는 방법만 알게 된다면 뭐든지 할 수 있다는 뜻이야! 그런데 지금 내가 이 중국 무역선의 악취나는 선창에 앉아 바지 궁둥짝이 닳아빠지도록 앉아 있을 일 있나? 바퀴벌레가 득실거리고 곰팡이 냄새가 코를 찌르는 이 무덤 같은 곳에서 말이야. 어림도 없지! 자, 나를 따라와도 좋아. 성서에 입을 맞추고 맹세하는데, 자네를 구해내주겠네.'

그가 하는 말은 대충 이런 내용이었는데, 난 처음엔 별로 대수롭지 않게 생각했었다. 그런데 얼마쯤 있다가 그는 나를 좀 떠보는 식으로 하더니 엄중하게 선서를 하라면서, 지금 배를 탈취하려는 음모를 꾸미고 있다고 알려주더구나. 배에 오르기 전부터 12명의 죄수들이 은밀히 계획을 세웠고, 그 주동자는 프렌더가스트였으며 그가 돈을 많이 가지고 있기 때문에 일을 꾸밀 수 있었다는 것이었다.

그러면서 그가 이런 말을 하더구나. '내게 단짝 한 명이 있는데, 아주 드물게 좋은 녀석이지. 그 친구가 현금을 가지고 있는데, 지금 어디 있는 줄 아나? 이 배 안에 목사로 위장해 있다네. 목사 말이야! 검정색 옷을 입고 신분증도 제대로 갖추고 있지. 그가 이 배를 통째로 매수할 수 있을 만큼 많은 돈을 상자에 담아 가져왔다네. 선원들은 그 친구가 시키는 대로 할 거야. 현금으로 한 몫씩 줘서 이미 매수해놨으니까 말이야. 간수 두 명과 2등 항해사 머서도 매수해뒀고, 필요할 땐 선장도 가능할 걸세.'

'그럼, 우리는 뭘 하는 거죠?'

'뭘 한다고 생각하나? 호송병들의 옷을 옷가게에선 볼 수 없을 만큼 시뻘겋게 물들여 주는 거지.'

'그들은 무장을 하고 있잖아요.'

'우리도 무장을 하는 거야, 알겠나. 각자에게 모두 권총 두 자루씩이 돌아갈 거야. 만약 그러고도 우리가 배를 탈취해내지 못한다면 우리는 차라리 기숙학교에나 들어가야 할 걸세. 자, 자네도 오늘 밤에 옆방 친구한테 말을 붙여보게. 믿을 수 있을지 어떨지 알아봐야 하니까 말이야.'

그래서 나도 옆방 사나이한테 말해봤더니, 그도 나와 비슷한 처지의 젊은이인데 죄명이 문서 위조라고 하더구나. 이름은 에반스라고 했는데 나중엔 나처럼 이름을 바꿨고, 지금은 남부 잉글랜드에서 큰 부자로 살고 있지. 그는 내 말을 듣고 그것밖엔 살아날 방법이 없다는 걸 즉각 깨닫고는 바로 동조를 했단다. 결과적으로 우리 배가 비스케이 만을 지나가기 전에 그 비밀계획에 참가하지 않은 죄수는 두 명밖에 없었다. 한 명은 의지가 너무 약해 믿을 수가 없어서 아예 참가시키지 않았고, 다른 한 명은 황달을 앓고 있어서 어차피 살아남기가 어렵기 때문이었지.

처음부터 우리가 배를 점령하는 데 있어 방해될 것은 거의 아무것도 없었다. 간수들은 음모를 꾸민 자들이 선발한 같은 조직원이었고, 목사는 팸플릿이 가득 채워져 있는 검은 가방을 들고 교화를 목적으로 죄수들의 독방에 드나들곤 했지만 그가 들어온 지 3일째에는 이미 권총 두 자루와 화약 1파운드, 총알 20발이 각자에게 주어졌단다. 간수들 중 2명은 프렌더가스트의 앞잡이였고, 운전사 1명은 그의 오른팔이었지. 우리의 적이었던 사람들은 선장과 운전사 2명, 그리고 18명의 병사들과 의사였다. 물론 정세는 안전했지만 우리는 경계를 철저히 하면서 한밤중에 급습하기로 결정을 했지. 그런데 뜻하지 않은 사태 때문에 그 일은 예정보다 빨리 찾아왔고, 그 내용은 다음과 같다.

배가 출발한 지 3주일쯤 지난 어느 날 밤이었는데, 한 죄수가 아파서 의사가 그를 진료하러 방에 들어갔다가 침대 속에 권총 비슷한 게 있는 걸 눈치 채게 됐단다. 그때 의사가 가만히 있었으면 우리의 계획은 실패하고 말았을 것이다. 그런데 그 소심한 의사가 얼굴이 새파래지며 소리를 지르는 바람에 환자였던 죄수가 곧 사태를 깨닫고는 그 의사를 제압했던 것이다. 그리고는 그에게 재갈을 물리고 침대에 묶어버렸지. 의사가 방에 들어갈 때 갑판으로 통하는 문의 자물쇠를 열어놓은 상태로 있었기 때문에 우리는 곧 갑판으로 들이닥쳐 우선 보초병 둘을 사살하고, 그 소리를 듣고 뛰어온 하사도 그 자리에서 사살하고 말았다. 객실 입구에도 병사가 둘 있었지만 총에 총알을 장전하고 있지 않았는지 한 방도 쏘지 못하고 주춤거리는 사이에 바로 사살되었단다. 그런 다음 우리는 선장실로 뛰어들었는데, 문을 연 순간 안에서 폭음이 들리더구나. 선장은 테이블 위에 붙여진 대서양 지도 위에 머리를 처박은 채 쓰러져 있고, 그 옆에는 아직도 연기가 피어오르는 권총을 들고 목사가 서 있었지. 그리고 두 명의 운전사는 승무원들에게 붙잡혀 있었고. 그래서 우리의 계획은 모든 게 순조로워 보였단다.

우리는 모두 선장실 옆에 있는 객실에 모여 앉아 즐겁게 얘기를 하기 시작했지. 자유의 몸이 되었다는 생각에 이루 말할 수 없이 기뻤기 때문이었다. 객실 안에 벽장이 있었는데, 가짜 목사인 윌리엄이 그걸 때려 부수더니 안에서 술 한 박스를 꺼내더구나. 그리고 병 하나를 열어 컵에 따르고 막 들이키려고 하는 순간, 아무런 전조도 없이 돌연 총소리가 귀를 찢더니 객실 안이 자욱한 연기로 뒤덮여버렸다. 테이블이고 그 건너편이고 아무것도 보이지 않았지. 잠시 후 차츰 연기가 걷히고 보니까 주변은 말 그대로 아수라장 그 자체더구나. 윌슨과 다른 8명의 동료가 바닥에 서로 뒤엉킨 채 버둥거리고 있었고, 테이블 위에는 피와 술이 섞여 흐르고 있었다. 그 광경은 그야말로 충격적이었지.

우리는 완전히 기겁을 하고 말았기 때문에, 정말이지 프렌더가스트가 없었다면 그 계획을 포기하고 말았을 것이다. 그는 사나운 황소처럼 소리 지르면서 살아남은 사람들 모두를 거느리고 문을 향해 돌진했단다. 객실에서 뛰어나가 봤더니 배 뒤쪽 갑판에 중위와 10명의 부하가 있더구나. 그리고 객실 테이블 바로 위쪽에 있는 회전식 조명창이 조금 열려 있는 게 보였지. 그러니까 그 틈으로 그놈들이 우리를 발포했던 것이다. 우리도 그들을 향해 계속 난사를 했지. 놈들이 총알을 잴 틈도 없이 우리가 덤벼드니까 5분쯤 지나 끝장이 나더구나. 오! 하느님! 세상에 그런 아수라장 또 있을까요. 프렌더가스트는 정말 미쳐 날뛰는 악귀처럼 놈들을 하나하나 집어들어 살아있든 죽었든 상관없이 바다 속으로 던져버렸단다. 한 병사는 중상을 입었는데도 불구하고 오랫동안 바다 속에서 허우적거리고 있었는데, 그 모습을 보다 못한 어떤 동료가 그의 머리를 쏴서 죽이기도 했지. 전투가 다 끝나고 보니까 남은 적들은 간수 두 명과 운전사 두 명 그리고 의사뿐이었다.

그런데 우리들 사이에 적을 사살한 것에 대한 이견으로 큰 싸움이 일어났다. 자유를 되찾은 것은 기쁘지만 살인을 한 것에 대해서는 죄의식을 느끼는 자들이 있었던 것이다. 총을 가진 병사를 쓰러트리는 것과 일반인이 살해되는 것을 방관하는 것은 전혀 다른 문제라는 것이었지. 그래서 우리들 8명, 즉 죄수 5명과 승무원 3명은 살인이 벌어지는 것을 보고 싶지 않다고 말했다.

하지만 프렌더가스트와 그 일당은 우리의 요구를 받아들이지 않았다. 우리 모두의 안전이 우선이기 때문에 적들을 철저히 해치워야 하며 나중에 증언대에 서는 자가 없도록 단 하나도 살려둬서는 안 된다는 것이었지. 하마터면 우리 8명도 세명의 포로들과 마찬가지의 운명을 맞이할 뻔 했지만, 다행히도 프렌더가스트 일당은 우리에게, 원한다면 배에서 내려 떠나가도 좋다는 허락을 해주었단다. 우리는 두렵고 진저리가 나는 데다, 거기까지 이르기 이전에도 이미 무서운 투쟁이 있었다는 걸 알고 있었기 때문에 그들의 제안을 곧바로 받아들였다. 그래서 우리 8명은 각자 구명복 하나와 물 한 병, 소금에 절인 고기, 비스킷 한 봉지, 나침반 한 개씩을 받았다. 프렌더가스트는 우리한테 바다 지도를 주면서, 조난당한 배의 승무원처럼 행세하라고 이르더구나.

아들아, 이제부터 이 사건의 가장 충격적이고 이상한 부분을 얘기해주겠다. 때마침 북동쪽에서 산들바람이 불어오는 바람에 글로리아 스콧 호는 조용히 멀어져 갔고, 우리가 탄 보트 또한 느릿한 큰 파도에 흔들리면서 떠내려갔다. 일행 가운데 가장 교양이 있는 에반스와 나는 현재 우리가 있는 위치를 살펴보면서 어떤 해안으로 갈지를 의논하고 있었다. 베르데 곶은 북쪽으로 약 800킬로미터 떨어져 있고, 아프리카 해안은 동쪽으로 약 1200킬로미터 떨어져 있기 때문이었지. 바람이 북쪽에서 불어왔기 때문에 영국령 시에라리온이 가장 적당할 것 같아 우리는 보트를 그쪽으로 돌렸다. 글로리아 스콧 호는 그때 우리 보트의 오른쪽 뒤로 멀리 있었지. 그런데 우리가 뒤를 돌아다본 순간, 갑자기 배에서 시커먼 연기가 구름처럼 치솟고 있는 거야. 그리고 몇 초 후에는 폭발음 같은 것이 천둥처럼 크게 울렸지. 잠시 후 시커먼 연기가 좀 가라앉았을 때 보니까, 맙소사, 글로리아 스콧 호는 온데간데없이 자취도 안 보였단다. 우리는 다시 보트의 방향을 돌려 연기가 아직도 자욱한 그 참사의 현장으로 힘껏 배를 저어 갔지.

보트가 현장까지 도착하는 데 시간이 한참 걸렸다. 그래서 너무 늦게 가 아무도 구할 수 없을까봐 걱정이 됐지. 가까이 다가가자 파도 사이로 둥둥 떠도는 부서진 보트 조각들과 나무 파편들이 보여 배가 침몰한 장소를 알 수 있었지만, 사람이라곤 전혀 보이지가 않았다. 할 수 없이 단념하고 다시 배를 돌려 떠나려고 하는데 어디선가 구원을 외치는 목소리가 들렸단다. 돌아보니 저 멀리서 한 남자가 배의 파편에 의지해 매달려 있더구나. 우리는 즉시 다가가 그를 보트로 끌어올렸지. 그 남자는 허드슨이라는 젊은 수부(배에서 허드렛일을 하는 하급 선원)였는데, 온몸에 화상을 입고 완전히 지쳐 있었기 때문에 다음 날 아침까지는 말도 할 수 없는 지경이었단다.

짐작이지만, 우리 보트가 떠난 후 프렌더가스트와 그 일당이 살아남은 5명의 포로를 처치하기 시작했던 것 같다. 결국 간수 두 명은 사살되어 바다 속으로 던져지고, 3등 운전사도 같은 운명이었으며, 의사는 프렌더가스트가 직접 그의 목을 베었던 것 같다. 나머지 하나는 1등 운전사였는데, 그는 꽤 용감하고 늠름한 사나이였다. 프렌더가스트가 피투성이 손에 칼을 들고 다가오는 것을 보고는 그 전에 이미 조금 느슨하게 풀어두었던 결박을 풀어헤치고는 갑판을 뛰어 내려가 뒤쪽 선창으로 갔단다.

12명가량의 죄수들이 권총을 들고 그를 찾으러 갔을 때, 그는 이미 100톤 정도 되는 화약통 뚜껑을 열어놓은 채 그 옆에서 성냥을 들고 있었지. 그리고는 누구라도 손만 댔다가는 모두 날려버리겠다며 위협을 했다. 그러다가 한순간 대폭발이 일어났는데, 허드슨이 생각하기엔 그 운전사가 화약에 불을 붙였던 게 아니고 죄수 가운데 누군가가 쏜 총알이 화약에 맞았던 것 같다는 거야. 결국 글로리아 스콧 호의 최후는 그렇게 끝났고, 배를 탈취한 악당들의 최후도 마찬가지였지.

사랑하는 아들아, 여기까지가 내가 관계된 이 무시무시한 사건의 모든 설명이었다. 다음 날 우리는 오스트레일리아로 향하는 범선 핫스퍼에 의해 구조가 되었는데, 그 배의 선장에게 우리들이 침몰한 여객선의 생존자라는 걸 믿게 하기는 별로 어렵지 않았단다. 해군 본부에서도 죄수 호송선인 글로리아 스콧 호는 항해 중 실종되었다는 걸 인정했다. 따라서 그 사건에 대한 진실을 이야기하는 말은 결코 들리지 않았었지. 핫스퍼 호는 무사히 항해를 끝내고 우리를 시드니 항구에 내려주었다. 거기서 나와 에반스는 이름을 바꾼 다음 금광이 있는 곳으로 갔는데, 그런 곳엔 온갖 나라 사람들이 섞여 있어서 신분을 감추기가 수월했다.

그 후의 일에 대해서는 얘기할 필요가 없을 것 같다. 우리는 여기저기로 다니며 결국 성공했고, 얼마간의 돈을 모아 영국으로 다시 돌아온 다음 시골에 땅을 샀단다. 그리고 20여 년간 평온하고 보람찬 삶을 이어올 수 있었지. 과거의 일은 우리 삶에서 영원히 묻혀버리길 바라면서 말이다. 그래서 어느 날 갑자기 나를 찾아온 그 허드슨이라는 자를 보고 즉각적으로, 그때 우리가 구조해주었던 그 자라는 걸 알았을 때 내 마음이 어떠했을지는 네가 상상할 수 있으리라 생각한다. 그는 우리의 행방을 끈질기게 수소문해 추적했고, 우리가 갖고 있는 두려움을 이용하려 했다. 그래서 그자와 시비에 휘말리지 않으려고 내가 얼마나 애를 썼는지 모른다. 이제야 너도 이해할 수 있겠지. 그가 우리 집을 떠나면서 그 무서운 일을 폭로하겠다는 듯한 암시를 했을 때, 그리고 또 다른 먹이를 찾아간다고 했을 때, 내 가슴을 누르는 이 공포감을 너는 얼마나 이해할 수 있을지⋯⋯.

"그 아래에는 거의 알아보기 힘들 정도로 휘갈겨 쓴 다음의 문장이 있었지. '베도즈는 암호로 허드슨이 모든 걸 폭로했다고 써 보냈다. 신이여, 우리의 영혼을 불쌍히 여기소서.'

이상이 그날 밤 빅터에게 내가 읽어준 이야기였네. 그때 당시엔 굉장히 드라마틱한 이야기였지. 왓슨, 빅터는 그 사건으로 한동안 시름에 잠겨 있다가 인도의 테라이 사원에 갔는데, 아마도 잘 지내고 성공도 한 것 같아. 허드슨이라는 자와 베도즈에 관해서는 그때 위험을 알리는 편지가 온 후로 아무 소식이 없는 모양이더군. 두 사람 모두 종적을 감추고 말았다는 거야. 경찰에 보호 요청이 없었던 걸 보면, 아마도 베도즈는 그 협박을 사실로 받아들였던 것 같아. 허드슨이 그 근처에 잠복하고 있는 것을 누가 봤다는 증언을 참고로 해서, 경찰은 허드슨이 베도즈를 죽이고 도망친 것이라고 보고 있더군. 하지만 내 생각은 완전히 반대라고 여겨지네. 그러니까 베도즈는 자신이 어쩔 수 없는 궁지에 몰리자 옛날 그 사건이 정말로 다 폭로된 줄로 알고 허드슨에게 복수를 한 거지. 그리고는 모든 재산을 다 처분해 그 돈을 가지고 외국으로 도망친 거야. 그 생각이 아무래도 더 진실에 가깝지 않을까 싶거든. 자, 이상이 이 사건의 자초지종이라네. 왓슨, 자네의 사건 컬렉션에 도움이 된다면 이걸 이용해도 좋네."

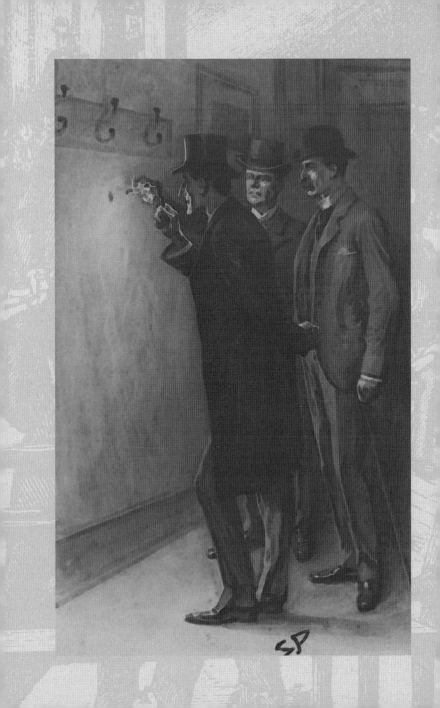

노우드의 건축업자

Sherlock Holmes

"내가 범죄 전문가로서 볼 때 말이지, 모리아티 교수가 사망한 후로 유감스럽지만 런던은 무척 지루한 도시가 되어 가고 있다네."

셜록 홈즈가 그렇게 말했다.

"분별 있는 시민이라면 자네 말에 별로 동의하지 않을 것 같은데."

내가 대꾸했다.

"그래 맞아. 좀 이기적인 생각이지."

홈즈는 아침 식사를 마치고 의자를 뒤로 빼며 씩 웃었다.

"하지만 사회적으로는 분명히 잘 된 일이고, 누구한테도 손해를 끼치는 건 아니지. 뭐, 일거리가 없어진 그 분야의 전문가 몇 명만 빼고 말이네. 그 인간이 런던을 주름 잡고 있을 땐 아침마다 신문에 별의별, 그야말로 예측할 수도 없는 사건들이 매일 실리지 않았었나. 사실 나는 아주 사소하고 희미한 흔적 같은 것, 그런 자취만 봐도 그 뒤에 아주 사악하고 악랄한 계략이 숨어 있다는 걸 알아차린 적이 많았다네. 일테면 거미줄 가장자리가 보일 듯 말 듯 미세하게 흔들리는 것만 봐도 그 한복판에 흉측한 거미가 엎드려 있다는 걸 알 수 있는 것처럼 말일세. 도둑질, 이유 없는 폭력, 불법 행위들…… 전부 다 그랬지. 단서를 쥐고 있으면 아무래도 전체를 한눈에 파악할 수가 있거든. 지능적인 범죄의 세계를 연구하려는 사람에게 유럽의 수도 중에서 런던만큼 잘 갖춰진 도시도 아마 없을 걸세. 그런데 지금은 그게……".

런던의 대표적인 범죄조직을 잡아들이는 데 결정적인 역할을 한 셜록 홈즈는 이제 와서 마치 그것을 후회라도 하듯 도무지 알 수 없는 말을 지껄이며 이상한 표정까지 지으면서 어깨를 들썩였다.

그때는 홈즈가 돌아온 지 몇 달 뒤였는데, 나는 그의 부탁에 따라 병원을 팔고 베이커 거리의 옛 하숙집으로 돌아와 있었다. 켄싱턴에 있는 내 작은 병원을 인수한 사람은 버너라는 젊은 의사였는데, 특이하게도 그는 내가 처음에 한껏 높여 부른 금액에서 단 한 푼도 깎지 않았다. 몇 년 뒤에야 나는 버너가 홈즈의 먼 친척이며, 병원을 인수할 자금을 댄 사람이 다름 아닌 바로 홈즈라는 사실을 알고는 그때의 일을 납득할 수가 있었다.

우리가 함께 지낸 그 몇 개월이 사실 홈즈가 말했던 것처럼 아무 일도 없이 그저 평온했던 것만은 아니었다. 내 기록 노트를 펼쳐봤더니 그 시기엔 오히려 무릴로 전 회장의 서류 사건과 우리 두 사람 다 죽을 뻔 했던 네덜란드의 배 프리즐란드 호의 충격적인 사건도 있었다. 홈즈는 냉정하고 자만심이 강하면서도 대중의 지나친 관심을 극단적으로 싫어하기 때문에 심지어 나한테도 자신에 대해서나 자신의 수사 방법에 대해, 그리고 성공적인 사례에 대해서 더 이상 말하지 말라고 단호하게 요구할 정도였다. 그런데 얼마 전부터 이 철저한 함구령이 철회된 것이다.

아무튼 셜록 홈즈는 위에 말한 것처럼 엉뚱한 불평을 늘어놓으며 의자에 몸을 파묻더니 한가하게 조간신문을 펼쳐들었다. 바로 그 때 현관 벨이 울리는가 싶더니 바로 이어서 누군가가 주먹으로 문을 쾅쾅 두들겨대는 소리가 온 집안에 진동했다. 문이 열리는 소리가 들리자마자 누가 소란스럽게 안으로 들어오며 후닥닥 계단을 뛰어 올라왔다. 그리고는 벌컥 방문이 열렸는데, 꼭 미친 사람 같은 눈빛에 창백한 얼굴을 한 젊은이가 흐트러진 옷차림새로 숨을 몰아쉬며 급히 안으로 들이닥쳤다. 그는 우리 두 사람을 번갈아 쳐다보다가 의아한 시선을 느끼고는, 그제야 자신이 무례하게 침입한 데 대해 우선 사과해야 한다는 것을 느낀 듯 입을 열었다.

"죄송합니다, 홈즈 선생님."

그가 당황한 목소리로 말했다.

"용서하십시오. 저는 지금 미칠 것만 같습니다. 선생님, 제가 바로 그 불행한 남자 존 헥터 맥팔란입니다."

젊은이는 자신의 이름을 급히 말하며, 이곳을 찾아온 이유와 미친 듯한 태도를 변명하려는 것처럼 큰 목소리로 외쳐댔다. 하지만 홈즈의 얼굴엔 아무런 표정이 담겨 있지 않았다. 그도 나와 마찬가지로 그 사람의 이름에 대해 아는 게 별로 없는 것 같았다.

"맥팔란 씨, 여기 앉아 담배 한 대 태우시죠."

홈즈가 담뱃갑을 내밀며 말했다.

"그 증상엔 여기 있는 왓슨 박사가 진정제를 처방해줄 겁니다. 하긴 요 며칠 날씨가 너무 더웠죠. 어쨌든 좀 진정이 되시면 이 의자에 앉아 무슨 일로 여기를 오셨는지, 어떤 일을 하시는 분인지 차분히 말씀을 해보시죠. 제가 마치 당신에 대해 잘 알고 있는 것처럼 보인 모양인데요, 사실 제가 아는 건 당신이 법률사무소에서 일하고 프리메이슨 단원인데다 천식이 좀 있다는 것밖에는 없습니다."

나는 홈즈의 추리 방법에 이미 익숙해있던 터라, 그가 분명 방문객의 흐트러진 옷차림과 시곗줄 장식, 그리고 가쁜 호흡을 보면서 말했을 거라는 걸 알 수 있었다. 하지만 방문객은 홈즈의 말에 깜짝 놀라며 그를 쳐다보았다.

"네, 전부 맞습니다, 홈즈 선생님. 그리고 거기에 덧붙일 건, 제가 지금 런던에서 제일 불쌍한 남자라는 겁니다. 제발, 제발 저를 좀 도와주세요, 홈즈 선생님! 제가 이야기를 다 마치기 전에 저를 체포하러 오면, 그 사람들한테 제가 사실을 다 말할 수 있도록 시간을 좀 주라고 선생님께서 얘기 좀 해주세요. 만약 선생님이 저를 도와주실 거라는 걸 알면 저는 기꺼이 감옥에 갈 수 있을 것 같습니다."

"당신을 체포한다고요! 허, 참 재밌는……, 아니, 참 궁금한 사건이네요. 그래서, 무슨 혐의로 당신을 체포하는데요?"

"로워 노우드의 조너스 올더커 씨 살해 혐의로요."

워낙 표정이 다채로운 홈즈의 얼굴에 순간 안타까운 빛이 떠올랐는데, 이내 곧 만족한 빛이 한 컨에 얼핏 엿보였다.

"쯧쯧, 내가 방금 전에 아침을 먹으면서 내 친구 왓슨 박사한테 요즘 신문엔 큰 사건이 전혀 안 보인다고, 그런 말을 했는데요."

방문객은 떨리는 손으로 홈즈의 무릎 위에 아직 놓여 있는 〈데일리 텔레그래프〉를 집어들었다.

"이 신문을 보셨다면 제가 지금 찾아온 이유를 곧바로 아셨을 텐데요. 저는 지금 제가 당하고 있는 불행을 세상 모든 사람들이 다 알고 있을 것 같은 생각이 들거든요."

젊은이는 신문을 펼쳐 가운데쯤을 열어 보여주었다.

"여기 보세요. 제가 읽어볼까요? 한 번 들어보세요. 제목은 '로워 노우드의 괴사건, 저명한 건축가 실종, 살인 및 방화로 추정, 범인에 대한 단서 포착.' 홈즈 선생님, 경찰에선 벌써 단서를 쫓고 있다는데, 저는 그 단서가 반드시 저를 지목할 거라는 걸 알고 있습니다. 런던 다리에서부터 누군가 저를 미행해 왔는데, 경찰은 분명 저에 대한 체포영장이 떨어지기만 기다리고 있을 겁니다. 제 어머니가 이걸 아시면 기절하실 거예요. 기절하실 겁니다!"

젊은이는 불안에 어쩔 줄 몰라 하며 두 손을 움켜잡고 소파에 앉은 채로 몸을 앞뒤로 흔들었다.

나는 중죄를 저지른 혐의를 받고 있는 젊은이를 주의 깊게 살펴보았다. 청년은 금발에 잘 생긴 얼굴이지만 몹시 창백하고 파란 눈에는 두려움이 잔뜩 담겨 있었다. 얼굴은 깨끗이 면도가 돼 있고, 입매는 부드럽지만 예민해 보였다. 나이는 스물일곱 살 정도인 것 같고, 옷차림과 태도로 봐서는 신사라고 할 수 있었다. 여름이라 가벼운 외투를 입고 있었는데, 주머니에 찔러 넣은 서류다발이 그의 직업을 암시해주고 있었다.

"왓슨, 우리가 시간을 아껴야 하니까, 미안하지만 그 기사를 좀 읽어주게나."

나는 방문객이 아까 읽은 자극적인 제목의 기사를 읽어내려갔다.

"어젯밤 늦게 또는 오늘 새벽에 로워 노우드에서 중대한 범죄 행위로 추정되는 사건이 발생했다. 조너스 올더커 씨는 노우드 지역의 유지로서 오랫동안 건축업에 몸담아 왔다. 52세의 독신 남성인 그는 딥딘로의 시든햄 방향 끝에 있는 딥딘 저택에 살고 있는데, 평소 남들과 어울리지 않는 폐쇄적인 생활 방식과 이상한 습관을 가지고 있다고 한다. 몇 년 전에 이미 은퇴를 했지만 그동안 상당한 재산을 모은 것으로 알려져 있다. 그의 집 뒤에 자그마한 목재 창고가 있는데, 어젯밤 12시쯤에 그곳 목재 더미에서 불길이 치솟았다. 소방차가 즉시 현장에 도착했지만 바싹 말라 있는 나무는 불길에 쉽게 타올랐고, 결국 그 목재가 다 타버릴 때까지 화재를 진압하는 건 불가능했다. 처음엔 우연히 일어난 화재로 보였던 그 사건은 점차 중대한 범죄를 암시하는 새로운 증거가 하나씩 드러나게 되었다. 우선 화재 현장에 집주인이 나타나지 않음으로써 그걸 이상하게 여긴 이웃 사람들이 수군거리자 조사가 시작됐는데, 조너스 올더커 씨가 집안에 없는 것으로 확인되었다. 그리고 그의 침실엔 사람이 잔 흔적이 없었고, 금고문도 활짝 열려 있었으며, 중요한 서류들이 방안 여기저기에 흩어져 있었던 것이다. 또 격투가 벌어진 흔적도 있었는데, 방안 여기저기에 핏자국이 남아 있고 나무 지팡이의 손잡이에도 피가 묻었던 자국이 남아 있었다. 조너스 올더커 씨의 침실엔 전날 밤 늦은 시각에 한 손님이 찾아왔는데, 피가 묻어 있던 그 지팡이는 존 헥터 맥팔란이라는 런던의 젊은 법무사의 것이라는 게 확인되었다. 맥팔란은 이스트 센트럴 구에 있는 그레샴 빌딩 426호의 '그레샴 앤 맥팔란' 법률 사무소의 부사장이다. 경찰은 증거를 확보했으니만큼 범행 동기는 분명히 드러난 것으로 판단하고 있다. 따라서 사건은 조만간 새로운 국면으로 전환될 것이 확실해 보인다.

속보 — 기사 마감 직전에 존 헥터 맥팔란 씨가 조너스 올더커 씨의 살해 혐의로 체포되었다는 소식이 전해졌다. 체포 영장이 발부된 것만은 확실하다. 노우드 사건의 조사 과정에서 의심스런 사실들이 속속 드러났던 것이다. 불행한 건축가의 방에서는 격투의 흔적 외에도 1층 침실 창문이 열려 있었고, 무거운 물체를 목재 더미 쪽으로 끌고 간 흔적 등이 발견되었다. 또한 야적장의 잿더미에서 새카맣게 탄 유골이 나왔다고 한다. 경찰에서는 참혹한 범죄가 저질러진 것으로 추정하고 있다. 즉 범인은 올더커 씨의 침실에서 주인을 지팡이로 때려 숨지게 한 후, 서류를 훔치고 사체를 야적장에 유기한 다음, 범행 흔적을 없애기 위해 불을 지른 것으로 보고 있는 것이다. 범죄 수사의 책임자는 경험이 풍부한 런던 경시청의 레스트레이드 경감이다. 경감은 현재 평소의 열정과 기민함을 발휘하여 단서를 쫓고 있다."

셜록 홈즈는 눈을 감고 두 손 끝을 맞붙인 채로 이 기묘한 이야기를 듣고 있었다.

"이 사건, 정말 흥미 있는 점들이 있군."

그는 나른한 표정으로 말했다.

"맥팔란 씨, 우선 한 가지 묻겠습니다. 당신을 체포할 이유가 충분히 있는 것 같은데, 왜 아직까지 영장이 집행되지 않은 거죠?"

"홈즈 선생님, 저는 부모님과 함께 블랙히스의 토링턴 하우스에 살고 있는데, 어젯밤엔 조너스 올더커 씨와 같이 늦게까지 일을 해야 했기 때문에 노우드의 한 호텔에서 그냥 자고 출근을 했거든요. 저는 이 사건에 대해 아무것도 모르고 있다가 기차 안에서 지금 박사님이 읽으신 그 기사를 보게 됐던 겁니다. 그래서 제가 아무래도 곧바로 끔찍한 의심을 받을 게 분명했기 때문에 선생님께 사건을 의뢰하기 위해 이렇게 당장 찾아오게 된 것이죠. 제가 만약 그냥 사무실이나 집에 있었다면 당장 체포됐을 것 같아요. 런던교 근처에서부터 한 남자가 계속 제 뒤를 따라왔는데, 그는 아마도…… 아이고! 이게 무슨 소리죠?"

현관에서 벨소리가 나더니 곧 이어 무거운 발걸음 소리가 층계를 올라오는 게 들렸다. 그리고는 오랜 친구 레스트레이드가 방문 앞에 모습을 드러냈다. 그의 어깨 너머로 정복을 입은 경찰관 두 명이 보였다.

"존 헥터 맥팔란 씨?"

레스트레이드가 말했다.

불운한 방문자는 얼굴이 새파래지면서 벌떡 일어났다.

"로워 노우드의 조너스 올더커 씨를 계획적으로 살해한 혐의로 당신을 체포하겠소."

맥팔란은 우리를 쳐다보며 절망적인 몸짓을 하더니 온몸에서 힘이 쭉 빠져버린 것처럼 다시 털썩 주저앉았다.

"레스트레이드 경감님, 잠깐만요."

홈즈가 소리쳤다.

"30분 정도 늦는다고 해서 크게 문제 될 건 없겠죠? 이 사람이 마침 굉장히 흥미로운 이번 사건에 대해 설명하고 있던 참이었거든요. 사건을 해결하는 데 도움이 될 수 있도록 말이죠."

"제 생각엔 이 사건을 해결하는 데 전혀 어려움은 없을 것 같은데요."

레스트레이드는 좀 불쾌하다는 표정으로 말했다.

"그래도 괜찮으시다면 저는 이분의 설명을 좀 더 들어보고 싶군요."

"좋습니다, 홈즈 씨. 당신이 부탁을 하니 거절하기가 좀 어렵군요. 당신도 우리 경찰에 도움을 준 적이 전에 몇 차례 있었으니까, 이번엔 런던 경시청에서 당신한테 빚을 갚는 셈으로 치죠. 그게 당연한 거고요. 하지만 저는 피의자를 지키고 있어야 합니다. 그리고 맥팔란 씨, 미리 경고하는데, 이제부터 당신이 하는 말은 당신에게 불리하게 작용할 수도 있다는 점을 명심해야 합니다."

"감사합니다."

의뢰인이 말했다.

"제가 여기서 진실을 말하는 것, 저는 그것만으로도 만족합니다."

레스트레이드가 시간을 보며 말했다.

"지금부터 30분 주겠소."

"가장 먼저 말씀드리고 싶은 건, 저는 조너스 올더커 씨를 전혀 몰랐다는 사실입니다. 그분의 이름은 알고 있었지만요. 오래 전에 제 부모님이 그분과 아는 사이였거든요. 하지만 부모님도 그분을 안 만난 지 오래 됐습니다. 그래서 저는 어제 오후 3시쯤에 그분이 사무실로 들어오는 걸 보고 깜짝 놀랐었죠. 그리고 그분이 오신 용건을 말씀하셨을 때는 더 놀랐고요. 그분은 뭔가를 빽빽이 쓴 종이 몇 장을 꺼내더니 제 책상 위에 올려놓더군요. 바로 이겁니다. 그러면서 말씀하셨어요.

'존, 이건 내 유서네. 이걸 법에 맞게 문서로 좀 만들어주게. 그동안 난 여기 앉아서 기다리겠네.'

그래서 저는 그걸 옮겨 쓰기 시작했습니다. 그런데 그 유서는 어떤 단서 조항이 있긴 하지만 자신의 전 재산을 저한테 물려주겠다는 내용이었어요. 저는 기절하는 줄 알았죠. 그분은 허연 눈썹에 얼굴이 족제비 비슷하게 생긴 분인데, 제가 깜짝 놀라 쳐다봤더니 그음울한 회색 눈으로 마치 재미있다는 듯이 저를 바라보고 계시더군요. 저는 그걸 쓰면서도 계속 믿을 수가 없었는데, 그분의 설명에 의하면 자신이 독신이고 살아 있는 친척도 거의 없기 때문이라는 것이었어요. 그러면서 제가 어렸을 때 제 부모님과 가까이 지냈는데, 그때 부모님한테서 제가 착한 아이라는 얘기를 굉장히 많이 들었다면서, 그래서 제가 자신의 재산을 받을 만한 사람이라는 생각이 들었다는 거예요. 저는 어떻게 해야 할지를 몰라 그냥 감사하다는 말만 했죠. 그리고는 유언장을 작성해서 서명을 받았습니다. 증인으로는 우리 사무실 직원이 서줬고요. 여기 파란 서류가 바로 그 유언장이고, 이 종이는 그분의 유언장 초안입니다. 게다가 조너스 올더커 씨는 다른 서류도 많다면서, 그러니까 건물 임대차 서류와 부동산 증서, 저당권 같은 것들이었죠, 그때 저한테 집으로 같이 가서 직접 봐주면 좋겠다고 말씀하시더군요. 일을 완전히 마무리 짓기 전까지는 마음이 편치 않을 것 같다면서요. 그래서 그날 밤에 곧바로 유언장을 가지고 노우드의 집으로 가서 일을 처리해달라는 것이었습니다. 그러면서 이런 얘기를 하셨습니다.

'여보게, 모든 일이 다 정리될 때까지는 이 일에 대해 부모님께 한마디도 하지 말게. 우리 둘이 나중에 그분들을 놀래드리자고.'

이 점을 몇 번이나 강조하시면서 그분은 저한테 약속을 받아냈습니다.

홈즈 선생님, 저는 당연히 그분이 어떤 요구를 하시든 거절할 수 있는 입장이 아니었습니다. 저한테는 은인 같은 분이기 때문에 그분이 원하시는 거라면 다 해드리고 싶은 마음뿐이었죠. 그래서 저는 일이 바빠서 집에 못 들어간다며 부모님께 전보를 쳤습니다. 조너스 올더커 씨는 9시에 당신 집에서 저녁 식사를 같이 하자면서 그 전에는 집에 없을 거라고 하셨습니다. 그런데 그 집을 찾느라 좀 헤매는 바람에 제가 거기 도착했을 때는 거의 9시 반이 됐었어요. 댁에 계시……"

"잠깐만요!"

홈즈가 말했다.

"누가 문을 열어줬어요?"

"중년 여자였는데, 가정부 같더군요."

"그런데 그 여자가 먼저 당신 이름을 말했죠?"

"네, 그랬습니다."

"계속 얘기하세요."

맥팔란은 이마의 땀을 닦아내며 말을 이어갔다.

"그 여자가 저를 거실로 안내해서 갔더니 식탁에 저녁 식사가 차려져 있더군요. 제가 식사를 마치고 나자 조너스 올더커 씨는 저를 침실로 안내했습니다. 거기엔 큰 금고가 있었어요. 그분이 금고에서 서류를 꺼냈고 우리는 함께 검토하기 시작했습니다. 일이 다 끝난 것은 11시에서 12시 사이였어요. 그분은 가정부를 깨우면 안 된다면서 이미 열어뒀던 창문을 통해 저를 나가게 했습니다."

"커튼이 내려져 있었나요?"

홈즈가 물었다.

"정확히 기억이 안 나는데, 반쯤 내려져 있었던 것 같기도 합니다. 네, 그랬어요. 조너스 올더커 씨가 창문을 열려고 커튼을 들어 올렸던 모습이 생각납니다. 제가 지팡이를 안 가져 나왔다고 했더니, 그분이 이렇게 말하더군요.

'젊은이, 걱정 말게. 앞으로 자주 만나게 될 테니까 내가 잘 보관하고 있겠네. 다음에 와서 가져가게.'

하고요.

그 방을 나왔을 땐 금고 문이 열려 있는 상태였고, 서류도 책상 위에 그냥 쌓여 있었어요. 저는 그때 너무 늦어서 블랙히스의 집까지 갈 수가 없었기 때문에 애너리 암스 호텔에서 하룻밤을 잤습니다. 그리고 나서 오늘 아침에 이 끔찍한 사건에 대한 기사를 읽게 됐었던 거죠. 그전까지는 아무것도 모르고 있었어요."

그때 불쑥 레스트레이드 경감이 물었다.

"홈즈 씨, 더 질문할 사항이 있습니까?"

그는 의뢰인의 설명을 듣는 동안 한두 차례 눈썹을 치켜 올렸다.

"먼저 블랙히스에 가봐야 할 것 같습니다."

"거기가 아니라 노우드겠죠."

레스트레이드가 말했다.

"아 참, 노우드죠. 그걸 말한다는 게 그만……."

홈즈가 묘한 미소를 지으며 말했다. 레스트레이드 경감은 솔직히 별로 인정하고 싶지 않지만, 홈즈의 날카로운 머리 회전이 항상 자신의 허술한 빈틈을 꿰뚫어 본다는 걸 그동안 수없는 경험을 통해 알고 있었기 때문에 또다시 의심스런 눈빛으로 홈즈를 쳐다보았다.

"셜록 홈즈 씨, 지금 당신과 얘기를 좀 하고 싶은데요. 자, 맥팔란, 경관 두 명이 문 밖에 대기하고 있고, 마차가 밖에서 너를 기다리고 있다."

가련한 젊은이는 자리에서 일어나 간절한 눈빛으로 우리를 쳐다보며 문을 향해 돌아섰다. 경관 두 명이 그를 데리고 밖으로 나갔고, 레스트레이드는 아직 남아 있었다.

홈즈는 유서의 초안을 집어들고 매우 흥미롭다는 표정으로 들여다보았다.

"레스트레이드 경감님, 여기 보니까 아주 특이한 점이 몇 가지 있군요. 안 그런가요?"

홈즈가 그걸 내보이며 말했다.

경감은 약간 당황한 얼굴로 그걸 들여다보았다.

"앞쪽 몇 문장과 중간 부분, 그리고 맨 끝의 몇 줄은 알아보겠는데요. 인쇄를 한 것처럼 반듯하게 썼으니까요. 하지만 나머지는 글씨가 엉망이라 알아보기가 힘들고, 여기 세 군데는 무슨 말인지 전혀 읽을 수도 없군요."

"아무튼 어떤 생각이 드십니까?"

홈즈가 물었다.

"글쎄요. 홈즈 씨는 어떻게 생각하시는데요?"

"이 유서는 기차 안에서 쓴 겁니다. 반듯하게 써진 글씨는 역에서 기차가 멈춰 서 있을 때 쓴 것이고, 삐뚤삐뚤한 글씨는 기차가 달릴 때, 그리고 알아볼 수 없는 글씨는 기차가 전철기 위를 지날 때 쓴 것이죠. 이걸 과학적으로 볼 줄 아는 전문가라면 이 유서가 교외선을 탔을 때 쓰인 거라는 걸 알 수 있을 겁니다. 대도시 근교가 아니라면 전철기가 이렇게 자주 나오는 곳은 없을 테니까 말이죠. 그가 기차 안에서 유서를 썼다고 가정한다면, 그 기차는 분명 노우드와 런던교 사이에서 한번만 정차하는 급행 열차였을 게 틀림없습니다."

그때 레스트레이드가 웃음을 터뜨렸다.

"홈즈 씨, 선생이 이론을 펼치기 시작하면 나는 도무지 이해하기가 힘들더군요. 그게 이 사건과 무슨 관련이 있다는 겁니까?"

"아, 그건 말이죠. 아까 그 청년의 말이 옳다는 걸 입증해주는 것이죠. 그러니까 조너스 올더커는 어제 기차 안에서 바로 유서를 썼다는 겁니다. 그런데 그렇게나 중요한 서류를 흔들리는 기차 안에서 썼다는 게 이상하지 않습니까? 안 그래요? 그건 올더커가 유서를 별로 중요하게 생각하지 않았다는 걸 의미하고 있죠. 그게 쓰일 거라는 생각을 딱히 안 하고 쓴다면 그렇게 할 수도 있지 않을까요?"

"내참, 그렇다면 올더커는 결국 자기를 죽여도 된다는 신호를 쓴 거네요."

레스트레이드가 말했다.

"음, 그렇게 생각하십니까?"

"그렇지 않나요?"

"글쎄요. 그럴 수도 있죠. 하지만 내가 보기엔 아직 분명하지 않은 부분이 있는데요."

"분명하지 않다고요? 아니, 이 사건이 분명하지 않다면 도대체 어떤 것이 분명한 건가요? 한 중년 남자가 죽으면 자신이 그의 전 재산을 물려받게 될 거라는 것을 어느 날 갑자기 알게 된 한 청년이 있는데, 그라면 어떻게 할 것 같은가요? 그는 분명 아무한테도 말하지 않고 그날 밤에 그 남자를 만날 구실을 만들어서 그의 집으로 가게 되겠죠. 그리고 하나밖에 없는 가정부가 잠들기를 기다렸다가 두 사람만 남게 됐을 때 그를 살해하고, 시신을 목재 더미로 끌고 가 거기다 불을 지른 다음, 근처 호텔로 유유히 떠날 겁니다. 방안 몇 곳에 그리고 지팡이에 피가 조금 묻어 있었어요. 그는 아마도 자신의 범죄가 피 한 방울 남기지 않고 완벽하게 이루어졌다고 생각했을 거고, 게다가 시신이 타버리고 나면 자신이 범인이라는 것을 입증할 증거가 다 없어져 버릴 거라고 생각했겠죠. 안 그래요? 이건 뻔하지 않습니까?"

"레스트레이드 경감님, 그건 좀 지나치게 뻔한 생각인 것 같은데요. 경감님은 다른 능력은 뛰어나신데 상상력이 좀 부족한 것 같아요. 한번 그 청년의 입장이 돼서 생각해보세요. 경감님이라면 유서를 쓴 바로 그날 밤에 군이 범행을 저지를까요? 유서와 살인 사건 사이에 그렇게 밀접한 관련을 만드는 것이 위험해 보이지 않았을까요? 또 가정부가 문을 열어주었고, 자신이 그 집에 있다는 걸 제 삼자가 알고 있는데도 불구하고 그렇게 무모한 범행을 저지르게 될까요? 그리고 마지막으로, 아무런 증거도 남기지 않으려고 시신을 목재 더미까지 끌고 가서 불을 지른 사람이 자신의 범행을 증명해줄 지팡이를 남겨두고 갔을까요? 경감님, 인정하시는 게 나을 텐데요, 그 모든 주장이 말이 안 된다고 말이죠."

"그 지팡이 문제는 말이죠, 홈즈 씨도 잘 알고 계시겠지만, 범죄자가 당황하게 되면 보통 때는 하지 않을 행동을 하는 경우가 많이 있잖습니까? 그렇다면 사실에 부합하는 가설이 있으면 하나 얘기해보시죠."

"그런 거라면 지금 다섯 개라도 말할 수 있습니다. 가능성이 매우 높은 가설을 하나 예로 들어보죠. 이건 경감님께 드리는 선물입니다. 올더커 씨는 엄청 중요한 서류를 꺼내 놓았어요. 그런데 지나가던 부랑자가 우연히 창문을 통해 그 광경을 보게 됩니다. 그때 커튼이 반쯤만 내려져 있었으니까요. 그 부랑자는 법무사가 떠나는 걸 지켜보고 있다가 창문으로 들어오게 됩니다! 그는 근처에 있던 지팡이로 올더커를 때려 살해한 다음 시신에 불을 지르고 유유히 떠납니다."

"부랑자가 왜 시신에 불을 지릅니까?"

"그건 맥팔란도 마찬가지죠."

"맥팔란은 증거를 감추려고 그런 것 아닙니까?"

"그 부랑자도 살인을 했다는 사실 자체를 감추고 싶었나 보죠."

"그런데 그 부랑자는 왜 아무것도 훔쳐가지 않았죠?"

"그 서류들은 돈으로 바꿀 수 있는 어음이 아니었으니까요."

홈즈의 말에 레스트레이드가 고개를 절레절레 흔들었다. 그러나 내가 보기엔 아까보다 자신감이 조금은 덜한 것 같았다.

"좋습니다, 셜록 홈즈 씨, 선생은 부랑자를 찾아보세요. 우린 그동안 맥팔란을 계속 추궁해볼 테니까요. 어느 쪽이 맞을지는 곧 알게 되겠죠. 홈즈 씨, 이 점을 명심하고 계십시오. 우리가 아는 한 그 서류들은 한 장도 사라지지 않았어요. 그런데 그걸 훔칠 필요가 없는 사람은 오직 맥팔란밖에 없어요. 자신이 법정 상속인이니까 그 서류들이 나중에 다 필요하거든요."

홈즈는 그 말을 듣고 한 발 물러서려는 태도를 취했다.

"그 사실이 경감님의 가설을 강력히 뒷받침해 준다는 걸 부정하고 싶지는 않습니다. 그러나 제가 말하고 싶은 건 가능한 가설들이 그것 외에도 더 있다는 거죠. 당신 말대로 곧 알게 될 겁니다. 안녕히 가십시오. 오늘 안으로 노우드에 들러서 수사가 어떻게 진행되고 있는지 살펴보겠습니다."

레스트레이드가 나가자 셜록 홈즈는 벌떡 일어나더니 재빠른 동작으로 뭔가를 궁리하며 일을 시작할 준비를 했다. 그러고는 코트 소매 속으로 양손을 집어넣으며 말했다.

"왓슨, 내가 먼저 갈 곳은 아까 말했던 것처럼 블랙히스라네."

"노우드가 아니고?"

"이 사건 경우엔 특이한 일들이 연달아 있어났다네. 그런데 경찰에서는 그 중 두 번째 사건만 주목하고 있는 거지. 큰 실수를 지금 범하고 있어. 왜냐하면 그게 진짜 범죄처럼 보이거든. 하지만 논리적으로 이 사건에 접근하려면 내 생각엔 바로 첫 번째 사건, 그러니까 어느 날 갑자기 잘 알지도 못하는 사람을 상속자로 정한 그 이상한 유서에 대한 조사부터 시작을 해야 하네. 그렇게 해야 그 다음 일이 좀 더 쉽게 풀릴 걸세. 이번엔 자네 도움이 필요하지 않을 것 같아. 위험한 일은 전혀 없을 것 같으니까. 그렇지 않다면 나 혼자 가려고 하지 않았겠지. 이따가 저녁 때 쯤엔 아까 그 불쌍한 녀석을 위해 내가 무엇을 어떻게 했는지 자네한테 말해줄 수 있을 걸세."

그렇게 말하고 나간 홈즈는 과연 늦게서야 집에 돌아왔는데, 그의 창백하고 불안한 표정으로 봐서는 아침에 얘기했던 그의 바람이 이루어지지 않았다는 걸 알 수 있었다. 그는 곧바로 한 시간 가량 바이올린을 켰는데, 기분이 안 좋을 때면 늘 그렇게 위안 삼아 바이올린을 켜곤 했다. 그러다가 갑자기 악기를 내던지며 불운하게 지나간 하루에 대해 자세히 설명하기 시작했다.

  "왓슨, 오늘 아무것도 풀린 게 없었네. 한마디로 최악이었지. 레스트레이드 앞에서 자신 있게 굴었는데, 이번엔 분명 그 친구의 가설이 옳고 내가 틀린 것 같아. 내 직관이 자꾸만 사실과 다른 방향으로 가고 있거든. 게다가 영국의 배심원들은 레스트레이드의 가설보다 내 추리를 더 존중할 만큼 지적이지도 않으니까 말일세."

  "자네, 블랙히스에 갔었나?"

  "그랬지. 거기 가서 들었는데, 피살된 올더커가 아주 무뢰한이었다고 하더구먼. 청년의 아버지는 아들을 면회하러 나가고 없고, 집에는 그의 어머니만 있었어. 파란 눈에 자그마한 체격을 한 친절한 여성이었는데, 두려움과 분노 때문에 온몸을 부들부들 떨고 있더라고. 그녀는 당연히, 아들이 그런 짓을 하리라고는 그 가능성 자체를 받아들이지 않았지. 그런데 올더커가 죽었다는 것에 대해 눈곱만큼도 놀라지 않고 애도의 감정 같은 것도 전혀 내비치지 않더라고. 그러기는커녕 오히려 그를 욕하면서 아주 지독한 말을 퍼붓더군. 그래서 의도하지 않게 경찰의 주장을 지지한 셈이 되었지. 어머니가 올더커에 대해 그렇게 말하는 걸 그 전에 아들이 들었다면 당연히 올더커에게 증오심을 품게 됐을 거야. 부인이 이렇게 말하더군. '그 인간은 인간이라기보다는 아주 사악하고 교활한 원숭이 같았어요. 젊을 때부터 항상 그랬죠.'

'옛날부터 그 사람을 알고 계셨습니까?'

내가 물었네.

'네, 잘 알고 있었어요. 사실은 옛날에 저한테 청혼을 했던 사람이에요. 헤어진 게 참 다행이었죠. 좀 가난해도 그 인간보다 훨씬 나은 남자와 결혼할 정도의 분별은 저도 있었으니까요. 홈즈 씨, 그 인간이 새장에다 고양이를 집어넣었다는 소문을 들었을 때 전 그와 약혼한 상태였거든요. 하지만 너무나 야만스럽고 잔인한 행동을 하는 것에 그만 소름이 끼쳐 더 이상은 그와 어떠한 관계도 유지하고 싶지 않았죠.'

그러면서 부인은 서랍을 열어 사진 한 장을 꺼내 보여주었는데, 어떤 여자의 사진 위에다 칼로 끔찍하게 난도질을 한 모습이었다네.

'이건 바로 제 사진이에요. 제 결혼식 날 아침에 저주의 말을 쓴 편지와 함께 사진을 이렇게 만들어서 보냈더군요.'

'올더커 씨가 이제야 부인을 용서한 걸까요? 전 재산을 아들에게 남겼으니 말입니다.'

'아들과 저는 올더커의 그 어떤 것도 원하지 않습니다! 죽든 살든 관심 없어요!'

부인이 펄쩍 뛰면서 이렇게 말하더군.

'홈즈 씨, 하늘나라엔 하느님이 계십니다. 하느님이 그 악마 같은 인간을 벌하신 거예요. 그리니 때가 되면 내 아들이 그 인간의 죽음에 아무런 관련이 없다는 걸 증명해주실 겁니다.'

나는 단서가 될 만한 것을 더 캐보려고 했는데 우리가 세운 가설을 뒷받침해줄 것은 더 이상 없더구먼. 그보다는 오히려 반대되는 얘기들이 몇 가지 있었어. 그래서 나는 결국 그곳을 포기하고 노우드로 갔지.

딥딘에 있는 그 저택은 요란한 색깔의 벽돌로 지어진 크고 모던한 스타일의 시골집인데, 정원에 관목들이 있고 잔디밭으로 돼 있더군. 도로에서 조금 떨어져 저택 오른 쪽으로, 이번에 불이 났던 목재 야적장이 있더군. 노트에다 내가 간단하게 구조를 그려봤는데, 여기 왼쪽 창문이 올더커의 방으로 연결되는 창문일세. 도로 쪽에서 이 창문을 통해 방 안이 다 보이는 거야. 그렇지 않겠나? 오늘 내가 건진 유일한 수확은 바로 이 부분이었다네. 레스트레이드는 마침 거기 없었고 다른 경관 한 사람이 수사를 진행하고 있었는데, 아주 중요한 단서를 찾아냈더군. 잿더미가 된 목재 야적장을 경찰이 샅샅이 뒤져봤더니 이미 숯덩이처럼 타버린 시신 말고도 동그란 모양의 무슨 금속 같은 것이 몇 개 떨어져 있었다는 거야. 그걸 나한테 보여주기에 가만히 들여다봤더니 색깔이 많이 그을려 있긴 하지만 바지 단추가 틀림없었어. 그중에 보니까 올더커가 단골로 다니는 양복점인 '하이암스'의 이름이 흐릿하게 남아 있는 것도 있었지. 나도 다른 흔적이 더 있을까 싶어 잔디밭을 자세히 조사해봤다네. 하지만 요즘에 가뭄이 심해서 그런지 땅바닥이 아주 심하게 굳어 있더군. 그래서 바닥에 무거운 것이 지나간 흔적 외에는 아무것도 보이지 않았어. 그러니까 시신이랄지 무슨 큰 물건을 끌고 목재 더미 쪽으로 지나간 흔적 같은 것 말일세. 사실 경찰이 주장하는 가설에 모든 게 다 들어맞긴 했어. 그래도 나는 8월의 뜨거운 열기가 등에서 활활 타는 걸 참으면서 그 넓은 잔디밭을 온통 기어 다녔지. 그런데 한 시간이나 그렇게 했는데도 아무것도 안 보여서 결국 그냥 일어나고 말았다네.

그렇게 완전히 실패하고 나서 그의 침실로 조사를 하러 갔지. 핏자국이 좀 남아 있긴 했지만 그냥 무슨 얼룩이나 변색된 것으로 생각될 만큼 별 건 아니었고, 다만 그게 생긴 지 얼마 안 됐다는 건 분명해 보였어. 지팡이는 경찰에서 가져가고 없었는데, 거기에도 핏자국은 조금밖에 없었다고 했지. 그리고 그 지팡이는 틀림없이 우리 의뢰인의 것이야. 본인도 자기 입으로 그걸 인정했으니까 말이야. 침실 카펫에 남자 두 명의 발자국이 남아 있었고, 또 다른 사람의 것은 없었는데, 그것 역시 경찰의 가설을 충분히 뒷받침해주는 증거가 됐던 거지. 그러고 보니까 경찰의 점수는 계속 올라가고 있는데, 우리의 조사는 제자리걸음만 하고 있더군.

딱 한 번 희망의 빛이 스쳐가긴 했지만 아직은 별다른 성과가 없다네. 금고 안에 있는 것들도 뒤져봤는데 밖에 나와 있는 것들이 대부분이었고, 탁자 위에 있는 서류들은 원래 여러 봉투에 나뉘어서 완전 봉인된 것들이었지. 그중 몇 개를 경찰이 이미 열어봤더군. 내 생각에 그 서류들은 별로 가치 있는 것들이 아닌 것 같았고, 은행 통장도 살펴봤더니 별로 대단치가 않았어. 올더커가 생각만큼 부자는 아니더라고. 그런데 내가 보기엔 분명 없어진 서류가 있는 것 같았어. 어떤 서류에 대해 언급된 부분이 있었는데, 대단한 가치가 있는 것으로 보이거든. 그런데 그걸 찾아내지 못한 거야. 우리가 그것에 관한 명백한 증거만 확보할 수 있다면 레스트레이드의 주장을 무효로 만들어버릴 수도 있는 아주 중요한 것이 될 것 같네. 자신이 곧 상속 받을 물건을 훔칠 사람이 어디 있겠나? 안 그런가?

하지만 모든 걸 샅샅이 뒤져봤는데 아직은 아무런 단서를 찾지 못했어. 그래서 마지막으로 그 집 가정부를 조사하면서 내 운을 한번 시험해보기로 했지. 가정부 렉싱턴 부인은 자그마한 키에 피부가 검은 편이고 말수가 별로 없는 편인데, 항상 의심이 많은 듯 곁눈질을 하는 습관이 있더군. 그런데 그 여자가 입을 열면 뭔가가 나올 것 같은 느낌이 들었어. 그건 확실했어. 하지만 입을 꿰매놓은 것처럼 전혀 열려고 하지 않는 거야. 다만 9시 반에 맥팔란에게 문을 열어줬다고 하면서 그때 문 열어 준 게 너무나 후회스럽기만 하다고, 그 말만 하더라고.

그녀는 10시 반쯤에 잠을 자러 갔는데, 그녀의 침실이 올더커의 방과는 반대쪽 끝에 있기 때문에 아무 소리도 못 들었을 거야. 맥팔란 씨는 모자를 거실에 놔두었고, 지팡이도 아마 확실한 건 아니지만 거실에 두고 나온 것 같다고 했네. 그녀는 '불이야' 하는 소리를 듣고 그제야 잠이 깼는데, 올더커 씨가 살해당한 것이 분명하다고 주장하고 있어. 그럼 올더커에게 원한을 품고 있는 사람은 누굴까? 세상에 적이 없는 사람은 없겠지만, 올더커는 다른 사람들과 잘 어울리지 않고 거의 항상 혼자 지내면서 사업상 아는 사람들하고만 만났다고 하더라고.

경찰이 찾아낸 그 단추를 가정부한테 보여주었더니, 그날 올더커가 입고 있었던 바지 단추가 확실하다고 하더군. 거의 한 달간 비가 안 왔기 때문에 목재 더미가 바싹 말라 있어서 나무는 불에 활활 잘 탔지. 가정부가 불이 난 야적장으로 달려갔을 땐 이미 완전히 불길에 휩싸여 있어서 어쩔 도리가 없었다고 하더군. 모여들었던 사람들 전부가 한 말이, 무슨 고기 타는 것 같은 냄새가 났다고 했다는 거야. 아무튼 그 가정부는 올더커 씨의 사생활이나 서류 같은 것에 대해서는 아무것도 모른다고 하더군.

왓슨, 여기까지가 오늘 내가 실패했다는 이야기일세. 그런데, 그런데……."

하지만 홈즈는 말은 그렇게 하면서 뭔가 확신이 깃든 표정으로 메마른 손을 비벼댔다.

"나는 지금 모든 게 사실이 아니라고 생각하고 있네. 그런 게 깊이 느껴져. 뭔가 감춰진 사실이 있는데, 가정부가 그걸 알고 있는 것 같아. 그녀의 눈빛에서 그런 게 느껴지거든. 뭐랄까 음침하면서 뭔가를 불편해하는 것 같은 그런 눈빛 말이야. 떳떳하지 못한 사실을 숨기고 있을 때의 표정 같은 것이지. 하지만 이런 얘기는 아무리 해봐야 소용이 없어. 뭔가 특별한 행운이 따라주지 않으면 이 노우드의 실종 사건은 아무리 인내심이 강한 독자들이라도 외면하게 될 걸세. 곧 그들을 찾아가야 할 우리의 성공 사례 리스트에 실리지 못할 테니까 말일세."

"그렇겠지. 하지만 배심원들이 법정에서 맥팔란을 보게 되면 마음이 달라지지 않을까? 그 청년한테서 살인자라는 느낌은 어딜 봐도 안 들 테니까."

"왓슨, 그런 생각은 좀 위험한 것 같네. 1887년에 우리한테 와서 자신의 혐의를 벗겨달라고 애원했었던 버트 스티븐스라는 젊은 애 기억나나? 그 끔찍한 살인범 말이야. 얼마나 온순하고 순진해 보였었나? 주일학교 학생처럼 그렇게 모범적으로 보이는 젊은이는 본 적이 없었지."

"그건 자네 말이 맞아."

"아무튼 우리가 다른 가설을 증명해내지 못하면 맥팔란은 완전히 궁지에 몰리게 되네. 현재로선 그를 범인으로 지목하는 데 이론의 여지가 없고, 조사를 해갈수록 그의 혐의가 더 짙어지고 있으니까 말이야. 그런데 거기 있는 서류에서 뭔가 이상한 점을 발견했는데, 그게 정말 중요한 단서가 될지도 모르겠어. 예금통장을 보니까 현금이 얼마 없더라고. 왜 그런가 하고 봤더니, 올더커가 작년에 코넬리우스라는 사람한테 거액의 수표를 보냈던 거야. 뭔가 이상한 생각이 들었지. 은퇴한 건축업자에게서 그렇게 큰 금액을 받은 코넬리우스라는 사람의 정체가 아주 궁금해지더라고. 이 사건과 무슨 관련이 있는 것일까 싶기도 하고 말일세. 물론 코넬리우스는 중개상일 수도 있지만, 그런 거액을 지출했다는 영수증 같은 게 전혀 안 보이더군. 하여튼 다른 조사는 이제 더 이상 할 게 없는 상황이니까, 나는 은행에 가서 그 수표를 현금으로 바꿔 간 사람이 누군지 알아봐야겠네. 그쪽으로 수사 방향을 틀어야 할 것 같아. 그런데 왓슨, 나는 레스트레이드가 우리의 의뢰인을 교수대로 보내는 것으로 이 사건을 마무리할 것 같아 불안하다네. 한마디로 런던 경시청의 승리로 끝나는 게 말이야."

셜록 홈즈는 그날 밤에 잠을 잘 못잔 것 같았다. 아침 식사를 하려고 거실로 갔더니 얼굴이 해쓱한 채 어스름 속에서 두 눈만이 반짝이고 있었다. 그리고 그가 앉아 있는 의자 옆 재떨이엔 담배꽁초가 수북이 쌓여 있었고, 아침 신문이 나뒹굴고 있었으며, 탁자 위엔 전보 한 장이 열린 채 놓여 있었다.

"왓슨, 어떻게 생각하나?"

그가 내게 전보를 건네며 물었다.

전보는 노우드에서 온 것으로, 다음과 같이 씌어 있었다.

중요한 증거 확보함. 맥팔란의 유죄가 확증됨. 이번 사건은 포기하는 게 좋을 것.

― 레스트레이드

"심상치가 않은데."

"레스트레이드가 자신이 이겼다고 큰소리 친 거지."

홈즈는 씁쓰름한 미소를 지으며 말했다.

"하지만 아직은 조사를 포기하는 게 빠를지도 몰라. 중요한 증거라면 결국은 양날의 칼과도 같아서, 레스트레이드가 상상하는 것과 전혀 다른 쪽을 벨 지도 모르니까 말이야. 왓슨 빨리 식사하게. 그리고 같이 나가서 우리가 할 수 있는 게 뭔지 알아보자고. 오늘은 자네가 내 옆에서 힘을 좀 북돋워줘야 할 것 같네."

홈즈는 보니까 식사도 하지 않고 있었는데, 그는 잔뜩 신경을 곤두세우고 있을 때면 음식을 아예 먹지 않는 이상한 습관이 있었다. 그리고는 영양실조로 쓰러질 때까지 무쇠 같은 체력으로 버텨내곤 했다. 그러면서 내가 의사로서 충고를 하면 이런 말로 대꾸했다.

'지금은 음식을 소화시키느라 기력을 낭비할 때가 아니라네.'

나는 그런 사실을 이미 알고 있던 터라 그가 오늘 아침에 음식에 손도 대지 않고 노우드로 출발하는 걸 보고는 전혀 놀라지 않았다. 딥딘 저택은 내가 상상했던 것과 별로 다르지 않은 시골풍의 집이었는데, 집 주변엔 아직도 몇몇 사람들이 서성거리며 구경을 하고 있었다. 레스트레이드는 대문 안에 있었는데, 잔뜩 승리에 도취된 표정이었고, 태도 또한 자신만만한 모습을 하고 있었다.

"아, 홈즈 씨, 우리가 틀렸다는 증거를 찾으셨습니까? 부랑자는 어떻게 됐나요?"

그가 홈즈를 보며 큰소리로 물었다.

"아직 아무런 결론도 내리지 않았어요."

홈즈가 대답했다.

"우리는 어제 결론을 내렸는데, 오늘 그 증명을 찾아냈죠. 홈즈 씨, 이번엔 우리가 당신보다 먼저 해결했다는 걸 인정해야 할 겁니다."

"보아하니 뭔가 예사롭지 않은 일이 있었나 본데요."

홈즈의 말에 레스트레이드가 껄껄 웃어재꼈다.

"홈즈 씨도 어지간히 지기 싫어하시는 것 같은데, 하지만 모든 일이 항상 뜻대로 될 수만은 없는 거죠. 안 그런가요, 왓슨 박사? 자, 신사분들, 이쪽으로 오세요. 맥팔란이 범인이라는 걸 최종적으로 확실하게 보여드리겠습니다."

레스트레이드는 앞장서서 복도 쪽으로 가더니 끝에 이르러 컴컴한 큰 방으로 들어갔다.

"맥팔란은 범행을 저지른 다음에 모자를 가지러 분명히 여기로 왔을 거예요. 자, 이걸 보세요."

레스트레이드는 마치 연극의 한 장면처럼 성냥불을 켜더니 그 불빛을 흰 벽에다 대고 비췄다. 핏자국이 보였는데, 성냥불을 더 가까이 갖다 대고 보자 그건 단순한 핏자국이 아니었다. 선명하게 찍혀 있었는데, 그건 분명 엄지손가락의 지문이었다.

"홈즈 씨, 확대경을 대고 보세요."

"아, 그러고 있습니다."

"손가락의 지문이 사람마다 다르다는 건 알고 계시겠죠?"

"그런 얘기를 들은 것 같은데요."

"좋습니다. 그럼 그 자국하고 오늘 아침에 제가 밀랍으로 모형을 떠온 맥팔란의 오른손 엄지손가락 지문을 비교해 보시죠."

레스트레이드가 밀랍에 떠온 지문을 핏자국 옆에다 갖다 대자, 확대경 없이도 그 두 개의 지문이 같은 사람의 것이라는 게 분명히 드러났다. 그쯤 되자 가련한 의뢰인의 운명은 이제 뒤바뀔 희망이 없어 보였다.

"자, 결정적인 증거 아닙니까?"

레스트레이드가 기세등등하게 말했다.

"그렇군요. 결정적이네요."

나도 모르게 이렇게 중얼거렸다.

"네, 결정적이군요."

홈즈도 그렇게 말했다. 하지만 그의 말투엔 썩 그리 달갑지 않은 뭔가가 있었다. 나는 얼른 그걸 눈치 채고 그를 돌아다봤다. 그의 표정이 묘하게 달라져 있었다. 감추고 있는 기쁨으로 그의 안면이 떨리는 것 같기도 했다. 눈빛도 더 환하게 반짝이면서 웃음이 터지려는 걸 가까스로 참고 있는 것처럼 보였다.

"아니 이럴 수가! 세상에!"

마침내 홈즈는 입을 열었다.

"참, 누가 이럴 줄 알았을까요? 그러니 겉모습이라는 건 정말 믿을 수 없는 거라니까요. 그렇게 잘생긴 젊은이가 세상에! 그런 걸 보면 사람은 자신의 판단을 너무 믿어선 안 된다는 거죠. 안 그런가요, 레스트레이드 경감님?"

"맞습니다, 홈즈 씨. 지나치게 독선적인 사람들도 있죠."

레스트레이드의 잘난 체 하는 태도에 홈즈는 어이가 없으면서도 화를 낼 수는 없어 꾹 참고 있는 듯 했다.

"그 청년이 벽에 걸린 모자를 집으면서 오른손 엄지손가락을 벽에 대고 눌렀다니, 가히 신의 뜻이라 할만 하군요! 그런데 어찌 생각하면 정말 자연스런 행동이기도 하죠."

홈즈는 매우 차분하게 말하고 있었지만 솟구치는 흥분을 참느라 거의 몸부림을 치고 있었다.

"그런데 레스트레이드 경감님, 이렇게 놀라운 발견을 한 사람은 누구였나요?"

"가정부 렉싱턴 부인이었어요. 간밤에 우리 경관한테 와서 슬쩍 얘기해줬다더군요."

"그때 경관은 어디에 있었는데요?"

"범죄 현장을 지키느라 침실에 있었죠."

"그럼 경찰은 왜 어제 이걸 못 봤죠?"

"그건, 이 방을 자세히 조사할 이유가 딱히 없었으니까요. 게다가 보다시피 여기는 별로 눈에 띄는 곳이 아니잖습니까?"

"물론 그렇습니다. 하지만 이게 어제도 이렇게 있었던 건 사실이겠죠?"

레스트레이드는 홈즈가 제정신인지 의심스럽다는 표정으로 그를 쳐다보았다. 나는 홈즈가 황당한 소리를 하며 꿍꿍이속을 감추고 있는 모습을 보면서 속으로 놀라고 있었다.

"홈즈 씨는 지금 맥팔란이 물증을 더 남겨놓으려고 한밤중에 감옥을 빠져 나왔다고 생각하는 겁니까? 이게 그 친구의 지문인지에 대한 사실 판단은 다른 전문가에게 맡겨야겠네요."

레스트레이드가 흥분한 투로 말했다.

"이건 맥팔란의 지문이 틀림없어요."

"그럼 됐습니다, 홈즈 씨. 나는 실제적인 인간이라 증거를 확보하면 바로 결론을 내리거든요. 더 하실 말씀이 있으면 거실로 오세요. 이제부터 거기서 보고서를 쓸 참이니까요."

홈즈는 사뭇 진지한 표정을 하고 있었지만 내심 유쾌한 기분을 다 숨길 수는 없었다.

"정말 슬프게 됐군. 안 그런가, 왓슨? 하지만 우리 의뢰인에게 희망을 주는 기이한 일이 있다네."

"아, 그래? 다행이네. 나는 정말 더 이상 희망이 없는 줄 알았지."

나는 진심으로 그렇게 말했다.

"아직은 확실하다고까지 할 수는 없어. 하지만 레스트레이드가 승리를 장담하고 있는 저 증거라는 것은 사실 심각한 결함이 한 가지 있거든."

"정말? 그게 뭔데?"

"그건 말이지, 어제 내가 그 방을 조사했을 땐 그 지문이 거기에 없었다는 거야. 왓슨, 밖으로 나가서 햇볕이나 쬐면서 산책 좀 하세."

나는 완전히 헷갈린 기분이었지만 아무튼 한 가닥 희망이 있는 것 같아 마음이 놓였다. 그리고 홈즈와 함께 정원을 한 바퀴 돌았다. 이어서 그는 집 주위를 돌면서 자세히 살펴보았다. 그런 다음 집안으로 다시 들어가 지하실부터 다락방까지 집 전체를 구석구석 조사했다. 대부분의 방에는 가구가 없었지만 그래도 홈즈는 모든 방을 돌아다니며 자세히 살펴보았다. 마지막으로 그는 사용하지 않는 침실 세 개가 있는 복도로 올라갔다. 그때 그는 다시 미소를 짓기 시작했다.

"왓슨, 이 사건엔 정말 아주 특이한 점들이 있어. 이제 레스트레이드에게 사실을 말할 때가 된 것 같네. 그가 아까 우리를 조롱했던 것처럼 내가 제대로만 이 문제를 꿰뚫고 있다면 이번엔 그가 당할 차례지. 오 그래, 이 문제를 풀 수 있는 방법이 생각났어."

홈즈가 거실로 갔을 때 보니 런던 경시청의 경감은 아직 보고서를 작성하는 중이었다.

"이 사건에 대한 보고서를 쓰시나보죠?"

홈즈가 물었다.

"그렇습니다."

"아직은 좀 빠르다고 생각지 않으십니까? 제가 보기엔 증거가 충분치 않은 것 같거든요."

레스트레이드는 홈즈를 지극히 잘 알고 있기 때문에 그의 말을 무시하고 넘어갈 수가 없었다. 경감은 펜을 내려놓고 의문의 눈빛으로 홈즈를 쳐다보았다.

"홈즈 씨, 그게 무슨 뜻이지요?"

"경감님이 못 본 증인이 한 사람 있습니다."

"그 사람을 데려올 수 있나요?"

"네, 가능할 겁니다."

"그럼, 데려오세요."

"노력해보죠. 여기엔 경관이 몇 명이나 와 있는 거죠?"

"집 주위로 세 명 있어요."

"잘 됐군요! 모두들 체격이 좋고 목소리도 큰 사람들인지 알고 싶습니다만."

"당연히 그럴 겁니다. 그런데 목소리 큰 게 무슨 상관인지 모르겠군요."

"곧 알게 될 겁니다. 그리고 미안하지만 그 경관들을 이리로 좀 불러주시죠. 그럼 제가 증인을 불러내겠습니다."

잠시 후 경관 세 명이 거실로 모여들었다. 그러자 홈즈가 말했다.

"창고에 보면 짚단이 많이 쌓여 있는데, 가서 두 단만 좀 가져오면 고맙겠소. 증인을 부르는 데 그게 꼭 필요할 것 같으니까. 그리고 왓슨, 자네 성냥 가지고 있지? 자, 레스트레이드 경감님, 같이 위층으로 올라가시죠."

앞에서 얘기한 것처럼 위층엔 비어 있는 침실 세 개와 넓은 복도가 있었다. 셜록 홈즈는 우리 모두를 복도 끝에서 멈춰 서도록 했다. 경관들은 히죽거리며 웃었고, 레스트레이드는 호기심과 기대감, 그리고 비웃음이 섞인 표정으로 홈즈를 바라보았다. 홈즈는 마치 무대 위에 서 있는 마술사 같은 모습으로 우리 앞에 서 있었다.

"자, 경관들, 가서 양동이 두 개에 물을 좀 떠오면 고맙겠소. 짚단은 여기 바닥에 놓게나. 벽에 닿지 않도록 조심하고. 자, 이제 준비가 다 된 것 같군요."

레스트레이드는 짜증이 난다는 표정으로 얼굴색이 변하기 시작했다.

"홈즈 씨, 지금 장난하자는 겁니까? 뭔가 증명할 게 있다면 그냥 말로 해보세요. 이렇게 우스운 짓은 집어치우고요."

"레스트레이드 경감, 분명히 말해두는데, 내가 이렇게 할 수밖에 없는 이유가 있으니까 잠자코 기다리세요. 당신도 아까 확실한 증거를 찾았다면서 우리를 비웃지 않았나요? 그랬죠? 그러니까 내가 지금 이런 식으로 한다고 해서 나를 너무 닦달하면 안 되죠. 왓슨, 창문을 열고 짚단에 불을 좀 붙여주게."

왓슨이 불을 붙이자 마른 짚들이 탁탁 소리를 내며 타들어갔고, 밖에서 불어온 바람에 연기가 금방 복도를 가득 채워버렸다.

"자, 이제 증인을 불러낼 수 있는지 봅시다. 다 함께 '불이야' 하고 외쳐주세요. 하나, 둘, 셋……."

"불이야!"

모두가 외쳤다.

"고맙습니다. 한 번만 더 외쳐주세요."

"불이야!"

"한 번 더요, 다함께."

"불이야!"

외침은 노우드 전체에 울릴 정도였다.

그리고 마침내 외침의 메아리가 잦아들기도 전에 기절할 일이 벌어졌다. 복도 맨 끝의 한쪽 벽이 갑자기 홱 열리면서, 자그마한 노인 하나가 굴속에서 뛰쳐나오는 토끼처럼 밖으로 뛰어나온 것이다.

"그렇지!"

홈즈가 침착하게 말했다.

"왓슨, 이제 짚더미에 물을 붓게나. 됐어! 자, 레스트레이드 경감,

이분이 바로 내가 말한 중인 조너스 올더커 씨입니다."

레스트레이드는 아연실색한 얼굴로 노인을 쳐다보기만 했다. 노인은 밝은 불빛 때문에 눈을 깜빡거리며 우리를 쳐다보더니 연기가 피어오르는 짚단으로 시선을 돌렸다. 그의 얼굴은 불쾌하기 이를데 없는 낯짝을 하고 있었다. 회색빛 음울한 눈에 허연 눈썹을 한 간교한 얼굴은 악마 같은 심술만이 가득 차 있었다.

"도대체 어떻게 된 거지?"

마침내 레스트레이드가 입을 열었다.

"당신 여기서 그동안 뭘 하고 있었던 거야?"

화가 있는 대로 나고 얼굴이 시뻘게진 경감 앞에서 올더커는 당황해하며 피식 웃었다. 그러면서 말했다.

"누구한테 피해를 준 건 없습니다."

"뭐, 피해를 준 게 없어? 무고한 청년을 교수대로 보내려고 작정해놓고 피해를 준 게 없다고? 여기 홈즈 씨가 안 찾아냈으면 당신 계략대로 됐을 거 아니야!"

그 한심한 인간이 찔찔 짜듯이 말했다.

"형사님, 저는 그냥 재미로 그랬던 것뿐이에요."

"허! 재미로 그랬다고? 내가 분명히 말하는데, 당신이 한 짓에 웃을 사람은 아무도 없을 거야. 자, 형사, 이 자를 데려가게. 내가 갈 때까지 거실에서 대기하고."

경관들이 노인을 데리고 아래로 내려가자 레스트레이드가 말했다.

"홈즈 씨, 경관들이 있어서 좀 곤란해서 말이죠. 그래도 왓슨 박사 앞에서는 상관없으니까 말을 하는데, 당신 이번에 그 어느 때보다 큰일을 해냈어요. 어떻게 그걸 알아냈는지 참 대단했어요. 아무튼 당신은 청년 한 사람 목숨을 구해낸 데다, 내 체면이 완전히 구겨질 뻔한 것도 막아주셨네요."

홈즈는 빙그레 웃으며 레스트레이드의 등을 두드렸다.

"체면을 구기기는커녕 명성이 엄청 올라갈 것 같은데요. 아까 썼던 보고서를 좀 고치는 거죠. 레스트레이드 경감의 눈은 절대 속일 수 없다는 식으로 알리는 겁니다."

"그럼 당신 이름은 넣지 않아도 된다는 겁니까?"

"그렇습니다. 나에게 유일한 보상은 일 자체니까요. 나중에 언젠가 시간이 흐른 다음엔 나도 영예를 얻게 되겠죠. 여기 열정적인 기록가가 다시 펜을 잡는 날 말입니다. 안 그런가, 왓슨? 자, 그럼 쥐새끼가 숨어 있던 곳을 살펴볼까?"

복도 끝에 있는 방문은 18센티미터 앞 쪽에서 회칠한 벽으로 막아져 있었다. 문이 벽 속에 감춰져 있었던 것이다. 방안에 들어가 보니까 지붕 아래 가느다란 틈으로 햇빛이 흘러들 뿐이었고, 가구 몇 개와 음식, 물 그리고 책들과 서류가 흩어져 있었다.

"건축업자니까 일을 꾸미기가 더 용이했을 겁니다."

밖으로 나오며 홈즈가 말했다.

"남의 도움 필요 없이 혼자서 저런 은신처를 만들 수 있으니까요. 가정부도 큰 역할을 했지요, 물론. 레스트레이드 경감, 저 여자를 당장 체포해야 할 겁니다."

"그렇게 하지요. 그런데 홈즈 씨, 이곳은 도대체 어떻게 알아냈어요?"

"나는 올더커가 분명히 집안에 숨어 있을 거라고 생각했어요. 복도 길이를 걸음으로 재보니까 위층이 아래층보다 18센티미터 더 짧더군요. 그래서 위층에 의심을 하기 시작했고, 그자가 거기에 있다는 확신이 들었어요. 그리고 올더커가 불이 났다는 걸 알면서도 그냥 가만히 있지는 않을 거라고 생각했지요. 물론 그자를 직접 끌어낼 수도 있었지만 스스로 나오도록 만드는 게 재미있었거든요. 게다가 레스트레이드 당신이 나를 조롱했기 때문에 약간의 비밀스럽게 하는 방법으로 그걸 되갚아주고 싶었죠."

"허, 그럼 서로 피장파장이 된 거네요. 그런데 그자가 집안에 숨어 있을 거라는 걸 도대체 어떻게 안 겁니까?"

"레스트레이드 경감, 그거야 바로 그 엄지손가락 지문 때문이었죠. 당신은 그게 결정적인 증거라고 했는데, 사실이긴 합니다. 하지만 전혀 다른 의미에서죠. 그 피 묻은 지문이 어제는 거기에 없었으니까요. 아시는지 모르겠지만, 나는 사소한 것까지도 예민한 성격이라 어제 그 홀을 조사하면서 벽이 깨끗하다는 사실을 확인했거든요. 그래서 그 지문은 밤사이에 누군가가 찍어놓은 거라는 걸 알게 됐던 겁니다."

"그걸 어떻게 찍죠?"

"아주 간단합니다. 맥팔란은 서류봉투를 붙일 때 거기에다 밀랍을 바르고 엄지손가락으로 눌렀어요. 그런데 그 과정이 워낙 빠르고 자연스러웠기 때문에 자기가 그렇게 했다는 걸 기억도 못할 정도죠. 올더커 역시 처음부터 그걸 이용하려고 생각한 건 아니었어요. 그런데 은신처에서 이 사건에 대해 곰곰이 생각하다가 그 엄지손가락 지문을 이용하면 맥팔란을 옭아맬 수 있는 결정적인 증거가 될 수 있을 거라는 걸 떠올린 겁니다. 그래서 봉투에서 지문이 묻은 밀랍을 떼어내고 손가락을 바늘로 찔러 피를 짜낸 다음 그걸 밀랍에 묻혀서, 밤에 몰래 벽에 가서 찍었던 거죠. 그건 전혀 어려운 일이 아니었어요. 올더커가 직접 했을 수도 있고, 가정부를 시켜서 했을 수도 있습니다. 아무튼 은신처에 있는 서류를 조사해보면 분명히 청년의 지문이 찍혀 있는 밀랍이 있을 겁니다."

"훌륭합니다!"

레스트레이드가 외쳤다.

"정말 훌륭해요! 알기 쉽게 설명을 해주니까 좋군요. 그런데 홈즈 씨, 그자가 이런 음모를 꾸민 이유는 대체 뭘까요?"

오만한 태도로 무시하던 레스트레이드가 갑자기 꼬리를 싹 내리고는 마치 선생님에게 질문하는 아이처럼 굴고 있는 모습을 보니 우습기 짝이 없었다.

"음, 그걸 설명하는 건 별로 어렵지 않죠. 지금 아래층에서 우리를 기다리고 있는 저자는 아주 음흉하고 집요한 복수심이 있는 인간이에요. 그가 과거에 맥팔란의 어머니에게 버림받은 적이 있다는 걸 알고 계신가요? 모르신다고요? 내가 분명히 블랙히스에 먼저 갔다가 그 다음에 노우드로 가라고 말했을 텐데요? 올더커는 그 사악한 마음속에다 자신이 상처받은 것을 평생 동안 담아두고서 복수의 기회만을 노리고 있었던 겁니다. 그런데 지난 1,2년 사이에 일이 잘 안 돼 아주 곤경에 빠지게 되었죠. 그래서 아마도 투기를 시작했던 것 같아요. 결국 채권자들을 속이고 코넬리우스 씨에게 거액의 수표를 지불했어요. 코넬리우스라는 이름은 분명히 그의 다른 이름일 겁니다. 아직 그 수표를 추적해보진 않았지만 올더커가 이중생활을 하면서 가끔씩 들르는 어느 지방 도시에 다른 이름으로 예치해놓았을 게 틀림없어요. 그는 이름을 완전히 바꾸고 돈을 인출한 다음 어딘가 다른 곳으로 가서 새 인생을 시작하려고 했겠죠."

"정말 그럴 듯 하군요."

"그런데 종적을 감출 때 옛 약혼녀의 아들에게 살해당한 것으로 꾸미게 되면 누가 뒤를 추적할 염려도 없어질 뿐 아니라 그 여자에게 통쾌하게 복수하는 기회도 되겠다는 걸 생각해낸 겁니다. 짐승만도 못한 짓이지만 워낙 악랄한 자니까 누워서 떡먹기로 처리했던 거죠. 유서를 써서 범죄의 동기를 꾸며낸 것, 청년이 부모에게 말하지 않고 자기 집으로 찾아오도록 만든 것, 지팡이를 놔두고 가게 한 것, 핏자국, 목재 더미 속 동물의 사체와 단추, 이 모든 것을 놀라운 솜씨로 해냈어요. 그리고 몇 시간 전까지만 해도 전부 다 완벽해 보였죠. 하지만 그자는 예술가의 소질은 없어 언제 멈춰야 할지를 몰랐습니다. 더 이상 빈틈이 없는 완벽한 작품을 만들려고만 했던 거죠. 불운한 희생자의 목을 더 바짝 죄면서 말이죠. 그러다가 모든 것이 물거품이 된 겁니다. 자, 내려가시죠. 저자에게 몇 가지 물어볼 게 있으니까요."

악마 같은 그 인간은 양팔을 경관에게 잡힌 채 거실 소파에 앉아 있었다.

"형사님, 그냥 장난으로 했던 거예요. 장난으로 했던 거라고요."

남자는 계속 징징대며 말했다.

"정말이에요. 그동안 숨어 있었던 건 제가 없어지면 어떻게 되는지 보려고 그랬던 거예요. 형사님은 제가 맥팔란한테 무슨 나쁜 짓을 하려고 꾸민 거라고 생각하시겠지만 말이죠."

"그건 배심원들이 판단할 문제지. 어쨌든 우리는 당신을 살인 미수 또는 불법 공모 혐의로 기소할 것이다."

레스트레이드가 단호하게 말했다.

"그리고 채권자들은 코넬리우스 씨의 은행계좌를 압수하겠지."

홈즈가 말했다.

늙은이는 순간 놀라더니 사악한 눈빛으로 홈즈를 노려보았다. 그리고는 입을 열었다.

"당신한테 감사해야 할 게 한두 가지가 아니군. 내 언젠가는 다 갚아줄테다."

홈즈가 빙그레 웃으며 말했다.

"앞으로 몇 년간은 전혀 시간이 없을 텐데. 그건 그렇고, 그 목재 더미 속에 집어넣은 게 뭐였지? 입던 바지 말고 말이야. 개였나? 토끼 몇 마리였나? 아니면 뭐였지? 말하기 싫은 모양이군. 참 나쁜 인간 같으니! 뭐, 핏자국과 까맣게 탄 유골을 보면 토끼나 한두 마리 잡았던 것 같은데. 왓슨, 자네가 나중에 이 사건에 대해 쓴다면 그냥 토끼였다고 해주게나."

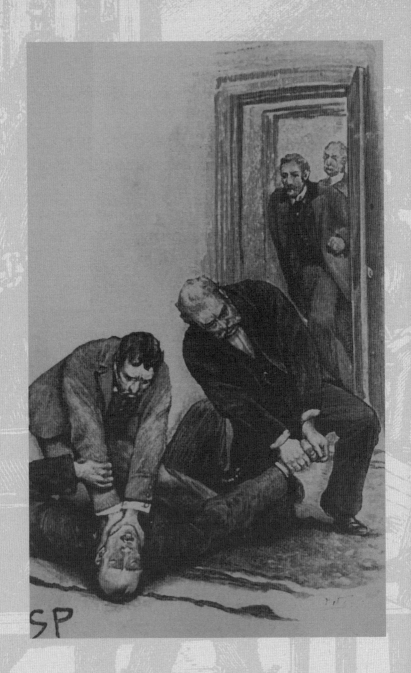

라이기트의 수수께끼

Sherlock Holmes

1887년 봄이었다. 셜록 홈즈는 그동안 쌓인 피로를 방치해둔 탓에 병에 걸리다시피 했는데, 그때도 아직은 충분히 회복되어 있지 않았다. 네덜란드의 지배하에 있던 수마트라 회사의 사건이나 모우펠트이스 남작의 음모 사건 같은 것은 너무나 많은 사람들이 생생이 기억하고 있다. 특히 그것들은 정치와 경제 문제에 깊이 관련되어 있는 사건이었기 때문에 탐정 이야기의 직접적인 재료로서는 적당하지 못하다. 그러나 그것들이 주제에서 벗어나 복잡하고 기이한 사건을 파생시킬 때는 얘기가 달라진다. 범죄와 싸우는 일에 일생을 바쳐온 내 친구 홈즈는 그동안 수많은 무기를 사용해왔지만 이번에 또 하나의 새로운 무기를 세상에 보여줄 기회를 갖게 되었던 것이다.

내 기록 노트를 펼쳐 보니까, 홈즈가 아직 프랑스 리용의 뒬롱 호텔에서 몸을 추스르고 있다는 전보가 온 게 4월 14일로 기록돼 있었다. 나는 24시간도 지나기 전에 그를 보러 달려갔는데, 병세가 그리 염려할 만한 정도는 아니었다. 그는 평상시에 워낙 강인한 체질이지만 두 달이 넘도록 어떤 조사에 매달리느라 과로하는 바람에 체력이 완전히 바닥나버렸던 것이다. 그 두 달 동안 하루에 15시간씩 일을 했으며, 그도 분명히 말했지만 5일 동안 쉬지 않고 계속 수사를 한 적도 여러 번 있었다고 한다.

그 노력의 결과는 물론 승리의 열매를 가져다주었지만 심한 과로 때문에 병이 생기자 그건 아무런 쓸모가 없게 되고 말았다. 유럽 전역에 그의 명성이 알려지고 축하의 글들이 쇄도하면서 말 그대로 방에는 발목이 묻힐 만큼 편지들이 쌓여갔지만 정작 홈즈 자신은 어둡고 침울한 상태에 빠져 있었던 것이다. 그는 세 나라의 경찰이 실패했던 사건을 멋지게 해결했고, 희대의 사기꾼을 붙잡아 코를 납작하게 눌러버렸는데도 자신의 신경 쇠약은 고치지 못하고 있었다.

그래도 3일 후엔 다시 베이커 거리로 돌아올 수 있었다. 시골에서의 요양생활이 홈즈에겐 무척 도움이 됐다는 걸 확인할 수 있었고, 나 또한 봄철 일주일을 시골에서 보낸 게 너무나 즐겁기만 했다. 베이커 거리의 집에 와보니 헤이터 대령으로부터 편지가 와 있었다. 그는 내가 아프카니스탄에 있을 때 나한테서 치료를 받은 적이 있었던 사람인데, 사리 주의 라이기트 근처에 저택을 가지고 있다면서 한번 와달라는 얘기를 그동안 여러 차례 하다가, 이번 편지에서는 홈즈와 함께 오면 더욱 좋겠다는 내용을 전하고 있었다. 그러나 홈즈는 처음엔 선뜻 내켜하지 않다가 헤이터 대령이 독신자이므로 거기서 자유롭게 지낼 수 있다는 얘기를 하자 그제야 내 권유에 찬성을 했다. 그래서 일주일 후 우리는 헤이터 대령의 집에 손님으로 가게 되었다. 헤이터 대령은 훌륭한 군인으로서 연륜이 있는 만큼 세상일도 터득한 사람이라, 내가 예상했던 대로 홈즈와 대화가 잘 통하는 걸 금방 느낄 수 있었다.

도착한 날 밤, 저녁 식사가 끝나자 대령이 우리를 총기실로 안내했다. 홈즈는 소파에 앉아 있고 헤이터와 나는 수집해놓은 총기들을 구경하고 있었다. 그러다 대령이 뜬금없이 말했다.

"그런데, 혹시 모르니까 권총 한 자루를 가지고 올라갈까요?"

"혹시라뇨?"

내가 물었다.

"아! 요즘 이 근처에서 가끔 소동이 일어나더라고요. 액튼 씨라고 꽤 부자 노인이 있는데, 얼마 전 월요일에 그 집에 도둑이 들었다나 봐요. 큰 피해는 없었지만 범인이 아직 체포되지 않았다고 하네요."

"아무런 단서도 없답니까?"

홈즈가 찡그리며 대령을 쳐다보았다.

"지금까지는 없다고 하더군요. 시골구석에서 일어난 아주 하찮은 사건이죠. 홈즈 씨는 지난번에 워낙 큰 국제적인 사건을 다루셨으니까, 이런 거야 정말 너무나 보잘것없는 사건이겠어요."

홈즈는 손을 저으며 헤이터에게 관두라는 식으로 표현했지만 그리 싫지만은 않은 듯 미소를 지었다.

"그럼, 뭔가 특별한 점이라도 있습니까?"

"없는 것 같아요. 도둑들이 집안을 온통 뒤졌는데도 없어진 것이라곤 서재에 있었던 포우프 번역의 〈호머〉한 권하고 도금된 촛대 두 개, 그리고 상아로 만들어진 문진, 떡갈나무 청우계, 삼실타래, 그 것들뿐이라고 하더군요."

"참 희한한 것들만 가져갔네요!"

내가 놀라며 말했다.

"그냥 손에 닿는대로 집어갔겠죠."

헤이터의 대답에 홈즈가 혼자 중얼거리듯 말했다.

"경찰에서는 그런 점을 예사로 보면 안 되겠죠. 아주 분명합니다. 그러니까……"

그때 내가 손가락을 흔들어 보이며 그를 제지했다.

"이보게, 자네는 지금 여기에 휴식을 하러 온 거야. 그러니까 새로 운 사건을 맡고 싶거든 몸이나 다 회복되고 나서 하도록 하게."

홈즈는 어깨를 들썩이며 단념하는 시선으로 대령을 흘끗 쳐다보 았다. 그래서 이야기는 더 이상 진전되지 않았다.

하지만 내가 의사로서 홈즈에게 주의를 기울였음에도 불구하고 결국은 뜻대로 되지 않을 운명에 처하게 되었다. 다음날 아침, 우리 는 그냥 지켜보고만 있었는데도 사건이 이미 우리 사이로 비집고 들어오는 바람에 시골에서 휴식을 하려던 계획은 전혀 뜻밖의 방향 으로 틀어져버렸다. 아침 식사를 하고 있는데 갑자기 대령의 집사가 헐레벌떡 뛰어 들어와 숨 가쁘게 말했다.

"들으셨습니까? 커닝검 씨 댁입니다!"

"강도라고?"

대령이 커피 잔을 든 채 물었다.

"아니오. 살인이랍니다!"

"세상에! 누가 살해됐는데? 치안 판사야, 그 아들이야?"

대령은 갈라지는 목소리로 물었다.

"그게 아니고, 마부 윌리엄이랍니다. 심장 쪽을 맞아서 바로 즉사한 모양입니다."

"누가 쏘았나?"

"강도가 쏜 거죠. 식기실 창문으로 들어오는 걸 윌리엄이 보고는 귀중품을 지키려고 하다가 그만 당했다고 합니다. 놈은 귀신같이 잽싸게 도망치고 말았다는군요."

"그게 언제였다던가?"

"어젯밤 12쯤이었답니다."

"음, 그럼 가봐야겠네."

대령은 조용히 말하며 집사가 물러나자 아침 식사를 마저 들었다.

"일이 복잡해질 것 같군요. 커닝검 씨는 이 마을에서 큰 지주거든요. 게다가 사람도 아주 좋은 양반이라, 꽤 가슴 아플 것 같네요. 그 마부가 그 집에서 굉장히 오랫동안 일해 온 사람이라 참 믿을 만한 사람이었을 텐데…… 이 사건은 아무래도 액튼 씨 집에 침입했던 그 강도들 짓인 것 같은데요."

"이상한 물건들만 훔친 놈 말이죠?"

홈즈가 신중히 물었다.

"그렇습니다."

"참 단순한 사건일지도 모르지만, 언뜻 봐서는 뭔가 흥미로운 일이 있을 것 같기도 한데요. 시골에서 이렇게 강도짓을 한다면 장소를 바꿔가면서 할 텐데, 같은 마을에서 2,3일도 안 돼 두 집이나 침입을 했다는 건 아무래도 이상하지 않습니까? 어젯밤에 헤이터 씨께서 경계를 해야 한다고 말씀하셨을 때, 저는 속으로 이런 마을에서는 도둑이 하나든 여럿이든 침입할 엄두를 못 낼 텐데 하고 생각을 했거든요. 그런데 제가 잘못 생각한 것 같네요."

"주로 시골을 노리는 상습범이겠죠."

대령이 말했다.

"사실 액튼 씨 집과 커닝검 씨 집은 강도가 습격하기에 딱 좋은 집이죠. 이 마을에서는 눈에 띄게 큰 저택이니까요."

"게다가 부잣집이라는 말씀이죠?"

"그런 거죠. 하지만 두 집 다 근래 몇 년간 소송을 하고 있어서 막상 돈이 별로 없을 겁니다. 액튼 씨가 커닝검 씨 땅의 절반에 대해 소유권이 있다고 주장하는 바람에 양쪽 집안이 싸우고 있거든요."

"아무튼 이 동네 잡범이라면 쉽게 잡힐 겁니다."

홈즈가 하품을 하며 말했다. 그러고는 나를 쳐다보았다.

"걱정 말게 왓슨, 난 끼어들지 않을 테니까."

그때 집사가 다시 와서 말했다.

"포레스터 경감이 오셨습니다."

기민하고 날카롭게 생긴 젊은 경찰이 들어왔다.

"안녕하십니까? 실례가 될는지 모르겠습니다만, 베이커 거리의 홈즈 씨가 오셨다고 들어서요……"

대령이 홈즈를 가리키자 경감이 인사를 하며 말했다.

"도움을 좀 부탁드리려고 왔습니다, 홈즈 씨."

홈즈는 곧바로 나를 쳐다보더니 웃었다.

"운명은 자네 편이 아닌 것 같군, 왓슨."

그러더니 경감에게 말했다.

"안 그래도 지금 그 살인사건에 대해 얘기하고 있었는데, 좀 자세히 설명해주시겠어요?"

그는 벌써부터 수사에 돌입한 모양새였다. 그쯤에서 나는 단념할 수밖에 없었다.

"액튼 사건 때는 단서가 없었는데, 이번에는 많이 있습니다. 범인은 틀림없이 같은 놈일 겁니다. 그자를 봤다는 사람도 있어요."

"아, 그래요?"

"그렇습니다. 그런데 윌리엄 카원을 죽이고 나서 잽싸게 달아나고 말았죠. 커닝검 씨가 침실 창문에서 범인을 봤고, 알렉 커닝검 씨도 뒷문 쪽에서 봤다고 하더군요. 사건이 일어난 건 11시 35분쯤이었는데, 커닝검 씨는 이제 자려고 했고, 알렉 씨는 잠옷으로 갈아입고 파이프를 막 물었을 때였다고 합니다. 두 사람 다 마부 윌리엄이 소리치는 걸 들었는데, 알렉 씨가 먼저 아래층으로 뛰어 내려갔다더군요. 가서 보니까 뒷문이 열려 있고, 밖에서 남자 두 명이 격투를 하고 있더랍니다. 그리고 곧 총소리가 나더니 한 명이 쓰러지고 다른 한 명은 마당을 가로질러 쏜살같이 도망을 쳤다는 거죠. 커닝검 씨는 침실 창문을 통해 그 남자가 길로 뛰어 나가는 걸 봤지만 그 이후부터는 볼 수가 없었다고 합니다. 알렉 씨는 쓰러져 있는 마부를 다급하게 챙기느라 범인이 도망가는 것도 어쩔 수가 없었을 테고요. 그런데 범인이 중간 정도의 키에 몸집도 보통 크기고, 검은 색 옷을 입고 있었다고 하는군요. 그것 외엔 다른 단서가 없지만, 어쨌든 집중적으로 조사를 하고 있습니다. 이 마을 사람이 아니라면 곧 찾아낼 수 있겠죠."

"윌리엄이라는 사람은 거기서 뭘 하고 있었답니까? 죽기 전에 한 마디라도 했을까요?"

"아니오. 한 마디도 못했다고 합니다. 그는 별채에서 어머니와 함께 살고 있었는데, 워낙 성실한 사람이라 저택에 별 일이 없나 하고 살펴보러 왔던 참이라고 합니다. 사실 액튼 씨 집에서 강도 사건이 일어난 후부터 모두들 굉장히 신경을 곤두세우고 있는 중이죠. 아마도 강도가 막 문을 열었을 때 마침 윌리엄이 도착했던 것 같습니다. 자물쇠가 고장 나 있었다고 하더군요."

"윌리엄이 저택으로 가기 전에 그의 어머니한테 무슨 말을 한 게 있습니까?"

"그의 어머니는 나이가 많은 데다 귀도 어두워서, 뭘 알아내기는 어려울 것 같습니다. 게다가 지금은 충격으로 넋이 나가 있는 상태죠. 그런데 아주 중요한 단서가 하나 있습니다. 이걸 보세요!"

경감은 찢어진 종이쪽지를 꺼내 무릎 위에 놓았다.

"이건 마부가 죽어가면서 엄지손가락과 집게손가락으로 잡고 있었던 것입니다. 어떤 종이에서 찢어낸 것 같은데요. 짐작하시겠지만 여기에 적혀 있는 시간은 바로 마부가 살해된 시간과 정확히 일치하고 있습니다. 범인이 이 종이의 다른 부분을 찢어갔거나 아니면 윌리엄이 범인의 종이에서 이 부분을 찢어냈거나 둘 중 하나겠죠. 아무튼 만나자고 약속한 쪽지 같습니다."

홈즈는 종이쪽지를 집어 들었다. 거기엔 이렇게 적혀 있었다.

12시 15분 전에
사실을 알려
아마도

경감이 계속 말했다.

"윌리엄 카원은 아주 정직한 사람이라고 알려져 있었지만, 만약 이게 만나자는 약속 쪽지였다면 그가 강도와 손잡고 있었다고도 생각할 수가 있겠죠. 그래서 문 앞에서 만나 범인이 문을 열도록 도와주었는지도 모릅니다. 하지만 그 다음에 서로 의견 충돌이 일어났을 수도 있겠죠."

홈즈는 경감의 말을 들으며 쪽지를 한참이나 들여다보았다.

"필체가 참 특이하군요. 이건 생각보다 쉽지 않겠는데요."

그는 그렇게 말하며 머리에 손을 올렸다. 경감은 런던의 유명한 탐정이 자신의 의견을 참고로 하는 것 같아 표정이 밝아졌다. 이윽고 홈즈의 말이 이어졌다.

"경감의 말은, 그러니까 강도와 마부가 서로 연결되어 있고, 이 종이쪽지도 강도가 마부에게 준 약속 편지일지도 모른다는 것인데, 그런 추리가 전혀 터무니없는 것만은 아닌 것 같습니다. 하지만 이 편지의 시작은……"

홈즈는 말을 중단하고 다시 머리를 감싸며 잠시 생각에 잠겼다. 그리고 얼굴을 들었는데, 뺨이 불그스레하고 눈빛도 아주 건강한 때처럼 반짝이고 있었다. 깜짝 놀랄 정도였다. 그는 예전과 다름없는 왕성한 기력을 가진 것처럼 자리에서 벌떡 일어났다.

"이 정도 사건이라면! 몇 가지 내용을 잠시 좀 살펴보고 싶군요. 뭔가 제 마음을 강하게 끄는 점이 있어서요. 헤이터 대령님, 죄송하지만 왓슨과 대령님은 여기에 계시고 저는 경감과 함께 확인해볼 게 좀 있어서 나갔다 올까 합니다만. 30분 안으로 돌아올 것 같습니다."

그러나 1시간 30분이 지난 후, 경감 혼자만 헤이터 대령 집으로 다시 왔다.

"홈즈 씨는 저쪽 들판에서 왔다 갔다 하고 있습니다. 그런데 네 사람이 다 같이 저택으로 가자고 하시는데요."

"커닝검 씨 집으로?"

"네."

"무슨 일인데요?"

경감은 어깨를 움츠렸다.

"잘 모르겠습니다. 그런데 홈즈 씨가 좀 아프신 것 같은데요. 이상한 행동을 하면서 굉장히 흥분하고 그러시거든요."

"별 일 아닐 겁니다. 자주 그렇게 광기 어린 행동을 하는데, 그러면서도 제대로 일하는 걸 저는 수시로 보고 있으니까요."

내가 말했다.

"이성적으로 일을 하다가 정신이 이상해지는 사람도 있죠. 하지만 뭔가를 아주 열심히 하고 계시는 것 같습니다. 자, 대령님, 준비되셨으면 가시죠."

아닌 게 아니라 홈즈는 들판 여기저기를 걸어 다니고 있었다. 고개를 푹 숙이고 두 손은 바지 주머니에 넣은 채, 무엇을 찾고 있는 모습 같았다.

"사건이 묘하게 돌아가고 있네, 왓슨. 이번에, 시골에 온 게 잘한 일이었어. 오늘은 아침부터 기분이 굉장히 좋군."

나를 보고는 홈즈가 말했다.

"범행 현장엔 가보셨습니까?"

대령이 물었다.

"네, 가봤습니다. 경감과 조사를 좀 해봤지요."

"잘 돼가고 있나요?"

"몇 가지 흥미로운 점을 발견하긴 했습니다. 잠시 걸으면서 설명해드리죠. 우선 그 마부의 시체를 살펴봤는데, 말 그대로 권총에 맞아 살해됐더군요."

"아니, 그걸 의심하고 계셨던 모양이죠?"

"그게 아니라, 뭐든지 확인해둬야 하니까요. 수사한다는 게 그런 거지요. 그리고 커닝검 씨와 그 아들을 만나봤는데, 범인이 도망칠 때 정원 울타리를 뛰어넘었다는 그 장소를 정확히 알고 있더군요. 굉장히 흥미로운 점이었어요."

"아, 그랬겠네요."

"그 다음에 윌리엄의 어머니를 만나봤는데, 역시나 아무것도 아는 게 없더군요. 나이가 많은 데다 몹시 쇠약해 있는 상태라서요."

"그럼, 결론은 어떻게 난 겁니까?"

"아무튼 이 사건이 유독 색다르다는 것만은 분명합니다. 하지만 이제부터 점차 더 밝혀질 것 같군요. 경감님, 당신도 같은 의견일 거라고 생각합니다만, 죽은 사람의 손에 쥐어져 있던 그 종이쪽지는 굉장히 중요한 물건이지요. 살해된 시각이 적혀져 있었으니 말이죠."

"아마도 중요한 단서가 되겠죠, 홈즈 씨."

"그렇고말고요. 그 편지를 쓴 사람이 누구든 간에, 그 남자는 윌리엄 카원을 그 시각에 불러냈던 겁니다. 그런데 그 종이쪽지의 나머지 부분은 어디에 있을까요?"

"그러게요. 그래서 제가 그걸 찾으려고 바닥을 꼼꼼히 다 살펴봤는데도……."

경감이 말했다.

"그것은 죽은 사람이 손에 쥐고 있던 종이에서 잡아채 찢어졌던 겁니다. 왜 그 종이를 그렇게 빼앗고 싶었을까요? 중요한 증거물이라서 그랬겠죠. 그렇다면 그 나머지 종이는 어떻게 됐을까요? 일부분이 시체의 손에 남아 있다는 걸 전혀 모르고 그것만 가지고 그냥 떠났겠죠. 만약 그 종이의 나머지가 발견된다면 이 수수께끼를 푸는데 결정적인 단서가 될 겁니다. 그건 확실하죠."

"그렇긴 하지만 범인이 잡히지도 않았는데 범인의 주머니를 뒤져볼 수도 없고 참⋯⋯."

"하긴, 그것도 생각해볼 가치가 있군요. 그러나 명백한 점이 또 하나 있습니다. 편지는 윌리엄에게 전해진 것이 맞는데, 그걸 쓴 사람이 직접 갖다 준 것은 아닙니다. 갖다 줄 정도라면, 그냥 말로 하지 굳이 그렇게 썼을까요? 그렇다면 누가 그 편지를 갖다줬을까? 아니면 우편으로 보냈을까요?"

"그건 제가 조사를 했습니다. 윌리엄에게 어제 오후 편지 한 통이 왔었다고 하더군요. 봉투는 그가 찢어버렸고요."

경감이 말했다.

"참 잘했어요!"

홈즈가 경감의 등을 토닥거리며 큰소리로 말했다.

"우편배달부를 만났군요. 당신과 일하기 아주 잘한 것 같습니다. 자, 도착했어요. 여기가 수위가 사는 집입니다. 대령님, 범행 현장을 안내해 드리죠. 이쪽으로 오세요."

우리는 살해된 남자가 살던 자그마한 오두막을 지나 떡갈나무들이 늘어선 길 쪽으로 걸어갔다. 그리고 곧 커닝검 씨의 저택에 도착했다. 현관문 앞 돌에는 마르프라케 전승 기념일이 새겨져 있으며, 고풍스럽고 멋진 앤 여왕시대의 건축 양식이었다. 홈즈와 경감은 저택 옆으로 돌아가더니 그쪽에 있는 문으로 우리를 안내했다. 그 주방문과 큰길 쪽으로 나 있는 울타리 사이엔 넓은 정원이 자리하고 있었다. 문 앞에는 경관 한 사람이 서 있었다.

"문을 열어주게나."

홈즈가 경관에게 말했다.

"저기 보이는 층계에서 커닝검 씨의 아들이, 지금 우리가 있는 이곳에서 두 남자가 격투를 하는 걸 보았던 거죠. 그리고 아버지인 커닝검 씨는 저기 왼쪽에서 두 번째 창문을 통해 범인이 울타리를 넘어 도망치는 걸 봤습니다. 알렉은 급히 여기로 나와서 윌리엄을 살펴봤지요. 그런데 자 보세요. 땅바닥이 워낙 단단해서 발자국이 안 남아 있거든요."

홈즈가 이야기하고 있는 동안 두 남자가 저택 앞쪽에서 나타나 정원의 샛길을 통해 우리 쪽으로 오고 있었다. 한 사람은 나이 들고 주름살이 많이 있지만 다부져 보이고, 또 한 사람은 젊고 활발하며 웃는 인상이지만 옷차림은 무척 칙칙해 보였다. 아무튼 그들의 모습은 우리가 이곳에 온 목적과는 뭔가 이상한 대조를 이루는 듯 했다.

"아직 조사 중입니까? 런던 사람들은 절대로 어설프게 일하지는 않을 거라고 생각하는데요. 그래도 별로 신통치는 않나 보죠?"

커닝검 씨가 홈즈에게 말했다.

"네, 조금 시간이 필요합니다."

홈즈가 여유 있게 말했다.

"아무래도 시간이 좀 걸리시겠죠. 도무지 단서라고는 없으니 말입니다."

그때 경감이 말했다.

"하나 있긴 합니다. 진작부터 생각한 건데, 그것만 발견되면……아니, 홈즈 씨 왜 그러시죠?"

홈즈의 얼굴이 갑자기 고통으로 일그러졌다. 눈동자가 돌아가며 무섭게 변하더니 심장이 억눌리는 듯한 신음소리를 내며 바닥에 쓰러져버렸다. 너무 갑작스럽고 심한 발작에 모두들 놀라 그를 주방으로 들어 옮겼다. 홈즈는 커다란 의자에 축 늘어져 앉아 한동안 깊은 숨을 몰아쉬었다. 그러더니 얼마 후 정신을 되찾고는 몹시 미안해 하면서 다시 일어났다.

"왓슨이 잘 알고 있지만, 제가 큰 병에 걸렸다가 겨우 회복해가는 상태라서……."

홈즈는 사과하듯이 말했다.

"그런데 가끔 이렇게 느닷없이 신경 발작이 일어날 때가 있습니다."

"제 마차로 모셔다 드릴까요?"

커닝검 씨가 물었다.

"아니오, 괜찮습니다. 이왕에 여기까지 왔으니까 한 가지 확인해둘 일이 있습니다. 그건 금방 파악할 수 있는 일인데요."

"뭡니까?"

"가련한 윌리엄이 이곳에 도착한 건 강도가 들어오기 전이 아니라 그 후인 것 같습니다. 문이 이미 열려져 있었는데도 강도가 안으로 들어오지 않았다고 믿고 계시나보군요."

"그건 분명하니까요. 알렉도 아직 잠을 안 자고 있었고, 그리고 만약 강도가 들어와서 돌아다니고 있었다면 틀림없이 우리가 소리를 들었겠죠."

"알렉 씨는 그때 어디에 계셨죠?"

"화장실에서 담배를 피우고 있었어요."

"창문이 어느 쪽으로 나있죠?"

"왼쪽 끝이요. 아버지의 방 옆입니다."

"두 분 다 램프는 켜두었던 거죠?"

"물론입니다."

홈즈가 미소를 지으며 말했다.

"그런데 참 이해할 수 없는 점이 있습니다. 강도가, 그것도 초짜가 아닌 강도가…… 방 두 개에 불이 켜 있는 걸 봤다면 분명히 사람들이 아직 안 자고 있다는 걸 알았을 텐데, 그런데도 들어갔다는 건 보통 놈들이 아니라는 거죠."

"아주 대담한 놈들인가 본데요."

커닝검 씨가 대꾸했다. 그러자 알렉이 말했다.

"그러니까 이 사건이 극히 평범한 것이었다면 굳이 당신에게 부탁할 필요가 없었겠죠. 범인이 윌리엄하고 싸우기 전에 집안으로 들어갔다는 건 말이 안 되는 생각인 것 같아요. 뭐 뒤적거린 흔적도 없고, 훔쳐간 것도 아무것도 없으니 말이죠."

"그거야 도둑맞은 물건 나름이겠죠. 아무튼 범인은 아주 색다르고 독특한 방식을 가지고 있다는 걸 주목해야 합니다. 이를테면 액튼 씨 집에서 훔친 이상한 물건들을 보세요. 뭐였습니까? 실타래니, 문진이니, 그리고 뭐였더라, 이상한 잡동사니들이었죠!"

"우리는 당신에게 다 맡겼으니까, 당신이나 경감님이 하시는 말은 뭐든 기꺼이 따르도록 하겠습니다."

커닝검 씨가 말했다.

"그럼 우선, 현상금을 좀 걸어주시면 좋겠는데요…… 커닝검 씨가 직접 정해주시죠. 경찰에 얘기하면 금액을 정하는 데 좀 시간이 걸리니까요. 게다가 이런 일은 빠를수록 좋죠. 여기 서식이 있으니까 사인만 해주시면 됩니다. 50파운드면 충분할 거라고 생각됩니다만."

"5백 파운드라도 내겠습니다. 그런데 이건 정확치가 않군요."

치안판사인 커닝검 씨는 서식을 받아 들여다보며 말했다.

"급히 썼더니……."

"이렇게 씌어 있군요. '그러나 화요일 오전 1시 25분 전에 이르러 범인은……' 운운했는데, 실제로는 12시 25분 전이었습니다."

나는 홈즈가 그렇게 잘못 쓴 걸 보고 정말 가슴이 아팠다. 그는 원래 세세한 것까지 예리하게 신경 쓰는 사람이라는 걸 내가 잘 알고 있기 때문이었다. 평소에는 기억력이 정확한 게 그의 특징이었지만, 분명히 병 때문에 약해져 있는 것 같았다. 이것 한 가지만 보더라도 그는 아직 본래의 건강을 찾지 못했음을 알 수 있었다. 그는 순간 민망해하는 얼굴이었다. 경감은 눈썹을 실룩거렸고, 알렉 커닝검은 조롱 섞인 웃음을 흘렸다. 그러나 커닝검 씨는 잘못 쓰인 부분을 고쳐서 그 서식을 다시 홈즈에게 돌려주었다.

"가능한 빨리 신문에 내주세요. 이게 가장 좋은 방법일 것 같으니까요."

홈즈는 그렇게 말하며 서류를 잘 접어 주머니에 넣었다.

"자, 그리고 모두들 집안을 다시 한 번 조사해볼까요. 그 강도가 정말로 아무것도 훔쳐가지 않았는지 확인하는 게 좋겠죠."

홈즈는 집안으로 들어가기 전에 주방문을 다시 한 번 살펴보았다. 칼 같은 것을 집어넣어 자물쇠를 비틀어 열었던 흔적이 뚜렷이 남아 있었다. 나무에는 칼로 찔러댄 자국까지 보였다.

"빗장은 사용하지 않는군요?"

홈즈가 물었다.

"그걸 쓸 필요가 없었기 때문이죠."

"개도 기르지 않고요?"

"개는 기르고 있습니다. 정문 쪽에 줄로 묶어놓았죠."

"고용인들은 보통 몇 시에 취침을 하죠?"

"열 시쯤에요."

"윌리엄도 마찬가진가요?"

"그렇습니다."

"그런데 어젯밤엔 그 시간에 안 자고 있었다는 건데, 이상하지 않습니까? 자, 그럼 집안으로 들어가 볼까요, 커닝검 씨?"

현관에서부터 얇은 돌로 깔린 복도가 이어졌다. 옆쪽으로 주방이 있고, 정면엔 2층으로 올라가는 나무 계단이 있었다. 그 계단을 올라가자 저택 앞쪽 현관에서 연결되는 다른 계단이 보이며, 그곳은 훨씬 더 멋지게 장식돼 있었다. 2층엔 응접실과 몇 개의 침실이 자리 잡고 있었다. 홈즈는 집안의 구조를 샅샅이 조사하면서 천천히 걸어 갔다. 표정으로 봐서는 예리하게 살펴보고 있는 게 분명했지만, 그의 추리가 어떤 방향으로 가고 있는지는 전혀 알 수가 없었다.

얼마 후, 커닝검 씨가 약간 짜증스럽다는 듯 말했다.

"홈즈 씨, 이렇게 살펴보는 건 전혀 필요가 없을 것 같은데요. 저쪽 끝에 있는 게 제 방이고, 그 맞은편이 알렉의 방이거든요. 우리가 잠도 안 들었는데 도둑이 어떻게 여기까지 올라올 수 있었을지, 그건 홈즈 씨의 판단에 맡기지만 말이죠."

"뭐 새로운 게 없나 하고 샅샅이 뒤져보는 거겠죠."

알렉이 못마땅하다는 듯 묘한 미소를 지었다.

"아직 더 조사할 게 남았으니까 참으셔야 합니다. 침실 창문에서 밖이 얼마나 보이는지 봐야겠어요. 여기가 알렉 씨의 방이군요."

그는 문을 열고 들어갔다.

"아, 저기가 비명이 들렸을 때 담배를 피우고 있었다는 화장실이 군요. 그 창문에서는 뭐가 보이죠?"

홈즈는 화장실로 가서 살펴보았다.

"이제 됐죠?"

커닝검 씨가 서두르며 말했다.

"네, 잘 봤습니다. 보고 싶은 곳은 다 본 것 같군요."

"필요하시면 제 방도 보시죠."

"네, 괜찮으시다면."

판사는 구부정한 자세로 가서 방문을 열었다. 장식품도 별로 없는 평범한 방이었다. 모두들 방안으로 들어가 창문으로 다가가고 있었는데, 한순간 홈즈와 내가 뒤떨어져 맨 뒤에 있게 되었다. 침대 발치에 네모난 작은 테이블이 놓여 있고, 그 위에는 오렌지가 담긴 접시와 물주전자가 놓여 있었다. 순간 홈즈가 내 앞에서 넘어지며 그 테이블에 부딪쳐버렸다. 그 바람에 유리는 박살이 나고 과일도 떨어져 방안에 나뒹굴었다.

"왓슨, 실수했구먼. 카펫이 엉망인데."

그는 시침 딱 떼고 침착하게 말했다. 분명히 그럴만한 이유가 있어서 나한테 일부러 뒤집어씌운다는 걸 눈치 챘기 때문에 나도 모른 척 하고 떨어진 과일을 주워 모으기 시작했다. 다른 사람들도 모두 놀라며 나를 도와 테이블을 정리하고 있었다.

그때 갑자기 경감이 소리쳤다.

"아니! 어디로 갔지?"

홈즈가 안 보였던 것이다.

"자, 조용히 해보세요. 그 사람 머리가 아무래도 이상한 것 같다니까요. 아버지, 저랑 같이 찾으러 가 봐요!"

알렉 커닝검이 말했다.

그러더니 두 사람은 뛰어나갔다. 남겨진 우리 세 사람, 즉 경감과 대령과 나는 서로 멍하니 얼굴만 쳐다보았다.

"저도 알렉 씨와 같은 생각입니다. 병 때문에 그런 것 같긴 한데, 제가 보기엔……."

경감이 말하다가 갑자기 멈췄다.

별안간 어디선가 비명소리가 들려왔기 때문이다.

"사람 살려! 살인자!"

그건 분명 홈즈의 목소리였다. 가슴이 덜컹했다. 나는 방에서 뛰어나가 미친 듯이 층계참으로 올라갔다. 비명소리는 처음에 들어갔던 방에서 나오고 있었는데, 점점 목이 잠기고 발음도 꼬이는 소리로 변해갔다. 나는 방안으로 뛰어 들어가 화장실로 달려갔다. 커닝검 부자가 셜록 홈즈를 막 휘어잡고 있었다. 알렉은 홈즈의 목을 조르고 있고, 커닝검 씨는 그의 손목을 비틀고 있었다. 우리가 들이닥쳐 세 사람을 떼어놓자, 홈즈는 새파랗게 질린 얼굴로 겨우 몸을 일으켰다. 그리고는 숨을 몰아쉬며 간신히 말했다.

"이 두 사람을 체포하세요, 경감!"

"아니! 무슨 혐의죠?"

"마부 윌리엄 카원을 살해한 혐의요!"

경감은 놀라 당황하며 옆 사람들을 쳐다보았다.

"아니, 홈즈 씨, 지금 정말로 말씀하시는 건 아니겠죠……."

"두 사람의 얼굴을 봐요!"

홈즈가 답답하다는 듯 소리쳤다.

나는 그때처럼 사람의 얼굴에서 죄의 고백이 분명하게 나타난 것을 본 적이 없었다. 커닝검 씨는 무겁고 음산한 표정으로 완전히 넋이 나간 얼굴이 되었고, 아들은 밝고 씩씩했던 분위기가 한순간 싹 사라지며 검은 눈빛이 맹수처럼 무섭고 표독스럽게 변해갔던 것이다. 경감은 마침내 아무 말도 안 하고 방문 쪽으로 가더니 호루라기를 불었다. 곧바로 경관 두 명이 들이닥쳤다.

"어쩔 수가 없군요, 커닝검 씨. 뭔가 일이 잘못 된 것 같은데, 곧 알게 되겠죠. 아시다시피……."

경감이 우물쭈물하는 식으로 말하고 있었다. 그때였다.

"앗! 뭔 짓이야? 내려놔!"

경감이 소리쳤다. 알렉이 권총을 꺼내 막 쏘려 하던 찰나에 경감이 그걸 손으로 탁 쳐서 바닥으로 떨어트렸다.

"이거 잘 보관해두시오."

홈즈가 재빨리 권총을 발로 밟으며 경감에게 말했다.

"재판할 때 유익할 겁니다. 그런데 정말로 유익한 건 이거죠."

그는 주머니에서 구겨진 종이 하나를 꺼내 들어보였다.

"아, 그 나머지 종이 부분이군요?"

경감이 외치다시피 말했다.

"그렇습니다."

"어디서 찾았습니까?"

"내가 생각했던 장소에서요. 나중에 다 설명해드리지요. 참, 대령님은 왓슨과 같이 집으로 가 계세요. 저는 한 시간쯤 후에 돌아갈 것 같습니다. 경감과 제가 이 범인들한테 해줘야 할 말이 있거든요. 점심때까지는 꼭 돌아가겠습니다."

설록 홈즈는 약속을 제대로 지켰다. 그는 1시쯤 대령의 집으로 돌아왔다. 그는 자그마한 체구의 한 중년 신사와 함께 왔는데, 그가 바로 처음에 강도의 습격을 받았던 액튼 씨라는 사람이었다.

"이 사건을 전부 설명하자니까 액튼 씨가 계시는 게 좋을 것 같아서 제가 부탁을 했어요. 액튼 씨도 사건 전모를 알고 싶어 하시는 게 당연하니까요. 그런데 대령님, 저처럼 일을 몰고 다니는 남자를 집에 초대해서 시간 빼앗긴 걸 후회하시지는 않습니까?"

"아니오. 그 반대죠. 홈즈 씨의 수사 방법을 연구할 수 있게 돼서 저한테는 더할 나위 없는 영광이죠. 사실 홈즈 씨의 방법은 저의 예상을 완전히 넘어선 것이라서, 솔직히 말해 어떻게 그런 결론이 나왔던 건지 아직도 전혀 모르겠습니다. 전 아직 어떠한 단서도 냄새조차 못 맡았거든요."

"막상 설명하면 실망하실 지도 모릅니다. 하지만 저는 왓슨에게나 또 지적 호기심을 가진 사람이면 누구에게나 숨기지 않고 잘 얘기해주는 편이거든요. 그런데 아까 화장실에서 되게 당했더니 지금 맥을 못 추겠네요. 우선 브랜디를 한 잔 마셔야겠어요. 요즘 아무래도 체력이 약해져서……."

"아까처럼 그런 신경 발작은 다시 일어나겠죠?"

대령이 묻자 홈즈는 허허 하고 웃었다.

"그 일에 대해서는 나중에 때가 되면 말씀드리겠습니다. 우선 제가 어떻게 해서 이런 결론에 도달하게 되었는지, 여러 가지 점을 제시하면서 차례대로 설명해드리죠. 만약 제 추리에 분명치 않은 구석이 있으면 곧바로 질문하셔도 됩니다.

탐정 기술에서 가장 중요한 건, 수많은 사실들 중에서 어떤 것이 우연이고 어떤 것이 필연인지를 꿰뚫어볼 줄 아는 것이죠. 그렇지 않으면 괜히 정력과 시간만 낭비되고 얻는 게 없으니까요. 자, 그럼 이 사건을 예로 들어 볼까요. 여기서는 처음부터 해결의 열쇠가 시체의 손에 쥐어져 있던 종이쪽지에 있었죠. 그건 전혀 의문의 여지가 없었습니다.

그렇다면 자, 이 종이쪽지의 문제는 잠시 놔두고 다음 사실에 주목을 해보죠. 알렉 커닝검의 말이 옳고, 범인이 윌리엄 카원을 살해하고 곧 도망쳤다면 시체의 손에서 종이를 잡아 뜯은 건 살해한 사람이 아닌 게 분명합니다. 그럼, 살해한 사람이 아니라면 누구겠는가. 아마도 알렉 커닝검이었을 겁니다. 그의 아버지가 이층에서 내려왔을 때는 이미 고용인들 몇 명이 현장에 와 있었기 때문이죠.

지금 이 추리는 아주 단순한 건데, 경감이 그걸 놓쳤던 이유는 판사쯤 되는 사람이 이런 사건에 관련될 리가 없다고 처음부터 아주 단정하고 사건 수사를 시작했기 때문입니다. 그런데 제 경우엔 절대로 어떠한 편견도 안 갖고 사실로 드러난 그대로를 충실히 따라가는 것을 원칙으로 하고 있다는 거죠. 그러다 보니까 처음에 조사를 시작했을 때부터 알렉 커닝검 씨가 뭔가 연기를 하는 것 같은 느낌을 강하게 품었던 겁니다. 그래서 경감이 가져온 종이쪽지를 꼼꼼히 살펴보게 됐고, 그게 굉장히 중요한 편지라는 걸 금방 알게 됐던 거죠. 자, 이걸 보세요. 뭔가 이상해보이지 않나요?"

"글씨체가 아주 불규칙하군요."

대령이 말했다.

"대령님, 이건 한 사람의 글씨체가 아니고 두 사람이 한 단어씩 나눠서 쓴 게 틀림없습니다. at나 to같은 데는 t자가 강하게 씌어 있고, quarter나 twelve 같은 데는 t자가 약하게 씌어 있지 않습니까? 이 네 단어만 대충 봐도 learn과 maybe는 강한 글씨체를 쓰는 사람의 것이고, what은 약한 글씨체를 쓰는 사람의 것이라는 게 너무나 분명하죠."

"정말 그러네요. 확 차이가 나는군요! 그런데 도대체 뭣 때문에 두 사람이나 들러붙어서 이 따위 편지를 썼을까요?"

"그건 분명히 인정할 수 없는 어떤 일이었기 때문이죠. 그리고 서로를 믿을 수 없기 때문에 똑같이 그 일에 관련을 갖기 위해 그런 식으로 정했던 거라고 보입니다. 어쨌든 간에 두 사람 중 at나 to를 쓴 쪽이 주범이죠."

"그건 어떻게 알 수 있죠?"

"양쪽의 필적을 비교해보면 알 수 있는 거죠. 하지만 그것보다 더 뚜렷이 드러나는 근거가 있습니다. 자세히 보면 강한 글씨체의 남자가 먼저 쓴 다음 다른 사람이 쓸 곳을 비워두었다는 걸 알 수 있어요. 그런데 비워놓은 자리가 별로 넓지 않아서 나중에 쓴 남자가 at

와 to 사이에 quarter를 아주 어렵게 집어넣은 것으로 보이거든요. 그러니까 그건 나중에 써넣었다는 게 분명한 거죠. 따라서 결론은, 먼저 글씨를 쓴 사람이 이 사건을 계획했다는 겁니다. 그건 의심할 여지가 없어요."

"놀라운 추리입니다!"

가만히 듣고만 있던 액튼 씨가 큰소리로 말했다.

"여기까지는 아직 표면일 뿐이지요. 이제부터 본론으로 들어가 봅시다. 잘 아시는지 모르겠지만, 필체로 나이를 추정하는 전문가들이 있는데 상당히 정확도가 높은 편입니다. 정상적인 사람들의 경우에는 거의 알아맞힐 수가 있는 거죠. 정상이라고 말하는 이유는, 일테면 젊은이가 병이 들었다거나 체력이 쇠약할 때는 노인이나 마찬가지일 수 있기 때문이죠. 이 편지의 경우, 한 사람은 대담하고 힘 있는 필체를 가지고 있고 다른 사람은 t자를 그냥 맥없이 알아볼 수 있을 정도로만 쓰고 있는데, 그건 곧 한 쪽은 젊은이고 다른 쪽은 상당히 나이든 사람이라는 걸 나타내고 있는 겁니다."

"정말 놀랍습니다!"

액튼 씨가 또다시 감탄을 했다.

"그런데 저 재미있는 건 두 사람의 필체에 공통점이 있다는 것입니다. 바로 혈연관계의 특징을 나타내고 있는데요. 예를 들면 그리스어 풍인 e자에 그 점이 더 뚜렷하게 드러나고 있지만, 다른 데서도 자잘하게 같은 특징이 나타나고 있다는 거죠. 아무튼 이 두 가지 필체를 가지고 어떤 혈연관계의 특성을 밝혀낼 수 있다는 건 충분히 가능한 일입니다. 그래서 전문가들을 상대로 흥미로운 추리를 스물세 가지 시험해봤더니, 결국 이 편지를 쓴 건 커닝검 부자가 틀림없다는 강한 느낌이 왔던 겁니다.

그리고 나서, 다음 단계는 물론 범죄 하나하나의 수법을 조사하고 확인하는 일이었습니다. 그래서 경감과 함께 그 집으로 가서 볼 수 있는 한 구석구석을 살펴봤죠. 시체의 상처에 대해서는 분명히 말씀드릴 수 있는데, 4야드 이상의 거리에서 연발권총으로 쏜 것이었어요. 옷에 화약으로 그을린 자국이 없었거든요. 그러니까 두 남자가 격투를 하고 있을 때 권총이 발사되었다는 알렉 커닝검의 말은 거짓이 분명합니다. 그리고 범인이 울타리를 넘어 도망쳤다는 그 장소에 대해서도 두 부자가 똑같이 말하고 있는데, 그쪽엔 바닥이 넓고 질퍽한 도랑이 있는데도 바닥에 신발 자국 같은 건 전혀 남아있지 않거든요. 요컨대 커닝검 부자는 그 점에 대해서도 거짓말을 하고 있는 거죠. 결국 그 현장에 범인 같은 건 아무도 없었다고 저는 절대적으로 확신할 수 있습니다.

그리고 이제, 이 괴상한 범죄의 동기가 무엇이었을까 하는 것을 저는 생각해봤어요. 그러려면 먼저 액튼 씨 집에서 일어났던 강도사건의 이유를 알아내야 했죠. 대령님의 얘기를 듣고 저도 알았지만, 액튼 씨 댁과 커닝검의 집 사이엔 지금 소송이 벌어지고 있다고요. 그래서 소송에 절대적으로 중요한 어떤 서류를 빼내려고 액튼 씨는 당신 서재에 누군가가 침입했을 것 같다는 생각이 떠오르더군요."

"그렇습니다. 그들의 의도는 의심할 여지가 없어요. 내가 지금 그들의 토지 절반에 대한 분명한 나의 권리를 주장하고 있는 상황인데, 만약 서류가 한 장밖에 없는데 그들이 그걸 훔쳐간다면 소송은 그걸로 끝장인 거예요. 그런데 다행히 변호사의 집 금고에 그게 보관되어 있죠."

액튼 씨의 말에 홈즈가 미소를 지었다.

"이제 아셨겠죠? 매우 위험하고 저돌적인 짓이었지만 그건 아마도 아들이 제안을 했던 것 같습니다. 그런데 막상 찾는 서류가 없으니까 그냥 강도짓으로 꾸며서 아무거나 닥치는 대로 가져갔던 거죠. 안 그러면 분명 의심을 받을 테니까요. 거기까지는 쉽게 알 수 있었는데, 여전히 미심쩍은 부분들이 몇 가지 있더군요. 그중에서도 제가 바랐던 것은 편지의 나머지 부분을 찾는 것이었어요. 그걸 시체의 손에서 잡아 뜯은 건 알렉이라는 게 확실했고, 그가 그것을 실내복 주머니에 넣어두고 있을 거라는 것도 거의 확실하다고 저는 생각했습니다. 거기 말고 어디다 숨기겠어요? 그런데 문제는 그것이 아직 거기에 있느냐 하는 것이었죠. 제가 저택에 갔던 건 그걸 찾아내기 위해서였어요.

기억하고 계시겠지만, 부엌문 앞에서 커닝검 부자를 만났죠. 당연히 그들이 편지를 떠올리지 않도록 하는 게 가장 중요했어요. 눈치 채면 바로 없애버릴 것 같았으니까요. 그런데 그만 경감이 편지 얘기를 막 꺼내려고 하지 뭡니까? 그래서 제가 발작을 일으켜 뒹굴었고, 그 바람에 간신히 화제를 다른 데로 바꿀 수가 있었던 겁니다."

"역시!"

대령이 웃으며 소리쳤다.

"우리가 괜히 쓸데없는 걱정을 했군요. 그러니까 발작을 일부러 하셨다는 거네요?"

"제가 의사로서 봐도 아주 멋들어지게 해냈어요."

가끔씩 뜻밖의 행동으로 나를 어리둥절하게 만드는 홈즈를 나는 기가 막혀 쳐다보았다.

"발작은 곧잘 도움이 되는 수가 있거든요. 그래서 잠시 후 발작이 가라앉은 것처럼 하고는 커닝검 씨한테 'twelve'라는 단어를 쓰게 만들었죠. 서류에 일부러 틀리게 썼던 것도 그 때문이었어요. 편지에 씌어 있는 'twelve' 글씨체와 비교해 보려고 그랬던 겁니다."

"세상에, 내가 그렇게 멍청했다니!"

나는 나도 모르게 소리쳤다.

"내가 실수했을 때 자네가 걱정했던 건 알고 있네. 걱정을 끼쳐서 미안했지."

홈즈는 웃으며 말했다.

"그런 다음 우리는 2층으로 올라갔는데, 방에 들어가 보니까 문 뒤에 실내복이 걸려 있더군요. 그래서 일부러 테이블에 가서 넘어지고는 관심을 그곳으로 돌려놓고, 슬쩍 자리를 빠져나와 실내복 주머니를 뒤져보았던 겁니다. 당연히 예상하고 있었던 일이지만 편지를 손에 쥐는 순간 커닝검 부자가 득달같이 와서 달려들더군요.

당신들이 금방 오지 않았다면 저는 아마 그 자리에서 살해당했을지도 몰라요. 아무튼 죽지는 않았지만 지금도 목이 꽉 조이고 있는 듯한 느낌이 들 정도로 그 젊은 아들이 제 목을 쥐고 있었고, 아버지 쪽은 편지를 빼앗으려고 제 손목을 비틀어댔죠. 제가 모든 것을 다 알고 있다는 걸 깨닫고는 완전히 돌변 하더군요. 갑자기 절망의 구렁텅이로 빠진 신세가 됐으니까요. 그래서 죽어라고 덤벼들었던 겁니다.

나중에 제가 커닝검 씨를 만나서 왜 그런 범죄를 저지르게 됐는지 잠깐 얘기를 해봤는데, 그 사람은 아주 점잖더군요. 문제는 그 아들이었어요. 굉장히 거친 놈인데, 아마 권총이 있었다면 제 머리든 남의 머리든 쏴버렸을 것 같은 태도였어요. 커닝검 씨는 상황이 불리하다는 것을 알아차리고는 완전히 기가 죽어 모든 걸 자백하더군요. 아들과 같이 액튼 씨 집을 습격했는데, 그날 밤에 윌리엄이 그들의 뒤를 몰래 밟아서 비밀을 손에 쥐게 됐던 겁니다. 그리고는 폭로한다고 협박해서 돈을 뜯어내려고 했답니다. 하지만 알렉은 그런 협박이 먹혀들어가는 아이가 아니었어요. 마을에서 일어났던 '강도 소동'을 이용하면 골치 아픈 상대를 그럴듯하게 해치울 수 있겠다고 판단했고, 그건 그야말로 획기적인 생각이었던 거죠. 그래서 윌리엄에게 쪽지를 보내 꾀어내서 사살했던 겁니다. 쪽지도 다시 빼앗아 흔적을 없애려고 했는데, 그만 자잘한 데까지 신경을 못 쓰는 바람에 혐의가 잡히게 됐던 거죠."

"그럼 편지는 어떤 내용인가?"

내가 물었다. 그러자 홈즈는 두 쪽지를 갖다 대며 우리에게 보여
주었다.

네가 혼자 동쪽 문으로
오면 깜짝 놀랄
주겠다. 너에게나 애니 모리슨에게나
큰 도움이 될 거야. 하지만 이 사실은
아무에게도 말하지 말 것.

12시 15분 전에
사실을 알려
아마

"제가 대충 예상했던 것과 같더군요. 물론 알렉 커닝검과 윌리엄
카원, 그리고 애니 모리슨이라는 여자가 서로 어떤 관계인지는 아직
모릅니다. 어쨌든 결과적으로는 사냥감이 덫에 걸리고 말았던 거죠.
p와 g를 유난히 뻗치게 쓰는 버릇이 부자간에 꼭 닮지 않았습니까?
참 재미있는 현상이죠. 커닝검 씨가 i를 쓸 때 위에 점을 안 쓰는 것

도 특징이라고 할 수 있고요. 왓슨, 이번에 휴식하러 온 건 대성공이었네. 내일은 아마 원기를 회복하고 베이커 거리로 돌아갈 수 있지 않을까 싶은데."

범인은 둘이다

Sherlock Holmes

지금부터 얘기하려는 사건은 몇 년 전에 일어 났던 것인데도 막상 말을 꺼내기가 망설여진다. 아무리 좋게 봐준다 고 해도 진실을 공개하는 건 엄두도 못 낼 일이라고 오랫동안 생각 했는데, 지금은 사건의 주인공이 인간의 법도로는 어쩔 수 없는 범 위 밖의 사람이 되었기 때문에 관련자들에 대해서도 피해를 주지 않고 사건의 전모를 밝힐 수 있게 되었다. 이 사건은 셜록 홈즈의 인 생에 있어서나 또 나에게 있어서 매우 특이한 경험이었다고 할 수 있다. 앞으로 이야기를 진행하면서 실체 사실을 규명할 구체적인 재 료인 날짜라든지 그 외 디테일한 것들은 숨기게 될 터인데, 그 점은 우선 양해를 바란다.

그날도 홈즈와 나는 매일 하는 산책을 끝내고 저녁 6시쯤 집으로 돌아왔는데, 금방이라도 서리가 내릴 것처럼 날씨가 저녁으로 갈수 록 점점 더 쌀쌀해지고 있었다.

날씨가 스산해지며 금방이라도 서리가 내릴 것 같았다. 홈즈가 방에 들어서서 바로 램프에 불을 붙이자, 테이블 위에 놓여 있는 명함 한 장이 눈에 들어왔다. 그는 명함을 집어 들고 흘긋 보더니 갑자기 인상을 찌푸리며 바닥에 내던져버렸다. 내가 그걸 주워서 봤더니 다음과 같이 쓰여 있었다.

> 대리업
> 찰스 어거스터스 밀버튼
> 햄스테드
> 애플도어 타워즈

"어떤 사람이야?"

"런던에서 가장 악질 놈이지."

홈즈는 의자에 앉아 두 다리를 난로 쪽으로 내뻗으며 말했다.

"명함 뒤에 뭐가 쓰여 있나 보게"

홈즈의 말에 내가 명함을 뒤집어 보았다.

"6시 30분에 찾아뵙겠습니다. C A M이라고 쓰여 있네."

"그럼, 벌써 올 시간이군. 왓슨, 자네도 독기 품고 있는 뱀을 보면 온몸이 오싹하지 않겠나? 나는 이놈을 보면 꼭 그런 인상이 들더라고. 내가 이제껏 상대한 살인자만 해도 50명이 넘을 텐데, 그중 가장 악랄한 놈도 이 밀버튼 만큼 혐오감을 느끼지는 않았거든."

"어쨌든, 어떤 놈인데?"

"여러 말 할 것도 없이 공갈 분야에서는 완전히 왕이야. 밀버튼에게 어떤 구실을 잡히는 남자는, 여자의 경우도 물론이고, 더 이상 얼굴을 들고 살 수가 없게 되지. 실실 웃는 얼굴에 살랑거리는 목소리로, 게다가 무쇠 같은 심장으로 상대방을 짜고 또 쥐어짜서 완전히 빈털터리가 될 때까지 물고 늘어지는 놈이야. 아무튼 그 재주는 거의 천재인데, 아마 장사를 했어도 꽤나 탄탄하게 성공했을 거야. 어떤 방법을 썼느냐 하면, 우선 돈이 많거나 지위가 있는 사람들을 난처하게 만들 수 있는 편지들이 있다면 그걸 비싸게 사겠다고 소문을 내는 거야. 그런 편지들은 집사들이나 하녀들한테서 연락이 와서 사는 경우도 있고, 부잣집 부인들이 바람을 피워 만난 상대인 불량한 남자들한테서 연락이 오기도 한다네. 편지를 입수하는 재주도 아주 대담한 데가 있어. 내가 들은 얘기에 의하면, 어떤 사람이 쓴 단 두 줄의 편지를 그 사람의 하인한테서 7백 파운드나 주고 샀는데, 그걸로 결국 그 귀족 집안이 몰락하는 지경까지 갔다는 거야.

그러다 보니까 사람들이 뭔가 팔 것이 생기면 반드시 밀버튼에게 가져온다고 하는군. 급기야 이제 런던에는 밀버튼의 이름만 들어도 얼굴이 새파래지는 사람이 수백 명이나 되고 있다네. 그런데 언제 어디서 이 자의 마수가 뻗쳐올지 아무도 모른다는 거야. 왜냐하면 돈을 안 벌어도 될 만큼 재산이 많고 또 영리하게 머리를 써서, 괜히 서둘러 재료들을 금방 사용해버리지 않기 때문이지. 몇 년씩 약점을 쥐고 있다가 가장 수확이 좋을 기회를 봐서 그때 내놓는 걸세. 아까 내가 그를 런던에서 가장 악명 높은 자라고 말했는데, 이미 두둑한 지갑을 더 두둑하게 만들려고 그렇게 파렴치한 짓을 하면서 다른 사람을 괴롭히고 인격 침해를 하는 놈하고, 발끈해 동료를 때려눕히는 자하고 어떻게 비교가 될 수 있겠나!"

홈즈가 그렇게 강하게 자신의 감정을 드러내며 말하는 경우는 거의 없었다.

"그 정도면 법적으로 제재를 가할 수 있을 텐데……."

"물론 법적으로는 그렇게 할 수 있지만 현실적으로는 쉽지가 않다네. 무슨 말이냐 하면, 예를 들어 피해자인 부인이 밀버튼을 감옥에 집어넣으려고 마음먹으면 어렵지 않게 할 수는 있는데, 그놈이 나오자마자 자신한테 복수를 할 거라는 걸 안다면 누가 그렇게 할 수 있겠냐는 거지. 그래서 다들 울며 겨자 먹기로 어쩌지도 못하고 있는 거라네. 하지만 그놈이 아무한테나 무턱대고 공갈을 친다면 그때는 물론 손을 봐줄 수가 있는데, 워낙 악마처럼 교활한 놈이라 좀처럼 꼬리가 안 잡히는 게 문제지. 그렇기 때문에 이런 싸움에서는 뭔가 다른 방법을 찾을 수밖에 없는 걸세."

"그런데 여기에 뭣 하러 오는 거지?"

"어떤 점잖은 아가씨가 밀버튼에게 하도 시달리다 못해 나한테 도움을 청해온 거라네. 누구냐면 바로 작년에 사교계에 진출한 에바 브랙웰인데, 2주일 후에 도버코트 백작하고 결혼하기로 돼 있다고 하는군. 그런데 이 악마 놈이 그녀의 경솔한 편지를 몇 통 입수한 거야. 그녀가 시골의 한 젊고 가난한 지주한테 쓴 편지인데, 그냥 조금 경솔했던 정도라는 거지. 하지만 그래도 이 약혼을 깨트릴 수는 있을 거네. 밀버튼이 그걸 가지고 큰돈을 요구하면서 응하지 않으면 백작에게 폭로하겠다고 위협하고 있는 걸세. 그래서 나한테 그를 대신 만나 합의를 좀 잘 해달라는 부탁을 해온 거라네."

그때 밖에서 말발굽 소리와 마차바퀴 소리가 요란하게 들려 창문으로 내다봤더니 쌍두마차가 의기양양하게 막 도착하고 있었다. 윤기가 나는 갈색 말의 엉덩이 부분을 마차의 등불이 환하게 비추고 있는 가운데, 제복 차림의 마부가 얼른 뛰어내려 마차 문을 열었다. 곧 몸집은 작지만 당당한 체격의 한 사나이가 꼬불꼬불한 털로 된 아스트라한 외투를 입은 채 안에서 나왔다. 그리고 1분 후, 그 사나이는 우리 방으로 들어왔다.

50세쯤 되어 보이는 찰스 어거스터스 밀버튼은 머리가 크고 수염도 없이 둥그스름한 얼굴에, 땅땅하니 살이 찐 편이며, 계속 미소를 짓고 있었다. 그리고 커다란 금테 안경 속에서 잿빛 눈동자로 찌르듯 쳐다보았다. 얼른 봤을 땐 디킨스의 소설에 나오는 피크윅 씨의 자상함이 연상되기도 했다. 하지만 계속 미소를 짓고 있는 그의 얼굴을 보면서 왠지 방심해선 안 될 것 같은 느낌도 들고, 날카로운 눈빛이지만 어딘지 모르게 차분한 맛이 없는 그의 분위기가 마음을 어지럽게 했다. 그는 방에 들어서자마자 통통하고 작은 손을 내밀며 가까이 다가오더니, 아까는 부재중이라 유감이었다고 낮은 목소리로 말했다. 목소리가 얼굴 표정 만큼이나 가라앉아 있다는 느낌이 들었다.

홈즈는 상대방의 악수도 무시한 채 냉정하고 굳은 표정으로 그를 가만히 쏘아보았다. 그러든지 말든지 밀버튼은 계속 미소를 지으며 악수를 포기하고 어깨를 들썩였다. 그리고는 외투를 벗어 조심스럽게 접어 의자 등에 걸치더니 조용히 의자에 앉았다. 그런 다음 내 쪽으로 눈길을 보내며 말했다.

"이 분이 계셔도 상관없습니까?"

"왓슨 박사는 제 친구이자 협력자입니다."

"알겠습니다. 선생의 의뢰자를 위해 물어봤을 뿐입니다. 어쨌든 아주 미묘한 문제라서……"

"그 점에 대해서는 왓슨 박사도 이미 알고 있어요."

"그렇다면 곧 용건으로 들어가죠. 선생이 에바 양의 대리인이라고 말씀하셨는데, 제가 요구하는 조건을 그녀가 받아들이는 겁니까?"

"어떤 조건인데요?"

"7천 파운드입니다."

"그녀가 받아들이지 않을 경우엔?"

"그 논란은 지금 시점에서는 상당히 곤란하겠죠. 일테면 이달 14일까지 그 돈을 내놓지 않으면 18일의 결혼은 성사되지 못할 겁니다."

밀버튼은 구역질나는 미소를 더 과장되게 지어보였다. 홈즈는 잠시 생각해보더니 이렇게 말했다.

"상당히 낙관적으로 생각하시는 것 같군요. 자, 이렇게 하면 어떨까요? 저는 물론 편지 내용도 잘 알고 있고, 그리고 에바 양이 저의 조언을 따라줄 거라고 생각합니다. 저는 에바 양이 모든 사실을 남편 될 사람에게 고백하고 그의 관용을 바라도록 그렇게 권하고 싶습니다."

"당신이 백작의 성격을 모르기 때문에 그렇게 얘기하는 겁니다."

밀버튼은 그렇게 말하며 비웃는 듯한 웃음을 흘렸다. 홈즈의 표정으로 봐서는 그가 백작의 성격을 모르는 게 아니라 오히려 너무나 잘 알고 있다는 투였다.

"편지에 무슨 곤란한 내용이 쓰여 있다는 거죠?"

"네, 쾌활한 내용들입니다. 아주 명랑하게 썼더군요. 편지를 굉장히 능숙하게 잘 쓰는 것 같아요. 그런데 문제는 도버 코트 백작이 절대로 그렇게 생각하지 않을 거라는 거죠. 어쨌든 당신의 의견 가지고는 얘기가 안 되니까 이걸로 끝내야겠네요. 이건 토론이 아니고 순전히 하나의 거래거든요. 이 편지를 백작에게 넘기는 게 당신의 의뢰자를 위해 가장 좋은 해결책이라고 생각하신다면 큰돈을 치르면서까지 되찾을 필요가 없겠죠."

밀버튼은 벌떡 일어나 아스트라한 외투를 집어 들었다. 그때 홈즈가 격한 어조로 흥분해 말했다.

"기다려 보세요. 성격이 너무 급하시군요. 이런 예민한 문제를 다룰 때는 스캔들이 안 나게 서로가 노력을 좀 해야 되지 않겠어요."

밀버튼은 다시 자리로 돌아오며 말했다.

"뭐 그렇게 말씀하실 것으로 애초에 믿고 있었죠."

"그런데 에바 양이 결코 부자가 아닙니다. 겨우 2천 파운드밖엔 가지고 있는 게 없어요. 그러니 말씀하신 액수는 도저히 능력이 안 되고, 요구액을 좀 낮춰주시면 좋겠습니다. 지금 말한 액수가 최고로 가능한 것이니까, 그 정도로 하고 편지를 돌려주십사 하는 겁니다."

밀버튼은 더 여유로운 미소를 지으며 눈빛을 반짝였다.

"에바 양의 재력은 말씀하신 그 정도라고 저도 알고 있습니다만, 그녀의 결혼을 위해 친척이나 친지들이 그녀에게 뭔가 도움을 줄 수 있는 좋은 기회가 되지 않을까요? 축하 선물로 무엇을 하면 좋을까 하고 아마 지금쯤 고민하고 있는 사람들도 있을 겁니다. 하지만 온 런던의 촛대와 접시를 받은들 이 편지뭉치보다 더 큰 기쁨이 되는 게 그녀에게 있을까요? 저는 고민하는 그 사람들한테 이 얘기를 해주고 싶군요."

"그럴 수는 없습니다."

"허허, 이러시면 난처하죠."

밀버튼은 두툼한 지갑에서 편지 하나를 꺼내 보이며 말을 이었다.

"이걸 보십시오, 에바 양은 지금 잘못된 조언을 받고 있는 겁니다. 이건…… 아무튼 내일 아침까지는 편지 받은 상대방 이름을 밝히지 않겠습니다만, 이 편지는 분명 그녀의 남편 될 사람에게 건네질 겁니다. 그녀가 갖고 있는 수많은 다이아몬드 중 하나를 팔기만 해도 쉽게 마련될 푼돈을 아끼면서까지 이런 사태를 초래시키다니 참 딱한 노릇이군요. 아무튼 그건 그렇고, 마일스 양과 토킹 대령의 약혼이 갑자기 깨진 이유는 알고 계시죠? 결혼식 불과 이틀 전에 모닝포스트에 기사가 떴는데, 딱 석 줄밖에 안 되더군요. 왜 파혼이 됐을까요? 참 믿어지지 않는 얘기지만 겨우 2천 파운드가 없어서 그 지경까지 가게 됐던 거거든요. 정말 안타까운 일 아닙니까? 그런데 말이죠, 홈즈 씨. 당신처럼 분별 있는 분이 의뢰인의 미래와 명예가 위협을 받고 있는 지금 이런저런 조건을 달면서 말씀하신다는 게 저로서는 참 납득이 안 되거든요."

"제가 거짓말을 하고 있는 게 아니에요. 그만한 돈을 도저히 마련할 수 없는 겁니다. 이 여성의 인생을 아무리 짓밟아 봐야 한 푼도 안 생길 거니까, 차라리 내 제안을 받아들여 실속을 챙기는 게 훨씬 더 이익이 되지 않을까요?"

"그건 잘못된 생각입니다, 홈즈 씨. 폭로는 간접적으로 저한테 큰 이익을 가져다주거든요. 지금도 비슷한 건수를 여덟 개 내지 열 개쯤 가지고 있는데, 만일 이번에 에바 양이 협의를 거절함으로써 어떤 꼴을 당했는지 사람들한테 알려지게 되면 제 입장에서는 다른 사람들을 설득시키는 게 아주 쉽게 풀릴 겁니다. 무슨 말인지 아시겠죠?"

그때 홈즈가 자리에서 벌떡 일어나며 말했다.

"왓슨, 뒤로 돌아가게. 이자를 방에서 못 나가게 해야겠어. 좋아, 됐네. 자, 밀버튼 씨, 가지고 있는 그 명단을 내놓으시죠."

밀버튼은 쥐새끼처럼 날쌔게 방구석으로 피해 갔다. 그리고는 재킷 속주머니에 숨겨둔 대형 권총의 개머리 부분을 내보였다.

"홈즈 씨, 당신 정도의 솜씨면 합의를 볼 때도 뭔가 새로운 수법을 쓰지 않을까 기대를 했습니다만, 그런 건 누구나 쓰는 낡은 방식이죠. 나는 그런 꼼수에 넘어가지 않아요. 게다가 난 이렇게 무장까지 하고 있고, 법률도 언제든 내 편에 서서 도와줄 거라는 걸 알고 이 무기를 사용할 만반의 준비가 돼 있거든요. 그리고 내가 관련자들의 명단을 가지고 다닐 걸로 생각하셨다면 큰 착각입니다. 그런 바보 같은 짓은 안 하죠. 자, 오늘 밤에 몇 사람을 더 만날 약속이 있어서 이만 실례하겠습니다. 햄스테드까지 가려면 꽤 머니까요."

그는 테이블 쪽으로 가더니 외투를 집어 들고는 권총을 꺼내 든 채 문으로 다가갔다. 내가 얼른 의자를 잡았지만 홈즈는 머리를 가로저었다. 그 사이 밀버튼은 미소를 지으며 여전히 눈을 번득이면서 나가버렸다. 잠시 후 마차 문 닫히는 소리가 쾅 하고 들리더니 바퀴소리가 멀어져갔다.

홈즈는 바지 주머니에 두 손을 찔러넣고 난로 옆에 앉아, 턱을 푹 내리고는 꼼짝도 안 하고 한동안 시뻘건 나무만 쳐다보고 있었다. 그렇게 있기를 30여분, 그제야 뭔가 생각이 떠올랐는지 갑자기 힘차게 일어나서는 침실로 들어갔다. 그리고 얼마 후, 방에서 나온 사람은 텁수룩한 수염으로 변장을 한 젊고 쾌활한 노동자였다. 그는 램프를 들고 파이프에 불을 붙이며 말했다.

"왓슨, 잠깐 나갔다 오겠네."

그러면서 그는 계단을 내려가 밖의 어둠 속으로 모습을 감췄다. 그건 드디어 홈즈가 찰스 어거스터스 밀버튼을 상대로 도전의 첫발을 내디뎠음을 알려주는 것이었지만, 이 싸움이 그렇게나 복잡한 것이 될 줄은 꿈에도 생각지 못했었다.

그 후 며칠 동안 홈즈는 늘 같은 모습으로 외출을 했고, 가는 곳은 분명 햄스테드였을 것이며, 날마다 좋은 성과가 있었을 것이라는 건 의심할 나위가 없었다. 다만 그가 구체적으로 어떤 일을 하고 있는지는 전혀 알 수가 없었다. 하지만 마침내 어느 날, 폭풍이 불어대고 창문이 덜컹거리는 밤이었다. 집으로 돌아온 홈즈는 변장을 벗고 난로 옆에 앉더니 별안간 배를 움켜잡고 웃기 시작했다.

"왓슨, 자네는 내가 결혼하고 싶을 거라고 절대로 생각 안 하겠지?"

"안 하지……."

"그럼, 나한테 약혼자가 생겼다고 하면 깜짝 놀라겠네?"

"뭐라고? 그럼 축하……."

"약혼자가 누구냐면 밀버튼의 하녀일세."

"아니, 그건……."

"정보가 필요하니까."

"아무리 그래도 약혼은 너무 심한 거 아니야?"

"어쩔 수 없었다네. 우선 배관공으로 그 집에 들어갔지. 에스콧이라는 이름으로 말일세. 그리고는 저녁마다 그녀와 함께 산책을 나가 이런저런 얘기를 많이 한 거야. 아무튼 쉴 새 없이 떠들어댔지. 덕분에 내가 알고 싶었던 걸 모두 얻어 들었고, 이제는 밀버튼의 집 안일이라면 손바닥 들여다보듯 훤히 알게 됐다네."

"그럼 그 아가씨는 뭐야. 안 됐잖아."

"어쩔 수가 없었네."

홈즈는 목을 움츠리며 말했다.

"이렇게 좋은 패가 나와 있을 때는 정신을 완전히 집중해서 그 패를 손에 쥐어야 돼. 틈을 조금만 보여도 무섭게 반격해오는 만만치 않은 상대와 싸우고 있으니 전의가 솟구치는구먼. 아무튼 오늘 참 좋은 밤이야."

"이런 날씨를 좋아하는 건가?"

"내 계획에 딱 어울리는 밤이지. 왓슨, 오늘 밤엔 밀버튼의 집에 도둑질하러 들어갈 생각이네."

아주 단호하게 딱 잘라 말하는 홈즈의 선언에 나는 온 몸이 긴장되고 무서운 생각이 들었다. 밤에 번개가 치면 산과 들판이 은밀한 곳까지 순간적으로 훤히 드러나듯, 홈즈가 벌일 행동의 결과가 눈앞에 불현듯 어른거리는 것 같았다. 침입, 체포, 그럼으로써 오늘날까지 이어온 영예로운 인생이 돌이킬 수 없는 실패와 굴욕으로 끝나고, 가증스러운 밀버튼 앞에서 초라하게 서 있는 홈즈의 모습, 그런 것들이었다.

"그런데 홈즈, 현명하게 잘 생각해서 하기 바라네."

"걱정 말게. 이 결단은 모든 걸 생각하고 나서 한 것이니까, 결코 경솔한 행동은 아니라네. 물론 다른 방법이 있었다면 이런 거칠고 위험한 수단은 선택하지 않았겠지. 그보다도 먼저 문제를 잘 생각해 보세. 이 방법이 법적으로는 위반이라 할지라도 도의적으로는 옳다는 걸 자네도 인정하리라고 생각하네. 밀버튼의 집에 침입하는 건 그 명단이 있는 수첩을 빼내기 위해서야. 자네도 그날 의자를 들고 그자를 치려고 하지 않나."

"그랬었지."

나는 대답은 했지만 홈즈의 말에 잠시 말문이 막혀 있었다.

"그래, 도의적으로는 옳다고 할 수 있지."

"그거야. 도의적으로 옳다면 남는 건 개인적 위험뿐이지. 적어도 신사라면 절망의 위기에 빠져 있는 귀부인한테서 구원을 요청받을 경우, 자기의 위험 같은 건 내팽개칠 줄 알아야 하지 않을까?"

"그러면 이번엔 자네가 위태로워지겠군."

"그렇다네. 그렇지 않고는 편지를 되찾을 방법이 없으니 말이야. 에바 양은 돈이 없을 뿐만 아니라 어려움을 털어놓고 의지할 만한 사람도 주변에 없어. 유예 기간은 내일로 끝이 나기 때문에 오늘 밤 안으로 편지를 되찾지 못하면 그 악마 놈이 말한 대로 그녀를 파멸시키고 말 걸세. 그렇게 되면 나로서는 부탁받은 보람도 없이 그녀를 저버리게 되는 거야. 아니면 최후의 조커를 사용해야 하지. 사실 이건 왓슨, 밀버튼과 나의 결투나 다름없네. 자네도 봤다시피, 처음엔 녀석한테 한 방 먹었지만 나는 자존심과 명예를 걸고라도 반드시 이놈을 넘어뜨릴 때까지 싸울 거네."

"아무래도 불안하지만 그렇게 할 수밖에 없겠지. 언제 출발하나?"

"자네는 같이 안 가도 되네."

"그렇다면 자네 혼자는 보내지 않겠네. 내가 결단코 말하지만, 오늘 밤 모험에 나를 데려가지 않으면 곧장 경찰로 달려가서 자네의 계획을 고발하겠네. 이건 절대로 협박이 아니야."

"자네는 가도 할 일이 없는 걸."

"그걸 어떻게 알아? 무슨 일이 생길지 모르는 거 아니야. 어쨌든 내 생각은 분명해."

홈즈는 난처한 표정을 지었지만 곧 생각을 바꿨는지 밝은 얼굴로 내 어깨를 탁 쳤다.

"알았네. 그럼 같이 가기로 하세. 몇 년이나 한 집에서 같이 살았으니까 같은 감방에서 썩는 것도 나쁘진 않겠지. 자네니까 말하지만, 나는 이따금 나 자신이 아주 확실한 범죄자가 될 수도 있다는 생각이 들더라고. 이참에 어쩌면 처음으로 그걸 실천할 기회가 생길지도 모르지. 이것 좀 보게."

그는 서랍에서 가죽으로 만들어진 상자를 하나 꺼내더니 열어보였다. 안에는 반들거리는 무슨 도구들이 많이 들어 있었다.

"이게 최신식 연장인데, 절도에 쓰는 것들이라네. 이건 니켈 도금의 망치고, 이건 다이아몬드가 달린 유리 자르는 기구, 이건 만능열쇠, 그리고 각종 최첨단 기구들이지. 아무튼 별 게 다 있어. 자네 고무창 달린 신발 있나?"

"테니스 운동화가 있지."

"됐어. 복면은?"

"검정색 천으로 만들면 되지 뭐. 자네 것도 함께 만들어보겠네."

"잘 됐군. 자네는 천성적으로 그런 방면에 소질이 있는 것 같아. 그럼 마스크를 만들어 주게. 출발하기 전에 뭘 좀 먹기로 하세. 지금이 9시 반인데, 11시가 되면 처치 거리까지 마차를 타고 가기로 하지. 거기서부터 애플도어 타워즈까지는 걸어서 15분쯤 걸리니까, 12시 전에 일을 시작할 수 있을 걸세. 밀버튼은 밤 10시 반이면 잠자리에 들기 때문에 그때쯤엔 세상모르고 자고 있을 거야. 일이 잘 되면 2시쯤엔 에바 양의 편지를 주머니에 넣고 돌아올 수 있겠지."

홈즈와 나는 정장 차림을 하고 밖으로 나갔다. 마치 연극을 보러 가는 것처럼 꾸미기 위해서였다. 우리는 옥스퍼드 거리에서 마차를 잡아타고 햄스테드의 목적지로 향했다. 그곳에 도착했을 땐 날씨가 몹시 춥고 바람이 심하게 불어 우리는 외투깃을 세우고 걸어야 했다.

"굉장히 신중하게 해야 하네. 편지는 그놈 서재의 금고에 들어 있겠지만 서재가 침실 바로 앞에 있으니 말이야. 그런데 다행스런 건, 그놈이 수면과다증세가 있다는 거야. 그런 작은 체구의 땅땅한 사람들에게 흔히 있기 쉬운 체질이지. 내 약혼자인 아가더가 그러는데, 아무리 깨우고 소란스러워도 잘 일어나지 않아서, 고용인들이 그런 명칭을 붙였다고 하는군.

밀버튼이 고용한 비서가 하나 있는데, 워낙 충실하고 철저해서 하루 종일 서재에만 있고 절대로 밖에 안 나온다는 거야. 그래서 이렇게 밤 시간을 택한 거라네. 그리고 놈이 개를 한 마리 기르고 있는데, 마당에 풀어놓고 있거든. 내가 요즘 계속해서 밤에 아가더를 만나러 갔을 땐 그녀가 내 편의를 봐줘서 개를 묶어놨었지. 자, 다 왔네. 바로 이 집이야. 따로 뚝 떨어져 있고 규모가 꽤 크지. 자, 들어가면 오른쪽에 월계수 나무가 있는데, 그 덤불 속으로 들어가세. 거기서 마스크를 쓰는 게 나을 거야. 보게나, 지금 창문에 불빛이라곤 하나도 안 보이지? 지금이 딱 좋은 시간일세."

검은 천으로 얼굴을 가리고 영락없는 밤도둑 행색을 한 우리는 어둡고 적막감이 도는 건물 쪽으로 서서히 다가갔다. 건물 한쪽엔 타일로 된 베란다 같은 것이 있고, 그 안으로 창문과 두 개의 문이 있었다.

"저기가 밀버튼의 침실이야."

홈즈가 속삭였다.

"이 문으로 들어가면 바로 서재니까 이리 들어가는 게 가장 좋은데, 자물쇠가 채워져 있어서 열려고 하면 너무 큰소리가 나는 게 문제지. 이쪽으로 오게. 여기가 온실인데, 안으로 연결돼 있거든."

온실 문도 잠겨 있었지만 홈즈는 유리를 잘라내고 안으로 손을 집어넣어 쉽게 열었다. 우리는 안으로 들어가 얼른 문을 닫았는데, 사실상 그때부터 법적으로는 범죄자가 된 셈이었다. 온실의 더운 공기와 열대 식물의 이국적인 향기가 뒤섞여 있어 조금은 답답한 느낌이 들었다. 어둠 속에서도 홈즈는 나를 잡고 거침없이 나아갔다. 나는 잘 안 보여 나뭇가지에 얼굴이 스쳤지만, 홈즈는 어둠 속에서도 잘 보이는 특별한 능력을 갖고 있었다. 그건 바로 몇 년에 걸쳐 꾸준히 노력하고 실천한 덕분이었다.

그는 한 손으로 나를 붙잡은 채 문을 열고 안으로 들어갔다. 큰 방인 것 같았다. 누가 조금 전에 시가를 피운 듯 냄새가 퍼져 있었다. 홈즈는 손으로 더듬더듬 하며 가구들 사이로 빠져나가더니 두 번째 문을 또 열었다. 그리고는 안으로 들어가 비로소 내 손을 놓고는 조심스레 문을 닫았다. 손을 뻗쳐봤더니 벽에 옷가지들이 걸려 있는 것으로 보아 아마도 복도인 것 같았다.

홈즈는 몇 발짝 걸어간 후 오른쪽에 있는 문을 아주 조용히 열었다. 그 순간 무언가가 우리 쪽으로 확 뛰쳐나왔다. 깜짝 놀라서 봤더니 고양이였는데, 그 바람에 나는 그만 웃음을 터뜨릴 뻔 했다. 방엔 장작불이 아직 타고 있고, 담배 연기도 자욱이 차 있었다. 홈즈는 살금살금 들어가더니 내가 뒤따라 들어가자 다시 조용히 문을 닫았다. 그곳은 밀버튼의 서재였다. 한쪽 벽이 커튼으로 가려져 있는 걸 보니, 그곳이 바로 침실인 것 같았다.

난로에서 나오는 불빛 때문에 방안이 그리 어둡지는 않았다. 방문 옆에 전등 스위치가 있었는데 불을 켜도 별 위험은 없을지 모르지만 굳이 그럴 필요는 없었다. 벽난로 옆에 커튼이 쳐져 있는 곳은 밖에서 보이던 창문 쪽인 것 같고, 반대쪽에는 베란다로 나가는 문이 있었다. 서재 한가운데에 책상이 자리하고 있고, 그 앞에는 번들거리는 붉은색 가죽 의자가 놓여 있었다. 그리고 책상 건너편에 커다란 책꽂이가 놓여 있고, 그 위에는 대리석 조각품이 장식되어 있으며, 그 책꽂이 옆으로 제법 큰 녹색 금고가 하나 놓여 있었다. 불빛을 받고 있는 금고의 손잡이가 반들반들하니 닦여 번뜩이고 있었다.

홈즈는 살금살금 금고로 다가가 가만히 들여다보다가 다시 침실 쪽으로 가더니 귀를 기울였다. 침실에서는 아무 소리도 들려오지 않았다. 그동안 나는 출구로 베란다 쪽 문을 확보해두는 게 좋겠다고 생각하며 미리 문을 살펴보았다. 그런데 놀랍게도 문은 잠겨 있지 않았다. 나는 슬며시 홈즈의 팔을 잡으며 그 사실을 알렸다. 그도 놀랐는지 문 쪽을 쳐다보았다. 아주 뜻밖이라는 반응이었다.

"이상하네. 무슨 뜻일까. 어쨌든 지금은 서둘러야 해."

홈즈는 내 귀에 바짝 대고 속삭였다.

"내가 할 일이 있나?"

"저 문 앞에 서 있다가 누군가 오는 것 같으면 잠그도록 하게. 우리는 지금 들어온 곳으로 도망칠 거네. 또 저쪽 문에서 누군가 들어오면, 일이 끝날 경우 베란다로 탈출하고 아직 진행 중일 땐 창문 커튼 뒤로 숨기로 하세. 알겠지?"

나는 고개를 끄덕이고 문 옆으로 가서 섰다. 처음엔 공포감이 들었지만 어느덧 법을 지키는 정의로운 수호자라는 생각이 들면서 짜릿한 기쁨으로 온 몸이 떨리는 기분이었다. 우리의 숭고한 사명감, 자신을 희생시킬 줄 아는 기사도 정신에 대한 자각, 반면에 상대방의 비열함, 이런 것이 한데 엉겨 그날 밤의 모험은 마치 스포츠라도 하듯 점점 긴장되어 갔다. 나쁜 짓을 하고 있다는 생각은 눈곱만큼도 없고, 위험 속에 있으면서도 오히려 가슴이 설렐 만큼 흥겨웠다. 나는 세밀한 수술을 하는 외과의사의 침착함과 과학적 정확성을 가지고 홈즈를 지켜보았는데, 연장 상자 속에서 어떤 공구를 선택할지 신중하게 들여다보고 있는 그의 모습이 감탄스럽기만 했다.

홈즈가 '금고 열기'를 자신의 취미로 삼아왔다는 건 내가 전부터 잘 알고 있었기 때문에, 지금 그는 수많은 귀부인들의 비밀을 뱃속에 삼키고 있는 녹색의 그 괴물과 싸우며 즐기고 있을 거라는 생각이 들었다. 그는 소매를 걷어 올리고 송곳 두 개와 망치 등을 연장 상자에서 꺼내 바닥에 늘어놓았다. 나는 만일의 사태를 대비해 양쪽

문을 번갈아 지켜보았다. 하지만 진짜로 무슨 일이 벌어졌을 경우 어떤 조치를 취할 것이냐고 물으면 대답할 말이 없었다. 홈즈는 30분 가량 이것저것 연장을 바꿔가며 숙련된 기술자에게서 볼 수 있는 노련한 솜씨로 작업에 열중하고 있었다. 그러다 마침내 찰칵 하고 소리가 나며 금고 문이 열렸다. 들여다보니 안에는 많은 서류들이 끈으로 묶여 있거나 봉투에 넣어진 채 겉에 제목이 씌어져 있었다.

홈즈는 그 중 하나를 집어 들었는데 글씨가 제대로 안 보여 손전등을 켰다. 침실에서 밀버튼이 자고 있기 때문에 전등 스위치를 켤 수가 없었던 것이다. 그런데 순간 그가 멈칫 하더니 잠시 귀를 기울이고 있다가 얼른 금고 문을 닫았다. 그리고는 옆에 두었던 외투를 집어 들고 연장들을 주머니에 쑤셔넣은 다음, 나에게 신호를 보내며 창문의 커튼 뒤로 뛰어들었다.

비로소 나는 커튼 뒤에 숨어서야 귀가 밝은 홈즈가 뭣 때문에 그리 놀랐는지를 알게 되었다. 집안 어딘가에서 소리가 나고 있었던 것이다. 조금 떨어진 곳에서 쾅 하고 문 닫는 소리가 들렸다. 그리고 뒤이어 무슨 내용인지는 안 들리지만 두런거리는 말소리가 울려오고, 무거운 발걸음 소리도 다가오고 있었다. 발소리는 복도를 지나 우리가 숨어 있는 서재 앞까지 와서 멈췄다. 이윽고 서재 문이 열리고 스위치 올리는 소리가 들리더니 방안이 환해졌다. 이어서 다시 문 닫는 소리가 나고 시가 냄새가 방안에 퍼져나갔다. 그런 다음 방안을 왔다갔다 걷는 소리가 들리더니, 잠시 후 의자가 삐걱거리며 발소리는 더 이상 나지 않았다.

그리고 열쇠 돌리는 소리가 찰칵 나고, 부스럭거리는 종이 소리도 들렸다. 그제야 나는 용기를 내서 커튼 사이로 살며시 내다보았다. 홈즈가 내 쪽으로 조심스레 몸을 붙이며 같은 틈으로 내다보았다. 눈앞에 손을 뻗치면 닿을 만한 곳에서 밀버튼의 통통한 상체가 보였다. 우리는 그날 밤 밀버튼의 생활에 대해 완전히 잘못 계산하고 있었던 것이다. 침실에서 자고 있었던 게 아니었으니 말이다. 우리가 다른 쪽 창문을 살펴보지 않았던 게 문제였는데, 아마도 그는 응접실이나 당구실에 있었던 게 틀림없다.

희끗희끗한 커다란 머리통에 벗겨 올라간 이마가 불빛 아래서 번들거리고 있는 게 보였다. 그는 붉은 가죽 의자에 몸을 뒤로 젖히고 앉아 다리를 쭉 뻗은 채, 기다란 시가를 입에 삐딱하니 물고 있었다. 그리고는 무슨 서류 같은 걸 들고 꼼꼼히 들여다보며 시가의 연기로 고리를 만들어 내뿜었다. 그 차분하고 편안해 보이는 태도로 보아 금방 자러 갈 것 같지는 않았다.

홈즈는 걱정하지 말라는 듯 내 손을 툭 쳤다. 그러나 내가 있는 위치에서 볼 때는 금고 문이 완전히 닫혀 있지 않았다. 그래서 언제 어떻게 밀버튼이 그걸 발견하게 될지 조바심이 나기만 했는데, 홈즈가 과연 그 사실을 알고 있는지는 확신할 수 없었다. 그래서 나는 밀버튼의 동작을 예의주시하고 있다가 금고가 열려 있는 것을 눈치챈 게 확실하다 싶으면, 잽싸게 뛰어나가서 놈의 머리에 외투를 뒤집어씌워 제압하고, 나머지는 홈즈에게 맡기자고 속으로 마음먹고 있었다. 그러나 밀버튼은 서류에 눈을 고정한 채 좀처럼 얼굴을 들지 않았다. 아무래도 굉장히 중요한 것들인지 한 장 한 장 넘기며 열심히 읽어나갔다. 그 상태로 볼 때는 서류를 완전히 살펴보고 시가를 다 피우기 전까지는 침실로 갈 것 같지 않았다. 그러나 별안간 생각지도 못한 사태가 일어나는 바람에 우리는 생각을 바꿀 수밖에 없었다.

밀버튼은 자주 시계를 꺼내 보더니 한 번은 자리에서 일어나려고 하며 뭔가 초조해하는 분위기였다. 설마 그 밤늦은 시간에 누구를 기다리고 있는 건 아닐 터였다. 하지만 바로 그때, 우리가 꿈에도 생각지 못했던 일이 벌어졌다. 베란다 쪽에서 무슨 소리가 났고, 그 소리를 들은 밀버튼이 그제야 얼굴을 들며 서류를 책상에 내려놓고는 단정한 자세로 고쳐 앉는 것이었다. 이윽고 다시 소리가 나며 누군가 조용히 노크를 하자 밀버튼이 일어나 베란다로 나가는 문을 열었다.

"아니, 30분이나 늦게 왔네요."

밀버튼이 퉁명스럽게 말했다.

그제야 우리는 베란다 문이 잠겨 있지 않았던 것과 밀버튼이 늦게까지 자지 않고 있었던 이유를 알게 되었다. 여성의 옷자락 스치는 소리가 희미하게 들려왔다. 밀버튼의 얼굴이 우리 쪽을 향하고 있어서 나는 커튼 틈을 얼른 닫았다. 그리고 잠시 후 다시 용기를 내어 틈을 열어보았다. 그는 아까 그 의자로 다시 가서 앉았고, 그 앞에는 전등 불빛을 온 몸에 받은 한 여성이 서 있었다. 늘씬하니 키가 크며 베일로 얼굴을 가리고 망토의 깃털을 턱까지 올리고 있었다. 그녀는 숨을 조금 헐떡이며 온몸을 약간 떨고 있는 것 같았다.

"부인 때문에 잠을 설쳤으니까, 그만한 보상은 해주셔야 합니다. 다른 시간에 오실 수는 없었나보죠?"

부인은 가만히 머리를 흔들었다.

"음, 그러면 할 수 없죠. 백작부인이 그렇게 강하게 나가시겠다면 지금이야말로 복수할 수 있는 절호의 기회죠. 아니, 왜 그렇게 떨고 계십니까? 걱정 마시고, 마음을 단단히 가지세요. 자, 그럼 용건으로 들어갈까요."

밀버튼은 그렇게 말하며 책상 서랍에서 편지 하나를 꺼냈다.

"부인께서 다르벨르 백작의 명예에 관련된 편지를 다섯 통 갖고 계시다고요? 그걸 저한테 팔고 싶다고 하셨죠? 문제는 값인데, 저로 서는 일단 그걸 봐야지만…… 아, 아니, 이게 누군가요?"

그는 놀라서 소리쳤다.

부인이 베일을 걷어 올리고 망토 깃털을 내리며 얼굴을 드러냈던 것이다. 밀버튼을 똑바로 바라보고 있는 그 여인은 불그스름한 피부에 윤곽이 뚜렷하며 단정한 모습을 하고 있었다. 짙은 눈썹 아래 날카로운 눈빛으로 쳐다보고 있는 그녀는 입을 꼭 다물고 있지만 어딘지 모르게 폭풍을 머금고 있는 것만 같았다.

"네, 그렇습니다. 당신 때문에 신세를 망친 사람이죠."

그녀의 말에 밀버튼이 웃었다. 하지만 그 웃음은 불안과 공포심이 배어 있는 경련과도 같았다.

"아주 끈질기시군요. 나도 이 일이 좋아서 하고 있는 건 아닙니다.

그러나 남자는 직업을 가져야 하니까요. 그건 그렇고, 제가 어떻게 해드려야 할까요? 저로서는 당신의 재력 범위 안에서 값을 정했던 겁니다. 그런데 당신이 지불하지 않겠다고 하셨죠?"

"그래서 당신은 내 남편에게 편지를 넘기고 말았죠. 남편은 참으로 고상한 사람인데, 너무나 큰 상처를 받아 이 세상을 하직했어요. 당신 같은 사람은 내 남편의 신발 끈조차 맬 자격이 없습니다. 그 마지막 밤에 내가 저 문으로 들어와서 당신한테 신신당부 하고 좀 봐달라고 했는데, 설마 그걸 잊어버리지는 않았겠죠. 그런데도 당신은 모든 걸 무시하고 말았어요. 지금도 웃고 싶겠지만 이제는 두려워서 참고 있겠죠. 그래요. 내가 두 번 다시 여기에 올 줄은 몰랐을 거예요. 그날 밤의 경험 때문에 어떻게 하면 당신과 단 둘이 만날 수 있을지를 알게 되었죠. 이봐요, 찰스 밀버튼 씨, 뭐라고 말씀 좀 해보시죠."

"지금 나한테 협박하는 겁니까? 말이 되는 소린가요?"

밀버튼은 자리에서 벌떡 일어났다.

"사람을 부를까요? 하인이 달려오면 당신을 붙잡도록 할 수 있어요. 내가 오시라고는 했지만 당신이 화내는 걸 나도 모르는 게 아니에요. 아무 말도 안 하고 싶으니까 빨리 나가주세요."

부인은 한 손을 가슴 속에 넣은 채 비꼬듯이 묘한 미소를 지어보였다.

"이제 당신 따위는 두 번 다시 남의 인생을 망치지 못할 거요. 다른 사람을 괴롭히도록 내버려두지 않겠다. 이 세상에 해를 끼치는 이 악마 같은 자를 내가 없애주지. 자, 각오를 해보시지. 개자식 같으니! 자, 없애주마!"

그녀는 가슴 속에서 권총을 꺼내 밀버튼에게 겨누며 방아쇠를 당겼다. 몇 번이었나, 탕탕 소리가 연거푸 들렸다. 밀버튼은 순간적으로 피했지만 그대로 책상에 엎어져버렸다. 서류가 마구 흐트러지는 가운데 그는 최후의 몸부림을 하며 다시 한 번 일어서려고 했지만 날아오는 총알을 맞고는 다시 바닥으로 쓰러졌다.

"음, 네가 나를!"

마지막 신음으로 그 말을 했을 뿐 그는 두 번 다시 움직이지 못했다.

그녀는 끝까지 침착하게 지켜보고 있더니 놈에게 다가가 얼굴을 구둣발로 밟아버렸다. 그리고는 또 한번 지켜보며 시체가 더 이상 움직이지 않고 신음소리도 안 나는 지를 확인했다. 곧이어 옷자락 스치는 소리가 나더니 밤바람이 따뜻한 방안으로 쏴아 하고 들어오는 게 느껴졌다. 복수자가 떠나버린 것이다.

우리가 나섰다 하더라도 밀버튼의 운명은 달라질 수 없었겠지만, 저항할 힘도 없고 도망치지도 못하는 밀버튼의 몸에 총알이 쏟아지는 것을 보고 나는 그만 뛰어나가려고 했지만 냉정한 홈즈가 내 손목을 꽉 붙잡았다. 그의 강한 만류에 내가 곧 이해했던 건, 그게 우리와는 상관없는 일이라는 것이었다. 악마 같은 인간에게 정의의 심판이 내려진 것뿐이었다. 우리에게는 우리가 해야 할 임무가 있었다. 가장 중요한 그 목적을 잊어서는 안 되었다.

홈즈는 여인이 떠나자 재빨리 커튼 밖으로 뛰어나가 방문을 잠갔다. 거의 동시에 집안 어딘가에서 사람 소리가 들리고 누군가가 이쪽으로 뛰어오고 있었다. 총소리에 모두들 잠이 깬 것이다. 홈즈는 전혀 당황하지 않고 금고로 가서 안에 있는 서류들을 전부 꺼내 들고는, 난로로 다가가 그 안에 던져버렸다.

그때 누군가가 문손잡이를 잡고 열려고 하다가 안 열리자 문을 쾅 쾅 두드리기 시작했다. 홈즈는 재빨리 주위를 둘러보더니 책상 위에 놓여 있는 서류가 피로 물들어 있는 것을 보고는 그것까지 얼른 난로 속으로 던져 넣었다. 그런 다음엔 베란다 문 안쪽에 끼워져 있었던 열쇠를 뽑아 나를 밖으로 밀어내며, 자신도 따라 나온 후 문을 닫고 밖에서 열쇠로 잠가버렸다.

"왓슨, 이쪽으로 오게. 이쪽 담은 쉽게 넘어갈 수 있어."

비상벨이 얼마나 빨리 전달되었는지, 깜짝 놀랄 정도였다. 뒤돌아 봤더니 저택의 모든 창문이 환하게 켜 있었다. 정문이 열려 있고 누군가가 그쪽으로 달려가는 모습이 보이며, 정원 안에 많은 사람들이 모여 있었다. 우리가 베란다에서 나오는 것을 발견한 모양이었다. 한 남자가 우리 뒤를 쫓아왔다. 홈즈는 이미 지리를 훤히 알고 있는 듯, 오솔길 사이로 잘 빠져나갔다. 나도 바짝 따라붙으며 그의 뒤를 놓치지 않았다. 추적자의 숨소리가 멀지 않은 곳에서 들려왔다.

그러나 6피트나 되는 높은 담이 우리의 앞길을 가로막았다. 홈즈는 힘껏 매달리더니 담을 뛰어넘었다. 나도 따라서 그렇게 했는데, 몸이 올라가기 전에 이미 발목이 붙잡혀 버렸다. 하지만 잽싸게 그 손을 차버리고 꼭대기에 유리조각이 심어져 있는 그 담을 뛰어넘었다. 고꾸라져 떨어진 곳은 풀밭이었지만 홈즈가 부축해줘 금방 일어났다. 우리는 계속해서 햄스테드의 넓은 벌판을 뛰어갔다. 2마일쯤 정신없이 달렸을까. 홈즈는 겨우 걸음을 멈추고 가만히 귀를 기울였다. 이제는 아무도 쫓아오지 않는 것 같았다. 그제야 마음이 놓였다.

그날의 맹활약 후, 바로 다음날이었다. 식사 후 거실에서 파이프 담배를 피우고 있는데, 경시청의 레스트레이드 경감이 잔뜩 찌푸린 얼굴로 우리를 찾아왔다.

"홈즈 씨, 왓슨 씨, 안녕하십니까? 지금 바쁘신가요?"

"이야기 들을 시간은 있습니다."

"어젯밤 햄스테드에서 큰 사건이 있었어요. 크게 안 바쁘시면 협조를 좀 부탁드릴까 해서요."

"햄스테드에서요? 무슨 사건이었죠?"

"살인입니다. 매우 특이하고 드라마틱한 사건이죠. 홈즈 씨라면 굉장히 흥미를 가질 것 같은 생각이 듭니다만. 괜찮으시면 애플도어로 함께 가셔서 의견을 좀 주시면 좋겠습니다. 이건 흔한 살인사건이 아니거든요. 밀버튼이라는 자는 제가 오래 전부터 요주의 인물로 꼽고 있었는데, 지금에야 하는 말이지만 정말 악질이었어요. 서류나 편지들을 가지고 그걸 미끼로 공갈치고 그랬는데, 살인자들이 현장에서 그자의 서류들을 전부 불태워버렸지 뭡니까. 그런데 값나가는 것들은 하나도 없어지지 않고 그대로 있더군요. 그러니까 그 범인들은 아마도 꽤 지위가 있는 인물들이고, 비밀이 폭로되는 걸 막으려고 그랬던 게 아닌가 싶습니다."

"범인들이라 하면 한 사람이 아니었다는 얘기네요?" "범인은 두 사람이었어요. 조금만 빨리 도착했다면 현장에서 그자들을 잡을 뻔 했죠. 하지만 발자국이나 인상착의는 좀 잡았습니다. 그 정도면 90퍼센트는 체포될 거라고 생각해요. 한 녀석은 꽤 날쌔게 도망쳐버렸고, 다른 녀석은 정원사가 붙잡았는데 그만 싸움 끝에 놓치고 말았다고 하더군요. 이 놈은 보통 키에 체격이 다부진 편이고, 목덜미가 굵은 데다 수염을 약간 기르고 마스크를 하고 있었다는 설명이었어요."

"그 정도 가지고는 너무 막연하지 않습니까? 그러고 보니 왓슨이랑 외모가 아주 비슷한 녀석인가 보네요."

"정말 그러네요. 아니, 정말로 왓슨 씨와 딱 똑같네요."

레스트레이드가 재미있어 하며 맞장구를 쳤다.

"그런데 레스트레이드 경감, 참 오랜만에 부탁을 하셨는데, 이 일은 내가 도와드릴 수가 없습니다. 왜냐하면 그 밀버튼이란 자를 내가 잘 알고 있기 때문입니다. 그자는 런던에서 최악의 위험인물 중 하나였는데, 세상엔 법으로도 어쩔 수가 없는 범죄라는 게 있습니다. 무슨 말이냐 하면, 개인의 복수라는 것도 상황에 따라서는 어느 정도 인정할 수밖에 없다는 얘기죠. 어떻게 생각하시는지는 모르지만 어쨌든 내 마음은 그렇다는 겁니다. 나는 이번엔 피해자를 동정하기 전에 가해자에게 공감을 갖고 싶군요. 그래서 이 사건에는 관여하고 싶지가 않습니다."

우리가 목격한 비극에 대해 그 후로 홈즈는 단 한 마디도 하지 않았는데, 어느 날 아침엔 이상하게도 오랫동안 깊은 생각에 잠겨 꿈쩍 않고 있었다. 그러다가 공허한 눈빛과 무기력한 동작으로, 뭔가를 생각해내려고 애쓰는 것 같았다. 아니나 다를까, 점심 식사 도중 그가 갑자기 일어나며 외쳤다.

　"아, 그래! 왓슨, 알았어. 모자를 쓰고 따라오게!"

　그러면서 밖으로 뛰다시피 나가더니, 거리를 전속력으로 달려 옥스퍼드 가의 리젠트 거리 부근까지 뛰어가 왼쪽의 한 가게 앞에 멈춰 섰다.

　가게 진열장 안에는 유명 인사들과 미인들의 사진이 많이 걸려 있었다. 그중 유독 하나를 홈즈가 관심 있게 쳐다보았는데, 그건 왕궁에 들어가는 예복 차림을 한 아름답고 화려한 부인이 다이아몬드가 박힌 머리장식을 하고는 위엄 있는 모습으로 서 있는 사진이었다. 늘씬한 키에 높은 코, 짙은 눈썹, 꼭 다문 입, 그리고 갸름하면서도 강인해 보이는 턱, 어딘지 낯익은 얼굴이었다. 사진 아래쪽에 쓰여 있는 설명에 의하면, 그녀는 어떤 유명 귀족이자 정치가의 부인이었다. 나는 순간 숨을 삼켰다. 그리고는 홈즈를 쳐다보는데 그의 시선과 마주쳤다. 그가 입에 손을 대더니 아무 말도 말라는 뜻의 신호를 해보였다. 우리는 그대로 그 가게 앞을 떠나왔다.

붉은 원

Sherlock Holmes

"아니, 워런 부인, 뭣 때문에 그렇게 걱정을 하시는 건지 그 이유를 모르겠군요. 그리고 저처럼 시간 없는 사람이 그런 일을 맡아야 할 이유도 없는 것 같고요. 저는 정말 다른 일도 많거든요."

셜록 홈즈는 그렇게 말하고 나서 다시 커다란 스크랩북 쪽으로 시선을 돌렸다. 그는 최근의 사건들을 분류하고 정리해 색인을 만드는 작업을 하고 있었다.

그러나 하숙집 여주인은 한 발짝도 물러서지 않고 끈기 있게 매달렸다. 그리고 여자들 특유의 교묘함도 발휘했다.

"홈즈 씨, 작년에 우리 집 하숙인의 일도 해결해주셨잖아요. 페어데일 홉스 씨 말이에요."

"아, 네. 작은 사건이었죠."

"그 사람은 틈만 나면 그 얘기를 했어요. 홈즈 씨가 너무나 친절하게 도와주셔서, 마치 암흑 속에서 빛을 비추듯이 해결해주셨다고 말이죠. 막상 나한테 이렇게 괴상한 일이 닥치니까 그 사람이 했던 얘기가 많이 생각나더라고요. 난 홈즈 씨가 마음만 먹으면 할 수 있다고 생각해요."

홈즈는 남들이 추켜세우는 말에 잘 넘어갔는데, 솔직히 말하면 그가 인정이 많았기 때문이다. 어쨌든 워런 부인의 끈질김과 칭찬, 그 두 가지 힘에 밀려 그는 결국 체념한 듯 한숨을 내쉬며 풀칠하던 붓을 내려놓고 소파에 몸을 파묻었다.

"알겠습니다, 워런 부인. 그럼 자세히 한 번 얘기해보시죠. 담배를 피워도 될까요? 감사합니다. 왓슨, 성냥 좀 주게나. 좀전에 말씀하신 게, 새로 들어온 하숙인이 방에만 틀어박혀 있고 얼굴을 전혀 내보이지 않아 불안하다는 거였죠? 아니, 그게 뭐 어때서요, 워런 부인! 만약 저도 부인 댁의 하숙인이라면 몇 주일 동안 제 얼굴을 못 보는 일이 허다할 겁니다."

"아니 그럴 수는 있는데요, 이건 좀 다른 얘기에요. 아주 섬뜩한 얘기거든요. 무서워서 잠을 못 잘 정도니까요. 아침 일찍부터 밤늦게까지 방안에서 종종대며 돌아다니는 소리는 나는데 얼굴을 한 번도 볼 수가 없으니까 그게 정말 못 견디겠더라고요. 제 남편도 너무 신경이 쓰인다고 하는데, 그래도 그 사람은 하루 종일 밖에 나가 일하니까 저보다는 덜 하겠죠. 저는 하루 종일 집에 있다 보니까 별생각이 다 드는 거예요. 저 남자가 누구를 피하느라 여기로 왔나? 무슨 나쁜 짓을 저지른 것일까? 집안엔 도우미 외에 그 남자와 저만 있으니까 정말 신경이 곤두서서 살 수가 없는 거예요."

홈즈는 상체를 앞으로 기울이며 길고 가느다란 손으로 하숙집 여주인의 어깨를 쓰다듬었다. 그는 마음만 먹으면 거의 최면술 같은 진정 효과를 발휘할 수 있었다. 여인의 눈에서 서서히 불안한 표정이 사라지더니 평온한 얼굴 모습으로 되어 갔다. 그러고는 그가 가리키는 의자에 편히 앉았다.

"사건을 맡으려면 상황을 자세히 알아야 하거든요."

홈즈가 말했다.

"찬찬히 잘 생각해보세요. 아주 하찮은 사실이 핵심 포인트가 될 수도 있으니까요. 그 남자가 열흘 전에 왔는데 2주일 분 하숙비를 선불로 냈다고요?"

"얼마냐고 묻기에 일주일에 50실링이라고 했죠. 방은 맨 위층에 있는데, 가구가 딸린 자그마한 거실과 침실로 돼 있다고 했어요."

"그랬더니요?"

"그랬더니 이렇게 말하더라고요. '제가 원하는 조건을 들어주시면 일주일에 5파운드씩 내겠습니다.' 하고요. 홈즈 씨, 저는 살림이 어렵고, 남편도 벌이가 시원찮은 처지라 그 정도면 저한테는 엄청 큰돈이거든요. 그 남자는 그 자리에서 10파운드짜리 지폐를 바로 꺼내더니 저한테 내밀더라고요. 그러면서 또 말하더군요. '제가 요구하는 걸 잘 지켜주시기만 하면 앞으로 한동안은 이주일마다 10파운드씩 드리겠습니다. 하지만 약속을 못 하신다면 다른 곳을 알아보겠습니다.' 이렇게 말이죠."

"그게 어떤 조건이었는데요?"

"글쎄 그게, 집 열쇠를 달라는 거였어요. 그것까지는 뭐 괜찮았어요. 하숙인들 중에 가끔 그런 사람이 있으니까요. 그런데 하는 말이, 무슨 일이 있어도 자기 방에 들어오지 말고 혼자 있게 내버려달라는 거였어요."

"그건 좀 이상한데요. 안 그래요?"

"상식적으로는 이해가 안 되는 일이죠. 하지만 아예 상식 같은 건 무시했으니까요. 그 남자는 지금 열흘째 우리 집에 있는데, 남편도 도우미도 저도 그동안 얼굴 한 번 본 적이 없어요. 아침이고 밤이고 하여튼 방안에서 뭔가 바쁘게 움직이는 것 같기는 한데, 집 밖엔 전혀 안 나가네요. 첫날밤만 빼고요."

"허허, 그럼 첫날밤에는 외출했다는 건가요?"

"네, 그랬어요. 나갔다가 밤늦게 들어왔어요. 방을 얻기로 결정하고 나서는 바로, 밤에 나갔다 올 거니까 현관문을 잠그지 말라고 미리 말하더군요. 자정이 넘어서 들어와 계단을 올라가는 소리가 들렸어요."

"그럼 식사는 어떻게 합니까?"

"그 사람도 그 주문을 특별히 했는데, 그가 종을 울리면 도우미가 식사를 가지고 올라가서 문 앞 의자에 올려놓기로, 그렇게 했어요. 그리고 식사를 마치면 그가 다시 종을 울리고 그릇을 밖에 내놓는 거죠. 또 그 사람은 필요한 게 있을 때도 말로 안 하고 종이에 또박또박 인쇄체로 써서 문 밖에 내놓아요."

"인쇄체로 써요?"

"네, 연필로 쓰더라고요. 그것도 단어 하나만 딱 쓰는 식으로요. 자, 여기 보여드리려고 가져왔어요. 이건 '비누(SOAP)' 이건 '성냥(MATCH)'이라고 쓰여 있죠. 그리고 이건 첫날 아침에 내놓은 건데 '데일리 가제트(DAILY GAZETTE)'라고 쓰여 있네요. 그래서 아침마다 식사 가져갈 때 이 신문도 같이 가져다주죠."

홈즈는 호기심이 가득 찬 눈길로 하숙집 여주인이 내민 종이쪽지를 들여다보며 말했다.

"세상에! 왓슨, 이건 정말 이상하지 않나? 그가 방에 틀어박혀 사는 건 이해할 수 있지만 왜 이렇게 인쇄체로 쓰는 걸까? 필기체가 훨씬 쓰기 편한데 말이야. 그리고 왜 문장 전체를 안 쓰는 거지? 왓슨, 자네는 그 이유가 뭐라고 생각하나?"

"필적을 감추려고 그러는 거 아닐까?"

"아니 왜? 하숙집 주인한테 자신의 필체를 보이는 게 뭐 큰일날 일인가? 어쨌든 자네 말이 맞을지도 모르겠네. 그건 그렇고 또 단어 하나만 딱 써놓는 건 뭣 때문에 그런 걸까?"

"그건 정말 모르겠는데."

"참 복잡한 일이구먼. 연필은 보라색 심이 들어 있는 흔한 종류이고 끝이 뭉툭하게 생겼어. 그리고 여기를 보게. 글자를 쓴 다음에 한쪽 귀퉁이를 휙 찢어내면서 '비누(SOAP)'에서 'S'자가 조금 뜯겨나가 있네. 어떤가, 왓슨, 뭔가 이상하지 않나?"

"극도로 조심하는 것 같은데."

"바로 그거야. 이 종이에 자신의 정체가 드러날 수 있는 무슨 표시나 지문 같은 게 있었을 거야. 자, 워런 부인, 그 남자가 보통의 키에 얼굴이 가무잡잡하고 턱수염을 길렀다고 했죠? 나이는 어느 정도로 보였나요?"

"젊은 사람이에요. 서른도 안 돼 보였거든요."

"알겠습니다. 다른 특징은 뭐 없었습니까?"

"영어를 아주 잘 하긴 했는데 억양이 어딘가 외국사람 같았어요."

"옷은 잘 차려 입었고요?"

"네, 무척 멋쟁이였어요. 정말 신사 같았죠. 검정색 옷을 입고 있었는데, 그것 외에는 특별히 눈에 띄는 게 없더라고요."

"이름이 뭐죠?"

"그건 말하지 않던데요."

"우편물이 오거나 방문객은?"

"없었어요."

"아침에는 부인이나 도우미가 그 방을 청소하는 거죠?"

"아니요. 그는 모든 걸 혼자 하고 있어요."

"세상에! 정말 이상한 사람이네요. 그 사람의 짐은 얼마나 됩니까?"

"큰 가방을 하나 가져왔어요. 그게 전부였어요."

"음, 도움이 될 만한 단서가 별로 없군요. 쪽지 말고는 다른 물건이 아무것도 없다는 겁니까? 전혀 아무것도요?"

하숙집 여주인은 가방에서 봉투를 하나 꺼내 그 안에서 타다 남은 성냥 두 개와 담배꽁초 하나를 끄집어냈다.

"이게 오늘 아침에 쟁반에 놓여 있더군요. 홈즈 씨는 하찮은 물건을 보고도 중요한 점을 알아내는 분이라고 들어서 이왕이면 다 가지고 왔죠."

홈즈는 어깨를 들썩이며 탁자 위에 놓여 있는 그것들을 들여다보았다.

"별 게 아니군요. 이 성냥은 담배에 불을 붙이느라 쓴 거네요. 성냥이 타들어간 길이가 짧기 때문이죠. 파이프나 시가에 불을 붙이려면 성냥이 절반 이상 타들어가거든요. 그런데, 잠깐만요! 이 담배꽁초가 이상한데요. 그 남자가 턱수염과 콧수염을 길렀다고 하지 않았습니까?"

"네, 그랬어요."

"그러니까 이상한 점인데요. 수염을 깨끗이 면도한 사람만 담배를 이렇게 거의 끝까지 피울 수 있거든요. 왓슨, 담배를 이렇게 끝까지 피웠다면 자네같이 짧은 콧수염도 그을렸을 거야."

"혹시 물부리로 피운 게 아닐까?"

내가 물었다.

"그건 절대 아닐세. 담배 끝에 입술 자국이 나있거든. 워런 부인, 혹시 그 방에 두 사람이 사는 건 아닐까요?"

"그렇진 않을 거예요. 식사를 가져가면 워낙 적게 먹어서, 그걸 먹고 어떻게 사나 의심스러울 정도니까요."

"음, 그렇다면 단서가 더 모아질 때까지 기다려야 할 것 같습니다. 지금으로서는 문제 될 만한 게 전혀 없으니까요. 하숙비를 선불로 받으셨으니 그것도 문제될 게 없고요. 좀 특이하긴 하지만요. 게다가 하숙비를 더 비싸게 냈으니까 방에 틀어박혀 있든 말든 주인이 상관할 일도 아니죠. 범죄와 관련된 어떤 이유가 있기 전에는 하숙인의 개인적인 생활을 침해할 수 없습니다. 일단 제가 일을 맡기로 했으니까 앞으로 어떻게 될지 지켜보겠습니다. 뭔가 새로운 일이 생기면 연락해 주시고, 필요할 때는 언제든지 도와드릴 테니까 마음 편히 계십시오."

하숙집 여주인이 떠나자 홈즈가 말했다.

"왓슨, 이 이야기에 묘한 점이 몇 가지 있네. 그 남자에게 아주 괴팍한 개인적인 특성이 있는 것 같은데, 그게 사소한 점일 수도 있지만 어쩌면 생각보다 훨씬 더 심각한 점일지도 모른다는 거야. 우선 떠오르는 생각은 지금 그 방에 살고 있는 사람이 처음에 와서 방을 계약한 그 사람이 아닐 수도 있다는 거지."

"왜 그런 생각이 들었는데?"

"그게, 이 담배꽁초와는 상관이 없고, 방을 계약한 후 그날 밤에 외출했다가 들어왔다고 하지 않았나? 단 한 번 말일세. 그게 무슨 의미였을까 싶은 거지. 그가 돌아온 걸 본 사람이 아무도 없었다고 하니까, 그렇다면 다른 사람이 들어왔는지도 모른다는 거야. 결국 처음에 계약한 사람과 나중에 들어온 사람이 같은 인물이라는 증거가 없다는 것이네. 게다가 방을 계약한 사람은 영어를 잘 했는데, 지금 있는 사람은 일테면 성냥을 'MATCHES'라고 써야 하는데 'MATCH'라고 썼거든. 사전을 보고 쓴 것처럼 말이야. 사전에는 명사가 단수형으로 쓰여 있으니까. 물건 이름만 딱 쓴다는 건 영어를 잘 모른다는 걸 감추려고 그런 게 아닐까. 그러고 보니, 참, 같은 사람이 아닐 수도 있다는 생각이 드는 게 몇 가지가 있구먼."

"그런데 왜 그런 짓을 하는 걸까?"

"하! 바로 그게 문제지. 좀 뻔하긴 하지만 알아볼 수 있는 방법이 하나 있어."

홈즈는 그렇게 말하며 두꺼운 신문 스크랩을 꺼냈다. 런던에서 발행되는 여러 종류의 신문에 실린 개인 광고를 거의 모두 모아놓은 자료들이었다.

"맙소사!"

그는 페이지를 넘기며 말했다.

"온갖 사연과 한탄들이 실려 있구먼! 다행히 특이한 사건들이 모여 있는 곳도 있네. 하기야 기이한 것들을 연구하는 사람에게는 여기보다 더 유용한 사냥터도 없겠는걸! 그 하숙인은 혼자 은신해 있기 때문에 편지로 연락할 수가 없는 처지지. 왜냐하면 그렇게 했다가는 비밀 은신처가 탄로 나니까. 그러면 외부에서 연락을 취할 수 있는 방법은 뭘까. 그건 바로 신문 광고지. 그밖에는 다른 방법이 없으니까. 자, 우리는 다행히도 한 신문만 찾아보면 되네. 여기 〈데일리 가제트〉의 스크랩이 있구먼. '프린스 스케이트 클럽의 검정색 모피 숄을 두른 여인' 이건 그냥 넘어가도 되겠군. '지미에게, 어머니가 몹시 슬퍼하고 있음' 이건 전혀 상관없는 얘기 같고, '브릭스턴 행 합승마차에서 쓰러졌던 여자는' 이 여자도 관계가 없고. '매일 내 가슴은 왓슨, 이건 무슨 신세한탄 같은데! 아, 이건 좀 가능성이 있구먼.

자, 들어보게. '인내심을 가질 것. 좀 더 확실한 통신방법을 찾아보 겠음. 계속 이 광고 난을 이용할 것임. G.' 이건 그 하숙인이 워런 부 인 집에 들어온 지 이틀 뒤의 광고야. 어떤가. 관련이 있어 보이지 않 나? 그 수수께끼 남자가 영어를 말할 줄은 몰라도 읽을 줄은 아니까 말일세. 뭔가 더 있는지 계속 찾아볼까. 자, 여기 있구먼. 그날부터 삼일 후야. '일이 잘 돼가고 있음. 조심할 것. 구름이 걷혀감. G.' 그 러고 나서 일주일 동안은 광고가 전혀 없어. 그런데 그 다음부터 얘 기가 좀 더 구체적으로 나오는군. '길이 보임. 기회를 봐서 신호를 보 내겠음. 암호를 잘 기억할 것. A 한 번, B 두 번 이하. 곧 연락하겠음. G.' 이건 어제 신문에 실린 거야. 그리고 오늘 신문엔 없어. 이걸 가 만 보면 그 하숙인의 상황과 맞아 떨어지는 것 같지 않나? 왓슨, 며 칠만 더 기다려보면 사건의 윤곽이 분명히 드러날 것 같네."

홈즈의 예상은 틀리지 않았다. 다음 날 아침에 그는 벽난로 앞에 서서 내게 말했다.

"왓슨, 그거 읽어보게."

그는 탁자에 놓여 있는 신문을 가리켰다.

"외벽에 흰 타일이 붙여진 붉은색 건물 3층. 왼쪽에서 두 번째 창 문. 해가 진 후. G. 자, 이거면 충분해. 아침 먹고 워런 부인 집 근처 를 좀 살펴봐야겠네. 아! 워런 부인! 벌써 무슨 소식이 있나보죠?"

하숙집 주인이 아침 일찍부터 서둘러 온 걸 보니 뭔가 심상치 않 은 일이 벌어진 것 같았다.

"홈즈 씨, 경찰을 불러야겠어요!"

그녀가 소리쳤다.

"더 이상 참을 수가 없어요! 그 남자더러 짐 싸가지고 나가라고 해야겠어요. 당장 올라가서 그렇게 하려다가 먼저 홈즈 씨 의견을 듣는 게 좋을 것 같아서 이리로 왔죠. 정말 더 이상 못 참겠어요. 남편까지 지금 폭력을 당하고 있는 판이니……."

"남편께서 폭력을 당했다고요?"

"네, 두들겨 맞았어요."

"도대체 누가 그랬는데요?"

"하! 제가 알고 싶은 게 바로 그거죠! 오늘 아침에 당했거든요. 남편은 토튼햄 코트로에 있는 〈모튼 & 웨이라이트〉 회사에서 일하기때문에 7시 전에 집에서 나가야 돼요. 그런데 아침에 집을 나서자마자 바로 뒤에서 남자 두 명이 남편을 덮쳐가지고 머리에 코트를 뒤집어 씌우고는 근처에 미리 세워뒀던 마차에 강제로 밀어 넣었다지 뭐예요. 그리고는 한 시간쯤 달리다가 마차 문을 열고 남편을 밖으로 밀어버린 거예요. 길바닥에 떨어지고는 어찌나 무섭던지 마차가 가는 쪽을 쳐다보지도 못했다고 하더라고요. 그러고 나서 정신을 가다듬고 보니까 거기가 햄스테드 벌판이었다네요. 거기서 합승마차를 타고 집으로 오긴 했는데 지금 소파에 누워 있는 상태에요. 그 얘기를 듣고 저는 바로 이리로 달려왔죠."

"정말 희한하네요. 그자들의 얼굴을 봤다고 합니까? 말소리도 들었고요?"

"아니오. 지금 남편은 혼이 나가 있는 상태고, 그 사람이 기억나는 거라곤 자기 몸이 순간 공중으로 번쩍 올라가더니 다시 내동댕이쳐졌다는 것 밖에는 없대요. 마차 안에는 사람이 두셋 정도 있었던 것 같다고 하고요."

"그런데 남편께서 납치당한 게 그 하숙인과 관계가 있다고 생각하십니까?"

"그럼요. 우리가 거기서 15년간 살았는데, 그런 일은 한 번도 없었으니까요. 난 이제 정말 지긋지긋해요. 돈이 전부는 아니잖아요. 이따가 저녁 때까지 그 남자한테 나가달라고 할 거예요."

"워런 부인, 조금만 기다리세요. 급하게 결정하시면 안 됩니다. 이 사건은 제가 처음에 생각했던 것보다 훨씬 더 심각한 것 같습니다. 지금 그 하숙인에게 신변의 위험이 닥친 게 분명해요. 그를 노리는 일당이 하숙집 근처에서 기다리고 있다가, 짙은 안개 때문에 남편 분을 그 사람으로 착각한 것 같습니다. 그래서 자신들이 실수한 걸 알고는 남편 분을 풀어준 것 같거든요. 그자들이 사람을 잘못 보고 그런 실수를 하지 않았다면 어떤 행동을 했을지 아주 소름이 끼치는군요."

"홈즈 씨, 그럼 제가 어떻게 하는 게 좋을까요?"

"워런 부인, 그 하숙인을 한 번 봐야할 것 같습니다."

"밖에서 방문을 부수지 않는 한 어떻게 얼굴을 볼 수 있겠어요. 우리가 식사쟁반을 문 앞에 내려놓고 계단을 내려온 다음에야 방문을 여는 소리가 들리거든요."

"그러니까 식사를 방안으로 가져갈 때 문을 여니까, 어딘가에 숨어서 기다리고 있다가 보는 거죠."

하숙집 주인은 잠시 생각해보았다.

"그럼 이렇게 하세요. 그 방 건너편에 빈 방이 하나 있는데 제가 거기에 거울을 하나 걸어놓을 테니까 문 뒤에 숨어 있다가⋯⋯."

"아, 좋습니다! 그 사람이 몇 시에 점심 식사를 하죠?"

"한 시쯤에요."

"그럼 왓슨 박사하고 제가 그때까지 가겠습니다. 워런 부인, 이따 가 뵙죠."

12시 반쯤 우리는 워런 부인의 집에 도착했다. 대영박물관 북동쪽의 좁은 골목인 그레이트 오옴 거리에 있는 노란색 벽돌 건물이었다. 건물이 길모퉁이에 위치해 있어서 큰 집들이 모여 있는 건너편의 호우 거리가 한눈에 다 보였다. 홈즈는 그중 어떤 주택을 가리키며 웃었는데, 그 집이 유난히 튀어나와 있어서 눈에 띄었기 때문이다.

"저기 좀 보게, 왓슨! 흰 타일이 붙어 있는 저 붉은색 건물 말이야. 저기서 신호를 보내는 것 같구먼. 그렇다면 우리가 지금 장소와 암호를 알고 있으니까 일은 아주 간단해지는 거지. 저 창문에 '임대'라고 쓰여 있지 않나. 이 집 하숙인과 같은 조직원이 저 빈집에 있는 게 틀림없어. 아, 워런 부인, 이제 어떻게 할까요?"

"네, 준비해뒀어요. 신발을 층계 밑에 벗어두고 올라가세요. 제가 그 방으로 안내해드릴게요."

워런 부인은 훌륭한 은신처로 우리를 데리고 갔다. 거기서 어둑한 곳에 걸려 있는 거울을 통해 건너편 방문이 바로 코앞에 있듯 환히 볼 수 있었다. 우리가 방안으로 들어가 자리를 잡고 워런 부인이 계단을 내려가자 맞은편 방에서 종소리가 났다. 그 하숙인이 종을 울린 것이다.

곧 하숙집 주인이 식사쟁반을 들고 올라와 방문 옆의 의자에 올려놓고는 계단을 내려갔다. 우리는 방문 옆 어둑한 곳에 웅크리고 숨어 거울을 쳐다보고 있었다. 하숙집 주인의 발소리가 들리지 않을 때쯤 서서히 열쇠 돌리는 소리가 나더니 방문 손잡이가 돌아가며 가느다란 손 두 개가 밖으로 나왔다. 그러고는 쟁반을 얼른 들어올렸다. 그런데 상대는 금방 다시 쟁반을 내려놓았고, 이윽고 검은 머리의 아름다운 얼굴이 불안한 표정으로 조금 열려 있는 건너편 방문을 뚫어지게 쳐다보는 것이 보였다. 그리고 곧바로 문이 쾅 닫히며 다시 방문 잠그는 소리가 나고 주위는 금방 조용해졌다. 홈즈가 내 소매를 잡아당겨 우리는 발소리를 죽이며 계단을 내려갔다.

"이따 저녁에 다시 오겠습니다."

홈즈는 궁금한 표정으로 쳐다보는 하숙집 주인에게 말했다.

"왓슨, 집에 가서 얘기하세."

홈즈는 소파에 깊숙이 기대앉았다.

"자네도 봤다시피 내 추측이 옳았어. 사람이 바뀌었다니까. 그런데 여자가, 그렇게 눈에 띄는 여자가 있을 줄은 몰랐네."

"그 여자가 우리 쪽을 본 것 같은데."

"글쎄, 뭔가 이상한 점을 느꼈던 것 같아. 그건 분명해. 자네도 이제 이해가 되겠지. 한 여자와 남자가 어떤 위험을 피해 런던으로 급히 도망쳐왔던 거야. 그게 어느 정도 위험한 건가는 그들이 경계하는 정도를 보면 알 수 있지. 아무튼 남자가 어떤 일을 하고 있는데 그동안 여자를 안전한 곳에 숨겨두려고 그 하숙집에 맡긴 것 같네. 그렇게 하기까지는 굉장히 어려웠지만 나름대로 좋은 방법을 찾아냈고, 그리고 효과적으로 해결을 했지. 그러니까 식사를 가져다주는 하숙집 주인조차도 그 방에 지금 여자가 있다는 걸 모르고 있잖은가. 아, 그러고 보니까 그 여자가 필기체를 쓰지 않은 건 글씨체를 통해 자신이 여자라는 사실을 들키지 않으려고 그랬던 것 같네. 남자는 여자가 있는 곳으로 올 수가 없는 상황이야. 그렇게 되면 여자가 있는 곳이 들통 나게 되니까 말이지. 그래서 남자가 직접 연락을 할 수가 없기 때문에 신문 광고를 이용한 걸세. 여기까지는 분명해."

"그런데 이 사건의 핵심이 뭐지?"

"아, 자네는 역시 굉장히 현실적이야! 이 사건의 핵심이 무엇이냐는 거지? 우선 워런 부인의 이 사건이 점점 더 확대되고 불길한 양상을 띠는 것 같은데, 이것만은 확실하다네. 이게 무슨 사랑의 도피 행각은 아니라는 거지. 아까 그 여자의 얼굴 표정 봤잖은가. 뭔가 위험한 것을 느끼는 것 같은 그 표정 말일세. 그리고 하숙집 주인의 남편이 납치를 당했었지. 그건 틀림없이 그 하숙인을 노린 공격이었어. 이런 사실들 말고도 두 남녀가 필사적으로 자신들의 모습을 드러내지 않으려고 하는 건 그게 생사가 걸린 문제이기 때문 아닐까? 그리고 워런 씨가 납치당한 걸 보면 그 두 남녀를 노리는 자들이 하숙인이 남자에서 여자로 바뀐 사실을 모르고 있는 거야. 왓슨, 이건 정말 흥미롭고 복잡한 사건인 것 같네."

"그런데 자네는 왜 이 사건을 맡으려는 건가? 무엇을 얻겠다고?"

"무슨 소리야? 예술은 그 자체가 목적이지. 왓슨, 자네도 환자를 치료할 때 꼭 돈을 벌기 위해서가 아니라 그냥 병을 고쳐준 적이 있지 않았나?"

"그거야 나한테 공부가 되니까 그랬지."

"왓슨, 공부는 끝이 없는 걸세. 그건 위인들이 남겨준 교훈이기도 하지. 이 사건은 상당히 공부가 되고 있어. 돈도 명예도 생기지 않지만 그래도 내가 직접 풀어보고 싶은 거야. 이따가 저녁쯤 되면 사건 조사도 한 단계 진척될 걸세."

워런 부인의 집으로 다시 갔을 때, 런던의 겨울 저녁은 짙은 잿빛 안개 속으로 저물어가고 있었다. 음울한 대기 속에서 반짝이는 거라곤 작은 창문을 통해 보이는 노란 불빛과 어슴푸레한 가스등 불빛뿐이었다. 하숙집의 컴컴한 거실에서 밖을 내다보자 흐릿한 장막을 통해 건너편 높은 건물에 희미한 불빛 하나가 켜 있는 게 보였다.

"저기 봐, 누가 움직이고 있는데."

홈즈는 잔뜩 긴장한 얼굴을 유리창에 바짝 대고 속삭였다.

"사람 그림자가 보이지. 어, 다시 나타났어! 촛불을 들고 있네. 밖을 기웃거리고 있는 것 같은데. 그렇지. 여자가 보고 있는지 확인하려고 그러겠지. 촛불이 깜박대기 시작했어. 왓슨, 자네도 숫자를 세게. 나중에 서로 맞춰볼 수 있게 말이야. 한 번 깜박거린 건 분명히

'A'일세. 자, 그 다음에, 불빛이 몇 번 깜박거렸지? 스무 번? 나도 같아. 그건 'T'를 의미하는 거야. 'AT'라, 아주 알기 쉽군! 또 'T'야. 두 번째 단어를 시작하는 거겠지? 자, 그러면…… 'TENTA'네. 이젠 멈췄어. 이상하다, 이게 전부는 아닐 텐데. 'ATTENTA'는 아무 뜻도 없지 않나. 'AT' 'TEN' 'TA' 이렇게 세 단어로 나눠도 거의 마찬가지야. 'T. A.'를 사람의 머리글자로 보고 '10시에 T. A.'라고 읽지 않는다면…… 또 시작하고 있어! 이번엔 뭘까? ATTE…… 똑같은 내용인데. 왓슨, 이상하지 않나? 잠깐, 또 보내고 있어. 아주 재밌게 가는데. AT…… 아니, 같은 단어를 세 번째 계속 보내고 있잖아. 'ATTENTA'를 세 번이라! 이걸 계속 하려는 걸까? 아니, 끝난 것 같아. 창가에 사람이 없어. 왓슨, 자네는 어떻게 생각하나?"

"무슨 암호문 같은데."

홈즈는 이제 다 알겠다는 듯 별안간 웃기 시작했다.

"그런데 별로 어려운 암호문도 아니네. 왓슨, 이건 이탈리아 말이야! 'A'는 여자한테 말하고 있다는 걸 의미하지. '조심하라! 조심하라! 조심하라!' 어떤가, 왓슨?"

"그 말이 맞는 것 같구먼."

"틀림없어. 이건 아주 긴급한 일이라는 거야. 그러니까 세 번이나 반복해서 강조를 한 거지. 그런데 뭘 조심하라는 걸까? 잠깐, 사람이 다시 보여."

웅크린 자세 같은 남자 그림자가 창가에 다시 나타나더니 촛불을 또 비쳤다 없앴다 하며 신호를 계속 보냈다. 그런데 촛불이 나타났다가 없어지는 속도가 점점 빨라져 세는 것도 힘들 정도가 되었다.

"페리콜로(PERICOLO)…… 이게 무슨 뜻이지? 아니, 왓슨, 이건 위험이라는 뜻 아니야? 그렇다면 위험하다는 신호를 보내는 거네. 또 계속하고 있어! PERI…… 아니, 도대체……."

갑자기 촛불이 꺼지고 불빛도 사라졌다. 다른 층의 창문은 불빛이 환히 켜있는데 그 3층 창문만 어둡게 변해버렸다. 마지막에 보내고 있던 메시지가 갑자기 중단된 것이다. 무슨 일일까? 누가 그랬을까? 똑같은 생각이 홈즈와 나의 머릿속을 스치고 있었다. 창가에 웅크리고 있던 홈즈가 벌떡 일어나며 말했다.

"왓슨, 뭔가 안 좋은 일이 벌어진 것 같네! 왜 갑자기 저렇게 메시지가 중단됐을까? 런던 경시청에 알려야겠어. 하지만 지금은 상황이 너무 급해서 이곳을 떠날 수가 없어."

"내가 갔다 올까?"

"아니야, 잠깐만. 상황을 좀더 확실하게 파악해야 할 것 같네. 별일이 아닐 가능성도 있으니까. 왓슨, 우리가 가서 어떻게 된 건지 알아보세."

서둘러 호우 거리를 걸어가면서 나는 방금 빠져나온 건물을 흘끗 돌아보았다. 맨 위층 창문에서 여자의 그림자가 희미하게 보였다. 그녀는 창가에 붙어 서서 밖을 내다보며 신호가 다시 오기를 애타게 기다리고 있는 것 같았다. 호우 거리에 도착하자 그 주택 입구 앞에 외투를 입고 목도리를 두툼하게 감은 한 남자가 난간에 기대 서 있는 게 보였다. 건물 홀에서 나온 불빛이 우리의 얼굴을 비추자 남자는 흠칫 놀라는 모습이었다.

"아니, 홈즈 씨 아니세요!"

남자가 소리쳤다.

"아, 그렉슨 경감! 당신이 여기엔 웬일입니까? '여행의 끝은 연인들의 만남'(셰익스피어의 〈십이야〉에 나오는 말)이라고 하더니만."

홈즈도 런던 경시청의 형사를 알아보며 악수를 나눴다.

"당신과 같은 이유로 온 거 아닐까요? 그런데 어떻게 이 일을 알게 되셨죠?"

그렉슨이 물었다.

"서로가 다른 단서를 좇다가 결국 같은 지점에서 만나게 되는군요. 나는 신호를 보낸 현장을 잡았어요."

"신호라고요?"

"그렇습니다. 저기 창문에서요. 그런데 중간에 갑자기 끊어져버려서 이유를 알아보러 왔죠. 근데 당신이 이미 잘 하고 있으니까 내가 더 이상 끼어들 필요는 없겠는데요."

"잠깐만요!"

홈즈의 말에 그렉슨이 당황하며 외쳤다.

"홈즈 씨, 솔직히 저는 당신이 같이 있어주면 무슨 사건이든 간에 마음이 아주 든든하거든요. 이 건물의 출구는 여기밖에 없으니까 사실 놈은 독 안에 든 쥐 꼴이죠."

"놈이 누군데요?" "허허, 홈즈 씨, 이번엔 우리가 당신보다 앞섰군요. 자, 두 손 드셔야겠어요."

그가 스틱으로 바닥을 탁 치자 저쪽에 서 있는 마차에서 채찍을 든 마부 한 사람이 이쪽으로 서서히 다가왔다.

"자, 이 분은 셜록 홈즈 씨입니다."

그렉슨 경위가 마부에게 말했다.

"그리고 이 분은 핀커튼 탐정사무소 미국 지부의 레버튼 씨입니다."

그렉슨의 소개에 홈즈가 물었다.

"그럼 롱아일랜드 사건의 바로 그 주인공이신가요? 이렇게 만나게 되어 정말 반갑습니다."

마르고 각진 얼굴에 깨끗이 면도를 한 젊은 미국인 탐정은 홈즈의 말에 약간 겸연쩍어 하며 말했다.

"홈즈 씨, 저는 지금 목숨 걸고 추격을 하고 있는 중입니다. 조르지아노를 잡으려고요……."

"뭐라고요! '붉은 원' 사건의 그 조르지아노 말인가요?"

"아니, 그의 악명이 유럽까지 알려져 있습니까? 우리는 미국에서 이 놈에 대한 모든 것을 알게 되었는데요. 50건의 살인사건 배후로 이 놈을 지목했는데 결정적인 단서를 못 잡는 바람에 결국 놓치고 말았거든요. 저는 뉴욕에서부터 이 놈의 뒤를 쫓아왔는데, 목덜미를 낚아챌 수 있는 확실한 명분이 생기기를 기다리면서 일주일 내내 런던에서 뒤를 미행하고 있었습니다. 그러다가 그렉슨 경위와 함께 여기까지 온 거죠. 이 놈이 저 주택으로 들어가는 걸 확인했고요. 문은 하나밖에 없으니까 이제 이 놈은 우리 손을 빠져나갈 수가 없습니다. 이 놈이 들어간 다음에 안에서 세 사람이 나왔는데 그 중에는 분명 없었어요."

"그런데 홈즈 씨, 좀전에 무슨 신호에 대해 말씀하셨죠? 하여간 홈즈 씨는 우리가 모르는 걸 항상 많이 알고 있다니까요."

그렉슨이 말했다. 그러자 홈즈는 그동안 있었던 일을 간단히 설명해주었다. 미국인 탐정은 안타깝다는 듯이 손바닥을 탁 쳤다.

"그럼 저 자가 눈치를 챈 거네요."

"왜 그렇게 생각하시죠?"

"그런 것 같지 않습니까? 런던에 같은 패거리가 많으니까, 그 놈이 저기서 공범에게 신호를 보내고 있었어요. 그런데 위험 신호를 보내다가 갑자기 중단됐다고 하지 않으셨습니까? 아마 순간적으로 우리가 길가에 서 있는 모습을 봤거나 아니면 다른 위험이 닥쳐와서 급하게 행동해야 했거나 그런 게 분명합니다. 홈즈 씨, 어떻게 생각하십니까?"

"당장 올라가서 직접 확인해봅시다."

"하지만 체포영장이 없는데요."

그렉슨이 말했다.

"지금은 이것만으로도 충분해요. 일단 저자를 체포한 다음에 구속영장을 발부받는 데 있어 뉴욕 경찰의 도움을 받을 수 있을지 알아봅시다. 지금 저자를 체포하는 건 내가 책임지겠습니다.

영국 경찰은 지적인 면에서는 좀 부족할지 몰라도 용감한 면에서는 전혀 뒤지지 않는다. 그렉슨은 마치 런던 경시청의 계단을 올라가는 것처럼 자연스럽고 사무적인 태도로 희대의 살인마를 체포하기 위해 서서히 계단을 올라갔다. 미국인 탐정 레버튼은 그렉슨 형사를 밀치고 먼저 올라가려고 했지만 그렉슨이 단호히 그를 밀어냈다. 런던에서의 사건은 런던 경찰에게 우선권이 있는 것이다.

3층 층계참 왼쪽에 있는 문이 조금 열려 있었다. 그렉슨이 문을 밀치고 안으로 들어갔다. 실내는 조용하고 컴컴했다. 나는 성냥을 켜서 형사가 들고 온 등에 불을 붙였다. 등이 차츰 밝아지며 주변이 보이는 순간, 갑자기 모두들 비명을 질러댔다. 카펫이 깔려 있지 않은 나무바닥 위에 피 묻은 발자국이 찍혀 있었던 것이다. 그 발자국은 안쪽 문에서 우리가 서 있는 곳까지 이어져 있었다. 그렉슨이 그 문을 밀어젖히고 등불로 앞을 비춰보았다. 우리는 그의 뒤에서 방 안을 쳐다보았다.

방 한가운데에 몸집이 큰 남자 하나가 쓰러져 누워 있었다. 깨끗이 면도한 가무잡잡한 얼굴은 무섭게 일그러져 있었고, 머리에선 붉은 피가 흰색 마루바닥 위로 흐르고 있었다. 무릎을 세우고 두 팔은 벌린 자세였다. 천장을 향하고 있는 남자의 목 한가운데에 흰색 손잡이가 달린 칼이 깊이 박혀 있었다. 거구였지만 치명적인 일격을 맞고는 마치 황소가 도끼를 맞은 것처럼 픽 쓰러져버린 게 틀림없었다. 오른손 옆에는 뿔 손잡이가 달린 무시무시하게 생긴 단검이 떨어져 있고, 그 옆에는 검은 염소 가죽 장갑이 놓여 있었다.

"세상에! 블랙 조르지아노 아닌가! 누가 먼저 선수를 쳤구먼."

미국인 탐정이 소리쳤다.

"홈즈 씨, 여기 창가에 촛농이 떨어져 있네요. 아니, 지금 뭘 하시는 겁니까?"

그렉슨이 물었다.

홈즈는 창가에서 초에 불을 붙여 밖을 향해 그걸 올렸다 내렸다 하기를 반복했다. 그리고는 어둠 속을 가만히 응시하더니 촛불을 불어 끈 다음 바닥에 던져버렸다.

"이게 도움이 될 겁니다."

홈즈가 말했다. 그리고는 두 전문가가 시체를 살펴보는 동안 옆에 서서 깊은 생각에 잠겨 있었다.

한참 후 그가 다시 입을 열었다.

"밑에서 기다릴 때 이 건물에서 세 사람이 나가는 걸 봤다고 했죠? 얼굴을 자세히 보셨습니까?"

"네, 그랬죠."

"혹시 서른 살쯤 되고 검은 머리에 턱수염을 기른 보통 키의 남자는 없었나요?"

"있었습니다. 맨 뒤에 그런 남자가 나갔었죠."

"그 자를 잡아야 할 겁니다. 인상착의는 내가 알려드릴 수 있어요. 게다가 여기에 온통 그의 발자국이 남아 있으니 이 정도면 충분하지 않을까요?"

"홈즈 씨, 수백만 명이 북적거리는 런던에서 이 정도로는 충분치 않습니다."

"그럴지도 모르죠. 그래서 나는 저 여성을 부르면 참고가 될 거라고 생각한 겁니다."

홈즈의 말에 우리는 일제히 뒤를 돌아보았다. 문 앞에 키가 크고 아름다운 한 여성이 서 있었는데, 바로 블룸스베리의 그 수수께끼 하숙인이었다. 그녀는 천천히 이쪽으로 걸어왔는데 무서운 불안감으로 얼굴이 하얗게 질려 있었다. 그녀는 두려운 눈빛으로 바닥에 쓰러져 있는 검은 형체를 쳐다보았다.

"당신들이 이 사람을 죽였네요!"

나직한 목소리로 그녀가 말했다.

"세상에! 당신들이 이 사람을 죽인 거예요!"

그렇게 말하고 숨을 몰아쉬더니 갑자기 그녀는 환호를 지르며 뛸 듯이 기뻐했다. 그리고 춤을 추고 손뼉을 치며 방 안을 정신없이 돌아다녔다. 그녀는 미칠 듯이 소리지르며 이탈리아어로 감탄사를 쏟아냈다. 아름다운 여성이 그토록 소름 끼치는 광경을 보며 기뻐 날뛰는 모습은 한편으론 놀랍고 무섭기도 했다. 그녀는 별안간 멈춰 서더니 묻는 듯한 시선으로 우리 쪽을 쳐다보았다.

"그런데 당신들은 경찰이에요, 그렇죠? 당신들이 주제페 조르지아노를 죽였어요. 안 그런가요?"

"아니오, 우리는 경찰입니다."

여자는 어두운 방 안을 자세히 쳐다보았다.

"그럼 제나로는 어디 있나요? 남편 제나로 루카 말이에요. 저는 에밀리아 루카인데요, 남편과 같이 뉴욕에서 왔거든요. 제나로는 도대체 어디에 있나요? 좀 전에 이 창문에서 저한테 신호를 보냈거든요. 그래서 이렇게 급히 왔는데요."

"신호를 보낸 사람은 접니다."

홈즈가 말했다.

"당신이 어떻게! 당신이 그걸 어떻게 알죠?"

"부인, 두 분의 암호는 별로 어렵지 않았어요. 그래서 부인을 이리 오시게 하려고 제가 보냈던 겁니다. 촛불로 '오라(Vieni)'는 신호를 보내면 부인이 곧 오실 걸로 생각을 했었죠."

아름다운 그 이탈리아 여성은 감탄한 눈길로 홈즈를 쳐다보았다.

"당신이 그걸 어떻게 알아냈는지 모르겠군요. 주제페 조르지아노는 어떻게……."

그녀는 갑자기 말을 끊었다. 그리고는 긍지와 기쁨으로 얼굴이 밝아졌다.

"아! 이제 알겠네요! 오! 제나로! 나를 위해 온갖 위험을 막아주고 지켜준 멋진 제나로가 그랬군요. 그 강철 같은 손으로 이 악마를 죽여 버린 거예요! 제나로! 당신은 정말 대단한 사람이야! 당신 같은 남자한테 반하지 않을 여자가 있을까!"

"잠깐만, 루카 부인."

그렉슨은 그녀가 마치 노팅힐의 불량배라도 되는 것처럼 무뚝뚝한 표정으로 그녀의 팔을 잡았다.

"저는 아직 부인이 누군지, 어떤 신분인지 잘 모릅니다. 하지만 말씀하신 걸 들어보니 부인이 경찰서로 좀 가주셔야 할 것 같습니다."

"잠깐 기다리세요, 그렉슨 경감."

홈즈가 나섰다.

"우리가 알고 싶은 만큼이나 이 부인께서도 우리에게 진상을 알려 주고 싶을 것 같거든요. 자, 부인, 남편께서는 이 남자를 살해한 혐의로 체포되어 재판을 받을 수도 있습니다. 알고 계십니까? 부인의 말씀이 증거로 채택될 수도 있으니까요. 그러나 남편 분에게 범죄의 동기가 없었다면 그리고 살해할 이유를 널리 알리고 싶어서 했다면, 모든 이야기를 솔직히 털어놔 주시는 게 남편을 위해서 좋습니다."

"그러죠. 조르지아노가 죽었기 때문에 이제는 두려울 게 없어요."

여자가 말했다.

"그는 악마이자 괴물이었어요. 제 남편이 이 자를 죽였다고 해서 벌을 내릴 재판관은 세상에 없을 겁니다."

그때 홈즈가 말했다.

"자, 그러면 여기 현장을 이대로 놔두고 방문을 잠근 다음에 이 부인의 하숙집으로 가서 얘기를 듣고, 그러고 나서 정리하는 게 어떻겠습니까?"

30분 후, 우리 네 사람은 루카 부인의 하숙집 거실에 앉아 그녀가 겪어온 험난한 사건들에 관한 얘기를 듣고 있었다. 우리는 그 결말을 그야말로 우연히 목격한 셈이 되었다. 그녀의 영어는 유창한 듯했지만 문법은 잘 맞지 않았다. 나는 독자들의 이해를 돕기 위해 그녀의 말을 어법에 맞게 고쳐서 기록하겠다.

"저는 나폴리 근처의 포실리포에서 태어났어요. 제 아버지는 변호사를 하시다가 그 지역의 하원의원을 지낸 아우구스토 바렐리 씨라고 합니다. 제나로는 제 아버지 밑에서 일했는데, 그때 제가 그를 사랑하게 됐었죠. 아마 어떤 여자라도 그랬을 거예요. 그는 멋지고 용기 있고 정열적이었는데, 그것 외에는 돈이나 지위 같은 건 없었죠. 그래서 아버지가 우리의 결혼을 반대했어요. 우리는 결국 집을 뛰쳐나와 파리에서 결혼을 했죠. 그리고 미국에 갈 여비를 마련하려고 저한테 있는 패물을 팔았어요. 그게 4년 전의 일이었는데, 그 후로 우린 계속 뉴욕에서 살았습니다.

처음엔 행운의 여신이 우리에게 미소를 지었어요. 어떤 이탈리아 사람이 깡패들한테 당할 뻔한 걸 마침 제나로가 구해주게 됐어요. 그게 인연이 돼서 그가 제나로에게 일자리를 주게 됐거든요. 그리고는 우리의 든든한 후원자가 돼주셨죠. 그 사람의 이름은 티토 카스탈로테 씨인데, 뉴욕에서 유명한 청과 수입상인 〈카스탈로테 & 잠바〉라는 회사의 사장이었어요. 동업자 잠바 씨는 병환 중이어서 카스탈로테 씨 혼자 삼백 명 이상 되는 종업원을 거느리고 회사를 운영하고 있었어요. 그래서 남편한테 어떤 부서의 책임자 자리까지 주면서 여러 방법으로 많이 도와주셨죠. 카스탈로테 씨는 독신이었는데, 제나로를 아들처럼 여기는 것 같았고 우리 부부도 그분을 아버지처럼 따랐어요. 그러다가 우리는 브루클린에 작은 집도 하나 사고, 그리고 희망적인 미래를 꿈꾸고 있었어요. 하지만 바로 그 직후 먹구름이 몰려오기 시작했고, 금방 컴컴하게 하늘을 덮어버렸어요.

어느 날 밤에 제나로가 고향 사람이라면서 어떤 남자를 데리고 들어온 거예요. 이름이 조르지아노인데 포실리포 출신이라는 거죠. 아까 그의 시신을 봐서 아시겠지만 아주 거구였어요. 체구도 컸지만 행동도 거칠고 아주 무시무시했죠. 목소리도 얼마나 큰지 집 안이 쩡쩡 울릴 정도였으니까요. 우리 집이 작은 편이라 그 남자가 말하면서 팔을 휘두르면 온 공간이 가득 차는 것 같았어요. 그리고 그의 생각이나 감정이나 정열 같은 그 모든 게 굉장히 허풍스럽고 괴상했어요. 말을 할 때도 꼭 싸우는 것처럼 거칠게 계속 퍼부어서 듣는 사람들이 질려 그냥 가만히 듣고만 있을 정도였죠. 그는 이글거리는 눈빛으로 상대를 눌러버리곤 했어요. 정말 무섭고 이상한 남자였습니다. 그가 죽은 것을 저는 신에게 감사드립니다!

그는 우리 집에 자주 왔어요. 그런데 제나로는 저와 둘이 있을 때만큼 별로 좋아하지 않더라고요. 남편은 창백하고 불안한 얼굴로 상대방이 정치며 사회 등 온갖 문제에 대해 끝없이 떠들어대는 걸 그냥 마지못해 듣곤 했습니다. 제나로는 아무 말도 안 하고 듣기만 했어요. 그런데 점차 그의 얼굴에서 전에 한 번도 본 적이 없는 어떤 감정을 제가 읽어낼 수 있었어요. 처음엔 그게 그냥 혐오감이라고만 생각했는데, 단순한 혐오감이 아니라는 걸 깨닫게 되었죠. 그건 공포감이었어요. 마음 깊이 숨어 있는 비밀스런 공포감 같은 것이었죠. 그래서 그날 밤에 조심스럽게 남편한테 물었습니다. 무슨 일이 있기에 그 괴물한테 그렇게 시달리고 있는지 좀 말해보라고.

남편이 말하기 시작했고, 전 그걸 들으면서 가슴이 얼어붙어버렸어요. 가여운 제나로는 젊은 시절에 사회 적응도 잘 못하고 온통 외면 받는 것 같아 그런 세상의 불의에 거의 미치다시피 괴로웠던 적이 있었답니다. 그러던 차에 카르보나리 당과 동맹관계에 있는 '붉은 원'이라는 나폴리 비밀 조직에 가입하게 됐던 거죠. 그 조직의 규칙과 비밀 활동이 굉장히 엄격하고 살벌하기 때문에 거기에 한 번 발을 들여놓으면 벗어날 수가 없었대요. 우리가 미국으로 도망쳐 왔을 때 제나로는 그 세계를 영원히 벗어났다고 생각했던 겁니다. 그런데 어느 날 저녁에 길거리에서 그 끔찍한 세상을 다시 맞닥뜨리고 말았던 거죠. 조르지아노라는 악마를 말이죠. 그는 나폴리에서 제나로를 그 조직에 가담시킨 장본인이었어요. 조르지아노는 살인을 밥 먹듯 해 두 손을 피로 물들였다고 해서 그 지역에서는 아예 '살인의 신'이라는 별명까지 얻은 자였죠! 그래서 이탈리아 경찰의 추적을 받다가 뉴욕으로 도망쳐 와서 이곳을 새로운 거점으로 삼으려고 이미 지부를 만들어놓은 상태였답니다. 바로 그날 밤에 제나로는 호출장을 받았다고 하면서 저한테 보여주더군요. 맨 위에 붉은 원이 찍혀 있고, 그 아래에 회의 날짜와 함께 꼭 출석해야 한다는 설명이 씌어 있었어요.

그것도 불길했지만 더 나쁜 일이 있었어요. 조르지아노가 저녁마다 우리 집에 오면 꼭 저를 쳐다보고 얘기하는 걸 제가 벌써부터 눈치 채고 있었거든요. 심지어 남편한테 말을 할 때도 저를 힐긋거리면서 마치 짐승이 탐욕스런 눈빛을 번득이듯이 쳐다보는 바람에 무서웠어요. 그러다가 어느 날 밤에 그의 속마음을 알게 되었죠. 일테면 저한테 자기 나름의 '사랑'인 짐승 같은 야만스런 사랑의 감정을 가지고 있었던 겁니다. 하루는 제나로가 들어오기도 전에 집을 찾아왔어요. 그리고는 안으로 대뜸 들어오더니 억센 팔로 저를 껴안고는 마구 입을 맞추면서 자기와 같이 살자고 난리를 하는 거예요. 제가 빠져나오려고 저항하면서 비명을 지르고 있는데 마침 제나로가 들어와서는 그 놈을 덮쳤어요. 하지만 워낙 거구라 남편도 당해낼 수가 없었죠. 놈은 남편을 거의 기절할 만큼 두들겨 패고는 도망쳐 버리더군요. 그 후로는 우리 집에 얼씬도 안 했어요. 하지만 그날 밤 이후로 우리에게는 무서운 야수가 생긴 셈이었죠.

그리고 그 며칠 후에 회의가 있었어요. 그곳에 다녀온 제나로의 얼굴을 보고 저는 뭔가 두려운 일이 생겼다는 걸 직감했죠. 우리가 상상했던 것보다 훨씬 더 심각한 상황이었어요. 그 조직에서는 부유한 사람들을 협박해 자금을 끌어모으고 있었는데, 말을 듣지 않으면 폭력도 불사했어요. 그런데 우리의 은인인 카스탈로테 씨한테도 그 협박의 손길이 뻗치게 됐던 겁니다. 하지만 그분은 순순히 응하지 않고 경찰에 신고를 했어요. 그러자 조직에서는 다른 사람들이 또 반항하지 않도록 그분을 본보기로 삼으려고 그분이 집에 있는 시간에 집을 폭파하기로 결정을 내려버렸어요. 그리고 누가 그 일을 맡을지 제비뽑기를 했는데, 제나로는 그 순간 조르지아노가 자신을 쳐다보며 묘한 미소를 짓는 걸 보았다더군요. 말하자면 이미 계략을 꾸며놓았던 거예요. 역시나 제나로는 죽음의 붉은 원이 찍힌 살인 명령서를 뽑았으니까요. 제나로는 우리의 은인을 죽이든지, 아니면 조직의 복수 대상이 돼야 할 기로에 서게 됐죠. 그 조직은 당사자만이 아니라 그의 가족도 같이 죽이는 극악한 짓을 일삼기 때문에 제나로는 미칠 지경이 될 수밖에 없었습니다.

그날 밤에 우리는 잠을 이루지 못하고 다가올 시련에 대비해 서로를 다독였어요. 테러를 실행하기로 한 건 그 다음날이었어요. 하지만 우리는 오전에 이미 런던을 향해 출발했죠. 떠나기 전에 물론 우리의 은인에게 위험이 닥쳐올 것을 알려주고 경찰에도 신고를 해서 그분의 신변 보호를 요청했고요.

그 뒤의 일은 이렇게 보시는 대로입니다. 그 조직이 우리를 계속 뒤쫓을 거라는 걸 우리는 알고 있었죠. 더구나 조르지아노는 개인적으로 우리한테 원한까지 품고 있었으니까요. 그는 정말로 잔인하고 교활하고 질긴 인간이죠. 이탈리아와 미국에는 그의 세력이 크게 퍼져 있어요. 그래서 우리한테도 그런 일이 닥쳤던 겁니다. 우리는 런던에 도착하자마자 바로 저 혼자 있을만한 안전한 은신처를 찾아냈어요. 남편은 미국과 이탈리아 경찰과 연락할 수 있도록 자유롭게 따로 있어야 했거든요. 그래서 저는 그가 어디서 어떻게 지냈는지 전혀 몰랐어요. 신문 광고를 통해서만 그의 소식을 알 수 있었죠. 그런데 한번은 창밖을 내다보니까 이탈리아인 두 명이 밖에서 지키고 있는 게 보이더라고요. 어떻게 찾았는지는 모르지만 조르지아노가 이 은신처를 알아냈던 겁니다. 그러자 제나로가 신문에 광고를 냈는데, 저쪽 집 창문에서 저한테 신호를 보내겠다고 그렇게 썼더군요. 그런데 그가 보내는 메시지가 계속 조심하라는 말뿐이었고, 그것도 갑자기 중단이 된 거예요. 지금 생각해보니까, 조르지아노가 자기 뒤를 바짝 쫓고 있다는 걸 알고 그랬던 거죠. 고맙게 도 조르지아노는 저 건물로 들어왔고, 그때 제나로는 확실한 대비를 하고 있었던 것 같아요. 자, 이제 아시겠어요? 저는 이제 여러분에게 우리 부부가 법의 심판을 두려워해야 하는지, 이 세상에 제나로에게 유죄 판결을 내릴 재판관이 있을지 묻고 싶습니다."

미국인은 형사를 쳐다보며 말했다.

"그렉슨 씨, 영국 법은 어떤지 모르겠지만 뉴욕에서라면 이 분 남 편에게 감사를 표할 것 같은데요."

"일단 나는 부인과 함께 경찰서로 가서 서장을 만나봐야겠어요. 그래서 부인의 말이 사실로 증명되면 남편 분과 부인께서는 걱정할 필요가 없어지겠죠. 그리고 홈즈 씨, 당신은 어떻게 이 일을 알게 되 신 겁니까?"

그렉슨이 물었다.

"그렉슨 경감, 그건 공부 덕분입니다. 나이가 들어도 계속 쉬지 않 고 공부를 한 덕분이지요. 자, 왓슨, 자네 기록에 비극적이고 기괴한 사건 하나가 더 추가되겠군. 가만 있자, 아직 여덟 시 전이니까 코벤 트 가든에서 하는 '바그너의 밤'에 가도 되겠는 걸! 빨리 가면 2막부 터는 볼 수 있겠어."

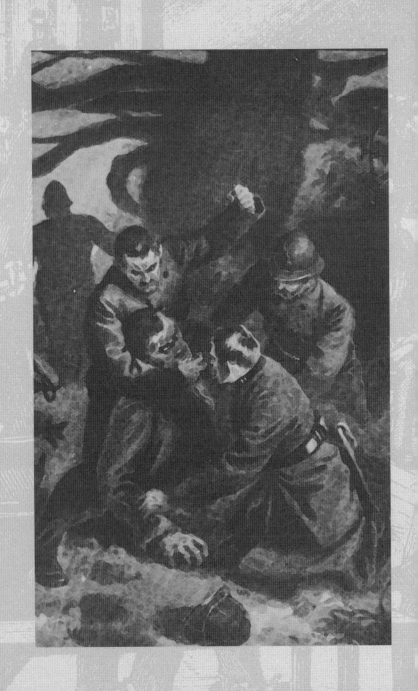

등나무집

Sherlock Holmes

존 스콧 에클스의 이상한 경험

기록 노트를 살펴보니, 이건 1892년 3월이 거의 끝나갈 무렵, 바람이 심하게 불던 날이었다고 적혀 있다. 점심 식사 도중에 전보를 받은 홈즈는 급히 답장을 써서 보냈다. 그는 아무 말도 안 하고 계속 식사를 했지만 아무래도 신경이 쓰이는 눈치였다. 식사 후 그는 파이프를 물고 곰곰이 생각하면서 이따금 전보를 쳐다보며 난로 앞에 서 있었다. 그러다가 불현듯 장난스러운 눈빛으로 나를 향해 돌아섰다.

"왓슨, 나는 자네를 학자로서 존경하고 있네. 자네는 '기괴하다'는 표현이 정확히 무슨 뜻이라고 생각하나?"

"괴이하다든지 이상하다는 뜻 아닐까?"

내가 대답했다.

홈즈는 고개를 가로저었다.

"아마 그런 뜻만은 아닐 거야. 어떤 비극과 공포의 의미가 밑바닥에 깔려 있는 게 아닐까 싶네. 자네가 그동안 참을성 많은 독자들을 괴롭혀온 이야기 중에 기괴한 것들이 뭐였나 생각해보게. 그중에 범죄로 발전한 것들이 상당히 많았을 거야. 그 붉은 머리 클럽 사건만 해도 그랬지. 처음엔 그냥 좀 괴상하다 싶었지만 결국엔 심각한 절도 미수 사건으로 끝나지 않았던가. 또 기괴하기 짝이 없던 다섯 개의 오렌지 씨앗 사건도 그랬어. 연쇄 살인 음모와 관련되었던 사건 말일세. 아무튼 '기괴하다'는 말에 나는 무척 경계심이 들더라고."

"그 전보에 '기괴하다'는 표현이 있나?"

홈즈는 큰소리로 전보를 읽었다.

도저히 믿어지지 않는 기괴한 일을 겪었음. 상담 원함.

— 스콧 에클스, 체링크로스 우체국

"여자야 남자야?"

내가 물었다.

"물론 남자겠지. 여자들은 전보에 반송 우표를 첨부해서 보내지 않거든. 그리고 여자라면 직접 찾아왔을 거야."

"그래서 만날 생각인가?"

"왓슨, 지난번에 칼더스 대령을 체포한 뒤 내가 한동안 심심해 하고 있다는 거 자네도 잘 알고 있지 않나. 일이 없으면 나는 기계가 헛돌다가 부서지는 것처럼 산산조각이 나고 말 걸세. 일을 한다 해도 인생은 진부하지만 말이야. 신문도 볼 게 없고. 요즘은 범죄 세계에서도 용맹함이랄까 낭만 같은 게 다 사라지고 없는 것 같아. 그런데 자네는 지금 그걸 말이라고 묻나? 이 사건을 맡을 거냐고? 아무리 이 사건이 시시해 보인다고 해도…… 그런데 내 생각이 틀리지 않다면, 벌써 의뢰인이 도착한 것 같은데."

계단에서 발걸음 소리가 일정하게 나더니 잠시 후 키가 크고 체격도 좋은 한 점잖은 신사가 회색 수염을 기른 모습으로 방문을 열었다. 위엄 있어 보이는 얼굴과 조심스러운 태도는 그가 살아온 분위기를 그대로 내보이고 있었다. 짧은 각반을 차고 금테 안경을 쓴 모습에서, 그가 철저한 보수파에 국교 신자이며, 전통과 관습에 따르는 삶을 사는 시민이라는 걸 알 수 있었다. 하지만 뭔가 충격적인 일을 겪은 다음 타고난 침착성을 다소 잃고 있었는데, 그건 상당히 헝클어진 머리와 벌겋게 달아오른 뺨, 어딘지 당황해하고 흥분한 태도에서 쉽게 읽을 수 있었다.

남자는 곧바로 용건을 꺼냈다.

"홈즈 씨, 저는 굉장히 기괴하고 불쾌한 일을 겪었는데요, 그런 일을 당한 게 평생 처음이었어요. 너무나 괘씸한 일이었거든요. 어떻게 된 건지 꼭 알아내고 싶습니다."

그는 화가 나서 씩씩거리며 말했다.

"스콧 에클스 씨, 자리에 앉으시죠."

홈즈가 정중하게 말했다.

"우선, 어떻게 저를 찾아오시게 됐는지 말씀해주시겠어요?"

"네, 그러죠. 경찰까지 끌어들일만한 일은 아니지만, 제 얘기를 들어보시면 홈즈 씨도 제가 가만히 있을 수만은 없다는 데 동의하실 겁니다. 저는 사설탐정들을 별로 신뢰하는 편은 아니지만, 그래도 홈즈 씨는 워낙 명성이 높다고 해서요."

"알겠습니다. 그럼, 두 번째 질문을 드리겠습니다. 왜 곧바로 오시지 않았어요?"

"무슨 말씀이시죠?"

홈즈는 시계를 들여다보며 말했다.

"지금 2시 15분입니다. 에클스 씨가 전보를 치신 건 1시쯤이었어요. 그런데 지금 머리와 옷차림을 보니까 잠자리에서 일어나자마자 무슨 일을 당한 것 같은데요."

의뢰인은 머리를 쓸어 올리며 면도하지 않은 턱을 매만졌다.

"네, 맞습니다. 내 꼴이 어떤지 생각할 겨를이 없었어요. 그런 집 구석에서 한시라도 빨리 벗어나고 싶었으니까요. 그리고는 여기 오기 전에 직접 몇 가지를 알아봤어요. 부동산 사무소에 갔더니 가르시아 씨가, 집세는 다 냈으니까 등나무 집에 문제 될 게 아무것도 없다고 하더군요."

"에클스 씨, 잠깐만요."

홈즈가 허허 웃으며 말했다.

"당신은 제 친구 왓슨 박사와 비슷하군요. 이야기를 할 때 앞뒤 순서를 뒤죽박죽으로 하는 습관이 있으니 말이죠. 차분하게 생각을 좀 정리해서 말씀해주세요. 도대체 무슨 일 때문에 머리도 안 빗고 면도도 안 한 상태로 허둥지둥 대충 옷을 입고 저를 찾아왔는지,

사건이 일어난 순서대로 정확하게 말씀해보세요."

의뢰인은 씁쓸한 표정으로 자신의 형편없는 옷차림을 내려다보았다.

"홈즈 씨, 지금 내 꼴은 정말 한심하지만 이런 일은 난생 처음 겪는 거라 서요. 그럼 지금부터 그 괴상한 일에 대해 말씀을 드리겠습니다. 얘기를 다 듣고 나면 홈즈 씨도 내가 왜 이런 몰골로 뛰쳐나올 수밖에 없었는지를 이해하실 겁니다."

하지만 그의 이야기는 거기서 잘리고 말았다. 밖에서 떠들썩한 소리가 나더니, 곧이어 허드슨 부인이 경찰관처럼 보이는 건장한 남자 둘을 안내해 방으로 올라왔다. 그 중 한 사람은 우리도 이미 알고 있는 런던 경시청의 그렉슨 경감인데, 꽤 정력적이며 유능한 형사였다. 그는 홈즈와 악수를 한 다음 같이 온 사람을 소개했는데, 서리 경찰서의 베인스 경감이라고 했다.

"홈즈 씨, 우리는 지금 사람을 찾고 있는데, 단서를 쫓다보니까 여기까지 오게 됐습니다."

그렉슨은 그렇게 말하며 우리의 의뢰인을 날카로운 눈으로 쳐다보았다.

"당신이 리 마을의 포팸 저택에 사는 존 스콧 에클스 씨죠?"

"네, 그런데요."

"아침부터 당신을 찾고 있었어요."

"전보를 추적해서 이곳을 찾아냈군요."

홈즈가 말했다.

"바로 그거였어요. 체링크로스 우체국에서 낌새를 맡고 여기로 달려왔죠."

"그런데 왜 나를 찾았던 거죠? 무슨 일로 그러는데요?"

"스콧 에클스 씨, 에서 근교의 등나무 집 주인 알로이셔스 가르시아 씨가 간밤에 사망했어요. 그래서 그 사건에 대한 당신의 진술을 듣고자 합니다."

우리의 의뢰인은 눈도 깜박거리지 않고 앉아 있다가 그 말을 듣고는 얼굴이 하얗게 변했다.

"죽었다고요? 그 사람이 죽다니요?"

"그렇습니다. 사망했어요."

"어떻게요? 사고였나요?"

"살해당한 것 같습니다."

"오, 맙소사! 말도 안돼요! 그런데 설마 나를 의심하는 건 아니겠죠?"

"사망자의 주머니에 당신 편지가 들어 있었는데, 간밤에 그의 집에서 묵기로 되어 있었더군요."

"그건 맞습니다."

"그럼 거기서 묵으셨단 말이죠?"

형사는 즉각 수첩을 꺼냈다.

"그렉슨 씨, 잠깐만."

홈즈가 말했다.

"당신이 원하는 건 에클스 씨의 솔직한 진술 아닌가요?"

홈즈의 이 질문에 그렉슨이 대답했다.

"그렇죠. 그래도 스콜 에클스 씨의 진술이 나중에 불리한 증거로 사용될 수도 있으니까, 그렇다는 걸 알려줘야 합니다."

"에클스 씨가 막 이야기를 하려고 하는데 당신들이 왔거든요. 왓슨, 에클스 씨한테 브랜디 한 잔만 좀 갖다드리는 게 좋겠네. 자, 에클스 씨, 여기 사람이 많은 거 신경 쓰지 마시고 좀전에 하려고 했던 얘기를 계속 해보세요."

의뢰인은 브랜디를 단숨에 다 마셨다. 그러자 얼굴색이 좀 환해진 것 같았다. 그는 그렉슨의 수첩을 의심스러운 눈초리로 흘끗 쳐다보더니 곧 이상한 경험을 털어놓기 시작했다.

"저는 독신입니다만 사교적인 성격이라 친구가 많은 편입니다. 친구 중에 켄싱턴의 앨버말 저택에 사는 멜빈이라는 양조업자가 있는데, 지금은 은퇴를 했지만 아무튼 그 친구 집에 몇 주 전에 초대 받아 갔을 때 거기서 가르시아라는 젊은 사람을 알게 됐어요. 스페인계 사람인데 대사관 쪽과 무슨 관련이 있다고 하더라고요. 영어도 잘 하고 사교성도 좋은데다, 특히 굉장히 미남이더군요.

저는 그 친구와 금방 친해졌어요. 가르시아가 처음부터 저한테 친근하게 대했는데, 그 이틀 후에 리에 있는 제 집으로 찾아왔더군요. 그러다가 에셔와 옥셧 사이에 있는 '등나무 집'이라는 자기 집에 며칠간 와서 쉬라며 저를 초대했어요. 그래서 약속한 대로 어제 저녁 무렵에 그곳으로 갔죠.

그런데 가기 전에 우선 가르시아가 자기 집 사람들에 대해 설명을 해주더군요. 아주 충실한 하인이 하나 있는데, 같은 스페인 사람이고 집안일을 하면서 자신의 시중까지 든다는 거예요. 영어도 아주 잘하고요. 그리고 요리사가 있는데, 여행하다가 만난 혼혈인데 요리 솜씨가 아주 좋다고 하더군요. 그러면서 서리 주 한복판에 그렇게 특이한 집도 없을 거라고 하기에 저도 어느 정도 수긍을 했죠. 그런데 막상 가서 보니까 상상했던 것보다 너무나 이상한 집이었어요.

저는 에서 남쪽으로 3킬로미터쯤 거리에 있는 그 집까지 마차를 타고 갔습니다. 집이 꽤 크고 큰길에서 쑥 들어간 곳에 자리 잡고 있는데, 진입로 양쪽으로 큰 나무들이 늘어서 있더군요. 그런데 건물을 가만히 보니까 오랫동안 방치됐는지 아주 낡고 황폐한 몰골이었어요. 그리고 진입로 바닥엔 잡초가 무성하게 자라 있고, 현관문도 얼룩이 많이 져있더군요. 마차가 현관 앞에 멈췄을 즈음, 그제야 저는 잘 알지도 못하는 사람의 집에 왔다는 게 참 멍청한 짓이었다는 생각이 들었습니다. 가르시아가 직접 나와 아주 반갑게 맞이해주더군요. 그리고 얼굴이 가무잡잡하고 음울한 인상의 하인이 제 가방을 받아들고는 침실로 안내해주었어요. 집안도 마찬가지로 음침한 분위기였어요.

저녁 식사는 가르시아와 둘이서 했는데, 그는 저를 즐겁게 해주려고 애를 썼지만 어딘지 산만해보이고 이야기도 두서없이 해서 무슨 말인지 알아듣기가 힘들더군요. 손가락으로 식탁을 계속 두드리다가, 손톱을 물어뜯다가, 아무튼 저녁 내내 불안해하는 모습이었어요. 요리도 형편없었고요. 게다가 음침해 보이는 하인이 아무 말도 없이 옆에 지켜 서 있으니 분위기가 밝아질 수도 없더군요. 저는 솔직히 식사하는 내내, 무슨 핑계라도 생겨 제 집으로 돌아갈 수 있다면 얼마나 좋을까, 하고 수없이 생각했습니다.

형사님들께서 조사하고 있는 사건과 관계있을 법한 일이 하나 있었어요. 물론 그때는 별 생각을 안 했지만요. 저녁 식사가 끝날 무렵에 하인이 편지 한 통을 가지고 오더군요. 그런데 가르시아가 그걸 읽고 나서는 더 불안해하면서 이상해지는 거예요. 그러더니 저와 얘기하는 척하던 것도 아예 그만두고 계속 담배만 피워대더군요. 무슨 내용의 편지인지는 물론 얘기하지 않았어요. 그리고 11시쯤 돼서 저는 침실로 갔습니다. 그나마 혼자 있을 수 있어서 다행이라고 생각했죠. 그런데 잠시 후 가르시아가 제 방문을 살짝 열더니 - 그때 방이 어두웠어요 - 벨을 눌렀느냐고 묻더군요. 그러지 않았다고 대답했죠. 그랬더니 지금 거의 1시라면서 늦은 시각에 실례를 했다고 미안해하더군요. 그러고 나서 저는 금방 잠이 들어 잘 잤어요.

놀라운 일이 벌어진 건 그 다음부터였습니다. 아침에 깼을 땐 벌써 날이 훤하더군요. 시계를 보니까 9시가 다 됐어요. 8시에 꼭 깨워달라고 부탁을 해놨는데, 이렇게 잊어버릴 수가 있나 싶어서 저는 침대에서 내려와 하인을 부르는 초인종 줄을 잡아당겼습니다. 그런데 아무 대답이 없는 거예요. 다시 몇 번을 더 잡아당겼죠. 여전히 대답이 없었어요. 그래서 초인종이 고장 난 줄 알았죠. 저는 짜증이 나서 얼른 옷을 걸치고 뜨거운 물을 부탁하려고 아래층으로 뛰다시피 내려갔습니다. 그런데 집에 아무도 없는 거예요. 홀에서 큰

소리로 사람들을 불러봤지만 아무 대답이 없었어요. 이 방 저 방 다 가봐도 텅 비어 있더군요. 가르시아가 간밤에 자신의 침실을 보여줘서 그 방도 가봤는데, 심지어 침대에서 잔 흔적도 없지 뭡니까? 하인들과 주인이 모두 사라졌던 거예요. 주인과 하인, 요리사가 전부 외국인이고, 밤사이에 한꺼번에 종적을 감춘 겁니다! 등나무 집의 방문은 그렇게 끝이 났죠."

셜록 홈즈는 두 손을 마주 대고 비비며 혼자 웃었다. 그동안 수집해온 이상한 사건들의 목록에 괴이한 사건이 또 하나 덧붙여지게 된 것이다. 홈즈가 말했다.

"제가 아는 한 그런 일은 아주 특이한 경우입니다. 그 다음엔 어떻게 하셨습니까?"

"화가 치밀어 올랐죠. 처음엔 무슨 장난에 걸려들었나 하는 생각이 들었어요. 아무튼 재빨리 가방을 챙겨가지고 현관을 쾅 닫고는 그곳을 나왔죠. 그리고 바로 에셔로 가서 그 동네에서 제일 큰 부동산 회사인 '앨런 형제 회사'를 찾아가 물어봤어요. 그랬더니 등나무 집을 임대해준 곳이 바로 자기네라고 하더군요. 가르시아가 왜 나한테 그런 짓을 했는지, 혹시 임대료를 떼먹고 도망치려는 수작으로 그랬던 것인지, 의혹이 들었거든요. 3월도 다 가고 있어서 지불일이 코앞에 닥쳤으니까요. 하지만 그 회사에서는 집세를 선불로 다 받았다고 하더군요.

그래서 이번엔 런던으로 와서 스페인 대사관을 찾아갔어요. 그런데 대사관에서는 그런 사람을 모른다는 거예요. 저는 곧바로 가르시아를 처음 만났던 멜빈의 집으로 갔죠. 하지만 그 집 사람들은 가르시아에 대해 저보다 더 모르더군요. 그래서 결국 이렇게 홈즈 씨를 만나러 오게 된 겁니다. 곤경에 빠졌을 때 누구보다도 훌륭한 도움을 주시는 분이라고 듣고 있었거든요.

그런데 형사님, 그 집에서 무슨 비극이 벌어졌던 거죠? 분명히 말씀드리지만, 저는 사실 그대로를 얘기했을 뿐이고, 제가 얘기한 것 외에는 가르시아라는 사람에 대해 아무것도 모릅니다. 저는 이제 제가 할 수 있는 한 경찰 수사를 돕겠습니다."

"스콧 에클스 씨, 이해합니다."

그렉슨 경감은 호의적으로 말했다.

"듣고 보니 우리가 알아낸 사실과 거의 일치하고 있군요. 그런데 저녁 식사를 할 때 배달돼왔다는 그 편지 말이죠, 그게 어떻게 됐는지 혹시 아십니까?"

"네, 가르시아가 불 속으로 던져버리더군요."

"베인스 경감, 그게 어떻게 됐다고요?"

그렉슨이 말했다.

베인스라는 시골 경관은 불그레한 얼굴에 뚱뚱한 체격인데, 그래도 반짝거리는 눈빛 때문에 그리 둔하게 보이지는 않는 남자였다. 그의 두 눈은 마치 이마와 뺨 사이의 굵은 주름 속에 숨어 있는 듯했다. 그는 싱긋이 미소를 지으며 누렇게 구겨진 종잇조각 하나를 주머니에서 꺼냈다.

"홈즈 씨, 가르시아는 이걸 벽난로 너머로 멀리 던졌는데, 마침 잿

더미 뒤쪽에서 타지 않은 채로 있는 것을 제가 찾아낸 거죠."

"그 종잇조각을 찾아내려고 온 집안을 샅샅이 뒤졌나보죠."

비웃는 투로 홈즈가 말했다.

"그럼요. 엄청 꼼꼼히 살펴봤죠. 제 방식이 그렇거든요. 그렉슨 경감, 이걸 읽어볼까요?"

그렉슨이 고개를 끄덕였다.

"아무 무늬도 없는 그냥 흰색 종이에요. 4분의 1절지 크기고요. 날이 짧은 가위로 두 번에 걸쳐 잘라낸 것 같습니다. 그리고 세 번 접어서 자주색 밀랍을 붙인 다음, 타원형 물체로 찍어 봉인을 했군요. 수신자는 등나무 집의 가르시아 씨로 되어 있습니다. 그리고 내용은 이렇습니다."

색은 녹색과 흰색, 녹색은 열림, 흰색은 닫힘, 가운데 계단, 첫 번째 복도, 오른쪽으로 일곱 번째 녹색 벽걸이, 행운을 바람, D

"편지는 여자의 글씨체이고 촉이 가느다란 펜으로 쓰여졌는데, 수신자 주소는 다른 펜으로, 아니면 다른 사람이 쓴 것 같습니다. 글씨체가 훨씬 굵고 힘도 있거든요."

"참 묘한 내용이네요."

홈즈가 편지를 흘긋 보면서 말했다.

"베인스 경감, 대단히 세세한 부분까지 조사를 잘 하셨네요. 아주 감탄했습니다. 그런데 사소한 거지만 몇 가지 더 덧붙이자면, 타원형 물체라는 건 틀림없이 커프스단추일 겁니다. 그것 말고는 이런 모양으로 찍힐 수 있는 게 없거든요. 그리고 종이를 자른 가위는 등 그렇게 생긴 손톱 가위죠. 여기 보세요. 잘라낸 부분이 짧으면서도 둥그렇게 곡선이 나있죠."

시골 경관이 멋쩍은 듯 웃었다.

"완벽하게 조사한 줄 알았더니 아직도 생각 못한 게 있었군요. 아무튼 이 편지를 보면 그들이 무슨 일을 꾸미고 있었던 게 틀림없습니다. 그리고 늘 그렇듯이 배후에 여자도 있고요."

그동안 안절부절 못하고 있던 스콧 에클스 씨가 말했다.

"제 증언을 뒷받침해줄 편지를 찾아서 참 다행입니다. 그런데 가르시아에게 무슨 일이 생긴 겁니까? 그리고 하인들은 어떻게 됐나요? 그 얘기를 좀 해주세요."

그때 그렉슨이 나서서 설명을 했다.

"가르시아에 대해서는 쉽게 말해줄 수 있어요. 그는 오늘 아침 등 나무 집에서 1.5킬로미터쯤 떨어진 옥섯에서 시체로 발견됐어요. 머리를 심하게 얻어맞아 거의 깨져 있는 상태였죠. 그 장소는 반경 400미터 이내로 집이라곤 한 채도 없는 벌판 같은 곳입니다. 가르시아는 뒤에서 공격을 당한 것 같은데, 숨이 넘어간 다음에도 한동안 계속 폭행을 당한 것이 분명합니다. 정말 잔인한 짓을 했더군요. 그런데 범인의 단서가 될 만한 게 아무것도 없었어요. 발자국 하나도 남아 있지 않았으니까요."

"도난당한 물건이 있었나요?"

"없었어요. 뭘 훔치려고 했던 건 아닌 것 같아요."

"너무 마음이 안 좋군요. 그렇게 끔찍하게 당하다니!"

스콧 에클스 씨가 분노에 차 말했다.

"하지만 저는 정말 난처합니다. 집주인이 한밤중에 나갔다가 그렇게 비참한 죽음을 당한 것과는 아무런 상관도 없거든요. 그런데 어떻게 제가 그 일에 휘말리게 된 거죠?"

"간단합니다."

베인스 경감이 대답했다.

"피살자의 주머니에서 나온 건 당신이 보낸 편지뿐이었는데, 당신이 그날 밤 그 집에서 묵을 예정이라고 쓰여 있더군요. 피살자의 이름과 주소를 알게 된 것도 그 편지 봉투에 쓰여 있었기 때문이었어요. 그래서 오늘 아침 9시가 넘어 우리가 피살자의 집으로 갔는데 아무도 없더군요. 저는 등나무 집을 조사하기 시작했고, 그렉슨 경감에게는 당신의 행방을 추적하라는 전보를 보냈죠. 그러고 나서 런던으로 올라와 그렉슨 경감과 합류한 뒤 여기로 오게 된 겁니다."

그렉슨이 일어나며 말했다.

"제 생각에는 이 문제를 좀 정리해야 할 것 같습니다. 스콧 에클스 씨, 저와 함께 경찰서로 가시죠. 진술서를 작성해야 하니까요."

"좋습니다. 지금 가시죠. 참 홈즈 씨, 저의 사건 의뢰는 아직 유효하니까 진실을 파헤쳐서 알려주시기 바랍니다. 비용 문제는 아끼지 마시고요."

홈즈는 시골 경관 베인스를 쳐다보았다.

"베인스 경감, 나와 함께 일하는 데 이의는 없겠죠?"

"물론이죠. 오히려 영광입니다."

"경감이 일처리를 아주 신속하고 능률적으로 하는 것 같아요. 혹시 피살자가 죽은 정확한 시간을 알 수 있을까요?"

"그는 밤 1시쯤부터 거기에 있었던 것 같습니다. 그때쯤 비가 왔는데, 그가 살해된 건 분명히 비가 오기 전이었어요."

"아니, 베인스 씨, 그건 말도 안 되는 소리죠."

갑자기 의뢰인이 소리쳤다.

"밤 1시쯤에 가르시아가 제 방으로 찾아왔었거든요. 그의 목소리를 분명히 들었다고요. 맹세할 수 있습니다."

"아주 묘하긴 하지만 전혀 불가능한 일은 아니죠."

홈즈가 빙긋이 웃으며 말했다.

그러자 그렉슨이 물었다.

"무슨 단서라도 있어서 그렇게 말씀하십니까?"

"얼핏 보기에 이 사건은 그리 복잡한 것 같지 않습니다. 색다르고 흥미로운 특징이 있는 건 사실이지만 말이죠. 저는 최종적인 의견을 밝히기 전에 좀더 조사를 해봐야겠어요. 그런데 베인스 경감, 그 집을 조사했을 때 이 편지 말고 다른 건 눈에 띄는 게 없었나요?"

시골 경관은 수상쩍은 눈초리로 홈즈를 쳐다보았다.

"있었어요. 몇 가지 아주 특이한 물건들이 있었죠. 제가 경찰서에 가서 일을 처리한 다음에 같이 그 현장으로 가서 의견을 좀 주시면 좋겠습니다."

"물론 그렇게 하죠."

셜록 홈즈는 초인종을 누르며 말했다.

"허드슨 부인, 이 손님들을 배웅해주세요. 그리고 급사한테 이 전보를 좀 부치라고 해주세요. 반신 요금 5실링도 함께 계산하라고 하시고요."

방문객들이 떠난 뒤 우리는 한동안 아무 말도 없이 앉아 있었다. 홈즈는 눈썹을 찌푸린 채 계속 담배를 피며, 뭔가 생각에 잠겨 있을 때면 늘 그렇듯 고개를 앞으로 쑥 내밀고 있었다. 그러더니 갑자기 나를 돌아보며 물었다.

"왓슨, 자네는 이 사건을 어떻게 생각하나?"

"나는 스콧 에클스라는 사람의 그 수수께끼 같은 이야기가 도대체 이해가 안 되네."

"그럼 살인 사건은?"

"아무래도 그 집의 하인들이 같이 사라졌다는 걸 보면 그들이 어떤 식으로든 살인 사건에 연루돼 경찰의 추적을 피하느라 달아난 것으로 보이는데."

"그렇게 볼 수도 있겠지. 하지만 언뜻 생각해봐도, 두 하인이 주인을 살해하기로 공모했는데 하필이면 손님이 온 날 밤을 택했다는 건 좀 이상한 일 아닐까? 다른 날 주인이 혼자 있을 때 얼마든지 죽일 수도 있었을 텐데 말이야."

"그렇다면 왜 도망친 걸까?"

"바로 그거야. 왜 도망쳤을까? 그건 가볍게 넘길 수 없는 중대한 사안일세. 또 한 가지 중요한 점은 의뢰인 스콧 에클스의 기이한 경험이지. 자, 왓슨, 이 두 가지 사실을 동시에 설명하는 건 불가능한 일일까? 하지만 그 설명이 도대체 무슨 뜻인지 알 수도 없는 그 이상한 편지 내용과 일치한다면, 그건 일단은 가설로 인정할 만한 것이 되지 않겠나. 그리고 앞으로 밝혀질 새로운 사실이 사건 구성에 딱 들어맞는다면 그 가설은 바로 정답이 되겠지."

"그런데 그 가설이라는 게 도대체 뭔데?"

홈즈는 눈을 반쯤 감고 의자에 깊숙이 앉았다.

"왓슨, 가르시아가 장난을 쳤다고는 절대로 볼 수 없겠지. 왜냐하면 결국 중대한 사건이 발생했으니까. 그런데 스콧 에클스를 그 집에 불러들인 건 그 사건과 관련이 있다고 보네."

"무슨 관련이 있는 걸까?"

"사건의 연결 고리를 하나하나 되짚어보세. 스페인 남자와 스콧 에클스가 갑자기 빨리 친해졌다는 건 언뜻 봐도 자연스럽지가 않다네. 관계를 진전시켰던 건 스페인 남자 쪽이었지. 가르시아는 에클스를 처음 만나고 바로 그 다음 날 런던의 반대쪽 끝에 있는 에클스의 집까지 찾아갔어. 그리고 조심스럽게 연락을 주고받다가 마침내 에클스를 에서로 초대했지. 가르시아는 에클스한테서 무엇을 원했을까? 그리고 에클스는 가르시아에게 무엇을 줄 수 있었을까? 나는 에클스에게 무슨 매력이 있는지 잘 모르겠어. 일테면 딱히 지적인 편도 아니고, 유쾌한 라틴계 사람과 잘 맞을 것 같지도 않고 말이야.

그렇다면 스페인 청년은 그간 만난 사람 중에서 왜 하필 에클스를 선택했던 것일까? 그에게 무슨 특별한 자질이 있어서일까? 사실 그런 것 같기도 하네. 그의 태도를 보면 아주 전형적인 영국 신사 같은 데가 있지. 평범한 영국인들에게는 깊은 신뢰를 줄 만한 증인이 될 수 있는 거야. 자네도 아까 봤잖은가. 에클스의 진술 내용이 예사로운 일은 아니었는데도 두 형사가 아무런 의심도 안 하고 그대로 믿지 않았나."

"가르시아는 에클스가 무슨 증언을 해주기를 바랐다는 건가?"

"그렇다고 보네. 하지만 결과적으로는 일이 이렇게 되고 말았으니까 아무 역할도 못하게 된 거지. 하지만 만약 일이 다르게 진행됐다면 그는 증인으로서 아주 중요한 역할을 했을 거야."

"음, 그러니까 에클스가 알리바이를 입증해줄 수 있었다는 거지?"

"바로 그거야. 에클스는 가르시아의 알리바이를 입증해줄 수 있었을 걸세. 자, 등나무 집의 모든 사람들이 모종의 음모를 꾸미고 있었다고 가정해보세. 그것이 무엇이든 간에 밤 1시 이전에 그걸 실행할 예정이었다고 한다면, 그들은 시계 바늘을 돌려놓거나 해서 스콧 에클스를 빨리 침실로 보냈을 거야. 그리고 나서 가르시아가 에클스의 침실로 찾아와 지금 1시라고 말했을 땐 사실 12시밖에 안 됐을 가능성이 있지. 만약 가르시아가 계획대로 밖에서 어떤 일을 끝내고 그 시간에 집으로 돌아와 있었다면, 그는 어떤 혐의도 물리칠 수 있는 강력한 증인을 갖게 되었을 걸세. 흠 잡을 데 없는 점잖은 영국인이 법정에 출두해서 피고인은 계속 집에 있었다고 증언해줄 테니까 말이야. 결국 가르시아는 최악의 상황에 대비하는 안전장치로 에클스를 끌어들인 셈이지."

"음, 그렇군. 그런데 다른 놈들이 사라진 건 무슨 이유지?"

"아직 제대로 조사해보진 않았지만 그리 복잡한 문제일 것 같지는 않네. 하지만 자료 수집도 안 하고 논증부터 할 수가 없지. 섣불리 가설을 세워놓다가는 무의식적으로 사실을 왜곡할 수도 있으니까."

"그럼, 그 편지는 도대체 뭘까?"

"내용이 뭐였더라? 아, 무슨 색깔 얘기? 녹색과 흰색이 어쩌고 저쩌고. 무슨 경마 얘기를 하는 것 같아. '녹색은 열림, 흰색은 닫힘' 이건 분명히 어떤 신호를 말하는 것 같은데. 그리고 '가운데 계단, 첫 번째 복도, 오른쪽으로 일곱 번째, 녹색 벽걸이' 이건 틀림없이 밀회의 약속이고. 그렇다면 사건의 배후에 질투심 많은 남편이 있을지도 모르지. 위험한 만남이라는 냄새가 나거든. 그게 아니라면 여자가 '행운을 기원한다'고 쓰지는 않았을 거야. 'D' 이건 안내자의 이름일 테고."

"가르시아가 스페인 사람이니까, 혹시 'D'라면 스페인의 여자 이름 중 흔한 돌로레스가 아닐까?"

"왓슨, 좋은 생각인 걸. 아주 좋은 생각이야. 하지만 그럴 것 같지는 않네. 같은 스페인 사람이면 스페인 말을 썼겠지. 편지를 쓴 사람은 영국인이 틀림없어. 아무튼 우리는 그 훌륭한 경감이 돌아올 때까지 인내심을 가지고 기다리는 수밖에 없네. 무료함 때문에 피곤한 것보다는 훨씬 나으니까 그동안 이 행운에 감사라도 드려야겠지."

베인스 경감이 돌아오기 전에 홈즈가 부친 전보의 답신이 먼저 도착했다. 홈즈가 그걸 읽고 나서 막 수첩에 끼워 넣으려고 하다가 궁금해 하는 내 얼굴을 흘끗 쳐다보았다. 그러더니 껄껄 웃으며 전보를 내밀면서 말했다.

"우리는 상류사회로 이동할 걸세."

전보에는 이름과 주소가 잔뜩 씌어 있었다.

딩글 저택, 헤링비 공
옥셧 타워즈, 조지 폴리엇 경
퍼디 저택, 치안 판사 하인스 하인스 씨
포튼 홀, 제임스 베이커 윌리엄 씨
높은 다락집, 헨더슨 씨
네더 월슬링 목사관, 죠슈아 스톤 목사

"이게 우리의 조사 범위를 많이 좁혀주겠구먼."

홈즈가 말했다.

"하긴 베인스 경감도 워낙 꼼꼼한 사람이라 이 비슷한 작전을 세우겠지만 말이야."

"무슨 말인지 모르겠네."

"왓슨, 좀 전에 우리가 그 편지 내용이 어떤 밀회 약속을 담고 있다고 결론을 내리지 않았나. 그런데 그 내용이 정확하다면, 그리고 그 약속을 지키려면 가운데 계단으로 올라가서 복도에서 일곱 번째 문을 찾아야겠지. 생각해보게, 저택이 얼마나 크단 얘긴가? 게다가 그 저택은 옥솃에서 2,3 킬로미터 이상 떨어져 있지는 않을 걸세. 왜냐하면 여러 가지 정황을 봤을 때 가르시아는 그 저택까지 걸어서 갔다가 알리바이를 증명할 수 있을 만한 시각, 즉 밤 1시까지 등나무 집으로 돌아오려고 했던 것 같거든. 그래서 옥솃 근처에 어떤 대저택이 있는지 알아보려고 스콧 에클스가 방문했던 그 부동산 회사에 전보를 쳐서 저택의 명단을 좀 부탁했다네. 그 방법이 가장 쉬운 길이었지. 이 전보에 있는 게 바로 그 저택들일세. 이중 어느 한 곳이 틀림없어."

우리가 베인스 경감과 함께 서리의 아름다운 마을 에서에 도착한 건 저녁 6시 무렵이었다. 홈즈와 나는 거기서 며칠 머무를 예상을 하며 황소 여관에 방을 잡았다. 그리고 마침내 경감과 함께 등나무 집으로 출발했다. 3월의 저녁이라 날씨가 아주 쌀쌀하고 이미 어두웠다. 게다가 바람이 불고 안개비까지 내려 황량한 주변 풍경과 비극이 일어난 장소와도 딱 맞아떨어지는 분위기였다.

산 페드로의 호랑이

음울한 날씨 속에서 추위에 떨며 3킬로미터쯤 걸어가자 높은 나무 대문이 보이며, 그 안으로 밤나무가 양쪽으로 늘어선 길이 나타났다. 그늘이 져 있는 그 길로 얼마간 들어가니, 어둠속에서 야트막

한 집 한 채가 보였다. 집은 잿빛 하늘 아래서 칠흑 같은 검은색으로 서 있었다. 현관 왼쪽의 창문에서 희미한 불빛이 새나왔다. 그때 베인스가 말했다.

"저기에 경관 하나를 배치해 두었거든요. 가서 창문을 두드려봅시다."

그러더니 잔디밭을 건너가 유리창을 탕탕 두드렸다. 희미한 유리창 안에서 한 사람이 벌떡 일어나는 게 어렴풋이 보이더니, 곧바로 날카로운 비명소리가 들렸다. 그리고 곧 얼굴이 하얗게 질린 경관이 숨을 몰아쉬며 나와 문을 열어주었는데, 부들부들 떠는 그의 손에서 촛불이 흔들리고 있었다.

"월터스, 무슨 일이지?"

베인스가 깜짝 놀라며 물었다.

경관은 손수건으로 이마를 닦으며 안도의 한숨을 푹 내쉬었다.

"경감님, 이제 안심이 됩니다. 어두워지니까 얼마나 시간이 안 가는지! 예전엔 안 그랬는데 왜 이렇게 무서운지 모르겠어요."

"무섭다고, 월터스? 자네가 그런 면이 있는 줄 놀랐는데."

"아니, 이렇게 외따로 떨어져 있는 집에 아무도 없는데다 부엌에 이상한 것까지 있잖습니까? 그래서 창문 두드리는 소리가 나기에 또 그게 온 줄 알고 얼마나 놀랐던지요."

"뭐가 또 왔다고?"

"악마 말이에요. 그게 창가에 나타났거든요."

"창가에 뭐가 나타났다는 건가? 언제?"

"2시간쯤 전이었어요. 막 어두워지고 있을 때였죠. 저는 의자에 앉아 책을 읽고 있었는데, 무심코 고개를 들었더니 웬 얼굴 하나가 아래쪽 창문에 딱 붙어서 저를 쳐다보고 있는 게 아니겠어요. 오, 맙소사, 그런 얼굴은 정말 본 적이 없었거든요! 꿈에 나타날까봐 두렵습니다."

"쯧쯧, 월터스, 경찰관이 그런 말을 하다니."

"경감님, 저도 알고 있습니다. 하지만 그냥 벌벌 떨리는 걸 어떡합니까? 안 그러려고 해도 소용이 없는 걸요. 그 악마 같은 얼굴은 흑인도 아니고 백인도 아니고, 뭐랄까요 진흙에다 우유를 섞어놓은 것 같다고 할까요. 아무튼 굉장히 이상한 색깔이었어요. 게다가 크기도 얼마나 큰지, 경감님 얼굴의 두 배 정도 돼 보이던데요. 그 생김새 하며, 커다란 눈 하며, 꼭 배고픈 짐승처럼 허연 이빨을 드러내고 있는데, 정말 숨도 못 쉬겠더라고요. 그러더니 갑자기 사라졌어요. 밖으로 얼른 뛰어나가서 관목 사이를 헤집고 봤는데 아무것도 없더군요."

"월터스, 자네가 정직한 사람이 아니라면 난 자네한테 벌점을 주었을 걸세. 만약 그게 정말 악마였다 하더라도 근무 중인 경관이 그걸 잡지 못한 건 다행스런 일이라고 볼 수 없지. 근데 자네 혹시 허깨비를 본 건 아닌가?"

그때 홈즈가 끼어들었다.

"허깨비가 아니라는 건 쉽게 증명할 수 있습니다.

그는 손전등을 켜 잔디밭을 들여다보며 말했다.

"32센티미터의 신발입니다. 신발 크기로 본다면 분명히 엄청 키가 크다는 거죠."

"그렇다면 그자는 어디로 간 걸까요?"

"관목 숲을 지나 큰길로 도망친 것 같습니다."

경감은 한참 생각에 잠겨 있다가 말했다.

"음, 그자가 누구였는지 무슨 일로 여기에 왔는지는 몰라도 지금은 아무튼 여기에 없는 것 같군요. 자, 홈즈 씨, 먼저 조사해볼 것이 있으니까, 집안으로 들어가시죠."

침실 몇 개와 거실 등을 꼼꼼히 살펴봤지만 특별한 것은 없었다. 집안 사람들은 모두 몸만 빠져나간 것 같았다. 가구와 모든 사람살이들이 그대로 남아 있었다. 런던의 하이 홀본에 있는 '막스' 양복점의 옷들도 많이 있었다. 그곳에 이미 물어봤지만 고객이 무척 신용 좋은 사람이라는 것 외에는 아는 게 없다고 했다. 가르시아의 소지품으로는 파이프 몇 개와 소설 몇 권(그 중 두 권은 스페인어 소설), 구식 권총, 그리고 기타 한 대가 전부였다.

"여기엔 아무것도 없습니다."

베인스가 촛불을 들고 이 방 저 방으로 다니며 말했다.

"그럼, 이제 부엌으로 가시죠."

집 뒤쪽에 있는 천장이 높고 어두운 곳이 부엌이었는데, 한쪽 구석에 요리사가 침대로 사용한 것 같은 짚더미가 깔려 있었다. 식탁에는 간밤의 저녁 식사였는지 먹다 남은 음식과 빈 접시들이 나뒹굴고 있었다.

"이걸 보세요. 어떻게 생각하십니까?"

베인스가 물었다.

그러고는 찬장 뒤쪽에 세워져 있는 이상한 물체 앞에서 걸음을 멈추며 촛불을 높이 들어 올렸다. 그건 너무 쭈글쭈글해지고 말라 빠져 있어서 형체를 알아보기가 어려웠다. 하지만 시커먼 가죽으로 돼 있고 난쟁이의 형상과도 비슷한 데가 있었다. 내 눈엔 처음에 흑인 아기의 미라처럼 보였지만, 자세히 보니 완전히 쪼그라든 늙은 원숭이 같기도 했다. 그러다가 나중엔 도대체 그게 인간인지 동물인지조차 헷갈렸다. 아무튼 그건 두 줄로 된 하얀 조개껍질 목걸이를 두르고 있었다.

"굉장히 희한한데요. 굉장히 희한해요!"

홈즈가 기묘하게 생긴 그 형체를 유심히 쳐다보며 말했다.

"이것 말고 또 뭐가 있죠?"

베인스는 앞장서 개수대 쪽으로 가더니 촛불을 들었다. 커다란 흰 새 한 마리가 잔인하게 잘린 채 팽개쳐 있었다. 잘린 머리에 볏이 붙어 있는 걸 홈즈가 가리키며 말했다.

"흰 수탉이군요. 이건 정말 희한한 사건인데요!"

베인스 경감은 그것 말고도 소름 끼치는 전시품을 더 꺼내 보여주었다. 개수대 밑에서 피가 들어 있는 양동이를 꺼낸 다음, 식탁 밑에서는 검게 그을린 작은 뼈들이 가득 담겨 있는 쟁반을 꺼냈다.

"이 닭인지 뭔지를 죽이고, 또 뭔가를 불에 태웠어요. 이 뼈들은 전부 화덕에서 나온 것들이죠. 오늘 아침에 의사를 불러서 왔는데, 사람의 뼈는 아니라고 하더군요."

홈즈는 빙긋이 웃으며 두 손을 마주 대고 비볐다.

"베인스 경감, 이렇게 특이하고 교훈적인 사건을 맡게 된 걸 축하드립니다. 이런 말 하면 실례일지 모르지만 당신의 능력은 이제까지의 일에 아까울 정도입니다."

베인스 경감의 작은 눈이 반짝거렸다.

"홈즈 씨, 맞는 소립니다. 이렇게 시골구석에 처박혀서 인생 끝나게 생겼으니 말이죠. 이런 사건은 어쩌면 좋은 기회일 수도 있어서 놓치고 싶지 않았어요. 당신은 이 뼈에 대해 어떻게 생각하십니까?"

"새끼 양이나 새끼 염소 같은데요."

"그럼 저 하얀 수탉은?"

"아주 기묘한 것이죠. 이제까지 저런 예가 없을 겁니다."

"그렇습니다, 홈즈 씨. 이 집에는 정말 괴이한 짓을 하는 이상한 사람들이 살았던 것 같습니다. 그중 하나는 죽었죠. 그럼 이 집에 살았던 다른 두 사람이 그를 쫓아가서 죽인 것일까요? 만약 그게 사실이라면 우리는 그자들을 찾아야 합니다. 그래서 지금 항구마다 경찰을 배치해 놓았죠. 하지만 저는 그렇게 생각하지 않습니다. 전혀 아니죠. 제 생각은 아주 다르거든요."

"그럼 어떤 가설을?"

"홈즈 씨, 저는 그걸 제 힘으로 입증해볼 겁니다. 그래야 저한테 명예가 되지 않겠어요? 당신은 이미 유명해졌지만 저는 이제부터라도 뭔가를 보여줘야 하니까요. 나중에 당신의 도움을 받지 않고 이 사건을 해결했다고 말할 수 있다면 정말 기쁠 것 같습니다."

홈즈가 유쾌하게 웃었다.

"좋습니다, 경감. 그럼 당신은 당신 방식대로 혼자 하고, 나도 내 방식대로 하기로 합시다. 하지만 원한다면 언제든 내가 수집한 정보를 제공해드리지요. 자, 그럼, 이 집에서는 더 이상 조사할 게 없는 것 같으니까 나는 다른 데로 가보는 게 좋을 것 같군요. 또 만납시다. 행운을 빌어요!"

그쯤에서 나는 홈즈의 미묘한 표정 변화와 태도를 보고 그가 단서를 잡았다는 걸 느낄 수 있었다. 다른 사람들은 물론 알 수가 없는 점들이었다. 홈즈는 그냥 단순한 구경꾼인 것처럼 별다른 행동도 하지 않았지만 반짝이는 눈빛과 어딘지 모르게 자신 있는 태도, 그리고 흥분을 억누르는 것 같은 긴장감 등이 그에게서 엿보였던 것이다. 사냥감은 바로 눈앞에 있다는 것을 확신할 수 있었다. 하지만 홈즈는 늘 그렇듯이 굳게 침묵하고 있었고, 나 또한 습관대로 모르는 척 아무것도 묻지 않았다. 그가 정신 집중을 하는 데 방해가 되지 않도록 하며, 범인 체포에 조금이나마 도움을 줄 수 있어서 보람을 같이 나누는 것만으로도 나는 만족했기 때문이다. 그리고 결국은 때가 되면 자세한 내용을 다 듣게 될 테니까.

그래서 나는 잠자코 기다리고 있었는데, 실망스럽게도 기대했던 일은 일어나지 않았다. 하루 또 하루가 지나가도 홈즈는 어떤 행동도 취하지 않았다. 그러다 어느 날 아침에 그는 런던에 다녀왔는데, 어떤 얘기를 하다가 무심코 대영박물관에 갔었다는 사실을 흘리게 되었다. 그날 하루 나갔다 온 걸 제외하곤 그는 주로 오랫동안 산책을 하거나 (혼자서 산책하는 경우도 많았다.) 마을에서 사귄 사람들과 함께 잡담을 하며 시간을 보냈다.

"왓슨, 시골에서 보낸 일주일이 자네한테는 아주 귀중한 시간이 될 걸세. 관목들에서 새순이 돋아나고 개암나무에서 꽃망울이 터지는 것을 볼 수 있다는 게 얼마나 좋은지. 밖에 나갈 때도 모종삽하고 초보자용 식물도감 같은 걸 갖고 나가면 아주 유익한 하루를 보낼 수 있다네."

홈즈는 그런 것들을 챙겨가지고 나가 여기저기 돌아다니다가 들어왔는데, 채집해온 식물을 보면 정말 형편없었다. 우리는 산책을 하다가 가끔 베인스 경감을 만날 때도 있었다. 그 사람은 볼 때마다 통통하게 살찐 얼굴에 미소가 가득 했고, 작은 눈도 반짝거리곤 했다. 그는 사건에 대한 얘기를 꺼낸 적이 거의 없었지만, 지나가는 말투로 몇 마디 튀어나온 얘기에 의하면 그쪽의 수사 진행 상황도 그리 나쁘지는 않은 것 같았다. 하지만 사건이 발생한지 5일이 지난 아침에 난 신문을 펼쳤다가 깜짝 놀라지 않을 수 없었다. 거기엔 다음과 같은 기사 제목이 크게 나와 있었던 것이다.

옥셧 사건 종결, 용의자 체포

내가 홈즈에게 제목을 읽어주자 그는 벌에 쏘이기라도 것처럼 벌떡 일어섰다.

"맙소사!"

그가 소리쳤다.

"베인스가 그를 체포한 건가?"

"그런 것 같네."

이어서 나는 기사 내용을 읽어주었다.

'어젯밤 늦게 옥셧 살인 사건의 용의자를 체포했다는 소식이 알려지자 에셔와 인근 지역의 주민들은 놀라움을 감추지 못하고 있는 분위기다. 이미 알려진 대로, 등나무 집의 주인 가르시아가 옥셧의 한 공터에서 시체로 발견되었으며 심한 폭행을 당한 흔적이 있고, 그날 밤에 그 집의 하인과 요리사가 사라졌다는 점은 분명 그들이 범행에 연루되어 있다는 강한 의혹을 남긴 바 있다. 피살자의 집에 다수의 귀중품이 숨겨져 있기 때문에 그걸 훔치기 위해 범행이 저질러졌을 거라는 추측도 제기되었으나 이를 뒷받침할 만한 확실한 증거는 나오지 않았다.

사건을 담당했던 베인스 경감은 도망자들의 소재를 계속 수소문하다가 그들이 멀리 도망치지 못하고 미리 준비해놓았던 은신처에 숨어 있다는 증거를 확보하기에 이르렀다. 그들을 찾는 것은 시간문제였는데, 그 중 요리사의 모습을 창문을 통해 어렴풋이 봤다는 몇몇 상인의 말에 의하면, 외모가 아주 특이한데 흑인에 가까운 갈색 피부에 매우 추악하게 생긴 데다 몸집이 거인처럼 크다는 것이었다. 사건이 일어난 날 밤에 이 요리사는 대담하게도 등나무 집으로 돌아왔다가 월터스 경관에게 들키자 다시 도망치고 말았다. 베인스 경감은 요리사가 집으로 돌아온 건 어떤 목적이 있었기 때문이며 그래서 다시 돌아올 가능성이 높다고 보고 경관을 관목 숲속에 잠복시켰다. 결국 요리사는 어젯밤에 돌아왔다가 다우닝 경관과 몸싸움을 하다 체포되었는데, 경관은 이 흉악한 괴물에 물어뜯겨 심한 부상은 입은 상태다.

용의자가 치안 판사 법원에 회부되면 경찰의 구류 요청이 받아들여질 가능성이 높아 앞으로 사건 수사에 큰 진전이 있을 것으로 보인다.'

"당장 베인스를 만나봐야겠어."

홈즈가 모자를 집어 들며 말했다.

"그 친구가 집을 떠나기 전에 만나야 해."

우리는 마을길을 서둘러 내려갔다. 그때 마침 경감이 집에서 나오고 있었다.

"홈즈 씨, 이것 보셨어요?"

그가 신문을 내밀며 물었다.

"물론 봤죠. 그런데 내가 친구로서 한 마디 충고해도 될까요? 실례가 아니라면 말이죠."

"충고라뇨?"

"나도 나름대로 이 사건을 신중하게 조사해왔지만 당신이 올바른 단서를 잡았다고는 생각되지 않는군요. 아직 뚜렷한 확신이 있는 게 아니라면 너무 깊게 파고들어가지 않는 게 좋을 것 같아서요."

"홈즈 씨, 아주 좋은 얘깁니다."

"당신을 위해서 하는 말이에요."

순간 베인스 경감의 작은 눈이 반짝거렸다.

"홈즈 씨, 우리가 각자의 방식대로 하기로 말했기 때문에 저는 지금 그렇게 하고 있습니다."

"네, 그건 맞습니다. 기분 나쁘게 듣지 않았으면 합니다."

"아니에요. 저는 홈즈 씨가 좋은 뜻에서 그런 말을 했다고 생각하고 있어요. 하지만 누구나 각자의 방식이 있는 거죠. 당신은 당신대로, 저는 저대로 말이죠."

"그 얘기는 그만하기로 합시다."

"정보는 얼마든지 제공해드리겠습니다. 우리가 체포한 놈은 짐수레를 끄는 말처럼 힘이 세고 마귀 같은 흉악한 놈인데, 체포하는 과정에서 다우닝 형사의 손가락을 물어뜯을 뻔 했죠. 그러는 바람에 체포했지만 말입니다. 영어는 거의 못하고 짐승의 신음소리 같은 것만 들리더군요."

"그래서 그놈이 주인을 죽였다는 증거를 당신이 확보했다는 건가요?"

"홈즈 씨, 나는 그런 말을 한 적이 없습니다. 절대로. 하지만 누구나 나름대로의 방식이 있으니까, 당신은 당신 방식대로 하면 되고 나는 나대로 하면 됩니다. 이미 그렇게 하기로 했잖아요."

홈즈는 더 이상 말할 필요가 없다는 듯 어깨를 으쓱하며 그냥 돌아서고 말았다. 그러면서 내게 말했다.

"할 수 없지 뭐. 지금 저 친구 낭떠러지로 향해 달려가고 있는 꼴이야. 그래도 어쩌겠나. 각자의 방식대로 하고 나서 결과를 보는 수밖에 없지. 하지만 저 친구 도저히 이해가 안 되는 구석이 있단 말이야."

황소 여관으로 돌아오고 나서 홈즈가 다시 말했다.

"왓슨, 거기 앉아보게. 오늘 밤에 자네 도움이 필요할지 모르니까 지금 돌아가는 상황을 설명해주겠네. 이 사건에 대해 내가 지금까지 파악한 건 이렇다네. 이 사건은 전체적으로 보면 단순한 것 같지만 범인을 체포하는 것은 예상 외로 쉽지가 않다네.

우선 가르시아가 살해된 날 저녁 때 받은 편지에 대해 생각해보세. 그의 하인들이 사건에 연루돼 있다는 베인스 경감의 주장은 잠시 잊어버리게. 스콧 에클스를 초대한 사람은 바로 가르시아 자신이고, 그건 알리바이를 입증해줄 사람으로 스콧 에클스를 이용하기 위해서였다고 볼 수밖에 없지. 그렇다면 그날 밤에 실행된 어떤 계획, 말하자면 범죄 계획을 세웠던 사람도 가르시아 자신이었던 거야. 내가 범죄라고 말한 이유는 알리바이가 필요한 것은 범죄 계획을 세울 때 뿐이기 때문이지. 그럼 누가 그의 목숨을 노렸던 것일까? 그건 가르시아가 목표로 했던 바로 그 상대였을 거야. 그건 틀림없어.

다음엔 가르시아의 하인들이 도망친 이유를 살펴볼까? 두 사람 다 그 범죄 계획의 공범들이었다고 보네. 만약 가르시아가 그 계획을 성공적으로 실행하고 돌아왔다면, 어떤 혐의가 의심된다 하더라도 에클스가 증인으로서 잘 막아주었겠지. 하지만 그 계획은 무척이나 위험한 것이었고, 그래서 가르시아가 정해진 시간까지 돌아오지 않는다면 그는 분명 희생당했을 것으로 판단해야 했다네. 그럴 경우에 대비해서 그들은 미리 달아날 장소를 정해두었고, 경찰의 추적을 따돌린 다음에 훗날 다시 일을 실행하기로 사전에 다 짜두었던 거야. 어떤가, 제대로 들어맞는 가설이라고 생각되지 않나?"

이제야 답답하던 수수께끼가 풀린 것 같았다. 항상 그렇지만 왜 이렇게 명백한 사실을 나는 그동안 못 봤을까 하는 의아한 생각만 들었다.

"그런데 요리사는 왜 집에 왔던 걸까?"

"급히 도망치느라 중요한 뭔가를 못 가지고 갔던 거겠지. 그 위험한 상황인데도 다시 돌아온 걸 보면 말이야. 그래서 몇 번이나 다시 그 집에 나타났던 거야."

"그렇군. 이제 그 다음 얘기를 해보게."

"가르시아가 저녁 때 받은 편지 말일세. 그건 다른 쪽에도 공모자가 있다는 얘기네. 그런데 다른 쪽이란 어디를 말하는 것일까? 바로 어떤 큰 저택을 가리킨다고 생각했지. 큰 저택들은 많지가 않아. 그래서 식물들을 채집하면서 틈틈이 여기저기 살피며 돌아다니는 중에 큰 저택들을 하나씩 조사해봤지. 그곳에 사는 사람들에 대해 비밀리에 알아봤는데, 내 관심을 끄는 곳이 딱 한 집 있더군. 옥셋 외곽으로 1.5킬로미터, 그리고 비극의 현장에서는 8백 미터밖에 떨어져 있지 않은 집인데, 제임스 1세 시대에 건축된 높은 다락방 스타일이야. 다른 저택의 사람들은 지극히 평범한 소시민들이었는데, 이 집의 헨더슨이라는 사람은 아무래도 좀 특이한 경험을 했을 것 같은 재미있는 사람이더라고. 그래서 헨더슨 씨와 그 집 사람들을 죽 관찰해봤지.

왓슨, 그 집 사람들이 전부 다 아주 이상했는데, 그중에서도 가장 이상한 사람은 헨더슨 씨더구먼. 그럴싸한 구실을 만들어서 그를 찾아갔더니, 생각에 깊이 잠겨 있는 것처럼 보이는 쑥 들어간 검은 눈동자가 마치 내 속마음을 훤히 들여다보는 것 같더라고. 나이는 쉰 살쯤 돼 보이고 머리도 히끗히끗한데, 눈썹이 진하고 걸음걸이도 어찌나 빠른지 꼭 사슴처럼 날쌔다고 할까. 성격은 강인하면서도 좀 거칠고 독선적인 데가 있는 것 같더군. 얼굴 피부가 마치 양피지처럼 보이는데, 어딘지 모르게 당당한 풍모가 엿보이기도 했지. 그는 외국인이거나 열대 지방에서 오래 살았을 게 분명해. 얼굴 피부가 정말로 누렇고 가죽 채찍처럼 질겨 보였거든. 그의 친구면서 비서 노릇을 하는 사람이 있는데 이름이 루카스라고, 그는 외국인인 게 틀림없어. 짙은 갈색 피부에 예의는 바른데 어딘지 좀 교활해 보이고 고양이 같은 인상이랄까. 그리고 지나치게 상냥한 말투가 좀 역겹더구먼. 왓슨, 생각해보게. 등나무 집과 이 다락방 집에 공통적으로 외국인이 있는 걸세. 그렇다면 뭔가 간격이 좁혀지는 느낌 같은 것 안 드나?

헨더슨과 루카스는 서로에게 비밀이 없을 정도로 아주 절친한 사이라네. 하지만 우리가 놓칠 수 없는 중요한 인물이 하나 더 있지. 헨더슨한테는 열한 살과 열세 살짜리 딸이 둘 있는데, 그 아이들의 가정교사가 있다네. 마흔 살 정도 된 영국 여성으로, 이름은 버넷이라고 하는군. 또 충직한 하인도 한 명 있고. 그래서 총 여섯 명이 가족을 이뤄 함께 여행을 다니고 있다네. 헨더슨은 여행을 너무 좋아해서 자주 떠나는데, 이번에도 그들이 1년간의 여행을 마치고 저택으로 돌아온 게 몇 주밖에 안 됐다는 거야. 엄청난 부자라서 하고 싶은 건 다 할 수가 있다는군. 그리고 그 여섯 명 외에도 그 집엔 영국의 대저택들이 보통 그렇듯이 놀고먹으려는 집사와 하인들이 여러 명 있다네.

지금 말한 것 중에는 마을 사람들한테서 들은 얘기도 있고 내가 직접 관찰해서 알아낸 것들도 있지. 해고돼서 불만을 품고 있는 하인에게서만큼 정보를 얻어내기 쉬운 곳도 없는데, 요행스럽게도 딱 적절한 사람을 하나 만났다네. 사실 내가 열심히 찾지 않았다면 그런 사람은 만나지 못했을 거야. 베인스 말대로 누구나 다 각자의 방식이 있는 거지. 아무튼 최근에 그 저택에서 해고를 당했다는 존 워너라는 사람을 만나게 됐는데, 정원사로 일하고 있다가 주인인 헨더슨의 기분을 거슬렀다는 이유로 갑자기 쫓겨났다는 거야. 하지만 워너와 가까이 지내며 그 못지않게 주인을 싫어하고 두려워하는 다른 하인들이 여전히 있기 때문에, 결국 나는 그 저택의 비밀을 캐낼 수가 있었다네.

왓슨, 그자들은 정말 희한한 사람들이더구먼! 다 안다고 말할 수는 없겠지만 어쨌거나 희한한 사람들이야. 그 저택은 양쪽으로 나뉘어 두 채로 돼 있는데, 한 건물에는 하인들이 살고 다른 건물에는 가족들이 살고 있다네. 가족들에게 식사를 가져오는 헨더슨의 하인 외에는 두 건물의 사람들이 완전히 분리돼 있지. 그래도 두 건물을 연결하는 문이 하나 있어서 물품 같은 건 그곳을 통해 이동하는 모양이야. 가정교사와 아이들은 정원에 나가는 걸 빼면 외출하는 일이 거의 없지. 그리고 헨더슨은 절대로 혼자 다니지를 않고, 흑인 비서가 항상 그림자처럼 따라다닌다네. 하인들에 의하면 헨더슨이 뭔가를 몹시 두려워하고 있는 것 같다는 거야. 실제로 워너도 이런 말을 하더라고. '악마한테 돈을 받고 영혼을 팔아넘겼데요. 그래서 악마가 다시 돈을 빼앗아 갈까봐 항상 두려워하고 있답니다.' 그들이 어디서 온 사람들인지, 또 어떤 사람들인지 아무도 모른다고 하더군. 헨더슨이란 자는 성격이 아주 난폭해서 채찍으로 사람을 때리기도 한다나봐. 실제로 그래가지고 큰 문제가 생겼는데, 돈으로 입막음을 했던 모양이더라고.

자 그럼, 이런 정보들을 바탕으로 해서 상황을 다시 판단해보세. 그 문제의 편지가 이 저택에서 왔고, 그건 가르시아에게 어떤 계획을 실행하라는 내용이었다고 추측해볼 수 있지. 그런데 편지는 누가 썼을까? 그건 저택 안에 있는 여자였다고 생각되네. 그렇다면 가정교사인 버넷 씨 말고 누가 있겠나? 아무리 따져 봐도 그렇게밖에 생각할 수 없어. 어쨌든 그것을 하나의 가설로 세우고 결과를 따져보세. 버넷 씨의 나이와 성격으로 볼 때 헨더슨 씨와의 사이는 남녀 문제 같은 건 아닌 것 같네.

아무튼 편지를 쓴 사람이 버넷 씨가 맞다면 그녀는 가르시아의 친구면서 공모자일 거야. 그런데 가르시아가 죽었다는 걸 알게 되면 그녀는 어떤 행동을 취할까? 만약 가르시아가 어떤 잔인한 행동을 계획했다가 살해되었다면 그녀는 입을 다물고 있을 거야. 하지만 속으로는 그를 살해한 자에 대해 증오심을 품으면서 언젠가는 복수를 하기 위해 칼을 갈고 있겠지. 이게 사실이라면 우리가 버넷 씨를 만나서 도움을 청해볼 수도 있지 않을까? 처음엔 그렇게 생각했지. 하지만 일이 그렇게 돌아가지 않고 있어. 버넷 씨는 살인 사건이 일어난 그날 밤부터 종적을 감췄으니까. 그 이후로 그녀를 본 사람이 없다는군. 버넷 씨가 지금 살아 있기는 한 걸까? 혹시 그날 밤에 자신이 불러낸 가르시아와 똑같은 운명을 맞이한 게 아닐까? 아니면 어딘가에 감금되어 있는 걸까? 도무지 모르겠네.

왓슨, 이런 상황이니 얼마나 난감한지 알겠지? 지금으로서는 영장을 청구할 아무런 근거가 없어. 치안 판사한테 이런 추리를 아무리 떠들어봐야 먹혀들지도 않을 테니까. 가정교사의 실종은 이유가 될 수 없지. 그렇게 이상한 집안에서 누가 일주일 정도 안 보인다고 뭐 특별하겠어? 그런데 문제는, 버넷 씨가 지금 생명의 위협을 받고 있는 상황이라면? 그래서 내가 할 수 있는 건, 워너가 그 집을 계속 감시하도록 하는 걸세. 하지만 언제까지 그렇게만 할 수는 없잖은가. 합법적으로 할 수 있는 일이 아무것도 없다면 위험을 무릅쓰더라도 다른 방법을 찾아야지."

"무슨 뜻이야?"

"가정교사의 방이 어딘지 알고 있는데, 별채 지붕 쪽으로 올라가면 그 방으로 들어갈 수 있거든. 그래서 오늘 밤에 자네랑 같이 그 집으로 가서 수수께끼를 풀 수 있는지 좀 보려고 하네."

난 솔직히 별로 내키지가 않았다. 살인의 냄새가 나는 음산한 저택, 기이하고 무서운 사람들, 혹시 당할지도 모르는 위험, 그리고 불법행위를 한다는 것 등이 나를 망설이게 했다. 하지만 홈즈의 냉정한 추리에는 어떠한 모험도 거절할 수 없게 만드는 무엇인가가 있었다. 그래서 결국 그가 꾸미는 대로 할 수밖에 없었다. 그것만이 해결방법이기도 했다. 나는 묵묵히 동의를 했다. 주사위는 이미 던져졌다.

하지만 우리의 조사활동은 그리 위험한 것이 되지는 않았다. 오후 5시쯤, 3월의 어스름이 밀려들 즈음에 웬 남자 하나가 우리의 여관 방안으로 들이닥쳤다. 홈즈가 비밀리에 만나고 있는 그 해고된 정원사였다.

"홈즈 씨, 그자들이 달아났어요. 마지막 기차를 타고 떠났죠. 그런데 버넷 씨가 기차에서 뛰어내려서 제가 마차로 여기까지 모시고 왔어요."

"잘했네, 워너!"

홈즈가 벌떡 일어나며 소리쳤다.

"왓슨, 사건 해결도 얼마 안 남았네."

마차에 가보니 아닌 게 아니라 한 여자가 앉아 있었는데, 몹시 지친 탓에 거의 쓰러져 있다시피 했다. 매부리코에 몸이 비쩍 말랐고 며칠 사이에 혹독한 시련을 겪은 사람의 모습이었다. 그녀는 맥없이 고개를 숙이고 있다가 얼굴을 들어 멍한 시선으로 우리를 쳐다보았는데, 초점도 맞지 않고 가물가물한 눈빛이었다. 아편을 한 게 분명했다.

"홈즈 씨, 저는 시키신 대로 정문을 지키고 있었어요."

정원사 워너가 말했다.

"그런데 집에서 마차가 나오기에 역까지 뒤를 따라갔죠. 버넷 씨는 비몽사몽하면서 걷는 모습이었는데, 그자들이 강제로 기차에 태우려는 마지막 순간에 정신이 돌아왔는지 막 저항을 하시더군요. 결국 떠밀려서 기차에 올라타긴 했지만 다시 뛰어내리셨어요. 그때 제가 가서 모시고 나와 마차를 잡아타고 이렇게 달려온 겁니다. 그런데 그때 버넷 씨를 부축하고 있을 때 기차 창문에서 봤던 그 얼굴은 절대 못 잊을 거예요. 시커먼 눈에 악귀처럼 생긴 누런 얼굴이었거든요."

우리는 가정교사를 부축해 2층으로 올라가 소파에 눕혔다. 그리고 진한 커피를 두 잔 마시게 하자 그녀는 정신을 조금 차렸다. 홈즈는 연락을 받고 달려온 베인스에게 상황을 간단히 설명했다.

"그러니까 제가 찾고 있었던 바로 그 증인을 먼저 찾으셨군요."

베인스가 홈즈의 손을 잡고 흔들면서 부러운 듯 말했다.

"저도 처음부터 당신과 똑같은 단서를 추적하고 있었습니다."

"그래요? 그럼 경감도 헨더슨을 뒤쫓고 있었다는 건가요?"

"그렇습니다. 홈즈 씨가 저택의 관목 덤불 속에 숨어 있을 때 저도 정원 쪽 나무 위에 올라가 있었거든요. 거기서 당신을 봤어요. 누가 먼저 증거를 잡을까 하고 기다렸지요."

"그런데 그 혼혈 요리사는 왜 체포했죠?"

베인스가 껄껄거리며 웃었다.

"그 헨더슨이라는 자는 자신이 추적당하고 있다는 걸 알기 때문에 위험이 사라졌다고 판단될 때까지는 어딘가에 숨어서 꼼짝 안 하고 있을 게 분명했습니다. 그래서 요리사를 체포해서 그자를 안심시킨 다음, 그자가 방심해 있을 때 버넷 씨와 접촉을 시도하려고 했죠."

홈즈가 경감의 어깨를 잡으며 말했다.

"형사로서 크게 출세하실 것 같군요. 직관력이 대단히 뛰어나십니다."

베인스는 자신감에 찬 듯 표정이 밝아졌다.

"저는 일주일 동안 사복 경찰을 기차역에 배치해 두었어요. 저택 사람들이 혹시 나타나면 절대 놓치지 말고 따라 붙으라고 지시를 해놓았죠. 버넷 씨가 달아났을 땐 그자들도 참 난감했겠네요. 그런데 홈즈 씨 쪽에서 그분을 구해내서서 정말 다행입니다. 버넷 씨의 증언이 없으면 그자들을 체포할 수가 없으니까 빨리 진술을 들어야 할 것 같습니다."

"버넷 씨도 기운이 점점 나아지고 있군요."

홈즈가 버넷 씨를 가만히 쳐다보며 말했다.

"그런데 베인스 경감, 그 헨더슨이라는 자는 어떤 사람인가요?"

"아, 그자의 본명은 돈 무리요입니다. 한창 땐 산 페드로의 호랑이라고 불렸었죠."

산 페드로의 호랑이! 순간 그의 인생 역정이 머릿속에 쫙 떠올랐다. 그는 문명이라는 탈을 쓰고 한 나라를 지배한 독재자였는데, 독재자 중에서도 역사상 가장 잔혹했던 인물로 악명을 떨친 자였다.

그런 돈 무리요는 무려 10년이 넘는 세월 동안 온갖 악행을 저지르며 두려움에 떠는 국민을 사납게 휘둘렀던 것이다. 중앙아메리카 전역에서 그의 이름을 듣고 떨지 않은 사람은 없었다. 참다못한 국민들은 결국 독재에 맞서 들고 일어났다. 하지만 그는 잔인한 것뿐 아니라 교활하기 짝이 없어서, 반란 소식을 듣자마자 모든 보물을 챙겨 측근 부하들과 함께 몰래 배를 타고 도망치고 말았다. 다음 날 군중들이 궁궐 안으로 쳐들어갔을 땐 이미 텅 비어 있는 상태였다. 그가 나라를 떠나 종적을 감춘 이후부터 유럽의 신문에는 이따금 그의 행방에 대한 추측 기사가 나타나곤 했다.

베인스가 다시 강조하며 말했다.

"그렇습니다. 산 페드로의 호랑이가 바로 돈 무리요입니다. 홈즈 씨, 조사해보면 알겠지만, 산 페드로의 국기는 편지에 씌어 있는 것처럼 녹색과 흰색으로 돼 있습니다. 저는 자칭 헨더슨이라는 자를 파리, 로마, 마드리드, 바르셀로나까지 뒤쫓다가, 1886년에 그가 탄 배가 바르셀로나에 들어왔었다는 걸 알아냈죠. 수많은 사람들이 그동안 복수를 하려고 그의 행방을 찾고 있었지만, 얼마 전에야 겨우 그의 소재를 알아냈던 겁니다."

"그 인간을 찾아낸 건 1년 전이었어요."

어느 틈에 일어나 앉아 이야기를 듣고 있던 버넷 씨가 말했다.

"그동안 암살 시도가 한 번 일어났었는데, 악마가 그자를 지켜준 건지 목숨은 구했지요. 그러다 또다시 일어난 게 이번이었는데, 기사도를 발휘했던 고귀한 가르시아만 당하고 이 악마는 또 살아남았네요. 하지만 누군가가 결국 이 괴물을 쓰러뜨리고 정의가 실현되는 그날이 꼭 올 겁니다. 그건 태양이 다시 떠오르는 것처럼 분명한 일이니까요."

그녀는 마른 두 손을 움켜잡으며 한 맺힌 증오심으로 인해 얼굴이 더욱 창백해졌다. 홈즈가 물었다.

"버넷 씨, 그런데 당신은 어떻게 이 사건에 관련되었습니까? 영국인으로서 어떻게 이런 살인 음모에 끼어들게 됐나요?"

"제가 이 일에 가담하게 된 건, 이것밖에는 정의를 실현할 수 있는 다른 방법이 없었기 때문입니다. 산 페드로에 유혈 사태가 일어나고, 이 악랄한 자가 배에다 보물을 가득 싣고 도망쳤는데도, 그때 영국 정부는 어떤 태도를 취했었죠? 영국인들한테는 그저 다른 별에서 일어나는 범죄 행위 정도였는지 모르지만, 산 페드로의 국민들은 그 진실을 알고 있습니다. 고통과 슬픔에 억눌리면서 깨달았던 것이니까요. 돈 무리요 같은 악마는 지옥에도 없을 겁니다. 그자를 쓰러트리기 전까지는 우리 삶에 평화를 되찾을 수 없을 거예요."

"옳은 말씀이십니다."

홈즈가 말했다.

"그자는 버넷 씨 말씀대로 잔학한 괴물이었죠. 저는 그자의 악행에 대해 잘 알고 있습니다. 그런데 당신은 어떤 일을 당하셨나요?"

"네, 전부 말씀드리죠. 그자는 자신에게 경쟁자가 될 것 같은 인물은 모조리 처단해버렸어요. 온갖 핑계를 붙여서 죽이기를 일삼았던 거죠. 제 남편은 산 페드로의 런던 주재 공사였고, 제 본명은 시뇨라 빅토르 두란도인데, 우리는 런던에서 만나 결혼을 했습니다. 남편은 세상 누구보다 참 좋은 사람이었어요. 그런데 불행히도 남편에 대한 호평이 무리요의 귀에 들어가게 됐고, 결국 그놈은 남편을 본국으로 불러들이더니 무슨 구실을 붙여서 총살을 해버린 겁니다. 남편이 그때 예감이 이상했는지 혼자 귀국하겠다고 하더군요. 결국 그의 재산은 전부 몰수됐고, 저도 빈털터리가 돼서 이렇게 혼자 남게 된 겁니다.

그 악마는 도망을 쳤지만 사실은 몰락했죠. 수많은 사람들이 복수를 다짐하고 목적을 이루기 위한 결사를 조직했는데, 저도 당연히 거기에 가담해있고요. 그자가 헨더슨이라는 이름으로 살고 있다는 사실이 밝혀지고 난 다음, 그의 집에 들어가 동정을 살피는 임무가 저한테 맡겨지게 됐던 거죠. 그래서 제가 가정교사로 들어가게 됐던 겁니다. 그자는 제가 남편을 자기한테 빼앗긴 사람이라는 걸 당연히 몰랐었죠. 저는 그에게 친절하게 대하고 아이들을 가르치면서 좋은 기회가 오기만을 기다렸습니다. 파리에서 한 번 암살 시도가 일어났지만 실패로 끝나고 말았어요. 그와 가족들은 추적자들을 따돌리려고 유럽 여러 곳을 바삐 돌아다니다가 결국 이 집으로 다시 돌아왔는데, 이 집은 그자가 처음에 영국으로 도망쳐 왔을 때 사두었던 곳이죠. 하지만 결사대원들은 여기도 지키고 있었어요. 그자가 등나무 집으로 돌아온다는 소식을 듣고 산 페드로의 전직 고관의 아들인 가르시아는 믿을 수 있는 동료 둘을 데리고 가서 기다렸죠. 그 세 사람 모두 복수심을 불태우고 있었으니까요. 하지만 그들은 낮에는 아무것도 할 수가 없었어요. 무리요가 외출할 때마다 항상, 원래 이름은 로페즈지만 지금은 루카스라고 부르는, 비서와 동행할 정도로 철저히 조심을 했기 때문이죠. 그래도 밤에는 혼자 자니까 그를 살해할 가능성이 있었어요. 어느 날 저녁에 미리 약속한 대로 저는 가르시아에게 마지막 편지를 쓰게 됐어요. 무리요가 매일 침실을 바꾸기 때문에, 진입로 쪽 창문에 녹색이나 흰색 등불을 걸어놓음으로써 계획대로 할 것인지 아니면 다음 기회로 미룰 것인지를 제가 신호해주기로 했거든요.

하지만 우리의 계획은 틀어지고 말았습니다. 어떻게 된 건지는 모르겠지만, 비서 로페즈가 그동안 저를 의심하고 있었던 거예요. 제가 편지를 다 썼을 때 뒤에서 소리도 없이 다가와 저를 덮쳤어요. 그러고는 주인과 함께 저를 어떤 방으로 끌고가 배신자라며 마구 욕을 퍼붓더군요. 만약 뒤탈만 염려되지 않았다면 그들은 저를 바로 죽였을 거예요. 두 사람은 한참 티격태격 하더니 저를 죽이는 건 너무 위험하고 가르시아를 살해하기로 결론을 내리더군요. 그런 다음 저한테 재갈을 물리고는 팔을 비틀면서 가르시아의 주소를 말하라고 위협했죠. 가르시아를 정말로 죽일지 알았다면 저는 팔이 떨어진다 해도 입을 열지 않았을 겁니다. 로페즈는 제가 쓴 편지에 자신이 직접 주소를 쓰고는 커프스 단추로 봉인을 해서 하인 호세에게 부치라고 하더군요.

가르시아를 어떻게 죽였는지는 모르지만 무리요가 한 짓인 것만은 분명합니다. 로페즈는 그동안 저를 감시하고 있었으니까요. 아마도 길모퉁이에 있는 금작화 덤불 속에 숨어 있다가 가르시아를 덮쳤을 겁니다. 원래는 가르시아를 집으로 유인해 도둑으로 몰아서 죽일 계획이었어요. 그런데 조사를 받게 되면 자신들의 정체가 드러날 것이고, 그렇게 되면 자신들을 향한 암살 시도가 더 자주 일어날 것이기 때문에 그렇게 하지 않았던 거죠. 어쨌든 가르시아가 살해되었다는 사실이 알려지면 결사대도 겁을 먹고 자신들에 대한 추적을 중단할 거라고 그들은 생각했던 겁니다.

사실 그자들은 저도 죽이려고 했어요. 여기 찔린 어깨 좀 보세요. 팔도 온통 퍼렇게 멍들어 있죠. 한 번은 창밖으로 소리를 질러 알리려다가 들키는 바람에 다시 재갈을 물게 되었어요. 그렇게 5일 동안 저를 감금해놓고 음식도 겨우 죽지 않을 만큼만 주더군요. 그러다가 오늘 오후에 웬일로 푸짐한 식사가 들어왔는데, 먹고 나서야 그들이 음식에 약을 섞었다는 걸 알게 되었죠. 저는 몽롱한 상태에서 그냥 마차에 실려 역으로 갔던 겁니다. 그러고는 기차에 태워졌죠. 하지만 기차가 막 움직이는 순간 제 머리 속에서는 지금 바로 도망칠 수 있겠다는 생각이 홱 스쳐가더군요. 그대로 뛰어내렸죠. 그자들이 저를 붙잡으려고 했지만, 그보다 먼저 어떤 친절한 분이 저를 급히 마차에 태워주었어요. 그분의 도움이 없었다면 저는 도망치지 못했을 거예요. 다행히도 이제 그자들의 손아귀에서 영원히 벗어나게 됐군요."

우리는 모두 버넷 씨의 증언을 듣고 놀라워했다.

"하지만 어려움은 아직 끝나지 않았습니다."

홈즈가 고개를 흔들며 말했다.

"수사는 끝났지만 재판이 이제 시작되니까요."

"그렇지."

내가 말했다.

"능력 있는 변호사라면 가르시아에 대한 살인도 정당방위로 풀어 갈 수 있겠죠. 옛날에 아무리 독재자였든 백 가지 범죄를 저질렀든, 현재 재판에서는 이 사건밖에 다룰 수 없으니까요."

홈즈의 말에 베인스가 느긋하게 웃으며 대꾸했다.

"걱정하실 것 없습니다. 판결이 그런 식으로 내려지진 않을 겁니다. 그들이 아무리 암살 위협을 느꼈다고 해도 가르시아를 살해할 목적으로 유인해 낸 건 절대로 정당방위가 될 수 없습니다. 우리는 이 다락집 사람들을 길퍼드 순회 법정에 세울 수 있을 겁니다."

그 후, 산 페드로의 호랑이가 죄과를 받기까지는 시간이 한참 더 지나야 했다. 교활하고 대담한 무리요와 그의 비서는 에드먼턴 거리 의 한 집에 피신해 있다가 커즌 광장으로 통하는 뒷문으로 빠져나 가 추적자들을 따돌리는데 성공했다. 그날 이후로 둘은 영국에서 완전히 자취를 감췄다. 그리고 6개월 뒤, 마드리드의 에스쿠리알 호텔에서 몬탈바 후작과 그의 비서인 시뇨르 룰러가 살해된 채 발견되었다. 무정부주의자의 소행으로 추측되었으나 범인은 잡히지 않았다. 어느 날 베인스 경감이 살해된 자들의 인상착의 자료를 가지고 베이커 거리를 찾아왔다. 비서는 거무스름한 얼굴이었고, 무리요는 권위적인 인상에 검은 눈과 짙은 눈썹을 하고 있었다. 뒤늦었지만 그래도 정의가 실현된 것이었다.

"왓슨, 이건 정말 대단히 복잡한 사건이었네."

저녁 무렵에 홈즈가 담배를 피며 말했다.

"자네는 분명하게 정리하고 싶겠지만 이번 사건은 그러기가 좀 어려울 것 같네. 두 대륙에 걸쳐서 수수께끼 같은 두 조직이 얽혀 있었던 데다 에클스라는 영국인까지 끼어들면서 사건이 훨씬 복잡해졌으니까 말일세. 에클스는 괜히 사건에 휘말려 들었지만, 가르시아가 워낙 신중한 성격이라 그렇게 됐던 거지. 게다가 베인스 경감처럼 훌륭한 형사를 만나 사건의 본질을 꿰뚫고 복잡한 미로를 헤쳐 나갈 수 있었던 것도 이번 사건의 중요한 점이었네. 어떤가? 이해 안되는 부분이라도 있나?"

"요리사는 왜 등나무 집으로 되돌아왔던 거지?"

"내 생각엔 부엌에 있던 그 괴상한 물건 때문이었던 것 같아. 그는 산 페드로의 시골에서 살았던 사람인데, 그런 물건을 숭배하는 미개인 같은 남자였지. 급히 도망갈 때 동료가 그런 물건은 위험하다고 못 가져가게 해서 포기했는데, 결국 미련을 못 버리고 다음 날 그걸 가지러 돌아왔던 거지. 그런데 창문으로 집안을 살펴보다가 그만 월터스 경관한테 들켜버렸던 거야. 그는 3일 후에 다시 그 집으로 돌아갔지. 미신 때문인지 신앙심 때문인지는 모르지만 말이야. 베인스 경감이 아주 노련하게 대처를 하더구먼. 그 물건에 대해 무관심한 척 하고 있었는데, 사실은 그게 중요하다는 걸 간파하고 있었고, 그래서 그 요리사가 그걸 가지러 다시 올 거라고 믿고 거기다 그물을 쳤던 거지. 왓슨, 아직도 궁금한 게 있나?"

"그럼, 죽인 닭과 양동이의 피, 불에 태운 뼈들, 그런 괴상한 것들은 다 뭐지?"

홈즈는 수첩을 뒤적이며 빙긋이 웃었다.

"언젠가 한 번 대영박물관에서 그런 주제에 대한 책을 찾아봤는데, 에커먼의 〈부두교와 흑인 종교〉라는 책에 이런 구절이 나와 있더라고."

부두교 신앙인들은 중요한 일이 있을 때면 반드시 신에게 제물을 바치는 의식을 치른다. 가장 중대한 경우에는 인간을 제물로 바치고 인육을 먹는 의식을 치르기도 하지만, 일반적으로는 흰 닭이나 염소를 바치는데, 닭은 산 채로 자르고 염소는 목을 자른 다음 불에 태운다.

"그러니까 그 요리사는 나름대로 의식을 치렀던 거야. 어떤가? 참 기괴한 일도 다 있지 않나?"

홈즈는 그렇게 말하며 수첩을 덮었다. 그러고는 마지막으로 한 마디 덧붙였다.

"아무튼 전에도 말했던 것처럼, 기괴한 것과 끔찍한 것과의 거리는 한 걸음밖에 안 된다니까."

사라진 스리쿼터백

Sherlock Holmes

베이커 거리 집에서 우리는 이상한 전보를 받는 일에 꽤 익숙해 있었는데도 7,8년 전 2월의 어느 스산한 아침에 배달돼온 전보는 유난히 기억에 생생히 떠오른다. 셜록 홈즈는 그걸 보더니 15분이나 난처한 표정을 짓고 있었다. 그에게 온 전보의 내용은 다음과 같았다.

내가 갈 때까지 기다리기 바람. 무서운 사태 발생함. 내일 출전할 라이트윙 스리쿼터백 사라짐. 오버턴

"스트랜드 소인이 찍혀 있고, 10시 36분에 보냈군."

홈즈는 전보를 되풀이해 읽으며 말했다.

"오버턴 씨는 굉장히 흥분한 상태에서 이걸 보낸 게 틀림없어. 그래서 말이 혼란스러운 거야. 음, 내가 〈타임스〉를 다 읽을 때쯤이면 도착하겠군. 그가 오면 무슨 사건인지 다 알게 되겠지. 요즘같이 지루할 때는 아무리 시시한 사건이라도 대환영일세."

실제로 우리는 아주 지루한 나날을 보내고 있었는데, 그런 한가한 시간이 나는 내심 두려웠다. 왜냐하면 내가 그동안 겪은 바에 의하면, 홈즈의 두뇌는 비정상적일 정도로 에너지가 넘치다가도 두뇌 활동을 할 재료가 없어지면 곧 위험해진다는 것을 알게 되었기 때문이다. 한때 그는 활동에 장애가 될 만큼 코카인 의존이 심각했지만, 내가 오랜 세월에 걸쳐 그의 습관을 조금씩 바꿔놓았다. 이제 그는 정상적인 환경에 있을 때는 더 이상 그런 자극제를 필요로 하지 않지만, 나는 그 악마가 완전히 죽지 않고 단지 잠들어 있을 뿐이라는 것을 잘 알고 있었다. 하지만 그 악마의 잠은 살짝만 들어 있어서, 홈즈가 억지로 참느라 얼굴을 찡그리거나 눈빛에 우울함이라도 어리는 그런 순간이 오면 벌써 안에서 꿈틀대곤 했다. 그래서 나는 이 오버턴이라는 사람이 누군지는 몰라도 무조건 그에게 감사했다. 그는 내 친구의 무료한 삶에 위험이 내포되어 있는 그런 순간을 깨트린 의문의 메시지를 가지고 나타났기 때문이다.

　예상했던 대로 전보가 오고 나서 얼마 뒤에 그걸 보낸 주인공이 나타났다. 우선 주인 아주머니가 명함을 받아 왔는데, 케임브리지 대학교 트리니티 칼리지의 시릴 오버턴이라고 씌어 있었다. 그리고 이어서 골격이 크고 근육질의 체격을 자랑하는 넓은 어깨의 거구가 문 양쪽 기둥에 닿을 듯 말 듯 하면서 방으로 들어섰다. 1백 킬로그램이 넘는 덩치의 젊은이였는데, 뭔가 걱정 어린 창백한 얼굴로 우리를 쳐다보았다.

　"셜록 홈즈 선생님!"

예쁘장하게 생긴 청년이 대뜸 말하자, 홈즈도 가볍게 머리를 숙였다.

　"홈즈 선생님, 저는 지금 런던 경시청에 들렀다 오는 길입니다. 거기서 스탠리 홉킨즈 형사를 만났는데요, 그분이 선생님한테 가보라고 조언을 해주셨어요. 사건의 내용으로 보아 경찰보다는 사립탐정이 더 맞을 것 같다면서요."

　"아, 여기 좀 앉아서 무슨 내용인지 얘기를 해보세요."

　"홈즈 선생님, 끔찍한, 너무 끔찍한 일입니다! 제 머리가 하얗게 세지 않은 게 이상할 정돕니다. 가프리 스톤턴 아시죠? 그 친구가 우리 팀의 에이스이기 때문에, 저는 다른 선수 두 명을 빼는 한이 있더라도 스리쿼터 라인에서 가프리를 빼지는 않을 겁니다. 패스든 태클이든 드리블이든 그 친구보다 나은 선수는 없으니까요. 게다가 가프리는 영리하고 리더십도 좋거든요. 그런데 이제 어떻게 해야 할지를 모르겠어요. 홈즈 선생님, 그걸 알고 싶어서 이렇게 찾아왔습니다. 무어하우스라는 후보 선수가 있긴 하지만 그 선수는 원래 포지션이 하프백이었기 때문에 항상 스크럼 쪽으로 움직이려고 하거든요. 무어하우스가 플레이스킥을 잘 하기는 하는데, 판단력이 약한데다가 스피드가 안 되는 선수입니다. 옥스퍼드 팀의 모튼이나 존슨처럼 잘 달리는 선수들하고 붙으면 질게 뻔하지요. 스티븐슨은 스피드는 좋은데 25야드 선에서 드롭킥을 할 줄 모르는 게 문제에요. 펀트나 드롭킥을 못하는 스리쿼터백은 아무 소용이 없거든요. 홈즈 선생님, 선생님이 가프리 스톤턴을 찾아주시지 못하면 우리 팀은 끝장입니다."

오버턴이 중요한 얘기를 할 때마다 억센 손으로 자신의 무릎을 치며 진지하고 격렬하게 말하는 동안, 홈즈는 놀라움과 즐거움이 교차하는 표정으로 열심히 귀를 기울였다. 방문객이 말을 그치자 그는 책장에서 'S'라는 표시가 되어 있는 스크랩을 꺼냈다. 거기엔 다양한 정보가 수집되어 있었지만 그는 아무것도 건져내지 못했다.

"여기에 보니까 문서 위조의 떠오르는 별, 아서 H. 스톤턴이 있군요. 또 내 손에 잡혀 교수형을 당한 헨리 스톤턴도 있고요. 그런데 가프리 스톤턴이라는 이름은 처음 들어보는데요."

이번에는 방문객이 놀라 쳐다보았다.

"아니, 홈즈 선생님, 저는 선생님이 다 알고 계신 줄 알았는데요. 가프리 스톤턴에 대해 들어보신 적이 없으면 시릴 오버턴도 모르신다는 겁니까?"

홈즈는 빙긋이 웃으며 머리를 가로저었다.

"세상에, 이럴 수가!"

운동선수가 소리쳤다.

"저는 잉글랜드 대 웨일스 전의 후보 선수였고, 그동안 케임브리지 팀의 주장을 맡아왔습니다. 하지만 이건 아무것도 아닙니다! 저는 영국에 가프리 스톤턴을 모르는 사람이 있는 줄은 꿈에도 몰랐습니다. 케임브리지, 블랙히스, 그리고 다섯 개 국제대회를 모조리 휩쓴 최고의 스리쿼터백을 모르신다고요? 맙소사! 홈즈 선생님, 그동안 도대체 어디서 사셨습니까?"

홈즈는 덩치 큰 청년이 순진하게도 놀라는 것을 보고는 웃음을 터뜨렸다.

"오버턴 씨, 당신은 나와 전혀 다른 세계에 살고 있어요. 당신이 사는 곳이 훨씬 더 유쾌하고 건강한 세계입니다. 나의 촉수는 사회의 여러 방면으로 뻗어 있지만, 다행히도 영국에서 가장 훌륭하고 건전한 아마추어 스포츠 세계에는 아직 들어가 본 적이 없군요. 그런데 이렇게 당신이 갑자기 찾아온 걸 보니까, 그 신선한 공기와 공정한 승부의 세계에도 내가 할 일이 있는 모양이네요. 자, 그러면 이제 좀 앉아서 정확히 무슨 일이 일어났는지, 그리고 내가 어떻게 도와주면 좋겠는지를 자세히, 그리고 목소리를 낮춰서 말씀해보세요."

오버턴의 얼굴에 두뇌보다는 근육을 쓰는 일이 더 익숙한 사람다운 곤혹스러운 표정이 잠시 떠오르다가, 곧 이상한 이야기를 늘어놓기 시작했다. 청년의 말에는 반복과 모호한 표현이 많았는데, 나는 그런 것들을 생략하고 여기에 기록하겠다.

"홈즈 선생님, 사실을 말씀드리면 이렇습니다. 좀 전에 얘기한 것처럼 저는 케임브리지 대학교 럭비 팀의 주장이고, 가프리 스톤턴은 우리 팀에서 가장 실력이 좋은 선수입니다. 우리는 내일 옥스퍼드와 결승을 치르는데요. 그래서 어제 모두 모여 벤틀리의 한 호텔에서 합숙에 들어갔습니다. 저는 밤 10시에 선수들의 방을 하나하나 다 돌면서 모두 잠자리에 들었는지 확인을 했죠. 강팀이 되려면 훈련을 많이 하고 충분한 수면을 취해야 하니까요. 그런데 가프리가 아직 안 자고 있기에 몇 마디 얘기를 나눴어요. 얼굴이 창백한 게 무슨 걱정이 있는 것 같더라고요. 그래서 무슨 일이 있느냐고 물었더니, 괜찮다고 하면서 그냥 머리가 좀 아프다고 하더군요. 저는 그에게 잘 자라고 하면서 방을 나왔습니다. 그런데 30분쯤 뒤에 짐꾼이 와서, 턱수염을 기른 거구의 사내가 가프리에게 건넬 편지를 갖고 왔다면 서, 알려주었어요. 그 짐꾼은 가프리가 아직 잠자리에 들지 않아서 편지를 전해주었다고 하더군요. 가프리는 그걸 읽고 머리에 망치라 도 맞은 사람처럼 털썩 주저앉았답니다. 짐꾼이 너무 걱정돼 저를 데려오려고 하자 가프리가 말렸다고 합니다. 그리고는 물을 좀 마 시고 정신을 차린 다음 아래층으로 내려갔다는군요. 그리고 홀에 서 기다리던 남자와 몇 마디 나누더니 같이 나갔다고 합니다. 짐꾼 이 그 두 사람을 본 건 그게 마지막이었는데, 그들이 스트랜드 방향 으로 뛰다시피 갔다는 거예요. 그런데 오늘 아침에 보니까 가프리 의 방은 비어 있고 침대에서 잔 흔적도 없었어요. 소지품도 전날 밤 에 본 그대로 있었고요. 녀석은 낯선 사람이 가져온 편지를 받아보 고 곧바로 호텔을 떠났고, 그 후로는 아무 연락이 없는 겁니다. 저는 그 녀석이 다시 돌아오지 않을 것 같습니다. 가프리는 아주 성실한 선수라서 아무 이유도 없이 마음대로 훈련을 그만두고 주장에게 물 먹일 그런 사람이 아닙니다. 그 녀석은 아예 떠난 겁니다. 우리는 두 번 다시 녀석을 볼 수 없을 거예요.”

셜록 홈즈는 정신을 집중해 그 이상야릇한 이야기에 귀를 기울였 다. 그리고는 물었다.

“그래서 당신은 어떻게 했나요?”

“저는 혹시 무슨 소식이라도 들릴까 하고 케임브리지로 전보를 쳐서 알아봤죠. 그랬더니 답장이 왔는데, 녀석이 그쪽으로는 안 왔다고 합니다."

"그가 케임브리지로 돌아갈 수는 있었을까요?"

"네, 기차가 꽤 늦게까지 있었습니다. 11시 15분에요."

"그런데 당신이 확인한 걸로는 스톤턴 군이 그 기차를 안 탔다면서요?"

"네, 아무도 녀석을 본 사람이 없습니다."

"그 다음엔 어떻게 하셨죠?"

"마운트제임스 경에게 전보를 쳤습니다."

"왜요?"

"가프리에게는 부모님이 안 계십니다. 가장 가까운 친척이 마운트제임스 경이죠. 아마 삼촌일 겁니다."

"아, 그래요? 그런 사실이 있었군요. 마운트제임스 경은 영국에서도 손꼽히는 재산가죠."

"저도 가프리한테서 그 얘기를 들었습니다."

"그런데 그분과 가까운 친척이라고요?"

"네, 가프리가 상속자입니다. 그 노인은 지금 나이가 80쯤 된 데다 통풍이 아주 심하다고 합니다. 사람들 얘기로는 당구를 칠 때 초크 가루가 필요 없을 정도라고 하더군요. 평생 동안 가프리한테 1원 한 푼도 줘본 적이 없는 구두쇠라고 합니다. 하지만 모든 재산이 다 가프리한테 갈 거라는군요."

"그래서 마운트제임스 경한테서 답장이 왔습니까?"

"아니오."

"당신은 그 친구가 왜 마운트제임스 경에게 갔을 거라고 생각하셨죠?"

"어젯밤에 가프리가 뭔가 걱정이 있는 것처럼 보였거든요. 그런데 그게 만약 돈 문제였다면 아무래도 엄청난 부자인 삼촌을 찾아갈 수도 있는 거죠. 물론 그 친구가 삼촌한테서 한 번도 도움을 받아본 적이 없다는 얘기를 하긴 했습니다만. 가프리는 그 노인을 싫어했어요. 그러니까 정말로 다급한 일이 아니었다면 거기 가지는 않았을 겁니다."

"음, 그건 금방 확인할 수 있어요. 만약 그 친구가 마운트제임스 경을 찾아갔다면 그렇게 늦은 시각에 웬 우락부락한 남자가 찾아왔다든지, 또 그 친구가 편지를 읽고는 굉장히 불안해했다든지 하는 일들은 뭣 때문이었을까요?"

시릴 오버턴은 두 손으로 머리를 감싸 쥐었다.

"도대체 뭐가 뭔지 모르겠습니다."

"알겠소. 마침 내가 시간이 있으니까, 이 사건을 조사해보죠. 당신은 그 친구 없이 경기에 출전하도록 준비를 하는 게 좋을 것 같군요. 당신이 말했듯이 그가 그렇게 떠난 데는 어떤 절박한 이유가 있었을 겁니다. 그런데 당신 입장에선 역시 아주 절박한 이유로 그 친구를 찾아 데려와야 한다는 것이군요. 자, 그럼 같이 호텔로 가서 새로운 소식이 있는지 그 짐꾼을 한 번 만나볼까요?"

서민 계층의 증인들을 설득시킬 줄 아는 셜록 홈즈는 짐꾼을 가프리 스톤턴의 빈 방으로 데려가 그가 알고 있는 정보를 짧은 시간 안에 모조리 털어놓게 만들었다. 짐꾼의 말에 의하면, 전날 밤에 찾아온 방문객은 신사도 노동자도 아니었고 그냥 '중간쯤으로 보이는 남자'였는데, 나이는 쉰 살 정도에 희끗희끗한 턱수염을 길렀고 얼굴이 창백하며 검소한 옷차림을 하고 있었다고 했다. 그리고 그 남자 역시 어딘가 불안해하고 있었다는 것이다. 편지를 내밀 때 손을 부들부들 떨 정도로. 가프리 스톤턴은 편지를 주머니에 쑤셔넣었을 뿐 그 남자와 악수도 나누지 않았다고 했다. 두 사람이 짧게 나눈 말 가운데 짐꾼이 겨우 알아들을 수 있었던 단어는 '시간'이라는 말 하나 뿐이었다는 것이다. 그러고 나서 두 사람은 급히 뛰어나갔다고 했다. 그때 홀에 있는 시간을 우연히 봤는데, 10시 30분이었다는 것이다.

"잠깐만…… 자네는 낮에 근무하는군."

"네, 맞습니다. 저는 밤11시에 퇴근입니다."

"야간 근무자는 특별한 걸 못 봤겠지, 안 그런가?"

"그렇습니다, 선생님. 밤늦게 극장에서 몰려온 사람들 말고는 아무도 없었습니다."

"자네, 어제 낮에도 근무했나?"

"네, 선생님."

"스톤턴 씨한테 우편물을 가져다준 적 있나?"

"네, 전보 한 통을 가져다 드렸습니다."

"허! 참 흥미롭군. 그때가 몇 시였지?"

"6시쯤이었습니다."

"스톤턴 씨는 그때 어디에 있었나?"

"이 방에 계셨습니다."

"전보를 뜯어서 볼 때 자네도 같이 있었나?"

"네, 선생님. 답장이 있을지 몰라서 기다렸습니다."

"그래서 답장을 썼나?"

"네, 쓰셨습니다."

"그리고 자네가 받았단 말이지?"

"아닙니다. 스톤턴 씨가 직접 가지고 나가셨어요."

"어쨌든 답장 쓰는 걸 자네가 봤단 말이지?"

"네, 저는 문 옆에 서 있었고, 그분은 저쪽 탁자에서 이쪽으로 등을 돌리고 앉아 답장을 쓰셨습니다. 그러더니 '됐어, 내가 직접 부치겠네' 하고 말씀하시더군요."

"무엇으로 썼는지 혹시 봤나?"

"펜으로 쓰시던데요."

"전보용지는 테이블에 있는 걸 사용했겠지?"

"네. 맨 위에 있는 용지에 쓰셨습니다."

홈즈는 자리에서 일어났다. 그리고 전보용지를 들고 창가가 다가가 맨 위에 있는 용지를 주의 깊게 살펴보았다.

"참 안타깝구먼. 스톤턴 씨는 연필을 사용하지 않았어."

홈즈는 몹시 실망하며 전보용지를 탁자 위로 던져버렸다.

"왓슨, 자네도 알겠지만 연필로 쓰면 아래 종이에 자국이 박혀 남게 되거든. 사실 그것 때문에 수많은 부부들이 헤어지기도 하지만 말이야. 그런데 이 용지엔 아무 흔적도 남아 있지 않네. 그래도 다행인 건, 그 친구가 촉이 굵은 깃펜으로 썼다는 거야. 이 압지에 분명히 무슨 흔적이 남아 있을 걸세. 그래, 바로 이거야!"

홈즈는 압지 한 장을 떼어내 보여주었는데, 거기엔 무슨 상형문자 같은 것이 씌어 있었다.

시릴 오버턴은 몹시 흥분했다.

"그걸 거울에 비춰보세요!"

그가 소리를 질렀다.

"그럴 필요도 없어요. 종이가 얇아서 뒤집어보면 바로 글씨가 나타나거든요. 자, 보세요."

홈즈가 압지를 뒤집어보자 과연 글씨가 제대로 보였다.

"자, 이게 가프리 스톤턴이 사라지기 몇 시간 전에 쓴 전보의 마지막 부분일세. 최소한 여섯 단어는 되는군. 하지만 '제발 우리 곁에 있어주세요!' 라는 이 말은 그 청년이 어떤 위험에 처해 있고, 또 그를 지켜줄 누군가가 있다는 것을 증명하고 있는 것 아니겠나. 그런데 문제는 여기에 '우리' 라고 씌어 있다는 거야. 이건 바로 관련된 사람이 더 있다는 뜻이지. 그 남자 아닐까? 그 창백한 얼굴에 턱수염을 기르고 굉장히 불안해 보였다는 그 남자 말일세. 그렇다면 가프리 스톤턴과 그 턱수염의 사나이는 무슨 관계일까? 그리고 큰 위험에 처해 있는 두 사람이 도움을 요청하고 있는 제3자는 과연 누구일까? 자, 조사는 이제 여기까지로 좁혀졌어."

"그럼 그 전보를 누구한테 보냈는지 그것만 알아내면 되겠네."

내가 의견을 말했다.

"맞는 말이야, 왓슨. 그건 나도 이미 속으로 생각해봤어. 하지만 우체국에 가서 다른 사람이 보낸 전보의 일부분을 좀 보여 달라고 요청할 경우, 그쪽에서 흔쾌히 받아줄까? 그렇지 않을 걸세. 워낙 관료적 행태에 젖어 있으니까 말이야. 하지만 약간의 요령과 세심함을 발휘하면 목적을 이룰 수도 있다고 보네. 자, 우선 오버턴 씨, 당신이 보는 데서 저 테이블 위에 있는 서류를 조사해보고 싶은데요."

탁자 위에는 몇 개의 편지와 계산서, 그리고 수첩이 있었는데, 홈즈는 날렵한 손가락으로 그것들을 하나하나 뒤집어보며 예리한 눈길로 재빨리 훑어보았다.

"여기엔 아무것도 없군."

그가 마침내 말했다.

"그런데 스톤턴 씨가 건강한 줄 알았는데, 혹시 병이 있었나요?"

"아니오. 아주 건강합니다."

"병을 앓은 적이 없었다고요?"

"한 번도 없었습니다. 시합을 하다가 정강이를 차여서 쓰러진 적이 있고 무릎을 다친 적도 있지만 심한 건 아니었습니다."

"그 친구가 별로 건강하지는 않았던 것 같은데요. 아마도 다른 사람들 몰래 무슨 병을 앓고 있었는지도 몰라요. 이 서류 몇 개 가져가도 될지 모르겠네요. 앞으로 조사하는 과정에서 필요하게 될 것 같아서 말이죠."

"잠깐 기다리시오!"

갑자기 누군가 외치는 소리가 들려와 뒤를 돌아보니, 이상하게 생긴 자그마한 노인이 부들부들 떨면서 문 앞에 서 있었다. 노인은 색바랜 검정 옷에 챙이 넓은 중절모, 그리고 흰색 넥타이를 느슨하게 맨 차림이었는데, 마치 시골 목사나 장의사 같은 인상을 주고 있었다. 외모는 약간 우스꽝스럽기도 했지만 카랑카랑한 목소리에 격하고 성급한 태도가 주의를 끌었다.

"당신이 누군데 남의 서류를 함부로 만지는 거요?"

노인이 또 소리쳤다

"저는 사립탐정인데, 가프리 스톤턴 군이 행방불명이 돼서 찾고 있는 중입니다."

"아, 탐정이시라고요? 그런데 누가 당신한테 이 일을 의뢰한 건가요?"

"여기 이 분이 스톤턴 씨의 친구 되는데, 런던 경시청을 통해서 저한테 사건을 의뢰했습니다."

"자네는 누군가?"

"저는 시릴 오버턴입니다."

"아, 자네가 전보를 쳤구먼. 나는 마운트제임스 경이네. 베이스워터 합승마차를 타고 급히 달려왔지. 그래, 자네가 탐정한테 일을 의뢰했다고?"

"그렇습니다."

"그럼 비용은 자네가 지불하는 건가?"

"가프리를 찾으면 분명 그 친구가 비용을 낼 거라고 생각합니다."

"하지만 그 애를 못 찾으면 어떻게 할 건가? 대답해보게!"

"그럴 경우엔 아마도 그 친구의 가족이……."

"말도 안 되는 소리는 그만두게!"

작은 노인이 버럭 소리를 질렀다.

"나한테 1페니도 기대하지 말게! 1페니도 말이야! 탐정 양반, 당신도 잘 들으시오! 가프리의 가족은 나밖에 없는데, 분명히 말해두지만 나는 전혀 책임지지 않을 거요. 그 녀석이 무슨 유산이라도 상속받게 된다면 그건 내가 돈을 낭비하지 않은 덕분이오. 하지만 지금부터 미리 재산을 물려주고 싶은 생각은 눈곱만큼도 없소이다. 그리고 당신이 멋대로 가져가려는 그 서류 말이오. 거기에 혹시 뭔가 중요한 것이 있을지도 모르니까, 그걸 가지고 뭘 어떻게 했는지 나중에 반드시 알려주도록 하시오."

"알겠습니다."

셜록 홈즈가 말했다.

"그런데 경께서는 조카의 실종에 관해 혹시 짚이는 거라도 있습니까?"

"아니오. 없소이다. 가프리는 자신을 챙길 만큼 충분히 성인이오. 만약 그놈이 길을 잃을 정도로 바보라면 나는 녀석을 찾는 일에 책임을 지지 않을 거요."

"경의 입장은 충분히 알겠습니다."

홈즈는 그렇게 말했지만 눈빛이 어딘지 장난스러워 보였다.

"그런데 경께서는 제 생각을 전혀 이해하지 못하시는군요. 가프리스톤턴 학생은 형편이 몹시 어려운 것 같습니다. 만약 누가 그런 학생을 납치라도 했다면 그건 가프리가 재산이 있어서가 아닐 것입니다. 그러나 경은 대단한 재산가로 외국에까지 소문이 나 있는 분이죠. 그래서 강도들이 경의 집 구조와 생활 습관, 재산에 대한 정보를 알아내려고 조카를 납치해갔을 가능성이 아주 큽니다."

짜증스런 방문객의 얼굴이 목에 두른 넥타이처럼 하얀색으로 변했다.

"세상에, 선생, 어떻게 그런 생각을 하시오! 나는 그런 흉악한 짓에 대해서는 생각해본 적이 없소이다! 세상에, 그렇게 몰상식한 작자들이 있다니! 하지만 가프리는 좋은 아이요. 아주 성실한 녀석이라오. 무슨 일이 있어도 이 늙은 삼촌에 대해서는 한 마디도 말하지 않을 거요. 당장 오늘 안에 금괴를 은행으로 옮겨놓아야겠구먼. 탐정 양반! 수고 좀 해주시오! 그 애를 무사히 구출할 때까지 의심이 가는 곳은 죄다 찾아봐주시오. 부탁드리겠소. 비용 문제는, 5파운드나 10파운드까지는 언제든 드리겠소."

구두쇠 귀족은 마음이 바뀐 뒤로도 도움이 되는 정보를 내놓지 못했는데, 사실 조카의 사생활에 대해 아는 게 전혀 없었던 것이다. 유일한 단서라곤 전보의 몇 단어밖에 없어서, 홈즈는 그것을 메모해 주머니에 넣고 퍼즐의 두 번째 조각을 찾기 위해 출발했다. 우리는 마운트제임스 경을 떼어냈고, 오버턴은 당장 급한 문제를 해결하기 위해 팀의 다른 선수들을 만나러 떠났다.

호텔에서 멀지 않은 곳에 우체국이 있었는데, 들어가기 전에 홈즈가 말했다.

"왓슨, 시도해볼만한 가치는 있네. 물론 전문을 열람하려면 영장을 제시해야 하지만 아직은 그렇게 할 단계는 아니야. 일단 사람들이 많아서 직원들이 얼굴을 다 기억하지 못할 테니까, 한 번 해보자고."

홈즈는 창구에 앉아 있는 젊은 여성에게 다가가 아주 친절한 말투로 물었다.

"폐를 끼치게 돼서 죄송합니다만, 제가 어제 전보를 하나 보냈는데 약간의 실수를 한 것 같습니다. 아직 답장이 안 온 걸 보니까, 아무래도 제가 깜박 잊고 끝에 이름을 안 적은 것 같아서요. 혹시 확인 좀 해주실 수 있겠습니까?"

젊은 여성은 묶여진 부본들을 뒤지기 시작했다.

"몇 시에 보내셨죠?"

그녀가 물었다.

"여섯 시 좀 지나서였습니다."

"받는 분 이름은요?"

홈즈가 나를 흘끗 쳐다보며 입에 손가락을 댔다.

"마지막 단어가 '곁에 있어주세요'였습니다."

그는 속삭이듯 조용히 말했다.

"답장이 안 와서 정말 불안합니다."

그때 젊은 여성이 한 장을 빼냈다.

"자, 여기요, 이름을 안 쓰셨네요."

그녀는 그것을 카운터 위에 올려놓았다.

"역시 그것 때문이었군요. 맙소사, 정말 바보 같은 짓을 했으니! 감사합니다. 덕분에 걱정을 덜게 돼서 정말 감사합니다. 그럼 안녕히 계세요."

우체국 밖으로 나오자 홈즈는 킬킬거리며 두 손을 대고 비볐다.

"어떤가?"

내가 물었다.

"아주 일이 잘 풀리는구먼. 전문을 슬쩍 훑어보는 방법을 일곱 가지나 생각해놨는데, 이렇게 단번에 성공할 줄은 몰랐거든."

"뭘 알아냈나?"

"어디서부터 조사해야 할지를 알아냈지."

그러면서 홈즈는 큰소리로 마차를 불렀다.

"킹스크로스 역이요."

"아, 기차 타고 가려고?"

"그렇지. 자네와 함께 케임브리지로 가야 할 것 같네. 정황상 그쪽에 가능성이 많아 보이거든."

기차를 타고 가는 동안 내가 물었다.

"자네, 가프리 청년의 실종 원인에 대해 짐작 가는 것 있나? 우리가 수많은 사건을 다뤘지만 이렇게 동기가 분명치 않은 사건은 처음인 것 같거든. 그런데 자네는 정말 누군가가 부자 삼촌에 대한 정보를 빼내려고 그 청년을 납치했다고 생각하진 않겠지?"

"여보게 왓슨, 솔직히 말해 그건 별로 가능성 있는 얘기는 아니야. 그 역겨운 노인의 태도를 바꾸는 데 효과적일 것 같아서 했던 것뿐이지."

"그건 정말 그랬어. 그러면 자네 생각은 뭔가?"

"몇 가지를 생각해볼 수 있지. 우선 사건이 중요한 경기를 앞두고 일어났고, 또한 팀의 승리에 큰 역할을 할 선수가 관련돼 있다는 게 상당히 의미가 있는 것 같네. 물론 우연의 일치일 수도 있겠지만 참 흥미로운 일 아닌가. 아마추어 스포츠에는 원래 내기 도박 같은 게 없지만 장외에서는 수많은 사람들이 내기를 걸고 참여하거든. 그러니까 경마 같은 경우에 나쁜 놈들이 경주마에게 상처를 입히기도 하듯이, 누군가 상대 선수에게 고의적으로 부상을 입히려 했다고 볼 수도 있는 거지. 이게 한 가지 가능성일세. 또 다른 가능성은 그 청년이 실제로 막대한 재산의 상속자라는 사실과 관련된 건데, 지금은 아무리 가진 것이 없다고 해도 몸값을 노리고 상속자를 납치하려는 음모가 꾸며졌을 가능성을 완전히 배제할 수는 없네."

"하지만 그런 얘기가 전보와 무슨 관련이 있다는 건가?"

"왓슨, 날카로운 질문이었어. 우리가 조사해야 할 오직 하나의 물증은 바로 그 전보일세. 그러니까 다른 것에 신경을 쓰면 안 되네. 지금 케임브리지로 가는 것도 이런 전보를 보낸 이유를 밝혀내기 위해서거든. 현재 우리의 조사방향은 불분명하지만 저녁때까지는 문제가 완전히 풀리거나 아니면 조사가 상당히 진전될 수 있을 거네."

유서 깊은 대학도시에 도착했을 땐 날이 벌써 어둑어둑 했다. 우리는 마차를 잡아타고 레슬리 암스트롱 박사의 집으로 향했다. 그리고 잠시 후, 번화한 도로변에 있는 커다란 저택 앞에서 내렸다. 우리는 집안으로 들어가 한참을 기다린 후에야 진료실로 들어갈 수 있었다. 의사는 책상 앞에 앉아 있었다.

레슬리 암스트롱이라는 이름을 전혀 몰랐다는 것은 내가 얼마나 오랫동안 의사라는 직업에서 멀리 있었는지를 나타내주었다. 나는 이제 그가 케임브리지 대학교 의과대학의 유명한 의사일 뿐 아니라 과학 분야의 학자로서도 유럽 전역에 명성을 떨치고 있다는 사실을 잘 알고 있다. 하지만 화려한 이력과는 상관없이 그의 모습을 한 번 보기만 해도 깊은 인상을 받게 되는데, 커다랗고 각진 얼굴에 짙은 눈썹, 사색적인 눈빛, 그리고 화강암으로 빚은 듯한 강인한 턱이 어딘지 압도적인 느낌을 주기 때문이다. 게다가 활발한 정신력의 소유자로서 엄격하고 금욕적이며 과묵한 성격을 지니고 있는 인물로, 한마디로 말해 만만치 않은 사람이라고 할 수 있었다. 이 정도가 레슬리 암스트롱 박사를 평가하는 나의 생각이었다. 그는 홈즈의 명함을 보고는 근엄한 얼굴에 별로 반갑지 않다는 표정을 띠고 우리를 쳐다보았다.

"셜록 홈즈 씨, 당신 이름을 들어본 적 있습니다. 그리고 그 직업이 어떤 것인지도 잘 알고 있어요. 당신의 직업은 내가 절대로 찬성할 수 없는 직업 가운데 하나랍니다."

"그러면 박사님은 이 나라에서 일어나는 모든 범죄 행위에 동조하게 되는 것입니다."

홈즈가 차분한 어투로 말했다.

"당신이 범죄를 줄이기 위해 노력한다면 당신은 사회의 모든 양식 있는 사람들에게서 지지를 받을 것입니다. 물론 저는 경찰만 있어도 충분하다고 생각하지만 말입니다. 탐정이라는 직업이 왜 사회적으로 지탄받느냐 하면, 괜히 쓸데없이 개인의 비밀을 캔다거나, 아니면 덮어놓아야 할 가족 간의 문제를 들춰낸다거나 그러기 때문이거든요. 게다가 또 당신보다 바쁜 사람들의 시간을 빼앗고 있어요. 일테면 지금도 저는 당신의 말 상대를 하기보다는 논문을 쓰고 있어야 합니다."

"박사님, 그 말씀은 물론 이해합니다. 하지만 이 대화가 논문보다 더 중요할지도 모릅니다. 그리고 말이 나왔으니 하는 말이지만, 우리는 박사님께서 비난조로 말씀하신 것과는 정반대의 일을 하고 있습니다. 가능한 개인의 사생활을 노출시키지 않으려고 조심하고 있어요. 하지만 사건이 일단 경찰의 손으로 넘어가게 되면 그때는 사태가 불가피해집니다. 아무튼 박사님이 저를 이 나라의 정규군에 앞장서서 가는 게릴라 군으로 보셔도 어쩔 수가 없습니다. 저희는 가프리 스톤턴 씨에 대해 알고 싶은 게 있어서 왔습니다."

"무엇을 말인가요?"

"스톤턴 씨를 잘 알고 계시죠, 그렇죠?"

"그렇습니다. 가까운 사이죠."

"스톤턴 씨가 행방불명된 사실을 알고 계십니까?"

"저런!"

박사의 강인한 얼굴엔 아무런 표정이 없었다.

"어젯밤에 호텔을 나간 뒤부터 전혀 소식이 없어서요."

"분명히 돌아갈 겁니다."

"내일 럭비 시합이 열립니다."

"저는 그런 애들 장난에는 전혀 관심 없습니다. 럭비 시합 같은 건 내 관심사항이 아니에요. 물론 그 청년을 알고 또 아끼기 때문에 그의 안위에 대해서는 걱정을 하고 있죠."

"그렇다면 스톤턴 씨의 실종 사건에 대한 조사에 협조해주시면 고맙겠습니다. 박사님은 그가 어디에 있는지 아십니까?"

"전혀 모릅니다."

"어제 이후에 그를 보신 적은 있습니까?"

"못 봤는데요."

"그 청년이 평소에 건강했나요?"

"물론입니다."

"병을 앓은 적은 없었고요?"

"병은 없었습니다."

그러자 홈즈는 서류 하나를 꺼내더니 박사 앞에 들이댔다.

"그럼 지난달에 가프리 스톤턴 씨가 케임브리지의 레슬리 암스트롱 박사한테 지불한 이 13기니짜리 진료비 영수증은 무엇에 대한 것인지 설명 좀 해주시죠. 스톤턴 씨의 책상 서랍에서 찾은 것이거든요."

박사의 얼굴에 분노가 어렸다.

"홈즈 씨, 내가 당신한테 왜 그런 걸 설명해야 하죠?"

홈즈는 영수증을 다시 접어 수첩에 끼워넣었다.

"공개적인 해명을 원하신다면 조만간 자리를 마련하겠습니다. 아까 말씀드린 것처럼, 다른 사람들 같으면 언론에 공개하겠지만 저는 그냥 덮어둘 수 있습니다. 그러니까 알고 계신 걸 이 자리에서 털어놓는 게 현명할 겁니다."

"나는 아는 게 없어요."

"런던에 있는 스톤턴 씨한테서 연락을 받으셨죠?"

"그런 적 없어요."

"계속 이러실 겁니까? 그럼 전보 얘기를 해드리죠!"

홈즈는 한숨을 내쉬었다.

"어제 저녁 6시 15분에 런던에서 가프리 스톤턴 박사님에게 급히 전보를 보냈는데, 그건 이 사건과 관련돼 있는 게 분명합니다. 그런데 전보를 받으신 적이 없다고요? 정말 무책임한 말씀 아닙니까? 계속 부인하시면 경찰서에 가서 신고하겠습니다."

그때 레슬리 암스트롱 박사가 자리에서 벌떡 일어났다. 그의 얼굴은 완전히 벌겋게 변해갔다.

"미안하지만 여기서 나가주시오. 당신한테 사건을 의뢰한 마운트제임스 경한테 가서, 나는 경이나 경의 대리인과는 상대하고 싶지 않다고 말하시오. 됐어요. 더 이상 아무 말도 듣고 싶지 않아요!"

박사는 하인을 부르는 벨의 줄을 힘차게 잡아당겼다.

"존, 이분들을 모시고 나가게!"

뻣뻣해 보이는 집사가 우리를 마구 문 밖으로 밀어내자 별 수 없이 거리로 나설 수밖에 없었다. 이내 홈즈가 킬킬거리며 웃었다.

"아이고, 저 암스트롱 박사, 성깔이 보통이 아니군. 저런 사람도 참 드물지. 저 사람이 그런 쪽으로 재능을 발휘한다면 그 유명한 모리아티가 남긴 빈자리를 충분히 메울 수 있겠는 걸. 그건 그렇고, 우리 신세가 참 딱하게 됐구먼. 이 냉정한 마을에서 아는 사람 하나도 없이 길가에 나앉았으니. 그런데 저 앞에 그럴싸한 여관이 하나 있군. 자네가 저기로 먼저 가서 이쪽 방향 방을 하나 잡아놓게. 그리고 오늘 밤에 필요한 물건들도 좀 사놓고. 나는 그동안 몇 가지 조사를 하고 오겠네."

그런데 그 몇 가지 조사가 예상보다 훨씬 길어져, 홈즈는 밤 9시쯤에야 여관으로 돌아왔다. 피곤한 얼굴에 먼지를 잔뜩 뒤집어쓴 모습이었는데 허기로 몹시 지쳐 있는 상태였다. 그는 이미 준비되어 있는 차가운 음식을 허겁지겁 먹고는 파이프에 불을 붙인 다음, 평상시 일이 잘 안 풀릴 때 하는 식으로 말없이 앉아 있었다. 하지만 잠시 후 마차 바퀴 소리가 들리자 벌떡 일어나더니 창밖을 내다보았다. 바로 건너편이 암스트롱 박사의 집인데, 가스등 불빛 아래로 회색 말 두 필이 끄는 사륜마차가 막 그 앞에 멈춰서고 있었다.

"세 시간 만에 돌아오는군."

홈즈가 중얼거렸다.

"아까 6시 반에 출발해서 지금 돌아왔으니까. 그 정도면 16에서 20킬로미터 거린데, 매일 저렇게 한두 번씩 나갔다 오는 거야."

"의사들이 대부분 그렇지 않나?"

"암스트롱은 일반의가 아니잖은가. 대학에서 강의하는 전문의지. 그래서 저술 작업할 시간이 없는 일반 진료는 안 하는 거야. 그런데 귀찮을 텐데, 왜 저렇게 멀리까지 왕진을 다니는 걸까? 그리고 누구한테 가는 걸까?"

"아마 마부는……."

"그래서 왓슨, 내가 마부한테 이미 접근을 해봤지. 내가 안 했겠나? 그런데 마부가 원래 그렇게 막돼먹은 인간이라서 그랬는지, 아니면 주인이 시켜서 그랬는지 모르지만, 나한테 개를 풀어놓고 덤비게 한 거야. 그 망할 녀석이 말이지. 물론 개도 사람도 내 지팡이 앞에서는 꼼짝 못하긴 했지만, 일을 망쳤지 뭔가. 아주 살벌한 분위기가 되는 바람에 더 이상 조사고 뭐고 계속 할 수가 없었으니까 말이야.

나한테 정보를 준 사람은 우리 여관 마당에 나와 있던 친절한 주민이었다네. 그가 박사의 생활 습관이라든지 매일 왕진을 다닌다는 그런 얘기를 해주더라고. 그런데 바로 그때, 그 사람 말을 증명이라도 하듯이 마차가 집 앞에 도착한 거야."

"그래서 뒤쫓아가봤나?"

"왓슨, 어떻게 그 생각을 했지! 오늘 밤에는 자네 기지가 번뜩이는군. 나도 그 생각을 했거든. 이 여관 옆에 자전거 가게 있는 거 봤나? 그 집으로 얼른 뛰어가서 자전거를 빌렸지. 그리고 마차가 저 멀리 떠나가고 있는 걸 뒤에서 쫓아가기 시작했다네. 얼마 안 가서 마차 가까이까지 따라붙었지. 하지만 조심스럽게 다시 백 미터 정도 간격을 두고 시내를 완전히 벗어날 때까지 마차 불빛만 쫓아갔어. 그런데 시골길을 한참 달리고 있는데 갑자기 분통 터지는 일이 생긴 거야. 마차가 멈추더니 의사가 내려 나한테로 씩씩거리며 오지 뭔가. 나도 자전거에서 내려 그 자리에 서 있었어. 그랬더니 이 의사가 나를 보고는 다짜고짜 비웃는 말투로, 자기 마차가 좁은 길을 막고 있어서 내가 못 지나가는 것 같으니 먼저 지나가라고, 그러는 거야. 얼마나 번지르르한 말투든지 정말 재수가 없더라고. 그래서 할 수 없이 자전거를 다시 타고 마차를 지나 몇 킬로미터를 더 달려갔지. 그리고 적당한 장소에서 자전거를 세우고 마차가 지나가기를 기다렸다네. 그런데 한참을 기다려도 마차가 안 오지 뭔가. 생각해보니까, 가면서 있었던 몇 갈래 길 중 하나로 꺾어 들어간 게 틀림없다 싶더라고. 그래서 다시 자전거를 타고 오던 길을 가봤는데, 마차라고는 아무데서도 안 보이는 거야. 그렇게 끝나고 말았지. 그런데 그 빌어먹을 마차가 이제야 돌아온 걸세. 처음에는 박사의 왕진과 가프리 스톤턴의 실종이 연관되어 있을지 모른다는 생각으로 저 마차를 뒤쫓아 갔던 거지. 암스트롱 박사에 관한 모든 것이 흥미로운 건 사실이고, 그래서 그런 막연한 이유로 조사를 하려고 했던 거야. 그런데 가만 보니까, 암스트롱 박사가 저렇게 왕진을 다니는 동안 혹시 누가 뒤를 밟는 건 아닌가 하고 예민하게 경계하고 있구먼. 그런 사실을 알고 보니 이 일이 더욱 더 예사롭지 않아 보이네. 어쨌든 나는 사실을 알아내기 전까지는 여기서 끝내지 않을 작정일세."

"우리가 내일도 미행할 수는 있잖나."

"우리? 자네가 생각하는 것처럼 일이 그리 간단치는 않네. 이곳 케임브리지셔 주의 지리를 잘 모르지 않은가. 그러니 이곳에서는 숨는 것도 그렇게 쉽지가 않지. 오늘 밤에 자전거를 타고 지나간 곳도 전부 다 자네 손바닥처럼 밋밋하고 단조롭더라고. 게다가 오늘 밤에 멋지게 증명해준 것처럼 암스트롱 박사는 바보가 아닐세. 아까 내가 오버턴에게 런던에서 무슨 일이 생기면 여기 주소로 알려달라고 전보를 쳤는데, 그동안 우리가 할 수 있는 일은 암스트롱 박사를 지켜보는 것뿐이네. 우체국의 그 친절한 아가씨가 보여준 전보에 쓰여 있는 이름이 바로 암스트롱 박사였거든. 그는 분명히 가프리 스톤턴이 어디에 있는지 알고 있을 거야. 그러니 우리도 어떻게 해서든 그걸 알아내야지. 실패할 수는 없잖나. 지금 결정적인 단서를 쥐고 있는 사람은 분명히 박사지만, 나도 게임을 흐지부지 끝내는 성미는 아니거든. 왓슨 자네가 잘 알다시피 말일세."

　그러나 다음 날도 우리는 문제를 해결하는 데 한 발짝도 더 나아가지 못했다. 다만 아침식사를 마친 뒤 편지 한 통이 배달돼 왔는데, 홈즈가 그걸 보고는 빙긋이 웃으며 내게 내밀었다.

　홈즈 씨

　내 뒤를 따라다니는 건 시간 낭비라는 사실을 분명히 말씀드립니다. 어젯밤에 당신도 봤겠지만, 내 마차엔 뒤쪽에 창문이 나 있어요. 32킬로미터를 돌아야 출발 지점으로 되돌아가는데, 정 그러고 싶다면 내 뒤를 따라와도 좋습니다. 그리고 나를 염탐한다고 해서 가프리 스톤턴에게 도움 되는 건 전혀 없다는 사실도 알고 계시기 바랍니다. 당신이 가프리를 위해 해줄 수 있는 일은 하루빨리 런던으로 돌아가 의뢰인에게 조카를 찾지 못했다고 보고하는 것입니다. 여기 케임브리지에 있는 건 시간만 낭비하는 일이니까요.　- 레슬리 암스트롱

"아주 솔직하고 정직한 사람이군."

홈즈가 말했다.

"그런데 궁금증만 더 부채질하고 있는 꼴이야. 내가 그만 둘 줄 알았다면 큰 오산이지. 기어이 밝혀내야겠네."

"어! 마차가 또 왔는데."

내가 창밖을 내다보며 말했다.

"박사가 타고 있어. 이쪽 창문을 흘끗 올려다보는군. 오늘은 내가 자전거를 타고 따라가 볼까?" "그건 안 돼, 왓슨! 물론 자네의 타고난 통찰력은 높이 평가하지만, 저 대단한 의사를 상대하지는 못할 걸세. 내가 혼자 탐문 수사를 하는 게 더 효과가 있을 거야. 자네는 그냥 혼자 있게. 시골 마을에 이방인이 둘이나 나타나 돌아다니면 괜히 호기심 어린 말이나 날 테니까 말이야. 이 도시가 유서 깊은 곳이라 기분 전환 될 만한 곳은 좀 있을 걸세. 나도 좋은 소식을 가지고 어둡기 전에 돌아오면 좋겠네."

하지만 홈즈는 한 번 더 실패할 운명이었던 모양이다. 밤늦게 아무런 성과도 없이 기진맥진해 돌아왔던 것이다.

"왓슨, 오늘도 망쳤어. 박사가 간 방향으로 따라가서 하루 종일 케임브리지 마을을 뒤지고, 술집 주인이라든지 그 지역 언론인들을 만나서 얘기도 해봤지만 성과가 없었다네. 체스터턴, 히스턴, 워터비치, 오킹턴 지역들을 다 조사해봤는데도 결과가 이러니 너무 실망스럽구먼. 근데 말 두 필이 끄는 마차가 매일같이 나타난다면 그렇게 한적한 시골에서는 분명히 사람들 시선을 끌 텐데 말이야. 아무튼 박사가 다시 점수를 올린 걸세. 그건 그렇고, 나한테 전보 온 것 없나?"

"있어, 자. 내가 뜯어봤지."

트리니티 칼리지의 제레미 딕슨에게 폼피를 달라고 하세요.

"도대체 그게 무슨 뜻이야?"

"어 이거? 내가 오버턴에게 뭘 물어봤더니 이 답장이 온 거야. 제레미 딕슨에게 연락을 해야겠네. 다음엔 우리한테도 틀림없이 행운이 올 걸세. 그건 그렇고, 경기는 어떻게 됐나?"

"어, 지역 석간신문 최종판에 자세한 기사가 실렸는데, 옥스퍼드가 1골 2트라이 차이로 케임브리지를 이겼어. 기사 마지막에 이런 얘기가 있더라고.

케임브리지가 패배한 원인은 결국 국제적 선수인 가프리 스톤턴이 출전하지 않았기 때문으로 보이며, 경기의 결정적인 순간마다 그의 빈자리가 크게 와 닿았던 게 사실이다. 스리쿼터 라인에서 손발이 맞지 않다 보니 공격과 수비가 약화될 수밖에 없었고, 결국 팀으로서는 열심히 싸웠음에도 불구하고 전력은 크게 떨어진 결과를 낳았던 것이다.

"오버턴 씨의 불길한 예감대로 그대로 됐군."

홈즈가 말했다.

"나는 개인적으로 암스트롱 박사의 말에 동감인데, 럭비는 역시 내 관심 분야가 아닌 것 같네. 왓슨, 오늘은 일찍 자게나. 내일 아무래도 바쁠 것 같은 예감이 들거든."

다음날 아침, 나는 홈즈를 보고는 가슴이 덜컹 했다. 그는 작은 주사기 하나를 들고 난롯가에 앉아 있었는데, 그의 성격적인 약점과 관련지어 생각해볼 때 그가 주사기를 들고 있다는 건 어떤 최악의 상황을 대뜸 떠올리게 만드는 장면이었기 때문이다. 그는 내 표정을 보더니 되레 낄낄 웃으면서 주사기를 테이블에 올려놓았다.

"아니, 왓슨, 왜 그리 불안해하나? 그럴 필요 없네. 이건 나쁜 도구가 아니라 수수께끼를 푸는 열쇠가 될 걸세. 지금 난 이 주사기에 모든 희망을 걸고 있어. 좀 전에 정찰을 나갔다 왔는데, 모든 게 다 순조로운 상태야. 왓슨, 아침식사를 든든히 해두게. 오늘은 암스트롱 박사를 뒤쫓을 예정이니까 말이야. 아무튼 그의 냄새를 포착하게 되면 그 순간부터 만사 제치고 그의 소굴까지 따라갈 작정이네."

"그러면 박사가 일찍 출발할 테니까 음식을 싸가는 게 좋지 않을까? 저기 보게. 박사의 마차가 벌써 대기하고 있네."

내가 말했다.

"그래? 먼저 가라고 하지 뭐. 마차를 타고 내가 추적할 수 없는 곳까지 갈 수 있다면 정말 대단한 사람이겠지. 왓슨, 식사 끝나고 이따가 아래층으로 내려가서 탐정을 하나 소개해주겠네. 오늘 할 일이 하나 있는데, 그 분야에서 굉장히 유명한 전문가거든."

아래층으로 내려가 홈즈는 우선 마구간으로 갔다. 그리고 거기서 비글과 폭스하운드의 중간쯤 되는, 땅딸막하고 귀가 축 처지고 흰색과 갈색이 섞인 개 한 마리를 밖으로 끌어냈다. 그러고는 말했다.

"이 놈이 바로 폼피라네. 이 지역 사냥개 중에서 최고의 후각을 갖고 있지. 체격만 봐도 알 수 있듯이 그다지 빨리 뛰는 편은 못 되지만 냄새 하나는 정말 기막히게 잘 맡거든. 자, 폼피, 네가 그렇게 빠르지 않다고 해도 런던에서 온 두 중년 남자한테는 너무 빠를지도 모르겠구나. 그래서 미안하지만 네 목걸이에 이 가죽 줄을 좀 묶어야겠다. 자, 이리 와. 잘하지."

홈즈는 개를 의사의 집 앞으로 데리고 갔다. 개가 잠시 킁킁거리며 냄새를 맡으면서 돌아다니더니 갑자기 흥분한 듯 큰소리를 내면서 줄이 팽팽하게 당겨지도록 뛰기 시작했다. 30분쯤 후, 우리는 시내를 완전히 벗어난 시골길에서 덩달아 연신 달리고 있었다.

"홈즈, 도대체 뭘 어떻게 한 거야?"

"옛날 방법을 한번 써봤지. 가끔은 이게 아주 효과가 있거든. 오늘 아침에 박사의 집 마당으로 몰래 들어가서 주사기에 채워간 아니시드 액을 마차 뒷바퀴에 놓았다네. 그래서 폼피가 그 냄새를 따라 존 오 그로츠까지 가게 될 걸세. 그리고 우리 친구 암스트롱은 케임브리지를 완전히 벗어나기 전까지는 폼피를 떨쳐버리지 못할 거야. 허! 교활한 인간 같으니라고! 간밤에 나를 어떻게 따돌렸는지 이제 알겠구먼."

개가 갑자기 큰길을 벗어나 풀이 자라 있는 샛길로 접어들었다. 그렇게 8백 미터쯤 가자 길은 다시 넓은 도로로 이어졌고, 얼마 안 가 그 도로는 오른쪽으로 갑자기 꺾이더니 우리가 온 도시 방향으로 향했다. 그리고 그 도로는 도시의 남쪽을 크게 돌아, 반대 방향에서 우리가 출발했던 그 지점으로 향했다.

"이렇게 빙 빙 돈 게 순전히 우리를 따돌리려고 그랬던 걸까?"

홈즈가 말했다.

"온 마을을 돌아다니면서 조사해도 아무 소득이 없었던 게 당연한 일이었구먼. 박사가 그런 행동을 한 건 분명히 그럴만한 이유가 있었기 때문일 거야. 그렇게 교묘한 속임수를 쓴 까닭이 뭘까 정말 궁금하군. 이 오른쪽 마을이 트럼핑턴 마을일 거야. 아니 저게 뭐지! 마차가 모퉁이를 돌아오고 있는 거 아닌가! 왓슨, 빨리, 잘못하면 들키겠어!"

홈즈는 버티는 폼피를 억지로 끌고 밭으로 뛰어들었다. 우리가 울타리 아래로 재빨리 숨고 나자 마차가 덜컹거리며 앞을 지나갔는데, 그때 안에 타고 있는 암스트롱 박사의 모습이 언뜻 보였다. 어깨를 구부정히 한 채 두 손으로 얼굴을 감싸고 있는 모습이 어딘지 모르게 슬픔에 잠겨 있는 듯했다. 홈즈도 박사의 그런 모습을 봤는지 표정이 무거워 보였다.

"이번 사건은 결말이 좋지 않을 것 같은 예감이 드는군. 곧 알게 되겠지. 이리 와, 폼피! 아, 저기 집이 있다!"

아마도 목적지에 다 온 것 같았다. 들판 한복판에 외딴집이 하나 있는데, 좁다란 길이 그 집까지 이어져 있었다. 폼피는 마차의 바퀴 자국이 남아 있는 길을 따라 컹컹거리며 이리저리 날뛰었다. 홈즈가 폼피를 울타리에 묶어놓고 나서 우리는 서둘러 그 집으로 다가갔다. 조심스럽게 현관문을 몇 번 두드려봤지만 아무 대답이 없었다. 그러나 빈집은 아닌 것 같았다. 안에서 뭔가 슬프고 고통스런 나지막한 소리가 흘러나오고 있었기 때문이다. 홈즈는 그대로 선 채 머뭇거리고 있다가 문득 뒤를 돌아보았다. 우리가 방금 지나온 길을 마차 한 대가 달려오고 있었는데, 아무리 봐도 회색 말 두 필이 끄는 마차가 분명했다.

"맙소사! 박사가 돌아오고 있네!"

홈즈가 소리쳤다.

"할 수 없지, 뭐. 박사가 도착하기 전에 집 안에 무슨 일이 있는지 알아봐야겠어."

우리는 문을 열고 안으로 들어갔다. 중얼거리는 소리가 점점 더 커지더니 절망스럽고 흐느끼는 소리로 변해갔다. 소리가 나는 곳은 2층이었다. 홈즈는 뛰어서 계단을 올라갔고, 나도 그 뒤를 따라갔다. 방문이 약간 열려 있는 곳을 보고 홈즈가 가서 그 문을 확 밀었다. 그리고는 방안의 광경을 보며 우리 둘은 놀라 그 자리에 멈춰 서 버렸다.

젊고 아름다운 한 여성이 싸늘한 시신으로 침대에 누워 있는 것이었다. 얼굴은 창백하지만 평온한 모습이었고, 긴 금발머리를 하고 있으며, 광채 없는 푸른 눈이 허공으로 열려 있을 뿐이었다. 침대 옆에는 한 청년이 무릎을 꿇고 앉아 시트에 얼굴을 파묻은 채 온몸을 떨며 흐느끼고 있었다. 비탄에 빠져 있는 그 청년은 홈즈가 어깨를 잡을 때에야 겨우 얼굴을 들었다.

"가프리 스톤턴 씨인가요?"

"네, 그렇습니다. 하지만 늦었어요. 이 사람은 떠났습니다."

넋이 나간 청년은 우리가 연락을 받고 달려온 의사들이라고 생각한 것 같았다. 홈즈가 위로의 말을 건네며, 그가 갑자기 사라지는 바람에 팀의 동료들이 너무나 걱정하고 있다는 설명을 막 하고 있는데 계단에서 발걸음 소리가 들리더니 이윽고 암스트롱이 의심에 가득 찬 험상궂은 표정으로 들어왔다.

"신사분들, 드디어 목적을 이루셨군요. 그건 그렇고, 나도 참 절묘한 순간에 도착을 했군. 죽은 사람 앞에서 큰소리는 내고 싶지 않지만 내가 조금만 더 젊었다면 당신 같은 사람들을 가만 내버려두지는 않았을 거요!"

"유감스럽군요, 암스트롱 박사님. 뭔가 약간의 오해가 있는 것 같은데요."

홈즈가 점잖게 말했다.

"자, 같이 아래층으로 내려가서 이 불행한 사태에 대해 얘기를 해보죠."

홈즈의 제안에 우리는 험악한 표정의 의사와 함께 아래층 거실로 내려갔다. 박사가 말했다.

"할 말 있으면 해보시죠."

"우선 제가 마운트 제임스 경에게 고용된 사람도 아니고 그 사람을 위해 변명할 생각도 전혀 없다는 걸 이해해주시기 바랍니다. 사람을 찾아달라고 요청이 오면 저는 가장 먼저 그 사람의 안전을 확인해야 하는 의무가 있는데, 좀 전에 그 확인이 끝났습니다. 그리고 무슨 범죄를 저지른 것이 아닐 경우엔 개인적 스캔들은 가능한 공개하지 않고 덮어두려고 하는 편입니다. 이 일은 제가 보기에 어떤 불법행위도 없는 것 같은데, 그게 만약 사실이라면 이 사건이 언론에 공개되지 않도록 조치를 취할 테니까요, 제 말을 믿으셔도 될 겁니다."

그제야 암스트롱은 대뜸 한 걸음 다가와 홈즈의 손을 꽉 잡았다.

"정말 좋은 분이시군요. 제가 당신을 잘못 봤습니다. 불쌍한 스톤턴을 이런 상태로 혼자 놔두고 가는 게 영 마음에 걸려서 마차를 다시 돌려 돌아왔는데, 이렇게 당신을 만나 오해를 풀게 되니 정말 하늘에 감사할 따름입니다. 자초지종을 설명해드리죠. 1년 전에 가프리 스톤턴이 런던의 하숙집에 잠시 머문 적이 있었는데, 그때 하숙집 주인의 딸을 보고 너무 반해 마침내 둘은 결혼을 하게 되었어요. 그런데 그 여성은 얼굴만 아름다운 게 아니라 마음도 너무 착했고 지성까지 갖추고 있었죠. 어떤 남자라도 그런 아내에 대해서는 자랑하고 싶었을 겁니다. 하지만 가프리 스톤턴은 그 괴팍한 늙은 귀족의 상속자였고, 만일 그렇게 결혼한 사실이 알려지게 되면 돈은 한 푼도 상속받지 못할 게 뻔했어요.

제가 가프리를 잘 아는데 그는 다방면으로 실력 있는 녀석이고 해서 특별히 아꼈습니다. 그래서 일이 잘못 되지 않도록 내가 할 수 있는 한 도와왔어요. 아무에게도 그 사실이 알려지지 않도록 단속을 했는데, 그런 얘기가 한번 새나가기 시작하면 금방 소문이 쫙 퍼지기 때문이죠. 다행히 이 외딴집과 본인의 신중함 덕분에 지금까지 별 탈 없이 잘 지내왔어요. 비밀을 아는 사람은 나와 내 충직한 하인뿐입니다.

그런데 그만 끔찍한 불행이 닥쳐왔어요. 가프리의 아내가 악성 폐

결핵에 걸린 겁니다. 절망적인 소식에 가프리는 완전히 넋이 나가버 렸죠. 하지만 경기에 나가야 했기 때문에 런던으로 갈 수밖에 없었 어요. 출전을 안 하려면 이유를 말해야 되는데, 그러자면 자신의 비 밀을 고백하지 않을 수 없게 되니까요.

제가 가프리한테 용기를 주려고 전보를 보냈더니 녀석이 나한테 최선을 다해달라면서 부탁하는 내용의 답장을 보내온 겁니다. 어떻 게 아셨는지 모르겠지만 당신이 봤다는 그 전보가 바로 그거였어 요. 가프리한테는 그녀의 상태가 위급하다는 말을 하지 않았지만, 그건 가프리가 여기에 있어봤자 할 수 있는 일이 없었기 때문이죠.

그래도 그녀의 아버지한테는 사실대로 얘기해줬어요. 그랬더니 그 사람이 그만 가프리한테 연락을 한 겁니다. 경솔했던 거죠. 가프 리는 연락을 받자마자 미친 듯이 여기로 달려왔고, 그 후부터 오늘 아침에 아내가 죽어갈 때까지 저렇게 계속 침대 옆에 앉아 있는 겁 니다. 홈즈 씨, 얘기는 여기까지입니다. 저는 선생과 친구 분의 이해 와 배려만 믿겠습니다."

홈즈는 아무 말도 없이 박사와 악수를 나눴다.

그리고 나를 보며 말했다.

"자, 갈까, 왓슨?"

우리는 그 집을 나와 창백한 겨울 햇살 아래로 발걸음을 옮겼다.

자전거 타는
고독한 사람

Sherlock Holmes

1894년부터 1901년까지 셜록 홈즈는 무척 많은 일을 했다. 그는 8년 동안 공적으로 처리된 사건으로서 꽤 까다로운 일들로 꼽혔던 사건들은 모두 홈즈의 의견을 참고했다고 해도 틀린 말이 아니었다. 그 외에 사적인 사건들도 수백 가지나 있었는데, 그중엔 정말 특이한 것들도 있었지만 홈즈는 어떤 사건을 맡든 남달리 뛰어나게 빛나는 해결을 잘 해내곤 했다. 그야말로 놀랄 만한 많은 성공을 이루었던 것이다. 하지만 어쩔 수 없는 실패도 몇 번 있었는데, 그것조차도 끊임없는 노력의 결과였을 뿐이다.

나는 이 모든 사건들을 자세히 기록하고 있고, 대부분의 일에는 직접 관여도 했지만, 막상 이중 어떤 것을 골라 발표할까를 생각하니 그 선택이 쉽지만은 않다. 독자들께서 이 점을 이해해주시리라 믿는다. 결국 나는 늘 해오던 방식대로, 사건이 잔인하기 때문에 더 호기심이 가는 것보다는 오히려 해결 방식이 교묘하고 극적이기 때문에 더 재미있었던 사건들을 선책하기로 했다.

그럼 지금부터 내가 독자 여러분께 소개하려는 이 이야기는 찰링턴에서 혼자 외롭게 자전거를 타던 바이올렛 스미스 양과 관련된 사건이다. 그런데 수사과정을 통해 볼 때 이 사건은 전혀 예상할 수 없었던 뜻밖의 비극으로 끝나고 말았다.

내 친구 셜록 홈즈의 명성을 드높이게 했던 수많은 사건들은 어느 것 하나 과장되게 내 멋대로 쓰는 것이 허락되지 않지만, 이 사건은 유난히 두드러진 특이한 점들이 몇 가지 있다는 걸 미리 말해두는 게 좋을 것 같다. 특히 내가 기록하는 이야기들은 언제나 홈즈와 그 사건들에 동행하며 취재해둔 것들이라 달리 꾸며댈 수가 없는 것이다.

1895년에 기록했던 것을 다시 들춰보니, 우리가 처음으로 바이올렛 스미스 양의 사건을 알았던 건 4월 23일 토요일이었는데, 그날은 홈즈가 방문을 받는 것조차 몹시 귀찮아했다고 씌어 있었다. 왜냐하면 홈즈는 그 무렵 유명한 담배 왕 존 빈센트 하든이 주범이었던 괴상한 협박 사건의 골치 아픈 문제를 푸는 데 몰두하고 있었기 때문이다. 홈즈는 어떤 사색에 몰입할 때면 항상 정확성과 통일성을 가장 중요하게 여기기 때문에, 그가 현재 집중하고 있는 문제로부터 주의를 산만하게 만드는 일이 발생할 때는 몹시 화를 내곤 했다. 그러나 천성이 선량한 홈즈는 밤늦게 베이커 거리를 찾아와 도움을 간청하는 한 숙녀의 이야기를 차마 거절하지 못하고 들을 수밖에 없었다. 그 여인은 젊고 아름다우며 큰 키에 품위가 있는 사람이었다.

이 젊은 여인은 자신의 이야기를 홈즈에게 꼭 해야 한다는 굳은 결심을 하고 왔기 때문에 홈즈가 요즘 너무 바쁘다는 얘기를 해도 전혀 소용이 없었다. 결국 무슨 말로도 그녀의 말을 듣기 전에는 그녀를 방에서 쫓아낼 수 없다는 사실이 분명해졌다. 그쯤 되자 홈즈는 난처하지만 단념을 할 수밖에 없었다. 그리고는 그 아름다운 침입자에게 의자를 권하며 그녀의 문제가 무엇인지 얘기해보라고 했다.

"뭐, 건강 문제는 아닐 테고요. 당신처럼 자전거를 열심히 타는 사람이라면 당연히 원기 왕성할 테니까요."

홈즈는 그렇게 말하며 예리한 시선으로 그녀의 모습을 훑어보았다.

그녀는 흠칫하며 시선을 아래로 떨어트렸다. 구두창 옆이 자전거의 페달에 스치는 바람에 꽤 거칠어져 있는 게 내 눈에도 쉽게 보였다.

"네, 자전거를 자주 탑니다. 제가 찾아온 것도 그 일과 조금은 연관이 있어요."

홈즈는 대뜸 그녀의 손을 잡더니 마치 과학자가 어떤 물체를 관찰하듯 세심한 주의를 기울여 살펴보았다. 그의 태도엔 물론 어떠한 감정도 섞여 있지 않았다.

"실례했습니다. 이게 제 직업이라서요."

하며 홈즈가 입을 열었다.

"타이피스트가 아닌가 했는데, 손을 보니 음악을 하시는 분이네요. 왓슨, 이분 손가락 끝이 꼭 주걱 모양처럼 생기지 않았나? 이런 모양은 이 직업을 가진 사람에게 잘 나타나는 공통적인 현상이라네. 그런데 숙녀 분 얼굴에 뭔가 정신적인 분위기가 엿보이는데요."

홈즈가 숙녀에게 얼굴을 불빛 쪽으로 돌려보도록 부탁하면서 말했다.

"이건 타이피스트에겐 없는 분위기야. 음악가가 틀림없어요."

"네, 맞습니다. 음악을 가르치고 있어요."

"시골에서 하시는 거죠? 얼굴빛으로 보면 말이죠."

"네, 사리 주의 끝 쪽 파넘 근처에 살거든요."

"오, 거기 아름다운 곳이죠. 저도 거기서 재미있는 추억들이 많이 있어요. 왓슨, 그 위조금화범 아치 스탠포드를 체포한 곳이 그 부근이었지, 자네 기억하고 있지? 그런데 스미스 양, 그 파넘 부근에서 도대체 무슨 일이 있었습니까?"

홈즈의 질문에 그 숙녀는 그때부터 차분하게, 그리고 또박또박 다음과 같은 괴상한 이야기를 털어놓기 시작했다.

"홈즈 선생님, 제 아버지 제임스 스미스는 이미 돌아가셨는데, 생전엔 제국극장의 교향악단 지휘자로 일하셨습니다. 아버지가 돌아가신 후엔 저와 어머니 둘뿐이고 친척은 아무도 없답니다. 아니, 딱한 분 랄프 스미스라는 삼촌이 있었는데, 25년 전에 아프리카로 간 뒤 소식이 끊겼다고 해요. 아버지가 돌아가신 후부터 우리는 아주 어렵게 살고 있었는데, 어느 날 〈타임스〉 지에 우리의 행방을 찾는 광고가 났다는 거예요. 그 소식을 듣고 어머니와 제가 얼마나 놀랐는지 모릅니다. 뭔가 희망이 느껴졌거든요. 누군가가 우리에게 유산을 남겨준 게 아닌가 하는 생각만 들었으니까요.

그래서 곧바로 광고에 나와 있는 변호사를 찾아갔더니, 거기서 두 남자를 소개해주더군요. 남아프리카에서 왔다는 카라더스 씨와 우들리 씨라는 사람이었어요. 그들은 삼촌의 친구라면서, 삼촌이 마지막 숨을 몰아쉬며 부탁을 했다는 이야기를 전해주었습니다. 영국에 가거든 어머니와 저를 찾아내 만약 어려운 상황에 있으면 좀 도와주라는 말을 했다는 거예요. 평생 연락조차 안 하더니 돌아가실 때에야 우리를 챙겼다는 게 좀 이상하다는 생각은 들었어요. 그런데 카라더스 씨의 말로는, 제 아버지가 돌아가셨다는 걸 삼촌이 얼마 전에야 알고 우리에 대한 책임을 깊이 느꼈다는 거예요."

　"잠깐만요. 그게 언제 있었던 일이죠?"

　홈즈가 물었다.

　"작년 12월이었어요. 4개월 전에요."

　"네, 계속 말씀하세요."

　"우들리라는 남자는 아주 밥맛없어 보였어요. 계속 저한테 이상한 눈짓을 하면서 천박하게 굴더군요. 게다가 돼지같이 살찐 얼굴에 붉은 수염을 기르고 머리엔 기름을 잔뜩 발라서 양 옆으로 갈라붙이고 있었어요. 그런 남자를 만났다고 하면 가장 먼저 시릴이 싫어할 것 같다는 생각이 들더군요."

　"시릴이라는 사람은 당신의 애인이겠죠?"

　홈즈가 싱긋 웃으며 물었다.

　젊은 여인은 얼굴을 살짝 붉히며 웃었다.

　"네, 시릴 모턴이라고 전기 기사인데, 이번 여름 지나고 결혼하기로 했거든요. 아 참, 이런 얘기를 제가 왜 하고 있는지. 제가 말씀드리고 싶은 건, 아무튼 우들리라는 사람은 굉장히 유들유들해 보였는데, 카라더스 씨는 나이도 훨씬 많고 그런 사람 같아 보이지 않는다는 거예요. 가무잡잡한 얼굴에 깨끗이 면도를 하고 태도도 아주 정중한 데다 웃는 표정이 아주 인상 좋은 그런 분이더군요. 아버지가 돌아가신 뒤 어떻게 지내냐고 그분이 묻기에, 매우 어렵게 살고 있다고 솔직히 말씀드렸죠. 그랬더니 자기 집에 와서 열 살짜리 딸에게 음악을 가르치는 게 어떻겠느냐는 얘기를 하는 거예요.

어머니를 혼자 집에 있게 하는 게 마음에 걸렸지만, 주말에는 집으로 가도 좋다면서 연간 1백 파운드를 주겠다고 해서 결국은 받아들이게 됐습니다. 사실 그건 굉장히 좋은 대우이기도 했죠. 그래서 파넘에서 6마일쯤 떨어져 있는 틸턴 농장이라는 그 저택으로 가게 되었습니다.

카라더스 씨는 홀아비라서 딕슨 부인이라는 나이 든 가정부가 집안일을 모두 맡고 있더군요. 아주 좋은 부인이었어요. 딸도 순하고 귀여워서 별 문제 없이 잘 되어갈 것 같았습니다. 카라더스 씨는 굉장히 친절하고 음악을 아주 좋아하는 분이라 밤에는 참 즐거웠어요. 그렇게 주중을 보내다가 주말엔 어머니를 만나러 런던으로 돌아오곤 했죠.

어느 정도 행복하게 지냈던 그 시기가 처음으로 깨지게 됐던 건 그 붉은 수염의 우들리라는 사람이 그 집에 왔던 일 때문이었어요. 그는 1주일 동안 그 집에 머물러 있었는데, 3개월은 되는 것 같더군요. 얼마나 거만을 떠는지 정말 괴롭고 견딜 수가 없었어요. 본인 혼자 마음속에 저를 품고는 재산 자랑을 한없이 늘어놓으면서, 자기랑 결혼하면 런던에서 가장 아름다운 다이아몬드를 사주겠다는 거예요. 그런 식으로 끈덕지게 저한테 달라붙어도 제가 전혀 상대를 안 해주니까, 하루는 저녁 식사 후 저를 붙잡고 끌어안으면서 키스를 해주지 않으면 놓아주지 않겠다고 하지 뭡니까? 힘이 얼마나 억세던지 벗어날 수가 없었죠. 그때 마침 카라더스 씨가 들어와서 제지를 해주었는데, 그 몹쓸 인간이 카라더스 씨를 때리고 넘어뜨려서 얼굴에 상처까지 입히고 말았네요. 그리고는 물론 그 집을 떠나버렸죠.

다음 날 카라더스 씨가 저한테 미안해하면서, 앞으로는 그런 황당한 일이 없도록 하겠다고 말씀해주시더군요. 우들리라는 남자는 그 후 두 번 다시 본 적이 없습니다.

홈즈 선생님, 이제부터 오늘 의논드리러 온 저의 기묘한 상황에 대해 말씀드리겠습니다. 저는 매주 토요일에 12시 22분 런던 행 기차를 타려고 자전거로 파넘 역까지 가곤 합니다. 틸턴 농장에서 역까지 사이는 좀 황량한 곳인데, 그 중에서도 특히 1마일 정도 구간은 한쪽이 찰링턴 벌판이고 다른 한쪽은 저택을 둘러싸고 있는 숲밖에 없어서 더욱 더 쓸쓸한 곳입니다. 그렇게도 적적한 곳은 아마 없을 거예요. 클루크스벨리 언덕 근처의 큰길에 나오기까지는 마차 한 대, 농부 한 사람도 보이지 않으니까요.

아무튼 2주 전 토요일에도 그곳을 지나가고 있었는데, 문득 뒤를 돌아다봤더니 180미터쯤 떨어진 뒤에서 한 남자가 자전거를 타고 오는 게 보이더라고요. 거무스름한 짧은 턱수염이 있는 중년 남자였는데, 파넘 근처까지 가서 다시 뒤를 돌아다봤을 땐 이미 보이지가 않더군요. 그래서 그 일을 별로 신경 쓰지 않고 있었어요.

그런데 월요일에 돌아갈 때, 똑같은 장소에서 똑같은 사람이 보이지 뭡니까? 참 이상한 일도 다 있다는 생각이 들었죠. 하지만 그 다음 주 토요일과 월요일에도 똑같은 상황이 벌어졌고, 그쯤 되니까 정말 이상하다는 생각이 들기 시작하더군요. 그 남자는 아무런 짓도 안 하고 말을 걸지도 않으면서 그냥 일정한 간격을 유지한 채 뒤에서 쫓아오기만 했어요. 하지만 상상해보세요. 얼마나 기분이 찝찝하고 불쾌했겠는지.

그래서 카라더스 씨한테 그 이야기를 했죠. 그랬더니 한참을 생각하고는, 이제부터 말과 작은 마차를 준비해둘 테니까 혼자 그런 곳을 가지 말라고 하시더군요.

마차가 원래는 이번 주에 도착하기로 돼 있었는데 무슨 사정이 있어서 주문을 맞추지 못해, 저는 또다시 자전거로 역까지 가야 했습니다. 오늘 오전의 일이었죠. 찰링턴의 벌판까지 갔을 때 저는 자연스레 뒤를 돌아보게 됐어요. 어땠을 것 같아요? 역시나 지난주와 똑같은 일이 벌어지고 있었어요. 꽤 거리가 있었기 때문에 얼굴이 자세히 보이지는 않았지만 같은 남자라는 건 분명했습니다. 거무스름한 옷에 사냥모자를 쓰고 검은 턱수염이 있었으니까요.

그런데 오늘은 별로 무섭다는 생각이 안 들었어요. 무서움보다는 오히려 호기심이 생기더군요. 어떤 사람인데, 뭣 때문에 나를 뒤쫓는 건지 알아보고 싶은 생각이 들었어요. 그래서 자전거 속도를 늦췄더니 그 남자도 따라서 늦추더군요. 아예 자전거를 세우고 기다려봤죠. 그도 똑같이 멈춰 서서 바라만 보고 있었습니다.

그렇게 해서는 해결이 안 날 것 같아, 저는 한 가지 꾀를 생각해냈습니다. 거기서 좀 더 가면 길이 급격히 구부러진 곳이 있기 때문에 빨리 거기까지 가서 길을 돌자마자 기다려보기로 한 거죠. 그 남자가 그걸 모르고 급히 뒤따라 왔다가 모퉁이를 돌게 되면 그때는 이미 늦는 거였어요. 그런데 모퉁이를 돌아 아무리 기다려도 그 남자가 나타나지 않더군요. 슬그머니 되돌아가 모퉁이를 내다봤더니 길이 1마일도 더 멀리 훤히 보이는데도 그 남자의 모습은 보이지 않았어요. 더 이상했던 건, 그 주변에 도망치거나 숨을 옆길이 전혀 없다는 것이었어요."

홈즈는 손을 비비면서 슬그머니 웃더니 말했다.

"참 희한한 일이네요. 그런데 당신이 모퉁이를 돌아서 숨어 있다가 다시 길을 보고 그 남자가 없다는 걸 확인했을 때까지 시간이 얼마나 지났나요?"

"2,3분 정도였습니다."

"그렇다면 들판 어딘가로 숨어 들어간 게 아닐까요?"

"하지만 찰링턴의 들판으로 들어갔다면 다 보이거든요."

"그럼 찰링턴 저택 쪽으로 들어갔다는 결론이 나오네요. 그 저택은 도로를 끼고 있는 넓은 부지에 자리하고 있겠죠? 더 하실 말씀 있습니까?"

"아니오, 다 한 것 같습니다. 어떻게 해야 좋을지를 몰라서 선생님을 만나 조언을 듣고 싶었어요. 그때까지는 마음이 놓이지가 않을 것 같아서……."

홈즈는 잠시 곰곰이 생각하더니 말했다.

"당신의 약혼자는 어디에 계신가요?"

"카벤트리의 미들랜드 전기 회사에 있습니다."

"혹시 그분이 당신을 놀래주려고 갑자기 찾아갔다든지 그런 게 아닐까요?"

"아이고, 그런 일을 할 사람인지 아닌지, 제가 그걸 모르겠어요!"

"아니면, 당신을 좋아하는 누군가가 있습니까?"

"시릴을 만나기 전에 몇 사람 있었어요."

"그 후로는 없었고요?"

"아까 말씀드린 그 구역질나는 우들리 씨뿐이죠."

"그 외에는 없단 말씀이죠?"

아름다운 숙녀의 얼굴에 조금 불편한 기색이 엿보였다.

"누굽니까?"

홈즈가 다그쳐 물었다.

"그냥 제 짐작인지 모르겠는데요, 카라더스 씨가 저한테 지나친 관심을 가지고 계신 것 같습니다. 아니 그런 느낌이 가끔 들었어요. 접촉을 자주 하는 편이거든요. 밤에는 제가 항상 피아노를 치는데, 점잖은 분이기 때문에 아무 말씀은 안 하시지만 저의 직감으로는……."

"그 사람은 무슨 일을 하고 있죠?"

"부자라서 일은 별로……."

"그런데 마차도 없고 말도 없단 말이죠?"

"어쨌든 굉장한 부자라고 알고 있어요. 매주 두세 번 런던에 가는데, 남아프리카의 금광 주식에 큰 관심을 갖고 계시더군요."

"그럼 앞으로 뭔가 새로운 일이 생기면 알려주세요. 제가 요즘 굉장히 바쁘긴 하지만 가능한 시간을 내서 조사해보겠습니다. 그런데 저한테 알리지도 않고 혼자서 무슨 일을 처리한다든지 하면 안 됩니다. 자, 안녕히 가세요. 조심하시고 별일 없기를 바랍니다."

바이올렛 스미스 양이 떠나자 홈즈는 생각에 잠길 때면 늘 그렇듯 파이프를 입에 물었다.

"아름다운 아가씨한테 따라다니는 남자가 있는 게 당연하지. 그런데 한적한 시골길에서 자전거를 타고 뒤쫓다니! 혼자 짝사랑하는 건가. 아무튼 이 사건엔 뭔가 이상한 점이 있는 게 분명해. 안 그런가, 왓슨? 묘하면서도 뭔가 암시를 던지는 것 같거든."

"이상한 남자가 늘 같은 장소에만 나타난다는 점 말인가?"

"그렇지. 바로 그 점이야. 우선 찰링턴 저택에 어떤 사람이 살고 있는지, 그것부터 알아야겠네. 그 다음에, 카라더스와 우들리는 전혀 성격이 다른 남자들인 것 같은데, 그 두 사람이 어떤 관계에 있는지를 조사해봐야겠어. 그리고 둘 다 랄프 스미스의 유족에 대해 왜 그렇게 열성을 쏟는 건지, 게다가 카라더스는 가정교사에게 보통의 두 배나 되는 급여를 주면서도 역에서 6마일이나 떨어진 곳에 살면서 마차도 가지고 있지 않다는 게 이상하지 않은가. 그 남자의 가정은 도대체 어떻게 꾸려가는 것인지, 아무튼 이상한 점이 많아. 안 그런가, 왓슨?"

"직접 가보지 않겠나?"

"나는 갈 수가 없어. 자네가 가보는 게 어떻겠나? 그냥 사소한 장난에 불과할지도 몰라. 내가 지금 그것 때문에 다른 중요한 조사를 중단할 수가 없으니까, 자네가 월요일에 일찍 파넘으로 가서 찰링턴의 들판에 숨어 있어 보게. 어떤 일이 벌어지는지 살펴본 다음 그다음엔 자네가 알아서 하게나. 그리고 찰링턴의 저택에 누가 사는지 그것도 조사하고 와서 나한테 얘기해주게. 뭔가 그럴듯한 단서가 발견돼서 그 사건이 해결될 것 같은 가망이 있기 전까지는 그것에 대해 일단 아무 말도 하지 말기로 하세."

스미스 양이 월요일 아침 9시 50분에 워털루 역에서 출발하는 기차를 탄다고 했기 때문에 나도 일찌감치 역으로 가서 9시 13분 기차를 먼저 탔다.

파넘 역에서 찰링턴 들판 쪽으로 들어가면서 곧 그곳을 알아볼 수 있었다. 스미스 양이 말한 그 장소엔 히드가 우거진 황무지와 주목으로 만들어진 울타리가 보이고, 그 울타리 너머로 큰 나무들이 줄지어선 정원이 있으며 정원 사이로 길이 나 있는 게 보였다. 큰 입구를 갖추고 있는 저택의 대문 양쪽 돌기둥엔 그 집의 문장이 새겨져 있었는데, 울타리 몇 군데에 무너진 곳이 있어서 그 비좁은 길을 통해 정원 안으로 들어갈 수가 있었다. 저택의 건물은 정원에서도 보이지 않았으며, 정원은 어둠침침하고 어딘지 쓸쓸하면서 황폐해 있었다.

저택 반대쪽의 히드 벌판에는 황금빛 금작화가 여러 군데 피어 봄의 화창한 햇빛 아래서 불타듯 빛나고 있었다. 그 금작화 덤불 뒤, 저택의 입구와 길 양쪽이 모두 보이는 적당한 곳으로 나는 숨어들어 갔다. 그때는 길가에 사람이 하나도 없었는데, 잠시 후 내가 온 것과 반대 방향에서 누가 자전거를 타고 오는 게 보였다. 짙은 색 옷을 입고 있었다. 이윽고 거무스름한 턱수염도 보였다. 그 남자는 찰링턴 저택 쪽으로 가서 자전거에서 내리더니 울타리가 무너진 곳을 통해 안으로 들어가 버렸다. 그 다음엔 내가 있는 곳에서 보이지 않았다.

15분쯤 기다리자 두 번째 자전거가 길에 나타났다. 바로 그 젊은 숙녀가 역 쪽에서 오는 것이었다. 그녀는 찰링턴 저택 근처에 이르자 주위를 둘러보았다. 곧이어 아까 그 남자가 울타리에서 갑자기 나오더니 급히 자전거에 올라타고 그녀의 뒤를 따라가기 시작했다. 너른 벌판에 움직이는 물체라곤 그 두 사람뿐이었다. 조심스럽고 품위 있는 그녀는 자전거 위에서 몸을 반듯하게 세우고 앞서 달리고 있으며, 뒤에서 쫓는 남자는 핸들에 바짝 몸을 구부린 채 왠지 남의 시선을 피하는 것 같은 모습이었다.

잠시 후 그녀가 뒤돌아보며 속도를 늦췄다. 그러자 남자도 같이 속도를 줄였다. 그녀가 멈춰 서자 남자도 180미터쯤 뒤에서 멈춰 섰다. 다음 순간, 그녀가 한 행동은 너무나 뜻밖이었고 용감하기도 했다. 별안간 자전거를 홱 돌리더니 남자를 향해 쏜살같이 돌진했던 것이다. 그러나 남자도 황급히 자전거를 돌려 도망치고 말았다. 한 동안 두 사람 다 보이지 않더니, 이윽고 그녀가 먼저 길 위로 모습을 드러냈다. 그리고는 여전히 반듯한 자세로 머리를 세우고는 마치 그 따위 추적자는 아무것도 아니라는 듯 다시 열심히 자전거 페달을 밟았다. 또다시 그 남자가 되돌아와 역시 같은 거리를 유지하며 그녀 뒤를 쫓아갔다. 그리고 얼마 후 두 사람 다 모퉁이를 돌아 내 시야에서 사라졌다.

나는 잠시 그 자리에 그대로 있었는데, 그게 좋은 선택이었다. 그 남자가 자전거로 다시 돌아왔기 때문이다. 그리고는 찰링턴의 저택 안으로 다시 들어가 자전거에서 내려 2,3분 정도 거기에 서 있었다. 나무 사이로 그의 모습이 보였던 것이다. 그는 두 손을 위로 올려 무언가를 했는데, 아마도 넥타이를 매만지는 것 같았다. 그리고 곧 다시 자전거에 올라타 저택 안으로 사라졌다. 나는 급히 뛰어가서 나무 사이에 숨어 안을 들여다보았다. 그러나 튜더 식 굴뚝이 높이 솟아 있는 오래된 건물만 멀리 보일뿐, 우거진 나무들 사이로 길이 구부러져 있었기 때문에 자전거를 탄 남자의 모습은 보이지 않았다.

그래도 그것만으로도 상당한 수확을 얻었다고 생각해, 나는 의기양양하게 파넘으로 돌아왔다. 그리고 그 마을의 부동산 중개인한테 가서 찰링턴 저택에 대해 물어보았다. 하지만 그는 아무것도 모른다면서 런던에 있는 유명한 페르멜 회사에 가서 물어보라고 했다.

돌아오는 도중에 그 회사에 들렀더니, 대표가 정중히 맞이하며 찰링턴 저택을 이번 여름에 세내는 건 불가능하다고 말했다. 한 달 전에 임대계약이 이루어졌기 때문에 내가 한 발 늦었다는 것이었다. 빌린 사람은 윌리엄슨이라는 분으로 나이가 좀 든 신사라는 것뿐, 그밖에는 아무것도 말해주지 않았다. 고객에 대해 너무 많은 것을 이야기하는 것은 금지라고 했다.

그날 밤 홈즈는 나의 긴 보고를 귀담아 듣고는 어떤 칭찬도 하지 않고, 아니 오히려 표정이 딱딱하게 굳어서는 내가 한 일과 하지 않은 일에 대해 다음과 같은 비평을 늘어놓았다.

"자네는 은신 장소를 아예 잘못 골랐어. 반대쪽 울타리 속에 숨어 있어야 했지. 그랬으면 그 흥미로운 남자를 더 잘 볼 수 있었을 텐데 말이야. 자네처럼 그렇게 몇 백 미터나 멀리 떨어져서 보면 스미스 양이 얘기한 것보다 더 잘 알 수가 없을 것 아닌가. 그녀는 모르는 남자라고 생각하고 있는데, 나는 그렇지 않다고 믿고 있어. 안 그러면 그 남자가 그녀한테 얼굴을 안 보이려고 그렇게나 두려워할 리가 없잖은가. 핸들 위로 몸을 바싹 구부렸다고 했는데, 그것 역시나 얼굴을 감추려고 그랬던 것 아닐까? 어쨌든 자네는 정말 서투르게 했어. 게다가 런던의 부동산 중개 회사까지 찾아갔다니!

"그럼 어떻게 하면 좋을까?"

나는 좀 맥이 빠져버렸다.

"마을의 술집이나 여관으로 갔어야지. 시골에서는 그런 곳들이 소문의 중심지거든. 부잣집 남정네부터 부엌 하녀에 이르기까지 온갖 사람들에 대해 모든 얘기들을 들려주니까 말일세. 그런데 윌리엄슨이라고! 그런 이름 갖고는 아무런 도움도 안 되지. 나이 가 든 남자라면, 젊고 체격 좋은 스미스 양에게 쫓겨도 잡히지 않고 도망친 그 자전거 탄 남자는 아닐 테고.

아무튼 자네가 거기까지 가서 얻은 게 뭔가? 그 여자의 이야기가 사실이라고 확인한 것 뿐 아닌가. 나도 그녀의 이야기를 의심하지는 않았어. 그 이야기와, 저택과 자전거를 탄 남자 사이에 뭔가 관련이 있다는 것, 그건 처음부터 의심이 갔던 부분이거든. 지금 그 저택에 윌리엄슨이라는 남자가 살고 있다고 했는데, 그것이 무슨 의미가 있단 말인가? 아무튼 됐네. 자네 너무 맥빠진 얼굴을 하고 있는데, 그럴 것까진 없어. 토요일까지는 거의 할 일이 없을 테니까, 나도 나름대로 좀 조사해봐야겠네."

이튿날 아침 스미스 양에게서 편지 한 통이 도착했다. 전날 내가 봤던 일에 대해 간단하고 정확하게 묘사하고 있었지만, 핵심은 마지막에 덧붙여 쓴 그 부분에 있었다.

…… 비밀을 지켜주시리라 믿고 말씀드리겠습니다. 저는 지금 주인한테서 구혼을 받고 굉장히 난처한 상황에 있습니다. '순간적인 감정으로 그러신 건 아닐 줄 알고 있지만, 저에게는 결혼을 약속한 사람이 따로 있습니다' 하고 정중히 거절을 했더니, 그분은 몹시 충격을 받으신 것 같습니다. 그렇다고 해서 저한테 달리 대하시는 건 없습니다. 하지만 그건 겉으로만 봤을 때 그렇고, 실제 상황은 좀 긴장된 분위기라는 걸 추측하시면

될 것 같습니다.

"상당히 괴로운 입장이겠는데."

홈즈가 편지를 읽고 나서 조심스럽게 말했다.

"이건 처음에 생각했던 것보다 의외로 흥미 있고, 앞으로도 얼마나 더 확대될지 모르겠어. 조용하고 평화스러운 시골의 하루도 나쁘지 않을 테고, 몇 가지 생각도 떠오르는 게 있으니까 오늘 오후에 출발해서 그 아이디어를 한 번 시도해보는 게 어떨까 싶네."

조용하고 평화스러운 시골에서 보낸 오후는 홈즈에게 매우 기묘한 일이 된 것 같았다. 그는 밤늦게야 베이커 거리로 돌아왔는데, 입술에는 상처가 나 있고 이마엔 시퍼런 멍이 들어 있는 데다, 거의 경시청의 지명 수배자 같은 수상스런 몰골을 하고 있었던 것이다. 홈즈 자신도 그날의 모험이 너무나 우스웠던지 배를 잡고 웃으면서 자기의 경험을 얘기해주었다.

"나는 평소에 운동을 따로 하지 않으니까 어쩌다가 하면 아주 재미있더라고. 자네도 알다시피, 나는 영국의 전통적인 스포츠라고 할 수 있는 권투에 꽤 소질이 있다고 생각하는데, 그것이 가끔은 도움이 되는 경우가 있거든. 이를테면 오늘 같은 날, 내가 만약 권투를 몰랐다면 아주 톡톡히 당할 뻔했지."

그가 꽤 뜸을 들이자 나는 파넘에서 도대체 무슨 일이 있었느냐고 다그쳐 물었다.

"자네한테 말했던 것처럼 파넘에 가자마자 술집부터 가서 조심스럽게 기웃거리기 시작했지. 우선 카운터에 가서 앉았더니 수다스러운 주인이 내가 묻는 것마다 다 얘기를 해주더군. 윌리엄슨은 회색 턱수염이 있는 사람인데, 찰링턴 저택에 혼자 살면서 일꾼들 몇 명을 두고 있다는 거야. 목사였다는 소문도 있는데, 아무튼 그 저택으로 온 건 얼마 안 됐다는군. 술집 주인이 그에 대한 얘기를 들었을 땐 어쩐지 목사 같지 않은 점을 여러 가지 느꼈다는 거야. 그래서 직접 성직자협회에 가서 알아봤더니, 목사 자격자 중에 그런 이름의 남자가 있긴 한데 이상하게도 경력이 분명치가 않더라는군.

그리고 저택에 주말마다 사람들이 찾아오는데 엄청 시끄럽게 떠든다는 거야. 그중에서도 단골 가운데 한 사람인 붉은 수염의 우들리 씨가 특히 심하다는군. 거기까지 얘기를 하고 있는데, 그 소문의 주인공인 우들리가 갑자기 나타나는 게 아니겠나. 그는 홀에서 술을 마시면서 우리 얘기를 다 듣고 있었던 모양이야. '야, 넌 누구야. 여긴 왜 온 거지? 뭣 때문에 꼬치꼬치 묻는 건데?' 하면서 심한 형용사를 써가며 욕설을 퍼붓더니 갑자기 주먹을 날리더라고. 그땐 내가 완전히 피하질 못했지. 그러고 나서 2,3분 정도 실랑이를 하다가 그놈이 계속 덤벼들기에 내가 결국 레프트 스트레이트를 멋지게 날려버렸지. 그렇게 결판이 났다네. 그래서 내 꼴이 이 모양이 됐고, 우들리는 짐마차에 실려 돌아갔지. 어쨌든 나의 시골 여행은 재미있기는 했지만 유감스럽게도 자네 이상의 효과는 올리지 못했네."

그리고 목요일에 다시 스미스 양에게서 편지가 왔다.

"홈즈 선생님, 제가 카라더스 씨 댁의 일을 그만두기로 했다고 말씀드리더라도 놀라시지는 않겠죠. 지금처럼 제 입장이 괴로운 상황에서는 아무리 많은 급여를 받는다 해도 견디기가 어렵습니다. 토요일에 런던으로 돌아가면 다시는 이곳으로 오지 않을 작정입니다. 마차가 완성되어 왔기 때문에 제가 자전거를 타고 가는 위험은…… 이제는 그런 걱정은 할 필요가 없겠죠.

제가 일을 그만두려는 이유는 카라더스 씨와의 관계뿐 아니라 그 지긋지긋한 우들리 씨가 또 이 댁에 오기 때문입니다. 그는 무슨 사고라도 당했는지, 안 그래도 흉측한 얼굴이 더 흉악하게 변해 있더군요. 창문으로 언뜻 보였는데, 얼굴이 마주치지 않았던 걸 천만 다행으로 여기고 있습니다. 무슨 일인지 모르지만 카라더스 씨와 둘이서 한참이나 얘기를 하더군요. 그런데 그 뒤로 카라더스 씨가 몹시 흥분해 있는 것처럼 보입니다.

우들리 씨는 어젯밤을 이 집에서 보내지 않았는데 오늘 아침에 보니까 일찍부터 정원에서 어슬렁거리고 있는 것으로 보아 아마도 멀지 않은 곳에 살고 있는 것 같습니다. 그 사람이 무섭고 싫은 제 느낌을 뭐라고 다 표현할 수가 없을 정도입니다. 카라더스 씨가 왜 그런 사람을 집에 오게 하는지 도대체 모르겠어요. 하지만 저의 고뇌도 이번 토요일까지 뿐입니다."

"그래야지. 꼭 그렇게 돼야 할 텐데."
홈즈가 다소 우울한 어조로 말했다.

"그 가련한 숙녀 주위에 뭔가 심상치 않은 음모가 꾸며지고 있는 것 같아. 그러니까 이번 토요일엔 그녀의 마지막 여행에 아무런 사고도 안 생기도록 보호해줘야 할 것 같네. 왓슨, 그날 아침에 일찍 가서 도대체 모호한 이 사건이 더 이상 꼬이지 않도록 해결해줄 필요가 있겠어."

솔직히 우리는 그때까지도 아직 그 사건을 그리 중대한 것으로는 생각지 않고 있었다. 위험한 일이 있을 거라기보다는 오히려 괴상야릇한 일과 관련되어 있을 거라고 여기고 있었던 것이다. 그렇게 아름다운 숙녀에게 어떤 남자가 숨어 있다가 뒤를 쫓아다니는 것쯤이야 그리 특별할 것도 없는 이야기이기 때문이었다. 게다가 말을 거는 것도 아니고 여자가 접근하는 것조차 피할 정도로 심장이 약한 남자라면 별로 두려운 상대도 아닐 것이었다.

하지만 사악한 우들리는 전혀 다른 종류의 남자다. 그렇다고는 해도 그가 스미스 양을 괴롭힌 것은 처음에 한번 뿐이었고, 그 후로는 아무 일도 없었으며, 카라더스의 집에 다시 나타나서도 그녀를 찾거나 하지는 않았다.

그런데 자전거 사나이는, 술집 주인의 말을 빌리지 않더라도, 분명 찰링턴 저택의 술손님 가운데 하나일 터였다. 다만 그가 어떤 사람이며 뭐 때문에 그러는지를 모를 뿐이었다. 홈즈는 출발에 앞서 긴장된 태도로 주머니에 권총을 집어넣었는데, 그제야 나는 이 사건에 기묘한 점만 있는 것이 아니고 뭔가 위험스런 일도 있을 수 있다는 걸 깨달았다.

찰링턴의 히드 벌판엔 간밤에 내리던 비도 싹 개고 금작화가 여기 저기 무더기로 피어 있었다. 런던의 칙칙한 잿빛 하늘에 익숙해 있는 우리의 눈에는 시골의 그런 풍경이 한층 아름다워 보였다. 나는 홈즈와 함께 아침 신선한 공기를 한껏 들이마시며 새들의 소리를 들으면서 넓은 시골길을 걸어갔다. 향긋한 산들바람이 불어와 한결 더 걷기가 좋았다.

　약간 오르막길이 이어지면서 클루스크벨리 언덕의 정상 가까이에 이르자 커다란 떡갈나무 사이로 어딘지 음산해 보이는 그 저택의 지붕이 보였다. 떡갈나무도 무척이나 고목이지만 그 저택의 연대에 비하면 아직 젊은 편이었다. 그 정도로 저택은 오래 된 건물이었다. 히드 벌판의 갈색과 푸른 숲 사이로 불그스름한 띠 모양을 이루며 길게 나 있는 길을 홈즈가 손가락으로 가리켰다. 저 멀리서 작은 점처럼 마차 한 대가 이쪽으로 다가오는 것이 보였다. 홈즈가 안타까운 듯 말했다.

　"30분쯤 여유 있게 왔는데, 저 마차가 그녀가 탄 거라면 다른 때보다 일찍 기차를 탈 생각인가 보네. 이 상태라면 우리가 저택에 이르기도 전에 그녀가 먼저 지나가 버리겠는 걸."

　언덕 정상에 이르렀을 땐 이미 마차가 보이지 않았다. 우리는 걸음을 재촉했다. 너무나 서둘러 걷는 바람에 평소에 걸음이 빠르지 못한 나는 금새 지쳐버렸고, 마침내 한참 뒤로 처지게 되었다. 그러나 홈즈는 늘 많이 걷는데다, 정력 또한 좋아 언제 끝이 날지 알 수 없을 정도였다. 그는 가벼운 걸음으로 계속 걸어가더니 100미터쯤 앞서 갔을 때 별안간 멈춰 섰다. 그리고 실망한 몸짓으로 손을 높이 들어올렸다. 바로 그때 자그마한 마차 한 대가 저 멀리서 사람도 없이 고삐를 질질 끌며 모퉁이를 돌아 이쪽으로 달려오는 게 보였다.

"늦었어. 왓슨, 늦었어."

내가 헐떡거리며 홈즈에게로 달려가자 그가 안타까워하며 소리쳤다.

"아, 더 빠른 기차로 올 걸. 그 생각을 못했다니. 이렇게 멍청할 수가! 유괴된 걸까? 살해됐을지도 몰라. 왓슨, 빨리 그 마차를 세워주게. 좋아. 이제 됐어. 자, 올라타게. 큰 실수를 한 게 결국 어떤 결과를 가져올지 한번 보세."

마차에 올라타자 홈즈는 방향을 돌려 말에 채찍을 가하며 급히 달려가기 시작했다. 곧이어 내가 홈즈의 팔을 붙잡으며 소리쳤다.

"홈즈, 저 남자야!"

자전거를 탄 사람이 머리를 숙이고 등을 잔뜩 구부린 채 페달을 힘껏 밟으며 오고 있었다. 마치 자전거 경주를 하는 것 같은 속력이었다. 그가 갑자기 얼굴을 들어 우리를 쳐다보더니, 자전거를 세우고 뛰어내렸다. 시커먼 턱수염에 얼굴색은 창백한 게 묘한 대조를 이루고 있고, 눈빛은 열을 뿜듯 이글이글했다. 그는 잠시 우리와 마차를 응시하고 있더니, 이내 깜짝 놀란 표정으로 자전거를 길에 가로세우며 고함을 질렀다.

"이봐, 멈춰! 어디서 그 마차를 훔친 거지? 세워!"

그러면서 남자는 주머니에서 권총을 꺼냈다.

"세우라고! 세워! 안 세우면 말을 쏴버릴 테니까!"

홈즈는 고삐를 나한테 던지고는 마차에서 뛰어내렸다.

"당신을 만나려던 참이었지. 바이올렛 스미스 양은 어디에 있나?"

홈즈는 분명한 말투로 힘주어 말했다.

"그건 내가 묻고 싶은 말이다. 지금 그녀의 마차를 타고 있으면서 모른다고 하지는 않겠지."

"마차는 방금 전에 붙잡은 거야. 아무도 타고 있지 않았지. 그녀를 구하려고 급히 되돌아오고 있는 거라고."

"아니, 그럼, 큰일 났네! 아이고!"

그는 절망적으로 외쳤다.

"그놈들의 짓이에요. 인간 백정 같은 놈하고 목사 놈이죠. 자, 따라오세요. 정말 그녀를 돕겠다면 이리 따라오세요. 도와주시오. 찰링턴의 숲 속에서 시체가 되더라도 꼭 살려내야 합니다."

그는 혼비백산한 것처럼 권총을 손에 쥔 채 울타리가 무너진 곳을 통해 안으로 뛰어들어갔다. 홈즈와 나도 길가의 풀을 뜯고 있는 말을 내버려두고 그 뒤를 쫓아갔다.

"여기로 도망친 흔적이 있는데요."

남자가 흙바닥 위에 남아 있는 발자국을 가리키며 말했다.

"아니, 잠깐만요. 저 덤불 속에 누가 있는데요."

골덴 바지에 각반을 찬 마부 차림의 10대 소년이 다리를 가지런히 모은 채 덤불 속에 쓰러져 있는 것이 보였다. 머리에 큰 상처를 입고 의식을 잃은 상태였지만 죽은 것은 아니었다. 얼른 봐도 그리 깊은 상처는 아닌 것 같았다.

"아니, 피터네요! 마부 피터에요. 그녀를 태우고 갔는데, 그만 누가 마차에서 끌어내 폭행을 했나 본데요. 아무튼 이대로 눕혀둡시다. 지금은 어쩔 수도 없으니까요. 그녀는 지금 얼마나 무서운 상태에 있을까! 아무 탈 없이 무사해야 할 텐데!"

나무들 사이로 나 있는 오솔길을 우리는 미친 듯이 뛰어갔다. 이 윽고 건물을 둘러싸고 있는 관목숲 속으로 들어섰는데, 거기서 홈 즈가 멈춰서며 말했다.

"집안으로 연결되지 않고 저 왼쪽으로 발자국이 나 있군. 이쪽 월 계수 나무들 옆으로…… 앗, 역시 그렇군!"

여자의 비명이, 공포로 떨리는 소리가 우거진 덤불 속에서 들려왔 던 것이다. 게다가 그 목소리는 높이 올라갔다가 갑자기 질식하듯 뚝 그치고 말았다.

"이쪽이다! 이쪽이에요! 당구장 쪽에 있는 거예요."

자전거 사나이가 외치면서 나무 사이로 돌진해 들어갔다.

"저 개새끼 같으니! 빨리들 오세요! 늦어요! 급해요! 빨리!"

갑자기 눈앞이 탁 트이며 아름다운 잔디밭이 펼쳐져 있는 게 보 였다. 그리고 잔디밭 건너쪽의 커다란 떡갈나무 아래에 세 사람이 서 있는 게 보였다. 한 사람은 스미스 양으로, 입이 손수건으로 틀 어 막혀 있고 곧 숨이 넘어갈 것 같은 모습이었다. 그녀 바로 앞에 서 있는 사람은 천박하고 둔한 얼굴에 붉은 수염이 나 있는 젊은 남 자인데, 각반을 찬 두 다리를 떡 벌린 채 한 손은 허리에 대고 다른 한 손엔 승마용 채찍을 들고 있었다. 한눈에 봐도 오만하고 잔뜩 허세가 든 모습이었다. 그 둘 사이에 서 있는 남자는 회색 턱수염이 나 있고 나이가 제법 들어보이며, 스코치 천으로 된 가벼운 옷 위에 짧은 흰색 법의를 걸치고 있었다. 아마도 두 사람의 결혼식을 주재하는 모양이었다. 나이 든 남자가 기도서 같은 걸 주머니에 집어넣으며 붉은 수염의 남자를 토닥거리면서 축하해주고 있을 때, 그때 마침 우리가 나타났던 것이다.

"아니, 저 두 사람이 결혼을 한 거야?"

내가 놀라며 소리쳤다.

"이 개새끼야! 덤벼봐!"

자전거 사나이가 잔디밭을 곧장 가로질러 뛰어갔다. 홈즈와 나도 그의 뒤를 따라 달려갔다. 우리가 다가오는 것을 본 스미스 양은 겨우 몸을 지탱하며 나무줄기에 매달린 채 비틀거리고 있었다. 전직 목사라는 윌리엄슨은 조롱하듯 우리를 쳐다보며 머리를 숙였다. 짐 승같은 우들리는 천박한 목소리로 소리를 질러대며 의기양양하게 큰소리로 웃더니 앞으로 한 발 나섰다.

"그런 수염 따위는 떼어버리지, 보브. 다 알고 있으니까. 그런데 마침 잘 왔구먼. 자네 패거리들한테도 함께 소개해주겠네. 자, 여기는 우들리 부인이라네. 하하하."

그러자 자전거 사나이의 대꾸가 이색적이었다. 그는 우선 시커먼 턱수염을 잡아떼어 잔디밭에 내버리고는 깨끗이 면도한 맨얼굴을 드러냈는데, 그야말로 혈색이라곤 없는 창백한 낯빛이었다. 그리고 조용히 권총을 꺼내 위협적인 자세를 취하며 앞에 있는 악랄한 짐승에게 총구를 들이댔다.

"그래, 나는 보브 카라더스다. 내 눈에 흙이 들어가기 전에는 이 여자한테 손가락 하나 대지 못하게 할 테니까. 만약 손을 댓다가는 내가 어떻게 해주겠다고 했지? 나는 괜히 큰소리 치고 있는 게 아니야."

"미안하지만 늦었어. 이 여자는 이제 내 마누라야."

"병신 같은 놈. 마누라가 아니라 과부겠지!"

그 순간 엄청나게 큰 권총소리가 울리면서 우들리의 가슴에서 피가 번져나오는 게 보였다. 그는 비명을 지르며 몸부림치다가 벌렁 나자빠졌다. 사악하기 이를데 없는 붉은 얼굴이 금방 죽음의 창백한 낯빛으로 변해갔다.

그때 가만히 옆에 서 있기만 했던 윌리엄슨이 무서운 저주의 말을 퍼부으며 권총을 꺼내들었다 하지만 그것을 겨눌 틈은 없었다. 어느새 홈즈의 권총이 먼저 그의 눈앞에 들이닥쳤기 때문이다.

"됐어. 권총을 내려놓지!"

홈즈가 냉정하게 말했다.

"왓슨, 그 권총을 주워 이 남자 머리에 겨냥하고 있게. 그리고 카라더스 씨도 그 권총을 이리 주세요. 이제 폭력은 끝났어요. 자, 빨리 이리 달라고요."

"그런데 당신은 누굽니까?"

"셜록 홈즈라고 합니다."

"당신이!"

"내 이름을 알고 있는 것 같군요. 경찰이 오기 전까지 내가 맡고 있겠소. 이봐!"

그 사이에 의식을 되찾고 잔디밭 끝에서 두려워하며 이 소동을 지켜보고 있던 마부 소년을 보고 홈즈가 불렀다.

"이리 오렴. 자, 이걸 가지고 파넘까지 빨리 마차를 몰아라. 경찰서에 가서 서장한테 이걸 전하면 돼."

홈즈는 수첩에 뭔가를 적어 종이를 찢어내더니 마부에게 주었다.

"그리고 당신들은 경찰에서 나올 때까지 내가 감시하고 있겠소."

홈즈가 당당하고 위엄 있는 자세로 그 비극의 현장을 지배하듯 하자 다른 사람들은 모두 아무 말 없이 그가 시키는 대로 했다. 윌리엄슨은 카라더스를 도와 중상을 입은 우들리를 저택 2층으로 옮겼고, 나는 큰 충격을 받은 스미스 양을 집안으로 데리고 들어갔다. 그리고 홈즈의 요청에 따라 나는 우들리를 진찰했다.

잠시 후 낡은 태피스리가 벽에 걸려 있는 식당에서 두 명을 감시하고 있던 홈즈에게 우들리의 진료 결과를 얘기해주었다.

"목숨은 건질 것 같네."

"뭐라고요!"

카라더스가 놀라며 자리에서 일어나려고 했다.

"안 돼요. 2층에 가서 당장 저 놈을 해치워버리겠어요. 천사 같은 저 아가씨가 평생 잭 우들리 같은 놈한테 속박되어 살게 할 수는 없습니다."

"그 일은 당신이 걱정하지 않아도 돼요."

홈즈가 질책하듯 말했다.

"놈이 어떤 짓을 한다 해도 그녀를 아내로 삼을 수 없는 훌륭한 이유가 두 가지 있어요. 첫째, 결혼식을 주재한 윌리엄슨 씨의 자격에 문제가 있어요."

"나는 목사 안수를 받은 사람이오."

"지금은 해임되어 있죠."

"한 번 목사가 되면 평생 목사인 거요."

"나는 그렇게 생각하지 않아요. 그리고 결혼 증명서는?"

"그거야 당연히 내 주머니에 들어 있죠."

"속임수를 써서 만들었겠지. 어쨌든 강제 결혼은 결혼으로 인정되지 않을뿐더러 범죄 행위거든. 그 점은 곧 당신에 대한 처벌이 결정되기 전에 알려지겠지만, 내가 보기에 당신은 아마 10년 정도는 그 문제를 생각할 시간이 충분히 있을 거요. 그리고 카라더스 씨, 당신은 권총을 꺼내지 않는 게 나았어요."

"나도 지금은 그런 생각이 들어요. 하지만 스미스 양의 몸에 무슨 해라도 생길까봐 나름 온갖 주의를 기울였죠. 그건 사실 내가 스미스 양을 사랑하기 때문입니다. 사랑이란 게 어떤 것인지, 이 나이가 돼서야 비로소 알았거든요. 헌데 그녀가 남아프리카에서도 악명 높았던 그 잔인한 놈의 손아귀에 들어간다고 생각하니까 도저히 참고 있을 수가 없었던 겁니다. 저 악마 같은 놈은 남아프리카의 킴벌리에서부터 요하네스버그에 이르기까지 악명 높기로 유명했던 나쁜 자식이거든요.

이런 얘기를 하면 홈즈 씨는 안 믿으실지 모르지만, 스미스 양이 우리 집으로 온 후부터 한 번도 집 근처를 혼자 다니게 내버려 두지 않았어요. 이 저택에서 사악한 놈들이 항상 그녀를 엿보고 있다는 걸 알고 있었기 때문에 무슨 문제라도 생길까봐 내가 항상 자전거로 스미스 양의 뒤를 따라다녔죠. 어느 정도 거리를 두고 턱수염을 붙여서 그녀가 알아차리지 못하도록 조심은 했어요. 대단히 똑똑하고 현명한 아가씨이기 때문에 만약 내가 그렇게 한다는 걸 알기라도 하면 우리 집에 오래 있지 않을 것 같아서요."

"그렇게 위험했다면 왜 스미스 양에게 알려주지 않았죠?"

"그걸 알려주면 우리 집을 떠날 거 같아서요. 그건 정말 싫었거든요. 비록 그녀의 사랑을 얻지 못하더라도 그 아름다운 모습과 목소리가 집안에 있는 것만으로 나는 얼마나 즐거웠는지 모릅니다."

"당신은 사랑이라고 말하고 있는데, 그건 당신 혼자 생각한 애정이었죠."

내가 한 마디 핀잔을 주었다.

"그렇겠죠. 어쨌든 나로서는 스미스 양을 놓치고 싶지 않았어요. 게다가 주변에 악한들이 많아서 누군가는 그녀를 지켜줘야 한다고 생각했죠. 마침 그 무렵에 해저 전신이 와서, 이 악한들이 곧 무슨 일을 꾸미겠다는 생각이 강하게 들더군요."

"해저 전신이요?"

"네, 이겁니다."

카라더스는 주머니에서 전보 한 장을 꺼내 보여주었다. 극히 짧은 문장이었다.

'노인 죽다'

"음. 이것으로 상황이 꽤 분명해지는군. 이 전보를 보고 그렇게 날뛸 만도 했네. 자, 아무튼 여기서 기다리고 있어야 하니까 당신이 직접 설명을 해보시오."

그때 흰 법의를 입고 있는 늙은 악당이 갑자기 욕을 퍼부으면서 난리를 치기 시작했다.

"이봐, 보브 카라더스, 우들리에 대해 지껄이기만 했다간 내가 너도 우들리 같은 꼴로 만들어주지! 네가 저 여자애에 대해 실컷 넋두리 같은 소리 하는 건 네 자유야. 그건 상관 안 해. 하지만 우리의 비밀을 여기서 폭로하기만 하면 너를 가만 두지 않을 거다."

"이봐요, 그렇게 소리칠 것까진 없어요."

홈즈는 천천히 담배에 불을 붙이며 말했다.

"당신들이 나쁜 짓을 했다는 건 내가 다 알고 있으니까. 다만 내가 호기심이 많아서 몇 가지 더 알고 싶은 것 뿐이오. 당신들 입으로 직접 말하기 좀 그렇다면 내가 얘기해볼까요? 그게 더 당신들도 납득하기 쉬울지 모르죠. 우선 첫째로, 당신들 세 사람은 이 계획을 위해서 남아프리카에서 왔어요."

그때 또 노인이 소리쳤다.

"그건 첫 번째 거짓말이오. 두 달 전까지 나는 이자들을 만난 적도 없어요. 아프리카 같은 덴 간 적도 없고요. 그런 헛소리는 담배 연기로나 날려버리시오."

"맞습니다. 이 사람 말은 사실이에요."

카라더스가 옆에서 인정을 했다.

"그럼, 두 사람이 남아프리카에서 왔어요. 윌리엄슨 씨는 두 사람을 여기서 만났고요. 그런데 두 사람은 거기서 랄프 스미스를 알고 있었어요. 게다가 스미스 씨는 오래 살지 못할 상황이었고, 죽으면 큰 유산이 조카딸에게 돌아갈 거라는 것도 알고 있었죠. 어때요, 여기까지?"

카라더스는 고개를 끄덕이고, 윌리엄슨은 깊은 한숨을 내쉬었다.

"또한 스미스 씨가 유언장을 써놓지 않은 것까지 알고 있었어요."

"그 노인이 무식했거든요."

카라더스가 설명을 했다.

"그래서 두 사람은 영국으로 돌아와 그녀를 찾기 시작했지. 둘이서 약속을 했는데, 한 사람은 그녀와 결혼을 하고, 다른 한 사람은 자기 몫을 받기로. 아무튼 결혼은 우들리가 맡기로 돼 있었어요. 그 이유가 뭐였죠?"

"배 안에서 카드를 가지고 정하기로 했는데, 우들리가 이겼거든요."

"그리고는 그녀를 찾아낸 다음, 약속대로 당신이 그녀를 가정교사로 채용하고 우들리는 구혼을 하기로 했어요. 그런데 똑똑한 스미스 양은 우들리 같은 저질 인간을 전혀 상대할 수가 없었지. 게다가 카라더스 당신이 그녀를 사랑하게 되는 바람에 두 사람 간의 약속이 깨지고 말았죠. 그 짐승 같은 놈이 그녀를 차지하게 내버려둘 수가 없었던 거지."

"당연하죠. 누가 그런 놈한테!"

"그래서 두 사람 사이에 싸움이 시작됐고, 우들리는 화가 치밀어 다른 작전을 꾸미게 되었어요."

"홈즈 씨는 다 알고 계시네요. 놀랍지 않아요, 윌리엄슨?"

카라더스가 쓴웃음을 지으며 말했다.

"맞습니다. 우들리 놈이 나한테 폭행을 하기도 했어요. 하지만 이번 일로 나도 그놈한테 갚은 셈이죠. 저놈이 한동안 자취를 감췄는데, 그때 아마도 윌리엄슨과 알게 됐던 것 같아요. 그리고 두 사람이 이 집에 세 들어 산다는 걸 알게 됐어요. 스미스 양이 지나다니는 길목이다 보니까, 이들이 뭔가 나쁜 짓을 꾸미고 있다는 생각이 들더군요. 그때부터 한시도 눈을 떼지 않고 그녀를 지키기 시작했어요. 그러면서 두 사람이 무슨 짓을 꾸미는지 알기 위해 가끔은 만나기도 했어요.

이틀 전에 우들리가 이 전보를 가지고 나한테 와서는 랄프 스미스가 마침내 죽었다면서 계획을 실행하지 않겠느냐고 하더군요. 하지만 거절했어요. 그랬더니 그럼 내가 그녀와 결혼해도 좋다면서 자기 몫을 챙겨달라고 하는 거예요. 그래서 내가 그랬죠. 그럴 수 있으면 좋겠지만 그녀가 원하지 않기 때문에 될 수가 없다고.

그랬더니 뭐라고 한 줄 알아요? '그냥 결혼해버려. 1,2주 지나면 여자니까 마음이 조금은 달라질 거야' 하더군요. 나는 폭력 같은 건 하지 않는 사람입니다. 아무튼 내 말에 그놈은 화를 내면서 마구 욕설을 퍼붓더니, 그럼 자기가 알아서 하겠다고 큰소리를 치면서 나가더군요.

스미스 양이 이번 주에 일을 그만두기로 했어요. 그래서 내가 마차에 태워 역으로 보냈는데, 그래도 불안해서 자전거로 다시 뒤를 쫓아갔어요. 그런데 나가 보니까 벌써 마차가 안 보이는 거예요. 굉장히 서둘러서 계속 갔는데, 여전히 안 보이더군요. 결국은 내가 마차를 발견하기 전에 이미 그놈들이 낚아챘던 겁니다. 당신들이 그 마차로 오는 것을 보고 비로소 깨달았죠."

홈즈는 자리에서 일어나 담배꽁초를 난로 속으로 던졌다.

"나도 참 생각이 모자랐어. 자네가 보고할 때, 자전거 사나이가 저택 안으로 들어가 2,3분 서 있으면서 넥타이를 매만졌다는 그 말로 모든 것을 알아챘어야 했는데 말이야. 그래도 참 기묘한 사건을 이렇게 경험한 것으로 만족해야겠지. 어, 경찰이 저기 오고 있군. 저 소년 마부도 열심히 걸어오는 걸 보니까 큰 부상을 당한 건 아닌 모양이네. 그리고 저 엉터리 신랑도 생명에는 지장이 없다고 하니까 다행이라고 해야겠지.

참 왓슨, 의사로서 스미스 양의 상태를 좀 봐주게나. 그리고 원하면 우리가 런던의 어머니 집까지 데려가주겠다고, 한 번 물어보게. 만약 아직 갈 수가 없다면 미들랜드 회사에 있는 약혼자에게 전보를 치겠다고 말해보게. 그러면 금방 놀라서 일어날 거야. 그리고 카라더스 씨는 사악한 음모에 동참은 했지만 마음을 바로잡은 것으로 보이네요. 이게 내 명함이니까, 재판할 때 만약 증언이 필요하면 언제든 연락하세요."

이 사건의 마지막까지 자세히 알려드리지 못하는 것을 독자 여러분은 이해해주시기 바란다. 호기심 있는 분들의 기대를 다 채워드리기에는 힘이 부칠 때가 많은데, 홈즈와 나는 계속해서 다른 사건들을 맡느라 꽤나 분주하기 때문이다. 그만큼 하나의 사건이 중대한 결말을 보게 되면 거기서 활약한 배우들은 바쁜 우리의 생활 속에서 일단 잊히게 되는 것이다.

그러나 다행히 이 경우는 사건 기록의 마지막에 간단한 메모를 해놓은 것이 있었다. 그것에 의하면, 바이올렛 스미스 양은 결국 거액의 유산을 무사히 상속받았고, 그후 웨스트민스터의 유명한 전기 기술 회사인 모턴 앤드 케네디 사무소의 시릴 모턴 씨와 결혼을 했다. 그리고 윌리엄슨과 우들리는 유괴 폭행죄로 기소되어 윌리엄슨은 7년, 우들리는 10년의 형을 선고받았다. 카라더스의 경우는 따로 기록이 없는데, 내 생각엔 우들리가 워낙 흉악범이기 때문에 법정에서도 카라더스의 행동을 중대하게 여기지 않아 그저 법에 따라 2,3개월의 형으로 끝내지 않았을까 싶다.

해군 조약 사건

Sherlock Holmes

내가 결혼한 후 7월엔 흥미 있는 사건이 세 건
이나 발생했다. 그동안 나는 셜록 홈즈를 따라 수사 활동에 동행하
며 그의 또 다른 추리방법을 엿보게 되었다. 그러다보니 새로운 추
억거리들도 많이 생겼다. 그 세 가지 사건이란 〈두 번째 얼룩〉과 〈해
군 조약 사건〉 그리고 〈지친 선장의 사건〉이라는 제목으로 내 노트
에 기록되어 있는 것들이다.

그 중 〈두 번째 얼룩〉은 중대한 이해 문제가 얽혀 있고 영국의 수
많은 유명 가문과 관련이 있기 때문에 어느 정도 세월이 흘러야만
공표될 수 있을 것이다. 그러나 홈즈가 관계한 수많은 사건 중에서
이것만큼 그의 분석적 방법의 가치를 명백히 밝혀주고, 함께 했던
사람들에게 강한 인상을 남긴 사건도 없을 것이다. 그가 파리의 경
찰관 뒤비그 씨와 단치히의 그 유명한 탐정 프리츠 폰 발트바움 씨
와의 회견을 통해 설명했던 그 사건 진상에 대한 충실한 기록을 나
는 아직도 가지고 있다. 하지만 아무튼 새로운 세기로 바뀌기 전까
지는 이 사건에 대해 마음 편히 얘기할 수 없을 것 같다. 이 사건은

특히 국가의 중대사가 될 뻔도 했으며, 몇 가지 점에서 매우 독특한 성격을 갖고 있었다.

나는 학창 시절 퍼시 펠프스라는 소년과 친하게 지냈었다. 나이는 비슷했는데 그가 나보다 학급이 2년이나 위였다. 그는 공부를 굉장히 잘해서 각종 상을 휩쓸다시피 했고, 결국 장학금을 받아서 케임브리지에 들어가 공부를 계속하게 되었다. 또 그의 집안은 유명한 가문이었으며, 그의 외삼촌이 보수당의 정치가 홀더스트 경이었다.

그러나 이 훌륭한 인척관계도 학교생활에는 별 도움이 되지 않았다. 그러기는커녕 학교 운동장에서 다른 애들한테 크리켓 방망이로 정강이를 얻어맞기도 하며 놀림을 당하곤 했다. 그러나 사회로 나간 후로는 얘기가 완전히 달라졌다. 그는 자신의 능력과 가문의 세력 덕택에 외교부의 아주 좋은 자리를 꿰차고 들어갈 수 있었다. 그 후 나는 그에 대해 완전히 잊고 있었다. 그런데 다음의 편지가 옴으로써 그의 존재를 다시 생각나게 해주었다.

워킹 브라이아브레이 저택에서

왓슨, 자네가 3학년일 때 5학년 반에 있었던 '올챙이' 펠프스를 기억하고 있으리라 믿네. 또 외삼촌 덕분에 외교부의 높은 자리에 앉게 됐던 일도 소문 들었는지 모르겠네. 그런데 이렇게 책임 있고 명예로운 지위에 있는 나에게 갑자기 무서운 일이 닥쳐와 내 앞날이 어떻게 될지 지금 큰 혼란에 빠져있다네.

이렇게 어처구니없는 사건에 대해 세세한 것까지 다 얘기하는 건 불필요하다고 생각하네. 하지만 자네가 내 부탁을 들어준다면 그때는 물론 자세히 얘기하게 될 거네. 나는 최근 9주일 동안 뇌염을 앓다가 이제 막 벗어난 상태라 아직도 몸이 안 좋다네. 그래서 부탁인데, 혹시 자네 친구 홈즈 씨를 이곳으로 모시고 함께 와줄 수 있겠나? 이쪽에서는 할 수 있는 수단을 다 강구했다고 말하고 있지만 나로서는 이 사건에 대한 홈즈 씨의 생각을 들어보고 싶은 것일세. 아무튼 홈즈 씨를 모시고 와주길 바라네. 가능한 빨리 말일세. 무섭고 불안하다 보니 1분이 1시간처럼 느껴지고 있다네. 더 일찍 홈즈 씨에게 부탁하지 못했던 건 그분의 능력을 몰라서가 아니라, 사건의 충격 때문에 내 마음이 너무 뒤숭숭해 있었던 탓이라고 그 분께 잘 좀 전해주기 바라네. 지금은 정신을 차리고 있지만 이것도 너무 확신하면 안 된다는 생각은 하고 있네. 아직도 몸이 굉장히 쇠약한 상태이기 때문이지. 그래서 지금 내가 말하는 것을 다른 사람이 받아 적고 있다네. 그럼, 꼭 모시고 와주기를 거듭 부탁하네.

— 학창 시절의 친구 퍼시 펠프스

이 편지를 읽고 나자 뭔가 가슴에 뭉클한 것이 느껴졌다. 홈즈와 함께 와달라는 거듭된 부탁에는 동정심을 자아내게 하는 것이 있었다. 나는 아무리 그 일이 어렵더라도 어떻게 해서든 최선을 다 해야 한다는 마음이 들었다. 다행히도 홈즈는 일을 아주 좋아하며 의뢰인이 받아들이기만 하면 언제든 도움의 손길을 주는 사나이라는 걸 나는 잘 알고 있었다. 홈즈에게 이 사정을 알리는 것을 한시라도 지체해서는 안 된다는 데 아내가 동의해줘서 나는 아침 식사를 끝내자마자 곧바로 베이커 거리의 옛 보금자리를 찾아갔다.

홈즈는 실내복 차림으로 작은 테이블 앞에 앉아 무슨 화학 실험 같은 것에 열중하고 있었다. 큰 레토르트가 분젠버너의 푸르스름한 불길 위에서 끓고 있고, 거기서 증류된 액체가 2리터 용 병 속으로 한 방울씩 떨어지고 있었다. 그는 내가 들어가도 의식을 못하는지 돌아보지도 않았다. 그래서 중요한 실험인가보다 하고 나는 소파에 앉아 기다렸다. 그는 이 시험관을 여러 병에 꽂으며 액체를 모으고 있다가 그중 한 시험관을 들고 큰 테이블로 가져갔다. 그리고는 리트머스 시험지를 한 장 집어들었다.

"자네 아주 중요한 때 왔구먼. 이 종이가 이대로 파랗게 있으면 문제가 없고, 빨갛게 변색되면 인간 생명에 관계되는 일이 있는 걸세."

홈즈는 그렇게 말하며 리트머스 종이를 시험관에 담갔다. 그러자 종이가 곧 불그스름한 색으로 변해갔다.

"음, 이럴 줄 알았지!"

그가 소리쳤다.

"잠깐만 기다리고 있게, 왓슨. 담배는 그 페르시아 슬리퍼 속에 들어 있네."

그는 책상 앞에 가서 앉더니 전보를 몇 통 재빨리 쓰고는 하인을 불러 보내도록 시켰다. 그런 다음 내 맞은 편 의자에 와서 앉았다.

"흔히 일어나는 살인 사건이 하나 있어서 말이야."

그가 입을 열었다.

"자네는 이것보다 큰 사건을 가져왔을 것 같은데. 자네가 바로 범죄의 바다제비니까 말일세(바다제비가 나타나는 곳에 폭풍우가 닥친다고 한다). 자, 무슨 사건인가?"

내가 편지를 내밀자 그는 꼼꼼히 읽어보았다.

"이것만으로는 잘 모르겠는데. 안 그런가?"

편지를 되돌려주며 그가 말했다.

"그렇지. 자세한 내용이 없으니까."

"그런데 필체가 재미있군."

"본인의 필체는 아니지."

"알고 있네. 여자가 쓴 거야."

"아니야. 남자 글씨야."

내가 말했다.

"아니라니까, 여자 글씨라고. 게다가 성격도 평범하지 않은 여자지. 그런데 조사에 앞서 좋은 일이든 나쁜 일이든 의뢰인과 관련해 예사롭지 않은 성격의 인간이 있다는 걸 안 것도 고마운 일 아닐까. 아무튼 이 사건에 왠지 구미가 당기는구먼. 자네만 괜찮으면 바로 워킹으로 가겠네. 가서 무슨 일이 닥친 건지, 그 외교관과 편지를 받아 쓴 여자를 만나보세."

우리는 마침 워털루 역에서 떠나는 아침 열차를 탈 수가 있었다.

그리고 1시간도 안 돼 벌써 워킹의 떡갈나무 숲과 황무지를 걷고 있었다. 브라이아브레이 저택은 넓은 터에 지어진 큰 건물로 역에서 2,3분밖에 걸리지 않는 곳에 있었다. 명함을 내밀자 우아하게 장식된 응접실로 안내되었는데, 잠시 있으니까 약간 몸집이 있는 한 남자가 다가와 매우 친절하게 우리를 맞이했다. 그는 40세 가까이 돼보였는데 얼굴이 불그스레하고 쾌활한 인상이라 그런지 통통한 개구쟁이 소년 같은 모습이 남아 있었다.

"이렇게 와주셔서 감사합니다."

그가 반가워하며 말했다.

"퍼시는 아침부터 계속 당신들을 만나고 싶어했어요. 딱하게도 그는 지금 지푸라기라도 잡고 싶은 심정이지요. 그런데 그의 부모가 저더러 대신 만나라고 하더군요. 아마 이 일을 거론하기조차 괴로워서 그런 것 같습니다."

"저희도 아직 자세한 내용은 못 들었어요. 그런데 당신은 가족이 아니신 것 같군요."

홈즈가 말했다.

상대방은 얼핏 놀라는 것 같더니 미소를 지으며 말했다.

"제 명함에 적혀 있는 JB를 보고 말씀하신 것 같은데요. 저는 처음엔 무슨 마법을 써서 알아맞힌 줄 알았어요. 저는 조셉 해리슨이라고 합니다. 제 여동생 애니가 퍼시와 약혼한 사이니까 적어도 이댁과 가까운 관계라고 할 수 있겠죠. 여동생은 지금 퍼시의 방에 있어요. 최근 두 달간 꼬박 그의 옆을 떠나지 않고 간호하고 있죠. 자,

그럼 그의 방으로 가시죠. 지금 목을 빼고 기다리고 있으니까요."

우리는 응접실과 같은 층에 있는 커다란 방으로 안내되어 갔다. 방 안은 침실과 거실로 돼 있었으며 많은 꽃들이 여기저기 장식되어 있었다. 안색이 안 좋고 몹시 여윈 한 젊은이가 활짝 열려 있는 창가에 놓인 소파에 누워 있었고, 창문을 통해 정원의 풀 내음과 상쾌한 공기가 들어오고 있었다. 젊은 남자 옆에 한 여자가 앉아 있다가 우리가 들어가자 일어났다. 그녀가 물었다.

"난 나가 있을까, 퍼시?"

젊은이는 그녀의 손을 붙잡으며 그냥 있으라고 했다.

"아, 오랜만이네, 왓슨."

무척 진심이 담긴 어투로 그가 말했다.

"그렇게 콧수염을 기르고 있으니까 전혀 못 알아보겠구먼. 나도 좀 알아보기 힘들겠지. 아, 이분이 그 유명한 셜록 홈즈 씨군요?"

나는 간단히 홈즈를 소개시킨 후 함께 자리에 앉았다. 학창 시절의 건강했던 청년은 이미 없었지만 여인은 그의 손을 잡은 채 옆에 남아 있었다. 그녀는 무척 미인이었고 키가 아담했으며 몸도 통통한 편이었다. 올리브 빛깔의 피부에 이탈리아 풍의 검고 커다란 눈과 짙은 색의 머리카락이 특히나 아름다웠다. 옆에 있는 병자의 얼굴색은 그녀의 윤기 있고 매력적인 피부와 비교해 유난히 더 창백하고 말라 보였다.

병자가 소파에서 몸을 일으키며 말했다.

"시간을 오래 끌게 해드리면 안 되니까 곧바로 본론으로 들어가겠습니다. 홈즈 씨, 저는 성공적인 삶을 살아왔던 행복한 사나이였어요. 그런데 막상 결혼을 하려고 하는데 제 인생에 갑자기 무서운 불운이 닥쳐왔습니다.

왓슨한테서 들으셨겠지만, 저는 삼촌인 홀더스트 경의 도움으로 외교부에 들어가 금방 높은 자리까지 승진할 수 있었습니다. 게다가 삼촌이 외교부 장관이 된 후로는 권위 있는 직무도 몇 번이나 맡겨지곤 했었죠. 다행히 제가 어느 직무나 잘 해냈기 때문에 삼촌은 저의 능력과 수완을 크게 신뢰하게 되었습니다.

그러다가 10주일 전쯤에, 정확히 말하면 5월 23일에 삼촌이 저를 장관실로 부르더군요. 그래서 갔더니, 이제까지 일을 잘 했다고 칭찬하면서 또 하나 중요한 임무를 맡아 달라고 하는 거예요. 그러면서 서랍에서 무슨 둘둘 말린 서류를 꺼내더군요. 그러고는 이렇게 말하는 거였어요.

'이게 이탈리아와 협정을 맺은 비밀조약 원본인데, 유감스럽게도 이 소문이 벌써 언론에 노출되고 말았구나. 기밀 사항이라 절대로 외부에 알려지면 안 되는 거였거든. 프랑스나 러시아 쪽에서는 지금 이 문서의 내용을 알아내기 위해서라면 막대한 자금도 내놓을 판이야. 그래서 사본을 꼭 하나 만들어놔야 하는 상황이다. 내 책상에서는 그걸 꺼내놓고 할 수가 없어서 네가 좀 해줘야겠는데, 사무실에 책상은 있겠지?'

"네, 있습니다."

"그럼, 이 문서를 가지고 가서 일단 책상 서랍에 넣고 잠가두렴. 그러고 나서 모든 직원이 퇴근한 후에 아무도 없을 때 이걸 천천히 베껴 써두어라. 그런 다음 원본과 사본을 모두 다 서랍에 다시 넣고 잠가두었다가 내일 아침에 나한테 직접 제출해주면 돼.'

"그래서 저는 서류를 받아……."

"잠깐만요. 그 이야기를 할 때 사무실에 다른 사람은 없었습니까?"

홈즈가 물었다.

"네, 우리 둘밖에 없었습니다."

"사무실이 크겠죠?"

"사방 30피트 정도요."

"그 한가운데서요?"

"네, 그렇습니다."

"조용히 말씀하셨나요?"

"네, 삼촌은 원래 목소리가 낮은 편이거든요. 그리고 저는 거의 말을 안 했죠."

"감사합니다. 그럼 이어서……."

눈을 감고 홈즈가 말했다.

"저는 삼촌이 시키는 대로 하고는 다른 직원들이 퇴근하기를 기다리고 있었죠. 그런데 찰스 골로라는 직원이 퇴근을 안 하고 계속 일을 하고 있어서 저는 잠깐 식사를 하러 나갔습니다. 돌아와서 보니까 그는 가고 없더군요. 저는 빨리 하려고 서둘렀어요. 왜냐하면 방금 만나셨던 조셉 해리슨이 런던에 와 있어서 가능한 11시 기차를 타고 워킹으로 돌아갈 예정이었기 때문이죠.

그런데 그 조약 문서를 들여다봤더니, 정말 삼촌 말대로 굉장히 중요한 것이었어요. 전혀 과장스런 말이 아니었던 거죠. 자세한 것은 말씀드릴 수 없지만, 어쨌든 3국 동맹(독일, 오스트리아, 이탈리아 간의 동맹. 1882년-1915년)에 대한 영국의 입장을 밝히는 내용이었고, 또 만약 지중해에서 프랑스 해군이 이탈리아 해군에 대해 우세할 경우 영국이 취하게 될 정책을 예고하는 내용이었어요. 순전히 해군 문제만 취급되어 있더군요. 그리고 마지막엔 조약을 체결한 양측 대표의 사인이 있었습니다. 저는 대충 훑어보고 나서 그걸 베껴 쓰기 시작했어요.

문서는 26개 조항으로 되어 있는데, 프랑스어로 씌어 있었습니다. 저는 가능한 서둘러 했는데도, 9시가 되기까지 아직 9개 조항밖에 못 베꼈더라고요. 그러다보니까 타려고 했던 기차를 도저히 못 탈 것 같았죠. 하루 종일 일을 한 데다 저녁밥까지 먹고 났더니 피곤하고 졸리기도 해서 점점 머리도 멍해졌고요.

그래서 커피를 좀 마시려고 사환을 불렀습니다. 그는 계단 아래에 있는 작은 방에서 당직을 서고 있는데, 늦게까지 야근하는 직원이 부탁을 하면 커피를 끓여 갖다 주도록 되어 있습니다. 그를 부르려고 벨을 눌렀죠. 그런데 그가 온 것이 아니라 웬 여자가 다가왔어요. 몸집이 크고 촌스럽게 생긴 얼굴에 나이가 좀 들었는데 앞치마를 두르고 있더군요. 사환의 아내라고 하면서 여러 가지 잡일을 하고 있다고 하기에 어쨌든 커피를 갖다달라고 했습니다.

그런 다음 2개 조항을 더 베끼고 있는데 점점 더 눈이 감겨와서 좀 일어나 다리를 펴려고 방안을 왔다갔다 걸었어요. 그런데 커피를 시킨 지가 한참이나 지났는데도 안 온 게 갑자기 이상한 느낌이 들더라고요. 그래서 아무래도 가봐야겠다고 생각하고 복도를 걸어 계단 쪽으로 갔습니다.

어둠침침하게 불이 켜진 그 복도는 제가 일을 하는 사무실에서 곧바로 이어지는데. 그곳이 유일한 출입구이기도 하죠. 아무튼 복도 끝에 계단이 있고, 계단 맨 아래에 사환의 방이 있습니다. 그리고 계단 중간에 층계참이 있고 거기서 또 하나의 복도가 직각으로 나 있는데, 그 복도로 조금 가면 작은 계단이 있고 바로 뒷문으로 나갈 수 있게 돼 있습니다. 그곳으로 나가면 찰스 거리가 나오는데, 직원들이 사용하는 지름길이기도 하죠. 자, 이게 그 약도입니다."

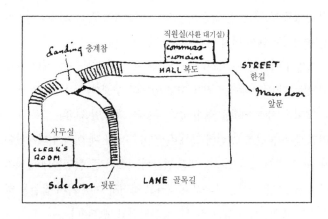

"네, 감사합니다. 잘 듣고 있어요."

홈즈가 말했다.

"여기가 가장 중요한 곳이니까 잘 들어보세요. 제가 계단을 내려가 사환의 방으로 갔는데, 들여다보니까 사환은 방에서 세상모르게 자고 있고 램프 불에 올려놓은 주전자도 부글부글 끓으면서 물이 흘러넘치고 있는 거예요. 그래서 손을 뻗어 그를 깨우려고 막 하는 순간, 머리 위에 있는 벨이 요란한 소리를 내며 울리지 뭡니까. 그 바람에 사환이 깜짝 놀라면서 잠에서 깨어났죠. 그러고는 저를 보더니 무척 당황해 하더군요.

'어, 펠프스 씨!'

'커피가 준비되었나 보려고 왔소.'

'주전자를 올려놓고는 그만 잠이 들어버려서…….'

"그러면서 그는 제 얼굴을 보다가 아직도 계속 울리고 있는 벨을 올려다보았는데, 순간 너무나 놀란 표정을 짓는 거예요. 그러고는 묻더군요."

"아니, 당신이 여기 계시는데 누가 벨을 누른 걸까요?"

'벨이라고! 아니, 무슨 벨 소리지?'

저도 어리둥절해하며 말했죠.

'당신이 일하시는 사무실의 벨 소리죠.'

"순간 누가 차가운 손으로 제 심장을 꽉 잡은 것 같은 느낌이 들더군요. 중요한 문서가 책상 위에 펼쳐져 있는데 그곳에 누군가가 있다는 생각이 그제야 났던 겁니다. 저는 미친 사람처럼 계단을 뛰어

올라가 달려갔죠. 복도에는 아무도 없었어요. 사무실에 가보니까 거기도 아무도 없었고요. 아까 거기서 나왔을 때와 똑같았어요. 그런데 홈즈 씨, 책상 위에 놓여 있던 그 문서만 다 사라지고 없었습니다. 베껴 쓴 사본은 남아 있었는데 원본은 전부 다 사라지고 아무데도 없었어요."

홈즈는 자세를 고쳐 앉으며 두 손을 마주대고 비볐다. 이 사건에 큰 호기심이 든 것 같았다.

"그래서 어떻게 하셨습니까?"

그는 조용한 목소리로 물었다.

"저는 그 순간 도둑이 뒷문을 통해 계단으로 왔을 거라고 생각했었죠. 다른 출입구로 왔다면 저와 분명히 마주쳤을 테니까요."

"방에 숨어 있었다거나 어둠침침한 복도에 숨어 있었을 거라고는 전혀 생각지 않았다는 말씀이죠?"

"그럴 일은 절대로 없습니다. 방이든 복도든 쥐 한 마리도 숨어 있을 수가 없어요. 그럴만한 곳이 전혀 없거든요."

"알겠습니다. 그럼 계속 말씀하시죠."

"제가 새파랗게 질린 얼굴로 뛰어가니까 사환도 무슨 중대한 일이 생긴 줄 알고 2층까지 따라왔어요. 그래서 같이 복도를 달려 찰스 거리로 나가는 계단 쪽으로 뛰어내려갔죠. 뒷문은 닫혀 있었지만 자물쇠로 잠겨 있지는 않았기 때문에 급히 문을 열고 밖으로 달려나갔어요. 마침 그때 근처 교회에서 종이 세 번 울리더군요. 똑똑히 기억나는데, 그때가 10시 15분 전이었어요."

"아, 그거 굉장히 중요한 점이죠."

홈즈는 셔츠의 커프스를 열고 거기다 뭔가를 적어넣었다.

"밖은 컴컴하고 비도 부슬부슬 내리고 있더군요. 찰스 거리엔 사람 그림자 하나 보이지 않았어요. 그런데 저쪽 화이트 홀 거리에는 언제나 그렇듯이 사람들이 북적대고 있었어요. 우리는 모자도 안 쓴 채 계속 달려갔는데, 맞은편 모퉁이에 경관 한 사람이 서 있는 게 보이더군요. 그래서 제가 숨을 헐떡이면서 말했죠.

'도난 사고 났어요! 굉장히 중요한 서류인데, 외교부 사무실에서 도난을 당했어요. 누가 혹시 여기 지나가는 거 못 보셨어요?'

'제가 여기 15분쯤 서 있었는데, 딱 한 사람 지나가는 거 봤습니다. 키가 크고 나이 든 여자인데, 페이즐리 직 숄을 두르고 있더라고요.'

'아, 제 아내입니다. 그밖에 다른 사람은 안 지나갔습니까?'

"사환의 말에 경관이 더는 안 지나갔다고 대답하더군요."

'그럼 도둑이 저쪽으로 간 것 같은데요.'

"사환이 큰소리로 말하면서 제 소매를 끌어당기는 거예요. 그런데 저는 그 말이 납득이 안 되고, 더군다나 저를 끌고 가려고 하는 게 좀 수상하다는 생각이 들더라고요. 그래서 제가 경관한테 물었죠."

'그 여자는 어느 쪽으로 갔죠?'

'그건 모르겠는데요. 지나가는 건 봤는데, 별로 주의 깊게 쳐다보지는 않았으니까요. 좀 서둘러 걸어갔던 것 같습니다.'

'시간이 얼마쯤 됐죠?'

'별로 오래 되진 않았는데…….'

'5분 안 지났나요?'

'네, 5분도 안 지난 것 같습니다.'

"그런데 사환이 계속 저를 재촉하는 거예요."

'지금 시간만 낭비하고 있는 거예요. 한시라도 서둘러야 합니다.'

"그렇게 말하면서요."

'저를 믿어주세요…… 제 아내는 아무런 관계가 없습니다. 얼른 반대쪽으로 가시죠. 아니면 저 혼자 가보겠습니다.'

"사환은 그렇게 말하고는 반대 방향으로 뛰기 시작했어요. 저도 곧 뒤쫓아가서 그의 소매를 붙잡았습니다. 그러고는 물었죠."

'자네는 어디에 살고 있나?'

'블릭스튼 아이비 거리 16번지입니다. 하지만 다른 오해는 안 하시면 좋겠습니다, 펠프스 씨. 저쪽 큰길로 나가볼까요. 뭔가 알아낼 수 있을지도 모르니까요.'

"사환이 하자는 대로 해도 별로 손해날 것도 없어서, 경관까지 합세해 같이 뛰어갔죠. 부지런히 여기 저기 둘러봤지만 사람들이 많이 붐비고 있는데다 비까지 오고 있으니까, 모두들 빨리 집으로 돌아가려고 바삐 걷고만 있었어요. 누가 지나갔는지 쳐다보고 가르쳐 줄만한 그런 한가로운 사람은 있을 것 같지가 않았죠.

그래서 할 수 없이 우리는 사무실로 돌아와 계단과 복도를 주의 깊게 살펴봤는데, 아무 소용이 없었어요. 복도 바닥이 밝은 색 리놀륨으로 돼 있어서 발자국이 나면 금방 보이거든요. 그런데 아무리

들여다봐도 발자국 같은 건 전혀 보이지가 않았어요."

"그날 밤엔 비가 계속 내리고 있었습니까?"

"7시쯤부터 계속 내렸어요."

"그런데 9시쯤에 사환의 아내가 사무실로 들어왔다고 했는데, 흙 묻은 신발 자국이 남지 않았다는 건 어떻게 된 일일까요?"

"그 점을 말씀드리고 싶었어요. 저도 그때 이유를 알았는데, 청소부 들은 작업실에서 신발을 벗고 천 슬리퍼로 갈아 신는다고 하더군요."

"아, 그렇군요. 그러니까 비가 오는데도 발자국이 남지 않았던 거 네요. 이런 사건의 연쇄는 확실히 굉장한 흥미가 있어요. 그 다음엔 어떻게 하셨습니까?"

"방 안도 조사를 해봤죠. 비밀문 같은 건 따로 없고 창문은 땅에 서 30피트 높이에 있는데, 창문 두 개가 다 안에서 잠겨 있었어요. 바닥에도 무슨 비밀 통로 같은 건 없고요. 천장은 보통 흰색으로 칠 해져 있죠. 아무튼 그 문서를 훔쳐간 놈이 문으로 들어온 건 틀림없 습니다. 제 목숨을 걸고 확신할 수 있어요."

"벽난로는 어떤가요?"

"벽난로는 없고 대신 스토브가 있죠. 그런데 벨 끈이 제 책상 바 로 오른쪽에 있는 철사 줄에 매달려 있기 때문에 벨을 울리려면 바 로 제 책상 앞으로 다가와야 되거든요. 그놈은 도대체 왜 벨을 눌렀 을까요? 아무리 생각해봐도 그게 이해가 안 되더라고요."

"그 점은 확실히 이상합니다. 그 다음엔 어떻게 하셨나요? 도둑이 무슨 흔적을 남긴 게 없나 하고 조사하셨겠죠. 담배꽁초라든지 장갑 한 짝이라든지 머리핀 같은 것들⋯⋯."

"그런 건 아무것도 없었어요."

"무슨 냄새 같은 것도?"

"글쎄요. 거기까지는 생각이 미치지 못했네요."

"음, 이런 조사에서는 담배 냄새 같은 것이 큰 도움이 되거든요."

"제가 담배를 피우지 않기 때문에 만약 담배 냄새가 났다면 금방 느꼈을 것 같은데요. 어쨌든 단서가 될 만한 것은 아무것도 없었어요. 그런데 분명한 사실 한 가지는 있었죠. 사환의 아내가 - 탕기 부인이라고 하더군요 - 서둘러 퇴근을 했다는 것입니다. 사환에게 물어봐도 항상 퇴근하는 그 시간에 나갔다는 말밖에 하지 않더군요. 그래서 경관과 저는 만약 그 여자가 서류를 훔쳐서 나갔다면 그걸 빼돌리기 전에 체포해야 한다는 데 의견을 같이 했습니다.

그러고 있는 사이에 사건 소식이 경시청에 알려지고, 그리고 포브스라는 형사가 사무실로 들이닥쳐서 꼼꼼히 조사를 했어요. 그런 다음 저는 포브스와 함께 마차를 타고 30분 정도 걸려 사환의 집으로 갔죠. 젊은 아가씨가 문을 열어주었는데 탕기 부인의 큰딸이라고 하더군요. 어머니가 아직 안 돌아왔다면서 현관 옆방에서 기다리라고 우리를 그곳으로 안내했어요.

한 10분쯤 기다리고 있으니까 누가 노크를 하더라고요. 그런데 제 잘못으로 그만 중대한 실수를 하고 말았습니다. 우리가 직접 문을 열었어야 했는데 딸이 나가게 했던 거죠.

'엄마, 남자 두 분이 와서 지금 엄마를 기다리고 있는데.'

딸이 말하는 소리가 들리자마자 곧바로 요란하게 쿵쿵거리며 복도를 뛰어가는 소리가 들렸어요. 포브스가 문을 박차고 나갔고 저도 같이 부엌으로 뛰어갔는데, 여자가 거기에 서 있더군요. 그녀는 다짜고짜 우리를 노려보듯이 쳐다보았어요. 그러다가 문득 저를 알아보고는 완전히 놀란 표정으로 소리를 치는 거예요.

'아니, 펠프스 씨 아니세요?'

'이봐, 우리가 누군 줄 알고 도망치려고 한 거지?'

"포브스가 물었어요."

'돈 받으러 온 사람들인 줄 알았죠. 어떤 장사꾼하고 좀 문제가 있었거든요.'

'그런 말로 얼버무리려 드는데, 당신 지금 외교부 사무실에서 중요한 서류를 훔쳐냈잖아. 그리고 그걸 감추려고 이리로 뛰어왔겠지. 자, 신원조사를 해야 되니까 바로 경시청으로 가자고!'

"형사가 그렇게 말하니까 뭐 어떤 항변을 해도 소용이 없었죠. 포브스와 저는 부엌 여기저기를 뒤져보고 특히 우리가 뛰어들기 전에 벌써 서류를 감추지 않았을까 싶어 아궁이까지 들여다봤어요. 종이쪽 하나도 없더군요. 그래서 마차를 불러 경시청으로 갔습니다. 여자는 곧바로 검사관의 손에 넘겨졌고, 저는 어떤 결과가 나올지 안절부절못하면서 검사관의 보고를 기다렸죠. 그러나 서류는 발견되지 않았습니다.

그때 비로소 제 앞에 닥친 무서움이 온몸을 죄어오기 시작했어요. 계속 정신없이 뛰어다니느라 다른 생각을 할 틈이 없었던 거죠.

그리고 금방이라도 서류를 찾아내게 될 거라고 확신하고 있었기 때문에 그렇지 않을 경우 어떻게 될지에 대해서는 전혀 생각하고 싶지도 않았던 겁니다. 그런데 이제 더 이상 할 일이 없어지고 나니까 제 입장에 대해 그야말로 실감이 났던 거죠. 두려움이 몰려오기 시작했어요!

왓슨이 알다시피 저는 학생 때부터 아주 예민하고 감정이 풍부한 성격이었어요. 그게 제 기질인 거죠. 그러다보니까 삼촌과 제 주변 모든 사람들에게 끼칠 불명예를 생각하면 견딜 수가 없었어요. 아무리 우발적인 사고였다고 해도 그게 무슨 변명이 되겠습니까? 특히 외교 문제가 걸린 일이라면 그건 절대로 용서될 수가 없는 일이죠.

저는 이제 끝장입니다. 하소연 할 수도 없는 절망적인 파멸이죠. 그 다음엔 어떻게 했는지 전혀 기억이 안 나요. 큰 소동을 벌인 것 같기도 한데, 잘 모르겠어요. 동료 들 몇 사람이 저한테 와서 위로해 주려고 했던 게 어렴풋이 기억은 납니다. 그리고 그 중 한 사람이 저를 워털루 역까지 데려다 주고 워킹 행 기차에 태워주었어요. 그런데 마침 그 기차에 제가 아는 페리어 박사가 타고 있었어요. 이 근처에 살고 있는 분이죠. 그 분이 없었다면 동료가 저를 집까지 데려다 주었을 것 같아요. 아무튼 친절하게도 페리어 씨가 저를 돌봐주셨는데, 너무나 감사한 일이죠, 그런데 그만 제가 역에서 발작을 일으키고 말았어요. 그리고 집에 도착해서는 완전히 미치광이가 돼서 손도 댈 수 없을 정도로 날뛰고 난리를 부린 겁니다.

식구들이 벨 소리에 잠이 깨 나와서 페리어 씨와 함께 있는 제 모습을 봤을 때 어땠을지 한 번 상상해보세요. 애니와 어머니는 완전히 슬픔에 빠지고 말았죠. 페리어 씨가 역에서 형사한테 이 사건에 대한 얘기를 대충 들었기 때문에 식구들에게 설명을 했지만 그게 문제가 아니었어요. 이건 한눈에 봐도 제가 오랫동안 앓아눕게 생겼던 거죠. 너무나 분명했기 때문에 조셉이 이 침실에서 나가고 이렇게 제 병실이 되었던 겁니다. 그리고 9주일 이상이나 뇌염 때문에 의식불명 상태에 빠져 헛소리를 하면서 꼬박 누워 있었어요. 애니가 없었다면, 그리고 의사 선생님의 치료가 없었다면 제가 이렇게 홈즈 씨를 만날 수도 없었을 겁니다.

낮에는 애니가 옆에서 지켜주었고 밤에는 고용 간호사가 시중을 들어주었는데, 또 다시 발작이 일어나면 사실 무슨 일을 저지를지 모르는 상황이었으니까요. 의식은 서서히 회복되어 왔는데, 기억이 완전히 돌아온 것은 바로 3일쯤 전부터였어요. '기억이 돌아오지 않으면 좋을 텐데' 하고 생각한 적도 있었습니다만, 제가 맨 먼저 한 일은 포브스 경관에게 전보를 치는 것이었습니다. 그는 전보를 받고 여기까지 와서는, 온갖 방법을 다 써봤지만 아무런 단서도 발견되지 않았다고 하더군요. 사환 부부를 철저히 조사해봤는데도 사건에 희망을 줄만한 것은 나오지 않았다는 거죠.

그래서 결국 경찰은 골로라는 젊은 남자에게 혐의를 두기 시작했습니다. 앞에서 말씀드렸던, 그날 밤 늦게까지 남아서 일했던 그 직원 말이죠. 그에게 혐의를 두었던 이유는 늦게까지 남아 있었다는 것과 이름으로 봐서 프랑스계라는 것, 그 두 가지 뿐이었어요. 하지만 실제로는 그가 퇴근한 후에 제가 일을 시작했었고, 그의 집안이 위그너 혈통이라는 것뿐 그는 여기서 태어난 사람이거든요. 그러니까 정서적으로나 전통적으로나 우리와 전혀 다를 바가 없는 영국 사람인 거죠. 어쨌거나 그는 아무런 관계가 없다는 것이 판명되고 수사는 다시 벽에 부딪치고 말았어요.

그래서 홈즈 씨, 저는 이제 당신한테 마지막 구원의 밧줄로 이렇게 부탁드리고 있습니다. 당신이 도와주시지 않는다면 저는 명예도 지위도 모두 영원히 잃고 말 겁니다."

긴 이야기를 마친 퍼시 펠프스가 힘겨워 하며 소파에 쓰러져 눕자 옆에 있던 애니 해리슨이 무슨 약을 컵에 따라 마시게 했다. 홈즈는 머리를 뒤로 젖히고 눈을 감은 채 잠시 그대로 앉아 있었다. 모르는 사람이 보면 무심해 보일 수도 있는 태도였지만 바로 그것이야말로 그가 온 정신을 집중해 몰입하고 있는 순간이라는 걸 나는 알고 있었다.

홈즈가 조용히 입을 열었다.

"설명이 아주 명확했기 때문에 물어볼 말은 거의 없습니다만 그래도 한 가지 중요한 질문이 있습니다. 비밀스런 그 일을 하는 것에 대해 누군가에게 말씀을 하셨습니까?"

"아니오, 아무한테도."

"여기 계신 약혼자에게도?"

"물론입니다. 명령을 받고 바로 일을 시작했으니까요. 여기 워킹에

456

돌아오지 않고."

"혹시 그동안 집안 식구가 찾아왔다든지?"

"아니오."

"가족들 중에 외교부 사무실 구조 같은 것을 잘 알고 계신 분이 있습니까?"

"아, 그건 다들 알고 있죠. 한번 오시라고 해서 구경시켜 드린 적이 있거든요."

"어쨌든 그 문서에 대해 아무한테도 얘기를 안 하셨다는 거죠?"

"전혀 말하지 않았습니다."

"사환에 관해 아시는 게 있습니까?

"원래 군인이었다는 것 말고는 아는 게 없습니다."

"어느 연대였던가요?"

"네, 근위 콜드스트림 연대라고 했어요."

"알겠습니다. 자세한 건 포브스 경관한테서 들을 수 있겠죠. 경찰들은 보면 언제나 제대로 활용할 수 있는 것도 아니면서 자료를 엄청 잘 모으거든요. 장미꽃이 참 아름답네요!"

홈즈는 소파 옆을 지나 열려진 창가로 가서 꽃들이 피어 있는 아름다운 정원을 내다보며 흰 장미꽃을 만지작거렸다. 그의 완전히 새로운 면을 보는 것 같았다. 그가 자연에 강한 관심을 나타내는 걸 그때까지 한 번도 본 적이 없었기 때문이다.

"사실 종교에서만큼 추리가 필요한 일도 이 세상엔 없을 겁니다."

그는 창가에 기대서서 말을 시작했다.

"추리를 해보면 종교도 과학처럼 정밀하게 조합해볼 수가 있거든요. 신의 은총의 최고 증거를 저는 꽃에서 발견하곤 하죠. 그런데 유독 장미가 그렇습니다. 그 향기와 색깔은 생명의 장식으로서만이 아니죠. 그야말로 신의 은총이 부여한 것이며, 그렇기 때문에 꽃에서 많은 희망을 느끼는 것 같습니다."

퍼시 펠프스와 애니 해리슨은 홈즈가 묘한 이론을 중얼거리는 걸 바라보며 한편으론 놀라면서도 또 한편으론 역력히 실망한 표정을 감추지 못했다. 홈즈는 다시 장미꽃을 만지작거리며 혼자 생각에 잠긴 듯 한동안 아무 말이 없었다. 몇 분도 안 지나 급기야 애니 해리슨이 불쑥 입을 열었다.

"홈즈 선생님, 그래서 이 사건의 수수께끼를 풀 수 있는 희망이 있는 건가요?"

그녀의 목소리는 조금 쌀쌀맞은 투였다.

"아, 사건 말인가요!"

홈즈는 몽상에서 깨어난 듯 순간 움찔하며 돌아섰다.

"그러니까 이 사건이 굉장히 복잡하고 난해한 문제라는 걸 부정하면 이상한 것이겠죠. 어쨌든 이제부터 조사를 시작해서 뭔가 단서가 나오면 알려드리겠습니다."

"단서가 있을까요?"

"얘기하신 내용 중에 일곱 가지쯤 있는데, 깊이 생각해봐야지만 그게 가치가 있는 건지를 알 수가 있어서 지금은 뭐라고 말씀드릴 수가 없군요."

"그럼, 누구를 의심하고 계신가요?"

"나 자신……."

"뭐라고요?"

"너무나 빨리 결론에 도달한 것 말이죠."

"아, 그럼, 그 결론을 확신하시면 될 거예요."

"당연한 말씀입니다, 해리슨 양."

홈즈가 말했다. 그러고는 왓슨을 쳐다보았다.

"왓슨, 그렇게 하는 게 제일 좋을 것 같네. 그리고 펠프스 씨, 엉뚱한 희망을 품고 흥분하시면 안 됩니다. 사건이 아주 복잡하니까요."

"다시 만나기 전에 또 쓰러질지도 모르죠."

펠프스는 안타까운 표정으로 말했다.

"아무튼 내일 이 시간에 다시 오긴 할 겁니다. 딱히 시원한 소식은 못 드릴 것 같습니다만."

"그래주시면 정말 고맙겠습니다. 뭔가 해주신다는 걸 알고만 있어도 살 것 같아요. 그런데 홀더스트 경에게서 온 편지가 있는데요."

"허, 뭐라고 씌어 있나요?"

"냉담하게 썼더군요. 뭐 그리 가혹한 편은 아니고요. 제가 지금 심각한 상태니까 그렇게 심하게 말할 수는 없었겠죠. 문제가 지극히 중대한 사안이라는 것을 거듭 강조하면서, 제가 건강이 회복되는 대로 합당한 보상을 하지 않으면 앞으로의 일에 대해서는 도와줄 수가 없다는 내용이었어요. 그건 물론 면직을 피할 수 없다는 얘기죠."

"음, 도리에 맞는 동정적인 의견이군요. 알겠습니다."

홈즈는 말했다.

"자, 왓슨, 런던에서 하루 종일 해야 할 일거리가 기다리고 있네."

역까지 조셉 해리슨 씨가 마차로 배웅해줘서 우리는 곧 포츠머드 행 기차를 탈 수 있었다. 홈즈는 곧바로 깊은 생각에 빠져들었다가 클라파암 역을 지날 무렵에야 겨우 입을 열었다.

"이렇게 집을 내려다볼 수 있는 고가 철도로 런던에 들어가니까 참 재밌구면."

하지만 조망이 지저분해서 농담으로 한 말이려니 생각하고 있는 데, 그가 곧 설명하기 시작했다.

"저기 슬레이트 지붕들 위로 유난히 솟아 있는 큰 건물은 마치 바다 위에 떠 있는 벽돌 섬 같군."

"저건 공립 초등학교 건물이라네."

"아니, 등대일세, 왓슨! 미래를 비추는 광명이지. 한 사람 한 사람이 몇 백 개의 반짝이는 씨앗을 간직하고 있다네. 저 속에서 보다 우수하고 현명한 미래의 영국이 나오는 거지. 그나저나 펠프스라는 사나이 말일세, 술은 안 마시겠지?"

"아마 그럴 걸."

"나도 그렇게 생각하는데, 그래도 온갖 가능성을 열어둬야 할 필요가 있어서 말이야. 가엾게도 그 사나이가 지금 엄청난 곤경에 빠져 있는데, 우리가 과연 구해낼 수 있을지 그게 문제지. 애니 해리슨에 대해서는 어떻게 생각하나?"

"강한 성격이더군."

"그래. 하지만 내가 잘못 본 게 아니라면 선량한 사람이야. 그 남매는 노덤빌란드 근처에서 철공장을 운영하는 집의 자식들인데, 형제가 그 둘뿐이더군. 펠프스가 이번 겨울에 그쪽으로 가서 약혼을 했기 때문에 그녀가 펠프스의 가족을 만나려고 오빠와 함께 여기로 온 걸세. 그랬는데 그만 이 큰 사고가 생기는 바람에 애니 해리슨은 펠프스를 간호하려고 남게 되었고, 오빠도 여기서 지내기가 괜찮으니까 그냥 눌러앉게 됐던 거라네. 아무튼 오늘은 하루 종일 수사를 하게 될 걸세."

"내 본업은……."

계속 말하려고 하는데 홈즈가 불쑥 대꾸했다.

"허허, 자네 환자들이 이 사건보다 더 재미있다고 생각한다면……."

그는 좀 짓궂게 말했다.

"아니야. 요즘은 일년 중 가장 경기가 안 좋은 때라서 하루 이틀은 뭐 쉬어도 괜찮다고 말하려고 했지."

"잘 됐네."

그는 기분이 좋아진 것 같았다.

"그럼, 함께 조사해보세. 우선 포브스를 만나야겠어. 그가 필요한 사항을 다 얘기해줄 테니까, 어디서부터 손을 대야 할지 계획이 서게 될 거네.

"아까 뭔가 단서가 있다고 말했잖은가."

"응, 몇 개 있긴 한데 더 자세히 조사한 후에야 그 가치에 대해 말할 수가 있네. 그런데 규명하기 가장 어려운 범죄는 목적이 없는 범죄지. 하지만 이 사건은 목적이 없는 건 아니야. 이걸로 이득을 얻는 자는 누구일까? 프랑스 대사, 러시아 대사, 어떤 쪽에 서류를 넘기려는 자, 그리고 홀더스트 경이 있지."

"홀더스트 경?"

"그렇다네. 정치가로서 그런 문서가 우연히 사라지는 게 오히려 더 유리한 입장에 놓이는 일도 있을 수 있다고 생각되니까 말일세."

"그래도 홀더스트 경처럼 대단히 명예로운 정치가에 대해 어떻게 그런 생각을 할 수가 있겠어?"

"아니야. 있을 수 있는 일이니까 무시해선 안 되네. 오늘 각하와 만나서 뭐라고 얘기하는지 들어보세. 그런데 나는 벌써 수사를 시작했다네."

"뭐라고?"

"아까 워킹 역에서 런던의 모든 석간신문에 전보를 쳤거든. 그 광고가 신문에 다 실릴 거야."

그러면서 홈즈는 수첩을 한 장 뜯어내 나에게 보여주었다. 거기엔 연필로 다음과 같은 내용이 휘갈겨 쓰여 있었다.

상금 10파운드 – 5월 23일 밤 10시 15분, 찰스 거리 외교부 현관 앞 또는 근처에 손님을 내려준 마차의 번호. 베이커 거리 221B에 알려주시기 바람.

"도둑이 마차를 타고 왔을까?"

"펠프스 말로는 사무실이고 복도고 숨을 장소가 없다고 했는데, 그의 말이 옳다면 아무튼 누군가 밖에서 들어왔다고 봐야겠지. 그런데 비도 왔는데 밖에서 들어온 자가 리놀륨 바닥에 아무런 흔적도 남기지 않았다면, 그건 아무래도 마차를 타고 왔기 때문이 아닐까? 그렇게 생각하는 게 지극히 자연스럽겠지. 왜냐하면 거의 곧바로 조사가 이뤄졌으니까 말일세."

"음, 그런 것 같군."

"그게 내가 말한 단서 중 하나야. 바로 거기서부터 뭔가를 알아낼지도 모르지. 두 번째 단서로는 그 벨소리인데, 이게 이번 사건에서 가장 두드러지는 문제일세. 도둑이 속임수로 벨을 눌렀을까, 아니면 누군가 도둑을 보고 범죄를 막기 위해 벨을 눌렀을까, 또는 그냥 우연이었을까? 그것도 아니면……."

홈즈는 또 다시 말을 중단하고 깊은 생각에 잠기고 말았다. 하지만 그의 성격을 잘 알고 있는 나로서는 뭔가 새로운 가능성이 그에게 꿈틀거리며 다가오고 있다는 것을 느낄 수 있었다.

런던에 도착한 건 3시 20분이었다. 우리는 역내 식당에서 간단히 점심을 먹고 곧바로 경시청으로 향했다. 포브스 경관은 홈즈의 전보를 받았던 터라 우리를 잔뜩 기다리고 있었다. 그는 작은 체구에 교활한 인상의 소유자로서 무척이나 날카롭고 무뚝뚝한 표정을 하고 있었다. 게다가 우리를 냉랭한 태도로 대하며, 특히 용건을 듣고 나서는 더더욱 심해졌다.

"당신의 수법에 대해서는 전부터 들어왔어요, 홈즈 씨."

포브스는 다짜고짜 신랄한 어조로 말을 시작했다.

"그런데 당신은 우리 경찰이 제공하는 모든 정보를 이용해서 그것으로 사건을 해결하고는 우리의 체면을 구기게 만들더군요."

"그건 모르고 하는 소립니다. 최근에 다뤘던 53건의 사건 중에서 내 이름이 나온 건 4건뿐이고 나머지 49건은 모두 경찰의 공으로 돌아갔거든요. 모르고 한 소리니까 당신을 비난하지는 않겠소. 당신은 젊고 경험도 별로 없는 것 같군요. 하지만 이 새로운 직무에서 성공하려면 나를 적대시해서는 안 되고 함께 일해야 할 거요."

"뭔가 힌트를 주신다면 감사하겠습니다만."

형사는 태도를 싹 고치며 말했다.

"지금까지는 이 사건에서 공을 세울 만한 일은 하나도 하지 않았습니다."

"지금 어떻게 하고 계십니까?"

"사환인 탕기에게 미행을 붙여 뒀지요. 하지만 그는 근위부대에 있었을 때 모범 군인 증명서를 받았고 불미스런 점을 찾을 만한 기록은 전혀 없더군요. 반면에 그의 아내는 좀 거친 사람인 것 같습니다. 그래서 뭔가를 더 알고 있을 것 같은 생각이 드는데요."

"미행을 붙였다고요?"

"네, 여자 경관을 붙였습니다. 그런데 탕기의 아내는 술고래라서 얼근히 취했을 때 두 번쯤 접근해봤지만 아무것도 알아내지 못했다고 합니다."

"그 집에는 곧잘 빚쟁이가 들이닥치는 모양이던데요."

"네, 하지만 다 깨끗이 지불했다고 들었습니다."

"돈이 어디서 나온 걸까요?"

"아, 그건 수상한 게 아니고요. 남편이 연금을 받는 날이라 돈이 생겼던 모양입니다. 따로 저축이 있을 것 같지는 않고요."

"펠프스 씨가 커피를 부탁하려고 벨을 눌렀을 때 사환의 아내가 대신 사무실로 올라갔는데, 왜 그랬다고 하던가요?"

"남편이 너무 피곤해 해서 쉬게 하려고 그랬다더군요."

"하긴 펠프스 씨가 잠시 후에 가봤더니 사환이 의자 위에서 자고 있었다고 한 것과 이야기가 맞아 떨어지네요. 그 여자의 성격이 좀 별날 뿐이지 딱히 수상한 점은 없는 것 같군요. 그런데 그날 밤에 왜 급히 걸어갔는지 그 여자한테 물어보셨습니까? 길거리에 서 있던 경관이 보기에도 그녀가 서둘러 걸어갔다고 해서 말이죠."

"다른 때보다 늦었기 때문에 빨리 돌아가고 싶었다고 합니다."

"당신과 펠프스 씨가 적어도 20분은 늦게 출발했는데 그녀보다 먼저 그 집에 도착한 것에 대해 지적을 해보셨나요? 뭐라고 하던가요?"

"합승과 영업마차가 걸리는 시간이 다르기 때문이라고 하더군요."

"그리고 집에 돌아오자마자 부엌으로 뛰어간 건 왜 그랬답니까?"

"빚쟁이한테 지불할 돈이 거기에 있었답니다."

"어쨌든 일일이 다 대답은 하는구먼. 혹시 들어가다가 누군가를 만났는지, 또는 누군가 찰스 거리에서 서성이는 것을 보았는지, 그런 건 물어보았나요?"

"경관 외에는 아무도 못 봤다고 합니다."

"아주 철저하게 심문을 하셨군요. 그밖엔 또 어떤 것을?"

"사무관인 골로에게도 9주 동안 내내 미행을 붙였죠. 그런데 아무런 소득이 없는 걸로 봐서 그 사나이는 혐의가 없는 것 같습니다."

"그리고요?"

"그 외에는 단서가 전혀 없습니다. 어떤 종류의 증거도 안 나왔죠."

"그 벨이 울린 것에 대해서는 얘기가 좀 있었습니까?"

"그 문제에 대해서는 솔직히 두 손 들었습니다. 누군지는 모르지만 그런 식으로 일부러 경보를 울렸다면 엄청 간이 큰 놈이겠죠."

"그렇죠. 희한한 짓을 한 거죠. 여러 가지 말씀을 해주셔서 정말 고맙습니다. 그럼, 범인을 넘길 수 있게 되면 꼭 알려드리겠습니다. 자, 가세, 왓슨."

"이제 어디로 갈 건가?"

경시청을 나오며 내가 홈즈에게 물었다.

"미래의 총리가 될 홀더스트 경을 찾아가는 거지."

다행히 홀더스트 경은 아직 다우닝 거리의 장관실에 있었다(영국의 외교부는 북쪽이 다우닝 거리에, 남쪽이 찰스 거리에 면해 있다). 홈즈가 명함을 내밀자 우리는 곧 장관실로 안내되었다. 홀더스트 경은 격식에 맞는 정중한 태도로 우리를 맞이하며 벽난로 양쪽에 놓여 있는 안락의자를 권했다. 우리 두 사람 사이에 서 있는 홀더스트 경은 키가 크고 늘씬하며 윤곽이 뚜렷하고 매우 사려 깊어 보이는 인상의 소유자였다. 그리고 희끗희끗한 곱슬머리에 고상한 분위기가 풍기는 전형적인 귀족 타입의 사람이었다.

"홈즈 씨, 성함은 들어서 잘 알고 있습니다. 찾아오신 용건을 모르는 바는 아닙니다. 여기서 생긴 사건으로 선생의 관심을 끌만한 것은 단 한 가지밖에 없으니까요. 그런데 누구에게서 부탁 받고 조사하시는 겁니까?"

그는 미소를 지으며 말했다.

"퍼시 펠프스 씨의 의뢰를 받았습니다."

홈즈가 대답했다.

"아, 퍼시가 참 안 됐습니다. 가까운 사람을 두둔하는 게 더 어렵다는 건 당신도 잘 알고 계시겠죠. 이 사건이 그의 커리어에 나쁜 영향을 미칠 거라는 건 너무나 분명합니다."

"하지만 문서를 찾게 된다면?"

"아, 그렇다면 물론 이야기가 달라지는 거죠."

"장관님, 질문이 몇 가지 있는데 괜찮을까요?"

"그럼요. 내가 아는 한 뭐든 대답해드리지요."

"문서를 베끼라고 지시하셨을 때 바로 이 방에서 하셨습니까?"

"그렇습니다."

"그럼, 누가 엿들었을 염려는 거의 없겠군요."

"당연하죠."

"조약 문서를 누구에게 맡겨 사본을 만들어야겠다는 얘기를 누군가에게 하신 적이 있습니까?"

"아니오, 전혀."

"확실하시죠?"

"물론입니다."

"그럼 장관님이나 펠프스 씨나 모두 문서에 관해 누설한 적이 없으니까 아무도 이 일에 대해 모르는 셈인데, 그렇다면 도둑이 그 방에 들어간 건 그야말로 우연이라는 얘기네요. 이게 웬 떡이냐 하고 훔쳐간 거 아닙니까?"

"그렇게 되면 이미 제 전문 분야는 아니군요."

장관은 미소를 지으며 말했다.

홈즈는 잠깐 생각하다가 또 물었다.

"한 가지 더 검토해야 할 중요한 점이 있습니다."

"장관님은 그 문서의 조약 내용이 새나갈 경우 심각한 사태가 벌어질 수 있다고 우려를 하셨겠죠?"

여러 가지 감정을 담고 있는 홀더스트 경의 얼굴에 문득 어두운 그림자가 드리워졌다.

"그렇습니다. 심각한 사태가 생길 겁니다."

"이미 생기고 있습니까?"

"아직은 아닙니다."

"만약 그 문서가 이를테면 프랑스나 러시아의 손에 들어갔다면 그것에 대해 뭔가 정보가 들어올까요?"

"들어올 거라고 생각합니다."

홀더스트 경은 씁쓸한 표정으로 말했다.

"그렇다면 그 사건이 일어난 지 지금 10주가 지났는데도 장관님께 아무런 정보가 들어오지 않았다는 건, 무슨 이유인지는 모르지만 아직 그쪽에 문서가 넘어가지 않았다는 뜻 같은데요. 안 그렇습니까?"

홀더스트 경은 어깨를 움츠렸다.

"하지만 홈즈 씨, 도둑이 액자에 넣어서 걸어두려고 그걸 훔쳤을 것 같지는 않은데요."

"값이 오르기를 기다리고 있는지도 모르죠."

"이제 조금만 더 기다리면 그건 완전히 무가치한 것이 됩니다. 2,3개월 후에 공개하기로 되어 있으니까요."

"그거 굉장히 중요한 사실이군요. 그리고 도둑이 갑작스러운 병으로 쓰러졌다는 가정도 해볼 수 있고요……"

"이를테면 뇌염 같은 것으로……"

홀더스트 경은 홈즈를 흘끗 쳐다보며 말했다.

"저는 그런 의미로 말씀드린 것은 아닙니다."

홈즈는 전혀 동요하지 않고 대답했다.

"그럼, 장관님, 바쁘신 시간을 이렇게 내주셔서 감사합니다."

"범인이 누구든 수사가 잘 끝나기를 바랍니다."

홀더스트 경은 방 입구에서 우리를 배웅해주었다.

"훌륭한 사람이지."

화이트 홀 거리로 나서면서 홈즈가 말했다.

"하지만 절대로 자기 자리를 내놓을 사람이 아니지. 전혀 부자가 아닌데 돈은 많이 필요하니까 말이야. 자네도 눈치 챘겠지만 구두 밑창을 새로 갈았더구먼. 자 왓슨, 자네는 이제부터 본업으로 돌아가도 되겠네. 나도 마차 찾는 광고에 연락이 안 오면 오늘은 할 일이 없거든. 하지만 내일은 오늘 아침에 탔던 그 기차로 같이 워킹에 가 주면 대단히 고맙겠네."

그래서 이튿날 아침 나는 홈즈와 함께 다시 워킹으로 가게 되었다. 광고에 대한 연락도 없었고 다른 새로운 단서도 나타나지 않았다고 그는 말했다. 그런데 홈즈라는 사람은 어떤 경우엔 마치 아메리카 인디언처럼 완전히 무표정한 얼굴이 되기 때문에, 그가 지금 무슨 생각을 하고 있는지 만족하고 있는 건지 도무지 알 수 없을 때가 있곤 했다. 잠시 후 그는 뜬금없이 베르티용의 개인 감별법에 대한 얘기를 하기 시작했는데, 계속해서 그 프랑스 학자에 대한 칭찬을 늘어놓았다.

우리가 도착했을 때 퍼시 펠프스는 여전히 애인의 헌신적인 간호를 받고 있었지만 전날보다 훨씬 나아 보였다. 우리를 보고는 소파에서 쉽게 일어나 인사를 할 정도였다. 그는 바삐 물었다.

"뭔가 알아낸 것 있습니까?"

"말씀드렸다시피 아직은 시원스럽지 못합니다. 포브스 경관과 홀더스트 경을 만나 뭔가 나올만한 몇 가지 수사에 손을 대보긴 했습니다만."

"그럼, 포기하신 건 아니군요."

"물론이죠."

"아, 너무 감사합니다!"

해리슨 양이 소리쳤다.

"용기와 인내를 갖고 해나가면 진실은 반드시 알려지게 될 거예요."

"홈즈 씨, 당신보다 제가 더 얘기하고 싶은 게 많습니다."

소파에서 일어나 앉으며 펠프스가 말했다.

"네, 뭔가 있을 것 같았습니다."

"사실 어젯밤에 또 하나 사건이 있었는데, 이건 아무래도 중대한 의미가 있는 것 같습니다."

말을 하는 그의 눈빛에 공포감이 어려 있었다.

"나도 모르는 사이에 뭔가 무서운 음모에 휘말리고 있는 건 아닐까, 그래서 명예뿐 아니라 생명까지 위협받고 있는 건 아닐까 하는 생각이 들기 시작한 거죠."

"호오!"

홈즈가 큰소리를 냈다.

"도대체 이게 무슨 일인지 모르겠어요…… 저는 살면서 특별히 어떤 적을 만든 것 같지는 않은데요. 그런데 어젯밤에 벌어진 일이야말로 뭐 그런 게 아니면 뭔가 싶은 겁니다."

"자세히 설명해보세요."

"우선 어젯밤에는 처음으로 간호사 없이 잠을 자게 됐습니다. 많이 좋아졌기 때문에 이제는 혼자 있어도 별 문제가 없다고 생각했던 거죠. 그래도 비상등은 그냥 켜뒀어요. 그런데 새벽 2시쯤 됐을까요, 어렴풋이 깨어 있었는데 갑자기 무슨 소리가 나는 거예요. 쥐가 바닥을 긁는 것 같은 소리였는데, 그래서 그냥 한동안 듣고만 있었죠.

그런데 그 소리가 점점 더 커지더니 급기야 창문 근처에서 '딸까닥' 하고 날카로운 금속 소리가 나는 거예요. 저는 깜짝 놀라서 일어나 앉았죠. 아까부터 났던 소리가 뭐였는지 의심할 여지가 없었어요. 처음에 났던 소리는 창틀 틈으로 뭔가를 비집어 넣는 소리였고, 이번에 난 소리는 걸쇠가 벗겨지는 소리였던 겁니다.

그리고 한 10분 정도 아무 소리가 안 나더군요. 제가 잠이 깼는지 어떤지 엿보고 있는 것 같았어요. 그리고는 슬금슬금 창문을 올리는 것 같은 소리가 희미하게 들렸어요. 전 더 이상 신경이 곤두서서 참을 수가 없었죠. 창가로 가서 덧문을 확 열었어요. 그랬더니 웬 남자 하나가 웅크리고 있다가 쏜살같이 도망을 치더군요. 그래서 얼굴은 잘 못 봤습니다. 코트를 입고 있었는데 얼굴 반쯤을 코트로 가리고 있었던 것 같아요. 그런데 확실한 건, 놈이 흉기를 들고 있었어요. 긴 칼 같은 것이었는데, 뭔가 번쩍이는 걸 분명히 봤거든요."

"아, 굉장히 흥미로운 이야기네요. 그러고는 어떻게 하셨습니까?"

홈즈가 물었다.

"몸이 괜찮았다면 창문으로 뛰어나가 쫓아가고 싶었죠. 그런데 이런 몸이니까 아무튼, 벨을 울려 식구들을 깨웠어요. 벨은 주방에 있고 일하는 사람들은 전부 2층에서 자기 때문에 내려올 때까지 좀 시간이 걸립니다. 그래서 막 소리를 쳤더니 조셉이 내려오더군요.

그러더니 얼른 마부를 데리고 창문 쪽으로 갔는데 화단에 발자국이 남아 있긴 했지만 요즘 가뭄이 심해서 그랬는지 잔디밭 부근에서부터 발자국이 안 보였다고 합니다. 그런데 울타리 한쪽이 아마도 넘다가 그랬던 것 같은데 위쪽 가로대가 부서진 곳이 있다고 하네요. 아직 경찰에 이 사실을 알리지는 않았어요. 우선 홈즈 씨 의견을 듣고 나서 하려고요."

의뢰인의 이야기는 셜록 홈즈에게 대단한 효과를 불러일으킨 것 같았다. 홈즈는 의자에서 벌떡 일어나더니 흥분을 이기지 못하고 방안을 여기저기 걸어 다녔다.

"불운은 한 번으로 끝나는 게 아닌가 봐요."

펠프스는 쓴웃음을 지으며 말했다. 그러나 속으로는 엄청난 충격을 받은 것 같았다.

"그러게요. 불운인 것 같습니다. 그런데 저와 함께 집을 한 바퀴 걸을 수 있을까요?"

"네, 저도 햇볕을 좀 쬐고 싶습니다."

"저도 갈게요."

해리슨 양이 일어나며 말했다.

"유감스럽지만 당신은 그 자리에 그대로 앉아 계세요."

홈즈가 머리를 저으며 말했다.

그녀는 불만스러운 듯 다시 자리에 앉았다. 그러나 그녀의 오빠인 조셉과 함께 우리 네 사람은 밖으로 나갔다. 그리고 잔디밭을 돌아 펠프스의 창문 근처로 갔다. 아까 설명한 대로 화단에 발자국이 있었는데 너무 희미해 잘 보이지가 않았다. 홈즈는 그걸 들여다보려고 앉았다가 금방 다시 허리를 펴고 일어났다. 그러고는 어깨를 으쓱했다.

"이건 도움이 안 되겠네요. 집을 한 바퀴 돌아보고 나서 도둑이 왜 특별히 이 방을 선택했는지 보기로 합시다. 응접실이나 식당 창문이 더 커서 그쪽이 더 좋았을 텐데 말이죠."

홈즈가 말했다.

"그쪽이 도로에서도 잘 보이고요."

조셉 해리슨이 말했다.

"아, 물론이죠. 그런데 여기 이 문은 뭐죠? 도둑의 관심을 끌었을 것 같은데요."

"장사들이 드나드는 뒷문입니다. 밤에는 물론 잠그죠."

"그럼, 전에도 이런 소란이 일어난 적 있습니까?"

"아니오. 없었습니다."

펠프스가 대답했다.

"집에 금붙이라든지 뭐 도둑이 훔쳐갈 만한 것들이 있나요?"

"아니오. 비싼 것들은 없습니다."

홈즈는 주머니에 두 손을 집어넣고 그냥 무심한 태도로 집 주위를 거닐기 시작했다. 흔히 보이는 모습은 아니었다. 그러더니 문득 조셉 해리슨을 쳐다보며 말했다.

"참, 도둑이 울타리를 넘어간 흔적을 발견했다고 했죠? 거기가 어딘가요?"

가로대 하나가 부러져 있는 곳으로 조셉 해리슨이 앞장서 갔다. 과연 부러진 나무 조각 하나가 울타리에 매달려 있었다. 홈즈는 그걸 떼어내 들고는 가만히 살펴보았다.

"이게 어젯밤에 부러진 것일까요? 꺾인 부분이 보니까 오래 된 것 같은데요."

"네, 정말 그렇군요."

"울타리 너머로 뛰어내린 흔적도 없어요. 여기는 조사해봐야 나올 게 없을 것 같습니다. 자 다시 방으로 가서 얘기해보죠."

퍼시 펠프스는 처남이 될 사람의 팔에 의지해 천천히 걸어갔다. 홈즈가 서둘러 잔디밭을 가로질러 가자 나도 두 사람보다 훨씬 앞서 열려진 창가로 다가갔다.

홈즈가 해리슨 양을 보며 매우 진지한 표정으로 말했다.

"해리슨 양, 하루 종일 이 방에서 좀 기다려 주십시오. 어떤 일이 있더라도 이 방을 떠나시면 안 됩니다. 굉장히 중대한 일이라서요."

"알겠어요, 홈즈 씨. 정말로 그렇다면."

그녀는 깜짝 놀라며 대답했다.

"주무시러 갈 때는 방 밖에서 문을 잠그고 그 열쇠를 가지고 계세요. 약속해주시기 바랍니다."

"하지만 퍼시는?"

"저희와 같이 런던으로 갈 겁니다."

"그런데 저는 여기에 있어야 한다고요?"

"그를 위해서입니다. 그에게 도움이 되기 때문이죠. 자 빨리 대답해주세요!"

그러겠다고 그녀가 고개를 끄덕이자 바로 두 사람이 왔다.

"애니, 왜 그렇게 거기서 시무룩하게 서 있니? 여기 햇빛 쪽으로 나오지 않고."

그녀의 오빠가 말을 걸었다.

"그냥, 괜찮아, 조셉. 좀 머리가 아파서 여기 있는 게 더 시원하고 좋을 것 같아서."

"그럼, 이제 어떻게 하실 건가요, 홈즈 씨?"

펠프스가 물었다.

"네, 우선 이 사소한 사건 때문에 혼란을 일으켜 정작 중요한 수사를 잊으면 안되겠죠. 런던에 함께 가주시면 큰 도움이 될 것 같습니다."

"지금 바로요?"

"네, 가실 수 있으면 가능한 빨리 가는 게 좋겠어요. 한 시간 내로 가능할까요?"

"네, 기운은 회복된 것 같아요. 정말 도움이 된다면요……."

"그럼, 아주……."

"오늘 밤엔 거기서 자겠네요?"

"그 말씀을 드리려던 참이었어요."

"그러면 어젯밤에 왔던 사람이 오늘 밤에 다시 온다면 허탕을 치

476

게 되겠네요. 저희는 모두 홈즈 씨의 지시를 따를 거니까요, 주저 마시고 솔직히 다 말씀해주시면 좋겠어요. 조셉도 저를 도와 함께 가는 게 좋겠죠?"

"아닙니다. 아시다시피 왓슨 씨가 의사니까 당신을 돌볼 수 있을 겁니다. 괜찮으시다면 여기서 점심 식사를 하고 곧바로 셋이서 런던으로 떠나도록 하죠."

그렇게 모든 일이 홈즈의 계획대로 진행되었고, 해리슨 양에게도 핑계를 만들어 펠프스의 침실을 지키도록 했다. 홈즈가 도대체 무슨 꿍꿍이로 그런 계략을 꾸미는 것인지, 왜 해리슨 양을 펠프스에게서 떼어놓으려 하는 것인지, 나로서는 아무런 짐작도 할 수가 없었다. 펠프스는 건강을 회복해가며 이제부터 다시 활동할 수 있게 된다는 생각에 쾌활해져 우리와 함께 즐겁게 점심 식사를 마쳤다. 그런데 홈즈가 또다시 우리 모두를 깜짝 놀라게 만들었다. 정류장까지 함께 가서는 펠프스와 나만 차를 타게 한 후 자신은 지금 떠나지 않고 남아 있겠다고 진지한 표정으로 말하는 것이었다.

"여기를 떠나기 전에 알아볼 게 몇 가지 있기 때문입니다. 그런데 펠프스 씨가 안 계시는 게 좋을 것 같아서요. 왓슨, 런던에 도착하면 마차로 함께 베이커 거리 집으로 가서 내가 갈 때까지 기다리고 있게나. 두 분은 옛날 동창이니까 할 얘기도 있을 거고 말이죠. 펠프스 씨는 오늘 밤에 예비 침대를 사용하시면 될 겁니다. 나는 내일 아침 8시에 워털루에 도착하는 기차를 탈 테니까 아침 식사 때쯤이면 들어갈 수 있을 것 같네."

"그럼, 런던에서 하는 수사는 어떻게 되는 거죠?"

펠프스가 실망하는 투로 물었다.

"그건 내일 하면 됩니다. 그것보다 더 긴급한 일이 지금 여기에 있거든요."

"브라이아브레이 사람들한테 내일 밤에는 돌아갈 거라고 전해주십시오."

기차가 플렛폼을 떠나기 시작하자 펠프스가 소리쳤다.

"브라이아브레이에 갈 일은 없을 것 같은데요."

홈즈가 대답하며 우리를 향해 손을 흔들었다. 그의 표정은 사뭇 유쾌해 보였다.

가는 도중 우리는 홈즈가 한 말에 대해 얘기를 나눴지만 그가 왜 그렇게 하기로 했는지 납득할 만한 이유를 찾아내지는 못했다.

"어젯밤의 밤도둑에 관해, 그게 밤도둑이라고 가정하고 말이지만, 뭔가 단서를 찾아내려고 그러는 거겠지. 나는 그게 평범한 도둑이라고 생각되지는 않지만 말이야."

"그럼, 어떤 거라고 생각하는데?"

"내가 신경과민이라고 자네는 생각할지 모르지만 나는 정말로 내 주위에서 뭔가 중대한 정치적 음모가 꾸며지고 있고, 뭔지는 모르지만 어떤 이유로 내 목숨을 노리고 있다고 믿고 있거든. 이게 참 과장스럽고 정신 나간 소리로 들릴 테지만 가만히 잘 생각해보게. 뭣 때문에 도둑이 아무것도 훔칠만한 게 없을 것 같은 침실로 들어오려고 했을까? 그것도 긴 칼 같은 걸 들고 말이지."

478

"보통 강도들이 집에 침입할 때 쓰는 지렛대 같은 게 아니고?"

"아니야. 분명히 칼이었어. 칼날이 번쩍 하는 걸 똑똑히 봤으니까."

"하지만 도대체 자네한테 무슨 원한이 있기에?"

"그러니까, 그걸 모르겠다니까."

"홈즈도 같은 생각을 하고 있는 거라면 그의 의중이 이해가 되는구먼…… 자네의 추정이 사실일 경우 말이야. 어젯밤에 침입하려고 했던 그 놈을 만일 홈즈가 잡는다면 해군 조약을 훔친 놈이 밝혀진 거나 마찬가지가 되겠지. 훔친 놈과 자네 목숨을 노린 놈이 각각 다른 놈이라고 생각하는 건 어리석은 생각일 테니까."

"그런데 홈즈 씨가 브라이아브레이에는 가지 않겠다고 말했잖은가."

"나는 홈즈를 꽤 오래 전부터 알고 있지만 그가 확실한 이유도 없이 어떤 행동을 하는 적은 한 번도 못 봤다네."

내가 그렇게 말하면서 우리의 대화는 다른 쪽으로 옮겨갔다.

그날은 결국 나에겐 지겨운 하루가 되고 말았다. 펠프스는 오랫동안 앓았기 때문에 아직도 쇠약한 상태라 자주 짜증을 내는데다 성격도 까다롭게 변해 있었던 것이다. 그래서 아프가니스탄의 이야기, 인도 이야기, 또는 사회 문제 등 여러 가지로 화제를 바꾸며 그의 기분을 돌리고자 나름대로 시도해봤지만 아무 소용이 없었다. 그는 어떠한 얘기에도 금방 다시 도둑맞은 문서 이야기로 되돌아갔고, 그러면서 홈즈는 지금 무엇을 하고 있을까, 홀더스트 경은 어떤 대책을 세우고 있을까, 내일 아침엔 어떤 보고를 들을 수 있을까 하며 계속 조바심을 내거나 억측을 해대고 있었다. 밤이 되고 시간이 지날수록 그의 초조함은 애처로울 정도가 되었다. 급기야는 이렇게 묻기도 했다.

"자네는 홈즈를 정말로 신뢰하고 있나?"

"놀랄만한 실력을 여러 번 보았으니까."

"그러나 이번처럼 그 이유도 모르는 문제를 해결한 적은 없었겠지."

"있었어. 이것보다 훨씬 더 까다롭고 단서도 없는 문제도 해결했거든."

"그래도 이번만큼 큰 이해관계가 얽혀 있는 문제는 아니었을 것 아닌가?"

"그건 뭐라고 말할 수 없지만 유럽의 주요 세 개 왕실이 관련된 사건을 맡아 활동한 적이 있었다네."

"왓슨, 어쨌든 자네는 홈즈를 잘 알고 있겠지. 하지만 내가 보기엔 그는 수수께끼 같은 인물이라 어떻게 생각해야 좋을지를 도무지 모르겠어. 이 사건에 그는 희망을 갖고 있는 걸까? 해결될 가망이 있을까?"

"아무 말도 안 했으니까 두고 봐야지."

"그게 나쁜 징조 같은데."

"만일 단서가 잘 안 잡히면 홈즈는 그걸 분명히 얘기하는데, 말을 안 하고 있다는 건 뭔가 해결될 기미는 보이지만 아직 그것에 대해 확신이 안 선다거나 완전히 알지 못하기 때문이거든. 자, 펠프스, 우리가 아무리 조바심을 쳐봐야 사건 해결에 아무런 도움이 안 되니, 자네는 이제 가서 잠을 좀 자두는 게 어떻겠나. 내일은 무슨 일이 닥칠지 모르지만 푹 자고 나면 새로운 기분이 생길 거네."

펠프스에게 이런 충고를 하기는 했지만 꽤나 흥분해 있는 상태에서 그가 쉽게 잠을 이룰 수 없을 거라는 건 잘 알고 있었다. 사실 나도 그에게 전염되었는지 밤 내내 몸을 이리저리 뒤척이며 이 이상한 사건에 대한 생각으로 잠을 이룰 수가 없었다. 수많은 추론이 꼬리를 물고 이어졌지만 그때마다 점점 더 있을법하지 않은 억측이 될 뿐이었다.

왜 홈즈는 워킹에 남기로 한 것일까? 왜 해리슨 양에게 계속 병실에 있어야 한다고 말했을까? 왜 브라이아브레이 사람들한테는 말하지 않고 비밀스럽게 그곳에 남아 있으려고 한 것일까? 나는 생각을 이리저리 굴리며 그럴듯한 이유를 찾으려고 하다가 어느덧 잠이 들었다.

잠을 깼을 땐 7시였다. 곧바로 펠프스의 방에 가보았더니 그는 밤새 잠을 못 잤는지 얼굴이 해쓱해 있었다. 그는 나를 보자마자 지금 홈즈가 돌아와 있는지부터 물었다.

"그가 말한 시간에 돌아오겠지. 더 빠르지도 더 늦지도 않게 말이야." 내가 대답했다.

틀림없이 8시가 좀 지나자 영업마차 한 대가 현관 앞으로 와서 멈췄고, 그 안에서 홈즈가 나타났다. 우리 둘은 그 모습을 창문으로 보고 있었는데, 홈즈의 왼손엔 붕대가 감겨있고 얼굴 또한 창백하고 무섭게 일그러져 있었다. 그는 집안으로 들어섰지만 2층으로 올라오기까지는 어느 정도 시간이 걸렸다.

"그런데 얻어맞은 표정이구먼."

펠프스가 말했다.

나도 달리 생각할 게 없었다.

"그럼 결국 사건의 단서는 런던에 있다는 의미인 것 같은데."

내가 그렇게 말하자 펠프스는 한숨을 내쉬었다.

"무슨 일인지는 모르지만…… 홈즈 씨한테 내가 너무 기대를 걸었던 것 같아. 어쨌든 어제는 저렇게 붕대를 안 하고 있었던 것 같은데, 도대체 무슨 일이 있었던 걸까?"

그때 홈즈가 2층 방으로 들어와, 내가 물었다.

"홈즈, 자네 많이 다친 건가?"

"아니, 별것 아니야. 좀 실수를 했거든."

그는 아침인사라는 표시로 고개를 끄덕이며 대답했다.

"펠프스 씨, 이번 사건은 제가 이제까지 손댄 것 중에서도 가장 어려운 것 가운데 하나였어요."

"못하겠다고 말씀하시면 어떡하나 속으로 은근히 걱정하고 있었습니다."

"정말 굉장한 경험이었어요."

"붕대까지 한 걸 보니 어느 정도였는지 짐작이 가는구먼. 무슨 일이 있었는지 빨리 말해보게."

"우선 아침 식사부터 하세, 왓슨. 아침에 서리 주(잉글랜드 남부 지방)의 신선한 공기를 30마일 내내 마시고 왔으니까 말일세. 마차 광고 낸 건 아직 회답이 안 왔겠지. 아니 괜찮아. 항상 잘 풀리는 건 아니니까."

허드슨 부인이 커피와 홍차를 가지고 들어왔고, 곧 식탁이 차려졌다. 홈즈는 테이블에 앉자마자 허겁지겁 먹기 시작했다. 나는 어서 빨리 그의 얘기를 듣고 싶었고 펠프스는 한층 더 우울하고 시무룩한 표정이 되어 있었다.

"허드슨 부인도 아주 재치가 있어."

홈즈가 닭고기 카레 그릇의 뚜껑을 열며 말했다.

"요리의 종류가 한정돼 있긴 하지만 아침 식사 취향에 있어서는 스코틀랜드 사람에 지지 않거든. 자네 쪽은 뭔가, 왓슨?"

"햄에그로 하겠네."

내가 대답했다.

"그것도 좋지. 펠프스 씨, 당신은 뭘로 하시겠어요? 닭고기 카레인가요, 계란인가요, 아니면 자신이 선택하시겠어요?"

"고맙습니다만 지금은 먹고 싶은 생각이 없습니다."

"아니! 그 접시에 있는 것만이라도 어떻습니까."

"아닙니다. 정말 먹고 싶지가 않아요."

"그러면 제가 가져와도 되겠네요."

홈즈가 장난을 치는 눈빛으로 말했다.

그러자 펠프스는 자신 앞에 놓여 있는 접시 뚜껑을 열었다. 순간 아니! 하는 외침소리와 함께 그는 접시 색깔 못지않을 정도로 새파란 얼굴이 되어 그걸 쳐다보고만 있었다. 접시 한가운데에 청회색 종이 뭉치가 둘둘 말린 채 놓여 있었던 것이다. 펠프스는 그걸 들고 한참을 바라보고 있다가 이윽고 가슴에 꼭 갖다 대더니 자리를 박차고 일어나 괴상한 소리를 지르며 미친 듯이 춤추고 뛰어다녔다. 그리고는 감동에 벅차올라 지쳐가자 소파에 털썩 주저앉았다. 그가 흥분한 나머지 기절이라도 할까봐 홈즈와 나는 그에게 브랜디까지 먹이며 같이 법석을 떨어야 했다.

홈즈가 펠프스의 어깨를 가볍게 두드리며 말했다.

"자, 이렇게 갑자기 놀라게 해서 미안합니다. 왓슨은 제 방식을 잘 알고 있지만, 전 사실 약간 연극을 할 때가 많거든요."

펠프스는 홈즈의 손을 잡고 입을 맞추며 소리쳤다.

"당신에게 신의 은총이 있기를! 당신은 저의 명예를 구해주셨어요."

"아니, 내 명예도 위험에 빠질 뻔 했어요. 당신도 직무상 실수하는 걸 싫어하시겠지만 저 역시도 수사에 실패하는 건 정말로 싫어하거든요."

펠프스는 귀중한 서류를 재킷 안주머니에 깊숙이 집어넣었다.

"더 이상 식사 방해를 하고 싶지는 않습니다만 이것을 어디서 어떻게 찾아내셨는지 너무나 궁금합니다."

셜록 홈즈는 커피를 마시고 나서 햄에그를 먹었다. 그리고 일어나 파이프에 불을 붙이고는 소파에 가서 앉았다.

"우선 내가 무엇을 했는지 말씀드리고, 그 다음엔 왜 그렇게 하기로 했는지에 관해 차례로 말씀드리겠습니다. 역에서 헤어진 다음 저는 서리 주의 아름다운 경치를 바라보며 굉장히 기분 좋게 걷다가 리플레이라는 작고 깨끗한 마을에 도착하게 됐어요. 한 주막에 들어가 차를 마시고 물통에 마실 것을 채운 다음 샌드위치를 사서 주머니에 넣고 다시 밖으로 나왔죠. 그리고는 저녁때까지 기다렸다가 워킹으로 출발했는데, 어둑해질 무렵에 바로 브라이아브레이의 외곽을 지나는 큰길에 이르렀던 겁니다.

그리고 사람들 왕래가 끊어질 때까지 기다렸다가, 사실 시간에 관계없이 사람들은 별로 지나다니지 않는 것 같았지만, 아무튼 울타리를 넘어 저택 안으로 들어갔습니다.

"아직 문이 열려 있었을 텐데요?"

펠프스가 갑자기 말했다.

"네, 하지만 나는 그런 걸 특히 좋아해서요. 떡갈나무가 세 그루 있는 곳으로 가서 그 뒤에 숨어 울타리를 넘었기 때문에 아무한테도 들킬 일은 없었죠. 그리고 정원의 관목 덤불 속으로 들어가 웅크리고 있다가 무릎으로 기다시피 해서 하나씩 옆 덤불로 나아갔어요. 이 바지 꼴이 이렇게 된 게 그 증거죠. 그렇게 해서 당신 침실 바로 맞은편에 있는 덤불까지 이르렀어요. 거기에 숨어서 사건이 펼쳐지기를 기다리고 있었죠.

창에 덧문이 닫혀 있지 않았기 때문에 해리슨 양이 테이블 앞에서 책을 읽고 있는 모습이 보였어요. 10시 15분이 되자 그녀는 책을 덮고 덧문을 닫은 다음 자러 가더군요. 문 닫는 소리가 들렸고 자물쇠를 채우는 소리도 들렸어요."

"자물쇠라고요?"

펠프스가 또 놀라며 물었다.

"네, 자러 갈 때 밖에서 자물쇠를 잠그고 열쇠는 가지고 있으라고 부탁을 했거든요. 해리슨 양은 제가 부탁한 대로 모든 걸 정확히 해주셨죠. 그녀가 도와주지 않았다면 그 서류는 당신의 재킷 주머니 속으로 돌아오지 못했을지도 모릅니다. 아무튼 그녀가 불을 끄고 방을 나간 후로도 저는 계속 덤불 속에 숨어서 기다리고 있었어요.

좋은 밤이었지만 역시 불침번은 하고 싶지 않더군요. 너무나 지루했으니까요. 물론 사냥꾼이 수로 옆에 숨어서 큰 사냥감을 기다릴 때 맛보는 것 같은 일종의 스릴은 있었죠. 왓슨, 예전에 그 〈얼룩끈〉이라는 사건을 조사했을 때 그 으스스한 방안에서 같이 기다렸던 거 기억나나? 그때 못지않을 정도로 지루하더군. 아무튼 워킹의 교회 시계가 15분마다 종을 쳤는데 나중엔 시계가 고장 난 게 아닌가 싶은 생각까지 들었으니까 말이죠. 그러다가 새벽 두 시쯤이 되니까 자물쇠를 여는 소리가 슬며시 들리더군요. 그리고 이어서 고용인들이 사용하는 문이 열리고 조셉 해리슨 씨가 달빛 속으로 걸어오는 모습이 보였어요."

"네? 조셉이요?"

펠프스가 소리쳤다.

"모자는 안 썼는데 검정색 외투를 어깨에 걸치고 있었어요. 언제든 즉시 얼굴을 가릴 수 있는 그런 모습이었죠. 그는 벽에 붙다시피

하며 살살 걸어서 창문까지 가서는 긴 나이프를 꺼내더니 덧문 틈에 집어넣어 걸쇠를 벗기더군요. 그리고는 덧문을 열고 창문까지 확 열었어요.

내가 있는 곳에서는 방안의 광경이며 그의 행동 하나하나까지도 다 환히 보였거든요. 그는 맨틀피스 위에 있는 초 두 개에 불을 붙이더니 문 옆의 카펫 끝부분을 들어올리더군요. 그러고는 널빤지 하나를 떼어내는 겁니다. 그 널빤지는 부엌 아래로 가는 파이프가 갈라지는 T자형 이음새가 있는 바로 그곳이죠. 거기서 종이가 둘둘 말린 것을 꺼내더니 다시 널빤지를 덮고 카펫을 정리한 다음 촛불도 끄고 창문 밖으로 나오더군요. 바로 거기서 기다리고 있던 내 팔 안으로 뛰어 들어온 셈이 됐지만 말이죠.

그런데 그 조셉 해리슨이라는 자는 생각보다 훨씬 더 난폭하더군요. 칼을 휘두르며 덤벼드는 바람에 나도 손가락 관절을 다쳤지만 아무튼 어렵사리 때려눕혔으니까요. 그는 쓰러져 있으면서도 한쪽 눈을 간신히 뜨고는 '죽이겠다'는 식으로 격분해 있었지만, 그래도 할 수 없었는지 서류는 내 놓더군요. 나도 서류를 받았기 때문에 그놈을 놓아주긴 했지만 그래도 아까 포브스에게 전보를 쳐서 결과를 알려주기는 했어요. 빨리 붙잡으면 상당히 실력 있다고 할 수 있겠죠. 하지만 내 생각엔, 경찰이 들이닥칠 때쯤엔 아마도 이미 종적을 감춘 뒤가 아닐까 합니다. 그러는 게 차라리 정부 쪽에게도 더 나을 거예요. 홀더스트 경에게도 퍼시 펠프스 씨에게도 이 사건이 경찰로 가서 큰 문제가 되지 않는 게 더 좋을 테니까요."

"세상에, 이럴 수가! 죽을 것만 같았던 10주일 동안 내내 이게 내 방에 있었다니!"

펠프스는 숨을 헐떡이며 말했다.

"그러게 말이죠."

"그것도 조셉이! 조셉이 그런 짓을 하다니!"

"네, 조셉은 겉보기와 달리 교활하고 위험한 사람입니다. 오늘 아침에 하는 얘기로 봐서, 아마도 증권 같은 것에 손을 댔다가 큰 손실을 봤기 때문에 뭐든 돈 되는 일이라면 덤벼들려고 작정했던 모양이더군요. 그런데 마침 좋은 기회가 왔던 거예요. 게다가 철저히 이기적인 인간이라 여동생의 행복이나 펠프스 씨의 명예 따위는 전혀 거들떠보지도 않았던 거죠."

퍼시 펠프스는 소파에 축 늘어져 앉아 있었다.

"정말 어지럽고 아찔하네요."

그가 머리를 흔들며 말했다.

"이 사건이 오히려 어려웠던 점은 증거가 너무 많았다는 거예요. 그러다보니까 실질적으로 중요한 점이 아무런 관계도 없는 것에 가려 숨겨져 있었던 거죠. 그래서 드러난 사실들 속에서 본질적인 것들을 추려낸 다음 그것을 이어 맞춰 사슬을 재구성할 필요가 있었어요. 그날 밤에 당신이 조셉 해리슨과 함께 돌아갈 예정이었다는 것을 들었을 때부터 나는 그를 의심하기 시작했어요. 왜냐하면 그는 외무부의 사무실 구조를 알고 있고, 또 당신을 만나려고 사무실에 들를 수도 있다는 생각이 들었으니까요. 게다가 당신 침실에 누군가가 침입하려고 했다는 얘기를 들었을 때는 내 추측이 확신으로 바뀌었지요. 특히 간호사가 없는 첫날밤에 그 계획이 감행되었다는 것은 침입자가 집안 사정에 밝은 사람이라는 것을 증명해주고 있다는 거죠."

홈즈가 교훈을 상기시키는 투로 말했다.

"내가 정말 장님이었지!"

"이 사건에 대한 내 결론은 이렇습니다. 조셉 해리슨은 찰스 거리의 문을 통해 외교부 사무실로 들어가서 곧장 당신 방으로 갔는데, 사무실 구조를 알고 있기 때문에 바로 갔던 거죠, 그런데 가보니 당신이 방에 없었어요. 그래서 곧 벨을 울렸는데, 그 순간 책상 위의 서류가 눈에 띄었던 겁니다. 언뜻 봐도 중대한 국가 문서가 '그야말로 우연히' 눈앞에 놓여 있는 걸 보고는 얼른 그걸 주머니에 집어넣고 황급히 빠져나갔어요. 말씀하신 대로 그때 사환은 자다가 깨어나 벨소리를 당신한테 환기시켰고 그러느라 2,3분이 지났습니다. 그건 도둑이 도망치는 데 충분한 시간이 돼주었던 거죠.

조셉 해리슨은 곧 기차를 타고 워킹으로 가서는 그 서류를 꺼내 자세히 살펴보고는 그게 엄청난 가치가 있는 거라는 걸 알아봤겠죠. 그래서 확실히 안전한 곳에 숨겨뒀다가 하루 이틀 지나 적당한 때에 다시 꺼내서 프랑스 대사관이나 다른 곳에 비싼 값으로 팔아넘기려고 생각을 했던 겁니다. 그런데 그만 갑자기 당신이 그 방에 머물게 됐던 거죠. 그는 곧 방에서 나가야 했고, 그 후부터는 그 방에 항상 최소한 두 사람이 있어서 그 보물을 꺼내러 들어갈 수가 없었던 거예요. 아주 애가 탔겠죠. 그러다가 마침내 기회가 왔던 겁니다. 그래서 창문으로 조용히 들어가려고 했는데 당신이 깊이 잠들어 있지 않았기 때문에 실패하고 말았던 거예요. 그날 밤에 당신은 매일 마시던 약을 섭취하지 않았어요. 기억하시겠죠?"

"네, 기억납니다."

"약이 분명히 듣도록 미리 손써놓았을 것이고, 그걸 당신이 먹고 깊이 잠들었을 거라고 그는 믿고 있었겠죠. 아무튼 그날 밤엔 실패를 했지만 계속 시도할 생각이었을 겁니다. 다행히 당신이 집을 떠나게 되자 기다리던 그 기회가 바로 눈앞에 열리게 되었어요. 그래서 내가 해리슨 양에게 하루 종일 그 방을 떠나지 말아달라고 미리 부탁해놓았죠. 방해물이 사라졌다는 걸 조셉이 알도록 만들어 놓고, 사실은 내가 그물을 쳤던 셈입니다.

서류가 그 방에 있을 거라는 건 분명히 알고 있었지만 마룻바닥이나 벽을 전부 뜯어내면서까지 찾아낼 필요는 없다고 생각하고 있었어요. 그 본인이 직접 숨겨놓은 장소에서 꺼내게 만들면 되니까요. 그렇게 해서 수고를 덜게 됐죠. 자, 또 말씀하실 게 있습니까?"

"그런데 처음엔 왜 창문으로 들어가려고 했을까? 문으로도 들어갈 수 있었을 텐데?"

내가 물었다.

"방문 앞까지 가려면 총 일곱 개의 침실을 지나야만 되네. 그런데 잔디 위로 뛰어내리는 것은 아주 간단하니까. 또 다른 질문 있나?"

"그가 정말 살의를 품고 있었던 것은 아니겠죠? 나이프는 그냥 도구로 쓰려고 했겠죠?"

펠프스가 물었다.

"아마 그랬을지도 모릅니다. 다만 조셉 해리슨 씨가 어떠한 일이라도 저지를 수 있는 사람인 것만은 분명해 보입니다."

홈즈는 어깨를 움츠리며 대답했다.

프랜시스 카팍스 여사의 실종

Sherlock Holmes

"**왠** 터키식이야?"

셜록 홈즈는 내 구두를 한참이나 쳐다보더니 물었다. 나는 등나무 의자에 누워 있었는데, 언제나 예리한 그의 시선이 의자 밖으로 튀어나온 내 발을 봤던 것이다.

"이거 영국제인데."

내가 약간 놀라며 대답했다.

"옥스퍼드 거리 래티머 가게에서 산 거야."

홈즈는 어이가 없다는 표정으로 웃어넘겼다.

"목욕 말일세! 목욕! 기운이 펄펄 나게 하는 영국식 대신 왜 돈 많이 들고 나른해지는 터키식 목욕을 하느냐고?"

"아 목욕? 왜냐하면 며칠 동안 류머티즘 증세가 있는 데다 아주 늙어가는 기분이 들었거든. 그런데 의사들이 대체 요법으로 이 터키식 목욕을 권하더라고. 이게 좀 활력을 돋궈주고 기분을 바꿔주는 것 같아. 그런 그렇고, 홈즈, 자네의 그 논리적인 사고로 볼 때 내 구두와 터키식 목욕 사이에 어떤 관련이 있어 보였는지 모르겠네만, 어떻게 그런 추리를 할 수 있었는지 설명 좀 해주게나."

"왓슨, 나의 연쇄적 추론은 별로 어려운 게 아닐세."

홈즈는 그렇게 말하며 눈을 찡긋 했다.

"내가 오늘 아침에 자네한테 누구랑 마차를 탔느냐고 물었지 않은가. 그런 것과 마찬가지로 아주 기본적인 추론에 의한 것이라네."

"다른 예를 끌어내도 명확치는 않아."

나는 퉁명스럽게 말했다.

"좋아, 왓슨! 아주 논리적이고 차분하게 항의를 하는군. 그럼, 요점을 말해보겠네. 방금 전에 말한 마차 얘기를 먼저 해보세. 자네 윗도리 왼쪽 소매와 어깨 부분을 자세히 보면 흙이 좀 튀어있는데, 만약 자네가 마차 가운데 자리에 앉았다면 옷에 흙이 튀는 일은 없었을걸세. 설령 튀었다 하더라도 그렇다면 양쪽에 다 튀어 있어야지. 따라서 자네는 좌석 가장자리에 앉아 있었던 게 분명해. 그렇다면 자네는 혼자가 아니라 다른 사람과 함께 탔다는 얘기가 되네."

"명쾌하게 설명했네."

"사실 이건 너무나 뻔한 얘기지, 안 그런가?"

"그렇다면 구두와 목욕 관련은 어떻게 설명할 텐가?"

"그것도 별것 아닐세. 자네는 구두끈을 항상 똑같은 방식으로 묶더구먼. 그런데 지금은 보니까 아주 정성들여 이중 매듭으로 묶어 있는 거야. 보통 때 방식하고는 완전히 다르게 말이야. 그 얘기는 곧 자네가 구두를 벗었다가 다시 신었다는 얘기지. 그럼 누가 구두끈을 맸을까? 구두 수선공이나 터키탕 급사겠지. 그런데 자네 구두는 거의 새것이기 때문에 구두 수선 집에 갔을 가능성은 별로 없어. 자 그럼 누가 남았나? 터키탕 급사겠지. 봐, 별거 아니라니까. 안 그래? 하여튼 터키식 목욕을 했다니 마침 잘 됐구먼."

"무슨 뜻이야?"

"자넨 변화가 필요해서 목욕을 했다고 하지 않았나. 그러니까 내가 자네 생활에 변화를 줄 만한 걸 하나 제안하겠네. 왓슨, 스위스의 로잔 어떻게 생각하나? 일등석 티켓과 모든 비용을 다 대겠네."

"근사한 걸! 그런데 무슨 일인가?"

홈즈는 소파에 앉으며 주머니에서 수첩을 꺼냈다.

"세상에서 가장 위험한 일 가운데 하나는 여자 혼자서 떠돌아다니는 걸세. 그런 여자들은 해악을 끼치지도 않고 세상에서 유익한 존재이기도 하지만 범죄의 대상이 될 수도 있거든. 의지할 데 없는 여자들이 방랑 생활을 하기도 하고 유랑을 다니기도 하잖아. 돈이 있을 때는 외국으로 돌고 호텔을 전전할 수도 있지. 그러다가 하숙집이나 민박 같은 곳에서 자취를 감추기도 하고 말이야. 아무튼 악마들이 득실거리는 세상에서 길 잃은 병아리 신세가 될 수도 있는 거라네. 그래서 악마한테 잡아먹히면 그걸로 끝나는 거지 뭐. 거의 찾을 수가 없다고 봐야지. 그나저나 프랜시스 카팍스 여사에게 무슨 나쁜 일이 일어나진 않았을까 걱정이네."

그가 갑자기 구체적인 얘기로 말을 바꾸자 나는 은근히 마음이 놓였다. 그는 수첩을 들여다보며 계속 얘기했다.

"프랜시스 여사에 대해 소개하자면, 그녀는 러프턴 백작의 자손으로서는 지금 유일한 생존자일세. 자네도 기억나겠지만, 그 집안의 영지는 남자 후손한테 넘어갔다네. 프랜시스 여사는 재산의 일부만 상속받았는데, 그중에는 특이하게 세공된 다이아몬드와 은으로 된 희귀하고 오래된 스페인제 패물이 있었다는군. 그런데 그걸 지나치게 아낀 나머지 은행에 보관하는 걸 절대 싫어하고 항상 몸에 지니고 다녔다네. 좀 딱한 사람이지. 안 그런가? 결국 프랜시스 여사는 아직도 아름답고 활기찬 중년인데도 어쩌다보니 20년 전에 그 잘 나가던 미인이 그만 혼자 낙오자가 돼버린 걸세."

"그런데 그녀에게 무슨 일이 생겼다는 건가?"

"아, 프랜시스 여사한테 무슨 일이 생겼느냐고? 그녀가 살았느냐, 죽었느냐, 바로 그게 문제라네. 그녀는 굉장히 규칙적인 생활 습관을 하고 있는데, 오래 전에 은퇴해서 지금은 캠버웰에 살고 있는 옛날 가정교사 도브니 양한테 4년 동안 편지를 보내고 있다는 거야. 2주일에 한 번씩 꼬박꼬박 말이지. 그런데 그 도브니 양이 나한테 연락을 해왔는데, 거의 5주 동안 지금 프랜시스 여사한테서 편지가 안 온다는 거야. 그러면서 나한테 사건을 의뢰했다네. 마지막에 온 편지의 발송지는 로잔의 내셔널 호텔이었다는군. 그런데 그 호텔에서는 프랜시스 여사가 따로 주소를 남기지 않고 떠났다고 한 모양일세. 그래서 친지들이 다 굉장히 걱정을 하고 있는 상황인데, 모두들 엄청난 부자들이라 그녀를 찾아주기만 하면 뭐 비용은 아끼지 않을 거라고 하는군."

"도브니 양한테서만 연락이 왔나? 가까운 사람이 더 있을 것 같은데?"

"확실한 정보원이 하나 더 있지. 바로 은행일세. 독신 여성들은 직접 생활을 하니까, 거래 통장이 바로 그들의 일기나 다름없거든. 프랜시스 여사는 실베스터 은행과 거래를 하고 있더군. 그래서 그녀의 입출금 내역서를 조사해봤더니, 마지막으로 돈을 찾은 곳이 로잔이더라고. 그때 거액을 찾았기 때문에 아직도 현금이 남아 있을 것 같고, 다만 그 뒤에 한 번 수표를 발행한 적은 있었다네."

"누구한테? 어디서?"

"수취인은 마리 드뱅이라고 돼 있는데, 어디서 발행했는지는 기록이 없었고, 어쨌든 그 수표는 3주 전에 몽펠리에의 리용 은행에서 현금으로 교환이 됐더구먼. 금액은 50파운드였다네."

"마리 드뱅이 누굴까?"

"알아봤더니, 바로 프랜시스 카팍스 여사의 하녀더구먼. 그런데 여사가 하녀한테 그런 수표를 건넨 이유를 모르겠어. 자네가 조사해보면 금방 밝혀지겠지."

"내가?"

"그렇다네. 건강을 되찾기 위해 자네가 로잔으로 여행을 가는 거지. 자네도 알다시피, 에이브러햄스 영감이 저렇게 두려워하고 있으니 내가 런던을 떠날 수는 없지 않은가. 게다가 난 이 나라를 떠나지 않는 게 좋아. 내가 없으면 런던 경시청도 외로울 거고, 또 범죄자들 사이에서도 쓸데없는 동요가 일어날 수 있으니까 말일세. 얼른 떠나게. 그리고 내 변변찮은 조언이 한 단어에 2펜스 값을 할지는 모르겠지만, 자네가 원한다면 전보로 매일 연락하겠네."

이틀 뒤, 나는 스위스 로잔의 내셔널 호텔에 도착해서 지배인 모저 씨로부터 정중한 환대를 받았다. 모저 씨의 말에 의하면, 프랜시스 여사는 그곳에 몇 주일간 머물렀는데, 그녀를 만나본 사람들은 누구나 다 큰 호감을 느꼈다고 했다. 나이는 마흔을 넘지 않아 보였고, 매우 아름다웠으며, 젊었을 때는 더욱더 미인이었을 것 같은 인상을 주었다고도 했다. 그는 또 말하길, 자신은 비싼 보석들에 대해서는 전혀 아는 것이 없고, 그녀의 침실에 있는 큰 트렁크가 항상 잠겨 있었다는 얘기를 하인들한테서 들었다고 했다. 그리고 하녀 마리 드뱅은 프랜시스 여사만큼이나 인기가 좋았는데, 그녀가 호텔 매니저와 약혼을 했기 때문에 그녀의 주소를 알아내는 건 어렵지 않았다고 했다. 주소는 몽펠리에 토라자 거리 11번지였다. 나는 이 모든 이야기를 받아 적으며, 홈즈가 직접 왔어도 이보다 더 분명하게 정보를 수집하지는 못했을 거라고 생각했다.

그러나 여전히 알아내지 못한 게 딱 하나 있었다. 프랜시스 여사가 갑자기 로잔을 떠난 이유를 밝혀내지 못한 것이었다. 그녀는 로잔에서 아주 즐겁게 지낸 것 같았다. 그래서 몇 가지 점으로 미루어 보아, 그녀는 호수가 내려다보이는 근사한 방에서 한 시즌을 보낼 생각을 했던 게 분명했다. 그런데 갑자기 하루 전에 호텔을 떠나겠다고 말하며 미리 지불한 1주일의 객실 사용료를 포기해버린 것이었다. 하녀의 약혼남 줄스 비바트만이 그 이유를 짐작하고 있을 뿐이었다. 그는 2,3일 전에 거무스름한 털보 한 사람이 호텔을 찾아왔는데, 그 남자 때문에 여사가 갑자기 떠난 것이라고 보고 있었다. '아주 야만스럽게 생겼더군요. 정말 야만스러웠어요!' 줄스 비바트는 그렇게 소리쳤다. 털보 사내는 마을 어딘가에 묵고 있었는데, 호수 옆 산책로에서 프랜시스 여사한테 뭔가 열심히 말을 하고 있더라는 것이었다. 그리고는 호텔로 찾아왔는데, 여사가 그를 만나주지 않았다는 것이다. 털보의 이름은 모르지만 그가 영국인인 건 맞고, 바로 그 다음 날 프랜시스 여사가 호텔을 떠났다고 했다. 줄스 비바트는 그 사내가 호텔로 찾아온 것 때문에 여사가 갑자기 떠난 걸로 생각하고 있었다. 마리 드뱅 또한 똑같은 생각을 하고 있었다. 줄스 비바트는 한 가지에 대해선 입을 다물었는데, 마리 드뱅이 왜 프랜시스 여사의 일을 그만두게 됐는지 그 문제에 대해서는 아무런 말도 하지 않았다. 알고 싶으면 몽펠리에 가서 마리 드뱅에게 직접 물어보는 수밖에 없었다.

내 첫 조사는 이렇게 끝났다. 그 다음엔 프랜시스 카팍스 여사가 로잔을 떠나 어디로 갔는지를 알아보기로 했다. 그걸 아는 사람은 없었지만, 여사는 분명 누군가를 피하려 한 것 같았다. 그렇기 때문에 바덴이라는 행선지 표시를 떳떳하게 짐에 붙이지 못했던 것이다. 그녀는 짐을 가지고 다른 곳으로 빙빙 돌아서 라인 강변의 온천에 도착했다. 나는 토머스 쿡 여행사의 지부로 찾아가서 여기까지의 상황을 알아낼 수 있었다. 그리고 이 모든 상황을 자세히 편지로 써서 홈즈에게 보내고 그의 장난스런 칭찬의 답장을 받은 다음 바덴으로 갔다.

바덴에서 프랜시스 여사의 발자취를 쫓는 건 그리 어렵지 않았다. 그녀는 2주일 동안 잉글리셔 호프에 묵었다. 그리고 거기에 머무는 동안 남미에서 온 선교사 슐레징어 박사 부부를 알게 되었다. 외로운 여성들이 대부분 그렇듯 프랜시스 여사도 종교 활동을 하며 위안을 찾고 있었다. 슐레징어 박사의 비범한 인격과 가식 없는 헌신, 그리고 그가 선교 활동 중에 병을 얻어 요양하고 있다는 사실을 알고 그녀는 깊은 감동을 받았다. 그래서 남편을 간호하는 슐레징어 부인의 일을 도와주었다. 잉글리셔 호프의 지배인 얘기에 의하면, 선교사는 온종일 베란다 소파에 누워 있었고 두 여성이 양쪽에서 그를 간호했다는 것이다. 슐레징어 박사는 이스라엘 국민들의 왕국에 대한 논문을 쓰고 있었으며, 그걸 기초로 해서 성지 팔레스타인의 지도를 그리려고 준비하고 있었다고 했다. 그러다가 마침내 건강을 회복하고는 부인과 함께 런던으로 돌아갔는데, 그때 프랜시스 여사가 그들과 동행을 했다는 것이었다. 그때가 3주 전이었는데, 그 후로는 어떻게 됐는지 지배인도 전혀 모른다고 했다. 그는 마리 드뱅이 동료 하녀들한테 프랜시스 여사 곁을 떠날 거라는 얘기를 하며, 여사가 런던으로 출발하기 며칠 전에 눈물을 흘리면서 먼저 호텔을 떠났다는 얘기도 했다. 그리고 슐레징어 박사가 호텔을 떠나면서 프랜시스 여사의 숙박비까지 모두 지불했다고 말했다.

"그런데 말이죠."

지배인이 마지막으로 덧붙였다.

"프랜시스 카팍스 여사의 행방을 알아보려고 찾아온 친구분이 또 있었습니다. 일주일 전에 어떤 남자분이 여길 왔었거든요."

"이름이 뭐였나요?" 내가 물었다.

"이름은 말하지 않았습니다. 하지만 영국인이었어요. 영국인치고
는 좀 괴상하긴 했지만요."

"야만스럽게 생긴 작자 아니었어요?"

나는 줄스 비바트가 했던 말이 떠올라서 그렇게 물어보았다.

"맞습니다. 그 표현이 딱 맞는 말입니다. 턱수염을 기르고 얼굴이
구릿빛으로 탄 남잔데 워낙 체구가 거인이라 이런 호텔보다는 촌의
여관에나 어울릴 것 같은 모습이었습니다. 게다가 상당히 신경질적
이고 사나워 보여서 말을 붙이기도 좀 내키지 않는 그런 남자였죠."

안개가 걷히면 사람의 형체가 선명하게 드러나는 것처럼 어느새
수수께끼도 풀려가고 있었다. 선량하고 신앙심 깊은 숙녀가 어떤 나
쁜 인간에 쫓기며 여기저기를 떠돌고 있는 것이다. 숙녀는 그 남자를
두려워하며 피하고 있는 게 분명했다. 그렇지 않다면 로잔에서 도망
칠 이유가 없지 않은가. 남자는 아직도 숙녀 뒤를 쫓고 있으며, 조만
간 그녀에게 해를 끼칠 것만 같았다. 아니, 혹시 벌써 찾아낸 건 아닐
까? 그녀의 행방이 오리무중인 것도 그 때문일까? 그녀가 함께 갔다
는 그 슐레징어 부부는 남자의 폭력과 협박에서 그녀를 지켜줄 수 있
을까? 그토록 끈질긴 추적을 하는 이유에는 어떤 끔찍한 목적과 교
활한 음모가 숨어 있는 것일까? 그것들이 내가 풀어야 할 문제였다.

내가 얼마나 신속하고 확실하게 문제의 뿌리를 파헤쳤는지를 알
리기 위해 홈즈에게 편지를 썼다. 그는 답장을 전보로 보내왔는데,

슐레징어 박사의 왼쪽 귀가 어떻게 생겼는지 알려달라는 것이었다. 홈즈의 유머 감각은 괴상할 뿐 아니라 때로는 불쾌할 때도 있어서, 나는 그의 때늦은 농담에 별 신경을 쓰지 않았다. 게다가 나는 홈즈의 전보를 받기 전에 하녀였던 마리 드뱅을 만나러 이미 몽펠리에에 와 있던 참이었다.

마리 드뱅을 찾는 데는 별 어려움이 없었다. 그녀는 성실한 사람이었는데, 프랜시스 여사 일을 그만둔 건 여사가 좋은 사람들과 함께 있으면서 그들의 보호를 받고 있다고 확신했기 때문이라고 했다. 게다가 자신도 곧 결혼을 앞두고 있어서 어차피 이별을 할 수밖에 없었다는 것이었다. 그러면서 마리 드뱅은 괴로운 어조로 털어놓았는데, 프랜시스 여사가 바덴에 머무르는 동안 그녀에게 짜증을 냈을 뿐 아니라 한번은 그녀를 의심하는 투의 질문까지 했다는 것이었다. 그래서 마리는 오히려 어렵지 않게 여사를 떠나야겠다는 결정을 할 수 있었다고 했다. 그리고 프랜시스 여사에게 결혼 선물로 50파운드를 받았다고 말했다. 마리는 프랜시스 여사를 로잔에서부터 계속 쫓아다니고 있는 그 낯선 남자에게 깊은 불신을 품고 있었다. 남자가 호숫가 산책로에서 여사의 손목을 거칠게 움켜잡는 걸 분명히 보았다는 것이었다. 여사가 슐레징어 부부와 함께 런던까지 간 것도 그 사내에 대한 두려움 때문이라고 마리는 확신하고 있었다. 또 여사가 드러내놓고 말한 적은 없지만 여러 가지 정황으로 미루어보아 끊임없는 불안에 시달렸던 것이 분명하다고 했다. 여기까지 말했을 때, 마리 드뱅이 갑자기 벌떡 일어나더니 공포 어린 표정으로 소리쳤다.

"저기 좀 보세요! 그 남자가 여기까지 따라왔어요! 바로 저 남자예요!"

거무스름한 얼굴에 시커먼 턱수염을 기른 그 남자가 길거리 한복판에서 느릿느릿 걸으며 건물의 주소를 유심히 살펴보고 있는 모습이 거실 창밖으로 보였다. 그 사내도 나처럼 마리 드뱅을 만나러 온 모양이었다. 나는 재빨리 밖으로 뛰어나가 그에게 말을 걸었다.

"영국인이시군요."

"그런데요?"

사내가 험한 인상으로 쏘아보며 말했다.

"성함을 물어봐도 될까요?"

"아니오." 사내는 딱 잘라 거절했다.

이런 경우엔 차라리 정면대결을 하는 게 낫겠다는 생각이 순간 들었다.

"프랜시스 카팍스 여사는 지금 어디 있지?"

내가 단호한 말투로 물었다.

사내가 놀라며 나를 쳐다보았다.

"그분한테 무슨 짓을 했나? 왜 그렇게 집요하게 따라다니지? 빨리 대답 못해!"

내가 그렇게 소리쳤다.

그러자 거구의 사내가 큰소리로 으르렁대며 나한테 덤벼들었다. 나도 수없이 싸움을 해봤지만 굴복한 적은 없었는데, 이 사내는 워낙 힘이 장사인데다 마치 미친 악마처럼 날뛰어서 도저히 당해낼 수가 없었다. 결국 그놈이 내 목을 조르기 시작했고, 나는 거의 정신을 잃어가고 있었다. 바로 그때 수염을 길게 기른 푸른 작업복 차림의 한 프랑스 노동자가 곤봉을 들고 옆 카바레에서 뛰어나왔다. 그리고 나를 누르고 있는 사내의 팔을 세게 내리쳤다. 그 바람에 나를 놓친 사내는 계속 툴툴거리며 나한테 다시 덤벼들려고 했다. 그러더니 큰소리로 다시 한 번 으르렁대고는 그냥 돌아서서 내가 나온 그 집으로 들어갔다. 나는 도와준 남자에게 고맙다는 인사를 하려고 막 돌아서 그를 쳐다보았다.

"왓슨, 자넨 일을 완전히 망쳐놓았군! 나랑 같이 야간열차로 런던에 돌아가는 게 낫겠네."

분장을 벗은 셜록 홈즈는 1시간 뒤에 내 호텔 방으로 찾아왔다. 그가 때맞춰 극적으로 등장한 이유를 들어보니 별것 아니었다. 런던에 꼭 있지 않아도 되겠다는 판단을 하고는 내가 있을 만한 곳에 미리 와서 기다리고 있었던 것이다.

"왓슨, 자네 아주 철저하게 조사를 했더군. 지금으로서는 자네가 뭐가 잘못됐다고 딱히 말할 수는 없지만, 아무튼 자네가 한 일은 전반적으로 사방에 경보를 울리는 결과를 초래하고 말았어. 그래서 아무것도 찾아내지 못한 걸세."

"아마 자네도 나보다 더 잘하지 못했을 텐데."

내가 퉁명스럽게 쏘아붙였다.

"그 문제에 대해서라면 '아마'라는 말은 쓸 필요가 없었네. 이 호텔에 필립 그린 경이 투숙했는데, 그 사람을 출발점으로 하면 우리가 좀 더 성공적인 조사를 할 수 있지 않을까 싶네."

그때 호텔 직원이 명함 하나를 가지고 내 방으로 찾아왔고, 뒤이어 아까 거리에서 나를 죽이려 했던 그 털보 사내가 나타났다. 그는 나를 보더니 깜짝 놀랐다.

"홈즈 씨, 이게 어찌된 일이죠? 나는 선생의 편지를 받고 왔는데요. 그런데 이분이 그 문제와 무슨 관련이 있는 거죠?"

"아, 이분은 제 친구이자 동료인 왓슨 박사입니다. 이 사건을 위해 우리를 돕고 있는 중이죠."

사내가 햇볕에 그을린 큰 손을 덥석 내밀며 말했다.

"어디 다치신 데는 없는지 모르겠네요. 내가 그녀한테 무슨 나쁜 짓을 한 것처럼 몰아대기에 그만 자제심을 잃어버렸죠. 난 정말 요즘 제정신이 아닙니다. 신경에 전기라도 맞은 것 같다니까요. 이 상황을 정말 어떻게 해결해나가야 할지 모르겠어요. 그런데 홈즈 선생, 도대체 어떻게 나에 대해 알게 됐는지 그 점이 궁금하군요."

"아, 네, 프랜시스 여사의 가정교사인 미스 도브니에게 연락을 해서 알게 됐습니다."

"아하, 모자 쓴 그 수잔 도브니! 기억납니다. 생생하게 기억나요."

"미스 도브니도 그린 씨를 기억하고 있더군요. 그때가 당신이 남아프리카에 가야겠다고 생각하기 전이었죠?"

"아! 나에 대해 모르시는 게 없네요. 당신한테는 다 털어놓고 얘기하겠습니다. 홈즈 선생, 이 세상에 프랜시스를 나보다 더 뜨겁게 열렬히 사랑했던 남자는 없을 겁니다. 나도 내가 젊었을 때는 무척 다혈질이었다는 걸 알고 있어요. 나와 같은 부류들은 다 그랬죠. 하지만 그녀의 마음은 눈처럼 순결했습니다. 그녀는 거칠고 천박한 것은 절대 견디지 못했어요. 그래서 내가 저지른 것을 알고 나서는 더 이상 나하고 말도 하지 않으려고 했죠. 그런데, 그러면서도 그녀는 나를 사랑했어요. 정말 놀라운 일 아닌가요? 나를 사랑했기 때문에 그녀는 오로지 나만을 생각하면서 그동안 독신으로 살아온 겁니다. 세월이 많이 흘렀고, 그동안 나는 바버턴(남아프리카 금광촌)에서 돈을 좀 모았어요. 그래서 그녀를 찾아서 내 마음을 다시 전해야겠다고 생각했던 겁니다. 아직 결혼하지 않았다는 얘기를 들었거든요. 나는 로잔에서 그녀를 찾아냈고, 그녀의 마음을 얻어낼 수 있는 모든 방법을 다 써보았습니다. 마음이 약간 흔들렸던 것 같지만 강한 의지는 그대로였어요. 그런데 다음날 호텔로 찾아가봤더니 이미 떠나고 없더군요. 난 그녀를 찾아 여기 바덴까지 왔고, 한참 뒤에 하녀가 이곳에 살고 있다는 얘기를 들었어요. 나는 원래 거친 사람이고 거친 인생을 살아왔는데, 그러다 보니까 아까 왓슨 박사가 그런 얘기를 했을 때 순간적으로 화가 치솟더라고요. 어쨌거나 프랜시스가 어떻게 됐는지 말 좀 해주십시오."

"그건 우리가 모두 알아내야 할 문제입니다."

셜록 홈즈는 뭔가 무거운 표정으로 말했다.

"그린 씨, 지금 런던 어디에 살고 계십니까?"

"랭엄 호텔로 오면 나를 찾을 수 있습니다."

"그러면 런던으로 돌아가셔서 제가 연락할 때까지 호텔에서 기다려주시겠어요? 무조건 잘 된다는 약속은 못 드립니다만, 어쨌든 프랜시스 여사의 안전을 최우선으로 고려해서 할 테니 그 점에 대해서는 걱정 안하셔도 될 겁니다. 자, 이 명함 받아두시고, 필요하면 언제든 연락하십시오. 더 이상 말씀드릴 게 지금은 없습니다. 그럼 왓슨, 출발 준비하게. 나는 허드슨 부인한테 전보를 쳐서 내일 아침 7시 반에 두 여행자가 도착하니까 맘껏 솜씨를 발휘해 식사준비를 해달라고 부탁하겠네."

베이커 거리의 집에 도착해보니 전보 한 통이 와 있었다. 홈즈는 그걸 읽어보며 허허 웃고는 나더러 보라고 내밀었다. 전보엔 이렇게 씌어 있었다. '너덜너덜하든지 찢어져 있는 듯함' 그리고 발신지는 바덴으로 돼 있었다.

"이게 뭐야?"

내가 물었다.

"굉장히 중요한 정보일세. 내가 자네한테 그 슐레징어 목사라는 사람의 왼쪽 귀에 대해 이상한 질문을 하지 않았었나? 자네는 아무 답장도 안 했지만 말이야."

"난 그때 이미 바덴을 떠났었기 때문에 알아볼 수가 없었지."

"그래서 잉글리셔 호프의 매니저한테 편지를 써서 알아봐달라고 했더니, 이렇게 답장이 온 거라네."

"그런데 이게 무슨 뜻인가?"

"음, 이건 우리가 지금 상대하고 있는 자가 유례를 찾아보기 어려울 정도로 교활하고 위험한 인물이라는 뜻이네. 남미에서 온 선교사 슐레징어 박사라는 인물은 바로 호주 출신의 범죄자 '성 피터스'라는 자일세. 역사도 짧은 나라에서 아주 교활한 지능범이 나온 거지. 혼자 사는 외로운 여자들의 종교적 감정을 이용해서 사기를 치는 게 그자가 주로 하는 일이었다네. 그 사람 부인은 프레이저라는 영국 여자인데, 부부가 2인조로 활동하고 있는 셈이지. 슐레징어 박사라는 사람의 행동에 대해 얘기를 듣자마자 바로 성 피터스가 생각나더라고. 그래서 신체적 특징을 확인해봤더니 내 짐작이 맞았던 거야. 성 피터스는 1889년 호주 애들레이드의 한 술집에서 싸움을 하다가 귀를 심하게 물어뜯긴 적이 있었거든.

그런데 왓슨, 아무래도 프랜시스 여사가 그 악랄한 부부의 손아귀에 들어갔는지도 모르겠네. 이미 죽었을지도 모르지. 그럴 가능성이 대단히 높아. 그렇지 않다면 어디 감금돼 있어서 미스 도브나 다른 친구들한테 편지조차 쓸 수 없는 상황인 게 분명하네. 런던에 오지 않았을지도 모르고, 아니면 런던을 지나 다른 데로 갔을지도 모르는데, 아마도 런던에 오지 않았을까 싶네. 왜냐하면 여권이 필요하기 때문인데, 외국인들이 유럽의 경찰을 속이기는 그리 쉽지가 않거든. 다른 데로 갔을 가능성은 별로 없어. 그런 사기꾼들이 사람을 용이하게 감금할 수 있는 곳으로 런던만한 곳이 없으니까 말이야.

내 직감으로는 프랜시스 여사가 지금 런던에 있을 것 같네. 그런데 문제는 어디에 있는지 정확히 알아낼 수 있는 방법이 지금은 없기 때문에, 우리로서는 필요한 조처를 취하고 저녁 식사를 한 뒤 그

저 인내심을 가지고 기다릴 수밖에 없네. 나는 이따 저녁 때 런던 경시청으로 가서 레스트레이드 경감과 얘기를 좀 하고 오겠네."

하지만 경찰의 도움을 받았는데도 불구하고 그 묘한 수수께끼는 풀리지 않았다. 런던의 수백만 시민들 가운데 우리가 찾는 세 사람은 마치 존재하지 않는 것처럼 완전히 종적을 감추고 있었다. 광고를 내봐도 소용이 없었다. 이런저런 꼬투리를 추적해봤지만 아무것도 알아낼 수가 없었다. 또 슐레징어가 드나들만한 범죄자의 소굴도 샅샅이 뒤져봤지만 허탕만 치고 말았다. 그의 옛 동지들도 감시를 해봤는데, 그들은 이미 오래 전부터 슐레징어와 인연을 끊은 상태였다. 그러느라 1주일 동안 우리는 아무것도 건진 것 없이 무기력하게 허탈감만 느끼고 있었다.

그러다 문득 한 줄기 빛이 다가왔다. 웨스트민스터 거리의 보빙턴 전당포에 오래된 스페인제 다이아몬드 목걸이가 나타난 것이었다. 그 물건을 맡긴 사람은 성직자처럼 보이는 거구의 사내라고 했다. 이름과 주소는 가짜일 게 뻔했다. 어쨌든 주인의 설명을 종합해볼 때, 그 사내는 분명 슐레징어가 틀림없었다. 다만 사내의 귀는 미처 못 봤다고 했다.

랭엄 호텔에 머무르고 있는 우리의 친구는 새로운 소식이 없나 하고 우리 집에 세 번이나 찾아왔다. 이 전당포 사건은 그가 세 번째로 찾아오기 1시간 전에 알려진 일로서 사태는 이제 새로운 국면으로 들어서기 시작했다. 그의 거대한 체격도 그동안 불안과 긴장이 심했던지 약간 줄어들어 보였다. 옷이 점점 헐렁해지고 있었던 것이다. '뭔가 할 일이라도 있으면 좋겠어요!' 그는 올 때마다 그렇게 하소연했다. 마침내 홈즈는 그의 소원을 들어줄 수 있었다.

"그자가 패물들을 전당포에 맡기기 시작했어요. 이제 그자를 잡아야겠습니다."

"그럼 프랜시스한테 무슨 나쁜 일이 생겼다는 뜻인가요?"

홈즈는 침착하게 고개를 가로 저었다.

"그자가 지금까지 여사를 감금하고 있다면 고분고분하게 놔주지는 않을 겁니다. 자신들이 위험해지니까요. 그러니 우리도 최악의 경우를 대비해야 합니다."

"내가 어떻게 하면 됩니까?"

"그린 씨는 그 슐레징어 부부를 만난 적이 있습니까?"

"아니오. 없습니다."

"그자가 다음번엔 다른 전당포로 갈지도 모릅니다. 그러면 우리는 다시 시작해야 합니다. 하지만 보빙턴 전당포에서 물건 값을 잘 쳐주고 아무것도 묻지 않았기 때문에 돈이 떨어지면 다시 거길 찾아갈 가능성도 있습니다. 자, 이 편지를 가지고 전당포로 가세요. 그러면 주인이 그 안에서 기다리게 해줄 겁니다. 그리고 그자가 찾아오면 뒤를 쫓아 집을 알아내시면 됩니다. 섣부른 행동을 하시면 안 되고요. 무엇보다도 폭력은 절대 해선 안 됩니다. 나한테 먼저 알리고 내 동의가 있기 전에는 어떤 행동도 하지 않겠다고 약속을 해주셔야 합니다."

필립 그린 경은 그로부터 이틀 동안 아무 소식이 없었다. 그러다가 셋째 날 저녁이 되어서야 창백한 얼굴로 허겁지겁 베이커 거리 집으로 뛰어 들어왔는데, 얼마나 흥분했는지 그 거구의 몸을 부들부들 떨 정도였다.

"찾았어요! 그자를 찾았어!"

그는 부르짖다시피 말했다. 그리고는 어쩔 줄 몰라 하며 더듬거렸다.

"자, 진정하시고, 차근차근 말씀을 좀 해보세요."

홈즈가 그의 흥분을 가라앉히느라 의자에 주저앉혔다.

"1시간 전에 여자가 찾아왔어요. 이번엔 그 마누라였어요. 하지만 여자가 가져온 목걸이는 지난번 것과 같은 짝이었어요. 여자는 키가 크고 창백한 안색에다 족제비 같은 눈을 하고 있더군요."

"네, 그 여자가 맞습니다."

홈즈가 말했다.

"여자가 전당포를 나가자 그 뒤를 따라갔어요. 켄싱턴 거리로 걸어가기에 바짝 따라붙었죠. 그런데 거기서 얼마 안 가 어떤 가게로 들어가더라고요. 보니까 장의사였어요."

홈즈는 순간 놀라며 눈을 크게 뜨고 물었다.

"그래서요?"

무표정한 것 같은 얼굴이지만 홈즈의 목소리로 봐서는 거의 뜨겁다 할 정도의 호기심이 담겨 있었다.

"여자가 카운터에 있는 주인 여자하고 무슨 얘기를 하더군요. 나도 가게 안으로 따라 들어갔죠. 그때 그 주인 여자가 이런 말을 하는 거예요. '다른 것 같으면 벌써 도착했을 텐데, 이건 보통 물건이 아니라 시간이 더 걸리거든요.' 하고요. 두 여자가 말을 멈추고 나를 쳐다보기에 뭘 좀 물어보는 척 하다가 가게를 나왔어요."

"잘 하셨습니다. 그 다음엔 어떻게 됐죠?"

"나와서는 문 옆에 숨었어요. 좀 있으니까 그 여자가 나오더군요. 그런데 뭔가 이상했는지 주위를 둘러보는 거예요. 그러고는 마차를 부르더군요. 나도 다행히 다른 마차를 잡아타고 뒤따라갈 수 있었죠. 여자는 브릭스턴, 폴트니 광장 36번지에서 내렸어요. 나는 좀 더 지나 광장 모퉁이에서 내려 그 집 앞으로 가서 지켜보았죠."

"사람이 있는 것 같았습니까?"

"1층 현관에만 불이 켜져 있고 온 집이 캄캄했어요. 가뜩이나 커튼까지 쳐 있어서 안은 전혀 안 보였죠. 그래서 이제 어떻게 할까 하고 잠시 생각하고 있는데, 웬 마차가 와서 멈추더니 거기서 두 남자가 내리지 뭡니까? 그 두 사람은 마차에서 뭔가를 끌어내고는 그걸 들고 현관으로 가더군요. 홈즈 선생, 그건 바로 관이었습니다."

"아!"

"그 순간 나는 안으로 뛰어 들어가고 싶었어요. 현관문이 열리자 두 남자는 관을 들고 안으로 들어가더군요. 문을 열어준 사람은 그 여자였어요. 순간 그 여자가 거기 서 있는 나를 흘끗 쳐다보았는데, 내 얼굴을 알아보는 것 같더라고요. 여자가 깜짝 놀라더니 얼른 문을 닫더군요. 그래서 난 선생하고 약속한 대로 곧장 이리로 달려온 겁니다."

"네, 잘 하셨습니다."

홈즈는 종이쪽지에다 뭔가를 적으며 말했다.

"근데 우리가 영장이 있어야 합법적인 활동을 할 수가 있거든요. 자 이걸 가지고 경찰청에 가서 영장을 받아오시면 되겠습니다. 약간 어려움이 있을지도 모르겠지만, 프랜시스 여사의 패물을 판 것만으로도 사유는 충분하리라고 생각합니다. 아무튼 레스트레이드 경감이 판단할 겁니다."

"하지만 그 작자들이 그 사이에 프랜시스를 죽일지도 모르잖습니까? 그 관은 뭘까요? 누구 때문에 그걸 들여갔을까요?"

"그린 씨, 우린 최선을 다할 겁니다. 지금 꾸물거릴 시간이 없어요. 일은 우리한테 맡겨두시고 얼른 가세요."

그린 씨가 재빨리 달려 나가자 홈즈가 말했다.

"자 왓슨, 이제 정규 부대가 출동할 걸세. 우리는 비정규 부대지만 할 일이 따로 있지. 상황이 긴박하게 돌아가고 있으니까 어쩔 수 없이 극단적인 방식을 택할 수밖에 없네. 자 빨리 폴트니 광장으로 가세."

"자, 상황을 재구성해볼까?"

홈즈가 말했다.

우리가 탄 마차는 의회 건물을 지나 웨스트민스터 다리를 쏜살같이 건너갔다.

"그 사기꾼 부부는 우선 프랜시스 여사의 충실한 하녀를 따돌려 놓고 여사를 잘 구슬린 다음 런던으로 데리고 온 거야. 프랜시스 여사가 무슨 편지를 썼다고 해도 그들이 중간에서 없애버렸을 걸세. 그리고 공모자를 통해 가구 딸린 집을 얻었을 거야. 그리고는 그 집에 들어가고부터 확 돌변했겠지. 여사를 감금해놓고 보석을 뺏기 시작한 걸세. 원래 처음부터 그럴 목적이었으니까. 그자들은 그녀를 걱정하고 있는 사람이 있을 거라는 걸 전혀 생각하고 있지 않기 때문에 맘 놓고 보석을 팔기 시작한 거야. 여사를 풀어주면 그녀가 당연히 자기네들을 경찰에 신고할 테니까 풀어줄 수도 없었겠지. 하지만 그녀를 언제까지나 가둬둘 수는 없었어. 결국 살인만이 유일한 해결책이 되겠지."

"정말 그렇겠네."

"이제 다른 쪽으로 추리해볼까? 왓슨, 서로 다른 두 방향으로 추리를 하다보면 진실에 가까운 어떤 접점이 생길 걸세. 그럼 이제부터는 프랜시스 카팍스 여사에 대해서가 아니라 관에 대해서부터 거슬러 올라가보세. 그 집에 관이 들어갔다는 건 프랜시스 여사가 죽었을 가능성이 있다는 걸 말해주고 있지. 그건 곧 사망진단서와 매장 허가서를 갖춘 정식 매장 절차가 있을 거라는 걸 암시하고 있네. 그들이 만약 여사를 살해했다면 집 뒷마당에 구덩이를 파고 시신을 묻었을 걸세. 하지만 관이 들어간 걸 보면 그들은 절차에 따라 공개적으로 진행하고 있는 거야. 그게 무슨 뜻이겠나? 그건 바로 의사도 자연사로 착각할만한 방법으로 여사를 죽였다는 거지. 독살 같은 방법으로 말이야. 그런데 의사를 불렀다는 건 좀 이상해. 의사가 공범이 아닌 한 말일세. 하지만 의사가 공범일 가능성은 거의 없거든."

"사망진단서는 위조할 수도 있지."

"왓슨, 그건 위험한 일이야. 아주 위험한 일이지. 그랬을 것 같지는 않아. 잠깐! 여기 세워주시오! 방금 보빙턴 전당포를 지났으니까 여기가 바로 그 장의사일 거야. 왓슨, 자네가 좀 들어가게. 자네 얼굴은 누구한테나 신뢰감을 주거든. 폴트니 광장 장례식이 내일 몇 시에 시작되느냐고 물어보게."

장의사 가게 여자주인은 아침 8시에 있을 예정이라고 선선히 알려주었다.

"왓슨, 그것 보게. 비밀스럽게 하지 않는다니까. 모든 일을 공개적으로 하고 있어! 그렇다면 법적으로 필요한 서류를 다 갖췄다는 얘기지. 그래서 문제 될 게 없다고 생각하는 거야. 자 이제 직접 처들어가는 수밖에 없네. 자네, 무기는 가져왔겠지?"

"이거, 지팡이!"

"됐어. 그거면 충분할 거야. '정의로운 전사는 세 배의 힘을 발휘한다' 라는 말도 있으니까. 무작정 경찰을 기다리거나 법을 지킬 수만은 없을 경우도 있을 걸세. 자, 출발하세. 왓슨, 전에도 가끔 했듯이 우리의 운을 시험해보기로 하세."

홈즈는 폴트니 광장에 접해 있는 어두컴컴한 큰 집으로 다가가 벨을 눌렀다. 그러자 곧 문이 열리며 희미한 불빛 속에서 키 큰 여자가 나타나 물었다.

"무슨 일이죠?"

여자는 우리 둘의 모습을 조심스레 살피며 쏘아보았다.

"슐레징어 박사를 만나고 싶어서요."

홈즈가 대답했다.

"그런 사람 여기 없는데요."

여자는 그렇게 말하며 바로 문을 닫으려고 했다. 하지만 홈즈의 발은 이미 문 사이로 들어가 있었다.

"아, 이름은 상관없고 이 집에 사는 그 남자를 만나고 싶습니다."

여자가 잠깐 머뭇거렸다. 그러더니 문을 활짝 열어젖혔다.

"좋아요, 들어오세요! 내 남편은 세상 누구를 만나도 무서워하지 않으니까요."

그녀는 현관문을 닫고 홀 오른쪽에 있는 거실로 우리를 안내했다. 그리고는 가스등을 켜놓고 그곳을 나가기 전에 말했다.

"피터스 씨가 곧 올 거예요."

오래 되어 먼지가 많고 허름한 그 방을 막 둘러보려고 하는데 문이 열리더니 단정히 면도를 한 거구의 대머리 사내가 활발한 걸음으로 들어왔다. 그는 크고 혈색 좋은 얼굴에 양쪽 볼이 축 늘어져 있으며, 언뜻 봐서는 인자해보였지만 자세히 보니 입 부분이 어딘지 탐욕적이고 잔인해 보이는 인상이었다.

"신사 분들, 뭔가 착각을 하셨나본데요?"

사내는 아주 다감한 투로 친절하게 말했다.

"집을 잘못 찾으신 것 같습니다. 여기서 좀 더 내려가시면……."

"그만. 우린 시간이 없소."

홈즈가 단호한 어조로 말했다.

"당신 애들레이드 출신의 헨리 피터스 맞죠? 바덴과 남미에서 선교사 슐레징어 박사라는 이름으로 행세했고 말이오. 내가 셜록 홈즈라는 것을 부정하지 못하는 것처럼 당신도 그거 부정 못할 텐데."

헨리 피터스는 깜짝 놀라며 무서운 추적자 셜록 홈즈를 노려보았다.

"홈즈 씨, 내가 당신한테 겁낼 줄 아시오?"

그는 싸늘한 어투로 말했다.

"나는 양심에 거리낄 게 하나도 없기 때문에 무서울 게 없어요. 내 집엔 무슨 일로 온 거죠?"

"바덴에서 납치해온 프랜시스 카팍스 여사를 어떻게 했죠?"

"나도 그 여자가 어디에 있는지 알고 싶소이다."

피터스는 차갑게 쏘아붙였다.

"그 여자한테 받아야 할 돈이 100파운드는 되는데, 갖고 있는 거라고는 장사꾼들이 쳐다보지도 않는 그럴듯한 목걸이 두 개 뿐이었어요. 그 여자가 바덴에서 우리 부부한테 딱 달라붙었는데, 여기 런던에 올 때까지 계속 들러붙어 있었죠. 어쨌든 그때 내가 다른 이름을 쓴 건 사실이에요. 할 수 없이 내가 그 여자의 숙박비랑 여행 경비를 다 냈죠. 그런데 런던에 도착한 다음에 그 여자가 도망을 쳐버린 거예요. 그 돈도 안 되는 목걸이 몇 개만 남겨놓고 말이오. 홈즈 씨, 그 여자를 만나면 내 돈도 좀 받아주시죠."

"지금 그 여자를 찾으러 온 거요."

셜록 홈즈가 말했다.

"카팍스 여사를 찾을 때까지 이 집을 뒤질 참이오."

"영장은 가져왔나요?"

홈즈는 주머니에서 권총을 반쯤 끄집어냈다.

"더 나은 게 올 때까지는 이걸로 대신해야겠네요."

"아니, 당신 이거 강도 아니야."

"뭐라도 불러도 할 수 없어요."

홈즈는 여유 있게 말했다.

"여기 이 친구도 위험한 강도거든. 우리 둘이 당신 집을 수색해야 겠어요."

피터스가 얼른 거실 문을 열며 외쳤다.

"애니! 가서 경찰을 불러와!"

곧바로 여자가 복도를 내려가더니 현관문 닫히는 소리가 쾅 하고 났다.

"왓슨, 시간이 없네. 피터스, 괜한 짓 했다가는 큰 코 다칠 거요. 이 집에 들어온 관은 어디 있죠?"

"그걸 가지고 뭘 하려고요? 지금 사용 중인데요. 그 안에 시신이 들어 있거든요."

"그 시신을 좀 봐야겠는데."

"그건 안 돼요."

"그럼 그냥 봐야겠군."

홈즈는 사내를 밀치고 잽싸게 홀로 나갔다. 바로 건너편에 문 하나가 반쯤 열려 있었다. 홈즈와 나는 그 방으로 들어갔다. 식당이었는데, 식탁 위에 관이 놓여 있고 그 위로 희미한 등이 켜져 있었다. 홈즈는 등잔에 불을 켜고 관 뚜껑을 열었다. 그 안에 깡마른 시신하나가 누워 있었다. 늙고 주름진 얼굴 위로 전등 빛이 내리비쳤다. 아무리 학대와 굶주림과 질병이 있었다 해도 아름다운 프랜시스 여사를 그렇게까지 말라비틀어진 노파로 만들기는 힘들었을 것이다. 그걸 쳐다보고 있는 홈즈의 얼굴에 순간 놀라움과 함께 안도의 표정이 떠올랐다.

"하느님 감사합니다!"

그가 중얼거렸다.

"다른 사람이야."

"셜록 홈즈 선생, 이번엔 큰 실수를 하셨구먼."

식당으로 따라 들어온 피터스가 말했다.

"이 죽은 여인은 누군가?"

"꼭 알아야겠다면 말해주겠소. 이 노파는 내 아내의 유모였던 로즈 스펜더인데, 브릭스턴 구빈원에 계시다고 해서 이리로 모셔온 거요. 그리고는 퍼뱅크 빌라 13번지에 사는 호섬 박사를 불러 진료를 받게 했지요. 우리는 기독교인으로서 노파를 아주 정성껏 돌봤어요. 하지만 노파는 여기 오신지 사흘 만에 돌아가시고 말았어요. 사망진단서에는 노환이라고 적혀 있었지만 그건 어디까지나 의사의 생각일 뿐이겠죠. 당신도 잘 아시겠지만 의사들은 대개 그런 식으로 처리해버리잖소. 아무튼 켄싱턴 거리에 있는 스팀스 장의사에 장례식을 의뢰해 놓았는데, 내일 아침 8시에 매장을 하기로 했어요. 어때요? 내가 무슨 잘못이라도 했나요? 홈즈 씨, 당신은 분명 바보짓을 했고 그걸 인정하는 게 좋을 거요. 프랜시스 카팩스 여사가 누워 있을 거라고 생각하고 관 뚜껑을 열었다가 아흔 살 되신 노파가 있는 걸 보고 당신은 엄청 놀랐을 것 아니오. 그걸 사진 찍어 놓았어야 했는데."

피터스가 빈정거리는데도 홈즈는 평상시와 다름없이 냉정했다. 하지만 두 주먹을 꽉 쥐고 있는 걸 보니 속으로는 무척 짜증이 난 모양이었다.

"이 집을 다 뒤져야겠어."

"뒤지겠다고? 하지만……."

그때 복도에서 여자의 목소리와 묵직한 발걸음 소리가 들려오자 피터스가 소리쳤다.

"당신들 맘대로 안 될 걸. 경관님들, 이쪽으로 오세요. 이 사람들이 허락도 없이 남의 집에 막 들어와 있는데, 내 힘으로는 도저히 쫓아낼 수가 없네요. 이 사람들을 좀 나가게 해주세요."

경사와 순경이 문 앞에 서 있었다. 그러자 홈즈는 명함을 꺼내 건넸다.

"여기 이름과 주소가 있습니다. 이쪽은 내 친구 왓슨 박사시고요."

"아, 네, 두 분을 잘 알고 있습니다."

경사가 말했다.

"그런데 영장이 없으면 여기 들어오실 수는 없습니다."

"물론 그렇죠. 그 점에 대해서는 잘 알고 있습니다."

"이 사람을 체포하세요."

피터스가 소리쳤다. 그러자 경사가 무게 있게 말했다.

"이분은 우리가 알아서 처리할 겁니다. 자, 홈즈 씨, 여기서 나가셔 야겠어요."

"네 그러죠. 왓슨, 나가세."

잠시 후 우리는 다시 거리로 나와 있었다. 홈즈는 보통 때와 다름 없이 냉정을 유지하고 있었지만 나는 모욕감을 느끼며 화가 치밀었 다. 경사가 바로 이어 우리를 뒤쫓아 왔다.

"홈즈 씨, 죄송합니다. 법대로 하다 보니까요."

"아니오, 잘 했어요, 경사. 안 그러면 어쩌겠어요."

"선생께서 저 집에 들어가셨을 때는 뭔가 그럴만한 이유가 있었을 텐데요. 혹시 제가 도울 일이라도……."

"경사, 한 여자가 실종됐어요. 그런데 그 여자가 저 집에 있을 것 같거든요. 곧 영장이 나올 겁니다."

"홈즈 씨, 그럼 제가 저 집 사람들을 감시하고 있다가 만약 무슨 일이 생기면 즉시 알려드리겠습니다."

그때가 저녁 9시 무렵이었는데, 우리는 단서를 쫓아 서둘러 그곳 을 떠났다. 우선 마차를 잡아타고 브릭스턴 구빈원으로 달려갔다. 그곳에서 말하길, 며칠 전에 어떤 친절한 부부가 와서 한 노파를 예 전 하인이라고 주장하며 데려갔다고 했다. 그래서 우리가 그 노파 는 죽었다고 말했는데도 놀라는 사람은 아무도 없었다. 다음 행선 지는 의사의 집이었다. 슐레징어 집에 왕진을 간 그 의사는 노파가 정말 노환으로 죽는 현장에 있었고, 실제로 임종을 지켜보며 법에 따른 사망진단서도 끊어주었다고 말했다.

"분명히 말씀드리지만, 모든 게 다 정상이었고, 타살로 의심할만한 여지는 전혀 없었습니다."

의사는 단호하게 말했다. 그리고 그 집에도 뭔가 이상한 점은 발견되지 않았다. 다만 특이했던 점은 보통 그 정도 계층에서는 하인을 두고 사는데, 그 집은 그렇지 않았다는 것이었다.

우리는 마지막으로 런던 경시청으로 갔다. 그런데 영장을 발부받는 데 약간의 문제가 있어 시간이 꽤 걸릴 것으로 보였다. 내일 아침이나 되어야 치안 판사의 서명이 나올 것 같았다. 할 수 없이 홈즈는 내일 아침 9시에 경시청에서 레스트레이드를 만나 영장을 가지고 슐레징어 집으로 가기로 했다. 그리고 그날 일은 거기서 끝났다. 그런데 자정 무렵에 경사가 우리 집으로 찾아와 슐레징어의 집을 감시한 결과를 얘기해주었다. 크고 어두운 집 곳곳에서 이따금 불빛이 깜박이긴 했지만 집에 들어가는 사람도 없었고 나오는 사람도 없었다고 했다. 우리는 내일 아침까지 기다릴 수밖에 없었다.

셜록 홈즈는 너무 흥분해서 대화를 나눌 수도 없고 잠을 이룰 수도 없는 지경이었다. 내가 침실로 들어갈 때도 그는 연신 인상을 쓰며 담배를 피우고 있었고, 신경질적으로 의자의 팔걸이를 계속 탁탁 두드리고 있었다. 그는 수수께끼를 푸느라 속으로 모든 가능성을 하나하나 따져보며 짚어나가고 있는 게 분명했다. 한밤중에도 그가 집안을 돌아다니는 소리가 몇 번이나 들렸다. 마침내 다음 날 아침, 그는 나를 부르며 침실로 뛰어 들어왔다. 얼굴이 허연 것을 보니 한숨도 못 잔 게 틀림없었다.

"장례식이 몇 시라고 했지? 8시 맞지?"

그는 허둥지둥 다그쳐 물었다.

"지금이 7시 20분이거든. 맙소사! 왓슨, 신이 주신 이 머리는 도대체 어떻게 된 걸까? 빨리 일어나게! 생사가 걸린 일이야. 죽을 가능성이 100이면 살아날 가능성은 1이네. 우리가 한 발 늦는다면 나는 절대로 나 자신을 용서 못할 거야. 절대로!"

우리는 채 5분도 지나지 않아 마차를 타고 베이커 거리를 빠져나갔다. 빅벤을 지날 때가 7시 35분이었고, 브릭스턴 거리에 들어섰을 때는 이미 8시였다. 하지만 다행히도 우리만 늦은 게 아니었다. 8시 10분이 됐는데도 장의사 마차는 아직 집 앞에 서 있었다. 우리의 마차가 막 멈췄을 때 남자 세 명이 관을 메고 현관을 나오고 있었다. 홈즈는 쏜살같이 달려가 그 앞을 가로막았다.

"다시 들어가세요!"

그는 맨 앞의 남자에게 손을 대며 소리쳤다.

"빨리 안으로 들어가세요!"

"당신 지금 무슨 말을 하는 거요? 내 다시 말하는데, 영장은 있나?"

피터스가 나타나 고함을 질러댔다. 그는 관 뒤쪽에서 얼굴이 벌게진 채 홈즈를 노려보았다.

"영장은 지금 오고 있지. 영장이 올 때까지는 관을 집 밖으로 내갈 수 없어."

홈즈의 엄격한 목소리에 관을 맨 남자들이 주춤하며 멈춰 섰다. 피터스는 재빨리 집안으로 들어가 버렸고, 남자들은 홈즈의 명령을 따르기 시작했다. 그들은 관을 다시 식탁 위로 올려놓았다.

"왓슨, 빨리! 서둘러! 드라이버 여기 있어!"

홈즈가 소리쳤다.

"자, 당신은 이걸로 해! 1분 안에 뚜껑을 열면 금화를 주겠다! 질문은 하지 말고, 빨리 해! 좋아! 하나 더! 저기 하나 더! 자, 모두 같이 들어 올립시다! 움직인다! 움직여! 와, 열린다!"

모두가 함께 관 뚜껑을 들어 올렸다. 지독한 클로로포름 냄새가 올라오며 코를 찔렀다. 안에 시신이 누워 있는데 얼굴은 솜으로 덮여 있었다. 홈즈가 솜을 들어내자 아름답고 고결한 여성의 조각 같은 얼굴이 드러났다. 홈즈는 재빨리 그녀를 일으켜 앉혔다.

"왓슨, 어떤가? 아직 살아있나? 우리가 너무 늦게 왔나?"

그로부터 30분간, 그녀는 정말로 가망이 없어 보였다. 솜뭉치에 질식하고 클로로포름의 독한 냄새에 중독돼 프랜시스 여사는 돌아오지 못할 강을 건너버린 것 같았다. 우리는 할 수 있는 온갖 방법을 다 동원했다. 인공호흡을 하고 에테르 냄새로 자극을 주며, 우리가 알고 있는 모든 과학적 지식을 활용했다. 마침내 그녀의 생명은 천천히 움직이기 시작했다. 눈꺼풀이 조금씩 떨리면서 코에서도 따뜻한 김이 나왔다. 그렇게 서서히 깨어나고 있었다. 그때 마차가 집 앞에 멈춰 서는 소리가 들렸다.

"레스트레이드가 영장을 가지고 왔겠지. 새들은 이미 날아가 버렸지만 말이야."

홈즈가 창밖을 내다보며 말했다.

누군가 복도를 뛰다시피 쿵쿵거리며 오고 있었다.

"아, 여사를 간호할 자격 있는 분이 오는군. 그런 씨, 어서 오십시오. 여사를 한시라도 빨리 옮겨야겠습니다. 그건 그렇고, 아직 관 속에 누워 있는 그 할머니 말이죠, 편히 가실 수 있도록 장례식을 치르는 게 좋을 것 같군요."

그날 저녁에 홈즈가 말했다.

"왓슨, 이 사건을 자네가 기록에 추가한다면 아마도 이러지 않을까 싶네. 가장 균형 잡힌 정신 상태도 때로는 암흑에 빠질 수 있다는 것을 보여주는 그런 사례가 되겠지. 인간은 누구나 실수를 저지르지만 그걸 깨닫고 고칠 수 있는 사람만이 위대한 걸세. 나도 그 정도는 될 것 같은데, 안 그런가?

어제 밤새도록, 어디선가 어떤 단서라든지 무슨 말이라든지 좀 이상하다고 느꼈던 그런 것들을 너무 쉽게 흘려버렸다는 생각이 계속 머릿속을 떠나지 않더라고. 그러다가 새벽 무렵에 갑자기 어떤 말이 뇌를 스치는 거야. 필립 그린이 말한 장의사 가게의 여주인에 대한 얘기였는데, 그 여자가 이런 말을 했다고 하지 않았나. '다른 것 같았으면 벌써 도착했을 텐데, 이건 보통 물건이 아니라서 시간이 더 걸리거든요.' 그 여주인이 애니라는 여자한테 그 말을 했다고 했는데, 보통 물건이 아니라면 그건 관을 말하는 거고, 관이 특별한 사이즈로 제작된다는 뜻 아니었겠나?

그런데 왜, 라는 생각이 또 들더군. 그때 바로, 관이 유난히 깊고 바닥에 누워 있는 왜소한 시신의 모습이 머릿속에 떠오른 거야. 그렇게 작은 시신에 왜 그렇게 큰 관이 필요했던 것일까? 그것은 곧 사람을 하나 더 넣기 위해서였지. 사망진단서 하나로 두 구의 시신을 묻는 거야. 모든 게 이렇게 불 보듯 했는데, 내 이성이 잠시 흐려졌던 것일세. 프랜시스 여사는 8시에 매장될 예정이었어. 그래서 관이 나가기 전에 그걸 막아야 했지. 그것밖에는 방법이 없었으니까.

하지만 여사를 살아 있는 상태에서 찾아낼 거라는 희망은 사실 아주 희박했다네. 그래도 가능성은 남아 있었지. 왜냐하면 그 슐레징어 부부가 지금까지 살인을 저지른 적은 없었거든. 그래서 아무래도 그들이 실제로 살인까지는 하지 않을 거라는 생각이 들더라고. 그런데 죽이지 않고 매장을 하면 나중에 시신을 찾아내더라도 사인이 드러나지 않기 때문에 그자들이 발뺌을 할 수가 있어. 그래서 그자들이 차라리 그 생각을 했기를 난 바란 거야.

그렇다면 그들이 무슨 짓을 했겠는지 자네도 충분히 상상할 수 있을 걸세. 불쌍한 여사가 그토록 오랫동안 감금돼 있던 2층의 그 끔찍한 소굴을 봤지 않나? 그들은 그 방으로 들어가 클로로폼으로 여사를 마취시킨 다음 아래층으로 끌고 내려갔다네. 그리고는 그녀가 깨어나지 않도록 관 속에 마취제를 넣은 다음 관 뚜껑을 덮고 못질을 해버린 거지. 왓슨, 정말 대단히 영리한 수법 아닌가? 범죄 역사상 이런 수법은 처음 보네. 자칭 선교사라는 이 부부가 레스트레이드의 손아귀를 빠져나가게 된다면 앞으로 엄청난 활약을 펼치게 되겠지."

춤추는 사람 그림

Sherlock Holmes

홈즈는 벌써 몇 시간 동안이나 구부정히 앉아 아무 말도 없이 무슨 실험에 몰두하고 있었다. 앞에 놓인 시험관에서는 묘한 냄새가 나고 있었다. 그의 등은 구부러지다 못해 머리가 가슴에 붙을 지경이라 언뜻 보면 마치 잿빛 날개와 검은 깃을 가진 괴이한 새의 모습과도 같았다.

"왓슨, 자네 혹시 남아프리카 주식에 투자하고 싶지 않나?"

그가 불쑥 입을 열었다.

나는 깜짝 놀랐다. 홈즈가 어떤 것을 읽어내는 데 상당히 신통한 능력이 있다는 건 이미 알고 있었지만, 내가 요즘 가장 골똘히 생각하고 있는 것에 대해 이렇게 갑자기 물어올 줄은 정말이지 너무나 뜻밖이라, 어떻게 설명해야 할지 모를 일이었다. 그래서 내가 물었다.

"아니, 도대체 그걸 어떻게 알았는데?"

그는 연기가 피어오르는 시험관을 든 채 잔뜩 호기심 어린 눈빛으로 의자를 돌려 앉으며 말했다.

"자, 왓슨, 솔직히 말해 굉장히 놀랐다고 인정하시지 그래."

"그렇게 하지 뭐."

"종이에 서명을 하게."

"왜?"

"5분도 안 돼서 바로, 이게 참 웃기고 간단한 것이라고 자네가 말할 테니까 말이야."

"그런 말을 내가 왜 하겠나."

"그렇다면, 자……"

홈즈는 시험관을 다시 내려놓고는 마치 선생이 강의하는 것처럼 말하기 시작했다.

"한 개씩 따로 보면 간단하지만 모두 앞의 것과 관련된 연속적인 추리를 구성해가는 것 또한 별로 어려운 게 아니라네. 만일 그렇게 구성해둔 다음에 그 중간에 있는 추리를 싹 빼고 처음과 결론만 내놓는다면 겉으로 보기에는 그럴듯하지만 전혀 다른 결과를 나타내는 것이 되거든. 자네의 왼쪽 엄지손가락과 둘째손가락 사이를 보면서 나는 자네가 소규모 자금을 금광에 투자할 생각이 없다는 걸 확실하게 느꼈다네. 그건 별로 어렵지 않았어. 무슨 말인지 알겠나?"

"글쎄, 손가락과 무슨 관련이 있는 건지, 모르겠는데."

"그렇겠지. 그렇다면 내가 지금 당장 그걸 증명해주겠네. 첫째, 자네는 어제 저녁 클럽에서 돌아올 때 왼쪽 엄지손가락과 둘째손가락 사이에 분필을 끼고 있었어. 둘째, 자네는 당구를 할 때 막대기를 안정시키기 위해 거기에다 분필을 끼었어. 셋째, 자네는 더스튼하고만 당구를 쳤어. 넷째, 자네가 4주 전에 나한테 말하길, 더스튼이 남아프리카에 있는 어떤 사업과 거래를 하고 있는데 한 달 후에는 계약이 끝나니까 그때는 그가 자네와 같이 동업을 하고 싶어 한다고 그랬네. 다섯째, 자네의 수표책이 내 서랍에 들어 있는데 나더러 열쇠를 달라고 하지 않았어. 여섯째, 결론적으로 자네는 투자할 생각이 없다는 거야."

"기가 막히게 간단하네!"

내가 소리쳤다.

"그렇다니까!"

홈즈는 약간 불쾌한 내색까지 비쳤다.

"모든 문제는 일단 설명을 하고나면 쉬워 보이거든. 그런데 여기서 설명되지 않은 문제가 하나 있네. 왓슨, 이걸 보고 무슨 생각이 드는지 말해보게."

홈즈는 테이블 위에 종이 한 장을 딱 놓더니 다시 화학 실험을 하려고 의자를 돌려 앉았다. 종이엔 이상한 상형문자 같은 게 그려져 있었다.

"이봐 홈즈, 이건 아이들 그림 아니야?"

내가 소리쳤다.

"그건 자네 생각이지!"

"그럼, 이게 뭐야?"

"그게 바로 노퍽에 있는 리들링 농장의 힐튼 큐빗 씨가 알고 싶어 하는 거야. 이 요상한 수수께끼가 우선 아침에 편지로 왔는데, 그 사람이 곧 기차로 이리 올 거네. 어! 벨 소리 들었나, 왓슨? 그가 온 모양이군. 놀랄 건 없네."

충계를 올라오는 무거운 걸음 소리가 들리더니 이윽고 한 남자가 방문 앞에 나타났다. 큰 키에 불그스름한 얼굴을 하고 면도는 깨끗이 돼 있었다. 눈빛도 맑고 혈색이 좋은 것으로 봐서 런던 안개에서 멀리 떨어져 생활하는 사람이라는 것을 보여주었다. 그가 방으로 들어서자 뭔가 강하고 생기 있는 동쪽 바람이 따라 들어온 것 같았다. 그는 우리와 악수를 하고 나서 소파에 앉으며 좀전에 내가 테이블 위에 다시 놓아둔 그 종이를 흘끗 쳐다보았다. 그러더니 불쑥 큰 소리로 말했다.

"하여튼 홈즈 씨, 이걸 보시고 무슨 생각이 드십니까? 선생께선 괴상하고 신비로운 것들을 좋아한다고 들어서 말이죠. 이것보다 더 이상한 것은 아마 못 보셨을 겁니다. 그걸 연구해보실 시간을 가지시라고 제가 오기 전에 미리 보냈던 것이거든요."

"굉장히 희한해 보이는데, 언뜻 보면 아이들 장난감 같기도 하고요. 그런데 많은 사람들이 우스꽝스런 자세로 춤추고 있는 이 희한한 그림에 왜 그렇게 중요한 의미를 붙이시는 거죠?"

홈즈가 물었다.

"홈즈 씨, 저는 절대로 그러지 않았습니다. 제 아내가 그런 겁니다. 아내는 이 그림을 보면 너무나 놀라거든요. 말은 안 하는데, 이걸 보면 공포에 떠는 거예요. 그래서 제가 그 이유를 알아보려고 하는 겁니다."

홈즈는 그 종이를 들고는 햇빛에 비쳐보았다.

그건 노트에서 찢어낸 종이였는데, 다음과 같이 연필로 그려져 있었다.

홈즈는 그림을 한참 쳐다보더니 종이를 잘 접어 수첩 속에 넣었다. 그리고 말했다.

"이건 굉장히 희한한 사건이 될 것 같군요, 힐튼 큐빗 씨. 편지에서 몇 가지 설명을 하셨지만 여기 제 친구 왓슨 박사를 위해 한 번 더 말씀해주시면 고맙겠습니다."

방문객은 그 크고 억센 손을 신경질적으로 쥐었다 폈다 하면서 이야기를 늘어놓았다.

"제가 말솜씨가 별로 없으니까요, 이해가 잘 안 되는 점이 있으면 뭐든지 물으셔도 됩니다. 작년에 우리가 결혼했을 때부터 이야기를 시작하죠. 그런데 그 전에 미리 말씀드릴 게 있는데요. 저는 부자는 아니지만 우리 집안이 리들링에서 5백 년이나 살았기 때문에 노퍽 지방에서는 꽤 유명한 집안이라는 겁니다. 작년에 빅토리아 여왕 즉위 60주년 축제에 참가하기 위해 런던에 갔을 때, 저는 우리 교구의 파커 목사가 머물고 있던 러셀 스퀘어 근처의 한 하숙집에서 묵게 됐는데요. 그때 그 집에 엘시 패트릭이라고 하는 젊은 미국 여자가 있었어요. 어쩌다 보니까 그녀와 자연스럽게 사귀게 됐고, 남자들이 흔히 그렇듯이 저도 사랑에 빠지게 됐죠. 우리는 결국 군청에 가서 조용히 결혼 신고를 하고 부부로서 함께 노퍽으로 돌아왔습니다. 홈즈 씨, 이름 있는 가문에서 태어난 남자가 과거도 모르고 집안도 모르는 여자와 이렇게 결혼한 것에 대해 미친 짓이라고 생각하시겠죠. 하지만 선생께서 제 아내를 만나보시면 왜 그런지를 이해하실 수 있을 겁니다.

제 아내 엘시는 굉장히 솔직하게 대처했어요. 제가 만약 결혼을 안 하려고 했다면 제 쪽에서 피할 수 있도록 기회를 주었죠. 엘시는 이렇게 말했어요. '난 과거에 굉장히 나쁜 친구들을 사귀었어요. 지금은 그걸 잊고 싶어요. 생각하면 고통스럽기 때문에 과거를 들춰내고 싶지가 않아요. 그러니 힐튼 씨, 당신이 나와 결혼하고 싶다면 개인적으로는 조금도 부끄러울 것이 없는 여자와 결혼하는 셈입니다. 내 말을 믿는다면 내 과거 생활에 대해서는 묻지 말아주길 부탁합니다. 이 조건이 싫으시면 노퍽으로 돌아가시고, 나를 이대로 내버려두시기 바랍니다.' 이 말은 한 건 우리가 결혼하기 바로 전날이었습니다. 저는 아내가 말한 조건을 받아들이고 그녀와 결혼하는 것에 대해 매우 만족한다고 말했어요.

그렇게 우리가 결혼을 한 지 지금 1년이 지났고, 그동안 꽤 행복하게 지냈습니다. 그런데 한 달 전, 6월 말쯤에 뭔가 이상한 조짐이 보였어요. 어느 날 아내 앞으로 미국에서 편지 한 통이 왔는데, 아내가 그걸 보더니 새파랗게 질리면서 불 속으로 던져버리는 거예요. 그리고는 그것에 대해 아무런 말도 안 하더군요. 저도 안 물어보겠다고 약속했던 터라 아무 말도 안 했습니다. 그런데 그때부터 아내가 뭔지 모를 불안감에 빠져 있는 것처럼 보였어요. 얼굴이 늘 편하지가 않고, 마치 무슨 일이 닥칠 것을 예상하고 있는 것 같았습니다. 아내가 저를 믿어야 했어요. 그랬다면 제가 가장 좋은 친구라는 걸 알았을 텐데요.

아무튼 저는 아내가 말할 때까지 아무것도 물을 수가 없었습니다. 홈즈 씨, 아내는 진실한 사람이라 과거에 무슨 잘못이 있었다 하더라도 그건 아내의 잘못이 아니었다는 것을 유념해주십시오. 저는 단지 노퍽의 지주에 불과합니다만, 영국에서 저만큼 집안의 명예를 높게 생각하는 사람도 아마 없을 겁니다. 아내 또한 이 점을 잘 알고 있기 때문에 집안의 명예를 손상시키는 일은 어떤 것도 하지 않을 거라고 저는 믿고 있습니다.

어쨌든 그 후로 굉장히 이상한 일이 있었어요. 1주일 전, 그러니까 지난 주 목요일이었죠. 지금 이 종이에 있는 것처럼 우스꽝스럽게 춤추는 사람의 그림을 창틀에서 발견했던 겁니다. 분필로 그려져 있었어요. 처음엔 마구간에 있는 소년이 그랬나 생각했었는데, 그 소년이 자기는 전혀 모르는 일이라고 하더군요. 저는 그걸 지워버리고 나중에 아내한테 그 얘기를 했는데, 뜻밖에도 아내가 그것을 굉장히 중요하게 여기면서 만일 그 종이가 또 발견되면 자기한테 꼭 보여 달라고 하는 것이었어요. 그 후로 일주일간은 아무것도 안 보이더니 바로 어제 아침에 정원에 있는 해시계 위에 다시 이 종이가 놓여있었습니다. 그래서 엘시한테 가져가 보여줬더니 그만 공포에 사로잡히면서 그 자리에서 쓰러져버리는 거예요. 그 후로 내내 비몽사몽하면서 마치 꿈속에 있는 사람 같고, 눈 속에도 뭔가 무서움이 잔뜩 들어 있는 것처럼 보이거든요. 그래서 제가 홈즈 씨께 편지를 쓰고 이 종이도 보내드린 겁니다. 이런 일은 경찰에 알릴만한 것도 아니니까요. 경찰이 이걸 보면 웃겠죠. 하지만 홈즈 씨는 저한테 어떻게 하는 게 좋겠다는 걸 알려주실 것 같았어요. 저는 부자는 아닙니다. 그러나 제 아내에게 어떤 위험이 닥친다면 저는 아내를 보호하기 위해 마지막 한 푼까지 다 쏟아 부을 겁니다."

커다란 푸른 눈에 아름다운 얼굴을 한 이 남자는 훌륭한 사람으로 보였다. 그리고 정직하고 성실하며 차분해 보이는 게 마치 영국 땅의 그 단순함과도 닮아 보였다. 아내를 향한 사랑과 믿음은 그의 얼굴에 고스란히 드러나 있었다. 홈즈는 그의 얘기를 매우 주의 깊게 듣고 나더니 잠시 아무런 말도 안 하고 생각에 잠겨 있었다. 이윽고 그가 입을 열었다.

"큐빗 씨, 당신이 털어놓고 부인에게 직접 그 비밀을 물어보는 게 가장 좋지 않을까요? 어떻게 생각하십니까?"

힐튼 큐빗 씨는 곧바로 머리를 가로저었다.

"홈즈 씨, 그건 이미 약속한 것이라 곤란합니다. 엘시가 스스로 말을 하려고 해야 가능하지 제가 억지로 저를 믿어달라고 할 수가 없습니다. 그러나 저 스스로 어떤 행동을 취할 권리는 있기 때문에 그렇게 할 생각입니다."

"그렇다면 제가 최선을 다해 도와드리죠. 우선 그 동네에 어떤 낯선 사람이 나타났다는 말을 들은 적이 있습니까?"

"아니오, 없는데요."

"제 생각에 거기는 무척 조용한 동네 같습니다. 그래서 그 동네 사람이 아닌 누군가가 나타나면 금방 사람들 입에 오르내릴 것 같은데요."

"근처 마을에서는 그럴 겁니다. 그런데 우리 동네는 멀지 않은 곳에 해수욕장이 몇 개 있고, 또 우리 농가에서 하숙을 받고 있어서요."

"그 상형문자는 분명히 어떤 의미가 있을 듯합니다. 만일 단순히 그저 아무렇게나 쓴 것이라면 우리가 그걸 풀 수는 없는데, 반대로 의도적으로 쓴 것이면 분명히 그 내용을 규명할 수 있을 것 같습니다. 하지만 이 견본은 너무 짧아서 이걸 가지고는 전혀 알 수가 없어요. 그리고 지금 말씀하신 내용들도 너무 막연해서 조사할 근거가 매우 약합니다. 그러니 노퍽으로 돌아가서서 다시 한 번 주의 깊게 관찰하시다가 혹시 새로운 것이 또 나타나거든 잘 베껴두세요. 처음에 창틀에서 발견하셨던 걸 베껴두지 않은 건 굉장히 아쉽거든요.

그리고 동네에 어떤 낯선 사람이 왔었는지 조용히 한번 알아보세요. 그런 다음 새로운 자료가 모이면 저를 다시 찾아와 주십시오. 힐튼 큐빗 씨, 이렇게 하는 게 가장 좋은 방법일 것 같습니다. 만일 긴급한 일이 새로 생길 경우 언제든 노퍽으로 갈 수 있도록 저도 준비하고 있겠습니다."

이 의뢰인의 방문은 셜록 홈즈로 하여금 깊은 고민에 빠지도록 만들었다. 그 뒤로 며칠간 홈즈는 수첩에 끼워놓은 그 종이를 수시로 꺼내 거기에 그려져 있는 그 이상스러운 그림을 오랫동안 열심히 들여다보곤 했다. 그는 아무 말도 하지 않았고, 시간도 어느덧 2주일이 지나가고 있었다. 그러다 어느 날 오후, 내가 외출을 하려고 하는데 그가 나를 불러 세웠다.

"왓슨, 잠깐만."

"왜?"

"지난번에 왔었던 그 힐튼 큐빗 씨, 춤추는 사람 그림말이야, 자네 그 사람 기억하고 있지? 그 사람한테서 아침에 전보가 왔네. 1시 반 차로 리버풀 역에 도착했을 거야. 곧 이리로 올 걸세. 전보에 의하면 뭔가 중대한 사건이 일어난 것 같아."

나는 할 수 없이 주저앉았고, 말 그대로 잠시 후 그 노픽의 신사가 역에서 마차를 타고 서둘러 달려왔다. 그는 근심에 쌓인 듯 축 처져 있었고 눈빛도 어두웠으며 이마엔 주름이 잔뜩 잡혀 있었다. 그리고는 방에 들어서자마자 소파에 털썩 주저앉으며 말했다.

"홈즈 씨, 이 일 때문에 제 신경이 굉장히 날카로워지고 있습니다. 얼굴도 모르고 알지도 못하는 어떤 놈이 무서운 흉계를 꾸미면서 선생을 포위하고 있다고 생각해보세요. 기분이 무척 나쁘실 겁니다. 거기다 더해서 그놈이 아내를 서서히 죽여가고 있다는 걸 알게 되면 그때는 정말 인간으로서 도저히 견딜 수가 없겠죠. 제 아내가 그 일로 인해 나날이 병들어가고 있습니다. 바로 제 눈앞에서 말이죠."

"부인께서 아직 아무 말씀도 안 하셨나요?"

"안 했습니다, 홈즈 씨. 하지만 가끔 말하고 싶어 하는 눈치였어요. 아마도 털어놓을 용기가 안 난 것 같습니다. 제가 아내를 거들어주려고 했는데 그만 어설프게 행동하는 바람에 오히려 겁을 먹고 도망치게 만들어 버렸어요. 아내는 우리 집안의 전통과 사람들한테서 받는 존경, 그리고 명예, 이런 것들을 늘 자랑하곤 했습니다. 그래서 잠깐 이야기를 할 때도 그 부분으로 요점이 가는 것 아닌가 하고 느껴졌는데, 그만 어쩌다가 다른 데로 빗나가 버렸던 겁니다."

"큐빗 씨는 혼자서 무엇을 발견하셨습니까?"

"많이 발견했어요, 홈즈 씨. 선생께서 조사해보셔야 할 새 그림을 몇 개 가지고 왔고요. 그리고 더 중요한 건, 그놈을 봤습니다."

"뭐라고요? 그것을 그린 놈 말인가요?"

"그렇습니다. 그놈이 그리는 것을 봤어요. 자, 차례로 말씀드리죠. 제가 여기 왔다 간 그 다음 날 아침에 바로 이 새로 그린 그림을 봤어요. 정원에 있는 창고가 거실 창문에서 곧바로 보이는데, 그 창고의 검은색 문 위에 분필로 그려져 있었던 겁니다. 그래서 얼른 그걸 세밀하게 베꼈죠. 자, 이 그림입니다."

𝔛𝔛 𝔛𝔛𝔛 𝔛 𝔛 𝔛𝔛

큐빗 씨는 종이를 펴서 책상 위에 놓았다.

"이게 바로 상형문자를 베낀 거죠."

"좋습니다! 계속 말씀하세요."

홈즈가 말했다.

"그걸 다 베낀 다음에 제가 그림을 지웠어요. 그랬더니 다음 날 아침에 또 새 그림이 그려져 있더군요. 또다시 베껴놓았죠. 이겁니다."

홈즈는 손바닥을 대고 비비며 기분 좋게 웃었다. 그리고 말했다.

"자료가 빨리 모이는데요."

"사흘 뒤엔 또 해시계 위에 있는 작은 돌멩이 사이에 종이 한 장이 끼워져 있었는데, 이게 그겁니다 보세요, 지난 번 그림과 똑같습니다. 그래서 그날 밤에 저는 숨어서 지켜보기로 하고는 권총을 들고 정원이 내다보이는 제 서재에 앉아 밤늦게까지 기다렸어요. 새벽 2시쯤 창문 가까이에 앉아 있는데, 밖은 달빛만 비칠 뿐 완전히 캄캄했었죠. 뒤에서 발소리가 나기에 돌아보니까 아내가 잠옷을 입은 채 다가오고 있더군요. 저더러 가서 자자고 몇 번이나 말했지만 저는 우리한테 이렇게 이상한 짓을 하는 놈이 누군지 꼭 봐야겠다고 아내에게 솔직히 말했습니다. 그랬더니 아내가 말하길, 그런 건 아무 의미도 없는 장난 짓에 불과하다며 너무 심각하게 생각지 말라는 거예요. 그러면서 이런 말을 하더군요.

'그게 정말로 당신을 괴롭힌다면 이 귀찮은 상황을 피해 어디로 함께 여행이나 가자고요, 힐튼.'

'아니, 왜 쓸데없는 장난 때문에 우리가 집에서 쫓겨나야 해? 온 동네 웃음거리나 되게!'

제가 그렇게 말했죠. 그래도 아내는 저를 계속 말렸어요.

'자, 그만 자러 갑시다. 얘기는 낼 아침에 하고.'

그 말을 막 하고 난 아내의 얼굴이 별안간 달빛 아래서 새파래지더니 두 손으로 제 어깨를 꽉 잡지 뭡니까? 그때 창고 옆에서 뭔가가 움직이고 있는 게 컴컴한 어둠 속에서도 어렴풋이 보였어요. 땅바닥에 엎드려 기어가는 것 같은 모습이었는데 창고 앞으로 오더니 문 앞에 웅크리고 앉더군요. 저는 권총을 들고 달려 나갔습니다. 아내가 저를 쫓아와서는 두 팔로 붙잡고 떨면서 억지로 말리는 거예요. 저도 아내를 떼어내려고 뿌리쳤는데 그럴수록 아내는 더 세게 저를 붙잡았어요. 계속 그렇게 옥신각신하다가 결국 제가 아내를 뿌리치고 거기까지 갔는데 가보니까 놈은 이미 도망가고 없는 거예요. 그런데 놈이 왔던 흔적을 남겨놨어요. 창고 문에다 이렇게 춤추는 사람의 그림을 또 그려놓은 겁니다. 제가 곧바로 베껴놓았어요. 이건 보시다시피 그동안 두 번이나 봤던 그림과 똑같이 그려졌죠. 곧 정원 안을 온통 살펴보았지만 어디에도 놈의 흔적은 없더군요. 그런데 놀라운 일은 그놈이 거기에 쭉 있었다는 사실입니다. 왜냐하면 제가 아침에 다시 그 창고 문을 봤을 때 또 한 줄의 그림이 그려져 있었기 때문이죠."

"그 그림도 베껴 놓으셨나요?"

"네. 그건 좀 짧게 그렸더군요. 여기 있습니다."

그는 다른 종이를 또 꺼냈다. 새로운 그림은 이런 모양이었다.

"힐튼 큐빗 씨, 이건 처음 그림에 조금 더 추가된 것입니까, 아니면 전혀 다른 것입니까?"

홈즈는 몹시 흥분한 눈빛으로 그렇게 물었다.

"이건 한밤중에 본 그림 아래에 따로 그려져 있었습니다.

"좋습니다. 이건 지금 우리 수사에 있어 훨씬 더 중요한 그림입니다. 희망적이라는 생각이 드는군요. 자, 힐튼 큐빗 씨, 계속 말씀해 보세요"

"홈즈 씨, 그날 밤에 제 아내가 말리지 않았다면 몰래 숨어들어온 그놈을 잡을 수도 있었을 텐데요. 나중엔 아내한테 화가 나더군요. 그것 말고는 이제 더 이상 할 말이 없습니다. 아내 말로는 제가 다칠까봐 무서워서 그랬다는 것인데, 잠시 뒤에 언뜻 떠오른 생각은 정말로 아내가 걱정했던 건 제가 아니라 그놈이 아니었을까 하는 거였어요. 왜냐하면 아내는 그놈이 누군지, 그 희한한 그림이 무엇을 의미하는 것인지 다 알고 있을 것 같기 때문이죠. 하지만 홈즈 씨, 아내의 목소리와 눈빛을 봐서는 그런 것을 의심할 수도 없었습니다.

그러다 보니 아내가 정말로 저를 걱정하고 있다는 확신이 들기도 하더군요. 여기까지가 사건에 대한 이야기였고요, 이제 제가 어떻게 하는 게 좋을지 말씀 좀 해주시기 바랍니다. 제 생각으로는, 일꾼들 몇 명을 덤불 속에 숨어 있게 했다가 그놈이 나타나면 단단히 혼을 내준 다음 다시는 얼씬거리지 못하도록 하는 게 어떨까 싶은데요. 그렇게 되면 우리가 평화롭게 살 수 있을 것 같으니까요."

"그런 단순한 방법을 쓰기에는 지금 사건이 너무 많이 진척되어 있습니다. 런던엔 얼마나 계실 겁니까?"

홈즈가 물었다.

"오늘 돌아가려고 합니다. 아내를 밤에 혼자 둘 수가 없어서요. 굉장히 불안해하면서 저더러 꼭 돌아오라고 하더군요."

"좋습니다. 그렇다면 가서 기다리고 계시고, 제가 하루 이틀 내로 그쪽으로 갈 수 있을 것 같습니다. 이 종이들은 여기 놔두고 가세요. 조만간 가서 당신의 사건에 조금이라도 광명이 비치도록 할 수 있으리라 생각됩니다."

의뢰인이 나갈 때까지 홈즈는 침착하고 묵묵한 태도를 유지하고 있었다. 그러나 그를 잘 알고 있는 내가 보기엔 속으로 무척 흥분해 있음을 알 수 있었다. 힐튼 큐빗의 넓은 어깨가 문 밖으로 사라지자마자 그는 책상으로 달려들더니 춤추는 사람이 그려져 있는 종이들을 몽땅 펼쳐놓고는 뭔가 계산을 하기 시작했다.

그렇게 2시간 동안 그는 여러 장의 종이에 글과 그림을 채워가고 있었다. 너무나 열중한 나머지 그는 내가 옆에 있는 것조차 잊어버린 것 같았다. 가끔 일이 진전되어 만족한다는 뜻인지 휘파람을 불며 노래할 때도 있었고, 또 꼬여서 불만인지 한동안 잔뜩 인상을 쓰며 멍하니 앉아 있을 때도 있었다. 그러다가 마침내 환호를 지르며 의자에서 벌떡 일어나서는 두 손을 비비며 방 안을 빙빙 돌았다. 그는 곧 전보용지에 뭔가를 길게 적었다. 그러고는 말했다.

"왓슨, 이 전보에 대한 회답이 내가 바라는 대로 온다면, 자네는 멋진 사건을 하나 더 수첩에 첨부하게 될 걸세. 우리가 내일 노퍽으로 가서 그 친구한테 괴로워하는 그 비밀에 대해 명확히 밝혀줄 수 있을 것 같네."

솔직히 그 말에 나는 무척 호기심이 들었다. 그러나 내가 아는 한 홈즈는 언제나 자신이 원할 때 원하는 방식으로만 자세한 얘기를 털어놓기 때문에 그가 스스로 그 비밀이 무엇인지 털어놓을 때까지 기다리기로 했다.

그러나 회신이 빨리 안 와서 나는 답답해하며 이틀을 기다려야 했다. 그동안 홈즈는 초인종이 울릴 때마다 귀를 기울였다. 이튿날도 다 끝나갈 저녁 무렵에야 마침내 힐튼 큐빗 씨한테서 편지가 왔다. 그 내용은, 모든 것이 조용했고, 다만 그날 아침에 긴 그림 하나가 해시계의 돌판 위에 그려져 있었다는 것이었다. 큐빗 씨는 베낀 그 그림을 함께 넣어 보냈는데, 다음과 같은 것이었다.

홈즈는 한참동안 허리를 구부린 채 이 괴상한 그림을 들여다보더니 별안간 깜짝 놀라며 당황해하는 소리를 지르면서 벌떡 일어났다. 그는 몹시 불안하고 초조한 표정이었다.

"이 사건이 너무 깊이 나간 것 같네. 오늘 밤에 노드 월삼으로 가는 기차가 있을까?"

내가 기차 시간표를 열어봤더니 막차도 방금 전에 떠나고 없었다.

"그럼 내일 아침에 일찍 식사하고 첫차를 타야겠네. 꼭 가봐야 하니까 말이야. 아! 기다리던 전보가 온 것 같은데. 허드슨 부인, 잠깐만 기다리세요. 바로 회답을 보내야 할지도 모르니까요. 자, 전보 내용이 우리가 예상했던 그대로군. 힐튼 큐빗 씨에게 사건이 어떻게 진척되었는지 한시라도 빨리 알려야겠어. 그 순진한 사람이 지금 위험한 거미줄에 걸려들어 있네."

그건 그야말로 사실이었다. 나는 처음엔 그저 장난 같고 이상한 일이라고만 생각했는데 이야기가 점차로 위험한 종말로 치달아가자 또다시 공포와 참담함을 느끼지 않을 수 없었다. 독자에게 재미있고 유쾌한 결말을 전하고 싶었던 내 바람은 물거품이 되고 말았다. 어쨌든 이건 실제로 일어났던 사건을 기록한 것이다. 따라서 리들링 농장을 온 영국에 화젯거리로 만든 이 기괴한 사건이 어떻게 해서 그토록 암담한 지경에까지 이르게 되었는지 소개하고자 한다.

우리가 노드 월삼에서 내려 행선지에 대해 얘기하고 있는데 역장이 우리 쪽으로 다가왔다.

"런던에서 오신 형사 분들이시죠?"

홈즈의 얼굴에 당황한 빛이 떠올랐다.

"왜 그렇게 생각하시죠?"

"노리치에서 오신 마틴 경감이 지금 막 지나가셨거든요. 선생들은 혹시 형사십니까, 아니면 의사십니까? 그 부인이 말이죠. 제가 들은 마지막 소식에 의하면, 아직 생명을 구할 수는 있다고 하더군요. 결국은 사형이 되겠지만……"

홈즈의 표정이 몹시 어두워졌다.

"지금 리들링 농장으로 가려고 하는데요, 거기서 무슨 일이 일어났습니까?"

홈즈의 말에 역장이 대답했다.

"무서운 사건이 일어났습니다. 힐튼 큐빗 씨와 부인이 모두 살해되었어요. 부인이 먼저 남편을 쏘고, 그 다음에 자신도 쏘았다고 하더군요. 하인들이 그렇게 말했어요. 남편은 그 자리에서 죽었는데 부인은 아직 생명은 붙어 있지만 가망이 없는 모양입니다. 세상에! 어떻게 이런 일이…… 노퍽에서 가장 오래 되고 가장 유명한 집안인데 말이죠."

한 마디 대답도 안 하고 홈즈는 급히 마차에 올라탔다. 그리고 11킬로미터를 달리는 동안 아무런 말도 하지 않았다. 나는 그가 이렇게나 암담해 하는 모습을 본 적이 없었다. 그는 내내 불안한 표정으로 아침 신문만 뒤적거리고 있었다. 가장 우려했던 일이 갑작스럽게 사실로 나타나자 그는 깊은 우울감에 빠져들었던 것이다. 홈즈는 좌석에 기대 무슨 생각에 골몰한 것 같았다. 우리는 시골 길을 달리고 있었는데 이따금 흥미로운 것들이 스쳐 지나갔다. 영국에서도 유독 특이한 농촌 풍경이었다. 어느덧 자줏빛 수평선이 가까이 보이는 노퍽 해안가로 우리의 마차가 다가가고 있었다. 마부가 회초리를 들고서 나무들 사이로 보이는 벽돌집 두 채를 가리켜 보였다.

"저기가 리들링 농장입니다."

마차는 농장의 현관 앞에 가서 멈췄다. 집 앞쪽으로 테니스 코트가 있고 바로 그 옆에 큐빗 씨가 말한 검은색 창고와 해시계가 자리하고 있었다. 이상한 느낌이 들었다. 그때 막 다른 마차가 들어왔고, 아담한 키의 한 남자가 내렸는데 매우 민첩해 보이며 수염을 기르고 옷도 말쑥하게 차려입고 있었다. 그는 노퍽 경찰서의 마틴 경감이라고 자신을 소개했다. 그리고 나서 내 친구 홈즈의 이름을 듣더니 깜짝 놀라는 것이었다.

"아니, 홈즈 씨, 범행은 오늘 새벽 3시에 일어났습니다. 그런데 런던에서 어떻게 아시고 저와 똑같은 시간에 여기 도착하신 거죠?"

"저는 이 사태를 예측하고 있었습니다. 그래서 그걸 막으려고 여기 온 거죠."

"그러면 우리가 모르는 중요한 증거를 가지고 계시겠군요. 이 부부는 아주 사이가 좋았다고 하던데요."

"저는 춤추는 사람의 그림 밖에는 가지고 있는 게 없습니다. 그것에 대해서는 차츰 설명을 드리기로 하고요. 어쨌든 늦게 오는 바람에 이 비극을 막지 못하게 됐는데, 제가 가지고 있는 지식을 이용해서 이 사건을 확실히 밝혀내는 데 도움이 되고 싶군요. 현장조사를 저와 함께 하시겠습니까, 아니면 저 혼자서 해볼까요?"

"저는 홈즈 씨와 함께 하는 것을 명예로 생각합니다."

경감은 차분하게 말했다.

"그러면 시간 낭비 말고 빨리 증언을 듣고 집안도 조사하도록 합시다."

마틴 경감은 홈즈가 자신의 방식대로 일하도록 내버려두며 결과만 유심히 살펴보았다. 나이 든 시골 의사가 방에서 나와 큐빗 부인의 상태를 알려줬는데, 심각한 건 맞지만 회생이 불가능할 정도는 아니라고 했다. 다만 총알이 머리 앞쪽을 꿰뚫고 지나갔기 때문에 의식을 되찾기까지는 꽤 오랜 시간이 걸릴 거라고 했다. 부인이 다른 사람한테 총을 맞았는지, 아니면 스스로 쏘았는지의 질문에 대해서는 분명하게 밝히지 않으려 했다. 총알은 아주 가까운 데서 발사된 것 같았다. 방안에는 권총이 하나밖에 없었고, 탄환 두 개가 비어 있었다. 힐튼 큐빗 씨는 심장에 총알이 관통된 상태였다. 남편이 아내를 먼저 쏜 다음 자신을 쏘았다고 볼 수도 있고, 아내가 범인이라고 할 수도 있었다. 왜냐하면 권총이 두 사람의 바로 중간에 놓여 있었기 때문이다.

"힐튼 큐빗 씨의 시신을 움직였습니까?"

홈즈가 물었다.

"아니오. 부인 말고는 아무것도 손대지 않았습니다. 부인은 빨리 옮겨야 했으니까요."

"의사 선생님, 여기에 얼마나 계셨습니까?"

"4시부터 있었습니다."

"누가 또 있었나요?"

"네, 여기 순경이 같이 있었죠."

"아무것도 건드리지 않았겠죠?"

홈즈가 순경에게 물었다.

"네, 아무것도 건드리지 않았습니다."

"좋아요. 누가 당신에게 알리러 왔었나요?"

"심부름하는 여자 사운더스입니다."

"이 사건을 알린 게 그 여자란 말이죠?"

"네, 그 여자와 하녀인 킹 부인이었습니다."

"그들은 지금 어디에 있죠?"

"아마 주방에 있을 겁니다."

"그러면 빨리 그들의 얘기를 듣는 게 좋을 것 같군요."

참나무가 바닥에 깔린 넓은 방이 갑자기 심문 장으로 바뀌었다. 홈즈는 창백하고 냉정한 얼굴로 고풍스러운 큰 의자에 앉았다. 그의 눈빛엔 자신이 미처 구해내지 못했던 의뢰인을 위해서라도 이 심문에 목숨을 걸겠다는 식의 결연한 의지가 담겨 있었다. 단정한 옷차림의 마틴 경감, 흰머리가 가득한 이 지방의 의사, 나, 그리고 우둔한 시골 순경이라는 기묘한 집단이 이 심문에 입회해 있었다.

두 여자는 명확하게 기억하고 있었다. 그들은 총소리 때문에 잠에서 깼는데, 1분 뒤에 두 번째 총소리가 들렸다고 했다. 두 사람의 방이 붙어 있기 때문에 킹 부인이 사운더스의 방으로 뛰어 들어간 다음 둘이서 같이 아래층으로 내려갔다는 것이다. 서재의 문이 열려 있고, 책상 위에는 촛불이 켜져 있었다고 한다. 힐튼 큐빗 씨는 방 한가운데에 쓰러져 있었는데 이미 죽은 상태였고, 부인은 창 옆에 쓰러져 있었는데 머리를 벽에 기대고 있었다는 것이다. 부인은 심한 상처를 입고 얼굴 한쪽이 완전히 피로 덮여 있었다고 한다. 거친 숨을 몰아쉬고 있을 뿐 아무 말도 하지 못하는 상태였다는 것. 그리고 방안은 연기와 총탄 냄새로 가득 차 있었다고 한다. 창문은 굳게 닫혀 있었고 안에서 잠긴 상태였다고 그들은 말했다. 두 사람 모두 이 점을 강조했다.

사운더스와 킹 부인은 곧바로 의사와 경찰에 신고하러 사람을 보냈다. 그리고 심부름꾼과 마구간 소년의 도움을 받아 부상한 주인 부부를 침실로 옮겼다. 두 부부는 침대에 누워 있었다. 부인은 옷을 입은 상태였고, 남편은 잠옷 위에 실내복을 입고 있었다. 서재에서는 아무것도 만지지 않았다. 두 여자가 아는 바로는 부부가 싸운 적이 한 번도 없었고, 그래서 늘 사이좋은 부부로 알고 있었다고 했다.

이상이 여자들 증언의 요점이었다. 마틴 경감의 질문에 그들은 모든 문이 안에서 잠겨 있었기 때문에 아무도 집 밖으로 도망갈 수 없었다고 분명히 말했다. 또 홈즈의 질문에는 위층 방에서 뛰어내려 온 순간부터 화약 냄새가 났다고 말했다.

"이 사실을 깊이 주의하시기 바랍니다. 그리고 이제 방을 철저히 조사해봐야겠어요."

홈즈가 마틴 경감에게 말했다.

서재는 자그마했다. 세 벽면에 책이 꽂혀 있고, 정원을 내다볼 수 있는 창문 앞에 책상이 놓여 있었다. 우선 길게 누워 있는 큰 몸집의 불행한 주인인 큐빗 씨의 시신으로 시선이 갔다. 그의 흐트러진 옷차림은 잠자리에서 급히 일어났음을 말해주고 있었다. 탄환은 그의 정면에서 발사된 것이었다. 그리고 심장을 꿰뚫은 다음 몸속에 남아 있었다. 죽음은 한순간이었고 고통도 없었을 터였다. 실내복이나 그의 손에는 화약의 흔적이 없었다. 의사 말로는, 부인의 얼굴에는 화약 흔적이 있지만 손엔 없었다고 한다.

"손에 없다면 아무 의미도 없습니다. 그러나 손에 남아 있다면 모든 것을 의미할 수가 있죠. 큐빗 씨의 시체는 이제 움직여도 좋습니다. 그런데 의사 선생님, 부인이 맞은 총탄은 못 보셨나요?"

홈즈가 물었다.

"그걸 찾으려면 큰 수술이 필요할 겁니다. 권총에 아직 총알이 네 개 남아 있는데 두 개가 발사돼서 두 사람이 당했으니까 총알 숫자를 알 수가 있죠."

"그렇게 보이긴 한데, 창문 끝부분을 스치고 나간 총알도 계산에 넣어야 할 것 같은데요."

홈즈는 그렇게 말하며 갑자기 돌아서서 긴 손가락으로 나지막한 창틀 아래에 뚫려 있는 구멍을 가리켰다.

"아니, 세상에! 어떻게 그걸 보셨습니까?"

경감이 놀라며 물었다.

"아까부터 계속 찾고 있었거든요."

"놀랍군요, 선생! 확실한 것 같습니다. 첫 번째 총알이 발사되었다면, 누군가 제삼자가 있었다는 거죠. 그게 누구일까요. 그리고 어떻게 도망쳤을까요."

시골 의사도 끼어들어 말했다.

"그게 지금 우리가 풀려고 하는 문제입니다. 마틴 경감, 하녀들이 방을 나올 때 갑자기 화약 냄새가 났다고 했는데, 그 점이 아주 중요하다고 아까 제가 말했었죠?"

"네, 그러셨죠. 그런데 솔직히 말해 저는 홈즈 씨의 말씀을 전혀 이해할 수가 없습니다."

"그건 총이 발사됐을 때 방문과 창문이 함께 열렸다는 걸 암시한다는 거죠. 그렇지 않았다면 화약 냄새가 그렇게 빨리 온 집안에 퍼질 리가 없지 않습니까? 그러니까 실내에 바람이 세게 들어왔다는 얘기거든요. 방문과 창문이 잠깐 동안 열렸던 것이죠."

"그 증거가 있습니까?"

"촛불의 촛농이 떨어지지 않았어요."

"아! 정말 대단하십니다!"

경감이 소리쳤다.

"비극이 일어났을 때 창문이 열려 있었다고 저는 확신합니다. 분명히 열려 있는 창문 밖으로 총을 쏘았을 거예요. 그러니까 제삼자가 있었을 거라는 얘기죠. 그 사람을 향해 쏜 게 창틀을 맞혔는지도 모르겠어요."

"그런데 아까 그 부인은 창문이 닫혀 있었고 안에서 잠겨 있었다고 하지 않았습니까?"

"부인이 본능적으로 창문을 닫고 잠갔던 거죠. 그런데 아니, 이게 뭐지?"

그건 서재의 책상 위에 놓여 있는 부인의 핸드백이었다. 악어가죽과 은으로 만들어진 고풍스럽고 작은 백이었다. 홈즈는 백을 열어 안에 든 것을 꺼냈다. 물건은 단 하나였는데, 50파운드짜리 지폐 20 장이 고무 밴드로 묶여 있는 것이었다.

홈즈는 백과 지폐를 경감에게 넘기며 말했다.

"정식 심문 때 중요한 자료가 될 테니까 이걸 보관해두세요. 그리고 이제 세 번째 총알에 대해 밝혀내야 하는데, 그게 창틀을 뚫은 것을 보면 분명히 방안에서 쏜 것 같거든요. 킹 부인을 다시 한 번 만나봐야겠어요……"

홈즈가 킹 부인 쪽으로 다가가며 물었다.

"부인, 굉장히 큰 총소리 때문에 잠을 깼다고 했죠? 그러니까, 두 번째 총소리보다 더 크게 들렸다는 건가요?"

"글쎄요, 아무튼 그 소리 때문에 잠을 깼는데, 워낙 커서 뭐라고 판단하기가 어렵습니다."

"권총 두 개가 동시에 발사된 것인지도 모른다고는 생각하지 않았습니까?"

"글쎄요, 모르겠는데요."

"틀림없이 그랬을 겁니다. 마틴 경감, 이제 안에서는 다 본 것 같고요, 정원으로 나가서 무슨 새로운 증거가 나오나 조사해봐야겠는데요."

꽃들이 서재의 창틀까지 피어 올라와 있었다. 우리는 꽃밭 근처로 가다가 별안간 환성을 질렀다. 꽃들이 짓밟혀 있었고 땅바닥엔 수많은 발자국이 어지럽게 나 있었기 때문이다. 발자국은 길고 끝이 뾰족한 모양이었다.

홈즈는 마치 사냥개가 상처 입은 새를 쫓아다니듯이 풀밭과 나무 사이를 뛰어다녔다. 그러고는 얼마 후 만족한 듯한 소리를 지르며 땅바닥에서 총알 껍질 하나를 집어 들었다.

"이럴 줄 알았어요. 총알이 나간 게 맞고 이게 세 번째 총알 껍질입니다. 마틴 경감, 이 사건은 거의 완전히 끝난 것 같군요."

시골 경감은 홈즈가 신속하고 능란하게 조사하는 걸 보고는 매우 놀란 표정이었다. 처음엔 자신의 지위를 주장하려는 태도를 보였지만 이젠 경탄과 압도뿐이라는 듯 홈즈가 이끄는 대로 따라가고 있었다. 그는 도무지 모르겠다는 듯 홈즈에게 물었다.

"의혹이 가는 사람은 누굽니까?"

"그건 나중에 얘기해드리죠. 이 사건에 대해서는 아직도 설명할 수 없는 몇 가지 점이 있습니다. 그래서 이제부터는 내 방식대로 진행을 해보는 게 좋을 것 같군요. 그러고 나서 한꺼번에 모든 사실을 밝히겠습니다."

"그럼 그렇게 하시죠, 홈즈 씨. 범인만 잡으면 되니까요."

"비밀리에 할 생각은 없습니다. 그러나 지금처럼 활동하면 길고 복잡한 이 사건을 설명할 수가 없어요. 솔직히 저는 사건의 모든 단서를 가지고 있습니다. 그리고 만일 큐빗 부인이 의식을 회복하지 못한다 하더라도 어젯밤에 일어난 일을 다시 정리해서 정확한 판단을 내릴 수 있을 거라고 생각해요. 우선 이 마을에 에리지라는 이름의 여관이 있는지 알아봐야겠어요."

하인들에게 물었더니 모두들 그런 곳을 들어본 적이 없다고 했다. 그런데 마구간 소년이 이스트 라스튼 방향으로 3킬로미터쯤 떨어진 곳에 그런 이름을 가진 농부가 살고 있다고 말함으로써 우리의 조사에 한 가닥 빛을 던져주었다.

"아주 외떨어진 곳인가?"

"네, 그렇습니다."

"어젯밤에 여기서 생긴 일을 그자가 아직 못 들었겠지?"

"그럴 겁니다."

홈즈는 잠시 생각하더니 묘한 미소를 지었다. 그리고는 소년에게 말했다.

"자, 말에 안장을 놓으렴. 네가 에리지의 집에 가서 편지를 주고 와야겠다."

그러고 나서 홈즈는 주머니에서 춤추는 사람의 그림 종이들을 꺼내 책상 위에 펼쳐놓고는 한동안 편지를 썼다. 그는 소년에게, 편지를 농부에게 직접 전달해야 하며 무슨 말을 묻더라도 절대로 대답하지 말라는 주의를 단단히 주고서, 그 편지를 건넸다. 홈즈가 늘 쓰는 식의 반듯한 글씨체와는 정 반대로 불규칙하게 흘려 쓴 그 편지의 봉투에는 받는 사람의 이름이 이렇게 적혀 있었다. 노펙 이스트 라스튼 에리지 농가, 에이브 슬레이니 씨.

홈즈가 경감에게 말했다.

"제 예측이 맞는다면 말이죠, 경감께선 감옥으로 보낼 굉장히 위험한 범인을 만나게 될 것 같으니까 지금 바로 호송 경찰을 보내달라고 전보를 치는 게 좋을 것 같습니다. 소년이 가면서 당신의 전보를 칠 수 있을 거예요. 왓슨, 런던으로 가는 오후 기차가 있으면 그걸 타는 게 좋겠네. 끝내야 할 화학실험이 있어서 말이야. 이 사건도 금방 끝날 걸세."

소년이 편지를 가지고 출발한 뒤 홈즈는 하인들에게 당부했다. 만일 어떤 사람이 힐튼 큐빗 부인을 찾아오거든 부인의 상태에 대해 아무 말도 하지 말고 곧바로 응접실로 안내하라는 것이었다. 그는 몇 번이나 이 말을 강조해 말했다. 그런 다음, 우리가 할 수 있는 일은 이제 없으며 우리들 가운데 숨어 있는 것이 나타날 때까지 가능한 시간을 잘 활용해야 한다고 말하면서 응접실로 갔다. 의사는 환자를 보러 가고 나와 경감만 남아 있었다.

홈즈는 의자를 책상 앞으로 바짝 끌어 앉고는 춤추는 사람의 그림 종이들을 다시 펼쳐 놓았다.

"나는 당신들이 앞으로 한 시간 동안 재미있고 유익하게 보내도록 도와드릴 수 있습니다. 왓슨, 자네도 본인의 자연스러운 호기심을 오랫동안 방치한 데 대해 속죄를 해야 할 것 같네. 경감, 이 사건 전체가 경감에게는 훌륭한 연구 자료가 될 겁니다. 우선 힐튼 큐빗 씨와 베이커 거리의 제 집에서 나눴던 재미있는 이야기를 해드리죠."

홈즈는 이미 기록해두었던 사실들을 간단히 요약해서 설명했다.

"이 무서운 비극을 초래했다는 사실이 증명되지 않았다면 그냥 웃기는 것이라고 넘겨버릴지도 모르는 괴상한 그림을 제가 이렇게 가지고 있는데요. 저는 비밀 문자의 형상에 대해 비교적 잘 알고 있고, 또 실제로 160가지의 각각 다른 문자를 분석해 논문을 쓴 적도 있습니다. 그런데 솔직히 말씀드리면 이번 사건은 저한테는 전혀 새로운 문제입니다. 이걸 만든 사람은 이 글자가 어떤 의미를 전달하고 있는 것을 숨기기 위해 마치 아이들이 그냥 아무렇게나 그린 단순한 그림이라는 인상을 주려고 했어요. 틀림없이 그런 목적을 가지고 있었던 겁니다.

그런데 이렇게 그려진 것들이 문자라는 것을 일단 인식하고, 그리고 비밀문서의 모든 형식을 가르쳐주는 규칙을 이용한다면 이걸 풀 수 있는 방법은 의외로 간단합니다. 제가 받은 첫 번째 메시지는 너무 짧아서 🕺이 E를 뜻하는 부호라는 것 외에는 어느 정도 자신감을 가지고 말할 수 있는 것이 전혀 없었어요. 여러분도 아시다시피, E는 영어 알파벳 중 가장 많이 쓰이는 글자죠. 이 글자가 유독 많이 사용되고 있고, 짧은 문장 속에도 자주 보이고 있습니다. 첫 번째 메시지의 열다섯 개 부호 속에 똑같은 게 네 개 있으니까 이것을 E로 보는 것은 확실합니다. 어떤 건 사람이 깃발을 들고 있고, 또 어떤 건 가지고 있지 않네요. 하지만 깃발은 글을 글자로 나누기 위해 사용되도록 배열된 것 같습니다. 저는 이것을 하나의 가설로 생각하고 E가 🕺으로 대표된 것으로 적었죠.

그런데 그 다음부터 곤란한 문제가 닥쳤어요. E 다음의 알파벳 글자 순서는 도저히 알 수가 없었던 겁니다. 보통 인쇄된 책에서 자주 나오는 것이 단 한 개의 짧은 글에서는 반대로 되기 쉽거든요. 일반적으로는 T A O I N S H R D 그리고 L이 많이 나오는 순서입니다. 그런데 T A O I 는 나오는 빈도가 거의 비슷해서, 의미가 나올 때까지 모든 결합을 시도해보려면 끝도 없는 일이 될 겁니다. 그래서 새로운 자료를 기다리고 있다가 힐튼 큐빗 씨를 두 번째로 만났을 때 바로 짧은 두 개의 문장과 한 글자로 추측되는 암호를 하나 발견할 수가 있었죠.

그런데 한 낱말 속에서 E가 두 번째와 네 번째에 나오는 단어를 이미 알아냈어요. 그것은 SEVER이거나, LEVER이거나, 또는 NEVER일 것입니다. 맨 마지막 것이 애원에 대한 회답으로는 훨씬 더 그럴듯한 것이죠. 그리고 모든 경우가 부인이 쓴 회답이라는 것을 나타내주는데요. 만일 이 가정이 옳다면 우리는 이 춤추는 사람 그림에서 𐆠라는 부호가 각각 N V R을 가리키고 있다는 걸 알 수 있습니다.

그래도 여전히 곤혹스러운 문제는 남아 있었어요. 그런데 다행히도 다른 몇 글자를 알아맞힐 수가 있었죠. 만약 그 애원의 내용이 제가 추측했던 대로 부인의 어릴 적 친구에게서 온 것이라면 두 개의 E 사이에 세 글자가 있는 단어는 바로 엘시(ELSIE)일 거라는 생각이 들더군요. 조사를 해봤더니, 이렇게 결합되는 글자가 세 번이나 반복돼 메시지의 끝 부분을 이루고 있었어요. 그건 결국 엘시에게

던지는 어떤 애원인 게 분명합니다. 결론적으로 저는 거기서 L S 그리고 I를 알아냈죠. 그런데 그 애원이 무슨 내용일까요? ELSIE 앞에 있는 단어는 네 자밖에 없는데, 끝 글자가 E입니다. 그렇다면 그건 분명히 COME일 거예요. 왜냐하면 E로 끝나는 모든 단어들을 맞춰봤지만 이 경우에 들어맞는 게 아무것도 없었기 때문이죠. 이렇게 해서 저는 C O M을 가지고 한번 더 첫 번째 메시지를 연구해봤습니다. 낱말들로 나누고, 아직 알 수 없는 부호에는 점을 찍어봤어요. 그렇게 했더니 이런 모양이 되더군요.

.M .ERE ..E SL. NE.

그런데 맨 첫 글자는 A가 되어야 맞습니다. 이것은 굉장히 중요한 발견이었는데, 짧은 문장 속에서 이 글자가 세 번이나 나왔기 때문이죠. 그리고 두 번째 글자는 H가 확실합니다. 그래서 이런 문장이 되고 있어요.

AM HERE A.E SLANE.

여기서 이름을 제대로 채우면 이렇게 됩니다.

AM HERE ARE SLANEY

이렇게 많은 글자를 알아내고 나니까 더 자신감이 생기더군요. 그래서 그 다음 메시지를 풀어보기로 했습니다. 이런 글자였어요.

A. ELRI. ES

여기 빈 곳에 T와 G를 채우니까 어떤 의미가 되더군요. 이건 글자를 쓴 사람이 묵고 있는 장소나 여관 이름일 거라는 생각이 들었어요."

홈즈는 꼼꼼하고 빈틈없는 설명을 이어가고 있었다. 나는 마틴 경감과 함께 그가 어떻게 이토록 곤란한 문제를 완전히 풀어낼지 깊은 흥미를 가지고 듣고 있었다. 경감이 물었다.

"그 다음엔 어떻게 하셨습니까?"

"이 에이브 슬레이너라는 인물이 미국인일 거라는 추측에는 충분한 근거가 있습니다. 에이브라는 것은 미국에서 많이 사용하는 이름인데다, 또 미국에서 보내온 편지가 바로 이 사건의 화근이 되었으니까 말이죠. 따라서 이 사건에는 어떤 범죄가 개입되어 있다고 생각할 충분한 근거가 있습니다. 큐빗 부인이 자신의 과거에 대해 암시한 점, 그리고 남편에게 비밀을 고백하지 않으려 했던 점이 그런 걸 뒷받침하고 있는 거죠. 그래서 뉴욕 경찰국에 있는 친구 윌슨 하그리브에게 전보를 쳤어요. 그는 런던의 범죄 사건에 대한 내 지식을 몇 번이나 이용하기도 했거든요. 그 친구한테 에이브 슬레이너라는 사람에 대해 물었더니 바로 답신이 왔는데 '시카고에서 가장 위험한 인물'이라고 씌어 있더군요. 이 전보를 받은 날 저녁에 힐튼 큐빗 씨가 슬레이너에게서 온 최후의 메시지를 나한테 보내왔어요. 그걸 글자로 만들어보니까 이렇게 되었어요.

ELSIE .RE. ARE TO MEET THY GO.

빈 곳에 P와 D를 채워보면 이런 메시지가 되죠.

ELSIE PREPARE TO MEET THY GOD

이 악마가 애원하고 설득하다가 이제는 협박을 하고 있는 겁니다. 시카고의 범죄자들은 자신들이 한 말을 즉각 실행으로 옮긴다는

것을 난 알고 있었거든요. 그래서 왓슨 박사와 함께 서둘러 여기 노
픽으로 오게 됐던 거죠. 하지만 이렇게 불행한 사태를 보고 말았네
요."

그러자 마틴 경감이 조용히 말했다.

"홈즈 씨와 함께 이 사건을 맡게 된 건 저한테는 정말 특별한 일이
었습니다. 하지만 죄송한 말씀을 한 마디 드리면, 선생께선 누구한
테 책임질 일이 없겠지만 저는 위에다 보고를 해야 하거든요. 그리
고 에리지 집에 있는 에이브 슬레이니가 정말 살인범이라면, 게다가
우리가 여기 있는 동안 그자가 도망이라도 친다면, 저는 정말로 곤
란한 처지에 빠지게 된다는 거죠."

"불안해하지 마세요. 그자는 도망치지 않을 겁니다."

"그걸 어떻게 아십니까?"

"도망친다는 것은 범인이라는 걸 자백하는 것이니까요."

"그러면 지금 체포하러 가야죠."

"그자가 곧 이리 올 것 같습니다."

"아니, 어떻게 올 수가 있다는 거죠?"

"내가 편지를 써서 오라고 했거든요."

"세상에! 홈즈 씨, 선생이 오라고 한다고 오겠습니까? 이렇게 오라
고 하면 오히려 의심을 하고 도망치지 않겠어요."

"뭐, 나도 편지를 쓰는 방법쯤은 알고 있죠. 저기 보세요! 내가 잘
못 본 게 아니라면 그 사람이 이리로 오고 있군요."

홈즈의 말마따나 한 남자가 대문을 향해 성큼성큼 걸어오고 있

었다. 키가 크고 가무잡잡한 피부의 미남인데, 흰색 플란넬 옷에 파나마 모자를 쓰고 수염을 까칠하게 길렀으며 메부리 코를 하고 있었다. 그리고 손에는 단장을 들고 있었다. 그는 마치 자기 집에 들어오듯 자연스럽고 활달한 모습이었다. 이윽고 현관 앞에 서더니 초인종을 요란하게 눌렀다.

그때 홈즈가 나직이 말했다.

"우리 모두 문 뒤에 서 있는 것이 좋겠어요. 이런 놈을 다룰 때는 아주 조심해야 하거든요. 경감은 수갑을 꺼내놓고, 나한테 맡겨두세요."

우리는 가만히 기다리고 있었다. 그 순간은 지금도 잊을 수가 없다. 문이 열리면서 그 남자가 들어왔다. 순간 홈즈가 남자의 머리에 권총을 들이댔고, 마틴 경감이 팔목에 수갑을 채웠다. 얼마나 신속하고 능란하게 행해졌는지, 그자는 자기가 공격당한 것을 알고도 어찌해볼 도리가 없었다. 그는 눈을 부릅뜨고 우리 모두를 처다보았다. 그리고는 쓴웃음을 터뜨렸다.

"이번엔 내가 당신들한테 걸려들었는데, 아주 크게 걸려든 것 같네요. 하지만 나는 힐튼 큐빗 씨 부인의 편지를 받고 여기 온 겁니다. 부인이 여기 있다고는 믿고 싶지 않아요. 부인이 나를 잡으려고 손잡았다는 것도 믿고 싶지 않습니다."

"큐빗 부인은 지금 중상을 당해 생명이 위독한 상태입니다."

그 말을 듣자마자 남자는 온 집안이 울릴 정도로 소리를 지르며 고통스러워했다. 그리고 무섭게 외쳤다.

"미쳤군요! 부상당한 건 그 남편이지 부인이 아니에요! 세상에 누가 아름다운 엘시를 다치게 하겠어요. 내가 엘시한테 협박한 건 맞아요. 오, 하느님, 용서하소서! 하지만 아름다운 그녀의 머리 한 가닥도 다치게 하지는 않았어요. 제발 아니라고 말하세요. 엘시가 부상당하지 않았다고 말하세요!"

"부인은 죽은 남편 옆에서 큰 부상을 입은 채 발견됐어요."

남자는 괴로워하면서 의자에 주저앉아 수갑 찬 손으로 얼굴을 가리고 5분간 가만히 있었다. 그러더니 다시 절망스럽게 외쳤다.

"나는 아무것도 숨길 게 없어요. 내가 그 남자를 쏜 건 그 남자가 먼저 나를 쐈기 때문입니다. 그러니까 내가 그를 죽인 게 아니에요. 하지만 내가 엘시를 쐈다고 생각한다면 그건 나와 엘시를 모르기 때문입니다. 이 세상에서 그녀만큼 내가 사랑하는 여자는 없습니다. 나는 그녀에 대해 권리를 가지고 있어요. 우리는 몇 년 전에 결혼을 약속한 사이입니다. 그런데 이 영국 남자가 우리 사이에 끼어 들어온 거예요. 그래서 나는 내 권리를 주장한 것뿐입니다."

홈즈가 냉정한 어투로 말했다.

"그녀는 당신의 됨됨이를 깨닫고 그 조직에서 도망쳐 나온 거예요. 당신을 피하려고 미국에서 도망쳐 온 거라고요. 그리고 영국의 점잖은 신사와 결혼을 했던 거죠. 하지만 당신은 그녀를 계속 쫓아다니면서 괴롭혔어요. 그녀가 사랑하는 남편을 버리고 당신과 도망치자고 협박하다시피 해서 결국 그녀의 생활을 곤경에 빠트린 겁니다. 당신은 이제 훌륭한 남자를 죽였고, 그의 아내를 자살로 몰아감으로써 이렇게 종말을 지었어요. 자, 에이브 슬레이니 씨, 당신은 법에 의해 죄의 대가를 치르게 될 것입니다."

"만일 엘시가 죽었다면 나는 어떻게 되든 상관없습니다."

그 미국 남자는 이렇게 말하며 쥐었던 손을 펴서 손바닥에 있던 구겨진 편지를 내려다보았다. 그리고 순간 의심스러운 눈빛을 하며 소리쳤다.

"아니, 이것 보세요. 지금 나를 위협하려고 하는 건 아니겠죠? 만일 부인이 큰 부상을 당했다면 누가 이 편지를 쓴 겁니까?"

그는 편지를 테이블 위로 던졌다.

"당신을 이리로 오게 하려고 내가 쓴 것이요."

"당신이 썼다고요? 이 세상에 우리 조직원들 말고는 춤추는 사람 그림의 비밀을 아는 사람이 없는데요. 어떻게 쓰셨죠?"

"사람이 발명한 건 다 사람이 풀 수 있어요. 슬레이니 씨, 저기 노리치로 당신을 데리고 갈 마차가 오는군요. 하지만 당신이 저지른 범행에 대해서 일말의 참회할 기회는 있어요.

작지만 보상할 시간이 있어요.

큐빗 부인이 남편을 죽였다는 중대한 혐의를 받고 있는데, 부인이 그 의혹을 면하게 된 건 내가 우연히 알게 된 지식과 여기에 오게 된 것 때문이었어요. 당신은 그 사실을 알고 있나요? 당신이 부인에게 반드시 해야 할 일은 온 세상을 향해 부인이 직접적이든 간접적이든 남편의 비극적인 죽음에 책임이 없다는 사실을 밝히는 거예요. 알겠어요?"

"내가 해야 할 최선의 일은 절대로 사실을 숨기지 않는 거라고 생각합니다."

미국 남자가 대답했다.

"숨기는 건 당신한테 오히려 불리한 조건이 된다는 것을 충고하고 싶군요."

경감이 영국 형법의 훌륭하고 공정한 점을 들어 이렇게 말했다.

슬레이니는 어깨를 움찔했다. 그리고 말했다.

"그건 상관없습니다. 우선 내가 큐빗 부인을 어렸을 때부터 알고 있었다는 점을 참고해 주시기 바랍니다. 시카고에는 우리 조직의 갱들이 일곱 명 있었는데, 엘시의 아버지가 우리 조직의 두목입니다. 패트릭이라는 분인데, 아주 영리한 분이었어요. 부호를 발명해낸 것도 그분입니다. 그 글자의 열쇠를 알지 못하면 애들이 장난친 걸로 생각해버리죠. 그런데 엘시는 우리가 하는 일을 조금 배우긴 했지만 결국 견디지를 못했어요. 그래서 자기가 혼자 조금 모아뒀던 돈을 가지고 어느 날 아무한테도 알리지 않고 런던으로 떠나버렸습니다. 나와 약혼을 한 상태였기 때문에 내가 다른 직업을 얻었더라면 결혼했을 거예요. 그러니까 엘시는 법률에 위반되는 일을 한 건 아니었어요. 영국 남자와 결혼한 뒤에야 나는 그녀가 사는 곳을 알게 되었습니다. 편지를 보냈죠. 하지만 답장을 안 하더군요. 결국 편지를 보내봐야 아무 소용이 없다는 걸 알고는 내가 이 마을로 왔어요. 그리고는 그녀가 볼 수 있는 곳에다 메시지를 써놓았던 겁니다.

나는 저 농가에 한 달 전부터 와서 살고 있는데, 내 방이 일층에 있어서 밤에 아무도 모르게 드나들 수가 있었어요. 엘시를 어떻게든 나오게 하려고 갖은 수를 다 써봤죠. 그러다가 언젠가 한 번 내가 써놓은 메시지 밑에 그녀가 대답을 써놓은 걸 본 겁니다. 내 메시지를 계속 읽고 있었다는 얘기죠. 막 화가 치밀더군요. 그래서 그때부터 그녀를 협박하기 시작했어요. 그랬더니 나한테 편지를 보내왔는데, 이 마을을 떠나달라는 거였어요. 만일 나쁜 소문이 남편 귀에 들어가게 되면 자기 마음이 굉장히 슬플 거라면서요. 그러면서 나한테 제안을 해왔는데, 만일 내가 여기를 떠나준다면 그리고 자기를 편안히 살게 해준다면 새벽 3시에 남편이 자는 틈을 이용해 내려올 테니 맨 끝 창문 쪽에서 만나 얘기하자는 것이었습니다. 그래서 갔더니 나를 돈으로 매수하려고 하더군요.

정말 미칠 것 같았어요. 그래서 그녀의 팔을 잡아 창밖으로 끌어내려고 했어요. 그때 그녀의 남편이 권총을 들고 달려왔습니다. 엘시는 바닥에 쓰러지고 우리는 서로 얼굴을 맞대는 상황이 됐죠. 할 수 없이 나도 권총을 들고 위협하면서 도망을 쳤어요. 그가 나를 쐈는데 빗나가고 말았죠. 나도 거의 동시에 그를 향해 쐈고, 그가 맞았던 겁니다. 그러고 나서 난 정원을 지나 빠져나왔는데, 뒤에서 창문 닫히는 소리가 들리더군요. 여기까지 이야기는 사실 그대로고 한 마디도 덧붙이지 않았어요. 그 뒤에는 아무 소리도 못 들었는데, 마침내 소년이 가지고 온 편지를 보고 이렇게 바보같이 이곳으로 걸어 들어왔고 당신들 손에 잡히게 되었네요."

미국 남자가 얘기하는 동안 마차가 도착했다. 경찰관 2명이 안에 앉아 있었다. 마틴 경감은 자리에서 일어나 죄인의 어깨를 쳤다.

"자, 갈 때가 됐네."

"떠나기 전에 엘시를 만날 수 없을까요?"

"안돼, 아직 의식을 찾지 못했어. 홈즈 씨, 또다시 중요한 사건이 생기면 함께 하는 행운을 갖고 싶습니다."

마틴 경감은 그렇게 말하며 마차를 출발시켰다. 나는 창가에 서서 그들을 바라보다가 돌아섰는데, 테이블 위에 좀전에 미국 남자가 던져놓은 종이가 그대로 놓여 있는 게 문득 눈에 들어왔다. 그건 위에서 말했다시피 홈즈가 그를 유인하기 위해 쓴 편지였다.

"왓슨, 저거 읽을 수 있겠나?"

홈즈가 웃으며 말했다.

글자는 하나도 없고 춤추는 사람만 있는 그림이었다.

"내가 아까 설명한 부호를 대입한다면 이건 COME HERE AT ONCE (빨리 오시오) 라는 뜻이야. 그자는 이것이 부인 외의 다른 사람한테서 온 거라고는 생각도 못했을 것이기 때문에 난 그자가 당연히 올 거라고 믿었지. 결론적으로, 그자들이 나쁜 일에 악용하던 이 그림을 가지고 좋은 일에 이용해서 이 사건을 끝낼 수 있었네. 그리고 자네한테 뭔가 이상한 사건을 쓰도록 해주겠다는 내 약속을 실행한 셈이 되었어. 자, 3시 40분에 기차가 있으니까 저녁때까지는 베이커 거리에 도착할 수 있을 걸세."

마지막 정리

미국인 에이브 슬레이니는 노리치에서 열린 동계 순회재판 결과 사형을 선고받았다. 그러나 힐튼 큐빗이 먼저 발포한 것으로 확인되어 정상 참작이 이루어져 징역형으로 감형되었다.

힐튼 큐빗 씨의 부인은 부상이 완치되어 그 후 미망인으로 평생 가난한 사람들을 돌보며 남편의 토지 관리에 힘쓰고 있다는 소문이 들린다.

악마의 발

Sherlock Holmes

나는 셜록 홈즈와 오랜 시간을 함께 하면서 겪은 기이한 사건들과 흥미로운 일들을 이따금 기록으로 남기곤 했는데, 세상에 알려지는 것을 별로 내켜하지 않는 홈즈의 성격 때문에 늘 이런저런 어려움이 발생했었다. 그 우울하고 냉소적인 정신에게 대중의 갈채란 언제나 혐오스러운 것일 뿐이었다. 그가 가장 즐기는 역할은 사건 수사를 성공적으로 끝낸 뒤, 수사 발표를 경찰에게 넘겨 마치 경찰이 공로를 세운 것처럼 그들에게 엉뚱한 찬사가 쏟아지도록 한 다음 그걸 조롱조로 바라보는 일이었다.

근래에 내가 사건 기록을 매우 드물게 발표하는 건 흥미로운 소재가 없어서가 아니라 솔직히 홈즈의 그런 태도 때문이었다. 내가 그의 모험에 참여할 수 있었던 것은 항상 신중함과 비밀을 지킨다는 약속하에서였다. 그래서 지난 화요일에 홈즈한테서 느닷없이 이런 전보가 왔을 때 나는 깜짝 놀라지 않을 수 없었다.

콘월의 공포에 대해 써보는 게 어떤가. 내가 다룬 사건 중에서 가장 기괴했던 그 사건 말일세.

홈즈가 어떤 추억을 곱씹다가 그 사건을 떠올렸는지, 아니면 무슨 변덕이 생겨 내가 그 사건을 발표하기를 바랐는지, 그건 알 수가 없다. 하지만 나는 그가 그만두라는 전보를 다시 보내기 전에 사건 기록을 하루 빨리 발표하려고 예전에 자세히 적어두었던 노트를 부랴부랴 찾기 시작했다.

때는 1897년 봄이었다. 홈즈의 강철 체력도 누적된 과로를 견디지 못하고 무너져가고 있었는데, 자신의 몸을 돌보지 않는 그의 무관심 때문에 더 악화되고 있었다. 그해 3월 마침내, 할리 가에서 자기 병원을 운영하고 있는 의사 무어 애거 박사가 유명한 사립 탐정 셜록 홈즈에게 단호한 경고를 내렸다. '종말을 고하고 싶지 않으면 더 이상 일을 해선 안 되고 휴식을 취해야 한다'는 것이었다. 홈즈는 의사가 명령을 한다 해도 여전히 자신의 건강 상태에 대해 무관심했지만, 아예 일을 못하게 될지도 모른다는 협박이 나오자 그제야 굴복하고 공기 좋은 곳으로 요양을 가기로 했다.

따라서 그해 봄, 우리는 콘월 반도 맨 끝에 있는 폴듀만의 작은 농가에 머물게 되었다. 그 지역은 좀 독특했는데, 특히 홈즈의 강인한 기질과 잘 어울린다는 생각이 들었다. 하얀색으로 칠해진 그 작은 농가는 수풀이 우거진 언덕 위에 자리하고 있었는데, 둥그렇게 둘러선 마운츠 만이 창문을 통해 한눈에 내려다보였다. 그곳은 옛날부터 항해하는 선박들에게는 죽음의 만이라고 불리고 있었다. 검은 절벽 아래 파도가 부딪치는 곳에서 수많은 뱃사람들이 목숨을 잃었던 것이다.

하지만 북풍이 불어올 때는 바람이 가장 잠잠한 곳이라 매우 평온하고 아늑해져, 폭풍에 시달린 선박들이 그곳으로 피난을 오곤 했다. 그러다가 느닷없이 돌개바람이 일어나 해안으로 몰아치면 닻들이 부러지면서 바다는 그야말로 전쟁터가 되다시피 했다. 그래서 지혜로운 선원은 그 불길한 곳을 피해 멀찍이 떨어진 곳에 배를 정박시켰다.

육지 쪽도 음산하기는 마찬가지였다. 주위는 온통 삭막하고 울퉁불퉁한 황무지였고, 드문드문 보이는 교회 종탑만이 오래 된 작은 마을이 남아 있다는 걸 겨우 알려주고 있었다. 하지만 그 쓸쓸한 황무지에도 옛날에 살았던 사람들의 자취가 얼마간 남아 있었는데, 그들의 문명을 엿볼 수 있는 것으로 유일하게 남아 있는 것은, 이상한 모양의 석조 기념물과, 죽은 자들의 뼈가 묻혀 있는 무덤들, 그리고 전투가 있었다는 것을 짐작케 하는 벽의 흔적들이었다. 그런 것들은 묘하게도 신비스러운 매력을 풍기는가 하면, 한편으론 잊힌 문명에서 연상되는 어떤 불길함이 느껴지기도 했다.

그러나 바로 그런 점들이 홈즈의 상상력에 불을 질렀다. 그는 오랫동안 황무지를 걸으며 생각에 잠겼다. 그리고 콘월 지방의 고대 언어에 매료되었는데, 그게 칼데아 언어와 비슷하고 페니키아 상인들의 언어에서 파생된 거라고 그는 생각한 것 같았다. 홈즈는 본격적으로 언어학 관련 책을 찾아 연구에 몰두하기 시작했는데, 그러다 우연히 이제껏 그가 다뤘던 그 어떤 사건보다 더 격렬하고 신비스러운 사건에 휩쓸리게 되었다.

사건이 바로 코앞에서 터졌을 때 나는 망연자실한 반면 홈즈는 너무나 즐거워했다. 우리의 단조롭고 평온했던 일상은 그 순간부터 중단되어 버렸다. 우리는 콘월뿐 아니라 영국 서부 지역 전체를 흥분의 도가니로 몰아넣은 일련의 사건 속으로 강제로 떠밀려 들어가게 되었다. 지금 이 책을 읽는 독자들 중에도 런던의 한 일간지에 실린 엉터리 기사를 통해 당시 '콘월의 공포'라는 이름으로 알려진 사건을 접한 사람들이 많을 것이다. 그로부터 13년의 세월이 지났지만 나는 그 믿기 힘든 사건의 진실을 이제는 공개하고자 한다.

위에서 말한 것처럼, 이 지역에는 마을이 있음을 알려주는 교회 첨탑이 여기저기 흩어져 있다. 그중 가장 가까운 곳에 있는 마을이 트리대닉 윌러스인데, 200여 명이 사는 농가 주택들이 이끼로 뒤덮인 오래된 교회를 중심으로 모여 있었다. 교구 목사는 라운드헤이 씨인데, 고고학에 취미가 많은 사람이라 홈즈도 그를 여러 번 만나 알고 지냈다. 목사는 둥글둥글 살이 찌고 사교적인 성격의 중년 남자로, 그 지역에 전해 내려오는 전설을 꽤 많이 알고 있었다.

우리는 그의 초대를 받아 목사관에 차를 마시러 갔다가 모티머 트리제니스 씨라는 유복한 신사를 알게 되었는데, 그가 목사관에 세를 얻어 들어온 덕분에 보잘 것 없는 목사의 수입이 약간 나아졌다. 독신이었던 교구 목사는 하숙인이 들어온 것에 대해 매우 기뻐했지만 두 사람 사이에 공통점은 거의 없었다. 얼굴이 가무잡잡한 트리제니스 씨는 안경을 쓰고 아주 마른 체격이었는데, 정말로 기형이 아닌가 싶을 정도로 등이 많이 굽어 있었다. 우리가 목사관에서 차를 마시는 동안 교구 목사는 수다스럽게 떠들어댔는데, 반면 세입자는 거의 말을 안 하고 표정도 다소 어두웠다. 그는 다른 사람들과도 시선을 마주치지 않고 앉아 있어서 상당히 내성적이고 자신의 생각에 몰두해 있는 사람으로 보였다.

그런데 3월 16일 화요일 아침에 이 두 사람이 우리 집으로 느닷없이 찾아온 것이었다. 홈즈와 나는 그때 막 아침 식사를 마치고 어느덧 중요한 습관이 돼버린 황무지 산책을 나갈 준비를 하며 담배를 피우고 있던 참이었다. 교구 목사가 방으로 들어서며 다짜고짜 말했다.

"홈즈 선생, 간밤에 정말 기괴하고 비극적인 사건 하나가 발생했는데요. 정말 이런 건 듣도 보도 못한 일이네요. 영국에서 우리한테 가장 중요한 분이 때마침 여기에 계시는 건 하느님의 섭리라고밖엔 할 수가 없군요."

나는 호들갑스러운 교구 목사를 못마땅한 눈으로 쳐다보았다. 하지만 홈즈는 입에 물고 있던 파이프를 내려놓고 사냥꾼들의 고함소리를 들은 늙은 사냥개처럼 자세를 고쳐 앉았다. 그러면서 손짓으로 소파를 가리키자 잔뜩 흥분한 두 남자가 같이 소파에 앉았다. 모티머 트리제니스 씨는 목사에 비해 감정을 많이 자제하고 있었지만 두 손을 부들부들 떨면서 눈빛이 번득이는 걸로 보아 목사 못지않게 흥분한 것 같았다.

"제가 말할까요? 아니면 목사님이?"

트리제니스 씨가 목사에게 물었다.

"음, 무슨 일인지는 모르겠지만 사건을 목격한 건 트리제니스 씨고 목사님은 얘기를 전해들은 것 같으니까, 트리제니스 씨가 말씀하시는 게 좋겠습니다."

홈즈가 말했다.

목사는 급히 옷을 입고 나온 모습이었고 하숙인은 제대로 갖춰 입고 있었는데, 두 사람은 홈즈가 단순한 추리에 의해 그런 말을 하자 깜짝 놀라는 기색이었다.

목사가 먼저 말을 시작했다.

"내가 우선 몇 말씀 드리죠. 그 다음에 트리제니스 씨한테서 자세한 설명을 들으시든지, 아니면 곧바로 그 사건 현장으로 달려가시든지 결정하는 게 좋을 것 같습니다. 여기 있는 트리제니스 씨가 어제 저녁에 황무지 건너편 고인돌 근처에 있는 트리대닉 와사 저택에 가서 그 집 형제들과 같이 저녁 식사를 했답니다. 남자는 오웬과 조지가 있고, 여자는 브렌다가 있었다는군요. 트리제니스 씨는 밤 10시 조금 지나서 집으로 돌아왔는데, 그곳을 떠날 때도 모두들 식탁에 앉아 카드놀이를 하고 있었고 건강이나 기분도 아주 좋아보였다고 합니다.

그런데 오늘 아침에 트리제니스 씨가 일찍 일어나 아침 식사 전에 산책을 하려고 나갔다가 마차를 타고 가는 리처드 씨를 만났는데, 트리대닉 와사에서 급히 불러 지금 진료를 가는 길이라고 하더랍니다. 그래서 트리제니스 씨는 의사와 함께 그 집으로 간 거죠. 그런데 가서 보니까 괴이한 사건이 벌어져 있었다는 거예요. 두 남자와 여자는 어제 갔을 때 봤던 그대로 식탁에 둘러앉아 있었고, 카드도 여전히 식탁 위에 펼쳐져 있었답니다. 촛불은 끝까지 다 타버린 상태였고요. 그런데 여자가 의자에 앉은 채로 싸늘히 죽어 있었다는 겁니다. 두 남자는 그 양쪽에 앉아 완전히 넋이 나간 상태에서 미친 사람들처럼 웃고 떠들고 노래를 하고 있었고요. 그 세 사람의 얼굴에는 말로 표현할 수 없는 공포심이 어려 있었다고 합니다. 쳐다보기도 끔찍할 만큼 두려움으로 일그러져 있었던 거죠.

다른 사람이 왔던 흔적은 없었다는군요. 요리사 겸 가정부로 일하는 포터 부인을 제외하면 말이죠. 포터 부인은 밤에 자면서 아무 소리도 못 들었다고 분명히 얘기를 했다는데요. 게다가 없어진 물건도 없고 누가 다녀간 흔적도 없어서, 도대체 무슨 공포 때문에 여자가 죽고 건강한 두 남자가 미쳐버렸는지 도저히 알 수가 없다고 했답니다. 홈즈 씨, 만약 선생이 이 사건을 해결하는 데 도움을 주신다면 정말 대단한 일이 될 겁니다."

나는 어떻게 해서든 홈즈를 설득해 이 여행의 본래 목적이었던 조용한 생활을 할 수 있어야 한다고 생각했다. 그러나 홈즈의 심각한 표정과 찡그린 눈썹을 보고 내 기대가 얼마나 헛된 것인지를 금방 깨달았다. 그는 한동안 아무 말 없이 앉아서 우리의 평화를 깨트린 그 기이한 드라마를 곰곰이 생각해보았다. 그러고는 마침내 입을 열었다.

"이 사건을 맡겠습니다. 언뜻 보기에 굉장히 기이하고 드문 일인 것 같은데요, 그런데 목사님은 그 현장을 직접 보셨습니까?"

"아니오. 트리제니스 씨가 목사관에 와서 이 얘기를 하기에 선생한테 도움을 청하려고 이렇게 달려왔습니다."

"그 사건이 일어난 집까지는 거리가 얼마나 되죠?"

"1.5킬로미터쯤 됩니다."

"그럼 같이 걸어가시죠. 그런데 출발하기 전에 트리제니스 씨한테 몇 가지 물어볼 게 있는데요."

하숙인은 그동안 아무 말도 안 하고 있었지만, 호들갑스럽게 감정을 드러내는 목사보다 흥분을 억누르고 있는 그가 더 강렬한 감정에 빠져 있을 것은 분명했다. 그는 창백하고 잔뜩 긴장한 얼굴로 홈즈를 쳐다보며 두 손을 마주잡고 부들부들 떨고 있었다. 자신의 형제들에게 벌어진 무서운 사건을 목사가 얘기하는 동안 그의 핏기 없는 입술은 가늘게 떨렸고 검은 눈동자는 사건 현장의 두려운 어떤 것을 나타내고 있는 것 같았다.

"홈즈 선생님, 얼마든지 물어보시죠. 말하기도 끔찍하지만 사실 그대로 말씀드리겠습니다."

그는 열띤 어조로 말했다.

"간밤에 있었던 일에 대해 말씀해보세요."

"네, 목사님이 말씀하신 것처럼 저는 그 집으로 가서 저녁 식사를 했습니다. 그런데 조지가 식사를 마친 뒤에 브리지 게임을 하자고 해서 우리는 9시쯤에 카드를 시작했습니다. 제가 자리에서 일어난 건 10시 15분이었어요. 집을 나올 때도 형제들은 모두 식탁에 둘러앉아 재밌게 카드놀이를 하고 있었습니다."

"문을 열어준 사람은 누구였습니까?"

"포터 부인은 이미 잠자러 갔기 때문에 제가 직접 문을 열고 나왔습니다. 밖으로 나와서 현관문을 닫았죠. 형제들이 앉아 있던 방 창문은 닫혀 있었고, 커튼은 열려진 상태였어요. 오늘 아침에 갔을 때 문과 창문은 어젯밤에 본 그대로였고, 누가 다녀간 흔적도 없었습니다. 하지만 형제들은 무서운 공포로 정신이 이상해졌고, 브렌다는 완전히 질린 얼굴로 머리를 떨어트린 채 죽어 있었습니다. 제가 살아 있는 한 그 광경은 절대로 잊지 못할 겁니다."

"말씀을 들어보니 정말 이상한 사건이군요. 그런데 도대체 어떻게된 일인지 당신은 전혀 모르는 거죠?"

홈즈가 물었다.

"홈즈 선생님, 이건 악마의 짓이겠죠. 악마의 짓!"

모티머 트리제니스 씨가 소리쳤다.

"그건 인간이 한 짓이 아닙니다. 뭔가가 그 방으로 들어가서 형제들의 영혼을 빼앗아버린 겁니다. 인간이 발명한 무슨 물건이 그런 일을 할 수 있을까요?"

"글쎄요. 인간이 저지른 게 아니라면 내 능력으로는 해결할 수 없겠는데요. 일단은 어떤 결론을 내리기 전에 과학적으로 풀어나가도록 최선을 다해봅시다. 그런데 참 트리제니스 씨, 다른 형제들과 같이 안 살고 혼자 방을 얻어 계시는데, 그들과 사이가 별로 안 좋으신가보죠?"

"네, 사실입니다, 홈즈 선생님. 하지만 그 문제는 이미 다 해결됐고 이제는 다 지난 과거의 일이 됐죠. 돈 문제 때문이었어요. 레드루스에 우리 집안의 주석 광산이 있었는데, 형제들이 그걸 다른 회사에 큰 값으로 팔고 손을 뗐습니다. 그런데 돈을 나누는 과정에서 서로 감정이 생겨 한동안 사이가 안 좋았던 거예요. 하지만 시간이 지나면서 서로 다 잊기로 했고, 지금은 세상에서 가장 좋은 친구처럼 아주 잘 지내고 있었거든요."

"그래도 어제 저녁에 거기서 있었던 일을 되짚어보세요. 뭔가 짚이는 일이라도 있었는지, 아니면 단서가 될 만한 뭔가가 있었는지 잘 생각해보세요."

"그런 건 전혀 없었습니다."

"형제들의 기분은 평소와 같았습니까?"

"네, 아주 좋았어요."

"형제들이 예민한 편인가요? 보통 때 뭔가 위험을 느끼면서 불안해하는 성격인가요?"

"아니오. 그렇지 않습니다."

"그럼 뭐 도움 될 만한 얘기도 없습니까?"

트리제니스 씨는 잠깐 생각에 잠겼다.

"한 가지 생각나는 게 있습니다."

그가 말을 이어갔다.

"식탁에 앉아 있을 때 저는 창문을 등지고 있었고 조지는 저와 같은 편이었기 때문에 창문을 마주보고 있었습니다. 그런데 한순간 조지가 제 어깨 너머를 유심히 쳐다보더라고요. 그래서 저도 고개를 돌려 창밖을 쳐다보았죠. 창문은 닫혀 있었지만 커튼이 열려 있었기 때문에 정원이 내다보였어요. 그런데 바로 그 순간 잔디밭 위의 덤불들 사이로 뭔가가 움직이는 것 같았습니다. 사람인지 짐승인지는 알 수 없었지만 하여튼 뭔가가 거기 있다는 느낌이 들었어요. 조지한테 뭘 봤느냐고 물었더니 저랑 똑같은 느낌을 받은 것 같더라고요. 제가 생각나는 건 그것뿐입니다."

"그게 뭔지 조사는 안 해보셨어요?"

"네, 별것 아니라고 생각해 그냥 넘겼습니다."

"그럼 거기서 나올 때 이런 일을 예상하지는 못하셨군요?"

"네, 전혀요."

"오늘 아침에 어떻게 그리 빨리 소식을 알게 됐는지 좀 더 자세히 설명해보세요."

"저는 원래 아침에 일찍 일어나기 때문에 보통 아침 식사 전에 산책을 하는데, 오늘 아침에 집을 나서자마자 마차를 타고 가는 의사 선생을 만난 겁니다. 그분은 막 제 형제가 사는 집으로 가는 중이라면서, 포터 부인이 빨리 와달라고 심부름하는 아이를 보냈다는 거예요. 저는 얼른 선생 옆자리에 올라타고 같이 그 집으로 갔죠. 그리고 도착해 사건이 일어난 그 방으로 들어갔습니다. 촛불과 난로는 몇 시간 전에 이미 꺼진 것 같더군요. 그러니까 형제들은 날이 밝아올 때까지 어둠 속에서 그렇게 앉아 있었던 겁니다. 의사 선생은 브렌다가 최소한 6시간 전에 사망한 게 틀림없다고 했습니다. 외부에서 누가 들어와 폭력을 한 흔적은 없었어요. 그냥 그런 얼굴을 하고 의자 팔걸이 위로 축 늘어져 있었던 겁니다. 조지와 오웬은 무슨 원숭이처럼 알아들을 수없는 말을 중얼거리면서 노래를 부르고 있었고요. 정말 너무나 놀라워서 숨이 멎을 것 같았죠! 의사 선생도 얼굴이 하얗게 변하더니 거의 기절하다시피 의자에 쓰러져 앉더군요."

"참 이해할 수 없는 일이군요. 정말 이상한 일입니다!"

홈즈가 일어나 모자를 집어 들며 말했다.

"이제 더 이상 이러고 있을 게 아니라 그 집으로 가보는 게 좋을 것 같습니다. 솔직히 말하면, 처음부터 이렇게 특이한 점이 나타나는 사건은 본 적이 없습니다."

그날 아침에 우리는 수사를 별로 진전시키지 못했다. 그런데 처음부터 정말 불길한 일이 일어났다. 비극이 발생한 현장으로 마차를 타고 가는데 길이 온통 구불구불하고 좁았다. 그러던 중 뒤에서 다른 마차 한 대가 덜컹거리며 다가오는 소리가 들리기에 우리는 길을 터주려고 한쪽으로 비켜섰다. 마차가 옆을 지나갈 때 보니까 닫혀 있는 창문 안에서 한 얼굴이 언뜻 보였는데, 무섭게 인상을 쓰고 우리를 노려보고 있는 것이었다. 눈빛이 번득거리며 비웃듯 이빨을 드러내고 있는 게 마치 악몽의 한 장면과도 같았다.

"아니, 제 형제들이네요!"

모티머 트리제니스 씨가 기겁을 하며 외쳤다.

"지금 형제들을 헬스턴으로 데려가는 거예요."

우리는 흔들거리며 달려가는 검은색 마차를 한참이나 걱정스럽게 쳐다보았다. 그리고는 형제가 그토록 이상한 운명을 맞은 그 저주 받은 집을 향해 다시 달려갔다.

그곳은 농가 주택보다는 대저택에 가까운 크고 웅장한 집이었다. 넓은 정원에는 콘월 지역의 온화한 기후 덕분에 벌써 활짝 피어난 봄꽃이 가득했다. 거실 창문이 정원 쪽으로 나 있었는데, 모티머 트리제니스 씨의 말에 의하면 거실에서 한번 보기만 해도 정신을 돌아버리게 만들 만한 끔찍한 무언가가 튀어나왔다는 것이다. 홈즈는 집안으로 들어가기 전에 무슨 생각에 잠기며 꽃밭 사이 길을 천천히 거닐었다. 그러다 생각에 골몰한 나머지 물뿌리개에 걸려 넘어질 뻔 했는데, 그때 물이 다 쏟아지는 바람에 사람들의 발과 오솔길이 온통 다 젖어버렸다.

집안으로 들어가자 콘월 출신의 가정부 포터 부인이 있었는데, 그녀는 젊은 여자 하나를 데리고 집안일을 꾸려가고 있었다. 그녀는 홈즈가 무슨 질문을 해도 척척 대답을 했다. 밤에는 아무 소리도 듣지 못했고, 형제들은 요즘 아주 잘 지내고 있었으며, 어느 때보다도 문제없이 모든 게 좋았다고 했다. 그러다 아침에 거실로 가서 그 끔찍한 광경을 보고는 공포에 질려 기절을 했는데, 정신을 차린 뒤 창문을 활짝 열어 환기시킨 다음 밖으로 뛰어나가 농장에서 일하는 소년을 붙잡고 의사 선생에게 보냈다는 것이다. 그러면서 죽은 브렌다를 보려면 2층 침실로 가보라고 했다.

그녀는 덧붙여 말하길, 두 형제를 정신병원 마차에 태우는 데 건장한 남자가 4명이나 달려들었다면서, 자신은 이 집에 하루도 더 있고 싶은 생각이 없어 오후에 가족이 있는 세인트이브스로 출발할 예정이라고 했다.

우리는 2층으로 올라가 시신이 있는 방으로 들어갔다. 브렌다 트리제니스는 중년의 나이에 굉장히 아름다운 외모를 갖추고 있었다. 이미 이 세상 사람이 아니었는데도 불구하고 뚜렷한 이목구비와 가무잡잡한 피부가 유난히 돋보이는 미인이었다. 하지만 그녀의 얼굴엔 급박하게 닥친 공포에 대한 발작 같은 것이 어둡게 그늘져 있었다.

우리는 침실을 나와 이해할 수 없는 비극이 실제로 발생한 거실로 내려갔다. 밤새 불을 피운 벽난로엔 검은 재가 수북이 쌓여 있었다. 탁자 위에는 초 4개가 거의 다 탄 채 놓여 있었고, 카드가 여기저기 흩어져 있었다. 의자는 전부 빼서 벽 쪽으로 옮겨다 놓았고, 그밖의 다른 것들은 전혀 손대지 않아 간밤에 있던 그대로였다. 홈즈는 부지런히 방안을 돌아다니며 살펴보았다. 그리고 의자마다 앉아보고는 다시 탁자 앞으로 끌어다 원래의 자리에 놓았다. 거기에 앉아 창밖으로 정원을 내다보며 얼마큼 보이는지 확인하고 나서 바닥과 천장, 벽난로 등을 조사했다. 하지만 아직은 그의 얼굴에 희망의 빛이 떠오르지 않았다. 일테면 캄캄한 어둠 속에서 한 줄기 빛을 보았을 때 그가 하는 행동, 즉 눈을 반짝인다든지 입술을 꾹 다문다든지 하는 행동이 나타나지 않은 것이었다.

"왜 불을 땠죠? 봄날 저녁인데 이 작은 방에서 왜 불을 피웠나요?"

홈즈가 물었다. 그러자 모티머 트리제니스는 어젯밤에 춥고 눅눅했다면서 자신이 온 후 벽난로에 불을 피웠다고 했다. 그가 홈즈에게 물었다.

"홈즈 선생님, 이제 어떻게 하실 겁니까?"

그때 홈즈가 내 팔을 잡으며 말했다.

"왓슨, 나 담배를 다시 시작해야겠네. 건강에 해롭다는 자네의 충고는 잘 알지만 말이야. 자 신사 분들, 우린 이제 집으로 가야겠는데요, 괜찮겠습니까? 여기에 있어봐야 특별한 단서가 나올 것 같지도 않으니까요. 트리제니스 씨, 일단 내가 연구 좀 해보고 뭔가 생각나는 게 있으면 목사관으로 연락을 드리겠어요. 그럼, 살펴서 가십시오."

우리는 폴두의 집으로 돌아온 후 홈즈는 오랫동안 골똘히 생각에 잠겨 있었다. 소파에 몸을 푹 파묻고 눈썹을 씰룩거리며 이마의 주름을 잔뜩 모으고 허공만을 응시하고 있었다. 담배연기가 방안에 자욱이 피어올라 그의 마르고 금욕적인 얼굴이 연기 속에 파묻혀 흐릿하게 보일 정도였다. 그렇게 한참을 있더니 마침내 그는 파이프를 내려놓으며 자리에서 벌떡 일어났다.

"왓슨, 안 되겠네!"

그는 재미있다는 듯 웃으며 말을 이었다.

"절벽 쪽으로 가서 돌화살이라도 찾아보세. 이 사건의 단서를 찾는 것보다 차라리 돌화살을 찾는 게 훨씬 쉽겠어. 충분한 자료도 없는데 머리를 가동시키는 건 무식하게 막 엔진을 돌리는 것과 같은 식이지. 너무 무리하게 하면 기계가 절단나지 않겠나. 바람, 햇빛, 인내심, 왓슨 이것만 있으면 다른 것들은 저절로 따라올 걸세."

우리는 절벽 쪽으로 가서 오솔길을 걷기 시작했다.

"자 왓슨, 차분히 다시 상황을 정리해보세. 우리가 알고 있는 건 극히 적지만 그래도 다시 확실하게 정리해놓을 필요는 있어. 그렇게 해야 새로운 사실이 드러나면 그걸 맞는 자리에 끼워 넣을 수가 있거든. 우선 자네도 나처럼 이 사건에 악마가 끼어들었느니 그런 생각은 전혀 안 하고 있는 것 같네. 그렇지 않은가? 고로 그런 추측은 완전히 제쳐놓고 시작하세. 오케이?

자, 고의든 우연이든 무슨 일로 인해 끔찍한 사건을 겪은 세 사람이 있네. 이건 변할 수 없는 사실이지. 그렇다면 우선, 그 사건이 일어난 건 언제일까? 모티머 트리제니스 씨의 말이 사실이라면 그가 집을 나온 직후에 일어난 게 분명하네. 아마도 몇 분 뒤에 일어났을 거야. 이건 아주 중요한 포인트일세. 카드도 탁자 위에 펼쳐진 채 그대로 있었는데, 그때가 보통은 잠자러 갈 시간이었지. 그런데 사람들도 원래 앉은 채 그대로 있었고, 의자를 뒤로 뺀 흔적도 없었던 거야. 다시 말하지만 사건이 일어난 건 모티머가 떠난 직후인 밤 11시 전에 일어난 걸세.

이제 우리가 해야 할 일은 모티머 트리제니스가 그 방에서 나온 뒤의 행적을 확인하는 거야. 그건 별로 어려운 일은 아니고, 게다가 그에게는 별로 의심스러운 점도 없어 보이네. 자네도 내가 왜 그랬는지 눈치 챘겠지만, 좀 억지스러워 보이긴 했어도 혹시 그의 발자국이 남아 있나 보려고 내가 일부러 물뿌리개를 엎질렀거든. 아니나 다를까, 바닥에 모래가 깔려 있어서 물에 젖으니까 발자국이 뚜렷이 보이더라고. 자네, 간밤에 비온 거 기억나나? 아무튼 그의 발자국 모양을 확인했기 때문에 다른 발자국들 속에서 그의 것을 찾아내는 건 일도 아니었지. 그래서 그의 자취를 따라가 보니까 밤에 그 저택을 나와서 곧바로 목사관 쪽으로 갔더라고.

모티머 트리제니스가 곧바로 저택을 떠난 게 맞는다면, 그렇다면 그가 아닌 제3의 인물이 한 짓이라는 건데, 그 제3의 인물이 누군지, 그리고 어떻게 해서 사람들을 그토록 공포에 떨게 했는지, 그걸 우리가 알아내야 하네. 우선 포터 부인은 제외시킬 수 있어. 결코 다른 사람한테 해를 끼칠 만한 사람이 아니니까. 그런데 말일세, 누군가가 정원에서 창가로 다가갔는데 사람들이 그걸 보고 미쳐버렸다는 그런 증거가 있을까? 여보게 왓슨, 그 말을 한 사람이 바로 모티머 트리제니스가 아니겠나. 형제 중 하나가 정원에서 뭔가 움직이는 걸 봤다고 했잖은가. 어젯밤엔 구름이 잔뜩 끼고 비도 좀 내렸는데, 그 점을 생각해보면 상당히 그럴 듯한 얘기거든. 누군가 방안에 있는 사람들을 놀래주려고 했다면 유리창에다 얼굴을 바짝 댔을 거야. 그래야 안에서 보일 테니까. 그런데 창밖으로 바로 이어서 90센티미터 넓이의 꽃밭이 있는데, 거기엔 발자국이 전혀 없었다네. 그렇다면 제3의 인물이 방안의 사람들에게 공포를 느끼게 했다는 건 상상하기가 어렵지. 그리고 또 이상한 시도까지 하면서 그렇게 공을 들일만한 동기를 아직은 찾아내지 못했네. 자 왓슨, 이제 우리가 어떤 어려움에 처해 있는지 알겠지?"

"어, 알겠네."

나도 강한 확신으로 대답했다.

"하지만 증거가 조금만 더 있으면 어려울 게 아무것도 없다는 걸 증명할 수 있을 걸세. 왓슨, 자네의 그 사건 노트에 보면 이번 사건 못지않게 아주 모호한 사건들이 꽤 많이 있을 걸세. 그러니까 자세한 정보가 모일 때까지 잠시 생각을 끊고, 지금은 신석기 시대 인간의 흔적이나 좀 찾아보세.

나는 홈즈가 이따금 초탈한 면을 보이는 것에 대해 여러 차례 언급한 바 있지만, 콘월에서 그날 아침만큼 그에 대해 경탄한 적은 없었다. 그는 수수께끼로 남아 있는 그 불길한 일을 완전히 잊은 듯 2시간 동안 계속 켈트 족이니 화살촉이니 하며 수다스럽게 떠들어댔다. 오후가 되면서 우리는 집으로 돌아갔는데, 우리를 기다리고 있던 손님을 만난 뒤에야 당면한 문제를 다시 마음속에 떠올리게 되었다. 손님은 많이 알려져 있는 유명 인사였다. 그는 얼굴에 굵은 주름이 거세게 패어 있고, 쏘는 듯 쳐다보는 날카로운 눈빛과 매부리코, 그리고 거인처럼 큰 키에 머리카락이 반백이었다. 또한 턱수염을 길렀는데, 입과 가까운 쪽은 담배를 많이 피워서 그런지 니코틴에 변색이 되어 있는 것 같았다. 그는 다름 아니라 런던과 아프리카에서 유명세를 떨치고 있는 사자 사냥꾼이자 탐험가인 레온 스턴데일 박사였다.

우리는 그가 이 지역에 산다는 얘기를 들은 데다 실제로도 황무지를 다니다가 엄청나게 키가 큰 그를 몇 번 보기도 했다. 하지만 그는 우리에게 다가오지 않았고 우리도 그에게 접근할 엄두를 내지 못했다. 그 이유는 그가 탐험을 마치고 돌아오면 대개는 비첨 아리안스의 고요한 숲 속에 있는 작은 오두막에서 혼자 지내길 즐긴다는 얘기를 들어서 알고 있었기 때문이다. 그는 오두막에서 책과 지도에 파묻혀 혼자 단순한 생활을 꾸려가며 이웃들에게도 관심을 갖지 않고 절대적으로 고독한 삶을 살았다. 그래서 그가 홈즈에게 큰 목소리로 이 미스테리한 사건의 진상을 얼마나 밝혀냈느냐고 물었을 때 나는 깜짝 놀랐다.

"경찰은 완전히 헤매고 있던데요."

스턴데일 박사가 말을 시작했다.

"하지만 선생은 경험이 많으시니까 이 사건의 진상을 어느 정도는 파악하셨을 것 아닙니까? 제가 왜 선생한테 이 사건에 대해 물어보느냐 하면, 사실 제가 이 지역에 여러 차례 머무르면서 그 트리제니스 집안과 잘 알게 되었거든요. 그리고 사실 제 어머니 집안도 여기 콘월 출신이라, 따지고 보니까 트리제니스 집안하고 가까운 친척이 되더군요. 그러다 보니 너무나 괴상한 내용의 이 소식을 듣고 난 정말 굉장히 충격을 느꼈어요. 솔직히 말해 아침에 아프리카로 돌아가려고 플리머스 항구까지 갔다가 소식을 듣자마자 방금 되돌아온 겁니다. 혹시 조사에 도움이 될 수 있을까 해서요."

홈즈가 눈을 치뜨고 쳐다보았다.

"그 일 때문에 배를 안 타셨다고요?"

"다음 배를 타면 됩니다."

"그럼! 아주 가까운 사이군요?"

"가까운 친척이라고 했잖소."

"아, 네, 어머니 쪽 친척이라고. 그럼 짐은 배에 실어놓았겠네요?"

"일부만 실었고 나머지는 호텔에 있습니다."

"그렇군요. 그런데 이 사건이 플리머스 지역 신문에는 아직 실리지 않았을 텐데요."

"맞습니다. 전보로 소식을 들었어요."

"누가 보냈는지 물어봐도 될까요?"

탐험가의 메마른 얼굴이 잠시 어두워졌다.

"홈즈 선생, 당신은 정말 호기심이 많군요."

"직업이 그러니까요."

스턴데일 박사는 감정을 억누르려 애쓰는 것 같았다.

"당신한테는 털어놓아야겠죠. 전보를 보낸 사람은 라운드헤이 목사였어요."

"감사합니다."

홈즈가 말했다.

"그럼, 처음에 하셨던 질문에 대답을 드리죠. 저는 아직 이 사건의 수수께끼를 다 풀지는 못했는데 조만간 결론을 내릴 것 같습니다. 이 정도만 말씀드릴 수 있어요. 더 이상은 아직 너무 빠른 얘기고요."

"어떤 쪽으로 의혹을 품고 계신지 정도는 말씀해주실 수 있겠죠?"

"아니오, 곤란합니다."

"그럼, 나는 시간 낭비만 한 꼴이고, 그냥 가야겠네요."

스턴데일 박사는 상당히 불쾌한 기색으로 방을 나가버렸다. 잠시 후, 결국 홈즈가 그를 뒤따라 나갔다. 그러고는 저녁때가 다 돼서 기운이 다 빠진 얼굴로 터덜터덜 돌아왔는데, 특별한 수확은 없는 것이 분명했다. 그는 자신 앞으로 온 전보를 쓱 훑어보고는 벽난로 속으로 던져버렸다.

"왓슨, 플리머스 호텔에서 온 걸세. 레온 스턴데일 박사의 말이 사실인지 확인해보려고 내가 목사한테 호텔 이름을 물어서 전보를 쳤거든. 그런데 스턴데일 박사가 지난밤에 거기 있었던 것도 사실이고, 짐 일부를 아프리카 행 배에 실어놓고 이 사건에 대해 알아보려고 여기로 돌아온 것도 사실인 것 같네. 왓슨, 자네는 어떻게 생각하나?"

"굉장히 관심이 많아 보이던데?"

"맞아. 관심이 많더라고. 사실 단서가 하나 있는데, 그게 정확히 뭔지는 아직 모르겠지만 사건 해결에 빛을 제공해줄 수 있을 것 같은 생각이 드네. 왓슨, 힘내게. 모든 자료가 아직 우리 손에 들어온 건 아닌데, 만약 들어오게 된다면 사건을 푸는 건 시간 문제지."

홈즈의 말이 얼마나 빨리 실현될지, 또는 얼마나 이상한 사건이 추가로 발생하면서 수사가 완전히 새로운 방향으로 전환될지, 그건 전혀 알 수가 없었다.

다음날 아침, 창문 앞에서 면도를 하고 있는데 말발굽 소리가 들리기에 창밖을 내다봤더니 마차 한 대가 이쪽으로 신나게 달려오고 있었다. 그리고는 우리 집 앞에서 멈췄고 목사가 다급하게 내리더니 곧 안으로 뛰어 들어왔다. 홈즈가 옷을 다 입고 있었기 때문에 우리는 서둘러 손님을 만나러 나갔다.

목사는 너무 흥분해서 정신을 못 차리고 있다가 잠시 숨을 고르더니 마침내 탄식을 쏟아내기 시작했다.

"홈즈 선생, 우리한테 악귀가 씌었습니다! 세상에, 우리 교구에 악귀가 씌었다고요! 사탄이 내려왔단 말입니다! 우리는 지금 사탄의 손아귀에 들어 있어요!"

목사는 미친 사람처럼 소리치며 방안을 돌아다녔는데, 얼굴이 하얗게 질려 있고 눈빛도 갈피를 못 잡으며 허둥거리고 있는 모습이었다. 그러더니 마침내 끔찍한 얘기를 털어놓았다.

"모티머 트리제니스 씨가 형제들과 똑같은 증상을 보이고는 간밤에 사망했어요."

홈즈는 갑자기 힘이 솟구치는 것처럼 자리에서 벌떡 일어났다.

"저 마차에 우리 둘 다 탈 수 있을까요?"

"그럼요, 탈 수 있죠."

"왓슨, 아침 식사는 나중에 하세. 라운드헤이 목사님, 우리가 도와드릴 테니 빨리 갑시다. 빨리요. 현장이 어수선해지기 전에."

모티머 트리제니스는 목사관의 방을 아래 위층에 각각 하나씩 두 개를 얻어 쓰고 있었다. 아래층 방은 거실로 쓰고 위층은 침실이었다. 그의 방 창문 바로 앞까지 크리켓 용 잔디가 깔려 있었다. 우리가 의사와 경찰보다 먼저 도착했기 때문에 현장은 손을 대지 않은 채 그대로 있었다. 그때가 3월이었는데 안개 낀 그날 아침에 내가 목격한 장면은 평생 내 마음에 지워지지 않을 강한 인상을 남겼다.

방안의 공기는 숨이 막힐 정도로 답답했고 냄새도 지독했다. 처음으로 방에 들어간 하인이 창문을 열어놓았기 망정이지 그렇지 않았다면 훨씬 더 심했을 것이다. 방안 공기가 답답했던 건 탁자 위에 놓여 있는 등잔불에서 연기가 나고 있었기 때문인지도 몰랐다. 모티머 트리제니스는 그 옆 의자에 앉아 몸을 뒤로 젖힌 채 죽어 있었는데, 수염이 나 있는 턱을 앞으로 내밀고 안경은 이마 위에 걸려 있었다. 마르고 가무잡잡한 얼굴은 창문 쪽으로 향해 있었는데, 죽은 여동생의 얼굴에 나타나 있던 것과 똑같은 공포가 새겨져 있었다. 아마도 발작적인 공포를 느끼다가 죽은 것처럼 그의 사지는 꼬여 있고 손가락도 뒤틀려 있었다. 옷을 급히 입은 듯했지만 제대로 갖춘 모습이기도 했다. 그리고 침대에서 잔 흔적이 있는 걸로 봐서 그가 비극적인 종말을 맞이한 건 아침 시간이라는 것을 알 수 있었다.

홈즈는 죽음의 방에 들어간 순간부터 완전히 다른 사람으로 변했다. 표정은 냉정해 보이지만 그 안에 뜨거운 열정이 숨어 있다는 걸 여실히 드러내고 있었다. 그는 단번에 팽팽하게 긴장하면서 신경을 곤두세웠다. 그리고는 잔뜩 굳은 얼굴로 눈을 반짝거리며 부지런히 방안을 살펴보았다. 또 잔디밭으로 나갔다가 창문을 넘어 다시 들어와 방안을 돌아다니다가 2층으로 올라갔다. 그는 마치 킁킁 냄새를 맡으며 돌아다니는 사냥개 같았다. 침실로 들어간 그는 재빨리 방안을 둘러본 다음 창문을 열어젖혔다. 그때 뭔가 놀라운 것을 발견했는지 그는 창밖을 내다보며 큰소리로 탄성을 질렀다. 그러더니 우당탕 층계를 내려가 창문을 통해 정원으로 나가서는 잔디에 엎드렸다가 다시 벌떡 일어나 방으로 들어왔다. 그는 마치 사냥감을 뒤쫓는 사냥꾼 같은 기세로 달려들었다. 방안에서는 평범한 등잔을 꼼꼼히 살펴보며 기름통의 크기를 재기도 했다. 그리고 등잔 윗부분에 있는 돌가루를 확대경으로 조사해보고, 들러붙어 있는 재를 긁어모아 봉투에 담았다. 그때 의사와 경찰이 도착하자 홈즈는 목사를 손짓으로 불러 우리 셋은 함께 잔디밭으로 나갔다. 그리고 홈즈가 말했다.

"라운드헤이 목사님, 기쁜 소식을 전해드리죠. 제가 조사한 게 헛수고가 아니었어요. 그런데 제가 여기 남아서 경찰과 사건에 대해 얘기할 수가 없으니까, 목사님이 경찰관에게 대신 인사를 전해주시고, 특히 침실 창문과 등잔에 주의하라고 말씀 좀 해주세요. 하나만 봐도 의미심장한데, 둘을 합쳐놓으면 거의 결정적이라고 할 수 있죠. 경찰이 만약 그 이상의 정보를 원하면 우리 집으로 찾아오라고 하세요. 기꺼이 설명해줄 테니까요. 자 왓슨, 이제 우린 다른 곳으로 가보는 게 좋겠네."

경찰은 탐정이 사건에 개입한 것을 불쾌하게 생각했는지, 아니면 수사가 잘 풀리고 있어서인지 아무튼 그 뒤로 이틀 동안 아무 연락이 없었다. 그동안 홈즈는 집에서 담배도 피우고 생각에 잠기기도 하며 시간을 보냈다. 하지만 대부분의 시간은 혼자 밖에 나가 돌아다니며 보냈는데, 한참 후에 돌아와서도 어디에서 무엇을 했는지 한마디도 하지 않았다. 하지만 그는 실험을 해보며 조사의 방향을 잡아갔다. 다름 아니라 사건이 발생한 날 모티머 트리제니스의 침실에서 본 것과 똑같은 등잔을 구입해 와서 똑같은 기름을 채운 다음, 기름이 다 없어지기까지 시간이 얼마나 걸리는지를 측정했다. 또 다른 실험도 했는데, 그건 너무 불쾌해서 죽을 때까지 잊지 못할 것 같다.

어느 날 오후에 홈즈가 말했다.

"왓슨, 우리가 지금까지 접한 사실들에 비슷한 점이 하나 있다는 거 자네도 알고 있겠지. 사건이 일어난 방에 맨 먼저 들어간 사람마다 방안 공기 때문에 어떤 반응을 보이고 있다는 점일세. 모티머 트리제니스가 아침에 의사와 함께 형제들 집에 갔을 때 그 의사가 방에 들어가자마자 쓰러졌다고 말하지 않았었나. 기억 안 나나? 트리제니스가 분명히 그 말을 했네. 그리고 가정부 포터 부인이 그 방에 들어가자마자 기절했다가 나중에 깨어나서 창문을 열었다고 했는데, 그 말은 기억나지? 또 모티머 트리제니스가 죽은 그날, 우리가 침실에 들어 갔을 때 하녀가 이미 창문을 열어놓은 다음이었는데도 방안 공기가 답답하고 지독하지 않았었나. 그래서 알아봤더니 그 하녀도 나중에 아파 누웠다고 하더라고. 왓슨, 이 점이 사실 굉장히 이상하지 않나? 두 사건 다 공기 중에 무슨 독가스 같은 게 있었다는 얘기거든. 그런데 두 번 다 방안에서 불이 타고 있었던 거야. 첫 사건 때는 난로가 타고 있었고, 두 번째 사건 때는 등잔불이 타고 있었지. 난로를 피운 건 필요했다고 하더라도, 등잔불은 기름이 닳은 정도를 봤을 때 해가 뜨고 한참 후까지도 켜 있었던데, 뭣 때문에 그렇게 했을까? 불, 답답한 공기, 그리고 가족이 미치거나 죽거나, 이 세 가지 점 사이에 무슨 관련이 있는 게 분명해 보이네. 자네는 어떻게 생각하나?"

"그런 것 같군."

"그렇다면 이 가설은 성립될 수 있는 것으로 봐도 좋겠네. 다시 말해, 두 번 다 뭔가가 불에 타면서 기이한 일을 발생시킨 유독가스를 내뿜었다고 가정하는 거지. 오케이. 그럼 좀 더 자세히 얘기해보자고. 우선 첫 번째 사건에서는 어떤 물질이 벽난로에서 타고 있었어. 그때 창문은 닫혀 있었지만 연기가 어느 정도는 굴뚝을 통해 나가지 않았겠나. 그런데 두 번째 사건은 독가스를 배출할 데가 따로 없었지. 그래서 첫 번째 사건보다 독가스가 방안에 더 강하게 남아 있었다고 봐야 하네. 결과도 그게 사실이라는 걸 보여주었지. 왜냐하면 첫 번째 사건에서는 좀 더 예민한 여자만 죽고, 두 남자는 그래도 살아났으니까 말이야. 물론 그 정신 착란 증세가 영구적으로 갈 수도 있지만 말일세. 두 번째 사건에서는 그 독가스가 완전히 치명적이었지. 그런 사실을 볼 때 결국은 뭔가 불에 태우면 나오는 독극물을 사용했다는 것을 확신할 수가 있네.

그렇기 때문에 모티머 트리제니스의 방에서 독극물의 흔적을 찾아내려 했던 건 당연한 일이었지. 그런 게 있을 만한 곳은 아무래도 등잔이나 그 덮개 부분이었는데, 역시 그곳에 재가 잔뜩 묻어 있고 아직 타지 않은 갈색 가루가 덮개 끝부분에 떨어져 있더군. 그래서 그중 절반을 봉투에 담아왔던 거라네."

"그런데 왜 절반만 담아왔나?"

"난 경찰의 수사를 방해하고 싶지는 않거든. 내가 찾아낸 증거는 거기에 그대로 남아 있어. 경찰이 독극물을 찾아낼 만한 머리가 있다면 등잔 덮개 위에 남아 있는 걸 발견할 수 있겠지. 자 왓슨, 우리도 등잔불을 켜보자고. 하지만 아직 쓸 만한 사회 구성원 둘이 급작스레 죽는 일은 없도록 창문을 좀 열어둬야겠지. 그런데 괜히 이런 일에 얽히고 싶지 않으면 여기에 있지 않아도 되네. 하지만 그렇지 않다면 거기 열려진 창가에 의자를 갖다놓고 앉게. 아 그래, 끝까지 지켜보려고? 역시 자네답군. 나는 이 의자를 갖고 자네 맞은편에 앉겠네. 그러면 우리 둘 다 독극물에서 똑같은 거리에 있게 되는 셈이지. 방문도 좀 열어두세. 이렇게 하면 우리가 서로를 쳐다보면서 증상이 심해질 때 이 실험을 끝낼 수가 있어. 무슨 말인지 알겠지? 좋아! 그럼 봉투에서 가루를, 아니 찌꺼기를 꺼내서 등잔불 위에 올려놓겠네. 자 이렇게 말이야. 그럼 이제 어떻게 되는지 기다려보세.

효과는 금방 나타났다. 의자에 앉은 후 얼마 안 돼 사향 냄새 비슷한, 뭐라고 표현하기 힘든 역겨운 냄새가 코를 찔렀다. 그리고는 서서히 머리가 어지러우면서 두뇌 기능이 완전히 마비돼버렸다. 눈 앞에 시커먼 구름이 솟아오르는 것 같았는데, 세상에 존재하는 모든 사악한 것들과 기괴한 것들이 그 속에서 튀어나올 것만 같았다. 그리고 뭔가 섬뜩한 형체들이 떠다니는 것 같아 나는 온몸이 오그라들 정도로 공포심에 사로잡혔다. 머리카락이 곤두서고 눈은 튀어나갈 것 같았고 혀도 굳어버렸다. 그래도 비명을 지르려고 했고 희미하게나마 소리가 터져 나오는 것을 의식했다. 분명히 내 목소리였지만 내 몸이 아닌 다른 먼 곳에서 들려오는 소리 같았다. 바로 그 순간, 나는 도망치려고 발버둥치다가 절망의 구름 뒤에서 언뜻 홈즈의 얼굴을 보았는데, 그 또한 공포에 질린 창백한 얼굴이었으며 죽은 자들의 얼굴에서 보았던 바로 그 표정을 하고 있었다. 내가 순간적으로 정신과 힘을 되찾을 수 있었던 것은 바로 그 얼굴 때문이었다. 나는 벌떡 일어나 홈즈를 흔들어 일으키고 같이 비틀거리면서 문 밖으로 나갔다. 그런 다음 풀밭에 누워 찬란한 햇빛이 공포의 구름을 뚫고 우리의 몸 위로 내리쬐는 것을 의식했다. 안개가 걷히듯 우리의 영혼 속에서 공포의 구름이 서서히 빠져나가고 평화와 이성이 되돌아왔다. 우리는 풀밭에 앉아 진땀을 닦으며 방금 겪은 끔찍한 경험의 흔적이 남아 있는지 살펴보기 위해 염려스러운 눈길로 서로를 쳐다보았다.

"왓슨!"

홈즈가 힘없는 목소리로 나를 불렀다.

"정말 고맙고 미안하네. 혼자 해도 안 될 실험에 자네까지 끌어들였으니 말이야. 정말 할 말이 없구먼."

"뭐 그런 소리를."

나는 홈즈가 그렇게 진심으로 말하는 것을 들어본 적이 없었기 때문에 괜히 가슴이 뭉클해졌다.

"자네를 돕는 게 나한테도 특권이고 가장 큰 기쁨 아니겠나."

내 말에 홈즈는 금방 평소의 장난스런 태도로 돌아갔다.

"왓슨, 우리가 미치광이가 되고 싶었다면 굳이 저 약을 쓸 필요까지도 없었네. 이성을 가진 사람이 볼 때는 우리가 저 무모한 실험을 시작하기 전부터 이미 미쳤다고 했을 테니까 말일세. 사실 나는 약효가 그렇게 빠르고 지독하게 나타날 줄은 꿈에도 몰랐지."

홈즈는 다시 집안으로 들어가 불 켜진 등잔을 쭉 뻗친 손에 들고 나오더니 잽싸게 나무 덤불 속으로 던져버렸다.

"방안의 공기가 바뀌려면 시간이 좀 걸릴 걸세. 왓슨, 이제 어떻게 그런 비극이 벌어졌는지 확실히 알겠지?"

"물론이지."

"그런데 동기는 아직 밝혀지지 않았어. 여기 그늘 쪽으로 오게나. 여기서 같이 얘기해보세. 아까 그 냄새가 아직도 목구멍에서 계속 나고 있는 것 같군. 빌어먹을. 아무튼 이 모든 증거를 놓고 보면 모티머 트리제니스가 첫 번째 비극의 범인이라는 것을 알 수가 있네. 그리고 나서 그는 두 번째 사건에서 스스로 희생자가 됐지. 자네 그거 기억나나? 그들 형제들 간에 불화가 있었다가 나중에 화해를 했다는 이야기 말일세. 불화가 얼마나 깊었었는지, 아니면 화해를 했다는 게 사실이었는지 그건 알 수가 없지만 말이야. 가만히 생각해보게. 모티머 트리제니스의 족제비 같은 얼굴과 안경 뒤로 보이는 그 신경질적인 작은 눈, 기억나지? 그렇게 너그러운 성격의 사람은 아니었을 것 같네. 그리고 정원에서 누군가가 움직였다는 얘기를 하면서 사람들의 시선을 엉뚱하게 그쪽으로 돌리게 만든 당사자도 바로 트리제니스 자신이라는 걸 기억해야 하네. 그는 그 얘기를 하면서 우리를 헷갈리게 만들려고 했지. 하지만 그가 방을 나가는 순간에 난롯불에 약을 뿌린 게 아니라면 누가 그런 짓을 했겠나? 왜냐하면 그가 떠난 직후에 그 사건이 발생했으니까. 그 시간 이후에 누군가가 그 집을 찾아갔다면 방에 있던 사람들은 모두 그곳을 벗어날 수 있었겠지. 그런데 콘월 같은 시골에서 누가 밤 10시 이후에 남의 집에 가겠나. 그러니 모든 증거가 모티머 트리제니스를 용의자로 지목하고 있다고 볼 수 있네."

"그렇다면 그는 자살한 거네!"

"음, 왓슨, 그것도 완전히 배제할 수는 없는 추측인 것 같네. 자신의 가족을 다 파멸시켰다는 죄책감을 뒤늦게 뼈저리게 느꼈다면 아무래도 그 절망감에 자살했을 수도 있겠지. 하지만 그렇게 볼 수 없는 분명한 이유가 있어. 다행히 그 진상을 아는 사람이 영국에 한 분 있는데, 오늘 오후에 그분한테서 직접 얘기를 들어보려고 약속을 잡아 놓았네. 아! 좀 일찍 오셨군. 레온 스턴데일 박사님, 이쪽으로 올라오시죠. 집안에서 화학 실험을 좀 했더니 지금은 귀빈을 모실 수가 없는 상태라서 말입니다."

좀 전에 대문 열리는 소리가 들린다 했더니 이내 체격 좋은 그 아프리카 탐험가가 마당으로 들어서고 있었다. 그는 놀란 표정으로 우리가 앉아 있는 그늘진 곳으로 들어왔다.

"홈즈 씨, 한 시간 전에 나한테 인편으로 편지를 보내셨더군요. 그래서 받자마자 출발을 한 겁니다. 사실 내가 선생의 부탁에 꼭 와야 할 이유가 있는지는 잘 모르겠지만 말이죠."

"우리가 헤어지기 전까지는 그 점에 대해 명확하게 밝힐 수 있을 것 같습니다. 아무튼 제 부탁에 기꺼이 와주셔서 정말 감사합니다. 바깥에서 이렇게 격식도 못 차리고 맞게 된 점은 양해해주시기 바랍니다. 여기 제 친구 왓슨과 저는 언론에서 요즘 '콘월의 공포'라고 떠들어대는 사건에 하마터면 또 다른 사건 하나를 보탤 뻔 했지 뭡니까. 그래서 지금 맑은 공기를 좀 마시려고 여기에 있는 겁니다. 또 우리가 토론해야 하는 문제가 박사님의 신상과 깊이 관련되어 있기 때문에 도청이 안 되는 곳에서 얘기를 해야 할 것 같군요."

탐험가는 입에 물고 있던 시거를 빼들고 날카로운 눈빛으로 홈즈를 바라보았다.

"선생, 무슨 말인지 도통 모르겠군요. 내 신상과 관련된 문제에 대해 무슨 얘기를 한다는 건지 말이오."

"모티머 트리제니스를 살해한 일이죠."

홈즈가 말했다.

그 순간 나는 무기를 가지고 있지 않다는 생각이 떠올랐다. 스턴데일의 험악한 얼굴이 바로 잿빛으로 변하면서 그는 두 주먹을 쥐고 홈즈를 향해 덤벼들었다. 두 눈에서 불길이 나오는 듯했고 이마의 핏줄이 퍼렇게 불거지며 꿈틀거렸다. 그러다 갑자기 마음을 돌렸는지 가까스로 평정심을 되찾으려 애쓰고 있었다. 하지만 그 모습이 오히려 성질을 폭발시키는 것보다 더 위험해 보였다. 그가 말했다.

"난 오랫동안 야만인들과 거친 환경에서 살면서 내가 곧 법으로 살아왔어요. 홈즈 선생, 난 당신이 다치는 걸 원하지 않으니 그 점을 잘 기억해두는 게 좋을 겁니다."

"스턴데일 박사님, 저도 마찬가지로 박사님이 다치는 걸 원하지 않습니다. 그래서 사건의 진상을 알고 있으면서도 경찰을 부르지 않고 박사님을 직접 부른 겁니다."

스턴데일은 숨을 헐떡이며 털썩 주저앉았다. 모험으로 일관한 그의 생애에서 다른 사람에게 압도당하기는 그때가 처음이었을 것이다. 홈즈의 침착하고 확신에 찬 태도에는 누구라도 저항할 수 없게 만드는 강한 힘이 있었다. 스턴데일은 순간 할 말을 잃었는지 불안한 모습으로 손바닥만 쥐었다 폈다를 반복했다. 그러다가 마침내 입을 열었다.

"그 말이 무슨 뜻이죠, 홈즈 씨? 지금 나를 위협하려 드는 모양인데, 사람을 잘못 골랐네요. 그렇게 빙빙 돌려 말하지 말고 단도직입적으로 말해보시죠. 그 말이 무슨 뜻이에요?"

"말씀드리죠. 제가 박사님과 이런 얘기를 하는 이유는, 제가 솔직하게 말씀드리면 박사님도 솔직하게 털어놓을 거라고 믿기 때문입니다. 다음에 제가 어떤 행동을 취할 지는 순전히 박사님의 변론에 달려있습니다."

"내 변론이라고요?"

"그렇습니다."

"내가 무엇에 대해 변론한단 말인가요?"

"모티머 트리제니스를 살해한 것에 대해서죠."

스턴데일은 손수건을 꺼내 이마를 닦았다.

"갈수록 태산이군. 선생이 그렇게 성공한 게 사람들한테 거짓말로 위협하는 그 놀라운 능력 때문인 것 같은데요."

스턴데일의 말에 홈즈가 다짜고짜 쏘아붙였다.

"거짓말을 하는 건 제가 아니라 레온 스턴데일 박사, 당신입니다. 그런 결론을 내리게 된 근거를 말씀드리죠. 당신이 짐을 아프리카로 보내놓고 플리머스 항에서 여기로 돌아왔다는 얘기를 했을 때, 나는 당신이 이 드라마를 구성하는 여러 요소 가운데 하나라는 사실을 처음으로 알게⋯⋯."

"내가 다시 돌아온 건⋯⋯."

"그 얘기는 들었으니까 됐습니다. 그런데 그 얘기가 설득력이 없고 여러 면에서 허술한 점이 있다고 생각됩니다. 그건 그냥 넘어가기로 합시다. 당신이 나를 찾아온 건 내가 용의자로 보고 있는 사람이 누군지 그걸 알아보기 위한 것이었어요. 하지만 나는 당신한테 그 얘기를 해주지 않았죠. 그러자 당신은 목사관으로 가서 한참 동안 기웃거리고 있다가 집으로 돌아가셨습니다."

"그걸 어떻게 알았죠?"

"당신을 미행했으니까요."

"난 아무도 못 봤는데요."

"미행할 때는 상대방의 눈에 안 띄게 합니다. 당신은 집으로 가서 밤을 새우며 계획을 짰고, 뒷날 아침 일찍 그걸 실행하기로 마음을 먹었어요. 그리고 해가 뜰 무렵에 집에서 나와 대문 옆에 쌓여 있는 붉은 자갈을 한줌 집어 주머니에 넣었죠."

스턴데일은 흠칫 놀라며 홈즈를 경탄스런 눈빛으로 쳐다보았다.

"그리고 나서 당신은 서둘러 목사관으로 갔어요. 그때 당신은 지금 신고 있는 그 테니스화를 신고 있었죠. 그리고 목사관의 과수원과 울타리를 지나 모티머 트리제니스의 방 창문 아래로 접근해 갔어요. 그땐 이미 해가 떴지만 집안 사람들은 아직 일어나지 않았을 시간이었죠. 당신은 주머니에서 자갈을 꺼내 바로 위에 있는 창문으로 집어 던졌어요."

그때, 스턴데일이 벌떡 일어나며 소리를 질렀다.

"당신 완전히 귀신이군!"

홈즈는 찬사를 듣고 빙그레 웃었다.

"트리제니스는 당신이 자갈을 두세 번 던졌을 때 창가로 다가왔어요. 그러자 당신은 그에게 내려오라고 손짓을 했죠. 그는 급히 옷을 입고 1층 거실로 내려왔습니다. 그리고 거실 창문을 열어주자 당신은 그곳을 통해 안으로 들어갔어요. 당신과 트리제니스가 몇 마디를 나누는 동안 당신은 방안에서 왔다갔다 하며 걸었어요. 그런 다음 당신은 다시 밖으로 나와 창문을 닫고 시거를 피우면서 잔디밭에 서서 방안을 지켜보았죠. 마침내 트리제니스가 죽자 당신은 그곳을 떠나 되돌아갔어요. 자, 스턴데일 박사, 당신이 한 그 행위를 어떻게 변호할 작정인가요? 동기는 무엇이었나요? 만약 나를 속이려 들면 이 사건은 영원히 내 손을 벗어나게 될 겁니다."

스턴데일은 홈즈의 힐책을 들으며 얼굴빛이 점차 회색으로 변해갔다. 그는 곧 두 손에 얼굴을 묻고 한동안 생각에 잠겼다. 그러더니 갑자기 재킷 안주머니에서 사진 한 장을 꺼내 앞에 놓여 있는 탁자 위로 던졌다.

"내가 그런 행동을 한 이유는 바로 이겁니다."

아주 드물게 아름다운 한 여성의 얼굴 사진이었다. 홈즈는 얼굴을 숙여 사진을 들여다보았다.

"브렌다 트리제니스 양이군요."

"그렇습니다. 브렌다 트리제니스, 브렌다 트리제니스입니다."

탐험가는 그녀의 이름을 연이어 말했다.

"오랫동안 그녀를 사랑했어요. 그녀도 물론 나를 사랑했고요. 사람들은 내가 콘월에 와서 칩거하는 걸 이상하게 생각했지만 이런 비밀스런 사연 때문이었어요. 콘월에 오면 내가 사랑하는 사람과 가까이 있을 수 있었죠. 하지만 그녀와 결혼은 할 수 없었어요. 왜냐하면 나한테 아내가 있는데, 오래전에 그녀가 나를 떠났는데도 빌어먹을 법 때문에 아직 이혼이 정리되지 못했거든요. 브렌다는 오랫동안 기다렸어요. 나도 마찬가지고요. 그런데 기다린 보람도 없이 이런 결과가 오다니……."

거구의 사내는 마침내 부르르 떨며 통곡을 터트렸다. 그러더니 애써 목을 누르며 울음을 참고 말을 이어갔다.

"목사님은 알고 있었어요. 우리가 그분한테는 숨기지 않았으니까요. 목사님도 브렌다는 정말 하늘에서 내려온 천사였다고 말할 겁니다. 그분이 나한테 전보를 쳐서 내가 항구에서 돌아왔던 거예요. 사랑하는 여자가 그런 운명을 맞았는데, 아프리카로 보낸 짐 따위가 무슨 소용이 있었겠어요. 홈즈 선생, 당신이 물은 내 행동의 동기는 바로 그거였어요."

"계속 말씀하세요."

홈즈가 말했다.

스턴데일 박사는 주머니에서 종이로 싼 작은 물건을 하나 꺼내더니 탁자 위에 올려놓았다. 겉면엔 라틴어로 'Radix Pdeis Diabili'라는 글자가 씌어져 있었고, 붉은색으로 독극물 표시도 붙어 있었다. 박사가 그걸 내 쪽으로 밀었다.

"선생이 의사라고 알고 있습니다. 혹시 이런 약재에 대해 들어보신 적이 있는지요?"

"악마의 발 뿌리라! 아니오, 이런 약은 처음 보는데요."

"그건 선생께서 전문 지식이 부족해서가 아닙니다. 왜냐하면 제가 아는 한, 부다페스트의 어떤 실험실에 있는 소량의 테스트 용 아니면 유럽 어디에도 이건 없기 때문이죠. 이 약은 아직 약 백과사전에도 안 실려 있고, 독극물 문헌에도 안 나오고 있어요.

악마의 발뿌리는 인간의 발과 염소의 발을 반씩 닮은 뿌린데, 기괴한 이 이름을 어떤 식물학자 겸 선교사가 붙였다고 하더군요. 서아프리카의 어떤 지역에서는 이걸 고문할 때 쓰곤 하는데, 말하자면 독약으로 활용하고 있는 거죠. 난 이걸 콩고의 우방기 지역에서 아주 우연한 기회에 얻었어요."

그러면서 그는 종이를 펼쳐 보였는데, 담배 같은 짙은 갈색 가루가 수북이 들어 있었다.

"그래서요?"

홈즈가 엄격한 말투로 물었다.

"홈즈 선생, 다 털어놓고 말씀드리겠습니다. 선생이 이미 많은 걸 알고 있으니 차라리 다 털어놓고 사실을 그대로 말하는 게 낫겠죠. 내가 브렌다 트리제니스와의 관계에 대해 이미 말씀드렸지만, 브렌다 때문에 사실 그 형제들과도 자연히 친하게 지낼 수밖에 없었죠.

모티머는 돈 문제로 형제들과 싸우고 혼자 떨어져 나가게 됐지만 나중에 화해를 한 것 같았고, 그래서 나는 다른 형제들처럼 그도 다시 만나게 됐었어요. 하지만 그는 아주 교활하고 음흉한 인간이었어요. 그 속마음을 나도 여러 차례 눈치 채고 했지만 나로서야 그 사람한테 대놓고 시비 걸 이유는 없었죠.

2주 전쯤 어느 날 모티머가 내 집으로 찾아왔기에 내가 아프리카에서 가져온 특별한 물건들을 몇 개 보여주었어요. 그 중에 이 가루도 있었죠. 그때 내가 이 약의 야릇한 작용에 대해 쭉 얘기를 해줬어요. 이 약이 공포감을 지배하는 두뇌 중추를 어떻게 자극하는지, 고문당한 원주민이 어떻게 정신 착란을 일으키게 하는지, 그리고 죽음까지 가게 하는지 등에 대해서 말이죠. 그밖에도 유럽의 과학수준으로는 이것을 검출해낼 방법이 없다는 얘기도 해주었어요. 그런데 결국 그가 이 약을 훔쳐갔는데, 내가 방에서 나간 적이 없기 때문에 어떻게 해서 그가 이걸 가져갈 수 있었는지 도저히 모르겠어요. 아마 내가 진열장 문을 열 때나 아니면 상자를 열려고 허리를 구부리고 있을 때 재빨리 약을 덜어낸 것 같습니다. 모티머는 약물이 효과를 내려면 어느 정도의 량이 필요하고 얼마나 시간이 걸리는지 등을 꼬치꼬치 물었는데, 나는 그가 다른 속셈이 있어서 그런 질문을 하는 줄은 꿈에도 몰랐죠.

나는 플리머스에서 목사님의 전보를 받을 때까지 그 일에 대해 까맣게 잊고 있었어요. 나한테 브렌다 소식이 전해질 때쯤엔 내가 이미 바다를 건너고 있을 것이고, 앞으로 몇 년간은 아프리카에 처박혀 있을 거라고 그놈은 생각했을 겁니다. 하지만 나는 당장 달려왔어요. 그리고 자초지종을 듣자마자 나는 그놈이 훔쳐간 독약을 사용했다는 걸 알았죠. 그리고 혹시 선생이 다른 사실을 알아낸 게 있나 싶어서 여기로 온 겁니다. 하지만 그런 게 있을 리가 없었죠. 왜냐하면 나는 모티머 트리제니스가 범인이라고 확신했기 때문입니다. 범행 동기는 돈 때문이었어요. 가족을 전부 다 정신병자로 만들어버리면 자기 혼자 재산을 관리하게 될 거라고 믿었던 거죠. 그래서 악마의 발 뿌리를 이용해 형제 둘을 미치광이로 만들고 브렌다는 죽였던 겁니다.

그녀는 내가 사랑했고, 또 나를 사랑했던 유일한 사람입니다. 그토록 잔인한 놈한테 어떤 벌을 내려야 마땅하겠습니까? 법에 호소할까요? 하지만 증거가 있습니까? 나는 진실을 알고 있지만 영국의 배심원단이 이렇게 특이한 이야기를 믿어줄까요? 나는 배심원단을 설득할 수도 있고 그렇지 못할 수도 있어요. 하지만 절대로 실패해서는 안 되는 일이었어요. 내 영혼은 간절히 복수를 원하고 있었습니다. 홈즈 선생, 아까도 얘기했지만 나는 오랫동안 무법지대에서 살아왔기 때문에 나 스스로 법을 집행해왔어요. 그래서 이번에도 그렇게 했죠. 그놈이 가족에게 한 짓 그대로 똑같이 그놈도 당해야 한다는 판단을 내리고, 내 손으로 직접 정의를 실현해야겠다고 결심했던 겁니다. 지금 이 순간 나보다 더 죽음이 두렵지 않은 사람은 세상에 없을 겁니다.

그밖에 더 할 얘기는 이제 없어요. 나머지는 당신이 밝혀낸 그대롭니다. 당신 말처럼, 나는 밤을 꼬박 새우고 동이 트자 바로 집에서 출발을 했어요. 그리고 그놈 집으로 가서 잠을 깨우려고 집 앞에서 주워들고 간 자갈을 놈의 침실 창문에다 던졌죠. 그랬더니 아래층 으로 내려와 거실 창문을 열어주더군요. 나는 들어가서 놈이 한 짓을 전부 다 말해줬어요. 그러면서 내가 너를 재판하고 집행까지 하려고 여길 왔다고 말했죠. 내 손에 들려 있는 권총을 본 순간 그 가련한 인간은 털썩 주저앉으면서 완전히 얼어버리더군요. 나는 등잔불을 켜서 덮개 위에 그 독약을 올려놓고 창문 밖으로 나가 그놈을 지키고 있었습니다. 방에서 도망치기만 하면 총으로 쏴버리겠다고 했기 때문에 놈은 꼼짝도 못하고 있었어요. 결국 5분 만에 죽더군요. 아! 하느님! 얼마나 끔찍한 종말이었던지! 하지만 내 마음은 돌처럼 굳어 있었죠. 그놈이 겪은 그 고통을 아무 죄도 없는 내 연인이 이미 당했는데 내가 무슨 연민의 감정이 한 올이라도 생기겠습니까?

홈즈 선생, 이제 내 얘기는 끝났어요. 만약 당신이 한 여자를 죽도록 사랑했다면 당신도 나와 똑같은 행동을 했을 겁니다. 이제 내 운명은 당신 손에 달려 있어요. 마음대로 하시오. 이미 말한 것처럼 나는 죽음이 조금도 두렵지 않습니다."

홈즈는 한동안 말도 없이 앉아 있었다.

"원래 어떻게 할 작정이었나요?"

마침내 홈즈가 물었다.

"중앙아프리카로 가서 거기에 그냥 묻혀 있으려 했죠. 거기서 하던 일도 아직 안 끝나고 해서."

"그럼 가서 남은 일을 하세요. 당신의 앞길을 막고 싶은 생각은 없습니다."

스턴데일 박사는 거구의 몸을 일으켜 정중하게 인사를 한 다음 그곳을 떠나갔다. 홈즈는 파이프에 불을 붙이고 내게도 담배를 건넸다.

"독성 없는 연기는 기분 전환에 최고지. 왓슨, 자네도 동의하겠지만 이건 우리가 간섭할 만한 일이 아닐세. 게다가 우리가 독자적으로 조사한 거니까 우리 선에서 결정하면 되는 거지. 자네 혹시 고발하진 않겠지?"

"무슨 그런 소리를!"

내가 대답했다.

"왓슨, 나는 여자를 깊이 사랑해본 적은 없지만 만일 내가 사랑하는 여자가 그런 종말을 맞았다면 저 사자 사냥꾼과 같은 행동을 했을지도 모르네. 누가 알겠나? 왓슨, 아까 한 얘기를 또 해서 자네의 지성을 모독하지는 않겠네. 사실 이번 조사의 출발점이 됐던 건 창틀 위에 떨어져 있는 자갈을 봤을 때였어. 그 자갈은 목사관 정원에 있는 것과는 전혀 다른 종류였거든. 난 곧바로 스턴데일 박사와 그가 사는 오두막에 의혹을 품고 그곳으로 가서 거기 자갈이 맞다는 걸 확인했지. 그리고 한낮까지 켜져 있던 등잔불과 등잔 덮개 위에 남아 있던 가루는 바로 사건의 퍼즐을 명백하게 맞춰주는 것이었다네. 이젠 이 사건을 마음속에서 지우고 홀가분하게 칼데아 어 연구나 계속 해야겠네. 아마도 켈트 어에서 갈라져 나온 콘월 어에 그 뿌리가 있을 걸세."

두 번째 얼룩

Sherlock Holmes

난 사실 '애비 그레인지 장원의 모험'을 마지막으로 내가 이제까지 발표해온 셜록 홈즈의 활약에 대한 기록을 마칠 생각이었다. 이런 결심을 하게 됐던 건 자료가 더 이상 없기 때문이 아니었다. 지금도 나한테는 이제까지 한 번도 언급하지 않은 사건 기록이 몇 백 개나 있다. 그럼 다른 이유가 있었나? 셜록 홈즈라는 이 비범한 인물의 예사롭지 않은 인품과 그 특이한 수사 방법에 대해 독자들의 흥미가 줄어들었기 때문인가? 이것도 아니었다. 진짜 이유는, 그의 활약을 계속해서 발표하는 일 자체를 홈즈가 싫어하기 시작했기 때문이다. 그가 현역에 있을 때는 성공담을 알리는 것이 아무래도 큰 효과가 있었지만, 지금처럼 런던을 떠나 이렇게 서섹스 고원에 정착해 연구나 양봉 일에 전념하고부터는 자신의 이름이 거론되는 것을 홈즈는 무척 귀찮아했다. 그러면서 나한테 발표하지 말아달라고 단호하게 부탁까지 했던 것이다.

하지만 나로서는 그 점에 대해 이번 '두 번째 얼룩'만은 때가 오면 반드시 발표하겠다는 약속을 받아냈다. 따라서 이 사건은 오늘날까지 내가 발표한 수많은 모험담의 마지막을 장식하게 될 것이다. 사실 이 사건은 홈즈가 의뢰 받은 일 중에서 가장 규모가 크고 국제적인 사건이었기 때문에 이것이 마지막을 장식하는 건 그야말로 마땅한 일이라며 그를 설득했고, 매우 신중하게 발표한다는 조건 하에 그의 동의를 얻었던 것이다. 그러므로 이야기 속에 디테일한 부분에서 다소 모호한 점이 좀 있더라도 거기엔 충분한 이유가 있다는 걸 미리 알려드린다.

어느 해 가을 아침, 그날은 화요일이었는데 베이커 거리에 있는 우리 집에 유명 인사 두 사람이 찾아왔다. 한 사람은 코가 높고 눈빛이 날카로우며 매우 엄격한 인상을 하고 있는 벨린저 경으로, 영국의 총리를 두 번째로 역임하고 있는 사람이었다. 또 한 사람은 붉은 빛의 얼굴에 윤곽이 뚜렷하고 품위가 있으며 중년의 나이에 아름다운 외모를 갖고 있는, 유럽 담당 장관 톨리로니 호프 백작이었다. 두 사람은 신문들이 널려 있는 소파에 같이 앉았는데, 뭔가 몹시 지치고 근심스러운 표정을 하고 있는 것으로 보아 매우 중대한 문제로 찾아왔다는 걸 짐작하게 했다. 총리는 혈관이 돋아 있는 마른 손으로 우산 손잡이를 단단히 쥔 채 고행자와 같은 수척한 얼굴로 홈즈와 나를 번갈아 쳐다보았다. 유럽 담당 장관은 수염을 쓰다듬기도 하고 시곗줄에 매달려 있는 도장을 만지작거리기도 하면서 어딘지 초조하고 불안한 모습을 내보였다.

"문서가 분실된 걸 안 게 오늘 아침 8시였고, 곧바로 총리에게 보고를 했죠. 이렇게 같이 의논을 하러 온 것도 총리의 뜻입니다."

"경찰엔 알렸습니까?"

"아니, 알리지 않았어요."

총리가, 잘 알려져 있다시피, 급하고 단호한 태도로 장관을 대신해 말했다.

"경찰에 알리고 싶은 생각은 없습니다. 그렇게 하면 온 천지에 다소문이 나는데, 이건 특히 세상에 알리고 싶지 않은 문제거든요."

"왜죠?"

"사라진 그 문서가 굉장히 중요한 것인데, 만약 이 사실이 알려지게 되면 유럽은 엄청난 분쟁에 휩싸일 수가 있기 때문이죠. 아니, 분명히 휩싸일 거라고 생각합니다. 어쩌면 전쟁과 평화가 바로 이 문제에 걸려 있을 수도 있어요. 그래서 극비로 이 문서를 되찾아야 하는데, 만약 훔친 자들이 문서의 내용을 폭로하려는 목적으로 그랬다고 하더라도 이 문제를 밝힐 수는 없습니다. 되찾지 못하는 한이 있어도 말이죠. 우리는 지금 거기까지 생각하고 있어요."

"알겠습니다. 그럼 톨리로니 호프 씨, 그 문서를 분실한 당시의 상황을 좀 정확히 얘기해보십시오."

"네, 아주 간단합니다. 그 편지는, 그러니까 분실된 문서 말이죠, 외국의 한 군주에게서 6일 전에 받은 것인데, 극히 중요한 것이기 때문에 금고에 넣어둘 생각도 안 하고 날마다 집으로 가지고 돌아가서 서류함에 넣어 잠근 다음 침실에 놓아두곤 했었죠. 어젯밤에도 분명히 있었어요. 저녁 식사 전에 옷을 갈아입으면서 서류함을 열어편지가 있는 걸 확인했으니까요. 정말 틀림없습니다. 그런데 오늘 아침에 보니까 편지가 없어진 거예요. 서류함은 밤에 화장대 옆에 놓아두었거든요. 저와 아내는 잠귀가 밝은 편이기 때문에 밤사이에 누가 침실로 들어오지는 않았다고 확신하고 있습니다. 그렇지만 어쨌든 편지가 없어진 거예요."

"저녁 식사는 몇 시부터 하셨나요?"

"7시 반에요."

"그리고 침실에 들어갈 때까지 시간이 얼마나 비어 있었습니까?"

"아내가 연극을 보러 갔기 때문에 저는 안 자고 기다리고 있었거든요. 나중에 같이 침실로 들어간 게 11시 반이었습니다."

"그럼 서류함이 4시간 동안 방치되어 있었군요."

"침실엔 아무도 안 들어갑니다. 매일 아침에 하녀가 청소하러 들어가는 것 외에는 집사와 아내의 비서가 가끔 들어갈 뿐이죠. 그런데 이 세 사람은 오래전부터 근무하고 있는데다 서류함에 그렇게 중요한 문서가 들어 있다는 걸 알 까닭이 전혀 없거든요."

"그 편지가 거기 있는 걸 알고 있던 사람은 누굽니까?"

"집안사람은 아무도 몰랐습니다."

"그래도 부인은 알고 계셨겠죠?"

"아니오. 오늘 아침에 분실된 걸 발견했을 때까지 아내한테도 말하지 않았어요."

그 말을 들은 총리가 만족한 듯 고개를 끄덕이며 말했다.

"공무에 있어서 장관의 강한 책임감은 일찍부터 알고 있었어요. 아무리 가정적인 유대가 긴밀하다 하더라도 이런 기밀에 대한 중요성이 더 중대한 거겠죠. 나는 그렇게 믿고 있습니다."

장관이 머리를 숙이며 말했다.

"과분한 말씀이시고, 저는 죄송할 뿐입니다. 오늘 아침까지 아내한테는 전혀 말하지 않았습니다."

"그래도 부인이 눈치 챘던 건 아닐까요?"

"아내뿐 아니라 그런 건 눈치 채고 싶어도 할 수 있는 게 아니죠."

"전에도 서류가 분실된 적 있습니까?"

"아니오."

"그럼 그 편지의 존재를 알고 있었던 사람은 누굽니까?"

"각료들에게는 어제 보고를 했습니다만 내각회의의 내용은 비밀로 되어 있고, 어제는 특히 총리께서 엄중히 주의를 내리기도 했습니다. 그런데 몇 시간도 안 지나 제가 직접 분실을 했으니!"

유럽 담당 장관은 심한 절망감으로 얼굴이 일그러지며 양손으로 머리털을 움켜잡았다. 짧은 순간이었지만 감수성이 강한 그의 본래 성격이 드러나는가 싶더니 이내 조용하고 침착한 모습으로 돌아오며 말했다.

"주요 각료 외에 직원 두 세 사람 정도가 알고 있습니다. 그 외에는 국내에 이걸 아는 사람이 하나도 없죠."

"그럼 외국엔 있다는 말씀입니까?"

"편지를 쓴 사람 외에는 있을 것 같지 않습니다. 각료들도 모를 것 같고요. 공식적인 절차를 밟아 씌어 진 편지가 아니기 때문에……."

홈즈는 잠시 생각에 잠겼다.

"그럼 그 문서가 분실된 게 왜 그렇게 엄청난 문제를 일으킨다는 건지, 그 문서에 대해 좀 더 자세히 말씀해주시죠."

두 사람의 정치가는 서로를 흘긋 쳐다보았다. 그리고는 총리가 먼저 인상을 잔뜩 찌푸리며 말했다.

"밝은 청색의 긴 봉투에 담겨서 왔는데, 빨강색 밀봉 부분에 사자가 웅크리고 있는 그림의 도장이 찍혀 있었습니다. 수신자의 이름은 크게……."

"죄송한데 그런 소소한 부분도 필요한 얘기긴 하지만, 제가 알고 싶은 건 좀 더 근본적인 것입니다. 편지의 내용이 무엇이냐 하는 것이죠."

"그건 국가의 중대한 기밀 사항이라, 내용에 대해서는 말씀드릴 수가 없고 또 말씀드릴 필요도 없다고 생각합니다. 선생께서 뛰어난 능력을 가지고 계시다고 들었는데, 이 문서가 들어 있는 봉투를 찾아주신다면 선생은 국가에 커다란 공헌을 하는 셈이 되고, 또 우리로서도 최대한의 사례를 할 생각입니다."

홈즈는 미소를 지으며 자리에서 일어났다.

"두 분께서는 굉장히 바쁘실 줄로 압니다만, 저도 이런저런 일들로 의뢰해오는 사람들이 많아서 아주 바쁜 상황입니다. 그래서 유감스럽지만 이 문제는 제가 맡을 수가 없습니다. 그러니 더 이상 말씀을 듣는 것은 시간 낭비만 되는 것으로……."

그때 총리가 자리에서 벌떡 일어나더니 움푹 들어간 눈을 무섭게 치뜨며 말을 시작했다.

"그런 식의……."

하지만 그는 말을 중단하고 애써 감정을 억누르며 자리에 다시 앉았다. 홈즈도 한동안 입을 열지 않았다. 잠시 후 총리가 체념한 듯 어깨를 움츠리며 말했다.

"그 말씀을 받아들일 수밖에 없겠군요. 홈즈 씨가 말한 그대로 말이죠. 숨김없이 털어놓지도 않고 맡아달라는 것은 부탁하는 쪽이 잘못이겠죠."

"저도 총리 말씀에 동감입니다."

호프 장관이 말했다.

"그럼, 홈즈 씨와 왓슨 박사를 믿고 말씀드리겠습니다. 다만 이게 외부에 새나가면 국가적으로 큰 문제가 되니까 선생들께서 특별히 애국심을 가져주시길 부탁드립니다."

"믿으셔도 좋습니다."

"이 편지는 외국의 한 군주가 최근 우리 식민지 발전에 자극을 받고 보내온 건데, 군주 스스로 써서 발신했던 것입니다. 조심스럽게 알아봤더니 그 나라의 장관들도 모르는 것 같더군요. 그런데 이 편지 내용이 좀 불온한 데다 도발적인 문장도 서너 군데 있어서, 만약 이게 공표가 되면 우리 국민의 감정을 광장히 악화시킬 것이 분명합니다. 그래서 여론이 격앙되면 1주일 안으로 우리나라는 전쟁에 휩쓸려 들어갈 수가 있어요."

홈즈는 종이쪽지에 어떤 사람의 이름을 써서 총리에게 건넸다.

"맞습니다. 이분이에요. 억만금의 돈과도 바꿀 수 없고, 10만 명의 목숨과도 맞먹는 이분의 편지가 어처구니없게도 분실된 겁니다."

"발신자에게는 통보를 했습니까?"

"암호 전보를 보내놨습니다."

"그쪽에서는 공표되는 걸 원하겠죠?"

"그렇지는 않습니다. 그분도 자기가 순간적인 격정에 사로잡혀 경솔한 짓을 했다는 걸 지금 후회하고 계실 겁니다. 왜냐하면 만약 편지가 공표될 경우 타격을 받는 것은 우리보다도 오히려 그 군주와 그 나라가 될 테니까요."

"그러면 편지를 공표해서 이익이 되는 쪽은 어딥니까? 왜 그걸 훔쳐서 공표하고 싶어할까요?"

"그걸 이해하려면 국제적인 정치 현안부터 설명해야 하는데, 지금 유럽의 현황을 살펴보면 그 동기를 알 수도 있을 것 같습니다. 유럽이 지금 두 개의 동맹으로 나눠져 있어서 군사적으로는 균형을 유지하고 있죠. 우리나라는 그 어느 쪽에도 치우치지 않고 중립적 입장에 있기는 하지만, 만약 어느 한쪽 동맹과 전쟁을 시작하게 되면 다른 쪽 동맹은 전쟁에 참가하든 안 하든 우위에 서게 됩니다. 무슨 말인지 아시겠죠?"

"잘 압니다. 그러니까 이 군주의 적대 세력에서 이 편지를 훔쳐 공표함으로써 그 군주의 나라와 우리나라 간의 불화를 일으키려는 속셈이네요?"

"바로 그겁니다."

"그래서 그 세력들이 편지를 확보하게 되면 그들은 어디로 보내질까요?"

"유럽 내 어느 나라에서도 환영을 하겠죠. 아마 이미 빠른 속도로 보내지고 있을지도 모릅니다."

톨리로니 호프 장관은 맥없이 머리를 숙이며 신음소리를 냈다. 그러자 총리가 가만히 그의 어깨를 잡으면서 위로의 말을 했다.

"이건 사고지 당신이 잘못한 게 아니잖소. 당신 입장에서야 모든 주의를 다 기울였을 테니까 누구도 당신을 책망할 수는 없어요. 아무튼 홈즈 씨, 이제 다 털어놓은 셈인데, 그럼 어떤 조치를 취하는 게 좋겠습니까?"

홈즈는 참 안타깝다는 듯 고개를 저으며 말했다.

"그 문서를 되찾지 못하면 전쟁이 날 거라고 생각하십니까?"

"그럴 가능성이 아주 크죠."

"그럼 전쟁에 대비를 해야겠군요."

"아니, 그건 너무……."

"다시 한 번 잘 생각해보십시오. 편지를 도둑맞은 게 밤 11시 반 이후는 아닌 것 같습니다. 그 시간부터 아침에 분실된 걸 알았을 때까지 장관 부부께서 침실에 계셨다고 했으니까요. 그렇다면 도둑맞은 시각은 어젯밤 7시 반부터 11시 반 사이, 아마도 7시 반 언저리가 되지 않을까 싶습니다. 왜냐하면 그걸 훔쳐간 사람은 거기에 편지가 있다는 걸 알고 들어간 거니까, 한시라도 빨리 손에 넣고 싶었을 것이기 때문이죠. 그런데 정말 그 시각에 훔쳐갔다면 편지는 지금 어디에 있을까요? 훔친 사람이 누구든 간에 그걸 주머니에 가지고 있을 리는 없겠죠. 그걸 필요로 하는 인물에게 재빨리 전달되지 않았겠습니까? 그렇다면 그걸 되찾는 건 물론이고 행방을 알아내는 것조차 불가능할 것 같은데요. 우리로서는 어찌 할 방법이 없습니다."

총리가 또다시 자리에서 일어나며 말했다.

"그럴 것 같군요. 확실히 우리로서는 힘에 겨운 일인 것 같습니다."

"혹시 이런 가정은 어떨까요? 하녀나 집사가 편지를 훔쳤다는……."

"두 사람 다 오래 전부터 일해 온 사람들이거든요."

"당신의 침실이 3층에 있다고 하셨죠? 그렇다면 외부에서는 들어갈 수가 없으니까 분명히 내부의 누가 훔쳤다는 얘기거든요. 그럼 그걸 훔쳐내 누구한테 넘겨줬을까요? 틀림없이 국제 스파이나 비밀 탐정 중 하나가 아니겠습니까? 제가 그자들의 이름을 좀 알고 있는데, 그 중에 두목으로 여겨지는 자가 지금 런던에 세 명이 있습니다. 우선 그 세 명을 조사하는 것부터 일을 시작해보죠. 만일 그 중에 행방이 묘연한 자가, 특히 어젯밤 이후로 모습을 감춘 자가 있다면 편지의 행방에 관해 대충 짐작해볼 수 있지 않을까 싶습니다."

"왜 모습을 감출까요? 바로 런던 주재 대사관으로 가져가지 않고?"

유럽 담당 장관이 물었다.

"제 생각엔 그럴 것 같지 않습니다. 스파이들은 다 비밀리에 활동하기 때문에 대사관 쪽하고 서로 반목하고 있는 경우도 종종 있거든요."

총리가 고개를 끄덕이며 말했다.

"홈즈 씨 말이 맞습니다. 아주 중요한 전리품을 손에 넣었다면 자신이 직접 본부로 가져가고 싶은 게 당연하죠. 홈즈 씨의 수사 계획에 나는 동감입니다. 자, 호프 장관, 어차피 일어난 재난이니 우리 모두 각자의 임무에 충실하도록 합시다. 홈즈 씨에게는 뭔가 새로운 진전이라도 있으면 꼭 통보해 드리겠습니다. 당신 쪽에서도 우리한테 수사 결과를 좀 알려주세요."

두 정치가는 심각한 표정으로 인사를 한 후 곧 떠났다.

홈즈는 파이프에 불을 붙이고 소파에 앉더니 한동안 생각에 잠겼다. 그동안 나는 아침 신문을 펼쳐 간밤에 런던에서 일어난 각종 범죄 기사들을 읽고 있었다. 어느 순간 갑자기 홈즈가 이상한 소리를 지르며 일어나더니 파이프를 벽난로 위에 내려놓으며 말했다.

"하, 그렇지! 이보다 더 좋은 방법은 없지. 상황이 극히 나쁘긴 하지만 아직 절망하기는 일러. 지금이라도 그걸 훔친 자가 누군지 알기만 하면…… 아직 그놈이 가지고 있을 가능성도 없지 않으니까 말이야. 왜냐하면 놈들은 사실 돈이 목적이거든. 자, 그렇다면 영국 정부에서 지금 뒤를 받혀주고 있으니까, 놈들이 살 사람을 찾고 있는 거라면 내가 그걸 사야겠어. 그것 때문에 소득세를 내는 한이 있어도 어쩔 수가 없지. 훔친 놈은 상대 쪽에 팔아버리기 전에 우리 쪽에서 얼마를 제안할지 저울질 하면서 눈치를 볼 걸세. 그런 대담한 짓을 할 수 있는 놈은 세 명밖에 없어. 오버스타인, 라로튀엘, 그리고 에즈알드 루커스. 이 세 놈한테 접촉을 해봐야겠네."

"에즈알드 루커스라면 고들핀 거리에 있는 그 녀석 말인가?"

내가 신문을 보며 물었다.

"그렇지."

"만나러 가봐야 소용없어."

"왜?"

"어젯밤에 집에서 살해됐대."

지금까지 홈즈와 수사를 해오면서 나는 항상 깜짝 놀라는 입장만 됐었기 때문에 이번에 그가 완전히 놀라는 것을 보며 나는 통쾌한 기분까지 들었다. 그는 눈을 크게 뜨고 있다가 그제야 사태를 깨닫고 내 손에서 신문을 잡아챘다. 그 전에 내가 열심히 읽고 있던 기사는 다음과 같은 것이었다.

웨스트민스터의 살인

어젯밤, 웨스트민스터 성당과 템즈 강 사이에 자리하고 있는 고들핀 거리 16번지 저택에서 수상한 살인 사건이 발생했다. 그곳은 의사당의 높은 탑 그늘 아래에 위치해 있으며 18세기 이후로 고풍스러운 집들이 늘어서 있는 조용한 주택가인데, 그 최고급 저택에 에즈알드 루커스라는 남자가 몇 년 전부터 살고 있었다. 그는 아마추어 테너 가수로 꽤 이름이 나 있고 사교계에도 발이 넓은 사람으로서 34세인 현재까지 독신으로 살아왔으며, 집안엔 프린글이라는 가정부와 미톤이라는 집사가 함께 살고 있었다. 프린글 부인은 밤에 일찍 자는 습관이 있으며, 집사인 미톤은 어젯밤에 해머스미스의 친구 집에 가고 저택엔 없었다고 한다. 즉 10시 이후에는 루커스 씨 혼자 있었던 셈인데, 그동안 무슨 일이 벌어졌는지 자세한 내용은 아직 밝혀지지 않았다. 11시 45분에 바렛 순경이 고들핀 거리를 순찰하던 중 16번지의 현관이 반쯤 열려 있는 것을 보고 노크를 했지만 응답이 없었다고 한다. 하지만 방에는 불이 켜져 있었기 때문에 바렛 순경은 안으로 들어가 그 방도 노크를 해봤는데 역시 아무런 대답이 없었다는 것이다. 그래서 문을 열고 들어갔더니 방안은 정신없이 어질러져 있었고 가구들도 한쪽 벽으로 밀쳐져 있었으며, 가운데에 있는 의자 하나가 완전히 뒤집혀져 있었다고 한다. 그리고 그 옆에 한 남자가 의자의 다리를 붙잡고 쓰러져 있었다는 것이다. 심장 부위를 찔렸기 때문에 즉사한 것으로 보이며, 흉기는 벽에 장식되어 있던 동양의 전리품 가운데 하나인 인도의 칼이었다. 그 귀한 물건을 가져가지 않은 걸로 보아 절도가 목적은 아닌 것 같지만, 에즈알드 루커스 씨가 사교계에서 유명한 인사였기 때문에 그를 아는 사람들에게 깊은 호기심과 동정심을 불러일으키게 할 것이다.

"음, 왓슨, 이 사건을 어떻게 생각하나?"
홈즈가 물었다.
"묘하게 들어맞는 것 같군."
"뜻밖에 일치하고 있다는 건가? 이 연극의 등장인물로 지목된 세 사람 중 하나가 연극이 진행되고 있는 도중에 살해된 걸세. 그것을 단지 우연한 일치라고만 볼 수 있을까? 여보게 왓슨, 이 두 개의 사건은 서로 관련이 있는 거네. 아니 반드시 관련이 있어야 해. 우리가 할 일은 바로 그 관련을 찾아내는 것이지."

"그런데 지금은 이미 경찰이 조사를 하고 있을 텐데."

"천만에! 물론 고들핀 거리의 사건은 이미 조사를 끝냈겠지. 하지만 화이트 홀 테라스 사건에 대해서는 제대로 알려진 게 없어. 앞으로도 영원히 그럴 거야. 알고 있는 건 우리 둘 뿐이지. 게다가 난 루커스에게 의혹을 품을 만한 분명한 이유가 하나 있다네. 웨스트민스터의 고들핀 거리에서부터 유럽 담당 장관의 관저가 있는 화이트 홀 테라스까지는 걸어서 몇 분밖에 안 걸리는데, 세 사람 중 나머지 두 사람의 집은 웨스트 엔드의 끝 쪽에 있거든. 그러니까 루커스는 다른 두 사람보다 유럽 담당 장관의 가족과 연락을 한다거나 어떤 관련을 갖기가 훨씬 더 쉬운 상황에 있었다고 할 수 있지. 그게 사소한 점 같지만, 사실 두 사건이 거의 연달아 일어났기 때문에 그냥 넘겨버릴 일은 아닌 것 같네. 잠깐, 또 누가 왔을까?"

잠시 후, 하숙집 주인인 허드슨 부인이 한 여성의 명함을 들고 우리 방으로 올라왔다. 홈즈는 그 명함을 받아들고 흘긋 보더니 이내 눈을 크게 뜨며 나에게 내밀었다. 그러면서 부인에게 말했다.

"힐더 톨리로니 호프 부인이네요. 가서 올라오시라고 말씀해주세요."

그날 아침에 우리는 참 우연히도 유명한 두 정치가를 만나는 영광을 누렸을 뿐 아니라, 런던에서도 손꼽히는 아름다운 부인의 방문을 받는 영예까지 얻게 되었다. 벨민스터 공작의 막내딸인 이 부인의 아름다움에 대해서는 일찍부터 들어왔지만, 아무리 소문으로 듣고 사진으로 봤어도 실물과는 도저히 비교할 수 없다는 걸 보는 순간 깨달았다. 그녀에게는 뭐라고 단정 짓기 힘든 어떤 매력이 풍기고 있었다. 더구나 그 가을날 아침에 우리가 본 그녀의 아름다움은 본래 그녀가 지니고 있는 아름다움을 충분히 다 내보인 것도 아니었다. 힘든 감정으로 인해 안색은 창백했고, 눈빛은 광채를 잃어 열에 들뜬 모습이었으며, 입 또한 예민하고 단호하게 다물어져 있었다. 머뭇거리며 문 앞에 서 있는 부인의 첫인상은 아름다움이 아니라 공포였다.

"남편이 여기에 왔었죠, 홈즈 씨?"

"네, 맞습니다."

"그럼, 제가 이곳에 찾아왔다는 걸 남편한테는 얘기하지 말아주세요."

홈즈는 담담한 표정으로 그녀에게 들어와 앉으라는 손짓을 했다.

"아주 어려운 부탁입니다만, 일단 여기 앉으셔서 무슨 일로 오셨는지 설명을 해보시죠. 미리 얘기하자면, 무조건 약속한다는 말씀은 못 드립니다."

그녀는 방으로 들어와 안쪽까지 가더니 창문 앞에 등을 지고 앉았다. 키가 크고 우아하며 태도엔 위엄이 있었다. 그녀는 손에 흰색 장갑을 끼고 쥐었다 폈다 하면서 말을 시작했다.

"홈즈 씨, 솔직히 말씀드려 당신을 믿기 때문에 모든 것을 털어놓고 얘기하겠습니다. 저와 남편은 딱 한 가지만 빼면 서로에게 숨기는 게 전혀 없습니다. 그 한 가지가 뭐냐면 정치에 관계되는 일이에요. 남편이 정치에 관해서는 전혀 말을 안 하는 겁니다. 아무것도 저한테 설명해주지 않는 거예요.

그런데 어젯밤에 저희 집에서 굉장히 곤란한 일이 벌어졌어요. 집에 있던 무슨 서류 하나가 없어졌는데, 그게 정치 관련 사건이라 남편은 아무 얘기도 안 해주는 거예요. 하지만 저로서는 무슨 일인지 알 필요가 있습니다. 그래서 그 진상을 알고 있는 사람이 정치가 외에 당신밖에 없어서 이렇게 찾아온 겁니다. 무슨 일이 있었는지, 그리고 앞으로 어떻게 되는 건지 사실대로 말씀 좀 해주세요. 숨기지 말고요. 홈즈 씨, 의뢰인을 위해서 일부러 침묵을 지키실 필요는 없습니다. 제가 모든 사실을 아는 것이 오히려 남편에게도 도움이 될 테니까요. 남편도 분명히 이해를 할 겁니다. 도둑맞은 그 서류는 도대체 무슨 내용인가요?"

　"부인, 저는 말씀드릴 수가 없습니다."

　호프 부인은 신음소리를 내며 두 손으로 얼굴을 감쌌다.

　"부인, 이 점을 잘 생각해보세요. 남편께서 부인에게조차 알리는 것이 적절치 않은 어떤 직업상의 중대한 것에 대해 부득이하게 알리게 되었는데, 그것을 제가 직접 말씀드릴 수 있을 거라고 생각하십니까? 저한테 말해달라고 하시면 안 되죠. 남편께 직접 물어보세요."

　"이미 물어봤습니다. 이곳엔 마지막 희망을 갖고 찾아온 거예요. 그런데 정말 말씀해주실 수 없다면, 안심할 수 있는 뭐 한 가지라도 좀 얘기해주세요."

　"뭘 얘기해드릴까요?"

　"혹시 이 사건으로 인해 남편이 정치가로서 곤경에 처해질까요?"

　"아무래도 잘 수습되지 않으면 분명히 재미없게 되겠죠."

"아!"

한 줄기 희망조차 끊어져버린 듯 부인은 깊은 한숨을 내쉬었다.

"한 가지만 더 물을게요. 서류가 없어진 걸 알았을 때 남편이 내보인 표정을 봐도 알 수 있었지만, 그게 정말로 분실됐다면 국제적으로 큰 소동이 일어나겠죠?"

"그렇게 생각되신다면 굳이 부정하지 않겠습니다."

"그 소동은 어떤 성질의 것일까요?"

"그것도 제가 대답할 수 없는 문제군요."

"알겠습니다. 그럼 이만 가야겠어요. 안심이 되는 얘기를 안 해주셨다고 해서 홈즈 씨를 탓하지는 않겠습니다. 그 대신 제가 남편 일에 같이 걱정하는 것을 나쁘게 생각지는 말아주시기 바랍니다. 그리고 제가 여기 왔다는 건 꼭 비밀로 해주세요."

부인은 나가다가 문 앞에서 뒤돌아 우리를 다시 쳐다보았다. 아름답지만 수심에 잠겨 있고 두려운 눈빛이었다. 방문이 닫히고 그녀의 발걸음 소리가 더 이상 들리지 않게 되자 홈즈가 피식 웃으며 말했다.

"왓슨, 저 부인은 자네가 담당하게. 부인이 뭣 때문에 왔다고 생각하나? 뭐가 필요해서 찾아왔을까?"

"분명히 말하지 않았나? 걱정하는 것도 극히 당연하지."

"글쎄, 하지만 부인의 태도를 떠올려보게. 뭔가 흥분을 억누르면서 안절부절못하고 있지 않았나. 그리고 계속해 질문을 하고 말이야. 더구나 그녀는 웬만해서는 감정을 겉으로 드러내지 않는 계층의 여자지."

"사실 굉장히 동요하고 있는 것 같았어."

"아내로서 모든 것을 아는 것이 남편을 위하는 거라고 그녀가 말했을 때, 그 말투가 유난히 열정적이었거든. 그게 도대체 무엇을 의미하는 것일까? 게다가 한 가지 더 특이했던 것은, 굳이 창문에 등을 지고 앉았다는 거야. 빛에 표정이 노출되는 것을 피했던 거지.

"음, 거기에 의자가 있었으니까."

"아무튼 여자들은 별 이유가 다 있어서 참 이해하기 어려울 때가 있거든. 그 비슷한 경우가 또 있었지. 그때는 오히려 동기가 너무 분명해서 의심을 했었던 그 '마케이트 여자' 사건 말이야. 기억나나? 코에 분을 바르지 않았던 것이 결국 사건 해결의 열쇠가 됐었지. 어쨌든 모래 위에 집을 지을 수는 없는 법이니까. 여자들에겐, 별 뜻 없는 행동에도 굉장히 큰 의미가 숨겨져 있거나, 반대로 굉장히 이상한 행동에도 알고 보면 단순한 이유였거나, 그런 일이 종종 있지. 별 사소한 것들로 말일세. 자, 왓슨, 나는 좀 나갔다 오겠네."

"아니, 나가려고?"

"일찌감치 고들핀 거리에 가서 경시청 사람들을 좀 만나보려고. 그 편지가 에즈알드 루카스와 관련돼 있는 건 틀림없어. 어떻게 관련돼 있는지는 아직 모르겠지만 말이야. 사실을 모르면서 구구절절 떠들 일은 아니지. 미안하지만 집에 좀 있어주게. 또 누가 찾아올지 모르니까. 가능하면 점심 전에 돌아오겠네."

그날, 다음날, 그 다음날까지 홈즈는 시큰둥하고 불쾌한 기분으로 지내고 있었다. 불안해하며 나갔다가 금방 돌아오고, 줄담배를 피우는가 하면 바이올린을 켜기도 하고 또 아무 때나 샌드위치를 허겁지겁 먹어댔다. 이따금 내가 말을 걸어도 그는 우물우물 넘기기 일쑤였다. 그가 조사하고 있는 일이 잘 진행되지 않는 모양이었지만 아무튼 그는 단 한 마디도 하지 않았다. 살해된 에즈알드 루커스의 집사 미톤이 경찰에 체포되었다가 곧 석방되었다는 소식도 나는 신문을 통해 알았을 정도였다.

검시 배심원들은 '공모 살해'라는 뻔한 결론을 내렸을 뿐 범인에 대해서는 아무것도 밝혀내지 못했다. 첫째, 살해 동기부터 불분명했다. 방안에 값비싼 물건들이 많이 있었지만 하나도 없어지지 않았던 것이다. 서류들 역시 만진 흔적이 없었다. 그의 서류들을 자세히 조사해본 결과 루커스는 국제 정략 문제의 열성스런 연구가이며 어학자이기도 했고, 또 여러 나라의 지도급 정치가들과 친밀하게 지냈지만 특별히 문제가 될 만한 것은 발견되지 않았다고 했다.

여성 관계 또한 모두 표면적인 것일 뿐 깊은 관계는 없었다는 것이다. 알고 지내는 사람들은 많았지만 친한 사람은 별로 없었으며, 더욱이 그가 사랑하는 여자는 없었던 것이다. 일상생활은 규칙적이었고 품행도 나쁘지 않았다고 한다. 그런데 왜 살해되었는지, 그 동기도 모르는 채 수사가 미궁에 빠지는 건 아닐까.

게다가 무능한 경찰은 변명거리로 집사인 존 미톤을 체포함으로써 그를 희생물로 만들어버렸다. 그러나 그 처사는 도저히 성립될 수가 없다. 그날 밤에 미톤은 친구 집에 가 있었기 때문이다. 바렛 순경이 살해되어 있는 루커스를 발견한 시각은 11시 45분쯤이었는데, 그 얼마 전에 미톤은 해머스미스의 친구 집에서 출발을 했으며, 오는 도중에 그가 좀 걸어오긴 했지만 그건 날씨가 좋아 밤길을 걷고 싶었기 때문이라고 설명했다는 것이다. 따라서 미톤이 11시 45분 전에 웨스터민스터의 집에 돌아올 수도 있었지만, 그야말로 아름다운 밤이었다는 걸 감안하면 그의 말도 무조건 거짓말이라고 단정 지을 수는 없었던 것이다. 어쨌거나 실제로 그가 집에 도착한 시각은 12시였고, 집안에 뜻밖의 변고가 생긴 걸 보고는 엄청 놀랐다는 것이었다.

미톤은 평소에 주인과 사이가 좋았으며, 그의 소지품 속에서 주인의 물건이 몇 개 나오긴 했지만 - 일테면 작은 케이스에 담겨 있는 면도칼이라든지 - 그건 주인이 그에게 준 것이며, 그 사실은 가정부도 증언을 해준 것으로 확인됐다. 그가 루커스의 집에 들어가 일한 지 3년이 되었지만, 주인이 유럽의 다른 나라에 갈 때 한 번도 동행한 적이 없었다는 건 좀 주목할 만한 일로 여겨졌다. 이따금 루커스가 파리에 가서 3개월씩 머물고 할 때도 그는 내내 고들핀 거리의 집에만 남아 있었던 것이다.

가정부의 경우는, 그날 밤에 자신은 아무런 소리도 듣지 못했다면서 만일 손님이 왔었다면 주인이 직접 문을 열어주었을 거라는 말만 할 뿐이었다.

내가 아침마다 신문을 통해 알 수 있었던 내용은 이 정도 뿐이라, 3일 동안 수수께끼가 풀린 건 결국 아무것도 없이 그대로 있었던 셈이다. 하지만 홈즈는 뭔가 알고 있으면서 입을 다물고 있었는데, 나한테 얼핏 내비치긴 했지만 레스트레이드 경감이 그에게 수사 내용을 비밀리에 말해주고 있었던 것이다. 따라서 홈즈가 사건의 진전에 밀접한 관계를 갖고 있었을 건 틀림없다. 마침내 4일째 되는 날, 파리에서 날아온 긴 전보가 데일리 텔레그라프에 실렸는데, 그로써 문제는 이제 완전히 해결된 것처럼 보였다.

월요일 밤에 런던 웨스트민스터의 고들핀 거리에서 살해된 에즈알드 루커스 사건의 비밀을 풀어줄 발견이 파리 경찰에 의해 이루어졌다. 그는 자신의 집에서 살해되었는데, 혐의는 그의 집사에게 돌아갔지만 그에게 알리바이가 있었기 때문에 곧 석방되었다는 소식은 앞에서도 이미 얘기한 바 있다.

그런데 이번엔 오스테를리츠 거리의 작은 별장 같은 집에 사는 풀르뉘라는 부인이 발광증세를 보인다면서, 그 집의 고용인이 경찰에 신고를 한 사건이 있었다. 진찰 결과 그 부인은 위험한 정신질환자로 판명되었는데, 경찰 조사에 의하면 그녀는 이번 화요일에 런던에서 돌아왔으며 살해된 루커스와 관계가 있는 사이라는 것이었다. 즉 사진을 비교해보면 그녀의 남편인 앙리 풀르뉘와 에즈알드 루커스가 동일 인물이며, 무슨 이유인지는 모르지만 그가 런던과 파리에서 이중생활을 했다는 게 밝혀졌던 것이다. 또한 풀르뉘 부인은 남부 출신에 매우 다혈질이며, 심한 질투심 때문에 발작적인 미치광이가 된 적도 있었다고 한다.

따라서 런던을 떠들썩하게 만든 이 사건도 그녀가 발작적으로 저지른 것이 아닐까 하는 추측까지 나오고 있었다. 월요일 밤 그녀의 행적에 관해서는 아직 명확히 밝혀진 게 없지만, 화요일 아침에 그녀와 비슷한 한 여자가 체링 크로스 역에서 이상한 복장을 하고 난폭한 행동을 해서 사람들의 눈총을 받았다고 하는데, 그게 발광을 해서 그런 행동을 한 것인지 아니면 이상한 행동을 함으로써 발광을 한 것인지 의견이 분분하다. 현재 그녀는 제대로 말을 할 수 없는 상태에 있으며, 아마도 회복이 불가능할 거라고 의사는 말하고 있다. 그리고 또한 월요일 밤에 한 부인이 고들핀 거리에 있는 에즈알드 루커스의 집을 몇 시간 동안이나 감시했다는 증언도 있는데, 그녀가 어쩌면 풀르뉘 부인이었는지도 모른다고 한다……

"이걸 어떻게 생각하나, 홈즈?"

아침 식사를 하고 있는 홈즈에게 내가 이 기사를 읽어주며 물었다. 그는 자리에서 일어나 서성거리며 말했다.

"그게…… 자네가 아주 답답해하면서 기다렸겠지만, 최근 3일간 내가 아무것도 말하지 않았던 건 사실 할 말이 없었기 때문이라네. 지금도 파리에서 이런 전보가 왔다고 하지만 별로 도움이 안 되고 있어."

"그래도 그 남자가 살해된 문제는 이걸로 풀린 거 아니야?"

"그 남자의 죽음 같은 건 아주 하찮은 사건에 지나지 않지. 그 문서를 되찾아서 유럽이 파멸되는 걸 막아야 하는 큰 사업에 비하면 말이야. 그러니까 3일 동안 일어난 유일한 사건이라고 하면, 아무것도 일어나지 않았다는 걸세. 나한테 거의 한 시간마다 정부에서 보고가 오고 있지만, 현재까지는 유럽 어디에서도 분쟁이 생길 듯한 기미는 없네. 그래서 만일 그 편지가 분실됐다면, 아니 분실됐을 리가 없어, 그럼 분실된 게 아니라면 어디에 있는 걸까? 이 질문이 계속 내 머리 속에서 쿵쿵거리고 있는 거야. 편지가 없어진 밤에 루커스가 살해됐다는 건 그냥 우연에 지나지 않는 것일까? 그가 정말 편지를 훔쳐간 자일까? 그렇다면 가택 수사에서 그게 발견되지 않았던 건 어찌된 일일까? 그 정신병자 부인이 가져간 것일까? 그럼 파리의 그녀 집에 있을까? 프랑스 경찰의 의심을 피해 그녀의 집을 수사하려면 어떻게 하면 좋을까? 그걸 할 수 있게 된다면 범죄자보다 오히려 법률 쪽이 우리한테는 더 껄끄러운 문제가 되겠지. 아무튼 사방에서 우리를 막고 있지만 이번 일에 성공하면 유례없는 큰 수확이 될 걸세. 일생일대의 영광을 맛보게 될 게 틀림없어. 아니, 정말 반가운 전보가 왔군!"

홈즈는 전보를 받아들고 재빨리 읽으며 말했다.

"아! 레스트레이드가 뭔가 재밌는 걸 찾아낸 모양이네. 자 왓슨, 얼른 모자 쓰게. 웨스트민스터로 가야 돼."

우리는 곧 루커스가 살해된 저택에 도착했다. 오래 되어 그을려 있는 그 집은 건축된 당시의 유행에 걸맞게 외벽이 무척 딱딱해 보였으며, 높이에 비해 전체 폭이 좁은 스타일이었다. 레스트레이드 경감이 짜증스런 얼굴로 정면의 창문을 통해 밖을 내다보고 있다가 우리를 보고는 반갑게 맞이해주었다. 그는 우리를 루커스가 살해된 방으로 안내해 갔는데, 카펫 위 여기저기에 불쾌한 얼룩들이 남아 있을 뿐 살해 현장을 연상시킬만한 건 아무것도 남아 있지 않았다.

방 한가운데에 깔려 있는 그 정사각형 모양의 카펫 둘레엔 고풍스럽고 아름다운 문양의 바닥이 그대로 넓게 드러나 있었다. 벽난로 위에는 멋진 무기가 전리품으로 장식되어 있었는데, 그 중 하나가 살해의 흉기로 사용된 것이었다. 그리고 창문 앞에 고급 테이블이 놓여 있으며, 그림과 장식품들 그리고 카펫 등 모든 것들이 무척이나 호화스러워 보였다.

"파리에서 온 전보를 보셨습니까?"

레스트레이드가 물었다.

홈즈는 말없이 고개만 끄덕였다.

"이번엔 프랑스 경찰이 선수를 친 것 같은데요. 그 사람들 말이 옳은 것 같습니다. 웬 여자가 찾아와 노크를 하니까 비밀스럽게 살던 남자가 깜짝 놀라긴 했지만 그래도 여자를 무작정 밖에다 세워 둘 수가 없어서 안으로 들어오게 했다는 거죠. 그랬더니 여자가 다짜고짜 이 집을 찾는 데 애를 먹었다는 둥 하면서 남자한테 마구 퍼부은 거예요. 불만이란 게 한 번 터뜨리면 꼬리를 물고 나오기 마련이죠. 그러다가 여자가 아무거나 잡은 게 칼이었고, 그걸로 남자를 찔러버린 겁니다. 물론 단번에 해치운 건 아니었어요. 이렇게 의자가 완전히 밀어 넘어져 있고, 남자는 뿌리치려고 한 듯 의자를 움켜잡고 있었으니까요. 어떻습니까, 보신 것처럼 분명히 설명됐죠?"

"그래, 그 일로 저를 부른 건가요?"

홈즈가 눈을 치뜨며 물었다.

"아니오, 다른 게 하나 있는데요. 사소한 것이지만 당신이 흥미를 가질 만한 것이라⋯⋯ 겨우 이거냐고 할지 모르지만 참 이상한 일인 건 사실입니다. 그러니까 문제의 본질과는 관계가 없는 일인데, 그렇죠 관계가 있을 수 없는 일이죠, 하지만⋯⋯."

"대체 뭔데요?"

"이런 종류의 범죄 때는 현장을 그대로 보존하려고 주의를 합니다만, 그래서 이번에도 밤낮으로 보초를 세워서 감시했을 정도로 아무것도 손대지 않고 내버려뒀죠. 그러다가 오늘 아침에 시체를 매장하면서 끝냈고, 이 방 수사도 끝냈기 때문에 방을 좀 치우려고 했던 겁니다. 그런데 이 카펫 말이죠. 보다시피 그냥 놓여 있을 뿐이지 무슨 못 같은 것으로 바닥에 고정되어 있지는 않습니다. 그래서 무심코 들어 올려봤더니⋯⋯."

"그랬더니?"

홈즈는 마른 침을 삼켰다.

"이것만은 당신이 100년을 생각해도 알아내지 못할 겁니다. 이 카펫에 이렇게 핏자국이 묻어 있죠? 꽤 많은 출혈이 있지 않았겠어요?"

"그렇겠죠."

"그런데 카펫의 얼룩이 있는 부분인 바닥엔 핏자국이 전혀 없는 거예요."

"핏자국이 없다고요? 그럴 리가⋯⋯."

"그렇게 말씀하실 줄 알았어요. 정말로 없습니다."

레스트레이드는 유명한 탐정을 혼란스럽게 만든 것이 즐거웠는지 히죽 웃었다.

"자 설명해드릴게요. 바닥에 핏자국이 있기는 한데 카펫의 자국과 일치하지가 않습니다. 여길 보세요."

그는 카펫의 한 쪽 귀퉁이를 들어 올렸다. 아나나 다를까, 흰색 나무로 깔린 고풍스러운 바닥 위에 뻘건 핏자국이 크게 남아 있었다.

"어때요, 홈즈 선생? 어떻게 생각하십니까?"

"그건 간단한 거죠. 그래도 핏자국 모양이 일치되는 걸 보니까, 이 카펫을 나중에 돌려놓은 거예요. 더구나 카펫이 바닥에 고정돼 있지 않으니까 쉽게 할 수 있는 거죠."

"카펫을 돌려놓았다는 거야 홈즈 씨의 발견이 아니라도 알고 있습니다. 더구나 카펫을 이쪽으로 돌려놓아서 핏자국의 모양까지 일치되고 있으니까요. 제가 알고 싶은 건, 누가 뭣 때문에 카펫을 돌려놓았나 하는 것이죠."

홈즈의 찌푸린 얼굴을 보고, 나는 그가 마음속의 흥분을 애써 참고 있다는 걸 알아챘다.

"레, 레스트레이드, 복도에 있는 저 순경은 계속 지키고 있었습니까?"

"네, 쭉 감시하고 있었어요."

"그럼, 제가 좋은 방법을 가르쳐 드릴게요. 저 순경을 조사해보세요. 우리는 여기서 기다리고 있을 테니까, 저 안쪽 방으로 데리고 가서 조사해보십시오. 혼자인 게 자백하기는 좋을 겁니다. 왜 다른 사람을 이 방에 들여보내 혼자 있게 내버려뒀느냐고 힐문해보세요. 혹시 그러지 않았느냐는 식으로 점잖게 심문하면 안 되고요, 사실을 알고 있는 것처럼 따져 물어야 합니다. 누가 들어갔는지 알고 있다고 미리 선수를 치는 거죠. 그러면서 솔직히 자백하는 게 처벌에도 참작을 받을 수 있는 유일한 길이라고 설득하는 겁니다. 아시겠죠? 꼭 그대로 하십시오."

"음, 정말로 누군가를 들여보냈다면 반드시 자백을 받아내야죠!"

레스트레이드는 상당히 고무되어 뛰다시피 방에서 나갔다. 그리고 잠시 후, 안쪽 방에서 큰 고함소리가 들리기 시작했다.

"왓슨, 지금이야!"

홈즈는 마치 미치광이처럼 속에 감추고 있던 악마 같은 정력을 둑이 터진 물살 기세로 폭발시켰다. 우선 카펫을 들어내고 바닥에 엎드려, 끼워 맞춰져 있는 나무 모자이크 조각을 재빨리 살펴보고는 손톱으로 하나하나 당겨보고 밀어보고 했다. 얼마 후, 좀 트이는 공간이 나타나는가 싶더니 갑자기 돌쩌귀 달린 뚜껑이 휙 하고 열렸다. 홈즈는 서둘러 그 검은 구멍 안으로 손을 집어넣어 보고는 쯧쯧 하면서 다시 꺼냈다. 안이 텅 비어 있었던 것이다.

"빨리, 빨리, 왓슨, 제대로 해놓아야 돼!"

뚜껑을 원래대로 덮어놓고 가까스로 카펫을 다시 깔았을 때, 홀에서 레스트레이드의 목소리가 들려왔다. 그리고 그가 방으로 들어왔을 때 홈즈는 맥없는 모습으로 벽난로에 기대서서 지루한 듯 하품을 하고 있었다.

"한참 기다리시게 했네요. 일이 복잡하게 돌아가고 있는데, 일단 자백은 했습니다. 맥퍼슨, 이리 들어와! 여기 이분들께 자네의 그 용서할 수 없는 행동을 말씀드려!"

거구의 순경은 완전히 풀이 죽은 태도로 들어왔다.

"딴 마음이 있어서 그랬던 건 아닙니다…… 어젯밤에 한 여자가 급히 문을 두드리기에 열어줬더니 집을 잘못 찾아왔더라고요. 그런데 그 여자와 얘기를 좀 하다가…… 아무튼 혼자 여기서 하루 종일 있다 보니까 심심하고 쓸쓸하기도 해서……."

"그래서 어떻게 했나?"

"얼마간 얘기를 하고 있었는데, 그 여자가 살인이 일어났던 방을 보고 싶다고 하더라고요. 신문에서 읽었지만 아직 실제로 본 적이 없다면서…… 말투가 고상하고 점잖아 보이기에, 그냥 잠깐 쳐다만 본다면 문제 될 건 없을 거라고 생각했던 거죠. 그런데 카펫의 핏자국을 보더니 갑자기 까무러치면서 죽은 사람처럼 되지 뭡니까. 얼른 안으로 뛰어 들어가서 물을 가져왔는데 그래도 아직 깨어나지를 않는 거예요. 할 수 없이 저기 길 모퉁이에 있는 '아이비 플랜트'로 가서 브랜디를 조금 얻어가지고 돌아왔습니다. 그런데 와서 보니까 그 여자가 없어졌어요. 아마 정신이 깨어나서 보니까 창피한 생각이 들어서 슬며시 떠났던 게 아닌가 싶습니다."

"그런데 이 카펫이 돌려져 있는데, 무슨 이유지?"

"돌아와 봤더니 좀 구겨져 있기는 했지만 여자가 그 위에 쓰러져 있었고 바닥은 미끄럽게 질 닦여 있었기 때문에 그렇겠거니 하고 조금 고쳐놓았습니다."

"자, 나를 속일 수 없다는 걸 알았겠지?"

레스트레이드는 거드름을 피며 말했다.

"대충 일해도 눈치 못 챌 거라고 생각하겠지만, 난 이 카펫을 처음 봤을 때 바로 누군가가 이 방에 들어왔다는 걸 알 수 있었다네. 아무튼 아무것도 분실된 게 없는 건 큰 다행이야. 그렇지 않았다면 자네의 근무 태만은 그냥 넘어가지 않았을 거야. 홈즈 선생, 하찮은 일로 오시라고 해서 죄송합니다. 다만 양쪽의 핏자국이 맞지 않는 것을 당신이 재미있어 할 거라고 생각했죠."

"네, 정말 굉장히 재미있었어요. 그런데 맥퍼슨, 그 여자는 한 번밖에 안 왔나?"

"네, 한 번 왔습니다."

"어디 사는 누군지 아나?"

"이름은 모릅니다. 타이피스트 모집 광고를 보고 응모하려고 찾아왔는데, 집 주소를 잘못 알았다고 하던데요. 젊고 아주 쾌활하고 예의 바른 부인이었습니다."

"키가 크고 미인이던가?"

"네, 키가 아주 크시고, 얼굴도 아름다우신데, 사람에 따라서는 굉장히 아름답다고 하실 것 같습니다. '어머, 순경 아저씨, 잠깐만 구경시켜 주세요'라고 말했는데, 뭐랄까요, 그 교묘한 말투에 제가 그만 넘어가서, 방문 앞에서 잠깐 들여다보게 하는 정도는 문제가 없을 줄 알고……."

"옷을 어떻게 입고 있던가?"

"수수한 차림으로…… 발끝까지 내려오는 긴 망토를 걸치고 있었습니다."

"몇 시쯤이었지?"

"어두워지기 시작할 무렵이었습니다. 브랜디를 얻어가지고 돌아올 때 보니까 여기저기서 불을 켜고 있더라고요."

"알았네. 왓슨, 가세. 다른 곳에서 중요한 일이 기다리고 있는 것 같으니까."

우리는 그 집을 나왔고, 레스트레이드는 아직 남아 있었다. 잘못을 저질러 기가 죽은 순경이 현관문을 열어주며 우리를 배웅했다. 그때 홈즈가 층계를 내려가다 뒤돌아보며 손바닥 안의 것을 순경에게 내보였다. 순경이 그걸 가만히 쳐다보더니 "아니, 그건……." 하며 놀라 외쳤다.

홈즈는 곧 입에 손가락을 대고 소리 내지 말라는 신호를 하며, 다른 손은 바지주머니에 찔러 넣었다. 그리고 집밖으로 나오자 큰소리로 웃기 시작했다.

"잘 됐어, 왓슨, 가세. 이제 마지막 막이 서서히 오를 걸세. 전쟁은 일어나지 않고, 톨리로니 호프 백작의 찬란한 미래에도 불상사가 생기지 않고, 경솔한 짓을 한 군주도 큰 화를 입지 않고, 또 총리가 유럽을 구하느라 골치 아플 필요도 없는, 즉 다시 말해 아무도 다치지 않고 만사가 원만하게 수습될 수 있을 걸세. 어떤가, 자네도 안심되겠지?"

"그래, 해결됐다는 소린가?"

나는 이 뛰어난 인물의 솜씨에 감탄하고 있었다.

"아니, 아닐세. 몇 가지 점은 아직도 도무지 모르겠어. 그래도 확인된 게 훨씬 더 많으니까, 못 알아내면 바보겠지. 자 곧바로 화이트홀 테라스에 가서 단숨에 해결해주겠네."

유럽 담당 장관의 관저로 가서 셜록 홈즈는 문을 두드렸다. 그러자 힐더 부인이 나와 우리를 거실로 안내했다.

"홈즈 씨, 굉장히 비겁하게 구시네요!"

부인이 다짜고짜 벌게진 얼굴로 항의를 했다.

"제가 찾아간 일을 비밀로 해달라고 부탁드렸는데 이렇게 찾아오시면 곤란하죠. 제가 수사를 부탁드린 게 탄로 나지 않습니까? 남편은 제가 쓸데없이 참견한다고 생각해서 아주 싫어하거든요."

"유감스럽지만 이렇게 하지 않을 수 없어서요. 저는 그 중요한 문서를 찾아달라는 부탁을 받았습니다. 그리고 한 말씀만 더 드리면, 그 문서를 지금 저한테 넘겨주셔야겠습니다."

순간 부인은 얼굴이 하얘지며 자리에서 일어났다. 그리고는 가만히 서 있더니 몸이 서서히 흔들리기 시작했다. 하지만 쓰러지지 않으려고 가까스로 견디고 있다가 마침내 너무나 놀라고 분노한 듯 입을 열었다.

"말도 안 되는 소리를 하네요!"

"그러시면 안 됩니다. 괜한 짓 하지 마세요, 부인. 빨리 편지를 내놓는 게 좋습니다."

"집사가 현관까지 배웅해드릴 거예요."

부인은 그렇게 말하며 벨을 누르려 했다.

"벨 누르지 마세요. 그러시면 조용히 끝내려고 한 저의 의도도 물거품이 되고 마니까요. 자, 편지를 주십시오. 그걸로 모든 게 다 해결됩니다. 제 말대로만 하시면 일이 원만하게 수습되지만, 안 그러시면 모든 걸 폭로할 수밖에 없습니다."

하지만 그녀는 당당한 태도로 흔들림이라곤 없어 보였다. 그리고 홈즈의 마음을 읽어내려는 듯 그의 얼굴을 뚫어져라 쳐다보고 있었다. 손은 벨 위에 대고 있었지만 아직 누르지는 않았다.

"저를 협박하시는 거예요? 남의 집에 와서 여자를 협박하다니, 사나이답지 못하군요. 뭔가 알고 계신 것 같은데, 그게 뭐죠?"

"잠깐 앉아보세요. 거기서 쓰러지시면 다칩니다. 앉지 않으시면 아무 말씀도 드릴 수가 없어요. 네, 고맙습니다."

"5분만 드리겠어요."

"1분으로 충분합니다. 부인은 에즈알드 루커스를 만나러 가셨죠? 그리고 어젯밤에도 교묘한 방법으로 그 방에 들어가서, 카펫 아래 비밀 장소에 숨겨져 있는 편지를 가지고 나오셨습니다."

부인의 얼굴은 이제 사색이 되었고, 홈즈를 응시하며 뭔가를 말하려고 두 번이나 침을 삼켰지만 그녀의 입에서 간신히 나온 말은 "당신 미쳤군요! 정신이 돌았어요!" 같은 히스테리컬한 소리밖에 나오지 않았다.

홈즈는 주머니에서 작은 골판지 조각 하나를 꺼냈다. 여자의 초상을 얼굴만 오려낸 것이었다.

"이게 쓸모가 있을 것 같아서 가지고 다녔는데, 순경한테 보여줬더니 바로 이 사람이라고 금방 알아보더군요."

부인은 숨이 멎듯 놀라며 머리를 소파 등받이에 기댔다.

"자, 부인, 편지를 가지고 계시죠? 아직 수습할 길은 있습니다. 부인을 괴롭힐 생각은 전혀 없어요. 편지를 남편 분한테 넘겨드리면 그곳으로 제 임무는 끝나는 겁니다. 남편한테 아무 말 안할 테니까, 자, 가지고 오세요. 이게 부인한테는 유일한 기회입니다."

부인의 용기는 대단했다. 그런 상황에 이르렀는데도 그녀는 쉽게 물러서지 않았다. 오히려 반박하기까지 했다.

"다시 한 번 말씀드리지만 당신은 뭔가 오해를 하고 있는 거예요."

홈즈는 조용히 일어났다.

"참 딱하네요. 저로서는 부인을 위해 최선을 다했는데, 이게 다 헛일이 되고 말았군요."

홈즈는 그렇게 말하며 벨을 눌렀다. 곧 집사가 다가왔다.

"톨리로니 호프 씨는 집에 계십니까?"

"아니오. 1시 15분 전에 돌아오십니다."

"그럼, 15분만 기다리면 되겠네요."

홈즈가 시계를 쳐다보며 말했다.

"그럼, 기다리겠습니다."

집사가 나가고 문이 닫히자마자 힐더 부인은 홈즈의 발 아래 무릎을 꿇고 두 손을 벌리며 눈물을 글썽거리면서 말했다.

"홈즈 씨, 용서해주세요! 제발 용서해주세요! 부탁입니다. 남편한테는 얘기하지 말아주세요! 저는 남편을 진심으로 사랑하고 있습니다. 남편의 삶에 어떤 어두운 그림자도 드리우고 싶지 않아요. 남편이 이걸 알게 된다면 그 착한 사람이 얼마나 상처를 받겠어요!"

부인은 미친 듯이 애원했다.

홈즈는 부인을 일으켜 세우며 말했다.

"이 마지막 장면에서라도 잠을 깨어주셔서 정말 감사합니다. 자, 시간이 없어요. 편지는 어디에 있습니까?"

부인은 책상으로 달려들어 열쇠로 서랍을 열고 그 안에서 파란 봉투 하나를 끄집어냈다.

"자, 받으세요. 그때 이게 눈에 안 띄었어야 했는데!"

"그런데 이걸 어떻게 돌려주지? 빨리 무슨 방법을 생각해보세요! 참 서류함은 어디에 있습니까?"

"아직 남편 침실에 그대로 있습니다."

"정말 다행이네요. 빨리 이리 가져오세요."

부인은 곧 빨강색 상자를 가지고 돌아왔다.

"지난번엔 어떻게 열었나요? 열쇠를 가지고 계시죠? 물론 가지고 계시겠죠. 빨리 열어보세요."

힐더 부인은 웃옷 속에서 작은 열쇠를 꺼내 서류함의 뚜껑을 열었다. 그 안에는 여러 가지 문서가 들어 있었다. 홈즈는 파란 봉투를 맨 아래에 집어넣고 다시 뚜껑을 닫은 다음 서류함을 잠그게 하고는 원래의 위치로 돌려보냈다.

"이제 남편분이 언제 돌아오더라도 걱정할 게 없습니다. 아직도 10분 정도가 남았군요. 부인의 일에 대해선 덮어드릴 테니, 대신 10분 동안 왜 이런 엉뚱한 행동을 하셨는지 설명을 좀 해주시죠."

"다 말씀드리겠습니다, 홈즈 씨. 저는 남편을 단 한 시간이라도 슬프게 만든다면 차라리 이 오른손을 잘라버리는 게 낫다고까지 생각하고 있습니다. 런던을 다 뒤져도 저만큼 남편을 사랑하는 여자는 없을 거예요. 하지만 남편이 제가 한 행동을 - 어쩔 수 없이 했다 하더라도 - 알게 된다면 결코 용서해주지 않을 겁니다. 그는 체면을 굉장히 중요하게 여기는 사람이기 때문에 그걸 잊을 수도 없을 뿐더러 잘못된 행동을 용서해주지도 않을 거예요. 홈즈 씨, 제발 도와주세요. 저의 행동도 남편의 행복도…… 저희는 지금 위기에 처해 있습니다."

"빨리 말씀해주세요. 시간이 다 돼가고 있어요."

"제 편지 때문이었어요. 결혼 전에 제가 썼던 어리석은 편지…… 철없는 애가 유치하게 쓴 어리석은 편지였죠. 나쁜 말은 아무것도 씌어져 있지 않았지만, 남편이 보기에는 나쁜 것일 수도 있습니다. 남편이 그걸 읽게 된다면 저에 대한 신뢰는 완전히 사라질 거예요. 그 편지를 쓴 게 몇 년이나 지났기 때문에 저는 완전히 잊어버리고 있었는데, 어느 날 갑자기 루커스란 남자가 제 '편지'를 가지고 있다면서 남편한테 보이겠다는 협박 편지를 보내지 않았겠어요. 저는 너무 놀라서 제발 그러지 말아달라고 부탁을 했어요. 그랬더니 다시 연락이 왔는데, 남편의 서류함에 들어 있는 어떤 서류를 보내주면 내 '편지'를 돌려주겠다고 하더군요. 관청 쪽에 있는 한 스파이에게서 들었기 때문에 그런 서류가 있는 게 분명하니, 그것을 자기한테 넘겨주면 저와 남편에게는 어떠한 해도 끼치지 않겠다는 것이었어요. 그때의 제 입장을 생각해보세요. 어떻게 할 수 있었겠어요?"

"남편 분한테 솔직히 다 얘기하는 거죠."

"그것만은 할 수 없었어요, 도저히! 남편의 서류를 훔치는 게 아무리 무섭다 해도 정치적인 일에 있어서 그 결과까지는 제가 알 수 없습니다. 그러나 사랑과 신뢰의 문제에 있어서는 그 결과를 잘 알고 있죠. 저는 결국 사랑과 신뢰를 잃어버리지 않는 쪽을 선택했습니다. 그래서 그 서류를 꺼내 들고 고들핀 거리로 갔던 겁니다."

"그 다음엔 어떤 일이 있었습니까?"

"가서 문을 노크했더니 루커스가 나오더군요. 그가 방으로 안내해서 따라갔는데, 저는 그런 남자와 단둘이 있는 게 좀 그래서 제가 방문을 조금 열어두었어요. 그때 얼핏 보였는데, 홀에 한 여자가 서 있었어요. 아무튼 루커스와 저의 거래는 금방 끝났습니다. 제 편지가 그의 책상에 놓여 있었기 때문에, 제가 가져온 서류를 그에게 넘겨줬더니 그쪽에서도 제 편지를 바로 주더군요. 그때 현관문 열리는 소리가 나더니 복도에서 발소리가 들리는 거예요. 그러니까 루커스가 깜짝 놀라면서 얼른 카펫을 들어 올려 그 아래 구멍 속에다 서류를 집어넣고는 다시 카펫을 깔아놓지 뭡니까.

그 다음부터 일어난 일은 무서운 악몽과도 같았어요. 홀에 서 있던 그 거무스름한 얼굴의 여자가 프랑스 말로 미친 듯이 외치기 시작했던 겁니다. '기다렸던 보람이 있었어! 결국 찾아냈다! 여자와 살고 있는 걸 발견했어!'라는 말을 하면서요. 루커스가 가서 그 여자와 서로 멱살을 잡다가 의자를 집어 들어 휘둘렀는데, 그때 여자의 손에서 단검이 번쩍이고 있었습니다. 저는 정신없이 그곳을 도망쳐 나와 집으로 돌아왔어요. 그래도 편지는 되찾았기 때문에 저는 그날 밤에 정말 안도를 하고 있었죠. 제가 저지른 일이 어떤 결과를 가져올지 몰랐거든요. 그런데 다음 날 아침에 신문을 보고 비로소 무서운 암투가 있었다는 걸 알았습니다.

그리고 동시에, 제가 결국은 앞서 저지른 재난을 모면하기 위해 새로운 재난을 또 저질렀다는 것도 깨닫게 됐죠. 서류가 없어진 걸 알고 남편이 얼마나 당황할지 그 모습을 상상하니까 너무 가슴이 아팠습니다. 저는 그냥 남편에게 제가 한 일을 다 털어놓고 싶기도 했어요. 하지만 그렇게 하면 과거의 일까지 다 고백하는 것이 됩니다. 그래서 그날 아침에 저는, 제가 어떤 죄를 얼마나 지었는지 분명히 알고 싶어서, 홈즈 씨 당신을 찾아갔었어요. 그래서 그걸 알고 나서부터 저는 그 서류를 어떻게 하면 되찾을 수 있을지 오로지 그 생각에만 매달렸습니다. 루커스가 서류를 그 무서운 여자가 들어오기 전에 감췄기 때문에, 그 자리에 그대로 있을 게 틀림없었어요. 사실 그 여자가 몰래 들어온 덕분에, 감춘 장소를 알게 됐던 거죠. 그런데 어떻게 그 방에 들어가느냐가 문제였습니다.

저는 이틀간 그 집 주변에서 망을 보고 있었는데, 현관문이 한 번도 열리지가 않는 거예요. 그래서 어젯밤에 결국 용기를 내서 마지막 방법을 써봤죠. 어떻게 했는지 자세한 내용은 이미 알고 계시니까 더 말씀드리지 않겠습니다. 어쨌든 서류를 가져오긴 했지만 남편한테 고백하지 않고는 그걸 돌려줄 방법이 없었기 때문에 차라리 태워버릴까 생각하고 있었어요. 아니, 벌써 발소리가 들리네요!"

그때 그녀의 남편이 방으로 뛰어 들어왔다.

"홈즈 씨, 좋은 소식입니까? 뭔가 알아내셨어요?"

"아주 가망이 없는 건 아닙니다."

"오! 하느님, 감사합니다!"

호프 씨는 얼굴이 밝아지며 말했다.

"오늘은 총리와 점심 식사를 하기로 돼 있으니까요, 총리에게도 얘기를 좀 들려주십시오. 그분은 워낙 강직한 성격이지만 이번 일 가지고는 거의 밤잠을 설치시는 모양이에요. 제이콥스, 총리님을 이리로 안내하게. 그리고 힐더, 정치 문제로 얘기할 게 좀 있으니까, 당신은 식당으로 먼저 가 계시오, 곧 그리 가겠소."

총리가 곧 들어왔는데, 겉으로 봐선 차분했지만 이상하리만큼 날카로운 눈빛에 뼈만 앙상하게 남은 손이 떨리고 있는 것으로 보아, 마음속으로는 호프 씨 못지않게 불안해하고 있는 것 같았다.

"뭔가 보고할 게 있는 모양이죠?"

"지금까지는 별 것 아닙니다만…… 있을 만한 곳을 자세히 조사해봤더니 크게 걱정할만한 위험은 일어나지 않을 것 같습니다."

"그런 정도로는 충분하지 않습니다. 화산이 폭발할지도 모르는데 그 위에 있을 수는 없으니까요. 뭔가 더 확실한 게 없으면 안심할 수가 없어요."

"확실한 것도 있긴 합니다. 그래서 이렇게 말씀드리려고 찾아온 거죠. 아무리 생각해봐도 그 편지가 이 집 밖으로 나간 것 같지 않다는 확신이 점점 더 들거든요."

"설마요!"

"왜냐하면 그게 나갔다면 지금쯤은 공표가 되었을 테니까요."

"집밖으로 나가지 않았다면 그게 없어진 건 뭣 때문인가요?"

"아무도 훔친 게 아니라는 거죠."

"훔치지 않았다면 왜 서류함에서 보이지 않죠?"

"서류함에서 사라진 것도 아닌 것 같습니다."

"홈즈 씨, 지금 농담하는 겁니까? 서류함에서 그 편지가 없어졌다고 제가 분명히 말씀드렸잖습니까?"

"화요일 아침 이후에 서류함을 다시 살펴보셨습니까?"

"다시 살펴볼 필요가 없었죠."

"잘못 보셨을 수도 있습니다."

"분명히 없었어요. 단언합니다."

"말씀만으로는 납득이 안 되는군요. 전에도 그런 예가 있었거든요. 서류함 속에 다른 서류들이 같이 들어 있으면 그 속에 뒤섞이는 경우도 있겠죠."

"맨 위에 넣어두었어요."

"그래도 누가 서류함을 들고 흔들었다든지 하면 위아래 것들이 뒤섞이는 일도 생기겠죠."

"안에 있는 걸 전부 다 꺼내서 봤거든요."

"아무튼 다시 확인해보면 되지, 호프. 그 서류함을 이리 가져오게."

총리가 옆에서 듣고 있다가 말했다.

호프 씨는 벨을 누르면서 집사에게 말했다.

"제이콥스, 서류함을 이리 가져오게. 바보 같은 시간 낭비에 불과하겠지만 홈즈 씨가 계속 그렇게 주장하신다면 열어서 보여드리죠.

고맙네, 거기 내려두게. 열쇠는 시곗줄에 매달아 항상 지니고 있습니다. 자, 보세요. 여러 가지 서류가 들어 있죠. 머로 경의 편지, 찰스 하디 경의 보고서, 이건 벨그라드 각서, 독일 러시아 간 곡물세 고지, 마드리드에서 온 편지, 그리고 플라워즈 경의 편지, 아니, 이게 뭐지! 오오, 벨리저 경, 총리 님, 이건 바로!"

총리가 호프 씨의 손에 들려 있는 파란 봉투를 얼른 잡아챘다.

"아! 이거다! 안에도 그대로 들어 있어! 호프, 축하하네."

"고맙습니다! 정말 고맙습니다! 이제 살았어요. 그런데 이게 무슨 일이죠? 이거 수수께끼 아닌가요? 홈즈 씨, 당신은 마법사시군요. 마술사이세요! 이 서류함에 들어 있다는 걸 어떻게 아셨습니까?"

"다른 장소엔 없다는 걸 알았기 때문입니다."

"전 지금 제 눈을 의심하고 있어요."

호프 씨는 그렇게 말하며 복도로 뛰어갔다.

"마님은 어디 계시지? 빨리 이걸 알려줘서 안심시켜야지. 힐더! 힐더!"

그는 계속 부인을 부르며 계단 쪽으로 갔다.

총리가 눈을 깜박거리면서 홈즈에게 물었다.

"홈즈 씨, 이건 눈에 보이지 않는 곳에 뭔가 있었다는 얘긴데, 어떻게 해서 이 편지가 서류함으로 되돌아왔죠?"

홈즈는 싱긋이 웃으며, 의혹의 눈초리로 날카롭게 쳐다보는 총리의 시선을 외면했다. 그리고는 이렇게 말하며 모자를 집어 들고 그 방을 나갔다.

"우리한테도 외교상의 비밀이 있거든요."

아서 코난 도일 연보

1859년   5월 22일 스코틀랜드 에든버러 시의 피카디 플레이스에서 공무원인
         아버지 찰스 도일과 어머니 메리 도일 사이에서 둘째 아들로 태어남.

1870~75년   랭카스의 예수회 학교인 스토니 허스트에서 5년간 중등교육을
         받음.

1875~76년   펠트커크에 위치한 예수회 대학에서 수학. 이후 의학 공부를
         하기 위해 에든버러 대학에 입학. 에든버러 보건소 외과 의사인 조
         셉 벨 밑에서 수학. 은사였던 조셉 벨 교수는 독특한 유머와 날카
         로운 관찰력을 지닌 사람으로, 후에 셜록 홈즈의 모델이 됨.

1879년   첫 번째 이야기 〈사삿사 계곡의 미스터리〉를 에든버러의 주간지
         「챔버스 저널」에 기고.

1881년   대학 졸업. 의사 자격증을 획득한 뒤 아프리카 서해안을 항해하는
         화물선의 선의로 근무.

1882년   플리머스 시 교외에서 병원 개업.

1885년   루이스 호킨스와 결혼. 매독에 대한 논문으로 의학 박사 학위 취득.

1886년   전부터 동경해 오던 에드거 앨런 포와 가보리오의 영향으로 탐정
          소설을 쓰기로 결심. 홈즈 시리즈 중 최초의 작품인 〈주홍색 연구〉
          를 완성하지만 출판사에서 출간을 원하지 않아 이듬해에 발표됨.

1889년   역사소설인 『미카 클라크』가 출간되어 인기를 얻음.

1890년   『굳건한 거들스턴』 출간. 〈네 사람의 서명〉이 「리핀콧 매거진」에
          실림. 비엔나에서 안과학을 공부하기 위해 오스트리아로 떠남.

1891년   런던에서 안과 전문의로 개업했지만 경영 악화로 의사 생활을 접고
          작가로 살아갈 것을 결심. 사우스노드로 거주지를 옮김. 「스트랜
          드 매거진」지에 홈즈 시리즈물을 차례로 발표.

1892년   단편집 『셜록 홈즈의 모험』 출간.

1893년   루이스가 결핵 진단을 받음. 셜록 홈즈 단편이 「스트랜드 매거진」
          에 계속 발표된 뒤 『셜록 홈즈의 회상』이라는 제목으로 묶임. 그 중
          하나가 〈마지막 사건〉으로, 코난 도일은 셜록 홈즈가 라이헨바흐
          계곡에서 떨어져 죽는 것으로 설정. 아버지 찰스 도일 사망.

1894년   『붉은 등불 주위에서』 출간.

1900년   보어전쟁 당시 남아프리카로 의사를 자원하여 떠남. 『위대한 보어
          전쟁』 출간. 에든버러 선거구에서 자유연합당원으로 의원 선거에
          출마했으나 낙선.

1902년   기사 작위를 수여받음.

1903년   독자들의 요청으로 다시 홈즈 시리즈 집필.

1905년	마지막 단편집인 『셜록 홈즈의 귀환』 출간.
1906년	아내 루이스 사망.
1907년	9월 18일에 진 레키와 재혼. 서식스 주로 이주.
1912년	SF 소설 『잃어버린 세계』 출간.
1914년	제1차 대전이 발발하자 자원함. 홈즈 이야기인 〈공포의 계곡〉을 「스트랜드 매거진」에 연재 시작.
1916년	더블린에서 부활절 봉기 사건 반역 혐의로 처형당한 로저 케이스먼트 경의 구명 운동을 했으나 무위로 돌아감. (『잃어버린 세계』에서의 존 록스턴 경은 부분적으로는 케이스먼트 경을 모델로 함.)
1917년	「스트랜드 매거진」 지에 단문 〈셜록 홈즈 씨의 성격에 대한 소고〉 발표. 네 번째 단편집인 『셜록 홈즈의 마지막 인사』 출간.
1927년	다섯 번째 단편집인 『셜록 홈즈의 사건집』 출간.
1930년	7월 7일, 크로버러 자택에서 사망함.